KB187320

한국 근대
청소년소설의
정치적 무의식

저자 약력

최 배 은

숙명여대 대학원을 졸업(문학박사)했으며, 현재 숙명여대와 서울예대에서 문학 및 스토리텔링과 관련된 강의를 하고 있다. 1996년부터 2011년까지 인문교육연구공동체 토박이를 설립하여 어린이·청소년의 글쓰기, 독서, 체험교육을 진행한 바 있다. 주요 논문으로 「한국 근대 청소년소설의 형성과 이념 연구」, 「『별건곤』 게재 '탐사 기사'의 '재미'를 창출하는 서술 방식 연구」 등이 있고, 엮은 책으로 『한국 근대 청소년소설 선집1 쓸쓸한 밤길』, 『한국 근대 청소년소설 선집2 하늘은 맑건만』이 있다.

한국 근대 청소년소설의 정치적 무의식

초판인쇄 2016년 02월 22일
초판발행 2016년 02월 26일

저　　자 최 배 은
발 행 인 윤 석 현
발 행 처 도서출판 박문사
책임편집 최인노 · 김선은
등록번호 제2009-11호

우편주소 서울시 도봉구 우이천로 353 성주빌딩 3층
대표전화 02) 992 / 3253
전　　송 02) 991 / 1285
홈페이지 http://www.jncbms.co.kr
전자우편 bakmunsa@hanmail.net

ISBN 978-89-98468-88-0 93810　　정가 31,000원

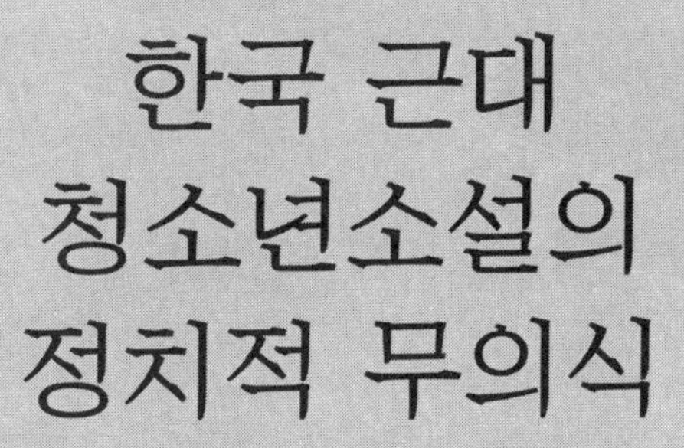

한국 근대 청소년소설의 정치적 무의식

최배은 저

박문사

머리말

태어나서 자라고 어른이 되는 일은 모든 생명체에게 자연스러운 일이지만 인간에게 그 과정은 자연의 섭리대로만 진행되는 것은 아니다. 사회 성원으로 살아가기 위하여 어린 세대는 그 사회의 질서와 문화를 습득해야 한다. 그땐 그것이 전부인 것 같고 세계의 유일한 질서로 여겨지지만 미성년의 사회화 과정은 이 세계를 이루는 사회의 수만큼 다양하다. 세계가 근대화되면서 미성년 계층도 비슷한 사회 구조 아래 성장하게 되었으나 각 사회의 전통과 현재의 기반에 따라 그 구체적인 양상은 차이를 보인다.

청소년문학은 청소년 독자를 전제로 하기에 이러한 미성년의 사회화 과정과 깊은 관련이 있다. 그리고 불행하게도 청소년문학이나 사회화 체제를 생산하는 주체는 청소년이 아니다. 그러다 보니 청소년을 위해 마련된 문학이나 교육 프로그램에 청소년의 삶과 마음에 맞지 않는 것이 많다. 필자의 청소년문학 연구는 그러한 현실에 대한 문제제기로부터 시작되었다.

중학교 교과서에 왜 청소년의 삶을 다룬 소설이 없을까? 근대문학이 형성된 일제 강점기에 청소년을 위한 소설은 없었을까? 우리 사회에서 청소년 계층은 언제부터 독자적인 존재로 인식되었을까? 또 그들을 염두에 둔 문학은 언제부터 어떻게 형성되었을까? 그렇게 청소년과 청소년문학의 기원을 찾아서 일제 강점기 사회 전반을 살펴 얻은 결과가 바로 이 책이라고 볼 수 있다.

이 책은 필자의 석·박사학위논문을 근간으로 부족한 부분을 보충한 것이다. 그러고 보니 이 연구의 출발점이 된 석사학위논문을 쓴 때로부터 약 10년의 세월이 흘렀다. 그 사이에 '청소년문학'은 비약적인 발전을 보이고 있다. 더 이상 '청소년문학'이란 말이 낯설지 않을 뿐 아니라 청소년문학 작가들이 증가하여 지금 이 시대의 청소년들이 공감할 수 있는 작품을 쓰기 위해 많은 노력을 기울이고 있다. 이제 교과서에도 그러한 청소년문학의 성과가 반영되어 과거와 다른 양상을 보이고 있다. 그 10년 사이에 우리 사회는 '청소년문학'에 대한 개념이 생기고 그 필요성을 공유하게 된 것이다. 아이러니하게도 영상이 문학을 압도해가는 시대에 '청소년문학'은 기존의 문학을 뒤로 하고 홀로 발돋움하고 있다.

그러나 여전히 사람들에게 '청소년문학'은 모호하다. '청소년문학'의 기원과 미적 특질을 규명하지 않는다면 그것의 정체성은 언제나 주관적 인식에서 벗어나지 못할 것이다. 이 책이 한국 청소년문학의 뿌리를 찾고 이해하는 데 도움이 되기 바라며, 아울러 청소년문학에 대한 더 확장된 연구의 발판이 되기를 바란다.

이 책의 서론에서는 청소년문학의 개념 및 연구 목표와 방법을, 2장에서는 청소년과 청소년소설의 형성 배경을 밝혀 놓았다. 3장에서는 근대 청소년소설 전반의 구조적 특징과 그러한 구조가 형성된 원인을 작가 및 사회역사적 맥락에서 분석하였다. 4장에서는 역사적 맥락에서 근대 청소년소설의 의의와 한계를 고찰하였고 결론에서 전체 논의를 요약하고 더 필요한 연구를 제언하였다. 서론의 연구 방법에서 자세히 밝혀 놓았듯이, 이 연구는 프레드릭 제임슨의 서사 분석 방식에 빚지고 있다. '서사에 부재하는 것들에 주목하라'

는 그의 충고를 만나지 못했다면 이 연구는 세상의 빛을 보지 못했을 것이다. 보론은 '소년'에 치우친 연구의 한계를 보충하기 위하여 '소녀'에 초점을 맞춰 연구한 논문이다. 부록은 필자가 직접 전국을 헤매며 찾은 근대 청소년소설의 목록이다. 작품성이 떨어지는 소설도 많고, 또 완전하지 않은 목록이지만 근대 청소년소설의 존재를 입증해주는 매우 소중한 유산이다.

이 연구가 이루어지기까지 많은 분들의 도움과 격려를 받았다. 진리와 진실에 무관심한 시대에 학문의 정도(正道)로 이끌어주신 최시한 교수님 덕분에 탐구의 끈을 놓지 않을 수 있었다. 감사하다는 말이 부족하다. 따뜻한 격려와 조언을 아끼지 않으셨던 숙명여대 한국어문학부 은사님들과 춘천교대 김상욱 교수님께도 깊이 감사드린다. 하늘에 계신 부모님과 부모님 못지않게 살뜰히 보살펴 주는 언니들, 친구들 모두에게도 깊은 감사를 전한다. 그리고 오랜 세월 함께하며 올챙이적 시절을 잊지 않게 해준 어린이와 청소년들에게도 감사하다. 긴 원고를 보기 좋은 책으로 만들어주신 박문사 여러분께도 감사드린다.

2016년 2월

최배은

차 례

제 I 장

서 론

한국 근대
청소년소설의
정치적 무의식

01
문제 제기 및 연구 목표

오늘날 '청소년'은 아동과 성인 사이의 존재를 뜻하며 그 연령은 대략 13세부터 18세까지를 가리킨다.[1] '청소년소설'은 이 청소년기의 삶이나 관심을 청소년에게 적합한 구조와 표현으로 서술한 소설이다. 좁은 의미에서는 청소년을 독자로 전제하고 창작된 소설이지만 넓은 의미에서는 그렇지 않은 경우라도 제재 및 주제, 서술이 청소년이 읽기에 적합하면 청소년소설로 볼 수 있다.[2]

이러한 개념의 '청소년소설'이라는 용어는 최근에 부각된 것이다.

---

1 현재도 법률 및 기타 영역에서 어린이와 청소년의 연령 및 호칭이 제각각이지만, 2004년 '어린이·청소년 문제' 전문가들에 의해 개최된 포럼에서 '0-12세는 어린이, 13-18세는 청소년, 19세 이상은 청년'으로 규정되었고 사회적으로도 그렇게 통용되고 있다. 강지원 외, 『어린이·청소년 어떻게 사랑할 것인가』, 청림출판, 2004, 15-22쪽 참고.

2 최배은, 「한국 근대 청소년소설의 형성 연구」, 숙명여대 석사학위논문, 2004, 47-48쪽.

2000년대 이후 중등교육과정에서 독서교육의 비중이 커지고 청소년문학에 대한 사회적 관심과 요구가 높아지자, 출판사들은 연속기획물 형태로 청소년소설을 출간하고 청소년문학상을 제정하는 등 청소년소설의 보급과 창작에 앞장섰다. 그 결과 청소년소설을 읽고 쓰는 사람이 늘면서 '청소년소설'이라는 용어도 확산된 것으로 보인다.

청소년소설에 대한 관심이 증대되면서 그것의 개념과 범주, 역사 등을 명료히 하기 위한 여러 논의가 이루어지고 있다. 하지만 아직 그 형태와 수준은 학술적 깊이를 담보하지 못하고 개괄적인 문제 제기에 머물고 있다. 2001년과 2002년에 문학과교육연구회와 한국문학교육학회에서 청소년문학의 개념과 필요성에 대한 논의[3]가 이루어진 이후, 청소년소설에 대한 논의는 주로 출판사가 기획한 좌담회나 청소년 관련 잡지의 특집 기사, 그리고 평론의 형태로 이루어지고 있다.[4] 작가, 교육자, 출판관계자 등 청소년소설의 창작과 보급에 직접적으로 관여하고 있는 이들이 현재의 청소년을 대상으로 한 소설 창작과 보급에 주안점을 두고 다양한 의견을 개진해온 것이다.

이러한 현상은 청소년소설 연구가 아직 학문적으로 개척되는 분야이기 때문에 연구 인력 및 결과가 축적되지 못한 상황에서 불가피한 일로 보이며 또 필요한 일로 여겨진다. 하지만 몇 년 동안 비슷한

---

3 위의 글, 8-9쪽 참조할 것.

4 황광수 외, 「좌담 청소년문학, 시작이 반이다」, 『창비어린이』, 2004년 봄호, 황선열, 『아동청소년문학의 새로움』, 푸른책들, 2008, 김경연, 『우리들의 타화상』, 창비, 2008, 김상욱, 「전복적 상상력으로서의 청소년문학」, 『내일을 여는 작가』, 2009년 여름호, 조은숙, 「풍문 속의 '청소년문학'」, 『창작과비평』, 2009년 겨울호, 원종찬, 「청소년문학 어디까지 왔나」, 「우리 청소년문학의 발전 양상」, 『한국 아동문학의 쟁점』, 창비, 2010, 박상률 외, 「기획특집 청소년문학의 오늘, 여기를 말하다」, 『대산문화』, 2011년 겨울호, 박상률, 『청소년문학의 자리』, 나라말, 2011 등.

문제 제기와 주관에 근거한 논의가 반복되면서 청소년소설의 이론은 답보 상태를 면하지 못하고 있다. 이것은 청소년소설이 몇 년 새 큰 활기를 띠고 창작되는 것과 판이한 양상이다. 한마디로 청소년소설을 창작하고 보급하고자 하는 이들은 빠른 속도로 증가하고 있지만 그에 대한 학술적 연구는 드문 실정이다. 그에 따른 문제를 그동안 이루어진 논의를 바탕으로 지적하면 다음과 같다.

청소년소설에 대한 논의에서 가장 많이 이루어지고 논란을 빚었던 사항은 그 개념과 특성에 대한 것이다. '청소년소설'이라는 갈래가 사회적으로 인식되고 통용되기 위해서는 그 개념부터 명확해야 하므로 이러한 논의는 필수적인 것이며, 청소년소설 관련 논의에서 전제적으로 요구되는 것이기도 하다. 그런데 그 양상이 선행논의를 바탕으로 축적되고 수렴되기보다 비슷한 내용을 서로 다른 의견인 양 내세우며 문제에 대한 해결보다 그 과제를 제시하는 데 그치고 있다.

이제까지 논자들이 제시한 청소년소설의 개념은 청소년 독자에 적합한 소설이라는 점에서 일치한다. 그런데 청소년 독자에 적합한 소설의 구체적인 특성과 '청소년소설'이라는 용어가 부각되기 전 청소년소설의 존재 여부와 실체를 두고 의견의 차이를 보이고 있다. 요컨대 청소년소설의 미적 특질과 역사에 대한 규명이 그 개념을 명료히 하기 위한 과제로 제시된 것이다. 매우 근본적인 문제가 제기되었지만 그 해결을 위한 논의는 그만큼 치열하게 이루어지고 있지 못하다. 논의 대상은 주로 현재 청소년소설로 널리 통용되는 작품에 한정되고 있으며 그것의 기원에 대한 탐구도 그 범주에서 벗어나지 못하고 있다.

이와 같이 청소년의 성장을 제재로 한 1990년대 이후의 작품을 중심으로 논하다 보니 그것의 미적 특질은 성장소설과 다를 바 없다는 정체성 논란이 빚어지고 있다.[5] 하지만 청소년소설을 규정하는 본질적인 특성을 '성장성'에 국한시킬 수 없고, 무엇보다 청소년소설과 성장소설은 층위가 다른 구분이기 때문에 그 둘을 동일시하는 것은 문제가 있다. 아동·청소년문학과 성장소설에 대해 선구적 업적을 보이고 있는 독일에서도 청소년의 정체성 모색 등을 다룬 성장소설을 성인 대상의 '교양소설'과 구분하여 '청년소설'로 칭하고 청소년소설의 하위 갈래로 분류하고 있다.[6] 이론적 체계에서 명확히 구분되는 청소년소설과 성장소설을 논자들이 같은 개념으로 여기는 현상은 성장성이 두드러지지 않은 청소년소설을 간과하거나 그에 대해 저평가한 데 기인된 것으로 보인다.

청소년소설의 정체성에 대한 논란은 결국 청소년소설의 상위 갈래인 청소년문학 무용론을 제기한다.[7] 이것은 청소년에 적합한 문학을 아동이나 성인이 읽는 문학과 확연히 구분하기 어려운 점에서 기인된 측면도 있다. 서구와 일본 등의 다른 나라에서도 청소년문학은 독자적 범주로 존재하기보다 대부분 아동문학의 범주에서 논의되고 있고,[8] 독일의 경우 아동문학이나 청소년문학이라는 용어로 어린

5 강유정, 「장르로서의 청소년소설」, 『세계의문학』, 2009년 가을호.
6 김경연, 「청소년문학, 어떻게 이해할 것인가」, 『우리들의 타화상』, 창비, 2008, 19쪽.
7 허병식은 「청소년을 위한 문학은 없다」(『오늘의 문예비평』 제72호, 2009. 봄)에서 현재의 청소년문학 담론을 "성장소설 미달의 양식들에 대한 호명의 필요로 인해 등장한 것"이라거나 "거대 출판자본의 투자"에 따른 현상과 같이 비판적으로 보며 "청소년을 위한 문학의 종언"을 주장한다. 이 논의에서 현대 청소년소설에 대한 통찰과 청소년 담론 및 청소년문학의 상업성에 대한 신랄한 지적은 일리 있지만 청소년문학 담론에 대한 성의 있는 고찰 없이 자본의 논리로만 싸잡아보고 청소년문학의 종언을 주장하는 것은 경솔한 측면이 있다고 생각한다.
8 일본에서는 청소년 대상의 문학을 아동문학의 범주에서 논하고 있다. 오오타케 키요미가 『한일 아동문학 관계사 서설』(청운, 2006)의 부록에 소개한 한국어로 번역된 일본 아동문학 작품 목록에는 하이타니 겐지로의 『나 이제 외톨이와 안녕할

이와 청소년 대상의 문학을 아우르다가 1970년대부터 아동·청소년 문학을 공식 명칭으로 사용하고 있다.[9]

한국에서도 2000년대 이후 청소년문학이 부각되기 전까지 아동문학은 이론적으로 청소년문학을 포괄하는 범주였다. 하지만 '아동'의 개념이 아동문학이 형성되었던 일제 강점기와 달리, 초등학생으로 축소되면서 청소년을 대상으로 한 문학의 창작과 연구가 이루어지지 않아 청소년문학의 필요성이 제기되었던 것이다. 청소년문학의 독자적 범주를 가장 먼저 제안한 이는 아동문학의 대표적 연구자인 이재철이다.[10] 아동문학 연구자가 청소년문학의 필요성을 제기할 정도로 한국에서는 아동문학에서 청소년 대상의 문학을 포괄하지 못하고 있었던 것이다. 요컨대 청소년문학은 궁극적으로 아동문학과 경계 짓기보다 독일의 경우처럼 아동·청소년문학으로 함께 명명되는 것이 더 바람직할 수 있다. 그러기 위해서라도 청소년문학에 대한 이해와 고려가 부족한 한국에서는 청소년문학의 범주를 설정하고 이론과 창작 등 여러 방면에서 그 영역을 공고히 할 필요가 있다고 생각한다.

청소년소설이 학술적으로 엄밀하게 연구되지 않으면서 생기는 또 다른 문제는 그 형성과 기원에 대한 오해이다. 논자들은 일제 강점기에 아동문학이 청소년 독자를 포괄하는 범주였음을 인정하면서도 청소년소설의 기원에 대해서는 애매한 입장을 보인다. 즉 일제 강점기에 오늘날의 청소년 연령층을 대상으로 창작된 '소년소설'을

지 몰라요』(햇살과나무꾼 옮김, 사계절, 2002) 등과 같이 한국에서 청소년소설로 소개된 작품이 포함되어 있다. 그리고 대표적인 근대 일본아동문학사 중 하나인 鳥越 信의 『日本兒童文學』(建帛社, 1995)에서도 "청소년을 열광케 한 「立川文庫」"(35쪽) 등의 항목을 두고 청소년 대상의 문학을 함께 논하고 있다.

9 김경연, 앞의 글, 15쪽.

10 이재철, 「청소년문학론」, 『봉죽헌 박붕배박사 회갑기념논문집』, 배영사, 1986.

청소년소설로 규정하는 데 선뜻 동의하지 못하는 것이다. 거기에는 일제 강점기의 '소년'을 오늘날의 '청소년'과 같은 개념으로 이해해도 좋은가, 또 현재의 소년소설은 초등학생 고학년이 읽는 작품으로 이해되는데 그것을 중·고등학생 대상의 청소년소설과 같은 범주로 편입시켜도 좋은가 등에 대한 의문이 제기되기 때문이다.[11] 이러한 의문을 해결하려면 일제 강점기의 '소년'과 '소년소설'에 대한 면밀한 연구가 필요하다. 그것을 분명히 검토하지 않고는 한국 '청소년'과 '청소년소설'의 형성에 대한 규명은 불완전할 수밖에 없다.

그런데 대부분의 논자들은 이에 대한 면밀한 검토 없이 '청소년'과 '청소년소설'이라는 용어가 처음 사용된 맥락만을 중시하여 1990년대부터 현재까지 활발히 활동하는 박상률의 『봄바람』을 청소년소설의 기원으로 여기는 데 암묵적으로 동의한다.[12] 한편 일제 강점기에 청소년소설이 형성되었을 것으로 여기는 입장에서도 막연히 어

---

11 오세란은 「청소년소설의 장르 용어 고찰」(『아동청소년문학연구』 6, 2010. 6)에서 근대 소년소설과 청소년소설의 관계를 파악하기 위해서는 "근대 청소년의 입장에서 자신의 눈높이와 환경에 비추어 당대 사회와 세계를 바라보고 고민하는 작품을 소년소설사에서 포착하여 정리함으로써 청소년소설만이 가진 고유한 독자성을 발견해내야 한다"는 과제를 제시하며 그러한 작품의 예로 「눈물의 입학」(이태준, 1930), 『집을 나간 소년』(현덕, 1946) 등을 들고 소년소설을 청소년소설의 범주로 논의할 수 있는 가능성을 인정하지만, 그에 대한 본격적인 고찰은 이루어지지 않고 있다.

12 박상률은 「우리나라 청소년문학의 역사와 현황」(『대산문화』, 2011년 겨울호)에서 "우리나라에서 청소년문학으로서의 성장소설이 처음 나온 때는 필자의 『봄바람』이 출간된 1997년으로 보는 게 일반적이다. 물론 그 이전에도 성장소설이 있긴 했다. 그러나 그 이전에 존재한 성장소설은 일반문학으로서의 성장소설이다. 즉 자라고 있는 청소년의 현재 상황에 맞춘 성장담이 아니었다 … 필자가 청소년문학으로서의 성장소설 『봄바람』을 발표하기 전에도 청소년이 주인공인 소설은 있었다. … 1952년에 김내성은 『쌍무지개 뜨는 언덕』을 발표했는데…1954년엔 조흔파의 『얄개전』이 나왔는데…"라고 하여 『봄바람』을 청소년 독자를 의식하고 창작한 최초의 성장소설로 규정하고, 그 이전의 청소년 주인공 소설을 1950년대 소설부터 개략적으로 살피고 있다. 그러나 이 논의는 엄밀한 조사와 검토에 의한 논증 없이 필자의 경험과 상식에 바탕을 두고 이루어지고 있다.

떤 작품일 것이라고 추측에 의한 의견을 제시한다.[13] 이러한 불확실한 의견들은 주로 개인적 경험으로 청소년문학의 역사를 재구성하기 때문에 아직 역사 속에 묻혀 있는 수많은 청소년문학 작품들의 존재를 간과하고 여러 왜곡과 오류를 낳을 위험이 있다고 생각한다.

청소년소설 연구는 새롭게 개척되는 분야이기 때문에 이론적 토대가 약하고 그 대상 작품과 작가에 대한 사항도 알려지지 않은 것이 많다. 따라서 청소년소설 연구가 체계적으로 이루어지기 위해서는 한국의 '청소년'과 '청소년소설'의 형성 및 그 실상에 대한 광범위한 조사와 분석이 요구된다. 이러한 문제의식에서 비롯된 이 연구의 목표는 다음과 같다.

첫째, 한국 근대 청소년소설의 형성과정과 특성을 밝힌다.
둘째, 한국 근대 '청소년' 담론에 나타난 사상과 당대의 사회 이념을 바탕으로 '청소년소설'의 의미구조를 이념적 맥락에서 분석한다.
셋째, 일제 강점기 청소년소설을 최대한 모으고 분류하여 근대 청소년소설 자료를 정리한다.

근대 문학 초기에 '소년'의 등장 자체가 근대성을 드러내는 징표로서 중요한 의미를 띠는데, 이 '소년'에는 여기서의 '청소년'이 포함된다. 이 '소년'은 근대 문학 형성과정에서 과도기적으로 나타났다가 사라진 것이 아니라[14] 1920년대부터 구체화되고 분화되면서 여러

13 "우리나라의 경우 청소년소설은 이구조의 동화집『까치집』(1940)에서부터 비롯하는 것이 아닐까 한다." 황선열, 「청소년문학의 현실과 전망」, 앞의 책, 33쪽.
14 백철은 근대 문학 형성기를 '소년의 시대'라 이르고 "초기 신문학의 주인공은 모두가 소년이었다 …(중략)… 그러나 소년은 차차 성장하여 청년기에 이르니 다음

줄기의 문학적 형태와 관련을 맺는다. 1920-1930년대에 주로 '소년소설'[15]로 불리었던 청소년소설은 바로 그 가운데 하나이다. 따라서 이에 대한 연구는 이제까지 소홀히 취급되었던 근대 소설사의 한 줄기를 드러내는 작업이라는 점에 그 궁극적 의의가 있다.

은 청년이었다." (백철, 『신문학사조사』, 신구문화사, 2003, 89쪽)라고 하였다. 이는 최남선, 이광수 등의 작가의 성장과 인물의 성장을 동일시하고 작가들이 성장함에 따라 소년 인물이 사라진 것으로 본 것이다.

15 '소년소설'이란 용어는 방정환이 1924년 4월, 『어린이』에 「졸업의 날」을 발표할 때 처음 사용한 것이다. 그래서 최초의 소년소설을 「졸업의 날」로 보는 견해도 있다. 그런데 『어린이』 제1권 2호부터 '소품'이란 갈래로 소년소설과 큰 차이 없는 당대 청소년의 현실을 제재로 삼은 서사물이 발표되었다. 요컨대 『어린이』 창간 때부터 방정환은 미성년을 대상으로 하되 동화와 다른 이야기 갈래로 '소년소설'에 대해 인식하고 작품을 창작했던 셈이다.

02
청소년소설의 개념 및 기존 연구 검토

2.1. 청소년소설의 개념

청소년소설의 개념을 한마디로 규정하는 것은 어려운 일이다. 그것은 어린이에서 청소년, 청소년에서 성인으로 발달하는 단계를 명확하게 구분 짓는 것이 어려울 뿐만 아니라, 개념을 형성하기 위해 고려해야 할 분야가 다양하기 때문이다. 따라서 독일에서는 '아동 및 청소년 문학'의 정의는 '불명료성과 비통일성'을 그 특징으로 한다[16]고 전제한다.

우리나라에서는 청소년소설의 개념에 대하여 주로 독자 대상인 청소년을 중심에 둔 논의가 이루어졌다. 즉 청소년소설은 청소년이

16 김경연, 앞의 글, 18쪽.

읽기에 적합한 소설이라야 한다는 것이다. 그러나 그에 대한 구체적인 연구는 이루어지지 않았으며, 상식적인 차원에서 청소년기의 특성을 고려할 때 성장소설이 청소년소설의 대표적인 유형이라는 견해가 많았다.

그러나 주제적 차원에서 청소년의 성장을 다룬 소설이 청소년소설의 일부를 차지할 수 있지만, 그것만을 지나치게 부각시키면, 일반 성장소설과의 구분이 모호해지고, 또 청소년소설의 다양한 장르가 간과될 수 있다. 따라서 이 글에서는 청소년소설을 정의할 때 주요 고려 사항인 독자와 작가, 제재[17] 및 주제, 서술 방식을 기준으로 개념을 설정하고자 한다.

(1) 독자와 작가

청소년소설의 개념을 논할 때, 우선시되는 것은 독자이다. 청소년문학이 독자 대상을 전제로 설정되는 장르이기 때문이다.

독일의 예테 클링베리를 비롯한 많은 연구자들이 수용 중심의 정의를 강조하고 있다.[18] 발터 셰르프는 수용 중심의 정의에 찬성하면서, 아동문학사 서술 대상을 '명시적으로 어린이[19]를 위해 쓰여지고,

---

17 표현 대상으로서의 소재를 보통 제재(題材)라고 하며, 제재는 물리적 대상, 자연현상, 역사적 사건, 관념이나 정서 등을 포함한다. 그렇기 때문에 때때로 제재는 내용과 혼동되기도 한다. 그러나 내용은 형상화된 제재라는 점에서 제재 자체와 구별된다. 한용환, 『소설학 사전』, 문예출판사, 1999, 268-269쪽 참고.

18 "어린이와 청소년이 수용하는 모든 문학을 아동 및 청소년문학으로 보는 예테 클링베리의 견해가 흔히 인용된다. 클링베리에 따르면 수용중심의 정의는 특정 목표 집단을 대상으로 생산된 문학을 주요 연구 대상에서 배제하지 않지만, 목표 집단과 관련된 생산이라는 측면에서 내려진 정의는 수용 또는 영향 측면의 연구를 제한하는 결과를 낳는다." 김경연, 위의 글, 20쪽.

19 독일에서는 '아동·청소년문학'을 공식용어로 채택하면서, 아동문학과 청소년문학을 같은 범주에서 논의하기에 이때 '어린이'는 청소년도 포함한 개념으로 쓰이

어른을 위한 문학에서 선택되어 어린이를 위해 가공된, 실제로 어린이가 읽고, 어린이 자신이 쓴, 학교 교육 수단으로 사용되는 텍스트가 모두 포함된다'고 한다. 리햐르트 밤베르거는 4살에서 16살까지의 청소년이 취하는 모든 책이 청소년문학이라고 하였다.[20]

김중신도 '청소년이 읽고 있는 문학, 청소년이 작품에 대한 적극적인 향유 주체가 되고 있는 문학이 청소년문학'[21]이라고 하였다.

수용 중심의 정의를 내릴 때, 좁은 의미의 청소년소설은 전문 작가가 청소년을 염두에 두고 창작한 소설이다. 일제강점기 소년 잡지에 게재되었던 '소년소설'이나 요즘 주로 출판사에서 기획하여 청소년을 대상으로 창작되는 소설이 이에 해당된다. 하지만 청소년을 염두에 두고 창작된, 의도적 청소년소설이 충분히 성숙하지 않았을 때에는 일반 성인문학에서 청소년이 읽는 소설이 선택될 수밖에 없다.

이때, 소설을 선택하는 주체에 따라, 성인이 선택하는 소설과 청소년이 선택하는 소설로 나눠 볼 수 있다. 성인이 선택하는 소설에는 국어나 문학교재에 실리는 교육용 텍스트와 출판사나 도서연구회 같은 기관에서 청소년 권장도서로 추천, 출간되는 소설이 있다. 우리나라 교과서에 실린 작품들을 보면, 연령에 따른 독자의 특성을 충분히 고려하지 않고, 문학사적으로 중요시되는 작가나 작품 중심으로 선정되는 경향이 있다.

출판사 기획 출간 소설은 대학입시를 위한 보충교재로 국어나 문학교재에서 언급한 소설들의 확장된 형태가 많다. 청소년 독서지도에 대한 열풍에 편승하여 출판사들이 앞다투어 청소년 기획 도서를

고 있다.

20 김경연, 위의 글, 21쪽.

21 김중신, 앞의 글, 17쪽.

출간하면서, 초등학생이 읽는 한국 대표 단편들까지 출간되고 있다. 글씨를 크게 하고 색깔과 그림을 덧붙여 어린이 책 이미지를 풍기지만, 그 내용은 초등학생들이 이해할 수 있는 범주를 벗어나 있다. 청소년 교육 단체나 도서 연구 단체에서 추천하는 권장도서에는 어린이나 청소년 시점의 성장소설이 대부분이다. 후자가 전자보다 그 정도가 덜하지만, 성인이 선택하는 소설은 청소년들에게 사랑받지 못하고 외면되는 경우가 많으며, 시험이나 독서퀴즈를 위해 억지로 읽어 오히려 문학작품 자체에 대한 흥미를 잃게 하는 부작용을 낳고 있다.

청소년이 선택하는 소설은 탐정·모험소설이나 환타지소설 같이 스토리가 분명한 흥미 위주의 작품이다.[22] 그러나 과거에 청소년에게 적합하다고 여겨지거나 청소년 대상 도서였다고 해서 그 기준이 변함없이 유효한 것은 아니다. 여러 매체에 접할 수 있는 가능성이 많아지면서 청소년들의 파악능력(이것은 꼭 독해력과 일치하는 것은 아니다)이 높아지고, 그에 따라 수용 가능한 연령이 점점 더 낮아진다고 볼 수 있다. 즉 의도했던 독자 대상의 연령은 시대와 사회에 따라 유동적이다.[23]

다음 작가의 문제이다. 즉 전문 성인 작가가 아닌 청소년이 쓴 소설도 청소년소설로 볼 것인가의 문제이다. 이에 대해 김중신은 청소년

22 "학교 도서관 대출의 절반이 무협지와 팬터지 문학이 차지하고 있다는 사실이 이를 입증한다. 사실 인지심리학과 독서학의 연구 결과에 의하면 청소년 시기에는 환상 세계를 꿈꾸며, 특이한 모험을 즐기기 때문에 이와 같은 판타지에 쉽게 경도된다고 한다. 따라서 청소년이 읽는 문학은 청소년들의 구미에 정확하게 들어맞는 것으로서 청소년들은 이런 범주의 문학에 탐닉하게 된다. 하지만, 이 범주의 문학은 현재 청소년 자신이 안고 있는 문제를 다루지도 않고 오히려 그것을 망각하게 해주는 역할을 한다." 김중신, 위의 글, 18쪽.

23 김경연, 「청소년문학의 이해」, 『문학과 교육』, 2001. 가을, 13쪽 참고.

이 창작 주체로서, 현재의 청소년이 지금 자신이 겪고 있는 체험을 형상화한 작품이 청소년문학[24]이라고 하여 청소년 문예물도 청소년문학으로 인정하고 있다. 그러나 이재철은 청소년문학이란 청소년을 위한 문학을 말하는 것이지 청소년이 쓴 문예작품을 말하는 것이 아니라고 하였다.[25] 이재철은 청소년이 쓴 문예작품이 본격문학이 아니라는 이유로 청소년문학의 범주에서 제외시키지만, 세계적 문호 가운데 이미 청소년시절에 그 두각을 드러낸 작가들이 많다는 사실을 보더라도 이러한 규정은 편협한 것으로 보인다. 독일에서도 문자로 쓰인 모든 저술을 뜻하는 문학의 넓은 개념에서 볼 때, 명시적으로 어린이와 청소년을 목표 집단으로 하여 쓰여진 것이라면 그 생산자가 어른이냐 어린이 내지 청소년이냐는 중요하지 않다[26]고 본다.

더욱이 오늘날 우리나라에서처럼 청소년의 세계가 성인세계와의 차단이 심한 경우, 청소년 자신이 그들의 경험과 세계를 표현한 문학은 더 값지고 소중하다고 생각한다. 따라서 청소년이 쓴 문예물도 청소년소설의 범주에 넣어야 한다고 본다.

현재 청소년들이 창작하는 소설은 출판사에서 주관하는 백일장대회에 참가하여 당선된 소설[27]과 인터넷에서 취미활동으로 창작된 소설[28]이 있다. 전자의 소설은 소설적 형식을 제대로 갖추고 있으나, 그 제재나 주제, 서술 기법 등이 성인소설을 모방하여 청소년소설로 보기 어려운 것[29]도 있으며, 청소년 독자가 즐겨 읽지 않는다. 그에

---

24 김중신, 위의 글, 12쪽.

25 이재철, 앞의 글, 495쪽.

26 김경연, 위의 글, 20쪽.

27 93년부터 시행된, 문학사상사에서 주관하는 『청소년문학상 작품집』과 94년에 시행된, 대산재단에서 주관하는 『청소년 문예작품 수상 작품집』이 있다.

28 대표적인 것으로 영화까지 상영된, 귀여니(이윤세)의 『늑대의 유혹』, 황매, 2002, 『그놈은 멋있었다』 황매, 2003. 등이 있다.

비해 후자의 소설은 청소년 독자층에게 폭발적인 인기를 끌고 있으나, 내용과 형식면에서 문학적 수준에 미달하고 있다.

이와 같이 청소년소설의 개념을 정할 때, 독자와 작가의 문제를 중심에 놓고 논하지만, 그와 같은 기준이 필수 사항은 아니다. 누가 창작하고 누가 읽든 그 작품이 청소년이 읽기에 적합한 요소를 갖추고 있는가가 청소년소설의 핵심이라고 할 수 있다.

(2) 제재 및 주제

청소년소설은 청소년의 삶을 반영하고, 그들의 성장에 도움이 되는 것을 제재 및 주제로 한다. 김슬옹은 청소년이 쓴 것이건 어른이 쓴 것이건 주체는 상관없이 청소년들의 삶과 문제를 다루면 청소년문학이라고 하였다.[30] 또 김중신도 청소년을 다루고 있는 문학이 청소년문학이라고 개념을 내리며, 이는 청소년을 주인공이거나 화자로 상정하고 이들이 겪는 문제를 소재로 다루고 있다[31]고 하였다. 이재철도 청소년을 위한 소설의 판단 기준은 청소년의 생활을 제재로 하고 그들에게 읽히겠다는 자세로 표현된 것을 일단 손꼽아야 한다고 하였다.

---

29 "문화관광부 장관 특별대상에 빛나는 차승훈의 「운수 좋은 날」은 고교생의 작품이라고 보기에는 능청스러운 부분이 없지 않았다. 부부간의 애정 상실과 그로 인한 정체성의 혼란을 '엉덩이 사이에 끼는 팬티'로 풀어내는 화술이 기성작가 못지않다. 더욱이 그것을 '운수 좋은 날'이라는 아이러니로 묶어 내는 기술은 냉소적인 기운마저 느끼게 한다. 한층 세련되고 현대적인 문학을 추구하고 있는 것만은 틀림없다. 그러나 이런 점이 오히려 단점으로 작용하는 측면은 없을까. 지나치게 이른 시기에 틀이 잡힌 개성은 미래의 거목으로 자라나는 데 방해가 될 수도 있다." 윤후명, 한수산, 신수정, 「심사평 고등부 소설 부문」, 차승훈 외, 『2002 제10회 청소년문학상 작품집』, (문학사상사, 2001), 22쪽.

30 김슬옹, 앞의 글, 43쪽

31 김중신, 앞의 글, 16쪽.

특히 주제적 특징은 '청소년'을 제재로 한 성인소설과 청소년소설을 구분하는 중요한 기준이 된다. 성인소설 가운데 청소년을 초점자로 하여 창작된 소설이 있어 청소년소설로 채택되는 혼란을 빚고 있다. 가령,「사랑손님과 어머니」가 순진한 아이의 눈을 통하여 비친 모습을 아이의 말로 나타냈다 하더라도, 그것이 동화나 소년소설이 될 수 없듯이 청소년의 눈을 통해 본 이야기라고 모두 청소년의 문학일 수는 없을 것이다.[32] 즉 작품을 표면적으로 보는 시각에서 벗어나 그 심층적인 주제를 파악하면, 그러한 소설이 아무리 청소년과 그들의 공간을 제재로 했더라도 청소년 시기에 적합하지 않은 소설임을 알 수 있다.

그러한 작품의 예를 7차 초등학교 5·6학년 교과서에 수록되었던 김동인의 번역소설 「무지개」와 이문열의 『우리들의 일그러진 영웅』에서 들 수 있다.

「무지개」는 소년이 비가 갠 어느 날, 떠오른 무지개에 매혹되어 무지개를 잡으러 떠났다가 인생을 허비하는 이야기이다. 사건구조는 성장소설에서 주로 볼 수 있는 길 떠남의 구조를 갖고 있으나,[33] 소년에게 무지개란 잡을 수 없으며 위험한 존재라는 암시를 주는 사건들로 점철되어 있다. 그러나 그 순간 무지개가 떠오르면 소년은 그 찬란한 아름다움에 매혹되어 다시 무지개를 향하여 떠난다. 마침내 소년이 무지개는 도저히 잡지 못할 것을 처음으로 깨닫고, 야망을 단념하였을 때 이미 소년은 늙어버린 자신을 발견하게 된다.

여기서 무지개는 결코 잡을 수 없는 헛된, 그러나 누구나 한번쯤

---

32 이재철, 앞의 글, 504쪽.

33 최현주는 『한국 현대 성장소설의 세계』, (박이정, 2002)에서 「무지개」를 성장소설로 분류하였다.

매혹되고 많은 시간을 허비할 만큼 강렬한 욕망을 상징한다.

초등 교과과정에서는 아무리 강렬할지라도 헛된 욕망에 사로잡히면 인생을 허비하게 된다는 교훈을 주기 위해 이 작품을 채택한 듯하다. 그러나 무엇이 과연 무지개와 같은 헛된 욕망인지 작품 속에선 찾아보기 힘들다. 그리고 미지의 세계에 대한 꿈과 희망을 키우고, 모험심과 탐구심이 발달할 시기인 청소년 시기에 왜 이런 교훈을 주어야 하는지 납득하기 어렵다.

더구나 이 작품은 김동인의 창작소설도 아니고, 번역소설인데 어떤 작품을 번역했는지 그 출처도 정확히 알기 어려운 작품이다. 따라서 원작이 어떤 의도로 어떻게 쓰여졌으며, 김동인의 번역 의도가 무엇인지 모호한 작품을 굳이 선정한 이유를 알 수 없다. 짐작컨대, 문학사적으로 중요시되는 작가의 작품을 아이들에게 소개하고 싶은 욕심에 김동인의 단편 중 소년을 주인공으로 한 유일한 작품을 선택한 것으로 보인다.[34]

이문열의 『우리들의 일그러진 영웅』[35]에 나오는 주요 인물은 10대의 청소년[36]이지만, 그 성격은 청소년으로 보기 어렵다. 주인공 석대에 대한 언급에서 늘 따라붙는 수식어는 '아이답지 않은, 두어 살의 나이 차이만으로는 설명이 안 되는' 과 같은 연령에 대한 것이다. 주로 '나'의 해석으로 서술되는 '아이답지 않은'이 내포하는 의미는

---

34 김동인은 1939년 『소년』에 역사소설 「젊은 무사들」을 연재하지만, 본래 청소년소설에 별다른 관심이 없는 사람이었다. 그래서 김약봉은「김동인선생의 잡지 만평을 두들김-특히소년잡지평에대하야」(『어린이』, 1932.8) 에서 그의 무성의하고 일천한 소년 잡지 만평에 대해 호된 비판을 하였다.

35 이문열, 1987 이상문학상 수상작품집 『우리들의 일그러진 영웅』, 문학사상사, 1994

36 서술자 '나'는 열두 살에 갓 올라간 5학년이었고, 엄석대만 호적이 잘못되어 나이가 두셋은 많다.

그 나이 또래의 청소년이 감히 상상할 수 없는 권력에 대한 집착과 자기 절제에 대한 감탄과 공포심을 나타낸다. 따라서 석대의 성격은 당대 폭력을 행사하는 청소년의 전형성을 얻지 못하고 있다.

그렇다면 이러한 석대의 성격은 그만이 가지는 특수성일 텐데 그에 대하여 다른 정보를 주지 않고, 서술자의 추측을 통해 본능적인 특성으로 간주하고 있다. 이 소설에서 석대가 그런 성격을 갖게 된 원인은 중요하게 취급되지 않는 것이다. 따라서 이 소설을 읽는 청소년들은 그렇게 '아이답지 않고, 두어 살의 차이만으로는 설명이 안 되는' 석대의 성격을 이해하기 어렵다.

이 소설에서 청소년답지 않은 인물은 엄석대만이 아니다. 그러한 그를 예민하게 감각하고 그의 음흉한 술책을 꿰뚫어보는 '나' 또한 예사롭지 않다. 석대에 대한 저항이 비록 항복으로 끝났지만, 저항에 대한 집요한 집착과 고급한 책략, 위기의 순간에 발휘된 자기절제력은 석대 못지않다. 석대의 권력에 대한 집착 못지않게 그의 권력에 도전하고자 하는 나의 집요한 집착에 대해서도 해명이 필요할 것이다. 그러나 그것을 청소년의 세계에서 설명할 말을 찾지 못하여, 어른의 표현을 들어 즉 어른의 관점에서 해명하고 있다.

> 어른들 식으로 표현한다면, 어리석은 다수 혹은 비겁한 다수에 의해 짓밟힌 내 진실이 모진 한처럼 나를 버텨 나가게 해준 것이었다.[37]

물론 이러한 등장인물의 비청소년적 특성이 작품의 개연성에 해를 끼치는 것은 아니다. 소설이 제일 잘할 수 있는 회고의 형식[38]을

37 위의 책, 42쪽.
38 김윤식, 「작가적 오기와 사상의 표정」, 위의 책, 343쪽.

통해 성인 서술자가 서술해나가므로, 그 목소리는 성인의 것일 수 있고, 사건에 대한 기억이나 해석도 그러할 수 있기 때문이다. 문제는 성인이 30년 전, 청소년시절의 사건을 떠올려 회상하지만, 청소년 시기에 이해할 수 없는 중대한 문제를 제기하고 있다는 것이다.

즉 이 소설은 초등학교 교실을 배경으로 하고 있지만, 등장인물이나 사건에 있어서 청소년들이 이해하기 어려운 요소가 많다. 그 이유는 이 소설의 제재, 주제와 관련이 있다. 이 소설은 변혁을 낙관하지 못하는 허무주의적 세계관을 바탕으로 권력의 형성과 몰락 과정을 보여주고 있는데, 민족사의 규모를 국민학교의 교실에 집약시키고, 권력의 실상을 생활영역에 확대해 보인 것이기 때문이다.[39]

따라서 이 소설에 등장하는 인물도 실체를 가진 청소년이 아니고, 알레고리[40]적 기능을 하는 인물이다. 그런데 이 소설은 초·중·고등학교 교과서에 두루 실렸었다. 중·고등학생도 이해하기 만만치 않은 작품이 초등학교 교과서에 실렸던 이유를 납득하기 어렵다. 초등학교 교과서에는 그 일부가 청소년들의 폭력이나 왕따 문제와 관련하여 실렸으나, 그와 같은 문제를 언급하려면 보다 초등학생들의 현실에 부합하는 작품을 채택해야 할 것이다.

(3) 서술 방식

제제 및 주제 못지않게 일반 소설과 청소년소설을 가르는 결정적

39 이상문학상 선고위원회, 「제11회 이상문학상 선정이유」, 위의 책. 339쪽.
40 이 용어는 '다르게 말한다'의 그리스 말에서 나온 것으로 이중적 의미를 가진 이야기 유형을 지칭한다. 즉 말 그대로의 표면적인 의미와 이면적인 의미를 가지는 이야기의 유형이 그것이다. 한용환, 앞의 책, 305쪽 참고.

기준은 서술 방식이다. 이것은 어휘나 문장 표현에 대한 이해의 정도가 발달 단계에 따라 차이가 나기 때문이다. 그러나 청소년문학의 형식에 대한 연구 성과는 아직 미미한 편이다. 특히 청소년소설의 형식은 일반 소설과 다를 바 없고, 제재나 주제적 차이만 날 뿐이라는 의견이 지배적이다. 이와 같은 사정은 청소년문학 이론이 가장 발달되어 있다는 독일도 마찬가지이다.[41]

하지만 성인소설을 청소년소설로 개작할 경우, 서술방식에 큰 차이가 나고 있다. 따라서 본고에서는 성인용 텍스트를 청소년용으로 개작한 작품 중 『토지』의 서술 방식을 비교하여 청소년소설의 대략적인 서술 방식을 살펴보고자 한다.

성인용 텍스트를 청소년용으로 개작한 작품을 보면, 우선 분량이 크게 줄어들었음을 알 수 있다.[42] 이때 분량이 줄어든 요인은 묘사부분을 상당부분 생략했기 때문이다. 토지의 경우, 두 쪽 분량의 굿놀이 장면이 청소년 텍스트에서는 아예 생략되어 있다.[43] 이 부분은 윤보나 이용과 같은 주요 등장인물이 언급되면서 주로 굿놀이를 즐기

---

41 "아동 및 청소년 문학의 형식에 대해서는 아직까지 충분한 고찰이 없는 것으로 보인다. 에크하르트는 그 이유를 '아동 및 청소년 문학의 시학이 없는데다가, 기존 성인 문학의 시학은 아동 및 청소년문학의 현상 형식들을 체계적으로 고려하지 않고 있기' 때문이라고 본다." 김경연, 앞의 글, 26쪽.

42 황광수는 성인용 텍스트를 청소년용으로 개작했을 때, 원작이 갖는 깊이나 본래 뜻이 왜곡될 수 있다는 점에서 다음과 같이 문제를 지적한다.

"『토지』의 경우는 분량이 5분의 1로 줄었어요. 5분의 1로 줄었다는 것은 결국 줄거리 위주로 재구성했다는 뜻이고, 더군다나 작가 자신이 재구성한 것이 아니라 다른 사람이 했어요. … 줄거리 위주로 5분의 1로 축약되었다면 그건 문학작품의 중층성, 느낌의 깊이, 이런 것이 평면화되었다는 의미거든요. 『장길산』 경우는 3분의 1로 줄였다고 본인이 얘기했는데, 이건 주인공 중심으로 줄인 거예요. … 주인공 위주로 소설이 축약되면 결국 영웅주의적 색채를 띨 가능성이 그만큼 커지게 되겠죠. 좀 더 깊이 있게 얘기해봐야겠지만 저는 이런 경향을 달갑게 생각하지 않습니다." 황광수, 박상률, 송승훈, 이권우, 김경연, 좌담, 앞의 글, 244쪽.

43 박경리, 『토지』 1부 1권,(솔, 1994), 12-13쪽, "최참판댁 사랑은~먹게 될 것이다."

는 마을 사람들의 모습이 묘사되어 있는 부분으로 스토리 전개와 직접적인 연관이 없는 부분이기에 생략된 것으로 보인다.

한 문장 안에서도 구체적인 묘사 어구가 생략되어 있다.

> 까치들이 울타리 안 감나무에 와서 아침인사를 하기도 전에, 무색 옷에 댕기꼬리를 늘인 아이들은[44]
>
> → 까치들이 아침 인사를 하기도 전, 새옷을 입은 아이들은[45]

'아침인사를 하기도 전에' 앞에 '울타리 안 감나무에 와서'라는 구절이 생략되었고, '무색옷에 댕기꼬리를 늘인'이라는 구체적인 외양 묘사는 '새옷을 입은'으로 간단하게 대치되었다.

전체적인 서술에 있어서 가장 두드러진 차이는 서술자의 목소리[46]이다. 원래 텍스트에서의 서술자는 자기가 알고 있는 정보를 알려 주고, 그에 바탕하여 벌어지는 일들에 대해 추측하고 판단하며, 때로는 자신의 목소리를 그대로 드러내는[47] 주관적 서술자다. 그러다 보니 대부분의 진술이 현재형이나 예측의 형태이다. 그러나 이러한 서술자가 청소년 텍스트에서는 객관적인 전지적 서술자의 목소

44 위의 책, 11쪽.

45 박경리 원작, 토지문학연구회 엮음, 『청소년 토지』1부 1권, (이룸, 2004), 12쪽.

46 모든 문학 텍스트의 내부에는 화자나 등장인물과 같은 표면적 발화자와 관계없이 그것들 너머에 존재하며 담론 전체의 특성을 결정짓는 하나의 발화 주체, 즉 목소리가 존재한다. 현대의 연구자들 중 목소리에 관한 가장 정교한 이론을 보여 준 사람은 웨인 부스이다. 그의 저서 『소설의 수사학』은 텍스트 안에 드러나는 작가의 다양한 음성과 담론의 유형 분석에 온전히 바쳐진 것이다. 그는 보편적으로 사용되는 '목소리'라는 용어보다 '내포작가'라는 표현을 더 선호하는데, 그 이유는 한 편의 작품을 통해 독자들은 일정한 음색을 지닌 목소리뿐 아니라 하나의 인간적 존재를 인식하게 되기 때문이라는 것이다. 한용환, 앞의 책 , 152-153쪽 참고.

47 "앙증스럽고 건강해 보이는 아이의 나이는 다섯 살. 장차는 어찌 될지, 현재로서는 최치수의 하나뿐인 혈육이었다." 박경리, 앞의 책, 18쪽.

리로 바뀌어 있다. 따라서 대부분의 진술은 과거형이고, 동적 진술을 하고 있다.

어른들은 해가 중천에서 좀 기울어질 무렵이래야, 차례를 치러야 했고 성묘를 해야 했고 이웃끼리 음식을 나누다 보면 한나절은 넘는다.[48]

→ 어른들은 차례를 지내고 성묘를 하고 이웃끼리 음식을 나누어 먹었다.[49]

어휘 선택에 있어서도 쉽고 일반적인 어휘가 쓰이며, 한자를 포함한 어렵고 생경하며, 관념적인 어휘는 지양된다.

여러 달만에 솟증(素症) 풀었다고 느긋해하던 늙은이들은 뒷간 출입이 잦아진다.[50]

→ 오랜만에 배불리 먹은 늙은이들은 뒷간에 자주 갔고,[51]

또 직설적이고 자극적인 어휘는 지양되고 보다 순화된 어휘로 대치된다.

추석은 마을의 남녀노유, 사람들에게뿐만 아니라 강아지나 돼지나 소나 말이나 새들에게, 시궁창을 드나드는 쥐새끼까지 포식의 날인가 보다.[52]

48 『토지』, 11쪽.
49 『청소년 토지』, 12쪽.
50 『토지』, 12쪽.
51 『청소년 토지』, 13쪽.
52 『토지』, 11쪽.

→ 추석은 사람들에게뿐만 아니라 강아지나 돼지나 소나 말들, 새들에게까지 풍요한 날이었다.[53]

전체적인 구성도 시간의 순서에 따라 스토리가 전개되며 단순해진다.

이상의 내용을 바탕으로 청소년소설의 서술 방식을 정리하면 다음과 같다.

1) 되도록 두세 줄 이상의 긴 문장을 사용하지 않는다.
2) 한 장면의 묘사가 길게 이어지지 않는다.
3) 구성이 단순하고 스토리 전개가 빠르다.
4) 관념적이고 정적인 진술보다는 동적인 진술을 한다.
5) 한자를 포함한 어렵고 관념적인 어휘, 자극적인 어휘가 지양된다.
6) 대개 청소년용 도서 한 권의 분량은 성인용 중편소설의 분량과 같다.

요컨대 청소년소설이란 청소년기(13-18세)의 삶이나 관심을 제재 및 주제로 하여, 청소년이 이해할 수 있는 서술로 되어있는 소설이다. 좁은 의미에서는 청소년을 독자로 전제하고 창작된 소설이지만, 넓은 의미에서는 청소년을 염두에 두고 창작되지 않았더라도 그 제재 및 주제, 서술이 청소년이 읽기에 적합하면 청소년소설로 볼 수 있다.

53 『청소년 토지』, 12쪽.

2.2. 기존 연구 검토

이 연구는 크게 '청소년'과 '청소년소설' 두 분야를 아우른다. 따라서 기존 연구 검토 역시 그에 따라 하고자 한다. 그런데 여기서 전제할 것이 있다. '청소년'과 '청소년소설' 관련 자료와 연구에는 여러 가지 용어가 사용되어 매우 혼란스럽다. 따라서 여기서는 애국계몽기부터 일제 말까지 '소년', '청년', '아동', '어린이' 등 미성년기를 가리키는 말이 사용된 담론 중 대략 12세부터 18세 사이의 미성년에 대해 논의한 담론을 '청소년 담론'이라 일컫는다. 이 시기는 학제를 비롯한 여러 제도적 차원에서 '아이와 어른 사이의 시기'를 나타내고[54] 기존의 '청년' 담론 연구와 '아동' 담론 연구에서 비교적 소홀히 취급된 시기이다.

한국에서 '청소년'에 대한 연구는 1980년대 후반 교사들의 교육개혁에 대한 시국선언 및 전교조의 결성 등을 통해 청소년의 교육과 인권에 대한 사회적 인식이 제고되면서 본격적으로 시작되었다. 1990년 '청소년 헌장'이 만들어지고 1992년 '한국청소년학회'가 결성되면서 청소년의 권리 및 청소년 문제에 대한 연구가 활발히 이루어졌다.[55] 그 주제는 대부분 1990년대 이후의 한국 청소년을 대상으로 하여 사회학적 측면에서 청소년 문제의 원인과 개선 방안을 찾는 데 중점을 둔 것들이다. 이와 같이 다른 여러 청소년 연구가 많으므로 여기서는 '청소년'이라는 용어와 개념에 대한 연구 중심으로 검토한다.

한국의 청소년 개념에 대한 연구는 주로 '청소년'이란 말이 많이

---

54 일제는 식민교육정책에 따라 초등교육기관으로 보통학교를 두고 수업연한을 4년, 입학자격은 8세 이상으로 하였다. 12세는 중등교육기관인 고등보통학교 입학 연령이 된다.

55 최배은, 앞의 글, 23쪽.

쓰인 1960년대 이후를 대상으로 하여 청소년이 '학생'과 '소비자'라는 정체성을 획득하게 된 맥락을 고찰하고 있다.[56] 그중 이혜숙의 「'청소년' 용어 사용 시기 탐색과 청소년 담론 변화를 통해 본 청소년 규정 방식」은 '청소년'이라는 말의 기원을 밝혀 청소년의 기원을 탐색하고자 한 시도이다. 이 연구에 따르면 '청소년'이란 용어는 1940년 『조선어사전』에 실려 있으므로 그 전에 생긴 것으로 보이나 왕성하게 사용되기 시작한 것은 1950년대라고 한다.[57]

이와 같이 '청소년'이라는 용어만 주목하면, 그 이전에는 청소년에 대한 사회적 인식이 부재하였던 것으로 생각될 수 있다. 하지만 당시 청소년 담론은 '청소년' 기표가 생기기 전, '소년', '청년', '어린이' 등 미성년 담론에 혼재되어 있으므로 그에 대한 포괄적이고 섬세한 연구가 필요하다.

청소년 관련 용어들을 대상으로 한 연구는 주로 '청년'[58]과 '아동'[59]에 초점을 두고 이루어졌다. '청소년'에 초점을 둔 연구로는 2007년 한국청소년정책연구원에서 청소년기 사회화 담론의 근대적 기원을 밝히기 위해 수행한 「근대 계몽기 위생담론과 '(청)소년'기

56 조한혜정, 「청소년 "문제"에서 청소년 "존재"에 대한 질문으로」, 『왜 지금, 청소년? 하자센터가 만들어지기까지』, 또하나의문화, 2002, 김융희, 「현대 한국의 경제성장에 따른 청소년상의 변화에 관한 연구」, 동국대 박사학위논문, 2004, 최이숙, 「1970년대 이후 신문에 나타난 청소년 개념의 변화」, 서울대 석사학위논문, 2002 등.

57 이혜숙, 「'청소년' 용어 사용 시기 탐색과 청소년 담론 변화를 통해 본 청소년 규정 방식」, 『아시아교육연구』 7권 1호, 2006, 46-49쪽 참고.

58 소영현, 「미적 청년의 탄생」, 연세대 박사학위논문, 2005, 이기훈, 「일제하 청년 담론 연구」, 서울대 박사학위논문, 2005.

59 소래섭, 「『소년』지에 나타난 '소년'의 의미와 '아동'의 발견」, 『한국학보』 제28권 제4호, 일지사, 2002, 원종찬, 「한국 아동문학 형성과정 연구-『소년』(1908)에서 『어린이』(1923)까지」, 『동북아문화연구』제15집, 동북아시아문화학회, 2008, 조은숙, 「근대계몽담론과 '소년'의 표상」, 『어문논집』제46집, 민족어문학회, 2002, 「한국 아동문학의 형성과정 연구」, 고려대 박사학위논문, 2005.

의 탄생」과 「쾌남아(快男兒), 천재, 영웅 키우기－1910~30년대 아동·청소년 훈육 담론의 전개」[60]가 있다. 둘 다 '위생', '훈육'과 같은 특정 담론을 대상으로 근대 청소년을 규율하는 방식의 기원을 고찰하고 있다. 전자는 근대 계몽기[61] 담론을 대상으로 하므로 그 연구에서 '(청)소년'은 미성년기를 통칭하며 후자는 제목에서 보는 바와 같이 '아동·청소년' 담론을 아우르고 있다.

그 외의 연구로 김정의의 「『개벽』지에 나타난 소년관에 관한 고찰」[62]과 김현철의 「일제기 청소년 문제에 대한 연구」등이 있다.[63] 전자의 '소년'은 '청년'이 제외된 약 18세 이하를 통칭하는 개념으로, 『개벽』의 소년 담론에 나타난 소년관을 살펴 1920년대 소년운동과의 상관관계를 확인하고 있다. 후자에서 '청소년'은 '유년'이 제외된 약 12세 이상부터 30세를 통칭하는 개념이다. 이 연구는 일제 강점기 청소년 불량화 담론과 일제의 사법 정책을 살펴 근대 청소년 문제가 구성되는 원리를 고찰하고 있다. 이는 근대 청소년 문제에 주목한 심도 있는 논의로 청소년 관련 연구에 여러 시사점을 주고 있다. 하지만 청년 담론과 소년 담론을 포괄하여 '불량화'에 초점을 둔 논의이므로 청소년의 형성에 대한 본격적인 논의는 이루어지지 않고 있다.

---

60 고미숙, 「근대계몽기 위생담론과 '(청)소년'기의 탄생」, 박노자, 「쾌남아, 천재, 영웅 키우기-1910~30년대 아동·청소년 훈육담론의 전개」, 김현철·박노자 외, 『청소년기 사회화 담론의 근대적 기원과 그 영향』, 한국청소년정책연구원, 2007.

61 '근대계몽기'는 19세기 말부터 경술국치 이전까지의 시기를 가리키는 용어이다. 고미숙, 「근대계몽기, 그 생성과 변이의 공간에 대한 몇 가지 단상」, 『민족문학사연구』 제14호, 민족문학사연구소, 1999.

62 김정의, 「『개벽』지에 나타난 소년관에 관한 고찰」, 『한양여전 논문집』15, 한양여자전문대학, 1992.

63 김현철, 「일제기 청소년 문제에 대한 연구」, 연세대 박사학위논문, 1999, 「일제 강점기에 있어서의 소년 불량화 담론의 형성」, 『교육사회학연구』제2권 제1호, 한국교육사회학회, 2002.

요컨대 기존 연구에서 일제 강점기 '청소년 담론'에 주목하여 근대 '청소년'이 형성되는 과정 및 그 관념을 총체적으로 고찰한 연구는 찾기 어렵다.

최근 청소년문학을 읽고 쓰는 사람이 증가하면서 '청소년소설' 연구에 대한 관심도 늘고 있지만 아직 그 개념과 연구 대상이 자리 잡지 못하고 있다. 기존 연구는 주로 1990년대 이후 창작된 청소년소설을 대상으로 하여 인물의 성장 양상이나 청소년소설을 활용한 문학교육 방법에 대한 논의[64]가 많다. 한편, 본고의 중심 대상인 근대 '소년소설' 연구는 주로 아동문학분야에서 이루어져 왔다. 따라서 아동문학 및 그 밖의 범주에서 이루어진 '소년소설' 연구를 포괄하여 이 연구의 주제인 청소년소설의 형성과 이념에 대한 연구 중심으로 기존 연구를 검토하기로 한다.

청소년소설의 형성에 대한 연구는 졸고 「한국 근대 청소년소설의 형성 연구」, 김경애의 「한국 현대 청소년소설과 『모두 아름다운 아이들』」[65], 오세란의 「한국 청소년소설 연구」[66] 등이 있다.

최배은은 청소년소설의 개념을 확립하고 일제 강점기 '소년소설'이 '청소년소설'임을 입증했다. 하지만 '청소년'과 '청소년소설'의

64 그러한 연구로 김종헌, 「청소년소설의 현실반영과 인물의 내적 성장」, 『아동문학평론』 제34권 4호, 아동문학평론사, 2009. 12, 김화선, 「청소년소설에 나타난 성장서사 연구: 여성인물이 주인공인 작품을 중심으로」, 『국어교육연구』 제45집, 국어교육학회, 2009. 8, 이언수, 「청소년문학 연구: 청소년소설에 나타난 성장의 변모 양상」, 동아대 석사학위논문, 2010. 8, 추혜정, 「청소년소설의 자아성장서사 교수·학습방법 연구」, 부산대 석사학위논문, 2011. 8, 오진영, 「청소년소설 활용 공감의 내면화 교육: 중3교과서 수록」, 서강대 석사학위논문, 2012. 2 등을 들 수 있다.

65 김경애, 「한국 현대 청소년소설과 『모두 아름다운 아이들』」, 『한국문학이론과 비평』 제51집, 한국문학이론과 비평학회, 2011. 6.

66 오세란, 「한국 청소년소설 연구」, 충남대 박사학위논문, 2012.

형성에 대한 자료와 논증이 충분하지 않았다. 김경애는 현대 청소년 소설을 "전문 작가가 청소년을 주된 독자로 하여 쓴 것으로서 청소년 주인공의 정체성 모색을 중심사건으로 하는 소설"[67]이라고 정의한 뒤, 그 기원을 최시한의 『모두 아름다운 아이들』[68]에서 찾고 그것의 미적 구조와 특성을 밝히고 있다. 이 연구는 청소년소설의 미적 특질을 규명하기 위한 방법론을 모색했다는 점에 의의가 있지만 현대 '청소년' 개념과 '청소년소설'의 형성 배경에 대한 고찰이 없어서 대상 시기가 모호하고 현대 청소년소설의 기원에 대한 논증이 충분하지 않다.

오세란은 독일의 아동·청소년문학 연구 방법을 참고하여 청소년문학을 그 자체로 규명할 수 없는 복합적 성격을 띤 것으로 전제하고 역사적으로 청소년 독자가 읽었던 작품과 '청소년소설'의 상호텍스트성을 분석하여 청소년소설의 특질을 규명하고자 한다. 즉 '소년소설과 청소년소설', '성장소설과 청소년소설', '일반소설과 청소년소설', '대중서사와 청소년소설'을 비교 고찰한다. 이 연구는 그동안 제기되었던 청소년소설과 관련된 쟁점을 한자리에 모아 놓고 해명하기 위한 시도를 했다는 점에서 의의가 있다. 하지만 연구의 기준이 되는 '청소년소설'의 개념이 모호하고 이 연구의 대상인 '청소년 담론' 및 '소년소설', '성장소설' 등에 대하여 엄밀한 고찰 없이 이제까지 나온 단편적인 연구에 근거하고 있기 때문에 이 연구의 결과도 기존 연구의 한계를 벗어나지 못하고 있다.

오세란은 '청소년'과 '청소년소설'의 개념이 역사적으로 변하는 개념이라고 전제하지만 2000년대 이후 창작된 청소년소설을 "본격

---

67 김경애, 위의 글, 140쪽.
68 최시한, 『모두 아름다운 아이들』, 문학과지성사, 1996.

적인 청소년소설"[69]로 보고 그 전에 청소년이 읽은 작품은 그것이 형성되기 위한 과도기적 현상으로 본다. 이러한 오류는 그의 '소년' 개념에서부터 비롯된 것으로 보인다. 그는 '소년'은 연령적 개념이고 '청소년'은 연령적 개념에 사회학적 개념이 더하여진 것이라고 한다. 하지만 이것은 연령 개념이 단지 생물학적인 나이를 뜻하는 것이 아니라 연령에 따른 사회적 역할과 지위가 고려된 개념[70]이라는 것을 간과한 것이다.

아동문학 분야에서 이루어진 '소년소설'의 형성에 대한 연구는 이원수의 「아동문학입문」[71], 이재철의 「아동소설론」[72], 원종찬의 「한국 아동문학 형성과정 연구」[73], 「한국의 동화 장르」[74] 등이 있다.

이원수는 아동문학을 5세부터 17세까지의 어린이와 청소년 독자를 포괄하는 문학으로 정의하고[75] 그 하나의 갈래로 '소년소설'을 규정한다. 그는 소년소설의 대상 독자를 10세 이상의 아동으로 보고, 유년기를 벗어난 그들이 환상세계보다 현실세계를 추구하여 그들을 대상으로 한 소설이 발생되었다고 본다.[76] 따라서 소년소설은 아동문학 갈래 중 가장 사회성이 강한 사실적인 문학이라고 하며 리얼리즘에 입각하여 비평한다. 이러한 견해는 일제 강점기에 이주홍이 정리했던 소년소설의 개념과 크게 다르지 않다. 이주홍도 1931년 조선일보에 발표한 「아동문학운동 일 년 간」[77]에서 소년소설의 독자를

---

69 오세란, 앞의 글, 18쪽.

70 가와하라 카즈에, 양미화 옮김, 『어린이관의 근대』, 소명출판, 2007, 10쪽.

71 이원수, 「아동문학입문」, 『아동문학입문』, 소년한길, 2001.

72 이재철, 「아동소설론」, 『아동문학개론』, 서문당, 1998.

73 원종찬, 「한국 아동문학 형성과정 연구 -『소년』(1908)에서 『어린이』(1923)까지」, 『동북아 문화연구』 제15집, 동북아시아문화학회, 2008.

74 원종찬, 「한국의 동화 장르」, 『한국 아동문학의 쟁점』, 창비, 2010.

75 이원수, 앞의 글, 11쪽.

76 위의 글, 103쪽.

문학적 소양이 있는 '장년 아동'들로 보고 소설의 성격을 현실적, 구체적, 설명적, 교화적이며 예술성의 본질에서는 어른 소설과 차이가 없다고 했다. 그리고 사회주의 관점에서 이러한 소설의 특질 때문에 소년소설은 "X의 문학"[78] 즉 사회주의 문학으로 가장 적합하다고 보았다. 이원수의 리얼리즘이 이주홍의 사회주의 리얼리즘과 일치한다고 볼 수 없지만 그의 '소년소설'에 대한 개념은 일제 강점기의 개념을 수용한 것으로 볼 수 있다. 이러한 이주홍과 이원수의 견해는 '소년소설'을 하나의 갈래로 설정한 의의가 있으나 소설에 대한 문예학적 고찰 없이 '사실성'만을 그 특질로 전제한 한계가 있다.

이재철은 초등학교 고학년부터 중학생에 이르는 아동들을 대상으로 한 소설을 '아동소설'이라고 하고 '소년소설'은 그 하위 갈래로서 소년 대상의 소설로 규정한다. 이것은 일제 강점기 '소년소설'이 소년, 소녀 대상의 소설을 총칭하는 용어였음[79]을 간과한 것이다. 그는 아동문학이 태동한 시기를 최남선의 『소년』이 발간된 때로부터 보고 있으나 해방 이전까지의 작품은 본격적인 문학이라기보다 아동문화운동의 수단으로 본다. 그리고 아동문학 초기의 산문 분야는 동화에 국한되어 있는 것으로 보고 아동소설은 해방 후 혼란한 상황과 한국전쟁의 현실에서 형성된 것으로 본다.[80] 이러한 견해는 방정환의 소년소설은 동심천사주의 동화로 싸잡아보고, 사회주의 소년소설은 사회주의 운동의 선전도구로 여겨 문학으로 인정하지 않은 데서 비롯된 것이다. 즉 이재철은 '소년소설'의 역사적 성격을 간과하고 해방 이후의 반공 이데올로기로 일제 강점기의 작품을 바라본

77 이주홍, 「아동문학운동 일 년 간」, 『조선일보』, 1931. 2. 13-21.
78 위의 글, 1931. 2. 17.
79 이에 대해선 Ⅲ.4.1. '소녀' 부재의 '소년'에서 자세히 살핀다.
80 이재철, 앞의 글, 182-184쪽 참고.

문제점이 있다.

원종찬은 이재철의 이런 견해를 비판하며 「한국아동문학 형성과정 연구」에서 1908년부터 1923년까지 신문·잡지에 쓰인 '소년', '아동', '어린이'의 개념을 고찰하여 1920년대 초반에 근대적인 의미의 '아동'이 형성되었음을 밝힌다. 그리고 1920년대 초반의 소년운동과 색동회 활동의 전개 과정에서 아동문학의 기원을 찾는다. 한편, 그는 「한국의 동화 장르」에서 동화의 형성과 전개과정을 고찰하는 가운데 동화, 소년소설, 생활동화 등의 갈래가 혼선을 빚게 된 이유를 밝힌다. 그는 방정환이 처음 동화를 창작할 때부터 그와 분명히 구별되는 현실적인 이야기를 창작하고 그것이 '소년소설'이라는 명칭으로 자리 잡았다고 한다. 그리고 당시 아동문학의 독자 연령이 높아 공상적인 동화보다 실생활을 재료로 한 리얼리즘 문학이 독자들의 요구를 더 만족시켜 줄 수 있었기 때문에 동화도 점점 소년소설과 비슷해져서 동화와 소년소설의 구분이 모호해졌다고 한다.

이러한 견해는 '아동'과 '동화'의 개념을 일제 강점기의 '동심'의 개념에 매이지 않고 실증적으로 고찰한 의의가 있다. 그런데 아동문학을 이원수와 같이 어린이와 청소년을 모두 대상으로 삼는 문학으로 보고 그것의 형성 과정을 두고, 또 거기서 청소년보다는 어린이에 초점을 둔 연구를 하고 있다. 그래서 동화와 다른 '소년소설'이 아동문학 초기부터 창작되었다고 하면서도 그것의 독자적 형성 배경에 대해서는 고찰하고 있지 않다.

원종찬의 '소년소설'에 대한 이념 연구는 리얼리즘에 입각하여 이루어졌다. 그는 한국 아동문학의 기본 성격을 '현실주의'로 보고 일제 강점기부터 아동문학을 규정했던 통념인 '동심천사주의'와 '교훈주의'를 비판한다. 이러한 견해는 아동문학을 문학으로서보다 교육

자료로 그것도 이념 교육의 자료로 여기는 태도를 극복하는 데 큰 기여를 하였다. 그리고 최근 「아동문학의 주인공과 아동관에 대하여」[81]에서 문학 작품 속 아동은 어른의 근대적 아동관이 반영된 것이라고 하며 아동문학 비평에 있어서 '아동관'에 대한 고려가 필요함을 밝혔다. 이러한 주장은 아동이나 청소년을 주인공으로 한 문학작품 연구의 근본적인 문제점에 주목했다는 점에서 의의가 있다. 하지만 '소년소설'과 '동화'를 분리하지 않고 함께 논의하여 동화와 청소년 대상 소설의 특질이 간과되고 있다. 또한 그의 이념 연구는 작가와 사회의 모순 및 지배적 이념의 작용 과정을 유기적으로 고찰하기보다 작가의 이념이나 한계를 사회·문화의 영향으로 규정하는 한계[82]가 있다.

그 밖에 '소년소설'을 아동문학, 청소년문학, 일반문학의 범주를 포괄하는 의미로 규정하고, 그 형성을 살피는 연구로 전명희의 「한국 소년소설의 형성과 전개양상-장르의 역사적 기반과 흐름에 대해」[83]와 최미선의 「한국 소년소설 형성과 전개과정 연구」[84]가 있다.

전명희는 1910년 『소년』에 실린 이광수의 「어린 희생」부터 1990년대 후반 창작된 청소년소설까지 모두 '소년소설'로 간주하고 논의한다. 즉 '소년'을 대략 13세부터 19세 미만의 연령으로 보고 그 연령의 인물을 주인공으로 한 소설 모두 '소년소설'로 칭하는 것이다. 그

---

81 원종찬, 「아동문학의 주인공과 아동관에 대하여」, 『한국 아동문학의 쟁점』, 창비, 2010.

82 그에 대한 예로 근대 아동문학에서 '가족·국가·이념'에 헌신하는 어린이상(像)을 비판하며 다음과 같이 작가보다는 사회·문화적 배경에서 그 원인을 찾는 점을 들 수 있다. "자기 욕구를 억제하고 인고와 헌신으로 발전하는 스토리는 작가보다는 사회·문화적 차원의 문제 때문이라고 할 수 있다." 원종찬, 위의 글, 202쪽.

83 전명희, 「한국 소년소설의 형성과 전개양상-장르의 역사적 기반과 흐름에 대해」, 『한국아동문학연구』제15호, 한국아동문학학회, 2008.

84 최미선, 「한국 소년소설 형성과 전개과정 연구」, 경상대 박사학위논문, 2012.

결과, "소년소설은 성인문학과 동화의 독자 대상 경계를 자유롭게 드나들며 모든 독자를 흡인하고 있다"[85]고 한다. 여기에서 '소년소설'은 일제 강점기에 창작된 역사적 갈래를 가리키는 용어가 아니라 필자에 의해 새롭게 정의된 것이어서 역사적 갈래로 형성된 용어를 자의적으로 확대 사용한 문제점을 안고 있다.

최미선 역시 언어의 역사성을 간과하고 '소년'이라는 어휘를 "장구한 언어생활 안에서 초역사적으로 사용되어온 보편적이고 안정적인 기초 어휘"이며 "거기에 근대의 강력한 계몽기획으로 새로운 의미를 더하게 됨으로써 어휘의 개념적 폭이 더 공고해지고 확대되었다"[86]고 본다. 이 연구는 근본적으로 그 대상 시기의 '소년'에 대한 고찰 없이 애국계몽기 '소년'의 개념으로 '소년소설'을 규정한 문제가 있다. 그러한 '소년' 개념을 바탕으로 그 의미가 달라진 1920년대부터 1940년대까지의 '소년소설'을 고찰하기 때문에 연구 결과가 작품의 실상과 다른 문제점을 보이고 있다.

이상에서 살펴 본 기존 연구의 문제점을 정리하면 다음과 같다.

첫째, 근대 '청소년 담론'을 광범위하게 조사·분석하여 '청소년'의 형성을 연구하고 그것을 바탕으로 근대 '청소년소설'의 개념을 설정하여 그 형성과 특징에 대해 연구한 것을 찾기 어렵다.

둘째, 근대 청소년소설을 최대한 모으고 정리하여 그 전반을 대상으로 삼아 이루어진 연구도 없는 것으로 보인다.

85 전명희, 앞의 글, 6쪽.
86 최미선, 앞의 글, 151쪽.

셋째, 이념적 성격이 짙은 근대 청소년소설에서 인물의 특질을 이루는 '선택'과 '배제'의 기제에 주목한 연구도 찾기 어렵다.

넷째, 소설의 구조를 분석하여 그에 구현된 이념을 밝히고, 당대의 역사적 지평에서 작가와 사회·문화의 이념이 작용하는 양상을 살펴 텍스트의 생성과 수용 원리를 해석한 연구도 없는 것으로 보인다.

03 연구 대상과 방법

이 연구는 '청소년' 및 '청소년소설'에 관한 문학 담론과 비문학 담론을 아울러 대상 자료로 삼는다.

문학 담론은 일제 강점기 청소년소설과 그와 관련된 비평 등을 대상으로 한다. 청소년소설은 창작 소설만 대상으로 삼되 청소년 독자를 전제하고 창작된 소설과 그렇지 않은 소설 모두 포함된다. 근대 청소년소설 대부분은 주로 소년 잡지나 신문의 학예면에 게재되었고 소년소설, 소녀소설, 학생소설, 애화, 미담, 사실소설, 탐정소설, 소품, 벽소설, 사진소설, 영화소설 등으로 갈래가 표시되어 발표되었다. 이러한 명칭은 작가나 편집자가 붙인 것으로 보이는데 같은 명칭 아래 성격이 다른 소설이 놓이는 경우가 있다.[87] '동화'로 갈래

87 가령 마해송의 「홍길동전」(『신소년』, 1927. 1)은 고전소설을 청소년 독자에 알맞게 각색한 소설인데 '소년소설'로 발표되었다. 이 경우 '소년소설'은 소년을 독자

지워진 작품은 대개 외국동화의 번역, 번안이거나 민담의 성격을 띠고 있어서 비교적 청소년소설과 구분이 용이하지만 그중에도 간혹 청소년소설의 형식과 내용을 띤 것이 있다. 또 아무런 갈래 표시가 없는 작품도 있다. 이와 같이 당시 갈래 명칭은 학술적, 관습적인 측면에서 굳어진 것으로 보기 어렵기 때문에 작품의 실상을 보고 해당하는 것을 대상으로 삼는다.

작가가 특별히 청소년 독자를 염두에 두지 않고 쓴 작품의 경우, 청소년 소설과 '청소년 시점 소설'을 구분한다. 청소년소설이 대부분 청소년을 주인공으로 삼은 청소년 시점의 소설이지만 모든 청소년 시점 소설이 청소년소설은 아니기 때문이다. 가령 박태원의 「천변풍경」[88] 제2장은 이발소에서 일하는 소년 시점으로 서술되지만, 그것은 청소년의 삶과 관심에 초점이 놓이기보다 그의 눈을 빌어 포착되는 세태에 초점이 놓인 것이다.

한편 이효석의 「고사리」[89]는 소년 잡지에 소년소설로 발표된 것이 아니지만 그 제재와 서술 방식을 보았을 때 청소년소설에 포함시킬 수 있다. 청소년 독자만을 염두에 두고 창작된 소설이라고 할 수는 없지만 청소년기 특질과 욕망을 탐구하여 청소년도 읽을 수 있게 표현한 작품이다. 따라서 근대 청소년 주인공, 청소년 시점 소설을 검토하여 청소년소설에 해당하는 것을 선별하였다.

창작 소설을 대상으로 하므로 번역, 번안, 각색 소설은 제외된다. 작품 수는 300여 편에 이르며 대부분 단편이고, 장편은 주로 1930년대 후반에 창작된 소설로 15편이 그에 해당된다. 구체적인 작품 목

로 한 것이면 무엇이든 가리키는 말이 된다.

88 박태원, 「천변풍경」, 『조광』, 1936.

89 이효석, 「고사리」, 『사해공론』, 1936. 9.

록은 부록으로 첨부한다.

비문학 담론은 일제 강점기 잡지와 신문에 실린 청소년 관련 담론 및 보통학교 수신교과서와 조선어과 교과서 등을 포괄한다.[90]

본고의 연구 방법은 한국 근대 청소년소설의 특성을 고려하여 모색되었다. 한국 근대 청소년소설은 일제 강점기 근대화 과정에서 형성된 '청소년'을 전제로, 주로 교육운동[91]의 일환인 '소년문예운동'의 과정에서 형성되었다. 작품의 생산, 수용, 유통이 근대적 주체로서의 '청소년'의 형성과 함께, 또 국권상실 상황에서 소년운동의 일환으로 이루어졌기 때문에 이념적, 교육적 성격이 두드러진다. 그래서 성인 대상의 문학보다 윤리와 규범에 구속되고, 그 이념적 맥락이 의미구조상 지배적 기능을 한다. 따라서 이 연구는 당대 담론 자료를 바탕으로 이념적·사상적 맥락을 재구성하고 그것을 바탕으로 텍스트의 구조와 생성 및 수용 원리를 고찰할 것이다. 이는 연구자의 주관과 연구자가 처한 사회·문화적 관점에서 가급적 벗어나 당대의 맥락에서 대상을 파악하기 위한 것이다.

한편, 일제 강점기라는 특수한 현실을 고려하여 일본에서의 소년관이나 소년정책, 일본 '소년문학'과의 관련을 염두에 두며 살필 것

---

90 일제 강점기 조선총독부에서 편찬한『조선어독본』에는 '우화, 설화, 고전소설' 등만 있고 근대소설은 없다. 박붕배,「한국국어교육전사 上」, 대한교과서주식회사, 1992, 442쪽 참고.

91 이 논문에서 자주 쓰이는 용어로 서로 관련 있는 '교육운동', '소년운동', '소년문예운동'의 개념을 정리하면 다음과 같다.

'교육운동'은 근대 계몽기부터 일제 강점기까지 구국운동의 차원에서 민족의 실력을 양성하기 위해 전개된 근대적·민족적 지식 및 사상의 교육 운동을 의미한다. '소년운동'은 1920년대 초반 천도교 소년회 조직 운동을 계기로 본격적으로 전개된 소년인권운동과 소년 대상의 인성계발·민족의식 교육 운동을 의미한다. '소년문예운동'은 소년운동의 일환으로 전개된 소년 잡지 발간과 소년문예의 창작 및 감상 운동을 의미한다.

이다. 일제 강점기에 형성된 모든 사항들은 총독부의 식민 지배 정책뿐 아니라 본국의 사회·문화와 밀접한 관련이 있다. 하지만 본고의 주제가 일본 '소년문학'과의 비교 고찰은 아니므로 필요한 범위에서만 살피게 될 것이다.

제II장에서는 근대 '청소년'과 '청소년소설'의 형성 과정을 고찰한다.

청소년 개념은 푸코 이래 문화 연구에 활용되어온 담론 연구 방법을 참고하여 일제 강점기 잡지와 신문에 쓰인 '청소년 담론'을 살핀다. 먼저 '소년', '청년', '어린이', '아동', '청소년' 등 미성년을 가리키는 개념들의 배제와 포섭, 변환 양상을 통시적으로 고찰하여 '청소년' 범주의 형성 과정을 밝힌다. 그리고 그 과정에서 형성된 근대 청소년의 특성을 관념과 이미지 중심으로 관련 자료를 종합하여 밝힌다.

청소년소설의 형성 과정은 사회·문화적 배경과 문학적 배경으로 나누어 살핀다. 먼저 근대 청소년소설의 작가, 독자, 매체의 형성 배경인 소년문예 운동과 소년 잡지의 성격에 대해 고찰한다. 그리고 근대 소설사의 맥락에서 청소년소설의 형성 배경을 살핀다. 청소년소설은 아직 허구 개념이 자리 잡지 못하고 소설의 계몽적 기능이 중시되던 1920년대 초반에 형성되었다. 일반소설은 소설의 기법에 대한 다양한 탐구와 실험이 이루어지며 그러한 양상이 변해가지만 청소년소설은 지속되는 경향이 있다. 1910년대부터 소설을 창작[92]하여 1920년대 소년문예운동의 일환으로 청소년소설을 개척했던

92 방정환, 「우유배달부」, 『청춘』, 1918. 4, 「고학생」, 『유심』, 1918. 12, 「금시계」, 『신청년』, 1919. 1, 「졸업의일」, 『신청년』, 1919. 12, 「유범」, 『개벽』, 1920. 6.

방정환의 작품을 중심으로 그 양상과 원인을 살핀다. 이 과정에서 근대 청소년소설이 '사실성'을 그 특질로 지니게 된 원인도 밝힐 것이다.

제Ⅲ장에서는 근대 청소년소설의 구조를 사회·문화의 지배적 이념의 맥락에서 고찰하여 텍스트 생성 원리로서 작가들의 '정치적 무의식'을 분석한다. 본고에서 '이념'은 이데올로기의 우리말로 알튀세의 개념에 근거한다. 그에 따르면, "이념 속에 표상되는 것은 개인들의 존재를 지배하는 실재 관계들의 체계가 아니라 그들이 살고 있는 실재 관계들에 대한 개인들의 상상적 관계"[93]이다. 그리고 이념을 구성하고 있는 것으로 보이는 '사고들', '표상들'은 정신적 존재가 아니라 물질적 존재를 갖는다. 즉 "이념은 항상 국가 장치[94]들과 그들의 실천 속에 존재한다."[95] 요컨대 알튀세에 따르면 이념은 사회구조와 개인들의 관계에 작동하는 원리이다. 따라서 "이념에 의하지 않고 이념 아래 있지 않은 실천이란 없다."[96]

프레드릭 제임슨은 알튀세의 이론을 바탕으로 서사와 이념의 관계를 살핀다. 그는 서사를 "사회적 모순을 상상적으로 해결하려는 상징 행위"[97]로 정의하고 "이념이란 상징 생산의 바탕이 되거나 상

93 알튀세, 「이데올로기와 이데올로기적 국가 장치」, 『아미엥에서의 주장』, 솔, 1991, 109쪽.

94 알튀세는 마르크스의 국가 이론을 진전시켜 '국가 권력과 국가 장치'를 구분하고 다시 국가 장치를 '억압적 국가 장치'와 '이데올로기적 국가 장치'로 구분한다. 전자는 '정부, 내각, 경찰, 군대, 감옥, 재판소' 등의 폭력에 의해 기능하는 장치이고, 후자는 '종교, 교육, 가족, 법률, 정치, 문화' 등 이데올로기에 의해 기능하는 장치들이다. 위의 책, 89쪽 참조.

95 위의 책, 111쪽.

96 위의 책, 115쪽.

97 Fredric Jameson, *The Political Unconscious: Narrative as a Socially Symbolic Act*

징 생산에 동력을 제공하는 것이 아니라 미적 작용 자체가 이념적이"고 "미적 형식 내지 내러티브 형식의 생산 자체를 이념 작용으로 이해해야 한다"고 한다.[98]

즉 그의 해석 이론에서 가장 중요한 개념인 '정치적 무의식(the political unconscious)'은 텍스트 생성 원리로서, 모든 텍스트는 정치적(계급적, 집단적, 역사적)이라는 전제 아래, 모순적인 현실과 역사를 살아내기 위한 작가들의 무의식적이며 필사적인 반응을 말한다.[99] 그에 따르면 텍스트를 해석하는 행위는 결국 작가의 정치적 무의식을 분석하는 행위라고 볼 수 있다.

그 첫 번째 단계는 텍스트 차원에서 개별작품을 상징적 행위로 파악하는 것이다. 소설 속 현실은 작가가 포착한 사회적 모순과 그것을 해결하려는 작가의 욕망과 의도, 그리고 작가의 삶에 작동해온 당대 및 과거 사회의 지배적 이념이 얽혀 형상화된 것이다. 그것은 어떤 현실을 배제함으로써 선택된 현실을 합리화[100]한다. 따라서 그것을 고찰하려면 작품 속에 '존재하는 것'뿐 아니라 '부재하는 것'에 주목하고 작품 생산을 통해 작가가 해결하려 한 사회적 모순을 밝혀야 한다.

두 번째 단계는 개별 텍스트를 거대한 집단적 계급 담론들의 발화로 파악하는 것이다. 이 지평에서 연구 대상은 곧 '이념소(ideologeme)'이다. '이념소'란 본질적으로 적대적인 사회 계급들의 집단적 담론들에서 인지 가능한 최소 단위를 말한다.

(Ithaca: Cornell University Press, 1981), p.77.

98 Ibid., p.79.

99 프레드릭 제임슨, 이경덕·서강목 옮김, 『정치적 무의식』, 민음사, 397쪽.

100 이 연구에서 '합리화'는 주로 텍스트를 그럴 듯하게 하기, 필연적·자연적인 것으로 만들기의 의미를 지닌다.

마지막 단계는 개별 텍스트와 그것의 이념소를 '형식의 이념'(ideology of form)으로 파악하는 것이다. 즉 그 자체를 생산 양식의 흔적들이거나 예기들인 다양한 기호 체계들의 공존에 의해 우리에게 전달되는 상징적 전언들로 읽어야 한다.[101]

이러한 주장은 한국 근대 청소년소설이 매우 이념성이 짙고 문학적으로 단성적(單聲的)인 성격을 지니고 있기 때문에 시사하는 바가 크다.

근대 청소년소설의 특징을 이루는 선택된 현실은 작품에서 인물의 주요 특질[102]을 이룬다. 인물의 특질은 텍스트의 의미와 관련된 필수 요소이자 사회 현실과 텍스트를 매개하는 요소로 기능한다. 이것은 프레드릭 제임슨이 말한 이념소(ideologeme)에 해당된다. 청소년소설에 등장하는 청소년 인물은 작가가 어떤 의미를 드러내기 위해 창조한 성격이자 궁극적으로 그 시대와 작가의 청소년관이 표현된 것이다. 삼백 여 편의 근대 청소년소설에서 청소년 주인공의 성격이 거의 비슷하다는 사실은 당시 사회와 작가들의 청소년관이 크게 변하거나 다르지 않았음을 의미한다.

이 연구에서는 인물의 주요 특질을 '희생, 가난, 고아, 소년'의 네 가지로 잡는다. 물론 이 특질들은 작품에 한 가지만 존재하는 경우도 있지만 대부분 함께 얽혀 있다. 뛰어난 소질과 아름다운 품성을 가진 소년이 힘 있는 어른에게 '희생'당하는 것은 그가 '고아'여서 자신을 보호해줄 부모가 없는 것과 관련 있으며, '가난'한 타인을 위

101 프레드릭 제임슨, 이경덕·서강목 옮김, 앞의 책, 93-95쪽 참고.

102 "작품 속에서 인물은 특질(特質)들의 총체이다. 특질이란 지속적인 속성 또는 자질로서, 인물 해석의 기본 단위이며, 다른 인물과 구별되는 것이 보다 의미를 지닌다. 그것이 모이고 종합되어 관심, 욕망, 윤리적 원칙 등의 복합체, 곧 '성격'을 이룬다." 최시한, 『소설, 어떻게 읽을 것인가』, 문학과지성사, 2010, 200쪽.

해 자신을 '희생'하는 심리적 동기도 주인공 자신이 '가난'하여 타인의 고통에 공감하기 때문이다. 그렇다고 이들 요소가 모든 작품에 똑같이 존재하는 것은 아니며 함께 있는 경우라도 부각되는 요소가 일정하지 않다. 즉 고아 소년의 삶을 다룬 소설이더라도 부모를 잃는 과정에 대한 묘사 없이 부모에 대한 갈망만을 나타낸 소설이 있는가 하면, 돈과 힘 있는 외부 세력의 핍박으로 부모와 가족을 잃은 소년의 비참한 삶을 나타낸 소설도 있다. 어떠한 특질이 부각되느냐에 따라 중심사건과 의미가 달라진다. '고아'에 초점이 놓이면 고아의 욕망이 중심사건을 형성하게 되고, '희생'에 초점이 놓이면 고아를 만든 외부적 폭력이 중심사건을 형성하게 된다.

여기서는 무엇보다 그 특질이 선택된 이념의 작용을 밝히기 위해 그들을 총 4절로 나누어 특질별로 논한다. 여러 특질이 같은 비중으로 긴밀하게 결합되어 명확히 분류하기 어려운 작품은 가급적 중복을 피하면서 함께 논한다.

각 절의 제1항에서는 먼저 작품의 심층 갈등을 분석하여 그 구조를 살핀다. 갈등은 사건, 인물, 플롯 등에 성격과 동력(動力)을 주고, 그들을 통합하는 주요 요인이다. 한 작품에는 여러 갈등이 얽혀 있지만 그것은 궁극적으로 작품을 지배하거나 관통하는 서로 대립적인 의미 요소, 곧 대립소로 표현된다. 즉 작품의 의미를 해석하기 위해서는 서술의 표층 갈등으로부터 심층 갈등을 파악해야 한다. 갈등은 기본적으로 욕망이 그 실현을 가로막는 무엇과 부딪치면서 시작된다.[103] 여기선 인물의 특질을 이루는 현실과 청소년 인물의 욕망을 대립소로 설정하여 그 대결 양상에 따른 의미를 해석한다. 그리고

103 이상의 '갈등'에 대한 기술은 최시한, 앞의 책, 91-92쪽에서 인용하고 '4.사건(2)'에서 도움 받았다.

각 특질과 관련된 '부재하는 것'을 밝히고 그것이 텍스트의 의미를 합리화하는 기제를 해석한다. 그 기제는 작가의 의식·무의식적 이념들이 작용하여 단순하지 않다. '희생'과 '가난'은 의식적 측면이 크고, '고아'는 의식적 측면과 무의식적 측면이 비슷하게 얽혀 있으며, '소년'은 무의식적 측면이 크다. 본고에서는 작가의 의도적 노력이 두드러진 것부터 논의한다.

각 절의 제2항에서는 사회·문화적 맥락에서 제1항에서의 '선택과 배제'가 생긴 원인을 찾는다. 즉 텍스트와 특질을 적대적인 계급들의 집단적 담론의 발화로 분석하는 것이다. 근대 청소년소설의 작가는 거의 성인 남성이었고 소년문예운동의 종사자였다. 이태준, 박태원, 채만식 등 문단에서 활약하던 일반소설 작가들이 참여하기도 했지만 어떤 문제의식을 가지고 새로운 시도를 하기 위해서였다기보다 이미 운동가들에 의해 형성된 청소년소설을 따라 지으려는 성격이 강했으므로 그들의 창작 경향도 주류 입장과 크게 다르지 않다. 따라서 당대 소년문예운동가들이 해결하려 했던 사회적 모순 및 그들과 영향을 주고받은 운동 담론, 교육 담론, 양육 담론, 여성 담론 등의 장(場)에서 그들의 이념과 사회의 지배 이념이 작용하는 양상을 고찰한다.

'희생'이라는 특질의 경우, 소년운동 담론을 중심으로 식민지 현실을 극복하기 위한 소년운동의 이념이 일제의 민족운동 탄압 및 방해 담론에 대응하는 양상을 분석한다. '가난'에서는 교육 담론 중심으로 일제의 실용주의 식민화 교육 이념과 그에 맞선 소년운동가들의 교육 이념을 분석한다. '고아'에서는 교육 담론 중심으로 일제의 식민지 동화정책 이념인 천황숭배주의와 그에 반한 민족의 고아의식을 고찰한다. 그리고 양육 담론 중심으로 근대 양육 규범이 전통적인 '효' 사상에 대응하는 양상을 분석한다. '소년'의 경우, 먼저 여성 작가의 부재 상황과 원인을 살피고 여성 담론을 중심으로 여성해방사상과 그것을 억압한 남성중심주의 이념을 분석한다.

제Ⅳ장에서는 앞의 논의를 종합적으로 고려하여 주제와 서술의 측면에서 근대 청소년소설의 의의와 한계를 짚어본다. 이 작업은 곧 역사적 지평에서 텍스트와 이념소를 상징적 전언들로 파악하여 프레드릭 제임슨이 제안한 '형식의 이념'을 고찰하는 과정이 될 것이다.

제Ⅴ장에서는 전체 논의를 요약, 종합하고 후속 논의를 제언한다.

한국 근대
청소년소설의
정치적 무의식

제 Ⅱ 장

근대 '청소년'과 '청소년소설'의 형성

한국 근대
청소년소설의
정치적 무의식

01
'청소년'의 형성

'청소년'은 인간의 삶을 연령에 따라 나누고 각 시기의 과업을 부여한 생애주기의 한 단계를 가리키는 용어이다. 이러한 개념은 자명하고 불변적인 속성에 의한 것이 아니라 인간의 발달 및 생애에 영향을 미치는 사회·문화적 조건에 의한 것으로 일정하지 않고 가변적이다.[1] 오늘날 청소년이란 성인으로 자립하기 위한 개인적, 사회적 준비를 하는 시기로서 대부분 중학교와 고등학교에 다니며 신체적으로 2차 성징이 나타나고 심리적으로 자아정체감이 형성되며 인지 발달이 성인의 수준에 도달하는 존재로 이해되고 있다.[2]

1 인간의 발달에 미치는 사회적 영향에 대한 선구적 연구로 마가렛 미드의 『사모아의 청소년』(한길사, 2008. 1)이 있다. 미드는 1924년 미국령 사모아의 한 작은 섬에서 민족지적 현지조사를 통해 그곳 청소년기 소녀들의 삶과 성장 과정을 관찰한 후, 미국 청소년의 성장 과정과 비교했다. 그 결과 사모아 소녀들은 정서적 위기나 급격한 변화 없이 성인으로 성장한다는 사실을 발견하고 개인의 발달 단계 양상이 문화적 요구와 기대로부터 영향을 받는다는 의견을 처음으로 제시했다.

타고난 신분이 운명을 결정하던 전근대 사회에서는 연령이 인생을 구획하는 결정적 기준이 될 수 없었다. 하지만 근대 산업사회가 도래하면서 시간을 주재하는 주체의 의지가 삶의 결정적 요소로 인식되어 생애를 시간에 따라 규율하게 된 것이다. 요컨대 '청소년'은 근대의 산물로서 앞으로도 사회 변화에 따라 바뀔 수 있는 개념이다.

한국에서 '청소년'은 일제 강점기에 근대적 연령 개념과 학교 제도가 도입되고 사회운동의 주체가 형성되는 과정에서 탄생되었다. 그것은 애국계몽기에 외세의 침탈 속에서 나라를 구할 주체로 부각된 '신세대'의 분화과정이기도 하다. 당시 '청소년'이라는 말은 없었고 '소년'과 '청년'이 혼용되다가 1910년대 사회운동의 주체로 나선 이들이 자기 세대를 '청년'으로 칭하면서 '소년'은 '청년'의 아우로 구획되었다. 즉 '청소년'은 '소년'이란 기표가 '청년', '아동', '어린이' 등의 신세대를 뜻하는 기표들과 혼용되다가 분화되는 과정에서 형성된 것이다.

이 장에서는 먼저 애국계몽기부터 일제 말기까지 사용된 '소년', '청년', '어린이', '아동' 등 미성년을 가리키는 기표들의 배제와 포섭, 변환 양상을 통시적으로 고찰하여 '청소년' 의 범주가 형성된 과정을 밝힌다.

그리고 이어서 그 결과 형성된 근대 '청소년'에 대한 관념과 이미지를 관련 자료를 종합하여 드러내고자 한다.

---

2 필립라이스, 정영숙, 신민섭, 설인자 편역, 『청소년 심리학』, 시그마프레스, 2001. 3, 제2장 참고.

1.1. 용어와 범주

청소년 개념은 인생을 계량화하고 분절하는 '연령 개념'을 전제한다. 연령 개념이란 연령에 따라 인생의 단계가 구분되고 그에 맞는 과업을 수행해야 한다는 사회적 인식이다.[3] 그것은 근대 사회의 시간관과 밀접한 관련이 있다. 근대 사회에서 세계의 시간은 표준화, 계량화되어 통제 가능한 것이라는 인식이 생겨났으며 그에 따라 인간의 삶을 규율하는 여러 제도적 장치가 마련되었다.[4] 그 대표적인 것으로 '학교'를 들 수 있다.

사회구성원을 근대 국가의 국민으로 사회화시키기 위한 장치인 '학교'는 근대 사회의 대표적인 교육기구로서 연령에 따라 차등적인 체계를 갖추고 있다. 입학과 졸업 연령의 규정, 교육과정의 연령별 단계적 구성 등에 의해 학교는 미성년과 성년, 어린이와 청소년, 유아와 어린이를 실질적으로 구분하는 사회적 기준으로 기능한다.

한국에서 근대적인 학교는 19세기말부터 설립되었지만, 보다 체계적인 근대 학교 제도는 1910년 이후에 마련되었다. 조선을 강점한

---

3 가와하라 카즈에는 "연령이란 생물학적으로 나이를 먹는 -신체가 성장, 발달해서 이윽고 노쇠하는 과정- 어느 시점을 단순하게 나타내는 것이 아니라, 나이를 먹는 과정에 대하여 사회가 부여하는 이미지와 관련이 깊은 개념"이고 "그 이미지에는 각기 다른 사회의 문화·역사·정치·경제 같은 여러 요소가 복잡하게 얽혀 있다"고 했다.(가와하라 카즈에, 양미화 옮김, 『어린이관의 근대』, 소명출판, 2007, 10쪽) 이렇게 연령 개념은 자연적 개념이라기보다 사회적 개념이며, 비단 근대 사회에만 존재했던 것은 아니다. 전근대 사회에서도 국가에서 부역과 조세정책을 수행하기 위해 백성을 연령별로 구분하였으며, 이제마의 『동의수세보원(東醫壽世保元)』에 나타나듯 의학계에서도 생물학적 생식 능력을 기준으로 인생의 단계를 구분하는 경우가 있었기 때문이다. 하지만 전근대 사회에서의 생애 구분은 오늘날처럼 연령을 절대적이고 확고한 기준으로 삼지 않았다. 이기훈, 「일제하 청년 담론 연구」, 서울대 박사학위논문, 2005, 18쪽 참고.

4 근대 사회의 표준시 도입의 계기와 과정에 대해선 스티븐 컨, 박성관 옮김, 『시간과 공간의 문화사』(휴머니스트, 2004, 39-52쪽)를 참조할 수 있다.

일제의 식민지 교육 근대화 정책에 따라 학제가 전면적으로 개편되었던 것이다.

1911년 8월, 제1차 조선교육령에 따른 학제는 보통학교(4년), 고등보통학교(4년), 여자고등보통학교(3년)로 구분되어 애국계몽기 학제에 비해 초등, 중등 교육 사이의 분화와 위계가 뚜렷해진다.[5] 이때 보통학교는 8세에 입학하는 것을 원칙으로 했기 때문에 그 졸업 연령은 12세가 된다. 바로 상급학교로 진학을 한다면 고등보통학교 입학 연령은 12세가 될 것이다. 당대 실제 학령은 이와 일치하지 않아서 20대 초반에 보통학교를 졸업하는 경우도 있었지만[6] 이런 학제가 연령에 따른 미성년기의 구분과 위계에 대한 사회적 인식을 확산시켰으리란 것을 짐작할 수 있다.

한편, 애국계몽기부터 서구의 발달심리학이 도입되어 연령에 따른 생애주기가 소개되었다. 1918년에 홍병선이 『신학세계』에 연재한 「아동심리학」에서는 인생주기를 "아동기, 성년기, 노년기"로 나눈 뒤, 아동기를 다시 "태아기, 영아기(날 때~3세), 유아기(3~10세), 소년기(10~15세), 발정기와 청년기(15~25세)"[7]로 구분한다. 즉 미성년기를 '아동기'라 이르고 그 안에 '발정기'와 청년기'까지 포함시킨다. 이러한 구분이 당대 우리 실정과 꼭 들어맞지 않았더라도 소년운동가

5 윤종혁, 『근대 이후 한국과 일본의 학제 변천 과정 비교 연구』, 한국학술정보(주), 2008, 139쪽 참고. 애국계몽기에는 기초교육부터 고등교육까지 체계적으로 구성된 학교령 같은 것이 없었고 산발적으로 설립되는 학교들에 대한 관제, 규칙, 소학교령이 있었는데, 소학교 취학 연령도 8세부터 15세까지였다. 이만규는 "8세에서 15세까지를 취학 연령으로 잡았으니 취학 연령 아동의 수가 얼마나 많았겠으며 아동을 다 수용한다면 곧 의무교육에 해당되는 시설인 셈이니 이것은 그때 정세에 비추어 아예 농담과 같은 것"이었다고 학제의 비체계적, 비현실적인 면을 지적한다. 이만규, 『다시 읽는 조선교육사』, 살림터, 2010, 420쪽.

6 조연순, 「초등교육」, 『한국근현대교육사』, 한국정신문화연구원, 1995, 107쪽.

7 '발정기'란 신체적으로 2차 성징이 나타나는 오늘날의 '사춘기'를 의미한다.

를 비롯한 지식인들에게 연령별 발달 관념과 그에 따라 미성년기를 세분하는 사고방식에 영향을 주었을 것으로 보인다.

하지만 학교는 1920년대까지 보급률이 떨어지고[8] 발달심리학 이론은 일제가 청년들의 활동을 통제하는 데 쓰이는 경향이 있었으므로 사회운동 담론에서는 그것을 적극적으로 수용하지 않았다고 한다.[9] 따라서 그것들만으로 '청소년' 관념이 형성되는 계기를 찾는 것은 무리일 것이다.

한국에서 '청소년'은 다른 무엇보다 사회운동의 주체를 마련하기 위한 실천과정에서 형성된 것으로 보인다. 학교 교육에 대한 필요성과 근대적 연령개념도 계몽 담론이나 사회운동의 실천 과정에서 전파되어 사회적 인식에 영향을 미친 측면이 크다.

가령, 1910년대 일제에 대한 민중의 저항감 때문에 서당 입학률보다 낮았던 보통학교 입학률이 1920년대 초반에 급격하게 상승했던 이유는 1919년 3·1운동과 깊은 관련이 있다. 3·1운동 전 신학문, 신교육에 대해 회의를 가지고 있었던 보수적 계층도 신지식층이 3·1운동을 선도하는 것을 보고 신학문에 대한 호감을 갖게 되었으며, 무엇보다 3·1운동을 통해 민중의 자각이 높아졌던 것이다. 그들은 신교육을 받아야만 잘 살 수 있다고 믿게 되었고 문맹만이라도 탈출해야 한다는 자각이 높아졌다.[10]

---

8 노영택, 『일제하 민중교육 운동사』, 학이시습, 2010, 30-35쪽 참고.

9 이기훈은 일제가 청년기를 질풍노도의 불안정한 시기로 규정하며 청년들의 활동을 통제하는 데 발달심리학 이론을 이용하는 경향이 있었기 때문에 조선인 사회운동 청년 담론에서 발달심리학을 적극적으로 수용하지 않았음을 밝히고 있다. 또 사회주의자들은 청년기의 심리적 특성에 대한 발달심리학 이론을 수용하더라도 일제가 규정한 '위험한 불안정성'이 아닌 '순수한 감격성'으로 달리 해석하였다고 한다. 이기훈, 앞의 글, 152쪽 참고.

10 노영택, 앞의 글, 19-20쪽 참고.

외세의 침탈에 맞서며 근대 사회를 형성한 한국은 애국계몽기부터 일제 강점기 동안 '~운동의 시대'였다. 근대적 각성을 촉구하는 애국계몽운동, 각계각층의 권익을 옹호하는 부문운동, 계급투쟁을 통해 사회 모순을 근본적으로 해결하고자 하는 사회주의운동 등 다양한 사회운동이 외세로부터의 독립을 지향하는 민족운동과 어떤 형태로든 밀접한 관련을 맺고 전개되었다. 따라서 식민지를 겪지 않고 근대 국민국가를 형성한 경우와 달리, 학교와 같은 공적 기구뿐 아니라 '소년회, 청년회, 부인회' 등의 다양한 조선인 사회 조직의 담론과 활동이 사회 구성원의 인식에 미친 영향을 주목할 필요가 있다.

그렇다고 일제의 공교육 담론을 비롯한 지배 담론이 미친 영향을 간과해서는 안 될 것이다. 단, 청소년이 형성되는 맥락에서의 신세대 담론 및 그것의 분화에선 일제를 타자로 한 조선인 사회의 담론이 주도적이었기 때문에 그것을 중심으로 고찰해야 한다고 본다.[11]

애국계몽기에 외세의 침탈 위기를 극복하기 위해 미성년 계층의 교육이 무엇보다 중요한 시대적 과제로 제기되었다. 국가뿐 아니라 민간 차원에서도 그들을 일본에 유학시켜 근대 지식과 기술을 배워 오도록 하였으며 그 결과 신문명의 세례를 받은 신세대가 형성되었다. 최남선, 이광수 등의 유학생들은 국망 위기의 책임을 기성세대에게 돌리며 담론의 주도권을 쥐고 새 시대의 주역으로 '소년'을 부각시켰다. 그리고 구습을 타파하고 서양의 근대적인 문화를 소개,

---

11 이러한 관점에서 볼 때, 이병담의 『근대 한국 아동의 탄생』(제이앤씨, 2007. 8)처럼 일제 강점기 수신교과서에 나타난 아동의 표상만을 분석하여 근대 한국 아동의 기원을 고찰하는 것은 지배 담론의 영향만 일방적으로 고찰한 것이기에 적절치 않을 뿐더러 그보다 주도적으로 전개되었던 조선인 사회운동을 소홀히 한 연구라고 본다.

전파하기 위해 힘썼다. 최남선의 신체시 「해에게서 소년에게」(1908)의 '소년'이 바로 그이다.

'소년'은 신세대를 나타내는 다른 단어 - '청년', '어린이', '아동', '청소년' - 에 비해 역사가 매우 오래된 용어이다. 고대에서부터 '나이가 적은 연소자(年少者)'의 개념으로 쓰였던 '소년'은 조선시대에는 관례를 치르고 난 15세 이상의 젊은 선비를 가리키거나 '소년 과부'와 같이 '젊은'을 뜻하는 형용사적 의미로 쓰였다.[12] 그러나 애국계몽기의 '소년'은 진취적, 남성적 특성이 내포된 추상적 관념으로 '노년, 기성세대'와 대비되는 '젊은 세대'를 뜻했다.[13]

한편, 1897년 국내 기독교 조직의 젊은이들이 '엡윗청년회'를 결성하며 'Young Man'의 일본 역어인 '청년'이 도입되면서 그것이 '소년'과 혼용되었다.[14] 애국계몽기에는 '소년'이 압도적으로 많이 쓰였

12 '소년(少年)'은 중국 한대 이전부터 사용되었던 젊은이들에 대한 지칭으로 한자와 함께 우리나라에 전래된 것인데 통일신라시대 '少年監典', '少年書省'과 같은 관직명이 사용된 것으로 볼 때, 삼국시대부터 사용된 것으로 보인다. 이기훈, 「일제하 청년 담론 연구」, 서울대 박사학위논문, 2005. 8, '一. 1. 1) 전통 사회의 연소자 인식과 세대 관념' 참고.

13 박숙자는 「근대문학에 나타난 개인의 형성과정 연구」(서강대 박사학위논문, 2004, 48-51쪽)에서 1900년대 쓰인 다양한 '소년'의 기의를 다음과 같이 정리한다.
1. '소년'/ '노년'(노인)과의 대비 속에서 '노인'의 대상
2. 젊은이
3. '새로운', '근대적인'과 같은 의미를 띤 긍정적 형상
4. '국민'

14 1880년 일본의 초기 기독교 지도자 중의 한 사람인 코자키 히로미치가 YMCA(Young Men's Christian Society)를 기독교청년회(基督教青年會)로 번역한 이후, 근대 일본에서는 세에넨(青年)이 젊은이 세대를 일컫는 일반적인 말로 정착하였다. 이기훈, 앞의 글, 29쪽 참고.
'소년'과 '청년'의 혼용 양상에 대해서는 소영현, 「미적 청년의 탄생」, 연세대 박사학위논문, 2005, 이기훈, 앞의 글, 권보드래 외, 『「소년」과 「청춘」의 창-잡지를 통해 본 근대 초기의 일상성』(이화여대출판부, 2007) 등의 '청년' 담론 연구와 최남선의『소년』연구에서 자세히 고찰되고 있으며 당대 신문과 잡지에서 그러한 경우를 쉽게 확인할 수 있다. 가령, 『제국신문』, 1902년 8월 13일 논설에서 "청국 천진에서 소년들이 청년회를 모으고"라고 하여 '소년'과 '청년'을 같은 의미로 함께 쓰고 있다.

지만, 점차 신세대가 배우고 준비하는 시기에 머물지 않고 사회운동의 실질적인 주체로 나서면서 '청년'이 더 널리 쓰이게 되었다. 그 까닭을 살피면 이렇다. 경술국치 이후, 사회운동의 중추였던 유지 인사들이 일제의 탄압과 회유에 굴복하자, 청년학우회 중심의 유학파 청년들은 그들을 비판하며 스스로 '어른'이 되어 망국민의 역사적 사명을 다해야 한다고 여겼다. 따라서 실질적인 활동 능력을 갖춘 현실의 신세대 계층을, 이전 시기의 범주가 모호하고 어리며 부족하다는 어감이 있는 '소년'과 구별하기 위해 전략적 용어로 '청년'을 사용했다고 볼 수 있다.

한국 근대사에서 '청년'의 형성은 미성년기 분화의 단초가 되므로 '어린이', '청소년'의 형성에 있어서도 매우 중요한 의미를 지니고 있다. 식민지 사회에서 어른, 즉 기성세대를 부정해야 할 존재로 비판하면서 스스로 어른의 역할을 자처했던 '청년'들은 자신들보다 어린 세대의 지도자가 되어 그들을 '소년'이라는 말로 칭한다. 이광수는 1921년 11월부터 『개벽』에 연재한 「소년에게」 머리말에서 "소년 여러분! 지금 이십 세 이내 되시는 여러 아우님들과 누의들"이라고 하면서 '소년'의 연령 범위를 분명히 할 뿐 아니라 그들을 '아우와 누이' 라고 낮추어 부르고 있다.

이러한 양상은 1910년대 발간된 잡지에서도 확인할 수 있다. 1908년 창간된 『소년』이 애국계몽기의 신세대를 독자로 한 반면, 1910년대 발간된 『붉은저고리』,『아이들보이』,『새별』과 『청춘』은 '소년'과 '청년'의 분화에 따른 산물이라고 할 수 있다. 즉 『붉은저고리』,『아이들보이』,『새별』은 18세 이하의 '소년'을 대상으로 한 것이고 『청춘』은 19세 이상의 '청년'을 대상으로 한 것이다.[15]

요컨대 '청년'의 등장으로 인해 '소년운동'의 주체가 마련되어

1920년대부터 청년운동의 일환으로 소년운동이 전개된다. 청년들은 소년들을 구세대로부터 분리시키고 자신들과의 동일화 전략 속에서 소년들을 지도하는 선생님이자 어른의 지위를 확보하게 된 것이다.[16]

1920년대 신문은 거의 매일 각 지역의 소년회 창립과 활동 소식을 전하고 있다. 그 시발은 1921년 방정환, 김기전 등이 주축이 되어 설립한 '천도교 소년회'이다. 묘향산인(김기전)의 「천도교 소년회의 설립과 기 파문」에서는 소년회 회원의 연령 기준 및 '소년'과 '청년'의 관계를 다음과 같이 밝히고 있다.

> 이 회는 만 7세로부터 만 16세까지의 소년으로서 조직함이라 …(중략)… 소년은 소년이라 자기 스스로 모든 일을 획책할 수 없으며 …(중략)… 반드시 누구의 지도를 요하며 부액(扶腋)을 요할 것입니다. 그런데 이를 지도 부액함에는 누구보다도 소년과 제일 인록이 가까운 청년이 최적할 것이외다.[17]

만 7세부터 16세까지를 '소년'으로 규정하고 소년들은 사업에 있어서 반드시 지도를 요하기 때문에 소년과 가장 가까운 청년이 그 일을 맡기 위하여 천도교 청년회에서 소년부를 두게 되었다는 것이다.

---

15 조은숙, 「한국 아동문학의 형성과정 연구」, 103쪽 참고.

16 박숙자는 이것을 '개인'의 형성과 관련지어 설명하고 있다. "'소년'이 아동의 개념으로 한정되는 1910년대에 '소년'과 '청년'이 분리된다. …(중략)… '소년'과는 다른 '청년', 소년의 내면을 지도 감독하는 교사로서의 '청년'의 형상은 결국 내면을 통제 관리하면서 자신을 정체화하는 '개인'의 등장으로 볼 수 있을 것이다." 앞의 글, 70-71쪽.

17 묘향산인(김기전), 「천도교 소년회의 설립과 기 파문」, 『천도교회월보』 131, 1921. 7. 15.

한편 '소년'의 지도자 역할을 담당하게 된 '청년'들은 '소년'에 대한 사회적 관심을 환기시키고 그들을 존중하는 의미를 부각시키기 위해 '어린이'[18]라는 용어를 전파시켰다. 1920년대 대표적인 소년 잡지 『어린이』 창간호에는 '어린이'의 이미지가 다음과 같이 제시되어 있다.

> 새와 같이 꽃과 같이 앵두 같은 어린 입술로 천진난만하게 부르는 노래, 그것은 그대로 자연의 소리이며, 그대로 하늘의 소리입니다. 비둘기와 같이 토끼와 같이 부드러운 머리를 바람에 날리면서 뛰노는 모양, 그대로가 자연의 자태이고 그대로가 하늘의 그림자입니다. 거기에는 어른들과 같은 욕심도 있지 아니하고 욕심스런 계획도 있지 아니합니다.[19]

'어린이'가 새, 꽃, 비둘기, 토끼 등의 자연에 비유되며, '어른'과 달리 욕심도 계획도 없이 행복하게 노래 부르고 뛰어노는 모습으로 묘사되고 있다. 이러한 천성이 강조된 '어린이'는 '어른'의 시기와 동떨어진, 아직 현실에 대해 잘 모르는 10세 미만의 연령에 가깝다. 그리고 그것은 실체적 개념이 아니라 루소의 '자연인'으로서의 아이, 즉 '풍경'이나 '내면'의 발견에서 비롯된 관찰 대상으로서의 아이이다.[20] 따라서 아동문학 연구에서는 이 시기를 한국의 근대적 아동이

---

18 '어린이'는 최남선의 글에서도 보이고 그 이전에 등장하기도 하지만, 그때는 '어린(형용사)'+'이(명사)'의 뜻이었다. '천진난만하고 순수한 존재'라는 근대적 의미의 '어린이'는 방정환에 의해 구성되었다고 할 수 있다. 이기훈, 「1920년대 '어린이'의 형성과 동화」, 『역사문제연구』, 2002. 6 참조할 것.

19 「처음에」, 『어린이』 1권 1호, 1923. 3.

20 가라타니 고진, 박유하 옮김, 「아동의 발견」, 『일본 근대 문학의 기원』, 민음사, 1997, 168쪽 참고.

탄생한 시기로 보고 있다.[21]

1920년대 전반기에 발표된 김기전, 방정환, 이돈화, 전영택 등에 의한 미성년 관련 담론을 보면 '소년', '아동', '어린이'를 혼란스럽게 섞어 쓰고 있다.[22] '아동'은 이전 시대에도 사용되었지만, 근대적 제도나 개념이 수입되는 과정에서 새로운 의미를 얻어 보급된 대표적인 '신문명어' 중 하나였다. 그것은 주로 일본으로부터 위생, 보육, 교육, 아동문학 분야의 근대 지식 담론이 번역되어 수용되는 과정에서 유입되었다. '아동'은 '소년'과 혼용되기도 했지만, '어린이', '유년', '유아'의 동의어로도 자주 사용되었으며, '청년' 이하의 미성년을 통칭하는 어휘로 사용되는 경우가 많았다.[23] 이것은 미성년 관련 용어들에서 '청년'은 분리되었지만 청년보다 어린 계층을 지시하는 기표들이 서로 얽혀 있었음을 의미한다. 예를 들면 이돈화는 「신조선의 건설과 아동문제」라는 논설 중 '소년지도기관과 빈아교육 방침'이란 항목에서 '아동' 문제의 일부로 '소년' 문제를 다루고 있다.

> 소년은 곧 아동의 일부입니다. 비교적 큰 아동을 가리켜 소년이라 할 것입니다. 그러므로 소년의 지도기관은 곧 아동의 지도기관입니다. 그러나 소년은 비교적 아동 중 큰 아동이라 하는 의미에 있어서 소년지

---

21 원종찬, 「한국 아동문학 형성과정 연구-『소년』(1908)에서 『어린이』(1923)까지」, 조은숙, 「한국 아동문학의 형성과정 연구」, 제Ⅲ장 참조할 것.

22 김기전은 「가하할 소년계의 자각」(『개벽』, 1921. 10)에서 "소년 즉 아동"이라 했으며, 「개벽운동과 합치되는 조선의 소년운동」(『개벽』, 1923. 5)에서 소년 해방 문제를 언급하며, '소년'과 유사한 의미로 '어린이'를 쓰기도 한다. 방정환은 「새로 개척되는 동화에 관하야」(『개벽』, 1923. 1)에서 "동화는 그 소년-아동의 정신적 생활의 중요한 일부면"이라 하여, '소년'과 '아동'을 같은 의미로 쓰고 있다. 전영택도 「소년문제의 일반적 고찰」(『개벽』, 1924. 5)에서 "소년문학은 실로 아동의 다시없는 낙원" 등과 같이 '소년'과 '아동'을 같은 의미로 사용한다.

23 조은숙, 앞의 글, 22쪽.

> 도기관을 특설함이 필요합니다. 문명한 각국에 있어서는 소년단체라는 것이 각종의 형식으로 많이 있는 것은 누구나 다 아는 일입니다.[24]

위의 인용과 같이, '소년'을 '아동'의 범주에 포함시키지만 '보다 큰 아동'이라 하여 일반적인 '아동'으로부터 분리시키고 그들을 위한 지도기관이 특설되어야 함을 밝힌 것이다. 여기서 '아동'을 '청년'을 제외한 미성년을 통칭하는 의미로 쓰되 '소년'과 그보다 어린 계층을 분리하는 현상을 엿볼 수 있다. 이러한 현상은 초기 소년운동의 이중기획과 관련 있어 보인다.

초기 소년운동을 주도했던 '천도교 소년회'와 '조선 소년군'은 당시 세계적으로 유행하던 아동애호사상에 기반하여 문화운동의 맥락에서 소년운동을 전개했다. 겉으로는 정치적 성격을 배제한 운동이었지만 식민지 현실에서 조선인들이 추구하는 미래 사회는 무엇보다 독립국이었으므로 그 주인공을 양성하는 소년운동은 본질적으로 정치적 성격을 배제할 수 없었다.[25] 따라서 아동 양육과 관련된 문화적 실천들의 담론에서는 그들의 천진한 본성에 근거하여 '어린이'가 사용되었지만, 보다 현실적이고 정치적인 실천을 염두에 둔 담론에서는 좀 더 나이를 먹은 10대 중반의 사람들을 가리키는 말로 '소년'이 사용되는 경향이 있었다.[26]

'어린이', '소년', '아동'의 혼용 양상은 일제 강점기 동안 지속적으

---

24 이돈화, 「신조선의 건설과 아동문제」, 『개벽』, 1921. 12, 28쪽.

25 초기 소년운동의 이중기획과 실천에 대해선 'Ⅲ.1.2. 소년애호사상과 민족주의'에서 자세히 논한다.

26 '소년운동'을 '어린이운동'이라고 하지 않았던 것도 그 예로 들 수 있다. 그리고 방정환은 '어린이'와 '소년'을 혼용한 적이 없지는 않지만 의식적으로 구분하여 사용하였다고 한다. 조성운, 『소년운동을 민족운동으로 승화시킨 방정환』, 역사공간, 2012, 107쪽.

로 나타나지만 '어린이'가 자연 그대로의 천사 같은 이미지로 표상된 이후, '소년'은 점차 '청년'과 '어린이' 사이의 연령대를 지칭할 때 사용되게 된다. 가령 1920년대 이후, 절도 등의 범죄를 저지르거나 미성년에게 금지된 성인문화를 향유했던 '불량소년'은 주로 10대 중후반을 가리키는데 그들은 '부랑청년'과 다른 존재이다.[27] 그리고 '불량어린이', '불량아동'이란 말은 눈에 띄지 않는 것으로 보아 잘 쓰이지 않았음을 알 수 있다.

이러한 양상이 보다 분명해지는 것은 1920년대 후반, 사회주의 소년운동가들이 소년운동의 주도권을 장악하면서부터이다. 사회주의 소년운동은 소년들이 자신의 처지와 현실적 문제를 각성하여 사회주의 혁명 일꾼으로 자라나도록 하는 데 목표를 두었기 때문에 너무 어려서 인식 능력이 부족한 연령을 배제할 필요가 있었던 것이다. 다시 말해 그들은 소년운동의 정치적 성격을 보다 분명히, 전면화하려는 전략 속에서 실제 운동 세력으로 동원할 수 있는 10대 중·후반의 소년 계층을 주목했던 것으로 보인다.

1920년대 후반 사회주의자들은 운동 노선의 변화[28]에 따라 소년운동도 보다 목적의식이 강한 사회운동으로 전환할 필요성을 주장하면서 '소년'과 '유년'을 구분하자고 제안한다. 예컨대 1928년에 홍은성은 「소년운동의 이론과 실제」에서 그 문제에 대해 다음과 같이

---

27 '불량소년'과 '부랑청년' 담론의 차이는 뒤의 '1.2. (3) 악에 물들기 쉬운 존재'에서 논한다.

28 사회주의문예운동 조직 카프는 1927년 2월 신간회 발족에 자극받아 같은 해 9월 '제1차 방향전환'을 한다. 그것은 종래의 자연발생적 단계에서 목적의식을 뚜렷이 파악하여 활동함을 의미한다. (김윤식, 『한국 근대 문예비평사 연구』, 일지사, 1976. 12, 32-33쪽 참고) 소년운동 조직도 1927년 10월, 천도교 소년회 중심의 조선소년협회, 오월회 등의 사회주의 소년조직이 연합하여 '조선소년총연맹'을 결성하는데, 사회주의 운동가들이 주도권을 쥐고 소년운동의 목적의식적 활동을 주장한다.

주장한다.

> 우리의 소년운동에 있어서 - 재래의 소년운동 - 늘 소년과 유년을 혼동해 넣었다. 그리하여 소년도 유년으로 취급 받을 때도 있고 유년이 소년의 취급 받을 때도 있었다. 말하자면 뒤죽박죽 범벅이라고 할 만치 혼동 상태에 있었다. …(중략)…이러기 때문에 우리의 소년운동과 그의 문예운동은 수평선 이하에서 놀게 된다. 우리는 무엇보다도 핵심 문제가 연령에 있다. 이 연령을 판별정리하지 않고는 소년운동이 여하히 힘을 들일지라도 아무런 효과를 내일 수 없는 것…(중략)…나의 생각으로는 5세로부터 10세까지를 유년기로 하여…(중략)…그러고 너무들 소년 잡지 운운하고 소년 잡지만을 경영하지 말고 유년 잡지를 발행하고 그 다음 현금 소년 잡지 편집자는 유년 읽기에 가까운 것은 싣지 않는 것이 좋겠다.[29]

문예를 비롯한 소년운동이 정체된 이유는 재래의 소년운동에서 '소년'과 '유년'을 혼동한 때문이므로 그의 구분이 시급하며 이때 연령이 핵심 문제라는 것이다. 그는 '5세부터 10세'까지를 유년기로 제안하며 앞으로 소년 잡지는 따로 간행되어야 한다고 주장한다. 이러한 홍은성의 연령 구분은 전통적으로 '유(幼)'가 10세를 뜻하는 말이었던 데에서 비롯된 것으로 보인다.[30]

---

29 홍은성, 「소년운동의 이론과 실제」, 『중외일보』, 1928. 1. 16.

30 성리학에서 아동기는 태아기부터 성인식인 관례를 치르는 시기로 여자는 15세, 남자는 20세까지였다. 이때 변화가 일어나는 시기는 태아기, 3세, 7세, 8세, 10세, 15세로 보았다. '유(幼)'는 '실(絲)과 힘(力)'이 결합해 형성된 문자로 "실같이 가는 힘(약한 힘)을 가진 아이"를 뜻했으며, 10세를 의미했다. 『예기』에 의하면 이 시기에 남아와 여아의 생활을 구별하고, 배움이 시작된다. 백혜리, 「조선시대 성리학, 실학, 동학의 아동관 연구」, 이화여대 박사학위논문, 1996. 10, 23-30쪽 참고.

이러한 과정을 거치면서 '소년'은 대략 12세부터 18세까지 오늘날의 청소년과 같은 연령으로 자리 잡게 된다.

한편 1930년대 들어 '소년'과 '청년'을 합쳐서 '청소년'이란 말이 쓰이기 시작한다.[31] 1936년 1월 1일 『조선일보』에 실린 「청소년에게 소하노라」를 보면 이러한 '청소년'의 개념을 확인할 수 있다.

> 새로 한 살을 먹어 삼십이 넘거들랑 이 글을 보지 말라 …(중략)…30세 이상의 노쇠한 무리와 10세 이하의 무분별급을 배제하고 오직 유위감능(有爲敢能)의 청소년을 향해서만 소함이 있으려는 소이다.

위에서 '청소년'이란 '10세 이상 30세 미만의 연령'으로 '소년'과 '청년'을 함께 일컫는 말이다.

'청소년'은 일제 말기 사법 분야에서도 많이 쓰인 용어이다. 거기서도 그것은 '청년'뿐 아니라 '소년'의 노동력까지 전시 체제에 동원하기 위하여 '청년'과 '소년'을 아울러 일컫고 있다.[32]

이상에서 살펴 본 바와 같이, 한국에서 '청소년'은 국망의 위기 속

---

31 '청소년'이란 용어는 1920년대 중반부터 신문, 잡지에 등장하지만 1920년대 『조선어사전』에선 발견되지 않고 1940년대 『조선어사전』에 수록되어 있다. 이혜숙, 앞의 글, 46쪽 참고.
'청소년'이라는 말의 기원에 대해 본격적으로 논의된 것은 없고, 김현철의 「일제기 청소년 문제 연구」와 이기훈의 「일제하 청년 담론 연구」에서 간략하게 검토되었다. 전자는 '청소년'이 일제의 사회사업 관련 문건 및 법률조항에서 사용례를 찾아볼 수 있기 때문에 소년문제와 청년문제가 거의 같은 성격의 문제로 다루어지기 시작하면서 만들어졌다고 보았으나, 소년이나 청년문제와 관련 없는 2,30년대 신문 사설에서도 그 쓰임이 보이므로 반드시 그렇게 볼 수만은 없다. 또 후자는 당대 '청소년'이란 '청년'을 뜻하는 말이었다고 했는데, '청소년'이란 쓰임은 '청년'과 달리 '소년'의 연령까지 포함시킬 때 썼기 때문에 바른 규정이라 할 수 없다.

32 이에 대해선 뒤의 '1.2. (2) 노동하는 존재'에서 자세히 논한다.

에서 구국의 사명을 띤 존재로 부각된 신세대 즉 '청년'의 사회운동과 정체성 획득 과정에서 형성되었다. '청소년'은 주체로 형성된 것이라기보다 '청년'들이 지도와 교육을 통해서 동일화해야 할 타자이자, 그들의 기획과 구성에 의해 형성된 '어린이'와 '청년' 사이의 존재로서 일제 강점기 후반에는 주로 '소년'으로 일컬어졌다.

1.2. 관념과 이미지

이 항에서는 '청소년상(像)' 즉 일제 강점기의 청소년에 대한 관념과 이미지를 살피고자 한다. 그것은 청소년들에게 유익한 것과 해로운 것, 허용할 것과 금지할 것 등을 규정하는 바탕으로서 그에 따라 청소년의 사회적 지위와 역할이 규정된다. 성인들이 거쳐 온 과거 청소년들의 존재 방식, 현재 청소년들이 처한 상황, 미래 청소년에게 요구되는 역할 등이 얽혀 '청소년상'을 빚어내는 것이다.[33] 따라서 영원불변의 '청소년상'이란 존재할 수 없으며 사회 변동에 따라 새로운 상이 창출된다.

'청소년'의 형성이란 곧 이전에 존재하지 않았던 '청소년상'의 생성이다. 그것은 전근대 사회와 질적으로 다른 세계관과 삶의 구조가 반영된 것이기 때문에 형성기 '청소년상'에는 과거보다 현재와 미래적 관점이 지배적으로 녹아 있다. 즉 전근대 사회에서 고유의 역할

33 '청소년상'이란 호른슈타인이 제안한 개념으로, 여기서 '상' 개념은 하이데거의 '세계상(Weltbider)' 논의에 기댄 것이다. 하이데거는 세계상을 세계에 대한 상-세계를 모사하는 것-이 아니라 세계를 상으로 파악하는 행위 자체, 즉 '상을 가짐'으로 정의한다. 전상진, 「청소년 연구와 청소년상(像)」, 『한국청소년연구』 제17권 제2호, 2006, 12쪽 참고.

과 기능이 요구되지 않았던 미성년들은 힘과 지식 등에서 어른에 미치지 못했기 때문에 '나이가 적음' 혹은 '성숙하지 못함'이라는 부정적 징표를 띠고 있었다. 하지만 발전적 시간관이 지배적인 근대 사회에서는 미성년기가 오히려 '미래에 대한 가능성'으로 인식되어 긍정적 징표가 되었을 뿐 아니라 '미래를 위한 준비'라는 어른과 다른 사회적 역할이 부여되기에 이른다.

근대 청소년 담론 주체인 조선인 사회운동가들과 일제 당국은 공통적으로 '청소년'을 '제2국민'으로서 중시하고 있지만 미래에 대해 서로 다른 전망을 가지고 있었기 때문에 청소년에게 요구하는 구체적 과업은 달랐다. 한편 식민지 근대 산업사회의 궁핍한 현실에서 청소년은 '직업소년'이었다. 아울러 아직 미성년이기 때문에 사회의 금기를 어기고 개인의 욕망을 앞세우는 청소년은 '불량소년'으로 낙인찍혀 감시와 통제의 대상이 되었다.

이러한 근대 '청소년'에 대한 관념과 이미지를 일제 강점기 신문, 잡지의 청소년 담론을 자료로 하여 '청년' 및 '어린이'의 그것과 비교하며 통시적 변화를 고려하여 논의하겠다.

(1) 미래를 책임질 존재 – '제2국민'

애국계몽기부터 구국의 사명을 띠고 신교육을 받아야 할 계층으로 부각되었던 청소년은 경술국치 이후 일제 강점기 동안 미래를 책임질 '제2국민'[34]으로서 사회적 과업을 부여받았다. (가)는 '천도교

34 '국민'은 애국계몽기에 서양 근대 국가의 개념이 도입되면서 '민족'과 혼용된다. 경술국치 이후, '국민'이 일제의 '신민'으로 규정되어 '민족'이 경쟁력을 얻지만, 식민지 지식인들은 일제의 국민 개념을 거부하고 자신들이 지향하는 근대 국가의 국민이란 개념으로 쓰기도 한다. 가령, 최남선은 「조선 국민문학으로서의 시조」

소년회'와 더불어 초기 소년운동을 주도했던 '조선소년군'의 창립을 축하하는 사설 「조선소년군의 장래를 옹축함」이며 (나)는 사회주의 소년운동가들이 주도권을 쥔 '조선소년연합회' 창립대회의 의의를 논한 글이다. (다)는 일제의 천황주의 관점에서 아동양육의 중요성과 그에 대한 가정의 역할을 논한 글이다.

(가) 제이국민으로 장래사회를 지배할 소년 제인[35]

(나) 소년은 제삼국민이라 한다. 청년을 제이국민이라 함에서 유래함이 물론이다. 그러나 조선과 같은 경제적 낙후민족에 있어서는 청년이 제이국민인 동시에 사실상으로 사회적 지주가 됨에 따라 소년은 제삼국민인 동시에 제이국민으로서 임무를 가지게 된다.[36]

(다) 아동 중심 생활이라 함은 자녀로서의 본분인 충효의 도를 무시하는 의미에서가 아니고 천부된 부모의 자애로서 그것을 한없이 발휘하야 그 자녀에게 행함으로서 그러한 감격 속에서 성장한 아동이 동시에 황은을 체득하야 일사보국에 지성에 출하게 하는 것이다 …(중략)… 아동의 가정에서 밧는 영향은 그들 장차국민으로의 생활 나아가서는 국가의 융흥에 비상한 관련을 가지고 있는 것임에 여기에서 우리 가정생활의 요소는 아동중심주의로 하지

(『조선문학』, 1926. 5)를 발표하는데, 이때 '국민'은 근대 민족국가의 구성원을 지칭하는 것이다. 강동국, 「근대 한국의 국민/인종/민족 개념」, 『근대 한국의 사회과학 개념 형성사』, 창비, 2009, 전승주, 「1920년대 민족주의 문학과 민족 담론」, 서울시립대 인문과학연구소, 『한국 근대문학과 민족-국가담론』, 소명출판, 2005 참고.

35 「조선소년군의 장래를 옹축함」, 『조선일보』, 1923. 3. 4.

36 「소년운동의 지도정신-소년연합회의 창립대회를 제하야」, 『조선일보』, 1927. 10. 17.

> 않으면 안 될 것이다 …(중략)… 아동은 그가 곧 미래이며 소망인 까닭이다.[37]

이와 같이 근대 청소년 담론을 주도했던 사회운동가들과 일제 당국 모두 청소년을 '제2국민'이라 부르며 국가를 건설하고 책임질 미래의 국민으로서 그들을 애호하자고 주장한다. 이것은 곧 청소년이 미래의 주체이며 따라서 현재는 교육과 보호의 대상임을 의미한다. 하지만 담론 주체가 지향하는 국가의 모습에 따라 청소년을 대상으로 한 구체적인 활동 목표와 교육 내용은 달라진다.

사회운동의 주체로 나선 청년들은 1910년대부터 1920년대 초반까지 구습으로부터의 해방을 역설하였다. 그들은 유교 중심의 전통사회를 비판하면서 부형(父兄)과 기성세대에게 부모(노인)중심주의에서 벗어나 자녀중심으로 생활할 것을 주장하고 청소년에게는 지도받을 부형도, 선생도 없는 처지이기 때문에 스스로 반성과 수양을 통해 지도적 역량을 키우라고 요구하였다. 이에 관한 대표적 논설로 이광수의 「자녀중심론」과 「소년에게」,[38] 김기전의 「장유유서의 말폐」[39]를 들 수 있다.

「자녀중심론」은 조부 중심의 전통적 가족관계를 비판하며 자녀를 독립된 인격체로 존중하고 부모에게서 해방시켜야 한다고 주장하는 글이다. 「장유유서의 말폐」도 유년을 존중하지 않는 구습을 비판한 글인데 그 원인을 전근대 사람들의 생활 규범이었던 오륜 중 하

---

37 「아동중심주의 가정으로 건전한 제이국민 양성」, 『재만조선인통신』, 흥아협회, 1938. 5. 7-8쪽.

38 이광수, 「자녀중심론」, 『청춘』, 1918. 9, 「소년에게」, 『개벽』, 1921.

39 김기전, 「장유유서의 말폐」, 『개벽』, 1920. 7.

나인 '장유유서'에서 찾고 있다. 그런데 구습으로부터의 해방은 소년뿐 아니라 청년 자신들에게도 요구되는 것이었다.

이광수는 「금일 아한 청년의 경우」[40]에서 청년은 본래 어른의 지도를 받으며 배우고 준비할 시기이지만 조선의 어른들은 구습에 빠져 썩고 병들었으므로 청년들 스스로 반성과 수양을 통해 배우며 오히려 청년들이 기성세대를 이끌어야 할 처지라고 주장한다. 이때 '구습'이란 나라를 망하게 한 근본적 원인으로 제기되었기 때문에 그로부터의 해방은 곧 도탄에 빠진 민족구성원을 구하는 길이기도 했다. 이광수는 약 10년 뒤, 그와 똑같은 논지의 글을 『개벽』에 연재하는데 그것이 바로 「소년에게」이다. 거기서 '소년'은 청년의 지도 대상인 "20세 이내 되시는 아우"들이다.

> 다른 나라나 다른 시대 같으면 여러분 나이에는 집에서 어른들께 떼나 쓰고 학교에 가서 선생님들께 꾸중이나 듣고 산술숙제나 푸노라고 고생을 하고 베쓰볼 풋볼로 나가 뛰놀기만 하면 그만입니다 …(중략)… 그렇지마는 우리에게는 그렇게 모든 것을 일임할 어른들이 없습니다. 우리네의 어른들은 우리 아이들을 교도하여주기는커녕, 장차 우리네가 그네를 교도해야만 할 형편입니다 …(중략)… 그러니까, 여러분은 여러분끼리 정신을 차려서 수양할 것은 수양하고 배울 것은 배우며, 장차 나아갈 길도 정하셔야 합니다.[41]

위의 인용과 같이 '소년'은 어른의 지도와 교육을 받으며 공부와 취미를 즐길 때이지만 그런 역할을 할 어른이 없기 때문에 '소년' 스

40 이광수, 「금일아한청년의 경우」, 『소년』, 1910. 6.
41 이광수, 「소년에게」, 『개벽』, 1921. 11, 25-28쪽.

스로 가르치고 배워 도리어 어른을 교도해야 한다고 주장한다. 이 글은 '청년'이 그들보다 어린 세대를 '소년'이라 부르며 대상화하는 인식을 나타내는 것이자, '소년' 대상의 계몽운동이 '청년'과의 동일시 속에서 이루어지고 있음을 보여준다.

요컨대, 당대 사회운동가들은 신세대 역량을 근대 국가 역량으로 동원하기 위해 무엇보다 구세대의 신세대에 대한 간섭과 영향력을 배제할 필요를 느꼈으며 스스로 그 과정을 통해 사회운동의 주체로 자리하면서 그들의 운동 대상이자 아우들도 구세대들로부터 해방시키고자 했음을 알 수 있다.

이러한 담론은 '청소년'이 전통 사회를 지배하던 가족의 규율로부터 벗어나 근대 규율이 지배하는 새로운 장으로 진입하는 계기 중 하나로 작용한다.[42] '소년 단체'는 그 대표적인 공간이다.

이광수는 소년들에게 '소년동맹' 결성을 제안하고 그 결성 및 활동 방법을 제시한다. 김기전도 『매일신보』 사설 「소년연맹」[43]에서 영국 소년단의 '세계소년동맹결의'에 고무되어 소년단 설립을 촉구한다. 이러한 논설은 당대 청년과 소년들에게 적지 않은 영향을 끼친 것으로 보이며[44] 그러한 분위기 속에서 1920년대 '천도교 소년

42 전미경은 『근대계몽기 가족론과 국민 생산 프로젝트』(소명출판, 2006)에서 근대계몽기에 '자녀는 부모의 소유물이 아니라 사회적 공물'이라는 주장이 전통 사회의 가족주의를 비판, 해체시키는 주요 논리였으며, 그에 따라 자녀를 학교와 같은 근대적 교육 기관에서 교육시키는 것은 부모의 기본적인 도리이자 사회적 책무로 인식되었음을 밝히고 있다. 이에 대해선 'Ⅲ.3.2. 고아의식과 '효(孝)' 사상'에서 자세히 살핀다.

43 묘향산인(김기전), 「소년연맹」, 『매일신보』, 1919. 6. 14.

44 1924년 5월, 『개벽』에 발표된 전영택의 「소년문제의 일반적 고찰」을 보면, 다음과 같은 구절이 있다. "더구나 조선에서는 소년이 몹시 중한 지위에 있습니다. 이광수 군이 조선 소년을 향하여 부르짖은 말을 나는 잊어버리지 아니합니다. 「아아 조선의 소년들아/ 네 이름을 묻는 이 있거들란/ 金之요 李之요 할 줄이 있으랴/ 우리는 조선의 운명이오라 하라.」 진실로 조선 민족의 운명은 남녀소년에게 달렸다고 단

회' 및 '조선소년군' 등의 각종 소년 조직이 결성되었다.

소년 조직은 '청소년'에게 근대 사회의 규율을 습득하게 하고 근대 국민으로 각성시키는 일종의 교육 기구 역할을 했다. 다시 말해 그것은 일제의 식민지 통치 기구 중 하나인 공교육 기관(학교)에 맞서 대안 기구 역할을 한 것이다. 따라서 초기 소년운동에서는 민족의식 고취뿐 아니라 근대 국민의 소양을 키우기 위한 감성 및 본성의 해방이 주장되었다.

> (가) 소년들을 엇더케 지도해가랴 …(중략)… 그네의 가정의 부모와 갓치 할가 …(중략)… 그것도 무지한 위압임니다. 지금의 그네의 학교교사 갓치 할가. 그것도 잘못된 그릇된 인형제조임니다. …(중략)… 그네는 훌륭한 한 사람으로 태어나오는 것이고 저는 저대로 독특한 사람이 되어갈 것입니다 …(중략)… 자유롭고 재미로운 중에 저희끼리 기운껏 활활 뛰면서 훨씬훨씬 자라가게 해야 합니다 …(중략)… 저희가 요구하는 것을 주고 저희에게 싹 돋는 것을 북돋아 줄 뿐이고 보호해 줄 뿐이어야 합니다.[45]

> (나) 조선에서는 어린이에 대한 기관이 전부 없었다고 하여도 가하외다 …(중략)… 어린 아이들은 오직 구속만 받게 되는 것이 그의 할 일인 줄로 알았으며 …(중략)… 어찌 하면 그들로 하여금 자유스럽게 또는 자연 그대로 지내이게 할까 하고 비상 근심하였습니다.[46]

언할 수 있습니다" 여기서 전영택이 인용한 이광수의 말은 『개벽』에 연재됐던 「소년에게」 4회에 실린 것으로 그 영향력의 실례라 할 수 있다.

45 방정환, 「소년의 지도에 관하야」, 『천도교회월보』, 1923. 3, 52-53쪽.

46 조철호씨담, 「척후군과 금후방침」, 『조선일보』, 1923. 1. 5.

위의 두 글은 1920년대 대표적인 소년운동 지도자 방정환과 조철호의 글이다. 방정환은 『어린이』창간에 앞서 편집의 방향을 밝힌 「소년의 지도에 관하야」에서 지금의 가정교육이나 학교교육은 기성세대나 사회가 요구하는 인형을 제조하는 것과 다름없다고 비판하며 소년들 스스로 자유롭고 재미있게 자라나면서 독특한 개성을 발휘할 수 있도록 그들이 요구하는 것을 들어주어야 한다고 주장한다. 조철호도 소년 지도에 대한 대담에서 소년들이 자유롭게 자연 그대로 지내게 할 방법을 모색하다가 '소년척후군'을 조직하게 되었다고 밝힌다.

이러한 주장은 타고난 본성을 살려 성장해야 바람직한 근대 국민이 될 수 있다는 근대적 인간관[47]이 전제된 것으로, 현재 우리 청소년의 본성은 억압되어 있다는 인식에서 비롯된 것이다. 따라서 교육활동도 동화, 동극, 동요 발표회 등의 문예활동과 배구, 족구, 야구, 정구, 야영, 원족 등 소년들이 즐겁게 참여할 수 있는 운동이나 유희들로 구성되었다. 그러한 활동의 일환으로 『어린이』를 비롯한 소년잡지들이 간행되어 아동·청소년의 문예, 교양 교육을 담당하며 아동·청소년문학의 형성 및 발전에 큰 공헌을 하였다.[48]

한편, 방정환과 더불어 천도교 소년회 운동의 쌍벽을 이루었던 김기전은 그 무엇보다 경제적 압박으로부터 청소년을 해방시켜야 한다고 주장하였다. 그는 「개벽운동과 합치되는 조선의 소년운동」에

---

47 20년대 초기 소년운동의 중심사상이자 실천방침인 '본성의 해방'은 루소의 사상과 관련 깊다. 근대적 인간관을 피력한 대표적 사상가 루소는 『에밀』을 통해 '인간의 발달단계에 따른 성장, 어린 시절 감성의 발달이 인격 형성에 미치는 의의와 본성이 선하다는 전제 아래, 타고난 본성의 해방이 인간됨의 실현'이라는 견해를 보이고 있다. 안인희, 정희숙, 임현식, 『루소의 자연교육 사상』, 이화여대 출판부, 1992, 20-37쪽 참고.

48 소년문예운동 및 소년 잡지의 간행이 청소년문학의 형성에 미친 영향에 대해선 'Ⅱ.2.1. 소년문예운동과 소년 잡지의 역할'에서 자세히 논한다.

서 소년들이 억눌린 상황에서는 아무것도 할 수 없으므로 소년운동가들은 수양이나 보호보다 해방을 우선시해야 한다고 주장하며 조선 소년은 그 어떠한 압박보다 경제적 압박이 심하다고 지적한다.

> 현하의 사회제도로부터 오는 무산가정의 생활난은 그 영향이 고대로 그 가정에 있는 어린이에게 미쳐서 즐겁게 놀아야 하고 힘 맞춰 배워야 할 어린이 그들은 불행하게도 노동하여야 하고 수난하여야 되게 되는 그것이다 …(중략)… 그들의 다수는 지금 매일 몇 분 전의 임금과 즈즐치 못한 노역으로 록하야 전정 만 리의 자신의 장래를 그르치며 있는 것이다.[49]

위의 인용에서와 같이 무산 가정의 생활난으로 인한 소년의 노동이 그들의 장래를 그르치고 있으며 이것은 곧 우리 사회의 희망과 광명을 잃어버리는 것이기에 유·소년의 노동을 금하고 그들 모두에게 취학의 기회를 주어야 한다고 주장한다.

20년대 후반, 사회주의 소년운동이 주도권을 장악하고부터 경제적인 억압의 문제가 중점적으로 제기된다. 사회주의 소년운동가들은 청소년들을 계급적으로 각성시켜 사회주의 운동의 일꾼으로 양성하려고 했다. 이러한 관점에서 '본성의 해방'을 위한 이전의 소년운동은 취미적, 기분적 운동으로 비판되며 소년운동의 방향전환이 요구되었다. 홍효민, 정홍교, 김태오 등이 비슷한 논지의 글을 『조선일보』, 『동아일보』, 『중외일보』 등의 신문에 지속적으로 발표하며 대중적 확산을 꾀하였다.

---

49 김기전, 「개벽운동과 합치되는 조선의 소년운동」, 『개벽』, 1923. 5, 23-24쪽.

(가) 과거의 소년운동은 기분적으로 소년회 조직 또는 잡지 간행 - 즉 다시 바꾸어 말하자면 소년보호운동의 진출에 불과하얏든 것이다. 그리하야 이 운동은 하등 사상이나 주의를 가미치 안코 순연한 소년의 취미 증장 학교 교양의 보충교재를 하여 왓섯든 것은 사실이다.[50]

(나) 혹자는 소년운동의 본의가 천진성의 함양에 잇다한다 하야 현실에 치중함을 반대한다. 그러나 소년운동의 임무가 제2국민으로의 교양에 잇고 현실을 떠나서 살 수 업는 민족적 생활이 불가능한 것은 누구나 부인치 못할 사실 …(중략)…그러나 현하 조선에 잇서서의 소년운동이라는 것은 그 지도정신이 보이스카우트와는 다를 것이 잇서야[51]

위 글은 김태오가 1927년 10월, 초기 소년운동을 주도했던 천도교 소년회 중심의 '조선소년협회'와 사회주의 소년운동 조직인 '오월회'가 연합하여 '조선소년연맹'을 결성한 일에 대해 환영의 뜻을 밝힌 글이다. 그는 연맹의 결성이 소년운동의 큰 발전이자 획기적인 방향전환이라고 보고 '소년운동의 방향과 지도정신'에 대해 논하고 있다. 이틀 간격을 두고 『조선일보』와 『중외일보』에 발표된 두 글의 논지는 비슷하다. 둘 다 천도교 소년회와 조선소년군의 활동이 조선의 현실을 무시한 '무주의, 무사상운동'이라고 비판하며, 현재 정세 속에서 조선의 소년운동은 사회주의 혁명운동의 일환으로 전개되

50 김태오, 「정묘1년간 조선소년운동-기분운동에서 조직운동에」, 『조선일보』, 1928. 1. 11.
51 김태오, 「소년운동의 지도정신」, 『중외일보』, 1928. 1. 13.

어야 함을 강조한 것이다.

이러한 주장은 1930년대 초반까지 지속, 심화되어 신고송은 '소년도 현실을 알아야 한다'는 데에서 더 나아가 '동심의 계급성'을 논한다.

> '아동은 천진난만하다.' '아동은 천사이다.' '아동은 하나님의 아들이다.' '아동은 어른의 아버지이다.' 이것들은 모다 부르조아적 모매업는 동심관이요 아동관이다. 그들은 이러케 아동의 존재를 실재 이상으로 우상화 신비화해 노앗다. 동심이란 첫재 그들 아동은 선천적으로 유전이라는 것이 그 기질을 작성하며 둘재 장성도정에서 무의식적으로나 의식적으로나 현실적 정세에 우격화되는 것이며 셋재 더 나아가 사회적 정치적 경제적 관계에 의하야 계급화되는 것이다.[52]

위에서 인용한 바와 같이 '동심의 계급성'이란 아동의 본성 해방을 중시하던 이들의 핵심 근거인 자연적, 본질적 차원의 동심[53]을 사회적 차원으로 전환시킨 것이다. 이러한 주장에 따라 '무산아동, 무산소년'이라는 말이 널리 쓰이고 경성을 중심으로 전개된 도시 중심의 소년운동이 비판되며 농촌 소년의 지도문제가 제기된다.[54] 또 돈이 없어 학교에 가지 못하는 무산소년들을 위한 야학 설립이 제안된다. 특히 주요섭의 「무산아동을 위하야 야학설립을 제창함 - 보통학교사 이용의 구체안」[55]은 원론적인 주장에 그치지 않고 현실을 고려

---

52 신고송, 「동심의 계급성」, 『중외일보』, 1930. 3. 8.

53 아동의 천성이자, 미적 자질로서 '동심'이 구성되는 맥락은 조은숙, 앞의 글, Ⅲ장을 참조할 수 있다.

54 안상노, 「소년 농민의 지도문제-그들을 어떻게 지도할까」, 『실생활』, 장산사, 1936. 6.

55 주요섭, 「무산아동을 위하야 야학설립을 제창함 - 보통학교사 이용의 구체안」,

한 구체적인 안을 제시하고 있어 주목된다. 주요섭은 무산아동이 교육받지 못한 현실에 대해 비판한 후, 보통학교 건물을 이용해 매일 저녁 2시간씩 야학교를 열자고 제안하는데 비용, 교원, 학제 및 학과목에 이르기까지 구체적인 안을 제시하고 있다.

이상에서 살펴 본 바와 같이, 일제 강점기에 조선인 사회운동가들은 '청소년의 해방'을 사회 변혁의 주요 과제로 제시하였다. 미래 사회는 청소년에 달렸으므로 그들의 역량을 키워야 하는데 현재 청소년들은 억압, 구속받고 있어서 현실의 억압으로부터 벗어나는 것이 급선무라고 본 것이다. 사회운동 및 소년운동의 헤게모니 변화에 따라 '구습으로부터의 해방', '본성의 해방', '경제적 압박으로부터의 해방'이 중점적으로 주장되었다.

일제는 공교육 기관인 학교를 기반으로 제국의 '신민'을 양성하기 위한 교육을 하였다. 따라서 일제가 제시하는 '제2국민'은 일차적으로 수신교과서 등을 비롯한 교과서에서 확인할 수 있다. 일제의 대표적 이념 교육 수단인 보통학교 수신교과서를 예로 들어 논하겠다.

보통학교 수신교과서의 체제는 '개인·가정·학교·사회·국가생활, 천황주의'의 여섯 가지 항목으로 구성되며 각 항목마다 식민지 조선인이 지녀야 할 '좋은 일본인상'이 제시되어 있다. '좋은 일본인'이란 과거의 유교 윤리였던 '충, 효', 근대적 실업윤리인 '근면, 검소, 청결', 천황주의 윤리인 '천황에 대한 숭배 및 멸사봉공의 자세'를 체득한 사람을 뜻한다.[56] 이러한 일제의 식민지 국민상은 본국 국민상과

『금성』, 개벽사, 1931. 8.

56 이병담, 『한국 근대 아동의 탄생』, 제이앤씨, 2007. 8, '제1부 제2장 조선총독부수신서의 생활덕목 분석과 특징' 참고.

같으면서도 다른 점이 있다. 천황주의와 국가주의는 마찬가지로 강조되지만 일본 수신서가 서구의 근대적 인간 교육 방법을 도입하여 근대 시민의 규율을 중시한 반면, 조선총독부 수신서는 모든 항목에서 위계질서에 대한 순종을 중시하며 국가와 천황에 대한 충성을 강조한다. 그래서 조선의 전통사회에서 중시됐던 유교 윤리 특히 '효'가 국가와 천황에 대한 충성 윤리로 전유된다.[57]

일제는 1930년대 전시체제로 돌입하기 전까지는 학교 밖에서 독자적인 소년 조직을 결성하거나 미래적 존재로서의 소년 담론을 적극적으로 전개하지 않고 주로 조선인의 소년운동을 탄압하기 위한 논리를 만들었다. 이러한 소년회 활동 탄압에 대해 부형과 각 단체들은 반발하고 항의했지만[58] 일제가 전시체제로 돌입하면서 탄압은 더 극심해져 1930년대 중반에는 대부분의 소년 단체가 해산되고 더 이상 새로운 담론을 생산하지 못한다. 그리고 소년 조직과 담론은 일제의 전시 동원을 위한 수단으로 수렴된다. 일제는 1935년 사회과에 '소년단 지도회'를 결성하여 유명무실했던 보통학교 소년단 활동을 부흥시키려 했으며 1936년 학무국에서 청년단을 새로 편성하여 그 아래 소년, 여자, 청년부를 두었다. 그리고 일제는 청소년을 전시체제에 동원하기 위한 전략에서 '애국'이란 말을 사용하여 '소년애국반'을 조직한다.[59] 만주사변 때 일본군에 의해 구출당한 조선 소년이 내선일체의 총후활동에 앞장선다는 내용의 '애국소년'이란 종이

57 이병담, 『근대 일본 아동의 탄생』, 제이앤씨, 2007. 8, '제1부 제5장 일본수신서의 생활덕목분석' 참고.

58 시평, 「소년웅변금지」, 『조선일보』, 1925. 11. 14, 자유종, 「소년운동을 하고 저해?」, 『동아일보』, 1926. 1. 27, 「소년의 기민구제를 통영경찰이 금지 너이들이 아니 해도 된다고 무리 행동에 비난적」, 『동아일보』, 1929. 6. 2.

59 「하부 연맹마다 소년 애국반 어린이들도 시국운동에 참가」, 『매일신보』, 1941. 7. 1.

연극도 제작되었다.[60]

여전히 '제2국민'으로서 소년을 애호하자는 담론이 생산되지만 이때 국가는 대동아공영국 건설을 위해 전쟁 중인 일제를 전제로 한 것이었다.[61] 따라서 전시에 필요한 인력을 동원하기 위해서 뿐 아니라 그 목표를 이룰 때까지 전쟁을 지속하기 위해서도 청소년은 중요한 존재로 여겨졌고, 특히 그들의 건강한 신체가 중시되었다.[62]

아울러 어머니의 역할이 중시되어 모성, 충효 담론이 부흥하고[63] 청소년 교육의 목표는 진학 및 취업으로 축소된다. 신문, 잡지에서도 소년의 성적 지도와 관련된 정보들이 제공되고[64] 어릴 때부터 금전교육이 중시되며 청소년들에게 치부법과 관련된 우화들이 소개된다.[65] 소년들이 진학시험에 떨어져 가출, 자살하는 사례가 생기고

---

60 「애국소년 조희광대 제조」, 『조선일보』, 1938. 2. 2, 「애국소년 조희연극제작 전조선 각도에 배부」, 『매일신보』, 1938. 2. 2.

61 1927년 9월, 『조선』에 실린 경성부연합청년단 주최의 지도자 강습회 연설 원고 산구정의 「여하히 하야 청소년을 지도할가」에 보면, 현대 심리학 및 철학이 군국주의에로 수렴되는 논리가 나타나 있다. 그는 인간은 심리학적으로 볼 때 욕구에 따라 사는 본능적 존재라고 전제한 뒤, 이 욕구를 억압하면 안 된다고 하지만 인간은 사회적 존재이기에 규율 속에 실현하는 욕구가 참된 욕구 충족이라고 한다. 그리고 일본 군대는 이러한 규율 속의 욕구 충족을 이루는 곳이라고 한다. 또 '금일의 사회교육은 현대적이어야 한다'는 어느 학자의 말이 매우 타당하다고 하면서, 이때 '현대적'이란 전후의 일로 국민적, 국가적이란 뜻이므로 청소년 교육은 국가를 위한 것이어야 한다고 한다.

62 후생성 사회국 아동과장 이등청이 1941년 6월, 『건강생활』에 발표한 「시국하 아동보호의 중요성과 그 대책」, 장선홍의 「씩씩한 어린이를 키우자, 모성과 아동의 영양」(『춘추』, 조선춘추사, 1941. 6) 등에서 이와 같은 내용을 확인할 수 있다.

63 이와 관련한 담론은 당대 신문, 잡지 등에서 다수 발견되며 선행 연구도 상당히 진행되었다. 채성주, 「근대 교육 형성기의 모성담론 연구」, 고려대 박사학위논문, 2006. 8, 안태윤, 「일제하 모성에 관한 연구: 전시체제와 모성의 식민화를 중심으로」, 성신여대 박사학위논문, 2001. 8, 전은경, 「'창씨개명'과 《총동원》의 모성담론의 전략」, 『한국현대문학연구』 제26집, 한국현대문학회, 2008. 12.

64 「닥쳐오는 시험 지옥 부모도 자녀도 이러한 방법을 직히시오」, 『매일신보』, 1932. 1. 29, 「학기말과 아동의 성적」, 『중앙』, 조선중앙일보사, 1934. 3 등.

65 구연신, 「치부법전수」, 『실생활』, 장산사, 1932. 4, 김은순, 「아동의 금전교육」, 『가

발육기 소년소녀들이 시험 때문에 받는 해로움을 조사한다는 기사 등을 볼 때[66] 이전 시기와 달리 청소년들이 성적과 진학으로 인해 받는 압박이 커졌음을 알 수 있다. 이에 대한 반대 여론이 제기되기도 하지만[67] 큰 반향을 일으키진 못하고 그와 같은 현상이 극심했음을 증명할 뿐이다.

(2) 노동하는 존재 – '직업소년'

근대 '청소년'은 '제2국민'으로서 미래를 위해 근대 지식과 교양을 교육받아야 할 존재였지만 궁핍한 현실에 처한 대다수 청소년은 생계를 위해 노동해야 했다. 이러한 청소년의 현실이 반영되어 '직업소년'이라는 불리는, 노동하는 존재로서의 '청소년상'이 구축되었다.

소년애호사상에 기반하여 청소년 노동을 금지해야 한다는 주장

정지우』, 조선금융 연합회, 1939. 2 등.

66 「거듭 입학시험에 낙제되고 행방불명된 사소년 해주서 십오육 세의 소년들이 부모 뵐 면목이 없어」, 『동아일보』, 1935. 3. 19, 「시험지옥의 해! 발육기 입학 소년소녀들의 심신의 영향을 금춘에 조사 결과에 따라 적극적 대책 수립」, 『동아일보』, 1936. 1. 13 등.

67 조선소년군을 창설한 조철호가 1935년 5월 1일 『신가정』에 발표한 「어린이날을 당하야 어머니 여러분께」에 보면, "어서 커서 소학 중학 대학 전문학교를 졸업하고 취직이라도 빨리 하야 돈 버리라도 했으면 하는 마음이 보통 어머니들의 가지시는 촉망일가 합니다. 지금 우리 조선 사람은 물질이 좀 있다는 사람이나 없는 사람이나 모두가 다-돈 돈 합니다"라고 하며 당대 현실을 비판하고 있다. 1936년 1월 5일 『조선일보』 사설 「청소년과 그들의 교육」에서도 다음과 같이 현대 교육의 문제점을 지적하고 있다. "현대식 교육의 치중하는 바를 요약해 말한다면 보통학교 교육은 고등보통학교 입학자격을 만들기 위한 준비교육이 아니냐? 고등보통학교 교육은 전문학교대학의 입학자격을 만들기 위한 준비교육이 아니냐? 학교는 그 졸업생 중으로부터 은행회사원이 만히 난 것을 무엇보다도 첫재로 가는 교육성적으로 생각하되, 조금도 부끄러운 줄을 모르고 그것을 당연 이상의 당연으로 생각하게 되엿다."

도 있었지만 청소년의 생존권을 비롯한 기본권을 보장하는 아무런 법적 장치도 없는 상황에서 그들의 노동은 지속적으로 착취되었다.[68] 『조선일보』(1924. 5. 9)의 「1923년 12월 경성부 권업계에서 조사한 소년 노동 실태」에 따르면, 조선인 직공 남녀합계 12,300명 중 15세 미만 남자 986명, 15세 미만 여자 558명으로 유·소년공이 총 1,544명을 차지한다. 이러한 현상은 일제 강점기 내내 지속, 심화되어 1940년 5월과 6월의 『경성일보』에서도 광업이나 금속공장 소년 노동자들이 하루 10시간 노동에 성인 임금의 60%밖에 받지 못했음을 보도하고 있다.[69] 청소년의 노동은 비단 공장 노동에 그친 것이 아니었다. 농업, 상업, 자유업, 가사노동에 이르기까지 사회 전반적인 영역에서 주요 노동력으로 사용되고 있었다.[70]

1920년대 초반부터 조선인 사회 담론 주체들은 일제 당국에게 공장법 실시 등을 요구하며 소년들을 노동 착취로부터 보호해야 한다고 주장한다. 예컨대 위에서 언급한 '소년 노동 실태 기사'를 보고 쓴 사설, 「보라 이 무서운 현상을 -어린 민중들의 신음하는 인간지옥」[71]

---

68 일본에서는 1923년 '공업 노동자 최저 연령법(1926. 5. 7. 시행)'에 따라 14세 미만자의 취업을 금지시켰고 1933년 4월 1일 '아동학대방지법'이 시행되고 있었지만 한국에서는 실시되지 않았다. 한국에서 아동학대법 실시나 노동법 실시에 대한 여론이 높아지자, 1935년 11월 1일 '아동학대조사'를 실시한다고 보도하였지만 끝내 '아동학대방지법'은 실시되지 않고 1937년 10월 각 직업소개소에 위험한 직업은 소개하지 말라고 지시를 내렸을 뿐이다. 김현철, 「일제기 청소년 문제 연구」, 연세대 박사학위논문, 1999, 161-162쪽 참고.

69 "최근 전쟁의 영향으로 광업이 빠른 속도로 발전하고 있다. 그러나 노동자들의 상황은 개선되지 않고 있다. 내무부 관계부서의 자료에 따르면 광업종사자 중 청소년은 일당 60~70전, 성인 남자는 1원~1원 10전을 받는다." 『경성일보』, 1940. 5. 19, "금속 공장 내 젊은 조선인 노동자들의 일당 12~13세: 35~45전, 13~14세: 40~50전, 14~15세: 45~55전, 15~16세: 50~60전", 『경성일보』, 1940. 6. 19, 파냐 이사악꼬브나 샤브쉬나, 김명호 옮김, 『식민지조선에서』, 한울, 1996, 93-94쪽에서 재인용.

70 김현철, 앞의 글, 110-115쪽 참고.

71 「보라 이 무서운 현상을 -어린 민중들의 신음하는 인간지옥」, 『조선일보』, 1924. 5.

에서 필자는 자본주의 사회에서 노동계급은 존재할 수밖에 없지만, 12~15세 소년남녀의 노동은 민족 생활의 경제적 파멸을 보여주는 것이라며 소년남녀를 노동 지옥으로부터 구제해야 한다고 주장한다. 1930년대 신문에서도 열악한 환경에서 장시간 혹사당하는 소년공들의 실태 및 발육기 노동의 위험성이 보도되며 공장법을 실시하여 그들을 보호하라는 여론이 제기된다.[72] 이 시기 소년 잡지 『어린이』나 『신소년』에서도 '직업소년'들의 혹독한 노동 현실에 대한 하소연이 실리고 현장 조사를 통해 소년 노동 착취 실태가 보도된다.[73]

하지만 소년노동 문제를 해결하기 위해 소년운동가들을 비롯한 사회운동 주체들이 폭로와 요구 외에 더 강력하고 적극적인 활동을 전개하지는 않은 것으로 보인다. 그것은 다음과 같은 이유 때문인 것으로 생각된다.

먼저, 이 사안이 당시 소년운동 조직의 주요 활동내용이었던 문화적 차원보다 정치적 차원의 문제이기 때문이다. 소년노동 착취는 개별적인 악덕 자본가의 문제라기보다 일제의 식민지 산업 정책을 그 배경으로 하고 있다. 1920년대부터 일제의 식민지 공업화 정책이 본격화되면서[74] 성인보다 값싼 유·소년 노동력에 대한 수요가 증가했던 것이다. 따라서 소년노동 문제를 근본적으로 해결하기 위해선 일

14.

72 「십사 세 전 소년의 취직과 위험률 내무성에서 조사한 결과」, 『동아일보』, 1932. 11. 2, 「매연이 자욱한데 맛치 든 직공 사백 소년견습공이 절반 이상을 점령」, 『동아일보』, 1935. 12. 1, 「공장법을 실시하라! 보호바라는 직공 평남에 만여 인 기 중 소년공이 천사백 명 노동시간 십사 시간」, 『동아일보』, 1936. 6. 30.

73 「직업소년들의 가지가지 설음」, 『어린이』, 개벽사, 1929. 5, 「특별독물 공장소년순방기 제일회-별표고무공장」, 『어린이』, 개벽사, 1930. 8, 「방직 소녀공 방문기」, 『신소년』, 신소년사, 1932. 8.

74 박순원, 「식민지 공업 성장과 한국 노동계급의 성장」, 신기욱, 마이클로빈슨 엮음, 도면회 옮김, 『한국의 식민지 근대성』, 삼인, 2006, 209-220쪽 참고.

제 당국과의 정면충돌을 피할 수 없으며 그것은 소년조직의 합법성이 침해당하는 결과를 가져와 소년운동의 존재 기반을 무너뜨릴 위험이 있었다. 다른 하나는 식민지의 기형적인 경제구조 속에서 절대빈곤 상태에 놓인 가정이 많았기 때문이다. 그러한 가정에서는 유·소년도 생계를 위해 노동해야 했으며 지옥 같은 일자리도 구하지 못해 고통 받는 경우가 많았다.

1920년대 중반 이후부터 각 신문들은 소년들의 구직난과 그에 대한 소년들의 필사적인 노력에 대해 보도한다.[75] 예컨대 『동아일보』(1932. 1. 18)의 「오백 리 도보여행 십오 세 소년 구직」은 구직을 위해 파주에서 대전까지 500리 길을 걸어온 15세 소년의 딱한 사연을 소개하고 있다. 소년은 고향에서 보통학교를 졸업하고 일자리를 구하지 못해 고심하다가 도시에서는 가능하리란 생각에 500리 길을 걸어왔으나 막상 일자리는 구하지 못하고 고생이 너무 심해 『동아일보』 지국에 찾아왔다는 것이다.

사정이 이러하다 보니 보통학교를 졸업한 14·5세 이상 소년들의 노동이 사회적으로 인정되어 '소년노동 금지' 담론보다 소년들의 직업과 구직에 대한 정보가 더 많이 제공된다. 예컨대 「보통학교를 마친 소년소녀들의 직업을 선택할 때의 주의」[76]를 보면, 보통학교를 마치고 취직하는 소년소녀는 불운아들이지만 더 큰 성공을 하는 경우도 있다며 '지·정·의' 발달에 따라 어느 직업을 선택하면 좋을지 소개하고 있다.

---

75 「오백의 소년구직자 사월 중 인사상담소의 현상 중학 졸업생도 육십 여 명」, 『시대일보』, 1926. 5. 7, 「일증 월가하는 가련한 소년구직자」, 『매일신보』, 1928. 4. 12, 「소년소녀의 취직전선 이 봄에 졸업하고 가는 곳은 어디? 공부는 잘하면서 웃학교 못 가는 어린 양떼의 험한 앞길!」, 『동아일보』, 1935. 3. 16.

76 「보통학교를 마친 소년소녀들의 직업을 선택할 때의 주의」, 『동아일보』, 1934. 4. 1.

이러한 내용의 기사는 해마다 졸업 시기인 3, 4월이 되면 졸업생들의 진로와 관련하여 보도되었다. 『매일신보』(1936. 1. 12)의 「금춘 공보교 졸업할 이천 칠백의 소년소녀」에서는 "보통학교 졸업생 중 7할 5부는 진학하고 2할 5부는 관공서와 은행, 회사의 급사를 지원하며 대소상점의 점원도 희망하고 있다"고 하고 "각 학교에서 추천장을 써서 취직운동을 하고 있으며 수년 전 소녀들은 백화점에 취업이 많이 되었으나 요즘은 고등보통학교 졸업생들이 많이 지원해 보통학교 졸업생들은 상대가 안 된다"고 하여 당시 청소년들의 취업 실태가 제시된다. 이러한 기사를 통해, 보통학교를 졸업한 소년소녀들이 노동하는 존재로 인정될 뿐 아니라 그 경쟁도 갈수록 치열해짐을 알 수 있다. 『조선일보』(1940. 2. 17)의 「실사회에 나오랴면 어떤 조건을 구비해야 할까 - 똑똑하고 근실할 일」에서는 회사 인사과장 차기정이 다음과 같이 급사나 점원의 취직 기준을 제시한다.

> △ 학력은 백 명쯤 되는 데서 한 오십 번 이내 되는 성적이면 채용합니다.
> △ 체격에 잇서는 따로 체격검사를 하는 것이 아니고 의사의 건강진단서를 밧습니다. 그것은 혹시 전염병의 병균이 잇나 업나를 조사하기 위해서입니다.
> △ 년령은 급사에 한해 십오륙 세 열일곱 살 가량이 정한 년령이나 십팔세라도 적은 사람은 자기도 급사를 원하고 또 점원으로는 너무 키가 적고 해서 급사로 채용하는 일이 잇습니다.
> △ 성격은 남자나 여자나 명랑한 사람을 요구합니다만 보통 봐서 성질이 괄괄하지 안코 온순하면 『파스』합니다. 여자는 남자보다도 명랑한 사람이 성적이 조홉니다.
> △ 생활상태에 잇서서 대개는 빈곤한 가정 사람이 만습니다만 그날그

날 살아갈 수가 업는 사람은 될 수 잇스면 피하려 합니다.
△ 보증인은 사원이나 점원이나 두 사람씩 세웁니다.

위와 같은 학력, 체격, 연령, 성격 등의 기준을 보았을 때, 급사나 점원은 청소년들의 일자리로 굳어졌음을 알 수 있다. 청소년 노동이 사회적으로 인정되다 보니 진학이나 취업을 못 한 소년들은 '소년 룸펜'으로 취급되어 그들을 향해 '야학회'라도 만들든지 아니면 굳은 의지와 세심한 계획으로 도전하여 역경을 이겨내라는 비판도 제기된다.[77]

소년노동과 관련하여 당국에게 요구하는 사항도 1920년대 김기전의 주장처럼 유·소년의 노동 철폐가 아니라 보다 쾌적한 작업환경과 노동조건에서 일할 수 있도록 법적 조치를 취하라는 것 등으로 바뀐다. 『조선일보』(1936. 2. 22) 사설 「소년노동에 대하야」를 보면 이런 관점이 잘 나타나 있다.

다른 나라에 잇서서와 마찬가지로 만일에 유년노동을 금지한다면 현재 노무에 종사하고 잇는 수만 소년이 일시에 실직하게 되는…(중략)…소년노동은 거이 전부가 빈한한 가정의 자녀들이다 …(중략)…수만흔 소년으로부터 직업을 빼앗는 결과를 초래하는 동시에 그들의 수입으로 생활을 유지하고 잇는 가정의 호구의 방도을 막어 버리는 결과를…(중략)…이러한 사정을 참고하야 공장법을 실시하되 특히 혹사방지와 보건을 주안으로 노동시간에 제한을 가하야

77 「오늘의 말슴 길에 황하는 소년들의 나아갈 길 야학회등을 맨들라」, 『조선일보』, 1931. 9. 13, 박찬일, 「역경의 청소년 제군에게」, 『호남평론』, 호남평론사, 1935. 11 등.

위의 인용처럼 우리나라 현실에서 다른 나라와 같이 유·소년 노동을 금지하면 그들의 수입으로 살아가는 가정의 호구대책을 막는 것이기 때문에 공장법을 실시하되 노동시간을 제한하는 등의 혹사 방지와 보건에 중점을 두어야 한다는 것이다.

한편, 1930년대에는 착취당하는 부정적 의미의 소년 노동뿐 아니라 소년들의 성장에 도움이 되고 현실을 변화시키는 동력으로서의 소년노동 담론이 형성되었다. 이때 노동 형태는 주로 농업 노동으로 소년들이 공동 경작하여 적빈한 마을이 부흥했다는 등의 소년 노동을 칭찬하는 기사들이 보도된다.[78] 또 이 시기 소련의 소년단 '삐오닐'의 활동이 여러 매체에 소개되며 그들의 노동이 모범적으로 제시된다. 그중 『동광』(1932. 11)에 게재된 「조고만 실천가 신흥 로서아의 소년군」을 예로 들면 다음과 같다.

> 사베트의 삐오닐들은 사회주의 건설에 대하야 집단농장, 공동농장, 공장에서 열심히 어른들과 협력하고 잇다. 말한다면 그들은 농장에서 과실을 배식하고 제초하고 혹은 과수원을 새로 만들며 거주하는 토지를 연구하야 비료로 될 석탄의 광층을 발견하기도 한다.[79]

---

78 「소년의 이상향 천진스러운 소년의 피땀으로 양계 공동경작 실시」, 『동아일보』, 1932. 10. 19, 「소년의 근로에 감동 적빈한 일동이 부흥! 한닙희 가마니 생산도 업든 마을이 오십이 호 중 사십이호가 가마니 짜 상주의 모범소년 미담」, 『동아일보』, 1932. 12. 1, 「애한소년단 공동경작 실행 일반의 층송이 자자하고 유지는 전답도 제공」, 『동아일보』, 1933. 10. 31 등. 이러한 기사는 1930년대 동아일보사를 중심으로 전개된 농촌개량운동과 밀접한 관련이 있다. 동아일보사는 1931년부터 34년까지 네 차례에 걸쳐 학생 하기 운동으로 브나로드 운동을 주최하여 농촌을 대상으로 한 학생 계몽운동과 개량운동을 벌인다. 박찬승, 『언론운동』, 경인문화사, 2009, 151쪽 참고.

79 적악산인, 「조고만 실천가 신흥 로서아의 소년군」, 『동광』, 1932. 11, 89-90쪽.

위에 인용한 것처럼, 청소년들이 사회주의 국가 건설을 위해 어른들과 더불어 공동 노동하는 모습을 건강하고 바람직하게 소개하고 있다. 이러한 글은 소년들의 노동이 새 나라를 건설하고 잘 살기 위해서 필요하며 소년들의 장래를 위해서도 도움이 될 수 있다는 '건전한 노동' 담론을 형성한다. 「학교를 나온 동무들에게」에 이러한 관점이 잘 나타난다.

> 여러분! 더 만히 생각할 것이 업습니다 정말 공부를 더 할 형편이 못되면 곳 일을 합시다. 경우에 짤아 손쉬운 일을 합시다. 지게도 지고 호미도 메며 풀매질 구두 맨드는 것 무엇이든지 닥치는 대로 일군이 됩시다. 우리 조선에서는 지금까지 일하는 이들을 상놈으로 알고 천히 녁엿습니다. 그리해서 오늘과 갓치 못 살고 못난이들이 되고 말엇습니다. 우리가 정말로 새 조선을 건설하고 남과 갓치 잘 살아보랴면 보통학교 뿐 아니라 중학교 대학교를 졸업한 이들도 모다 피땀을 흘리고 손발이 모지러지도록 일을 하여야될 것이외다. 저 서양에 발명가, 정치가, 기타 유명한 사람들은 모다 어릴 적에 신문팔든 아해가 안이면 상점에 심부름하든 시종군들이올시다.[80]

위와 같이 근대 계몽기부터 1920년대 초반까지 근대 지식에 부여되었던 의미가 이제 노동으로 이동한다. '정말 공부를 더 할 형편이 못 되면'이라는 단서를 붙여 청소년의 일차적 과업이 학업임을 전제하고 있지만 국망의 원인을 노동 경시에서 찾고 서양의 위인들을 근거로 청소년기의 노동이 훌륭한 사람이 되기 위한 조건임을 주장하

80 우제, 「학교를 나온 동무들에게」, 『신소년』, 1927. 4, 2쪽.

는 것은 이제까지와는 다른 주장이라 할 수 있다.

요컨대 이러한 주장은 돈이 없어서 더 이상 공부할 수 없는 청소년들의 노동을 정당화하기 위한 전략에서 나온 것으로 보인다. 소년운동의 성과로 부형들 및 청소년은 학업을 미래를 위한 절대적 과업이자 희망으로 여기게 되었으나 의무교육이 전 민중적으로 보급되지 않은 현실에서 그것은 특권층만 누릴 수 있는 혜택이었다. 그만큼 학교를 다니지 못하고 노동해야 하는 청소년들의 소외감과 절망감이 커지자 청소년들이 노동하는 현실을 받아들이고 그 속에서 미래를 준비하도록 하기 위한 논리가 필요했던 것으로 생각된다.

일제 당국은 30년대 중반 전시 체제로 돌입하기 전까지 조선인 사회에서 제기되는 청소년의 노동 문제에 대해 소극적으로 대처하며 문제 해결을 위한 아무 대책도 제시하지 않는다. 그러다 전시체제가 강화되면서 소년들의 노동력을 동원하기 위한 여러 제도를 시행하며 소년들의 노동을 중시하는 담론을 유포시킨다. 즉 이 시기의 소년들에게는 '산업전사'의 역할이 부여되며 노동은 선택이 아닌 반드시 해야 하는 의무가 된다.

1937년 12월, 시국산업대책으로 소년소녀들의 노동시간을 연장하고[81] 1938년 '소년소녀부'를 신설, 직업소개소 기구를 확충하여 소년소녀 노동을 감독, 관리한다.[82] 1939년 6월에 금속공장, 기계기구제조공장, 광산용기계제조공장 등에서 16세 이상의 소년직공을 3년간 양성하여 중견직공으로 만드는 '소년 직공 양성 시행령'을 실시

81 「시국산업 대책 소년소녀의 노동시간 다소 연장 전국 산련의 의견 결정」, 『동아일보』, 1937. 12. 14.

82 「소년소녀부를 신설코 아동 취직 만전 기도 직업소개소 기구 확충」, 『매일신보』, 1938. 3. 11.

하여[83] 부족한 전시 산업 기술자를 체계적으로 양성할 수 있는 대책을 마련한다. 1940년 9월에는 12세~30세까지의 '청소년고입허가제'를 시행한다.[84] 이는 청소년을 고용할 때 당국의 허가를 얻어야 하는 제도로 전시 노동력을 확충하기 위해 소년의 노동력을 관리하는 제도라고 볼 수 있다. 또 이 시기 직업소개소 위원들이 보다 적극적으로 활동하여 일할 수 있으면서 일하지 않는 청소년을 찾아 산업전사로 동원시킨다는 명분 아래, 이 땅에 있는 소년들의 노동을 남김없이 전시체제에 이용하려 든다.[85]

(3) 악에 물들기 쉬운 존재 – '불량소년'

근대 청소년 관련 기사나 보도에서 가장 많은 수를 차지하는 것은 청소년들의 불량 행위에 대한 것이다. 근대 청소년은 맑고 천진한 어린이와 달리 '불량소년'으로 사회의 안정과 질서를 해치는 위험한 존재이기도 했다. 이때 '불량소년'이란 술, 담배, 남녀교제를 즐겨 풍기를 문란하게 하거나 절도 등의 범죄를 저지른 남녀 청소년을 일컫는다. 이 담론은 다른 것과 달리 일제 강점기 동안 비슷한 관점에서 거론된다. 주로 불량소년의 격증을 우려하며 그들의 불량 행위를 폭로하고 그 발생 원인과 대책을 강구한다. 따라서 이에 대한 논의는 앞선 논의들처럼 담론 주체에 따라 통시적으로 전개하지 않고 불량소년의 실태, 발생원인, 불량화 방지 대책으로 나누어 전개할

83 「소년 직공 양성에 기술로 또 학술로」, 『매일신보』, 1939. 6. 7, 「소년 기술공을 부른다」, 『동아일보』, 1939. 8. 8.
84 「청소년 고입에 허가제」, 『조선일보』, 1940. 6. 3.
85 「일할 수 잇는 청소년을 산업전사로 총동원 일하지 안는 사람은 먹지 말라」, 『조선일보』, 1940. 6. 4, 「소학교 출신 소년을 산업전선으로 동원」, 『매일신보』, 1940. 9. 13.

것이다.

애국계몽기부터 『대한매일신보』를 비롯하여 각종 신문에 '부랑청(소)년'의 불량행위와 그로 인한 가정적, 사회적 폐해가 보도된다.[86] 그러다가 '청년'이 '소년'과 다른 독자적 시기로 인식되면서 12세 이상 19세 미만의 소년들에 해당되는 불량소년 담론이 형성된다. 그 후 청년들을 대상으로 한 '부랑청년' 논의도 이어지지만, 불량소년 담론과 그 성격이 달라진다. '부랑청년'이란 '불량소년'처럼 사회규범을 어지럽히는 행위를 하는 자들이지만 '불량소년'처럼 절도 등의 범죄 행위보다 주색잡기에 빠진 게으르고 사치한 청년들을 일컫는 말이었다. 또 그들은 소설 속 주인공이거나 소설을 읽는 독자이기도 했다. 따라서 1920년대 근대 문학이 본격적으로 발전하면서 '부랑청년'은 개인의 욕망과 갈등을 드러내는 미적 상징으로 인식되기도 한다.[87] 이와 달리, '불량소년'은 청소년소설의 주인공으로 등장하지 못하고 사회에서도 문제아로만 인식되어 교도해야 할 대상으로 자리한다.[88]

불량소년 담론은 주로 불량소년들의 실태에 대한 보도로부터 비롯된다.[89] 『매일신보』(1917. 6. 6)에서는 「경성의 악소년」이 5회 연재되는데 해마다 증가하는 불량소년은 무의무탁한 자들로, 부모들이 10

---

86 『대한매일신보』의 광고란에 '부랑자/불량배'로 지칭되는 '부랑패류' 기사가 많이 실리는데, 대개 기고자가 자신의 아들이나 손자가 부랑해서 가산을 탕진했음을 알리며 다른 사람들에게 경고하는 내용이다. 소영현, 「미적 청년의 탄생」, 연세대 박사학위논문, 2005, 103-104쪽 참고.

87 소영현, 「'미적 청년'의 등장: 데카당한 '부랑청년'과 청년론의 가상적 재연」, 『문학 청년의 탄생』, 푸른역사, 2008 참고.

88 청소년소설에 '불량소년'이 등장하지 않는 이유에 대해서는 Ⅲ.1.1. '불량소년'의 부재와 '희생'에서 자세히 논한다.

89 「두통거리의 불량소년 날마다 늘어거는 형편이다」, 『동아일보』, 1923. 5. 26, 「영어에서 과세할 소년 형인 육백여」, 『조선일보』, 1934. 12. 24, 「소년 범죄는 증가 사상범은 낙조」, 『매일신보』, 1937. 1. 5-6 등.

세쯤 서울에 와서 버린 자들이 많고 주로 좀도적질을 해 살아간다고 전한다. 그런데 『매일신보』(1923. 10. 7)의 개성 소년형무소장과의 대담 기사를 보면, 소년 범죄자 중 부모가 있는 경우가 더 많다며 가정의 주의와 지도가 필요하다고 강조한다.

『조선일보』(1924. 5. 6)에서도 '경성시내 불량소년소녀의 출몰'에 대해 보도한다. 여기서는 주로 보통학교도 졸업하지 못했으면서 양복에 금시계 줄을 단 소년과 비단옷에 굽 높은 구두를 신은 소녀들이 연극장 등을 출입하며 풍기를 문란하게 하는 행위가 불량행위로 지적된다. 즉 절도나 살인과 같이 타인에게 직접적인 상해를 입히지 않아도 청소년이 학교나 직장에 가지 않고 공원이나 연극장을 돌아다니며 연애를 하는 것은 범죄와 마찬가지로 통제되어야 할 행위였다. 따라서 경찰은 그러한 청소년들을 검거하는 경우도 있고[90] 언론에서는 불량소년들을 향해 경찰의 철퇴가 떨어질 거라고 경고한다.[91]

어른 행세를 하며 놀러 다니는 것 중에서도 음주와 흡연 문제는 가장 심각하게 거론된다. 안악 지역의 독자는 『조선일보』(1926. 3. 2)에 「소년과 주독」을 투고하여 14·5세의 소년들 - 종종 소학교 5·6학년생도 섞여 - 이 술집에 와서 기탄없이 술을 마시며 계집을 희롱하는 현실을 개탄한다. 같은 신문 3월 20일 기사 「보교생도가 색주가출입이 빈번하다고」에서도 철원 지역 15·6세의 공립보통학교 학생들이 색주가에서 술을 마시고 술값이 없어 도망간 사건을 보도하는데 이런 일이 빈번하여 그 지역 어른들이 소학생의 풍기문란을 개탄하며

90 「주소 업는 불량소년」, 『매일신보』, 1915. 4. 10.

91 「불량한 소년소녀들은 이제부터는 정신을 차리어라 장차 머리에 텰퇴가 떠러진다」, 『조선일보』, 1924. 5. 6.

학교 선생들의 무책임함을 비판한다는 사실을 전한다. 특히 기독교 단체는 이러한 문제에 대해 적극적인 반대 운동을 펼쳤다. 『동아일보』(1930. 4. 14)는 기독교단체연합에서 벌이는 '미성년자의 음주흡연 금지법 실시와 음주를 조장하는 교과서 개정' 진정 운동에 대해 보도한다.

불량소년 담론 중 가장 비중이 높은 것은 그 원인에 대한 분석인데 크게 선천적 요인과 후천적 요인으로 나뉘어 다양하게 제시된다. 『조선일보』(1925. 4. 11)에 실린 「봄철과 아동범죄」의 필자는 불량소년소녀를 도덕적 발달이 부족한 '도덕적 변태아'라고 규정하고 불량소년소녀의 발생 원인을 유전적 요인과 환경적 요인으로 나누어 분석한다. 우선 전자로는 정신박약의 경우를 예로 들고 후자로는 노동, 활동사진관, 공원, 책 등의 영향을 든다. 노동 소년 중에서 장사하는 아이의 범죄 비율이 높다는 통계를 제시하기도 하고, 공장에서 일하는 아이들은 어른들과 함께 지내며 못된 문화를 배워 불량해진다고도 한다. 이처럼 어른들의 문화 속에 방치되어 청소년들이 불량해질 수 있음을 경고하는 논설로 『어린이』(1928. 2)에 실린 김명호의 「다시금 농촌 소년에게」를 들 수 있다. 이 글에서 김명호는 농촌 소년들이 화투나 투전방, 어른들 사랑방에 섞여 음탕하고 횡포한 이야기들을 들으며 그러한 문화를 흉내 내어 불량해지는 현상을 비판한다.

활동사진(영화) 및 활동사진관이 소년들의 불량화에 미치는 영향에 대해서도 실제 사례가 제시되면서 여러 차례 논의된다.[92] 예컨대 『매일신보』(1922. 1. 14) 기사 「활동사진에 중독소년」에서는 활동사진에 중독되어 날마다 활동사진관에 갔던 보통학교 재학생 12세 소년

92 「어설픈 의협심 많은 아이가 불량소년 되기 쉽다」, 『동아일보』, 1928. 4. 18, 「활동사진과 조선소년」, 『중외일보』, 1928. 5. 22 등.

이 아버지가 병들어 돈을 구할 수 없게 되자 도둑질까지 하게 된 사연이 보도되는데 활동사진 중독이 아픈 아버지를 돌보지 않는 패륜적 행동 및 범죄 행위까지 일으키는 원인으로 제시되고 있다. 또 활동사진을 보고 그대로 따라 해서 생기는 문제가 지적되기도 하고 활동사진보다 사진관 안의 건전치 못한 분위기가 불량화의 원인으로 분석되기도 한다. 하지만 활동사진의 예술적 특성을 지적하며 그것의 긍정적인 면을 주장하는 경우도 있다.

『중외일보』(1928. 5. 22) 사설 「활동사진과 조선소년」은 당대 이러한 논란을 제시하고 무조건 활동사진을 못 보게 하는 의견에 반대한다.

> 조선의 언론계 인사나 교육에 종사하는 이들의 의사를 우선적으로 보면 활동사진은 소년에게 이익 주는 것보다도 도리어 해가 만흔 것과 가티 말하야 활동사진을 소년에게 보임에 일종 우려의 념을 가지고 잇다 …(중략)… 오인은 그 의사에 반대 안 할 수 업다 …(중략)… 서양에서 수입한 활동사진이 일체 민중에게는 수위의 예술적 가치를 가지게 되엇다 그럼으로 인간의 사상과 정감을 미로 표현하는 예술적 교육을 소년에게 주기 위하야 활동사진을 구경시킴에 무슨 공포의 념을 가질 것인가

위의 인용과 같이 활동사진은 인간의 사상과 감정을 미로 표현하는 예술적 가치가 높아서 소년들의 예술 교육에 도움이 되기 때문에 몇몇 소년들에게 폐해가 있다고 하여 못 보게 하면 안 될 뿐더러 좋은 것은 일부러라도 보게 해야 한다는 것이다. '공원이나 책'이 소년 불량화의 원인으로 제시되기도 하는데 대부분 활동사진과 마찬가지로 그 자체보다 그 안에서 벌어지는 일들을 모방함으로써 발생되

는 위험에 대해 경계한다. 이러한 분석은 근본적으로 '소년기가 모방을 좋아하고 심지가 약해서 유혹되기 쉬운 시기'라는 심리학적 이론에 근거한다.[93]

『공도』(1915. 1)에 게재된 「가정의 아동교육」을 보면 (5) 정욕 항목에서 "남녀를 물론하고 15, 6세가 되면 춘기발동기에 달해 춘정을 이기기 어려워 죄악에 물드는 경우가 있다"며 그에 대한 적절한 교육방안을 제시한다. 『조선일보』(1926. 3. 14)의 「심리상과 생리상으로 본 청춘기남녀의 번민과 동요」에서도 발달심리학적인 측면에서 소년기 특징을 살피고 그들을 성인과 동등하게 보고 성인과 비슷한 책임을 지우려는 데서 소년문제가 발생한다고 비판한다. 반면, 소년 불량화 원인으로 개인의 심리적이고 선천적인 측면보다 조선 사회의 구조적 문제를 앞세우는 의견도 있다.

『조선일보』(1924. 11. 13) 시평 「소년의 범죄」에서는 어느 나라나 빈곤과 범죄는 사회의 가장 큰 문제인데 빈곤과 범죄는 인과관계가 있어서 빈곤 없는 사회는 특히 소년 범죄가 없을 것이라고 한다. 『조선일보』(1933. 2. 24) 사설 「소년범죄의 증가 현상」에서는 이에 대해 보다 본격적으로 논하고 있다.

> 요사이들 흔히 범죄를 기저 단순한 심리학적 내지 유전적 대상으로 써 봄에…(중략)…사회학적 대상으로 규정하여야 한다 …(중략)… 톰부로쏘의 말을 드르면 범죄자는 선천적으로 일부분의 결함이 잇고 그 결함은 곳 범죄의 요소를 이룬다고 한다 만일 그러타고 본다면 이 사회에 잇서 범죄의 퇴치는 인종개량학적으로밧게 고구치 못할 것이다.

93 「부모가 주의할 소년의 모방성 무서운 범죄도 이곳에서 발생」, 『매일신보』, 1927. 2. 9 등.

…(중략)… 우리는 이것을 조선의 현사회와 연관하야 공황으로 유달리 씨달리는 조선의 농촌과 또는 실업으로 곤궁한 저급생활의 가정과 연관하야 관찰치 않으면 안 될 것이다.

위에서와 같이 소년 범죄를 단순히 심리학적, 유전적 대상으로 보면 그의 해결은 인종개량학적으로밖에 볼 수 없는 것이라며 이 문제는 사회학적 대상으로 규정해야 한다고 전제한다. 그리고 현 조선사회의 공황, 실업으로 인해 궁핍해진 가정과 관련하여 원인을 살펴야 한다고 주장한다. 그러나 이러한 의견보다 개인의 습관이나 천성의 차원에서 불량화 원인을 찾는 담론이 훨씬 많다. 소년형무소 수감자 중에 만성변비 환자가 많다는 통계를 근거로 변비 습관이 불량화의 원인으로 제시되기도 하고[94] 고아들에게 도벽은 제2천성이라고 규정되기도 하며[95] 유혹에 약한 소년의 본성 때문에 나들이하기 좋은 '봄과 가을'이라는 계절도 불량화의 원인으로 제시된다.[96] 이와 같이 소년의 불량화가 개인적 차원에서 논의되기 때문에 가정환경이 가장 근본적이면서 중요한 문제로 제기된다.

『신문계』(1915. 1)에 게재된 구운생의 「아동의 환경과 교육」에서는 최근 통계를 볼 때, 불량소년이 가정의 영향으로부터 생겨나는 경우가 가장 많다고 한다. 아동심리학 이론의 주요 소개자였던 홍병선도 『주일학계』(1920. 5)에 발표한 「아동의 습관」에서 어려서부터 형성된 아동의 습관이 불량소년을 만든다며 가정교육의 중요성을 주장한다.

94 「변비가 두뇌에 밋치는 해 불량소년에 상습변비자가 만어」, 『조선일보』, 1934. 6. 6.
95 「천애무의한 고아에게 도벽은 제이천성」, 『조선일보』, 1938. 7. 23.
96 「봄철과 아동범죄」, 『조선일보』, 1925. 4. 11, 「가을의 소년소녀에 무서운 유혹의 손」, 『동아일보』, 1931. 9. 29.

이렇게 가정이 소년 불량화의 직접적이고 근본적인 원인으로 제시되면서 어떤 가정이 소년범죄를 일으키는지, 또 소년들의 불량화를 방지하기 위해 가정에서 어떠한 노력이 필요한지에 대한 담론이 꾸준히 전개된다. 『조선일보』(1926. 3. 28)의 「청춘긔에 있는 자녀의 범죄」에서는 '양친 또는 편친 없는 가정, 엄격한 가정, 자녀를 너무 추어서만 기르는 가정, 냉정한 가정, 적막한 가정, 음울한 가정, 취미 없는 가정, 질서 없는 가정, 불규칙한 가정, 경제상으로 곤란한 가정'과 같은 결함 있는 가정이 소년범죄에 영향을 미친다고 한다. 일제 말기까지 비슷한 담론이 생겨나며 특히 가정의 사랑이 중시된다.[97] 따라서 불량소년을 대할 때 엄한 태도나 훈계보다 따뜻하게 포용하고 이해해주는 태도가 강조된다.

이러한 원인 분석으로부터 소년 불량화 방지 대책도 주로 유혹에 약한 소년들을 그러한 환경으로부터 격리, 통제할 데 대한 방법과 소년들의 심지를 굳게 할 교육 차원으로 논의된다. 전자의 경우는 주로 일제 당국에게 금연금주법이나 소년법을 실시하라는 요구로 제기된다.[98] 후자로는 성교육과 같이 소년기에 호기심을 가질 만한 영역에 대해 교육해야 한다거나 러시아의 예를 들어 법률보다 교육이 중요하다는 의견도 제시되고[99] 소년들 자신의 반성과 수양이 강

97 「어떠한 가정에서 불량소년소녀가 생기게 되느냐?」, 『동아일보』, 1928. 4. 11, 「가정애 결핍으로 불량소년이 된다」, 『매일신보』, 1928. 6. 1, 「불량아를 선도함에는 부형의 애정이 제일이다」, 『실생활』, 장산사, 1932. 12,「불량소년 재검토, 결함 없는 '가정'이 필요합니다」, 『동아일보』, 1938. 9. 2, 김은순, 「불량소년은 엇지 하야 되나」, 『가정지우』, 조선금융연합회, 1939. 8 등.

98 「소년재판소와 유년 감옥의 제」, 『매일신보』, 1922. 1. 13, 「소년 금주법과 조선」, 『매일신보』, 1922. 6. 16,「불량소년의 감화 교육 기관」, 『동아일보』, 1932. 12. 24, 「소년법 제정의 필요」, 『조선일보』, 1934. 5. 8, 「금주법을 제정하라」, 『조선일보』, 1935. 3. 7, 「소년소녀의 금주금연법」, 『조선일보』, 1937. 1. 22, 「범죄를 미연에 방지할 사회시설이 긴급」, 『동아일보』, 1938. 5. 19 등.

99 「불량소년 박멸은 법률보다는 교육」, 『동아일보』, 1926. 10. 28, 「소년소녀들의 성

조된다.[100] 또 소년 범죄자에 대해서는 소년 재판소를 설치하고 소년 형무소와 감화원 등을 설립하여 교호와 감화를 통해 새로운 인생을 살 수 있도록 도와야 한다는 의견이 대부분이다. 그리고 실제 소년 형무소와 감화원을 방문하여 시설 및 환경의 우수함을 선전하는 담론도 다수 전개된다.[101]

일제는 소년보호대책과 달리, 소년 범죄 및 불량화 문제에 대해서는 발 빠르게 대처하여 1920년대 초반에 소년감옥 및 소년재판소, 감화원 등을 설치했다. 1921년부터 개성에 소년형무소 설립 계획을 보도, 1922년에 시행했으며, 1923년 12월 최초의 감화원인 영흥학교를 설립했다. 1935년 소년교호법을 실시하고 소년심판소도 설치한다. 일제의 이런 대응은 소년형무소와 감화원의 운영 실태를 보면 그 의도를 알 수 있다.

소년감옥 생활은 교육과 작업으로 나뉘는데 교육은 하루 한두 시간에 그치고 작업시간이 7-11시간으로 대부분을 차지했다. 이러한 작업 강도는 일반 형무소와 큰 차이가 없었다. 따라서 소년형무소를 별도로 마련하여 소년들을 교호한다는 것은 명분에 그쳤음을 알 수 있다. 감화원의 경우, 교육칙어에 기초한 황국신민 만들기의 일환으로 진행되었으며 그나마도 사회적 수요를 충당치 못했고 소년들을 형무소에 보내는 대신 감화원에 보내어 사랑과 이해로 교화시키자는 취지와 달리, 대다수 소년들은 형무소에 보내졌다.[102]

에 대한 호기심」, 『동아일보』, 1929. 12. 1.

100 「여름이 유혹의 시기라 해도 실수는 마음이 약한탓◇평소부터 수양과 주의가 필요하다 부모보다 자신이 명심할 일」, 『동아일보』, 1933. 7. 14.

101 「조선 일의 감화원 불량소년이 감화를 잘 바더 다른 학교에 면학까지 하여」, 『동아일보』, 1926. 12. 2, 「배산임수 조흔터에 감화교호의 이상향」, 『조선일보』, 1938. 7. 9, 양제현, 「영흥 소년 감화원을 찾어」, 『여성』, 1939. 8, 양미림, 「소년형무소 참관기」, 『여성』, 1940. 2.

이상에서 살펴 본 바와 같이, 근대 '청소년'은 '청년'과 '어린이'의 형성 이후에 그 사이의 시기로 구성되는 과정에서 '청년' 및 '어린이'와 겹치거나 경계가 불분명한 경우가 많았다.

근대 사회의 산물인 청소년은 청년, 아동과 마찬가지로 '미래를 책임질 존재'인 '제2국민'으로 중시되었으며 그 역할을 감당할 수 있는 역량을 키워야 할 시기로 인식되었다. 하지만 청년이 그들을 이끌어 줄 어른이 없는 현실에서 사회변혁의 주체로 그 정체성을 획득한 데 비해, 청소년은 청년의 지도와 도움이 필요한 대상으로 여겨졌다. 그리고 어른들의 문화를 향유하는 것이 금지되었으며 그 것을 어기는 경우 '불량소년'으로 낙인찍혀 통제와 감시의 대상이 되었다.

이와 같이 어른의 지도와 통제를 받아야 하는 대상이라는 점에서 청소년은 어린이와 비슷한 사회적 지위를 갖는다. 그러나 어린이가 '동심'을 띤 존재로서 현실과 괴리된 인간의 본질적 측면이 강한 존재로 인식된 데 비해, 청소년은 어린이보다 큰 존재로서 현실성을 띠고 분별력을 가진 존재로 인식되었다. 다시 말해 청소년은 어른의 대리자로서 아동을 보호하며 현실의 문제를 해결할 수 있는 존재로 인식되었다. 따라서 경제적 파탄이 심각했던 근대 사회에서 청소년은 오늘과 달리 '직업소년' 즉 생계를 위해 '노동하는 존재'로 여겨졌다.

---

102 김현철, 「일제강점기에 있어서의 소년불량화 담론의 형성」, 『교육사회학연구』 제12권 제1호, 한국교육사회학회, 2002, 79-84쪽 참고.

02
'청소년소설'의 형성

'청소년소설'은 소설의 하위갈래로서 '청소년'을 전제한 개념이다. '청소년'과 '소설'의 개념이 형성된 이후, 어떠한 현실적 요구와 계기에 의해 두 개념이 결합하여 하나의 문학 갈래를 형성하게 된 것이다. 따라서 청소년소설의 형성 배경을 살펴보려면, 당시 '청소년'과 '소설'의 개념 및 '청소년소설'이 요구됐던 사회·문화적 계기 등에 대한 고찰이 필요하다.

아동·청소년문학은 근대 문학의 발생 이후 교육적 목적을 가진 교사들에 의해 형성된 경우가 많다.[103] 한국에서도 그러한 점은 비슷

103 "독일의 경우, 계몽주의 시대인 1770년대에 아동 및 청소년을 독자 대상으로 한 '특수한' 아동 및 청소년문학이 생겨난다. 크리스티안 펠릭스 바이세는 '박애주의' 교육개혁가 바제도우의 영향을 받아 1766년『어린이들을 위한 노래』를 출간함으로써 그 전통을 시작한다. 이와 같이 독일의 아동 및 청소년문학은 철저한 교육적 관점으로 출발한다." 김경연,「독일 '아동 및 청소년 문학' 연구-교육적 관점과 미적 관점의 역사적 고찰」, 서울대학교 박사학위논문, 1999, 36쪽.

하지만 외세의 침탈에 맞서며 근대 사회를 건설해야 했던 역사적 특수성으로 인해 '소설'과 '청소년'의 사회적 역할 및 '청소년소설'의 형성 계기에서 특유의 양상이 보인다. 식민지를 겪지 않은 나라와 달리, 한국의 근대 문학과 청소년은 구국의 사명과 민족 계몽의 역할을 부여받고 사회운동의 실천과정에서 형성되었던 것이다.

한국 근대 문학의 개척자는 근대 계몽기 일본 유학을 통해 서양의 문학을 접한 19세 내외의 '청(소)년'들이었다. 그들은 '소년'을 문학 작품의 주인공으로 등장시켜 새 시대의 주역인 소년의 의의와 사명을 제시했다. 그래서 이 시기를 아동문학의 형성기로 보는 견해도 있다.[104] 하지만 Ⅱ장 제1절에서 살펴 본 것처럼, 이 시기는 사회운동의 주체로 부각된 신세대가 '청년'의 정체성을 획득하는 시기이다. '어린이'와 '청소년'은 1920년대 청년에 의해 전개된 소년운동의 실천 속에서 형성되었으며 아동문학 및 청소년소설도 그 맥락에서 형성되었던 것이다.

1910년대에도 '청소년소설'로 볼 수 있는 작품이 존재하지만 그 수가 적을 뿐더러 작가와 독자가 '청소년소설'로서 쓰고 읽은 것이 아니었다. 그 작품들은 작가 자신이 신세대로서 인식한 시대적 사명에 대한 표현이자, 구시대의 관념에 대항하는 계몽주의적 동기에서

일본의 경우, 독일 유학을 경험한 이와야 사자나미가 일본 근대 아동문학의 길을 닦았는데 청일전쟁을 치르면서 일본이 제국주의로 치닫게 되자, 그런 시대 조류에서 이탈해 나온 일군의 지식인들은 문학에서의 내적인 전도를 수행했고 그 결과, 아동 잡지『빨간새』가 탄생하였다.『빨간새』는 엘리트적 지식인 운동의 성격을 띠고 있었기에, 구독자 가운데 학교 교사들이 적지 않았다. 통신란에도 교사한테서 온 편지가 많았다고 한다. 원종찬, 「한일 아동문학의 기원과 성격비교」, 『아동문학과 비평정신』, 창작과비평사, 2001, 77쪽 참고.

104 이재철, 『한국현대아동문학사』, 일지사, 1978, 신현득, 「한국 근대아동문학 형성과정 연구 - 최남선의 공적을 중심으로」, 『국문학논집』제17집, 2000. 12, 김화선, 「한국 근대 아동문학의 형성과정 연구」, 충남대 박사학위논문, 2002 등.

창작된 것이었다.

한편 이 시기는 전대 소설과의 차별화 전략 속에서 소설의 개념 자체를 새롭게 마련하고 그에 맞는 표현방법을 창출하기 위한 모색과 실험이 요구되던 때였다. 그것은 점차 개인의 감정과 내면을 서술하는 일인칭문학으로 구현되었으며[105] 그러한 소설에서 청소년은 주인공으로 등장하지 않았다.

청소년이 다시 문학의 주인공으로 등장하기 시작한 것은 1920년대 소년운동의 수단으로 문예가 활용되면서부터였다.[106] 즉 청소년소설은 개성을 표현하기 위해서라기보다 청소년을 교육하기 위한 목적에서 비롯되었다.

이러한 점에 근거하여, 본고에서는 '청소년소설'의 형성 시기를 1920년대로 보고 사회적 측면과 문학적 측면에서 그 배경을 살펴보고자 한다.

제1항에서는 청소년소설이 요구되었던 사회적 계기를 당시 교육 현실과 소년운동의 맥락에서 고찰할 것이다. 특히 여기에서는 문예와 관련된 담론 및 실천에 초점을 두고 제1절과의 중복을 피하며 논의하겠다.

제2항에서는 한국 소설사의 맥락에서 청소년소설의 형성 배경을 살필 것이다. 앞서 말한 것과 같이, 청소년소설은 '청소년'과 '소설'의 개념을 전제한 갈래이기에 당대 소설의 양식에 근거하지만 그것이 요구되었던 특수한 사회적 맥락에 따라 나름의 양식을 형성하게 된다. 따라서 소설의 형성과 전개 과정에서 청소년소설의 양식이 형

---

105 권보드래, 「'내면'의 형성과 소설의 예술성」, 『한국 근대소설의 기원』, 소명출판, 2000 참고.

106 이러한 현상의 원인은 가라타니 고진의 견해를 따르자면, '내면'이 발견된 이후 관찰대상으로서 아동·청소년이 발견될 수 있기 때문이다.

성된 배경을 살피며 일반소설과 다른 양상을 띠게 된 원인도 밝힐 것이다.

앞에서 근대 청소년에 해당되는 존재를 가리키는 말은 '아동', '소년', '어린이' 등의 미성년을 가리키는 말과 혼용되다가 주로 '소년'이라는 용어로 쓰이게 되는 과정을 살폈는데, '청소년소설'의 용어도 그러한 양상을 보이고 있다. 즉 다양한 용어가 혼용되지만 점차 '소년소설'이라는 용어가 청소년소설을 통칭하는 의미로 쓰이게 된다. 따라서 여기에서 고찰하는 문예 담론은 주로 '소년소설'과 관련된 것이다.

2.1. 소년문예운동과 소년 잡지의 역할

한국 근대 문학은 신문, 잡지 등의 매체와 긴밀한 관련 아래 형성되었다.[107] 문학 작품은 매체에 발표되어 독자를 확보할 수 있었고 독자들은 신문이나 잡지를 통해 문학작품을 감상하며 근대 문학에 대해 배우고 그것을 모방하여 독자문단을 통해 작가가 되기도 했다.

근대 청소년소설도 소년 잡지의 발간을 계기로 형성되었다. 그런데 초기 소년 잡지는 '소년문예운동'[108]이라 일컬어지는 운동의 차원에서 간행된 것으로 잡지의 편집이나 창작 모두 그 운동 지도자들이 맡아 했다. 독자가 급증하고 소년문예에 대한 사회적 인식이 확대되면서부터는 문단의 유명한 작가들도 창작에 참여했지만 그 전

107 김영민, 『한국 근대소설의 형성과정』, 소명출판, 2005 참고.

108 소년문예운동의 성격과 전개 양상 등에 대해서는 최명표, 『한국 근대 소년문예운동사』, 도서출판 경진, 2012를 참조할 수 있다.

에는 주로 잡지의 편집자들이 여러 필명으로 다양한 갈래의 문학작품을 발표했다. 독자들도 개인적인 독서에 그치지 않고 모임을 구성하여 문예 발표회 등 소년 조직에서 전개했던 활동에 동참하는 경우가 많았다. 요컨대 근대 청소년소설의 형성 요건인 작가, 독자, 매체가 소년문예운동을 계기로 마련되었던 것이다. 따라서 소년문예운동의 배경 및 성격을 분석하여 근대 청소년소설이 형성된 사회적 배경을 살펴보고자 한다.

애국계몽기부터 구국운동의 일환으로 각계각층에서는 교육운동을 활발히 벌였고 청소년들이 근대적인 지식과 기술을 습득할 수 있도록 다양한 노력을 기울였다.[109] 하지만 경술국치 이후 공립학교는 일제의 '신민'을 양성하는 공간으로 전락하고 민족주의 성향의 사립학교도 일제의 탄압으로 많은 어려움을 겪게 되었다.[110] 이러한 상황에서 교육운동은 잡지 발간 등의 저널리즘 운동으로 새롭게 모색되었다.

한국 최초의 근대적 교양 잡지 『소년』(1908)은 소년의 시대적 사명을 인식한 지식인 최남선이 소년들로 하여금 근대적인 소양과 지식을 습득하도록 하기 위해 발간한 것이었다.[111] 『소년』 폐간 이후, 연령별 독자를 고려한 교육 매체로서 『붉은저고리』, 『아이들보이』, 『새별』이 발간되었다. 이 매체들에서는 독자의 이해 수준과 흥미를 고려하여 한글 전용 표기가 시도되었고 정보 전달의 글이나 논설보다 문예의 비중이 높았다.[112] 그만큼 독자들의 호응을 얻었지만 경영난으로

109 소년운동의 배경이 된 구국교육운동의 양상은 김정의의 「소년운동의 기반조성」, 『한국소년운동사』, 민족문화사, 1992를 참조할 수 있다.

110 이만규, 앞의 책, 532쪽.

111 한기형, 「최남선의 잡지 발간과 초기 근대문학의 재편 -『소년』, 『청춘』의 문학사적 역할과 위상」, 『대동문화연구』 제45집, 2004, 225쪽 참고.

지속되지 못하였다. 보다 다양한 소년 잡지와 신문이 장기간 동안 발간될 수 있었던 것은 1920년대에 이르러서였다.

1920년대에는 나라 안팎으로 어린이와 청소년에 대한 관심이 높아졌다. 3·1운동 이후, 민족주의 운동가들은 일제의 지배가 장기화될 조짐에 따라 보다 미래적 관점에서 실력양성운동을 계획하여 어린이와 청소년을 대상으로 한 조직운동의 필요성을 제기하였고[113] 민중들의 근대적 교육에 대한 각성도 높아졌다. 세계적으로는 아동애호사상에 기반한 아동인권운동이 확산되던 시기였다.

그러한 분위기를 발판으로 '천도교 소년회'와 '조선소년군'이 조직되어 어린이와 청소년의 인성교육운동이 활발히 전개되었다. 둘 다 루소의 본성주의적 교육관을 바탕으로 억눌린 조선 소년의 감성과 기상을 해방시키는 데 목표를 두었지만 그 활동 내용은 차이가 있었다. 전자가 문예 감상 및 창작과 같은 심성계발 활동에 초점을 둔 반면, 후자는 야영 및 구호 훈련을 통한 신체단련 활동을 주요 내용으로 하고 있다. 소년문예운동은 전자를 중심으로 시작되었다.

천도교 소년회에서 소년문예운동을 주요 활동 내용으로 삼은 이유는 무엇보다 재미와 흥미를 통해 소년들의 자발적 활동 의지를 높이고 소년운동의 대중적 확산을 꾀하기 위해서라고 볼 수 있다. 천도교 소년회는 조직된 지 1년도 안 되어 전국적인 조직으로 발전하였는데 그것은 이러한 전략의 성과로 보인다. 여기서 『어린이』의 공헌을 빼놓을 수 없다. 본래 『어린이』는 천도교 소년회 기관지로 출발

112 정혜원, 「1910년대 아동문학 연구 - 아동매체를 중심으로」, 성신여대 박사학위논문, 2008, 75-121쪽 참고.

113 김정의, 앞의 책, 90쪽.

하였으나 점차 국내뿐 아니라 해외의 동포에게까지 사랑받는 대중적인 잡지로 자리 잡았다.[114] 『어린이』가 십만 명에 이르는 독자들의 사랑을 10여 년 동안 받을 수 있었던 이유 중 하나는 문예물의 비중이 높아 쉽고 재미있었기 때문이다. 다음은 『어린이』창간호에 실린 기사를 순서대로 적은 것이다.[115]

처음에
어린이를 發行하는 오늘까지
名作童話 丁抹 안더-슨氏作 석냥파리 少女, 小波
거러 가십시오
世界少年 눈 오는 北쪽나라 아라사의 어린이 -제비와 가티 날아다닌다-
새소식 톡기의 귀
學校 少年會 아모나 하기 쉬운 동화극 童話劇 노래주머니
三月에 피는 꼿 香내조코빗고흔사랑의꼿「햐-신트」의 이약이
- 꼿 그늘에 잠겨 잇는 자미 잇는 傳說 -, ㅈㅎ생

길 가다가
各地方의 少年會消息 뻐처 나가는 우리 기운
童謠 파랑새, 雨村
봄이오면, 버들쇠
불란서童話 작난군의귀신, 夢中人
조흔 상품을 들입니다 재미잇는 懸賞問題 자아 누구든지 어서 풀어보

114 최배은, 「근대 소년 잡지 『어린이』의 '독자담화실' 연구」, 『세계한국어문학회』, 2009. 10, 75쪽.
115 『어린이』 창간호에는 목차가 따로 없다.

　십시오
남은잉크
懸賞글뽑기
談話室
사고

위에서 보는 것처럼 『어린이』에는 창간호부터 논설이나 수신, 강화담보다 동화, 동요, 아동극 등의 다양한 문예물이 게재되었다. 그리고 독자들의 글을 현상 모집하여 청소년들의 창작을 장려하였다. 잡지를 통해 청소년의 문예 감상·창작 교육을 했던 것이다. 그래서 황순원과 같이 문학에 뜻을 둔 청소년들이 소년 잡지를 습작의 발표무대로 삼기도 하고[116] 이원수처럼 소년 잡지의 독자가 아동문학의 작가로 활약하는 경우도 생겼다.[117] 이것은 사회주의 소년 잡지 『별나라』도 마찬가지였다. 1926년 『별나라』 송년호 목차를 예시하면 다음과 같다.

表紙 내사랑, 염근수 畵
訓話 자긔를살피자, 編輯人
童話 자비한하짐따이, 秦雨村
　　마름캐든少女, 梁孤峯

116 황순원은 청소년시절부터 '소년소설'을 발표하며 문학활동을 시작한다. 1931년 4월, 『동아일보』에 발표한 소년소설 「추억」이 그 첫 작품으로 보인다. 최배은, 「황순원의 첫 작품 「추억」 연구」, 『한국어와 문화』제12집, 숙명여대 한국어문화연구소, 2012. 8. 그리고 작품은 발견되지 않으나 노양근의 「『어린이 잡지』 반년간 소년소설 총평(續)」(『어린이』, 1932. 7)을 통해 4월호에 황순원의 소년소설 「졸업일」이 『어린이』에 실렸음을 알 수 있다.
117 최배은, 「근대 소년 잡지 『어린이』의 '독자담화실' 연구」, 98쪽.

이상한돌종소래, 雲波

달나라가신아씨, 李康治

이상한꿈, 丁洪教

連作 늬틔나무, 姜炳周

동요 가마귀, 진우촌

小說·長篇 셔유기, 구슬결

무궁화두송이, 蝶夢

어밀내鍾, 廉根守

特別科學, 주요한

讀者作品總評, 별님의 모임

懸賞作文發表

懸賞問題

懸賞發表

위에서와 같이 『별나라』에도 훈화는 한 편뿐이고 나머지는 동화, 동요, 소설, 독자작품 등의 문예물이 차지한다. 특히 동화의 비중이 높다. 1920년대 잡지 발간을 통한 소년문예 교육의 성격은 공교육과 비교할 때 더 분명해진다. 다음의 글들은 당시 학교교육을 비판하며 문예교육의 의의를 주장한 글이다.

(가) 현금의 보통학교의 교육을 봅시다. 그 교과서를 봅시다. 그것은 아동을 계몽하기는커녕 도로혀 버려줍니다. 그 교육제도와 교육자의 태도를 봅시다. 그 교육의 정신을 봅시다. 그거슨 다 모처럼 아름다운 어린이들의 천성과 정조를 버려주고 지극히 귀한 지력을 문질너 줄 뿐이외다 …(중략)… 부듸 조선에도 건실한 소년운

동가 소년문학자가 만히 이러나기를 간절히 바람니다.[118]

(나) 오늘의 학교는 지식의 전달은 한다고는 하겠지만 덕성의 도야라든지 인격의 확충을 위하야는 전연 무성찰이라 하여도 틀림이 없을까 한다 …(중략)… 더구나 우리의 조선의 소년은 학교에 그다지 신뢰를 안 하는 것이 사실이다. 그들은 십오세만 되면 가정의 구도덕과 자기의 이상이 틀리는 것을 발견안흘 수 없는 비참한 지경에 빠진다 …(중략)… 그들의 갈곳은 …(중략)… 조선의 소년회…(중략)…공부를 하려고 책을 들어야 그들의 교과서가 모도다 버성글고 친하기 어려운 일본말뿐이다 …(중략)… 우리 소년이 문예에 나아가지 안흘 수 업는 환경과 또 그 이유를 대강 말한 것이다.[119]

(가)는 보통학교의 교육내용 및 교육자의 태도 등을 비판하며 아동문제 전문가와 소년문학의 필요성을 주장한 글이고 (나)는 학교교육과 가정교육을 비판하며 조선의 청소년이 의지할 곳은 소년회와 소년문예뿐임을 주장한 글이다.

이러한 글들은 일제의 식민지 교육 정책 및 교육 내용을 염두에 둔 비판이다. 일제는 1911년 '조선교육령'을 발표하여 '황국 신민화, 식민지민의 우민화'를 목표로 한 교육정책을 실시하였다. 다시 말해 식민지 정책 수행에 필요한 인력을 양성하기 위해 '보통교육'과 '실업교육'에 치중했고 '일본어 보급'에 주안점을 두었다. 조선어 시간이 있었지만 점점 그 시수가 줄어들었고 조선어과 교과서에서 문예작품은 설화나 우화만 있을 뿐 근대 창작 소설은 없었다.[120] 따라서

118 전영택, 「소년문제의 일반적 고찰」, 『개벽』, 1924. 5, 11-13쪽.
119 김남주, 「문예와 교육」, 『조선일보』, 1926. 2. 20.

공교육을 통해서는 조선어와 조선의 역사에 대해 제대로 배울 수 없었을 뿐 아니라 당시 청소년들이 공감할 수 있는 조선어 문학 작품을 접할 수 없었다.

그나마도 한국의 시세와 민도에 맞는 교육을 한다는 이유로 교육기관의 설립 및 교육 보급에 소극적이어서 민중들의 교육열이 높아지는 1920년대부터 학교가 부족하여 보통학교 입학난이 발생하였다. 또 힘들게 공립 보통학교에 입학하더라도 등록금이 없어서 중도에 학교를 그만두거나 상급학교로 진학하지 못하는 경우가 많았다. 이러한 교육현실에서 어린이와 청소년의 교육운동은 전민중적으로 요청되었다. 그러나 일제의 탄압이 심해 사립학교 등의 정규 교육기관 설립은 어려웠으므로 야학이나 강습소를 열어 한글 및 민족의식을 교육했다.[121] 그러한 민중 교육기관에서 소년 잡지가 교재로 활용되는 한편, 학교에 가지 못하는 청소년의 독학 교재로 쓰이기도 했다.[122]

이와 같이 소년 잡지를 활용한 소년문예운동은 일제의 식민지 교육 정책에 대항한 민족주의 교육운동의 성격을 띠고 전개되었다. 그러한 성격을 단적으로 드러내는 것이 민족어 즉 한글 교육과 관련된 활동이다.

---

120 1920년대 보통학교 교재와 고등보통학교 교재에 실린 문학단원을 장르별로 정리하여 보면 다음과 같다.
보통학교 교재: 우화문학 7편, 속담문학 1편, 민담·설화문학 3편, 시가문학 4편, 감상문 1편, 전기문학 3편, 희곡문학 4편, 풍자문학 1편, 고전소설 1편, 콩트문학 1편.
고등보통학교 교재: 우화문학 1편, 속담문학 없음, 민담·설화문학 5편, 시가문학 6편, 수필문학 2편, 전기문학 2편, 희곡문학 없음, 풍자문학 없음, 고전문학 없음, 콩트문학 없음, 기행문학 2편, 일기문학 1편.
박붕배, 『한국국어교육전사 上』, 대한교과서 주식회사, 1992, 442쪽 참고.

121 노영택, 앞의 글, 45-47쪽.

122 이러한 사실은 어린이의 '독자담화실'을 통해 확인할 수 있다. 최배은, 「근대 소년 잡지 『어린이』의 '독자담화실' 연구」, 94쪽.

당대 소년 잡지는 대체로 한글 표기였다. 위에서 인용한 『어린이』와 『별나라』의 목차를 통해 알 수 있듯이 갈래와 이름을 표기할 때 한자를 사용하는 경우가 있지만 본문은 거의 한글 전용표기였다. 1920년대 후반 이후 한자어는 한글 어휘와 유사한 것이 있을 때 괄호 속에 병기했다. 일어는 거의 쓰이지 않았는데 『신소년』 초기에 실린 일본 동화와 중등학교 입학시험 문제 및 답안이 일어로 표기되었다. 이것은 『신소년』이 『어린이』보다 늦게 발간된 잡지로서 대상 독자를 중등학교 시험 준비를 앞두고 있는 보통학교 고학년에 맞추고 있었기 때문인 것으로 보인다. 표지를 통해서도 알 수 있는데 『어린이』 표지가 서양의 유아 사진이 실리는 등 유년의 사진이나 그림이 많은 데 비해, 『신소년』 표지는 처음부터 거의 학생모를 쓴 소년 그림이 많다. 하지만 『신소년』에도 1924년 7월부터 일어 표기의 일본 동화는 더 이상 실리지 않는다. 그리고 1925년 1월에 '주시경선생'을 소개하는 글과 '지상 조선어강좌'가 실려 그 이후에도 꾸준히 연재된다.

> 오날까지 말슴한 것을 대강 들어보면 소리글자 말글자 명사(名詞) 동사(動詞) 형용사(形容詞)들의 품사(品詞)와 토 쓰는 법들의 몃 가지를 말슴하엿습니다. 이번에는 이것들의 복습을 하는 것이 조흘가합니다.[123]

위의 인용처럼 『신소년』에서는 한글의 문법을 설명하고 그것을 익히도록 연습 문제를 제시하는 등 다른 잡지보다 한글 지식에 대한 체계적인 교육을 시도했다. 이것은 『신소년』의 편집진이 신명균, 정열모 등 한글 교육에 대한 사명감과 한글 지식을 가진 주시경의 제

123 신명균, 「지상 조선어강좌」, 『신소년』 제3권 7월호, 1925. 7, 50쪽.

자였기 때문에 가능했던 일로 보인다. 『신소년』은 『어린이』, 『별나라』처럼 소년 조직의 기관지로 출발하지 않은 잡지로서 초기에 상업적인 면을 보이기도 했으나 해를 거듭할수록 민족의식이 강화되고 색동회, 사회주의 소년문예가들과 활발히 교류하며 민족주의, 사회주의 경향을 두루 띠게 된다.[124]

당시 '한글'은 한자보다 쉬운 글의 의미에 머물지 않는다. 그것은 우리 민족의 글자이자 민족의 정신과 문화였다. 한글의 문법을 체계화하고 한글 보급에 헌신했던 주시경은 '배달모음'이라는 '독립'과 '문명사업'을 목표로 하는 혁명적 민족주의 단체의 조직원이었다.[125] 이렇게 당시 한글 관련 활동은 민족해방운동과 긴밀한 관련을 맺고 있었다.

한글 교육을 통한 문맹퇴치 운동은 일제 강점기 교육운동의 중점 사업이었다. 3·1운동 이후 활발히 전개된 각계각층의 부문운동에서 우선된 사업은 한글 교육이었으며 그 결과 1920년대 독서열이 팽창하고 독자층도 남녀노소 가리지 않고 확장될 수 있었다. 여기서 아동문학과 소년 잡지의 공헌이 적지 않다. 쉽고 재미있는 동화와 소년 잡지는 아동뿐 아니라 온 가족이 즐겨 읽어 한글의 대중적 보급

---

124 이재철은 초기 『신소년』이 일본의 소년 잡지와 편집 체재가 비슷했지만 1926년부터 색동회 작가들이 활발하게 집필에 참여하며 민족주의 경향으로 바뀌기 시작하였다고 한다. 이재철, 『한국현대아동문학사』, 일지사, 1978, 105쪽 참고. 그런데 『신소년』 1925년 1월호부터 '새해 풍속의 갓가지, 한석봉의 글씨 공부, 주시경 선생, 지상 조선어강좌, 금강산의 아름다움 등' 민족의 문화에 대한 다양한 내용이 확인된다.

125 '배달모음'은 1911년 주시경이 중심이 되어 결성한 조직으로, 1920년 6월 서울에서 비밀리에 결성된 사회주의 조직인 '사회혁명당'의 기원이 되었다. '배달모음' 조직원 가운데 일본에 유학 중인 청년들이 중심이 되어 1915년 동경에서 비밀 결사 '신아동맹단'이 결성되었다. 그것은 '일본제국주의 타도'와 '민족평등'을 목표로 하여 중국인, 대만인 유학생들과 더불어 결성한 국제적 반일단체였다. 그리고 신아동맹단 한국 지부가 사회혁명당으로 계승되어 상해파 공산당의 국내 조직 기반이 되었다. 임경석, 『한국 사회주의의 기원』, 역사비평사, 2004, 120-122쪽 참고.

에 앞장섰던 것이다. 방정환의 번역동화집 『사랑의 선물』이 어른과 아이들 모두에게 사랑받는 1920년대 최대의 베스트셀러였다는 사실도 이를 입증한다.[126]

> 『사랑의선물』을 닑고— 개성군송 면동본정 김인득
>
> 서울서 공부하는 형님이 보내주신 물건을 바다 보닛가 소파 방선생님이 지으신 유명한 『사랑의선물』 책인고로 나는엇더케 반갑고깃벗난지아지못합니다. …(중략)…아아 방선생님! 엇더커면 그럿케 곱고 아름답고도 그럿케불상함닛가 …(중략)…아버지는 『수신책보다 유익한 책이다』하시고 어머니는『소설책보다 더 자미잇다』하섯슴니다.[127]

위와 같이 방정환의 『사랑의 선물』이나 구연동화가 대중적 인기를 끌었던 것에서 알 수 있는 것처럼 오늘날과 달리 당시에는 동화의 독자 폭이 넓었다. 하지만 그것이 청소년소설의 역할을 대신할 수는 없었다. 동화, 동요의 대상 독자보다 연령이 높은 청소년 독자를 염두에 둔 청소년 문예물이 요구되었던 것이다. 그 이유는 먼저 소년 잡지의 실제 독자가 대부분 청소년이었기 때문이다. 대표적인 소년 잡지 『어린이』를 예로 들어 보겠다.

---

126 『사랑의 선물』의 인기는 대단하여 『어린이』 책 광고에 '놀랍게만히팔려가는책'이라는 수식어가 붙으며 그 판매부수를 자랑하고 있다.
"놀나지 마시오. 방정환씨가 여러분 어린이들을 위하야 자미잇게 번역해 노신 세계명작동화집『사랑의선물』은 1만 4천부나 되는 굉장한 수효가 다 팔리고 또 모자라게 되엿슴니다. 이럿케 유명하고 이럿케 자미잇고 또 이럿케 무섭게 잘 팔리는 책이 다시 잇겟슴닛가", 『어린이』제3권 5호, 1925. 5. 또 독자들의 독후감이나 독자담화실 글을 볼 때 어린이나 청소년 뿐 아니라 온 가족이 그 책을 돌려보고 학교에서 교재로 활용되기도 했다는 사실을 알 수 있다.

127 『어린이』, 제3권 2호, 1925. 2, 마지막장.

〈표 1〉

연령	7-10	11-12	13	14	15	16	17	18	19	20	계
독자수	13	18	24	27	52	64	80	42	25	6	351
독자수	31		103			186			31		351
비율	8.8		29.3			52.9			8.8		100

위의 〈표 1〉은 1924년부터 27년까지의 『어린이』독자 연령 분포이다.[128] 여기에 제시된 것처럼 7세부터 12세까지의 연령은 8.8%에 불과하고 13세부터 18세까지의 연령대가 82.2%에 해당되어 청소년 독자의 비중이 압도적임을 알 수 있다.[129] 이와 같이 소년문예 잡지의 주된 독자 연령이 청소년기에 해당되었으므로 독자가 공감할 수 있는 청소년의 삶을 제재로 한 청소년소설이 요구되었던 것으로 보인다.

보다 근본적인 이유는 소년운동의 실질적인 활동 대상이 13세 이상의 청소년 계층이었기 때문인 것으로 생각한다. 소년 잡지는 소년 조직의 기관지이거나 그 활동과 긴밀한 관련을 맺고 발행되었기 때문에 잡지의 독자가 소년회 회원인 경우가 많았다. 그래서 『어린이』, 『별나라』 등의 소년 잡지는 소년회 소식을 전하고, 소년회 조직 및 활동 방법 등에 대해서 구체적으로 지도하는 역할도 하였다.[130]

128 천정환, 「한국 근대 소설 독자와 소설 수용 양상에 대한 연구」, 서울대 박사학위논문, 2002, 100쪽.

129 당시 『어린이』에는 독자들의 사진을 실었는데 그 사진을 보면, 14-5세의 청소년이 보통학교 4학년인 경우가 많았다.

130 『어린이』 창간호에는 『어린이』를 발행하기까지 소년회 활동이 어떠했으며, 앞으로 어떻게 활동할 것인지 다음과 같이 밝히고 있다.

"『어린이』를 발행하는 오늘까지 우리는 이러케 지냇습니다.

글방이나 강습소나 주일학교가 아니라 사회적 회합의 성질을 띄인 소년회가 우리 조선에 생기기는 慶尙南道晋州에서 조직된 晋州少年會가 맨처음이엇습니다.

당시 소년 잡지는 개인적으로 사보는 경우보다 소년회 회원인 형에게 받아보거나 소년회에서 단체로 보는 경우가 많았다. 따라서 우리 민족이 처한 현실의 모순과 그러한 사회에서 지녀야 할 바람직한 자세를 교육하기 위해 청소년소설이 요구되었던 것이다. 이것은 당시 청소년의 사회적 역할 및 소년문예운동의 궁극적 의도와 관련된다. 식민지 청소년들은 독립 국가를 건설하기 위한 미래적 주체일 뿐 아니라 현재의 주권 회복 운동에서 실질적 역할을 하는 보조 역량으로 기대되었던 것이다.

이상에서 살펴 본 것처럼, 한국 근대 청소년소설은 애국계몽기부터 이어져 온 구국교육운동의 일환으로 창작·보급되었다. 3·1운동 이후 민족실력양성운동의 하나로 소년조직 운동이 전개되었고 그것의 대중적 확산을 위해 발간된 소년 잡지가 청소년소설 형성의 직

…(以下九行削除)…

재작년 봄 오월 초 중에 서울서 새 영생의 첫소리를 지른, 천도교 소년회 이것이 우리 어린 동모 남녀 합 삼십여 명이 모여 짜은 것이요 조선 소년운동의 첫고동이엇습니다.

제일 먼저, 우리는『씩씩한 소년이 됩시다 그리고 늘 서로 사랑하며 도아갑시다』하고, 굿게 약속하엿고 또 이것으로 우리 모듬의 신조를 삼엇습니다. 그리고 조흔 의견을 박구고, 해나갈 일을 의론하기 위하야 매주일 목요일 일요일 이틀식 모이기로 하엿습니다."

그리고 전국소년소녀대회가 있을 때는 그 현장을 특별 취재하여 상세히 싣고 있다, 1925년 5월 1일『어린이』에서는 한 소년과 지도자의 대화형태로 소년회가 무엇이고 왜 필요한 것인지 상세한 설명을 해주고 있다. 또 소년회원들은『어린이』의 독자담화란을 통해 서로 필요한 소식을 주고받기도 하여『어린이』가 소년회 활동에 실질적인 도움을 주고 또 그러한 소년회원 중심으로 보급되었음을 알 수 있다.

"우리(어린이)독자 동모들께 한 말슴 드립니다. 우리 少年會에서는 少年文庫를 셜립하고 二間房을어더서 깨끗하게 꿈이는 중입니다. 그런대 책은 만히 모와 노려니와 여러분 게시는 곳 景致나 名勝古跡 사진엽서나 少年會 사진을 보내주싯스면 少年文庫에 오래 保全하고 紀念하겟고 보내주신 이에게는 우리 곳 名所사진으로써 사례를 드리겟습니다." 黃州郡九聖面和洞里開井캗추물少年會,『어린이』, 제2권 1호, 1924. 1, 19쪽.

접적 계기가 되었다. '소년문예운동'의 지도자들은 잡지의 편집자일 뿐 아니라 그곳에 게재될 여러 문예물의 작가였으며 독자도 주로 청소년 계층으로 소년 조직의 일원이거나 구독을 통해 소년 조직의 활동에 동참했다. 따라서 청소년을 대상으로 한 '소년소설'은 예술성보다 이념성이 두드러지며 청소년에게 민족의식을 각성시켜 그들을 민족해방운동의 주체로 세우기 위해 산출된 것으로 볼 수 있다.

2.2. '사실'의 강조와 효용론적 문학관

아동문학에서 '소년소설'은 '사실성'을 띤 문학으로 규정되고 있다. 일제 강점기부터 오늘에 이르기까지 그것은 소년 독자의 관심과 욕망을 반영한 당연한 특성으로 이해되고 있다. 즉 "소년소설은 공상 세계를 떠나 현실 세계로 들어선 아동들의 문학"[131]이므로 동화와 달리 "사회성이 강한 사실적인 문학"[132]이라는 것이다. 다른 나라와 달리 한국에서 청소년 대상의 판타지 소설이 발달하지 못한 이유도 이 '사실성'과 무관해 보이지 않는다. 그러나 소년소설이 '사실성'의 문학이 된 원인은 소년 독자의 특성과 요구 때문이라기보다 그것이 형성되는 과정에서 담당한 기능과 관련 깊다. 여기에서는 근대 소설의 형성 및 전개 과정에서 소년소설 즉 근대 청소년소설이 형성되는 과정을 살피며 그것이 '사실성'을 강조하게 된 계기도 밝히기로 한다.

근대 소설은 19세기말부터 애국계몽사상을 전파하기 위한 수단으로 서사가 중시되면서 전대 소설의 기이성 및 환상성을 비판하고

131 이원수, 『아동문학입문』, 소년한길, 2001, 103쪽.
132 위의 책, 105쪽.

'사실'을 내세우며 형성되었다. 이때의 '사실'은 실제로 존재하는 일로서 이야기의 진실성을 보장하는 하나의 증표였다.[133] 예를 들어, 이 시기 유행했던 전기(傳記)는 신채호, 박은식, 장지연과 같이 애국계몽사상을 지닌 작가들이 인물의 일생을 다루면서 현실에 대해 공적인 발언을 하는 구조로 이루어져 있다. 작가와 서술자, 곧 경험세계와 허구세계가 분리되지 않은 서술을 취하고 있는 것이다. 하지만 민중을 감동시키기 위해 사실의 전달보다 극화(장면화)가 요구되면서 허구적 요소가 개입된다.

근대 소설의 특징 중 하나인 장면화는 서술자와 대상 간의 거리를 만들어 주권적 서술자를 후퇴시킨다. 신소설은 흥미를 더하기 위해 이러한 새로운 형식을 추구하며 일대기 형식에서 벗어나 허구적 세계의 사실적 재현에 성공한다. 그러나 그 또한 '사실'의 취재를 강조했으며 작가와 서술자의 미분화 상태도 지속되어 신소설의 서술자는 전지적이거나 주석적이고 작자와의 근친성이 강하다. 1910년대에 유학생들이 '내적 사실'에 주목하면서 일인칭 서술이 등장한다. 여전히 작가와의 근친성이 강했지만 일인칭 서술의 등장으로 소설은 계몽을 위한 공동체적 글쓰기에서 개인적 글쓰기로 변환된다. 이러한 과정을 거치며 1920년대에는 경험세계와 허구세계를 구별하여 이야기 행위를 객관화하려는 서술이 다양하게 시도되고, 소설은 '소재의 사실성'과 '내용의 윤리성'에서 벗어나 묘사의 핍진성과 현실의 총체적 인식 및 전망이 요구되는 리얼리즘 소설에로 나아간다.[134]

요컨대 "한국 소설사에서 근대적인 리얼리즘은 1920년대에 확

133 서은경, 「'사실' 소설의 등장과 근대 소설로의 이행과정」, 『한국문학이론과 비평』 제47집(14권 2호), 한국문학이론과 비평학회, 2010. 6, 285-287쪽 참고.
134 근대 소설의 형성과 서술자의 이야기 행위에 관련된 사항은 최시한의 「현대소설의 형성과 시점」, 『현대소설의 이야기학』(역락, 2008)에서 도움을 받았다.

립"[135] 되었다. 그러나 그때에도 경험세계와 허구세계의 착종은 지속되어 여러 혼란을 빚고 있었다.[136] 이렇게 근대 소설이 리얼리즘을 목표로 다양한 실험을 모색하던 시기에 청소년소설이 형성되었다.

근대 청소년소설은 1910년대부터 소설을 창작했던, 소년운동의 지도자 방정환에 의해 개척되었다. 그는 『어린이』 제1권 2호부터 「소녀소품 아버지생각 순희의설음」이라는 당대 청소년의 현실을 제재로 삼은 서사물을 발표하였다. 이 작품은 1300자 내외의 장편(掌篇)인데, 부재하는 아버지 생신을 맞이하여 순희가 아버지를 걱정하고 그리워하며 눈물짓는 내용으로 이루어져 있다. 서사보다 배경과 인물 묘사를 주로 하여 순희의 슬픈 정서를 드러내며 아버지에 대한 정보는 묘사와 설명으로 제시된다. 삼 년 전, 집을 나간 순희의 아버지는 작년 봄에 북간도에서 편지를 보낸 뒤 아무 소식이 없는데 아버지의 외양과 성격 묘사, 출가한 때를 통해 아버지의 출가가 1919년 3·1운동과 관련이 있음을 암시한다. 다시 말해 이 작품은 발표된 현재가 배경으로 전제되어 있으며 다음과 같이 작자 서술자가 "여러분"이라고 독자를 부르며 허구세계에 개입한다.

> 여러분 이 가련한 순희의 집에 아버지가 속히 돌아오시도록 마음을 합하야 빌어들이십시다.[137]

이 작품은 아버지를 잃은 청소년의 슬픔을 묘사하여 식민지의 현실에 대해 문제를 제기하고 당대 청소년 독자의 공감을 구하려는 의

135 이재선, 『한국소설사』, 민음사, 2000, 48쪽.
136 최시한, 앞의 책, 35쪽 참고.
137 방정환, 「아버지 생각 순희의 설음」, 『어린이』 제1권 2호, 1923. 4. 1, 5쪽.

도에서 창작된 것으로 보인다. 같은 해 그와 비슷한 작품 두 편이 발표된[138] 뒤 보다 짜임새 있는 다양한 갈래의 소설이 창작된다.

그 후 다른 작가들도 소년 잡지에 소품, 애화, 미담, 사실애화, 사실소설 등의 '사실'을 강조하는 명칭으로 소설을 발표한다. 1920년대 후반, 사회주의 소년문예운동가들이 초기 소년문예 작품을 비판하며 '현실성'을 강조할때의 '현실'도 사실 취재로서의 소재적 측면이 강하다.

> 「어린애야 말로 사랑과 순진한 화원이다」「어린애는 보석이다」 그리하야 마침내「어린애는 천사라」하야 떠바친 그러한 묵은 어린애의 개렴은 푸로소년문학에 대하야는 한 새까만때가 되었다 그러나 뿌르소년문학에서는 그와가치 어린애들을 취급하야 어린애들의 현실과 성인의 현실과를 딴 것으로 해가지고 칙켜올려세워서 아름다운 관렴을 구름우에다가 언저노핫다.
>
> 어린애라고 해서 그들의 모든 생활이 현실을 떠나가지고는 생각할수 업는 것이니 공장과 농촌에서 아이들은 연한 뼈가 휘고 얼골에올흔 핏빛이 돌새가없이 힘을 짜내게되며 학교에서는 너무도 실제생활과 거리가 먼소리를 드를뿐아니라 툭하면 한달에 일원이내의 돈이업서서 퇴학을당하기가 일수요 자양분이라고는 털끝만치도업는 호미조밥이나마 먹을수업는 점심시간에 어린애들이라고 푸른하늘을 바라보고 밥알을 그려는 볼지언정 엉뚱하게 천사의 그림을 그리고 안젓슬 어린애는 한사람도 업슬것이다.[139]

138 방정환, 「영길이의 슬음」, 『어린이』, 1923. 4. 23, 「락엽지는 날」, 『어린이』, 1923. 11.
139 빈강어부, 「소년문학과 현실성-아울러 조선 소년 문단의 과거와 장래에 대하야」, 『어린이』, 1930. 5. 20, 3쪽.

위의 인용과 같이 사회주의 소년문예가들은 아동애호사상에 기반한 문예작품이 소년들의 현실을 아름다운 관념으로 은폐했다고 비판한다. 여기에서는 방정환이 '어린애'의 존칭으로 부각시킨 '어린이'도 부정되어 '어린애'로 표기된다. 하지만 이때의 '현실'은 식민지 조선에서의 궁핍한 어린이들의 생활로서 방정환의 청소년소설에 구현된 현실과 다르지 않다.

방정환은 『어린이』에 영화소설, 사진소설, 학생소설, 탐정소설 등 다양한 갈래의 소설을 발표한다. 그런데 그것들은 양식적으로 큰 차이 없이 현실의 모순을 나타내며 리얼리즘의 성격이 강하다. 그의 소설이 비슷하게 느껴지는 이유는 제재와 서술자의 유사성 때문이다. 방정환의 '소년소설'은 대부분 고아나 편모편부의 청소년을 주인공으로 하여 부모의 부재와 가난 때문에 겪는 서러움과 고통을 제재로 한다. 그러한 상황에서도 주인공이 정직한 태도를 잃지 않고 다른 이를 위해 희생하여 그에 따른 보상이 제시되는 경우도 있지만 현실의 결핍된 환경에 처한 청소년의 삶을 중심서사로 삼고 있는 점은 마찬가지다. 서술자는 대부분 작가와 분리되어 있지 않으며 독자를 마주보고 이야기를 들려주는 듯한 서술을 취하고 있다. 이러한 서술은 그의 동화 서술 방식과 큰 차이가 없다.

다른 작가들의 작품도 대부분 작가와 서술자가 분리되지 않은 3인칭 서술을 취하고 있으며 교훈성이 짙다. 1930년대에는 1920년대보다 서술자가 객체화된 작품이 증가하지만 1930년대 후반 일제의 탄압으로 소년운동이 중단되기 전까지 청소년소설에서 공적(公的) 서술자의 비중은 높다.

요컨대 소년문예운동의 일환으로 그 지도자가 창작한 소년소설은 작자와 서술자가 분리되지 않은 경우가 많았다. 서술자는 내포독자를 청소년 독자로 상정하고 소설 곳곳에서 "여러분"이라고 부르며 허구 세계 밖의 그들을 향해 당부와 설명, 논평을 한다. 독자들에게도 서술자의 말은 작가 곧 지도자의 말처럼 여겨졌다. 즉 작가와 독자 둘 다 경험세계와 허구세계를 분리하지 않고 경험세계의 연장에서 소설을 쓰고 읽는 경향이 있었다. 그래서 오늘처럼 소설에 대한 관심과 작가에 대한 관심이 분리되지 않고 서로 상승효과를 일으켰다. 독자담화실에 발표된 독자의 소설 감상을 보면 그것을 쓴 작가에 대한 관심이 동반했고, 편집자들도 새로운 소설을 예고할 때 작가를 소개하여 소설에 대한 관심을 부추겼다. 예컨대 방정환이 '북극성'이란 필명으로 발표했던 탐정소설 「동생을 차즈려」는 그 인기가 더할수록 북극성이 어느 선생님인지 알려 달라는 문의가 쇄도하여 작가를 알아맞히는 현상문제를 낼 정도였다.[140]

하지만 소설이 소설답게 창작되려면 작가와 서술자가 분리되어 허구세계가 구축될 필요가 있다. 그러한 현상이 청소년소설에서 일반소설보다 더디게 나타난 이유는 청소년소설의 창작 동기가 문예적 측면보다 효용론적 측면이 강했기 때문이라고 생각한다.

동화, 동요, 아동극 등의 갈래와 달리, '소년소설'의 형식은 "소설과 다를 바 없고"라고 전제될 뿐 그 양식적 특성이나 창작방법에 대해 구체적으로 논한 글은 찾기 어렵다. 그것은 '소년소설'이 문학의 주요 갈래로 자리 잡고 있는 '소설'의 일종이기 때문이다. 청소년소설 작가들에게 있어서 '소설'은 새롭게 모색되어야 할 갈래라기보다 친숙한 갈래였고 일반소설의 형식을 따라 쓰면 되는 것이었다. 하지만 위에서 살펴본 것처럼 당시 소설의 서술 방식은 안정적인 것이

---

140 최배은, 「근대 소년 잡지 『어린이』의 '독자담화실' 연구」, 86쪽.

아니었다. 여러 작가들에 의해 다양한 모색과 실험이 이루어지던 시기여서 처음 소년소설을 쓰는 작가라면 어떤 서술이 적절할 것인가에 대한 고민이 따를 만하다. 그런데 대부분의 소년소설이 방정환의 작품 형식과 비슷하며 유형성을 띠는 것으로 보아 작가들이 서술 방식에 대해 깊이 고민한 것 같지는 않다. 또 1920년대 후반부터 활발하게 이루어진 사회주의 소년문예운동가들의 소년소설 비평도 서술 형식 등의 기법에 대한 논의보다 주제비평을 하고 있다.

요컨대 근대 소년소설은 일반소설에서처럼 사실의 재현 기법에 힘쓰기보다 사실 취재와 서술자의 말을 통한 주제 전달에 주안점을 두고 창작되었다. 그것은 당시 소년소설의 계몽적 기능에 기인된 것이라고 생각한다. 그래서 방정환의 「1+1=?」[141]에서처럼 별다른 계몽적 의도 없이 고등보통학교 1학년 첫 수학시간을 재현하고자 하는 작품에서는 서술자의 객체화가 꽤 철저하게 이루어지고 있다.

이러한 점을 종합하여 볼 때, 방정환의 청소년소설은 동화와 달리 일본 아동문학의 영향보다 한국의 근대 초기 소설관과 소년운동가의 입장이 작용하여 창작된 것으로 보인다. 방정환은 동경에서 아동심리와 아동문학을 공부한 이후에 『어린이』를 발간했는데, 유학할 당시 일본에서 유행했던 아동문학은 "예술로서의 진정한 동화와 동요의 가치"를 걸고 순수문학운동을 벌였던 『빨간새』문학[142]이었다. 그리고 일본에서 소년들의 현실을 중시한 문학은 1920년대 중반 프롤레타리아 아동문학이 조성된 이후에 창작되었기 때문에[143] 1920년대 초반에 창작된 방정환의 '소품'과 '소년소설'은 일본 아동문학

141 방정환, 「1+1=?」, 『어린이』, 1927. 3.
142 가와하라 카즈에, 앞의 글, 74쪽.
143 전명희, 앞의 글, 16쪽.

의 영향을 받았다고 보기 어렵다.『빨간새』의 주요 동화작가였던 오가와 미메이와 에쿠치 칸은 같은 시기 프롤레타리아 문학에도 참가했지만『빨간새』문학에는 어린이의 구체적인 생활고나 계급의식을 그리지 않고 주로 시적이고 상징적인 작품을 썼다.[144]

그러나 동화와 동요에 관련해서는 일본과 영향 관계가 있음이 선행 연구[145]에서 지적되고 있다. 조선에 아직 잘 알려지지 않은 갈래로서 연구와 개척이 필요한 아동문학 분야라고 주장하며 '동화'에 대한 관심을 불러일으킨 이도 방정환이다. 그는「새로 개척되는 동화에 관하야」에서 "童話의 童은 兒童이란 童이요 話는 說話이니 童話라는 것은 兒童의 說話, 또는 兒童을 위하야의 說話"[146]라고 정의한다. 그리고 그것은 옛날이야기만이 아니라 아동성을 잃지 않은 예술가가 다시 아동의 마음에 돌아와서 어떤 감격 또는 현실생활의 반성에서 생긴 이상을 동화의 독특한 표현방식을 빌어 독자에게 호소하는 것이라고 한다. 여기서 '아동성'과 '아동의 마음'은 나중에 '동심'이라는 말로 압축되어 일반화되는 것으로서 성인과의 단절을 드러내면서 한편으로 아동기를 경험했던 사람이라면 누구라도 가지고 있을 수 있는 영원한 것으로 설명된다.[147]

동심의 이러한 성격에 따라 동화는 보편적이며 초월적인 성격을 띠면서 예부터 전해져오는 민담이 동화의 민족적 자산으로 여겨진다. 근대 소설의 형성 과정에서 거짓된 것으로 부정되던 기이하고 공상적인 세계들이 동화에 수용되는 것이다. 하지만 동화의 전제가 되는 동심이나 공상성이 서술의 차원보다 마음의 차원으로 제기되

---

144 위의 글, 184쪽.
145 오오타케 키요미,『한일아동문학 관계사 서설』, 청운, 2006.
146 小波,「새로 개척되는 '동화'에 관하야」,『개벽』31호, 1923. 1, 20쪽.
147 조은숙,「한국 아동문학의 형성과정 연구」, 83-85쪽 참고.

었기 때문에 그것의 실제 서술 형식은 청소년소설과 다를 바 없고 소재적 차원으로 구분될 뿐이었다. 당시 동화가 단순한 의인화 기교를 사용할 뿐 환상성이 약하고 주제의식에 있어서 소년소설과 다를 바 없는 현실성을 띠고 있다[148]는 지적도 이러한 맥락에서 생각해 볼 수 있다. 동화의 특질을 소설과 달리 동심이라는 추상의 차원에서 찾고 그것을 공상의 세계로 구현하려 했지만 적절한 서술 기법이 모색되지 못했기 때문에 공상 세계라는 허구세계의 창조도 어려웠던 것으로 보인다.

이상의 논의를 요약하자면, 소년소설은 그 계몽적 성격으로부터 소재로서의 당대 현실이 중시되고 동화는 동심을 위한 문학이라는 성격에 따라 공상성이 중시되었다. 하지만 둘 다 주로 작가와 서술자가 분리되지 않는 공적 서술을 취하여 서술 형식에서는 큰 차이가 없다. 그 결과 동화와 소년소설은 소재적 측면에서만 차이가 나고 기본 성격은 당대 현실을 비판하는 리얼리즘의 요소가 강하여 작품의 실상에서부터 용어에 이르기까지 뒤섞여 현재에까지 그 혼란이 이어지게 된 것으로 보인다.

148 원종찬, 「한국의 동화 장르」, 41쪽.

한국 근대
청소년소설의
정치적 무의식

제Ⅲ장

근대 청소년소설의 정치적 무의식

한국 근대
청소년소설의
정치적 무의식

이 장에서는 근대 청소년소설의 구조를 그것이 생성, 수용된 사회·문화의 지배적 이념의 맥락에서 고찰하여 근대 청소년소설을 창작한 작가의 정치적 무의식을 분석한다. 소설은 사회의 모순에 대한 작가의 상상적 해결물로서 텍스트 내 현실은 작가의 욕망과 이념에 의해 선택된 것이다. 그에 따라 텍스트에는 부재하는 현실이 있게 마련이며 그것의 작용과 기능에 대한 규명은 곧 텍스트에 작동하는 이념을 분석하는 것과 긴밀한 관련이 있다. 텍스트는 단일한 이념에 의해서라기보다 당대 사회·문화의 이념과 영향을 주고받는 작가의 복잡한 심리와 신념 등이 작용하여 생성되고, 그 과정에서 어떠한 이념이 구현된다. 요컨대 텍스트는 형식의 이념으로서 그 구조를 분석하여 텍스트에 구현된 이념을 밝힐 수 있다.

근대 청소년소설은 거의 당대 청소년의 삶을 형상화하고 있는데, 주인공의 특질이 유형성을 띠며 이념소로 기능한다. 여기서는 그것을 '희생, 가난, 고아, 소년'으로 잡아 총 4절로 나누어 논의한다.

각 절의 제1항에서는 작품의 심층갈등과 서술자의 위치, 태도 등을 분석하여 그 구조를 살피고 그것이 구현하는 사회 모순과 이념을 밝힌다. 그리고 주인공의 특질과 관련하여 작품에 부재하는 현실을 밝히고 그것이 작품에 구현된 이념을 합리화하는 기제를 해석한다. 각 절의 제2항에서는 사회·문화적 맥락에서 제1항의 텍스트 생성과 수용에 작용한 이념을 분석한다. 작가들이 식민지 조선의 소년운동가, 교육운동가, 성인 남성이라는 점에 주목하여 그들과 영향을 주고받은 운동 담론, 교육 담론, 양육 담론, 여성 담론의 장에서 사회의 지배적 이념의 작용 양상을 고찰한다.

논의 순서는 작가의 의식적 노력이 두드러진 것부터 전개한다.

01
'희생'과 민족주의

1.1. '불량소년'의 부재와 '희생'

'희생(犧牲)'이란 제물로 쓰이던 소나 양 따위의 짐승에서 유래한 말로, 그 뜻은 크게 '타인과 집단, 또는 어떤 목표를 위해 자기의 소중한 것을 바침'과 '뜻밖의 재난이나 사회의 큰 세력 때문에 목숨을 잃거나 피해를 입음'으로 나누어 볼 수 있다.[1] 희생자 입장에서 전자가 자발적 희생이라면 후자는 비자발적으로 당하는 희생인데, 어떠한 경우든 희생은 '무고함'과 '상실'을 전제한다.

근대 청소년소설에서 '희생'은 꾸준히 다루어지고 있으며 약 4할의 비율을 차지할 정도로 그 비중이 높다. 자식을 위해 희생하는 부

1 연세대학교 언어정보개발연구원 편, 『연세 한국어사전』, 두산동아, 1999.

모의 이야기도 있지만[2] 대부분 청소년의 희생을 다루고 있다. 그 구조를 주인공의 의지 유무에 따라 '자발적 희생'과 '비자발적 희생'으로 나누어 살펴보겠다. '비자발적 희생' 이야기가 압도적으로 많으므로 그것부터 논의한다.

(1) 비자발적 희생과 비극적 구조

비자발적 희생 이야기는 주인공이 감당할 수 없는 거대한 힘에 의해 소중한 것을 잃는 이야기로, 그 기본 스토리는 다음과 같다.

주인공이 A를 추구하다가 B에 의해 C=A(+α)를 빼앗기다.

추구 대상(A)으로는 주로 주인공 및 가족의 생존을 위한 최소한의 돈, 땔감, 약 등의 물질 그리고 현재의 가난에서 벗어나고 미래에 훌륭한 사람이 되기 위한 배움(학교) 등이 제시된다. 가해자(B)는 집주인, 공장주, 산주인, 학교장, 지주, 목사, 의사 등의 부와 권력을 가진 어른들이 대부분이다. 상실하는 것(C)은 추구 대상(A)과 일치하거나 거기에 가지고 있던 것(α)을 더한 것으로 생명, 가족, 배움, 고향 등이다. 이러한 스토리가 성립되는 전제는 주인공의 환경에 있다. 근대 청소년소설의 주인공들은 대부분 빈민층으로 절대적인 빈곤 상태에 있다. 그들은 어려운 여건에 굴하지 않고 생존과 미래를 위해 최선을 다하지만 돈과 권력 있는 자들에 의해 그들이 추구하던 것을

2 그 예로 방정환의 「학생소설 졸업의 일」(『신청년』, 1919. 12)과 권환의 「소년소설 아버지」(『신소년』, 1925. 7-9)를 들 수 있다. 이들에 대해서는 Ⅲ.3.1(1) 가족의 상실과 비극적 구조에서 자세히 다룬다.

빼앗기거나 상실한다. 전형적인 작품 중심으로 그 양상을 살펴보겠다.

생존을 위해 노동하던 청소년이 힘과 돈을 가진 어른들의 직·간접적 학대와 착취 때문에 생명 및 가족을 잃는 이야기가 많다. 「이천냥 빚에 팔려간 언년이」(송근우, 1926),[3] 「백삼포 여공」(현동염, 1931),[4] 「채석장」(홍구, 1933)[5] 등이 있는데, 그중 「백삼포 여공」을 살핀다.

「백삼포 여공」은 가난한 소녀 순성이 인삼을 깎은 품삯으로 생계를 유지하고자 하지만 이기적인 어른들에 의해 폭력을 당하고 병에 걸려 죽어가는 이야기이다. 이 소설에서 순성과 대립하는 인물은 삼주(蔘主), 남공(男工), 남공의 식구들, 감독과 순사이다. 순성의 삼을 깎으려는 의지와 어른들의 삼을 못 깎게 하려는 의지가 세 차례에 걸쳐 치열하게 대립한다.

먼저 삼주가 순성에게 '표지'가 없다고 순성이 차지한 삼섬을 떼어내려 하지만 순성이 필사적으로 지킨다. 그 다음 남공과 그의 식구들이 더 많은 돈을 벌 욕심에 순성이 표지가 없음을 구실로 폭력을 써서 삼섬을 빼앗으려 한다.

> 그년들은 할 수 없다는 듯이 있다가 마구 달라붙어 순성이가 삼섬을 붙잡은 손등을 갈퀴고 머릿보를 잡아팽개치고 허리를 끌어 잡아당기고……이렇게들 여럿이 떼려고 싸웠다. 그래도 순성이는 찰거머리 달라붙듯 삼섬을 물고 늘어졌다. 바로 이때다. 누런 복장 한 감독 놈과 빨건 테 두른 순사가 표지 조사를 하러 다가섰다. 그중에 여우 같은 계집

3 송근우, 「이천냥 빚에 팔려간 언년이」, 『어린이』, 1926. 4.
4 현동염, 「백삼포 여공」,『신소년』, 1931. 10.
5 홍구, 「채석장」, 『신소년』, 1933. 2.

> 년 하나가, "여보쇼, 이 애는 표지도 없이 넙적게 앉아 깎아요." 하고 담박 '스파이' 노릇을 하였다.[6]

위와 같이 남공의 식구들은 그들의 폭력으로 순성의 의지를 꺾을 수 없자 감독과 순사에게 이른다. 감독은 자신의 무지막지한 폭력에 순성이 쓰러지니 그 책임을 피하기 위해 사라지고, 순성은 다시 일어나 삼을 깎는다.

여기에서 어른들은 가해자로 등장하고 그들의 폭력은 '표지를 가져야 인삼을 깎을 수 있다'는 규칙에 근거한다. 그런데 표지는 공평하게 배부되지 않고 삼주와 친해야 얻을 수 있다. 이러한 점들을 볼 때 순성과 대립하는 것은 특정 개인이 아니라 힘과 돈을 가진 어른들의 이익을 옹호하는 현실이라고 볼 수 있다.

순성이 온갖 학대에 시달리면서도 인삼을 깎는 데 성공했기 때문에 그의 살고자 하는 의지가 어른들의 이기심을 이긴 듯 보인다. 하지만 순성은 그날 당한 폭력 때문에 병을 얻어 죽어가므로 결국 무정하고 폭력적인 현실에 의해 그의 생존 욕망은 패배한다. 순성이 살기 위해 모진 고생을 하다가 죽게 되었으므로 이 이야기는 더 안타깝고 슬프게 느껴진다.

작품에 순성의 가족은 등장하지 않고 그에 대한 아무런 정보도 없다. 홀로 앓으며 죽어가는 것을 볼 때 가족이 없는 고아일 확률이 높지만 이 소설에서 중요한 것은 그러한 환경보다 순성의 악착같은 생존욕구를 꺾은 어른들의 폭력이다. 그래서 그에 대한 서술이 소설 전반을 이룬다.

---

6 현동염, 앞의 글, 34쪽.

서술자는 이야기 밖에서 주권적으로 인물의 선악을 판단하고 그에 대한 감정을 여과 없이 드러낸다. 서술의 초점이 착한 주인공을 괴롭히는 나쁜 어른들의 행위에 있으므로 인물의 성격이 단순하게 제시되고 서술자와 주인공의 거리가 매우 가깝다. 그는 주인공에 대해선 "그 어린 몸" 등의 동정적 어조로 서술하고 그와 갈등하는 인물들은 "못된 남공", "감독 놈", "여우같은 계집 년"과 같이 비속어와 가치 판단이 개입된 어휘를 사용하여 적대적으로 서술한다. 방정환의 탐정소설에서도 청소년을 납치한 가해자를 지칭할 때 "청국놈", "됴선녀편네", "마귀갓흔놈들"[7]과 같이 서술자가 비속어를 사용한다.

오늘날 비교육적 표현으로 여겨지는 비속어가 근대 청소년소설에 자주 사용되는 현상은 서술의 구술성에 기인한 것으로 보인다. 근대 청소년소설은 서술자의 주관적 목소리가 두드러지고 구어체로 서술되어 작가가 직접 독자에게 이야기를 들려주는 듯한 효과가 있다. 그래서 서술자와 주인공의 거리뿐 아니라 서술자와 작가, 작가와 독자의 거리가 매우 가깝게 느껴진다. 작가의 이러한 서술 전략은 독자들의 가독성을 높이는 한편, 그들의 정서를 자극하여 서술자의 감정과 판단에 동화되도록 하기 위한 것으로 보인다.

현재의 생존을 추구하는 이야기 못지않게 그 수가 많은 작품은 미래를 위해 배움(학교)을 추구하는 경우이다. 소설에서 배움은 미래의 온전한 사람이 되기 위한 필수적인 요건이자 현재의 가난으로부터 벗어날 수 있는 희망으로 제시된다. 그것은 주인공들에게 하면 좋고 안 해도 그만인 것이라기보다 반드시 해야 하는 절박한 과제로 여겨

---

7 방정환, 「동생을 차즈려」, 『어린이』, 1925. 4, 33쪽.

진다. 따라서 그들로부터 배움의 기회를 빼앗는 것은 곧 그들의 성장과 미래를 빼앗는 것이나 마찬가지이다. 그러한 이야기의 주인공은 대개 보통학교 졸업을 앞두고 있거나 졸업생인 경우가 많다. 그들은 대부분 성적도 우등이고 품행도 바른 모범생이지만 월사금이 없어서 퇴학당하거나 상급학교로 진학하지 못한다. 오히려 그들보다 공부를 못해 여러 해 낙제를 한 부잣집 아이들은 상급학교로 진학하여 으스댄다.[8] 「언밥」(권환, 1925),[9] 「빈민굴의 피인 꽃」(남궁랑, 1929),[10] 「첫걸음」(김한, 1928)[11] 등이 있는데, 그중 「언밥」을 살핀다.

주인공 석준은 아버지 없이 어머니, 형, 누이와 함께 산다. 온 가족이 노동하고 있지만 형의 건강이 좋지 못하고 생계가 어렵다. 이 소설에서 석준과 갈등하는 인물은 교장과 산주인, 이웃사람이다. 보통학교 졸업반인 석준은 집안일을 도우면서도 늘 1등을 하는 모범생이지만 시험 보는 날 아침, 밀린 월사금 때문에 학교에서 쫓겨난다.

> 교장 선생이 평시에도 상판이 사납게 보이는 낫흘 유달리 찡그리며 매눈갓치 둥근 눈을 안경 밋흐로 불근불근하면서 생도들을 보고 하는 말이 …(중략)'그러나 설마 엇자리 시험이야 못 치게 할가' …(중략)… "학교 규측에 월사금 안 낸 사람은 학교에 다니지 못한다. 한 달에 오륙십 전 되는 돈을 못 낼 사람은 학교에 안 다니는 것이 올타. 너이들은 지금 책보 가지고 너의 집으로 가라"고 교장 선생은 위엄스럽게 말

8 근대 청소년소설에서 부잣집 아이들은 대개 머리가 나쁘고 불성실하여 공부를 못한다. 그 예로 마니산인, 「눈물의 졸업장」, 『소년조선』, 1929. 8, 김우철, 「상호의 꿈」, 『신소년』, 1932. 3, 박일, 「도련님과 미(米)자」, 『별나라』, 1932. 4에 등장하는 부잣집 아이들을 들 수 있다.

9 권환, 「언밥」, 『신소년』, 1925. 12.

10 남궁랑, 「빈민굴의 피인 꽃」, 『조선일보』, 1929. 11. 15.

11 김한, 「첫걸음」, 『중외일보』, 1928. 2. 7-8.

한다.[12]

위에서와 같이 교장이 학생들을 대하는 태도는 냉정하고 권위적이다. 학생들은 교장이 시험은 보게 해줄 것이라고 기대했지만 그는 교칙을 구실로 학생보다 돈을 중시한다. 교장이 석준에게서 배움의 기회를 빼앗은 일차적 가해자라면 산주인은 석준의 마지막 희망을 빼앗고 오히려 새로운 부담을 지워 절망하게 만든다.

> 산임자는 와락 달려들면서 "무어라고 하니 이놈"하더니 불문곡직하고 석준의 뺨을 치며 발로 차고 한다. 그리고 지개를 산산이 부스며 낫을 빼아서 팽개질을 한다 …(중략)… "이놈아 너 이것 알지 남의 생소나무 한 주(株) 베면 벌금 5원씩 밧는 줄을? 래일 너의 어머니께 벌금 바드러 갈 테니 그리 알어 이놈."[13]

위의 인용처럼 산주인은 석준에게 생나무를 베었다는 누명을 씌워 폭행하며 땔감을 빼앗고 벌금까지 물린다. 월사금 50전을 마련하려다가 벌금 5원을 물게 되었기 때문에 석준은 집에도 가지 못하고 절망하여 운다.

이웃 사람은 석준과 직접적으로 갈등하지 않고 석준의 어머니와 갈등한다. 그런데 어머니가 석준의 월사금을 마련하기 위한 과정에서 생긴 갈등이고 결과적으로 돈을 꿔주지 않아서 석준의 배움에 대한 욕망을 좌절시키는 데 일조한다. 즉 교장과 산임자처럼 석준에게 직접적인 해를 입힌 것은 아니지만 그들처럼 석준의 처지를 동정하

---

12 권환, 앞의 글, 26쪽.

13 위의 글, 31쪽.

지 않는 냉정하고 이기적 태도를 가진 것으로 서술된다. 그리고 이 소설에서도 가해자들의 폭력적 행위는 사회적 규칙에 근거한다. 이러한 점에서 석준과 대립하는 것 역시 「백삼포 여공」에서와 마찬가지로 돈과 권력을 가진 이기적인 어른들과 그들의 이익을 옹호하는 현실의 규칙임을 알 수 있다.

석준도 순성처럼 자신의 욕망을 위해 치열하게 노력하지만 중첩되는 수난 속에서 결국 패배한다. 즉 무정하고 이기적인 어른들에 의해 청소년의 배움에 대한 욕망과 의지가 좌절당한 것이다.

이 소설은 시작 전에 작가인 듯한 서술자가 "이 글을 가난한 집 소년 제군에게 들입니다"라고 하여 자신의 존재를 드러낸다. 하지만 이야기 서술상황에서는 「백삼포 여공」과 달리 서술자가 비교적 객관적인 위치에서 서술하고 있다. 주로 석준을 초점자로 하여 그의 심리에 밀착한 서술을 하고 있어서 인물과의 거리는 가깝지만 서술자의 설명, 논평, 감정의 개입이 거의 없다. 인물의 행동과 말을 통해 사건이 장면적으로 제시되며 밤 부엉이 소리와 같은 배경 묘사를 통해 인물의 슬프고 적막한 정서를 강조한다. 근대 청소년소설에서는 서술자의 주관이 개입된 경우가 훨씬 많지만 작가와 서술자가 분리된 이러한 작품에서 보다 그럴 듯한 허구 세계가 창조되는 것으로 보인다.

희생 이야기 중 그러한 대표적 작품으로 「영수증」(박태원, 1933)을 들 수 있다. 이 작품은 인물 묘사가 섬세하고 주인공을 억압하는 사회의 구조적인 모순을 보다 총체적으로 형상화하고 있다. 『동아일보』에 총10회로 연재된 이 소설은 도입 부분인 1·2회와 본문인 3-10회의 서술 태도가 다르다. 이를 통해 당시 청소년소설을 쓰는 작가의 서술 태도와 객관적 서술의 효과를 동시에 확인할 수 있다.

> (가) 이제 이야기를 하나 하겠습니다. 이렇게 제가 말하면 여러분은 응당, "옛날 어느 나라에 임금이 있었습니다." 하고 미리 앞질러 말씀하시겠지요…(중략)…네, 자꾸 그렇게 묻지 마시고 조용히 앉아 들으십시오, 여러분은 우동집에 들어가셔서 우동을 잡수신 일이 있습니까? "아니요, 그런 짓을 하면 선생님이 꾸지람을 하십니다."[14]

> (나) 어느 일요일. 동짓달이건만 궂은비가 아침부터 내리는 날이었습니다. 노마는 찢어진 지우산을 받고 아저씨 집을 찾아갔습니다. …(중략)… "그래, 우동 장사는 잘 되는 모양이냐?" "아주 세월이 없어요." "그래두 요즈막은 날씨가 추우니까 더 좀 팔리겠지." "웬걸, 그렇지 못해요." "웬일일까? 게가 우동 장사하기는 아까울 만치 자리가 좋은데……." "그런 게 아니라 그 건넛집이 말이에요……." "건넛집이라니 잡화상?" "아니요, 두 집 걸러 왜 담배가게 있죠?" "그래, 그래." "그 집에서 한 달 전부터 우동 장사를 시작했답니다." "허허……" "그 집은 주인집보다 돈두 많죠, 안두 넓죠, 게다가 자전거가 있죠. 그러니 경쟁이 되겠습니까?"[15]

(가)는 도입 부분이고 (나)는 본격적으로 노마의 이야기가 서술되는 부분이다. (가)에서는 서술자인 '나'가 내포독자인 '여러분'을 향해 묻고 그들의 예상답변을 서술하는 등의 대화 상황을 설정하여 주인공인 노마의 환경과 성격에 대해 알려준다. 작가와 분리되지 않은 서술자가 청소년 독자를 앞에 두고 이야기를 들려주는 듯한 서술 태

14 박태원, 「영수증」, 『매일신보』, 1933. 11. 1.
15 위의 글, 11. 3.

도를 취하고 있는 것이다. 그런데 본격적으로 노마의 이야기가 시작되면 (나)에서처럼 서술자의 말은 제한되고 인물의 대화와 행동을 통해 사건이 전개된다. 즉 도입 부분과 본문의 서술 방식이 '들려주기'와 '보여주기'로 확연히 구분된다. 소설의 전체 구성에서 도입 부분은 생략해도 무방할 만큼 본문과 유기적으로 연결되어 있지 못하다. 그렇게 군더더기일 수 있는 도입 부분을 2회에 걸쳐 연재한 이유는 소년 독자의 흥미를 끌기 위한 전략 때문인 것으로 보인다.

이 소설은 고아 소년을 주인공으로 하여 그가 고된 노동에 시달리며 월급도 제대로 받지 못하는 상황을 나타내고 있다. 이러한 주인공과 제재는 전형적이지만 그 갈등 양상이 단순하지 않다. 표면적으로는 노마를 부리고 3개월 동안 월급을 주지 않은 우동 집 주인이 가해자이지만, 노마와 주인과의 갈등은 보다 근본적인 문제로 인해 해소되고 서로를 동정한다. 즉 주인의 노마에 대한 착취보다 우동 집 경영난이 부각되어 자본 없이 장사하는 주인은 노마와 마찬가지로 사회의 희생자가 되는 것이다. 그래서 노마와 대립하는 인물은 우동 집을 망하게 한 '큰 가게 주인'과 외상값을 물지 않는 '오 서방'이다. 전자는 실체가 드러나지 않고 노마의 말을 통해 위협적인 존재로 부각될 뿐이고 후자와의 갈등을 통해 노마는 사회의 부조리함을 깨달으며 분노와 비애의 눈물을 흘린다. 오 서방은 우동 집 단골손님인데, 가게가 문을 닫자 갖은 수를 다 쓰며 외상값을 주지 않으려고 한다. 노마가 악착같이 받으러 다니자 오 서방은 마침내 영수증을 가져오라고 한다.

> "영수증을 써 오라구요? 그러면 언제 당신은 우동 먹을 때 다만 얼마라도 계약금을 내고 자셨어요?" 이것이 바로 어제 저녁 때 일입니다.

> 노마는 약이 나서 오늘 일곱 번째 오서방을 찾아간 것입니다. 그의 주머니 속에 공책에서 뜯어낸 종이 한 장이 들어 있습니다. 그곳에는 서툰 솜씨로, 영수증 일금 오십 전 이러한 글자가 씌어 있었습니다. 그러나 모자점에 오서방은 없었습니다…(중략)…주머니에서 그 영수증을 꺼내 들었습니다. 노마는 잠깐 그것을 들여다보고 있다가 부욱 두 쪽으로 찢었습니다. 그리고 또 잠깐 있다가 기운 없이 그것을 한길 위에 내어버리고 노마는 "엉엉" 소리조차 내어 울면서 어둔 길을 걸어갔습니다.[16]

위와 같이 노마는 영수증을 직접 써서 오 서방을 찾아가지만 만나지 못하고 결국 그것을 찢는다. 오 서방의 요구가 핑계일 뿐이고 영수증은 아무 소용이 없음을 깨닫게 된 것이다. 이 작품의 제목이기도 한 '영수증'은 「백삼포 여공」의 '표지'나 「언밥」에서의 등록금, 벌금과 마찬가지로 사회의 규칙을 상징한다. 여기에서도 사회의 규칙은 이기적인 어른들의 이익을 옹호하는 구실로 기능하고 그것의 자의성을 부각시켜 그 부당함을 선명히 드러낸다. 요컨대 이 소설은 서술자가 객관적 태도로 고아 소년을 억압하는 현실을, 자본주의의 경쟁 원리와 이기적이고 약삭빠른 어른의 태도로 형상화함으로써 사회의 구조적 모순이 부각된다.

이상의 논의를 요약하면, 비자발적 희생 이야기는 '현실의 폭력적 억압＼청소년의 성장하려는 욕망'이 갈등하여 전자에 의해 후자가 패배하는 비극적 결말을 맺으며 청소년의 성장을 가로막는 사회의 모순이 제기된다. 이러한 구조를 좀 더 자세히 살피면 다음과 같다.

---

16 위의 글, 11. 11.

앞에서 살펴보았듯이 소설 속 청소년이 추구하는 것은 인간의 생존권 및 교육권과 같은 기본권의 성격을 띠고 있으며, 상실하는 것은 추구대상과 일치하거나 거기에 주인공이 가지고 있는 것을 더하기 때문에 역시 기본권에 해당된다. 이야기 구조를 이러한 특징 및 가해자와 피해자의 관계가 드러나도록 요약하면 다음과 같다.

교장이 학생의 기본권(교육권)을 빼앗다.
부자가 빈자의 기본권(생존권)을 빼앗다.
의사가 환자의 기본권(생존권)을 외면하다.
목사가 약자의 기본권(생존권)을 외면하다.

여기서 가해자는 주로 어른이고 피해자는 청소년이므로 그 관계에 따르면 위의 구조는 '어른이 청소년의 기본권을 빼앗다'로 요약될 수 있다. 그리고 가해자가 피해자의 기본권을 외면하거나 빼앗는 이유는 돈(물질) 때문이며 그것이 월사금, 소작료, 약값 등의 법적 제도에 근거하고 있으므로 다시 다음과 같이 요약될 수 있다.

돈이 인권을 빼앗다.
법이 약자의 기본권을 빼앗다.

그런데 어른에게는 청소년의 기본권을 보호할 의무가 있고 '법과 돈'은 인간의 기본권을 보장하기 위한 수단적 가치이기 때문에 이들이 오히려 가해자로 기능하면 '가치 전도'가 이루어진다. 따라서 비자발적 희생 이야기에서는 사람보다 돈을 중시하고 약자보다 강자를 보호하는 부조리한 사회가 비판되며 독자로 하여금 피해자에 대한 동정심과 가해자에 대한 분노감을 갖게 한다. 다시 말해 이 서사는 인본주의 가치에 근거하고 있으며 특히 청소년의 생존권과 교육권을 사회적으로 보장해야 한다는 소년애호사상에 근거하고 있다. 그리고 청소년을 핍박하는 서사 내적 현실은 당대 사회의 민족·계급 모순과 관련 있다.

근대 청소년소설에서 가해자는 주로 돈과 권력을 가진 부르주아 계급이고 그들은 일본인, 중국인이거나 그들과 결탁한 조선인이다. 조력자로 등장하는 어른은 가난한 조선인인 경우가 많다. 예컨대 일본인 학교장과 선생이 교육자로서보다 지배자적 태도를 보이며 가난한 청소년을 학교에서 내쫓는 것과 달리, 가난한 조선인 선생은 무기력한 부모를 대신하여 주인공을 돕는 조력자[17]나 희생자로 등장하기도 한다. 그러한 대표적인 소설로 「쫓겨 가신 선생님 - 어떤 소년의 수기」(송영, 1928)[18]가 있다. 이 작품으로 인해 『어린이』 출간이 늦춰지고 편집주간이었던 방정환은 옥고를 치르기도 했다.[19]

그것은 소년 '나'가 동무들에게 일제 당국의 폭압으로 존경하는 선생을 잃게 된 부당함을 고발하는 형식으로 서술되어 있다. 소설 도입 부분에서 다음과 같이 서술자가 그 의도를 밝힌다.

> 동무여! 엇더케 이런 일이야 나 혼자만 가지고 잇슬 수 잇스랴? 혼자서 운들 소용이 잇고 혼자서 "왜? 그런가"를 생각한들 해결을 어들 수야 잇겟스랴? [20]

---

17 그 예로 방정환의 「동생을 차즈려」(『어린이』, 1925), 안준식의 「호떡선생」(『별나라』, 1930)을 들 수 있다.
18 송영, 「쫓겨가신 선생님 - 어떤 소년의 수기」, 『어린이』, 1928. 1.
19 염희경, 앞의 글, 74쪽.
20 송영, 앞의 글, 34쪽.

이러한 서술 의도는 소설 마지막 부분에서 “동무여 엇더케 이런 이약이야 그냥 나 혼자만 알고 잇슬 수 잇스랴.” 하고 반복된다. 여기에서 ‘이런 일’의 성격이 암시되는데 그것은 ‘나’에게만 해당되는 개인적인 일이 아니라 비슷한 처지의 동무들도 당할 수 있는 집단적 성격을 띠고 있다. 그래서 ‘나’는 동무들에게 그 사건을 알리고 함께 해결 방법을 찾기 위해 이 글을 쓴 것이다. 이 소설이 수기를 부제로 내건 일인칭 서술이지만, 서술자가 개인적인 것은 말하기 싫고 말할 필요가 없다고 한 이유도 ‘나’가 개인이 아니라 퇴락한 사립학교의 학생을 대표하는 집단적 자아로서 서술하기 때문이다.

이 소설에서 선생은 당대 독립을 위해 민족계몽운동에 헌신했던 활동가의 전형으로 묘사된다. 그는 돈 많이 주는 공립학교를 그만두고 가난한 사립학교로 와서 친형처럼 학생들을 사랑하고 그들에게 현실의 사회 모순을 알리기 위해 노력한다. 방학 때는 동네 사람들을 대상으로 강연과 야학도 한다. 여기서 선생과 대립하는 인물은 일제 당국자로 보이는 “모두들”이다. 그들은 선생을 생각이 좋지 못하다고 학교에서 내쫓는다. 선생이 저항하자 “모두들”은 학교를 폐쇄하게 한다고 협박하여 결국 선생은 학교를 떠난다. 그 뒤 수업 시간에 조선어 사용이 금지되고 일어 시간이 늘어난다. 학생들이 “모두들”과 직접적으로 갈등하는 모습이 그려지지 않지만 선생이 쫓겨난 사건을 통해 “모두들”의 폭력성과 그에 대한 학생들의 반감이 암시된다. 그리고 선생의 상실은 민족어와 민족의식 교육의 상실로 이어지기 때문에 그 학교 청소년들은 조선인으로 성장할 수 있는 기회를 박탈당한다.

방정환의 탐정소설 「동생을 찾아서」와 「칠칠단의 비밀」 그리고 「눈물의 공과」(이명식, 1928)[21] 등은 중국인을 가해자로 등장시켜 이민족의 폭력성을 드러낸다. 방정환의 작품에서는 중국인이 청소년 인신매매범으로 등장하여 잔인한 악당으로 묘사되는데 일본인 경찰은 납치된 조선인 소녀를 찾는 데 무심하며 사건 해결에 아무 도움을 주지 않는다. 또 「칠칠단의 비밀」의 곡마단장처럼 일본인이 중국인과 결탁하여 조선인 청소년을 납치하고 그들의 노동력을 착취한다. 그들이 중국인의 무지막지한 폭력에서 죽을 위기에 처할 때 조력자로 등장하는 것은 조선인 선생과 민족단체 그리고 소년회 조직이다.

「찬미가에 쌓인 원혼」(심대섭, 1920)[22]과 「병사」(민봉호, 1930)[23]는 3·1운동을 제재로 하여 일제로부터의 희생과 저항의식을 보다 직접적으로 드러낸 소설이다. 전자는 심훈이 심대섭이라는 본명으로 발표한 것인데, 3·1운동 당시 그의 옥고 체험이 반영되어 있다.[24] 그것은 옥에 갇힌 젊은이들이 고문에 시달려 죽어가는 종교계 지도자의 최후를 찬미가를 부르며 지켜주는 내용이다. 병자가 죽어감에도 의사를 불러주지 않는 간수를 통해 일제의 폭정을 드러내고 그 지도자가 친손자처럼 아끼는 16세 소년을 통해 독립운동이 세대를 이어 계속될 것임을 암시한다.「병사」에서는 주인공 소년이 독립운동에 투신하던 부모를 일제의 탄압에 의해 잃고 슬퍼하며 자신도 그 뒤를 잇겠다고 결심하는 장면을 극적으로 형상화하여 일제에 대한 강한 저항의식을 나타낸다.

이와 같이 비자발적 희생 이야기는 청소년이 희생당하는 현실을

21 이명식, 「눈물의 공과」, 『중외일보』, 1928. 7. 9-14.
22 심대섭, 「찬미가에 쌓인 원혼」, 『신청년』, 1920. 8.
23 민봉호, 「병사」, 『조선일보』, 1930. 4. 12.
24 심훈이 옥중에서 어머니에게 쓴 편지에 소설의 제재가 된 사건이 기록되어 있고, 그 편지는 심훈의 시문집 『그날이 오면』의 서두에 실려 있다. 신경림, 『심훈 문학과 생애』, 지문사, 1982, 19-21쪽 참고.

통해 민족적·계급적 착취 구조를 비판하며 민족주의·계급주의 이념을 구현한다. 그런데 가해자들이 부자일 뿐 아니라 일본인이거나 그와 결탁한 자들이기 때문에 두 이념은 서로 얽혀 있으며 계급모순이 민족모순에 흡수되는 경향이 보인다. 「소년직공」(이명식, 1929)[25]에서 그 양상을 단적으로 확인할 수 있다. 그것은 당대 같은 제목의 다른 소설들[26]처럼 소년 직공의 희생을 통해 공장주의 노동 착취 현실이 폭로되지만 배경이 일본이라는 점이 다르다. 거기에서는 거간꾼의 꾐에 속아서 일본의 공장에 팔려온 조선인 소년들이 목숨을 잃는 현실이 폭로된다.

> 내가 일어난 때에는 기계 사이에 허수아비를 쓸어 박은 듯한 갑동의 송장에 나도 모르게 소름 돗힌 몸을 움츠렸다 …(중략)… 이 공장에서 이런 일이 생길 때에 먼저 나오는 소리가 "조선인?"인가를 묻는 말이다. 조선 사람이 서툴러서 늘 이런 일이 생긴다는 것이 아니라 -관계가 없다는- 일 없다는 의미로서의 부르짖음이다.[27]

위 인용과 같이 이 소설에서는 계급적 착취에 더하여 일본인에게 비인간적인 대우를 받으며 민족적 차별을 당하는 조선인 소년의 현실이 충격적으로 묘사된다. 그리하여 민족모순이 계급모순보다 더 심각하게 제기된다.

비자발적 희생 이야기는 일제 강점기 동안 꾸준히 창작되지만 통시적 변형을 보인다. 소설의 기본 구조는 변함없지만 그러한 상황을

25 이명식, 「소년직공」, 『조선지광』, 1929. 6.

26 김영팔, 「소년직공」, 『어린이』, 1929. 3, 김명겸, 「소년직공」, 『별나라』, 1931. 6.

27 이명식, 「소년직공」, 안승현 엮음, 『일제강점기 한국 노동소설전집 1』, 보고사, 1995, 369쪽.

대하는 주인공의 태도가 달라진다. 20년대 중반까지 희생을 당하는 주인공은 그러한 상황에 대해 슬픔과 절망으로 눈물을 흘릴 뿐이지만 20년대 후반부터 가해자에 대한 분노감이 제시된다. 「인호」(이명식, 1928)[28]에서 주인공 인호는 쾌활한 성격과 우등 성적으로 학교에서 인기가 많았지만 월사금을 못 내 퇴학당한다. 그 후 인호는 성격이 바뀌어 침울해지고 성을 잘 낸다. 그는 자신을 놀리는 지주의 아들과 싸워 그 집 머슴에게 두들겨 맞고 인호네 가족은 얹혀살던 집에서 쫓겨난다. 그 사실에 더욱 분노한 인호는 지주 집에 불을 지른다. 「막돌이」(임우재, 1927)[29]에서 주인공 막돌이도 힘든 노동과 지주의 학대로 어머니와 누이가 죽자, 그 분노감에 지주 집에 불을 질러 경찰에게 잡혀간다. 이러한 결말은 1920년대 중반 경향소설과 같다.[30] 그런데 이러한 결말 역시 현실에 대한 주인공의 무기력함에서 비롯된 절망과 비탄의 표현이기는 마찬가지이다. 주인공이 충동적으로 분노감을 폭발하는 행위는 작품의 극적 효과와 비극성을 고조시켜 부조리한 사회의 문제점을 강조할 뿐 대안적 행위로 보기는 어렵기 때문이다.

희생당하는 현실에 대해 주체가 능동적으로 맞서기 위해서는 현실에 대한 마음가짐이 달라져야 한다. 1920년대 후반부터 주인공의 사회적 모순에 대한 각성을 바탕으로 희생당하는 현실에 대한 비탄을 넘어 그것을 극복하려는 의지를 제시한 소설들이 등장한다. 그것

28 이 작품은 『중외일보』, 1928. 3. 21-29, 『조선일보』, 1930. 4, 북한의 『1920년대 아동문학집(1)』, 문학예술종합출판사, 1993에 거듭 게재되었다.

29 임우재, 「막돌이」, 『중외일보』, 1927. 11. 12-17.

30 장선명, 「국경을 넘어서-어떤 소년의 수기」, 『중외일보』, 1928. 5. 1-5, 이명식, 「고국을 등지고-어떤 소년의 수기」, 『중외일보』, 1928. 10. 17-23은 그 중심갈등과 결말 뿐 아니라 서술에서도 경향소설의 대표 작가인 최서해의 「탈출기」와 비슷한 경향을 보인다.

은 특히 교육권의 박탈을 문제 삼는 경우에서 많이 볼 수 있다. 경제적, 정치적 이유로 학교를 다닐 수 없게 된 학생들의 경우, 학교에 대한 입장이 바뀐다. 학교에 대한 절대적 입장이 깨지고 학교에 다닐 수 없게 된 청소년을 위한 대안으로 야학이 제시된다. 또 개인이 해결하기 어려운 문제를 공동체에서 대안을 마련하여 함께 극복하는 소설도 창작된다.

(2) 자발적 희생의 숭고화

근대 청소년소설에서 비자발적 희생 이야기가 압도적인 비중을 차지함에도 불구하고 막상 '희생'이라는 말은 주로 자발적 희생 이야기의 제목에 '귀여운, 아름다운, 참된' 등과 같은 긍정적인 수식어와 함께 쓰이고 있다.

자발적 희생 이야기도 주인공이 무고하게 소중한 것을 잃는 이야기이지만, 자기 의지에 따른 행위의 결과이기 때문에 그것의 서술어는 '빼앗기다'에서 나아가 '바치다' 혹은 '(자신의 소중한 것을) 희생시키다'로 바꿀 수 있다. 그 기본 스토리는 다음과 같다.

주인공이 A를 추구하다가 D를 위해 C=A(+α)를 바치다(희생시키다).

주인공은 대부분 비자발적 희생 이야기의 주인공과 마찬가지로 의지할 부모가 없으며 가난한 처지에 있다. 그러므로 그가 추구하는 대상(A)도 생존과 가족을 위한 돈, 일자리, 학교(배움) 등이다. 희생의 목적(D)은 어려운 처지에 놓인 타인이나 집단을 돕는 것이고 바치는 것(C)은 추구 대상(A)에 자기가 가지고 있던 것(a)을 더한 것이다.

전형적인 작품을 중심으로 그 양상을 살핀다.

자발적 희생 이야기를 쓴 대표적인 작가로 방정환을 들 수 있다. 그는 소년운동을 시작하기 전부터 『신청년』에 타인을 위한 희생의 가치와 감동을 전하는 「졸업의 일」(1919), 「금시계」(1919)와 같은 작품을 게재하였다. 방정환이 본격적인 소년문예운동을 전개하며 청소년 독자를 대상으로 한 소설을 쓸 때도 그러한 경향은 지속된다. 「졸업의 일」과 「금시계」는 약간의 수정을 거쳐 『어린이』에 게재되었고, 새로 창작된 「눈물의 모자갑」(1925)과 「만년샤쓰」(1927)도 수재와 화재를 당한 이웃을 위해 가난한 주인공이 자신의 돈과 생필품을 바치는 이야기이다. 「금시계」(1919)를 예로 든다.

주인공은 고등보통학교 3년생 김흥수다. 그는 아버지가 없고 우유배달하며 스스로 학비를 버는 고학생이다. 중심사건은 다음과 같이 크게 두 가지로 볼 수 있다.

흥수는 외삼촌댁에 얹혀사는 어머니가 중병에 걸렸다는 소식을 듣고 주인에게 가불을 요청하지만 거절당한다.

흥수는 주인내외의 금반지와 금시계를 훔쳤다는 누명을 쓰고 범인이 동료 흥봉임을 알게 되지만, 오히려 그를 동정하여 진실을 밝히지 않고 목장에서 쫓겨난다.

두 사건 모두 흥수에게는 시련인데, 처음 사건과 두 번째 사건에서 흥수가 추구하는 대상이 달라진다. 처음 사건에서 흥수는 어머니의 약값을 욕망하지만 두 번째 사건에서는 동료 흥봉의 가정이 곤란에 처하지 않기를 바란다. 그리고 두 번째 욕망이 처음의 것보다 강하다. 그런데 홍봉은 홍수를 곤란에 빠뜨린 인물이므로 표면적으로는 가해자로 보인다. 하지만 이 작품에서 홍수와 홍봉은 대립 관계에 있지 않다.

> 그 종의난 순금반지 한 개를 전당잡힌 전당표이다. 전당잡힌 자의 일홈은 최홍봉 …(중략)… 지금 그 전당표를 주인에게 보엿스면 자기의 변명은 훌륭이 된다. 그러나 홍수에게난 그럴 마음이 업섯다. 홍수난 홍봉의 집 형편을 대강 짐작한다. 요사이난 홍봉의 집이 석 달 치 집세 십삼 원 오십 전을 내지 못하면 집을 내놋케 되난 가련한 형편에 잇난 것도 안다. 홍수는 가련한 소년 최홍봉의 일을 자기의 신상에 비하야 생각하고 눈물을 흘넛다.[31]

위와 같이 홍수는 홍봉이 금반지를 전당잡힌 증서를 발견하고서도 진실을 밝혀 누명에서 벗어나려는 생각보다 홍봉의 집안 사정을 짐작하며 오히려 동정의 눈물을 흘린다. 그것은 동병상련의 감정이며 자기 설움과 고통에 바탕한 것이다. 그래서 홍수에게 누명을 씌운 홍봉은 오히려 홍수와 함께 희생자로 여겨진다.

이 작품에서 홍수와 대립하는 인물은 목장 주인과 그의 부인, 주변 사람들이다. 목장 주인은 일차적으로 홍수가 요청하는 어머니의 약값을 가불해주지 않았으며 두 차례에 걸친 도난 사건 끝에 홍수를 목장에서 내쫓는다. 그의 부인은 금반지가 없어지자 가장 먼저 홍수를 의심한 인물이며 주변 사람들도 그에 적극적으로 동조하여 홍수가 더 이상 목장에 머물 수 없는 분위기를 만든다. 목장 주인의 홍수

31 방정환, 「금시계」, 『신청년』, 1919, 5쪽.

에 대한 마음은 다른 작품에 등장하는 가해자와 달리 우호적이지만 그것이 홍수를 실질적인 곤란에서 구할 만큼 적극적이지 않다. 즉 그가 홍수에게 가불을 해주지 않은 것은 미리 월급을 받고 곤란에 처할 홍수를 배려한 행위로 묘사되지만 그것은 홍수 형편을 자세히 파악하지 않은 자기중심적 배려이다. 또 홍수가 범인이 아니라고 믿으면서도 목장에서의 자기 체면 때문에 홍수를 해고시킨다.

이와 같이 「금시계」의 심층갈등도 비자발적 희생 이야기와 마찬가지로 돈(물질)을 중시하는 현실의 폭력적 억압과 청소년의 생존에 대한 욕망이 대립하여 생기는 것으로 분석할 수 있다. 그런데 그 갈등을 해결하기 위한 청소년의 자세를 대조적으로 나타내어 감동과 교훈을 강화한다. 즉 홍봉과 홍수 둘 다 비슷한 갈등 상황에 놓인 청소년인데, 홍봉이 이기적 태도로 대응한 반면, 홍수는 이타적 태도를 보여 희생의 슬픔과 숭고함이 부각되는 것이다.

이 소설은 목장에서 쫓겨나 갈 곳이 없어 슬퍼하는 홍수에 대한 묘사로 시작하여 전지적 서술자가 그의 신상에 대한 정보와 과거 사건을 들려주고 다시 현재의 홍수에 대한 묘사로 끝난다. 서술자는 홍수의 처지를 동정하며 "아아"라는 감탄사를 연발하는 등 감정이 개입된 서술이 많다. 그리고 처음 사건으로 제기되었던 어머니의 약값 문제가 해결되지 않은 채 오히려 홍수가 직장까지 잃고 당장 밤을 보낼 곳조차 없는 상황이므로 독자들로 하여금 걱정과 안타까움을 더하게 한다. 그런데 막상 홍수는 홍봉의 처지를 알고 난 이후, 어머니 약값은 생각하지 않고 홍봉의 딱한 사정과 자기에게 미안해하던 그의 모습만 떠올리고 동정의 눈물을 흘린다. 즉 홍수의 어머니도 중병에 걸렸기 때문에 그가 동료 대신 직장을 포기하는 것은 쉽지 않은 선택일 텐데 소설에서는 그에 대한 내적갈등이 서술되지 않는다.

이와 같이 우발적·개인적인 동정심에 의한 희생이 아니라 소년회 회원의 각성과 임무에 따른 의식적·집단적 차원에서의 희생을 나타낸 소설도 있다. 그 예로 「옷자락은 旗ㅅ빨가티」(송영, 1929)[32]를 살핀다.

주인공은 북만주 A촌에 사는 17세 운용이다. 소년회 회원인 그는 산적의 침입을 알리는 임무를 맡고 있다. 어느 추운 겨울날, 운용은 이웃 마을에 산적의 침입을 알리러 가다가 눈밭에 쓰러져 죽는다. 그는 지쳐 쓰러지면서도 마지막 힘을 다해 자신의 두루마기를 깃발 같이 휘날려 이웃 마을에 위험을 알린다.

이 소설에서 운용과 대립하는 인물은 산적떼이다. 그들은 북만주 조선인 마을 사람들의 생명과 재산을 강탈하는 침략자로서 운용뿐 아니라 마을 전체와 적대적인 관계에 있다. 즉 앞에서 살핀 소설들과 달리, 여기서의 폭력은 사회의 지배적 위치에 있는 자에 의한 합법적 성격을 띠지 않고 외부의 침입자에 의한 재난의 성격을 띤다. 전쟁과 마찬가지로 공동의 적이 존재하고 매우 급박한 상황이다. 이 소설은 이러한 상황에서 마을을 지키는 소년의 역할과 책임을 보여준다.

> "소년도 일은 하여야 한다. 세상의 급한 일은 어른에게만 한한 것이 아니다."라는 것을 다 각각 깨다른 까닭임니다. 소년회원들은 학생도 잇지만 나무꾼도 만코 아츰부터 저녁까지 눈코뜰 수 업시 지내는 회원들도 만습니다. 그러나 무슨 일이든지 나면 구구소리를 들은 병아리 모양으로 한데 단단히 모혀듭니다. 그리고 위원장의 조그만 주먹이 한 번 올나갓다 내려갓다하면 물찬 제비 모양으로 삼지사방으로 헤여저 가서 죽엄으로 더부러 자긔의 할일을 끗을 내고야 맘니다.[33]

32 송영, 「옷자락은 旗ㅅ빨가티」, 『어린이』, 1929. 5.
33 위의 글, 31쪽.

위의 인용을 통해 알 수 있듯이 생존과 배움을 추구하던 소년들은 산적떼의 침입과 같은 위기 상황이 발생하면 마을을 구하기 위해 목숨을 아끼지 않고 자기 맡은 바 임무를 수행한다. 그것은 세상의 급한 일은 어른에게만 한한 것이 아니라는 소년회 회원의 각성에 따른 것이다. 그리고 운용은 그 모범으로 묘사된다. 소년에게 부여된 이러한 사회적 책무와 역할은 산적떼의 침입이 잦은 북만주 마을이라는 특수한 상황 속에서 개연성이 획득된다.

이 소설에서 운용의 욕망은 오로지 임무를 완수하는 데 있다. 즉 자기 생명이나 가족은 생각하지 않고 B촌 사람들의 안위만을 걱정한다. 그래서 눈밭에 쓰러져 죽어가면서도 마지막 힘을 다해 옷자락을 휘날려 위험을 알리는 데 성공한다.

> 반짝하고 눈보라에 싸힌 운용의 옷짜락은 차차로 귀운이 업서저감니다. 그러나 눈이 휘둥그레진 젊은 아저씨들의 다름박질 소리는 점점 더- 요란하여갓습니다.[34]

위의 인용은 이 소설의 마지막 부분이다. 운용의 옷자락을 흔드는 손놀림과 이웃 마을 아저씨들의 발소리를 대조적으로 묘사하여 운용의 희생으로 마을 사람들이 위기에 대비하고 있음을 나타낸다. 운용의 죽음도 「백삼포 여공」의 순성처럼 외부의 폭력에 기인된 것이지만, 그의 죽음으로 많은 사람들이 생명을 구할 기회를 얻게 되었으므로 더 가치 있고 숭고하게 여겨진다.

이상에서 살펴 본 것처럼, 자발적 희생 이야기의 주인공들이 돕는

34 송영, 앞의 글, 33쪽.

대상은 대부분 가난하고 어려운 처지에서 또 다른 시련이 겹친 친구나 이웃이다. 한마디로 그들은 주로 비자발적 희생 이야기의 주인공들이다. 자발적 희생 이야기는 그들의 위기 상황이나 피해 사실을 알게 된 청소년의 심리와 행위에 초점을 둔 것이다. 앞에서 살핀 것처럼 그들은 '나'의 고통이나 필요보다 '타인'의 고통이나 필요를 더 크게 여긴다. 그래서 그들이 타인의 고통을 알게 되었을 때 추구 대상이 달라져 자발적으로 희생하는 것이다.

근본적인 문제 상황이 외부의 폭력에 의해 발생된 것이고 주인공의 욕망이 그 피해자를 돕는 데 있기 때문에 심층갈등이 비자발적 희생 이야기와 같다. 게다가 자발적 희생 이야기의 주인공들이 개인적 욕망을 포기하는 데에 대한 내적갈등도 거의 없으므로 돕는 자와 피해자의 갈등 상황이 일치하게 된다. 즉 자발적 희생 이야기의 대립소도 '현실의 폭력적 억압\청소년의 성장하려는 욕망'으로 설정할 수 있고, 후자가 전자에 의해 좌절되었다고 볼 수 있다. 그래서 역시 비극적 결말을 맺으며 작품 전반이 슬프고 비장한 분위기이다. 그런데 여기서의 희생은 타인을 돕기 위한 것이고 완전한 해결은 아니지만 어느 정도 그 목적이 달성되므로 희생이 가치 있게 여겨지며 긍정된다.

요컨대 비자발적 희생 이야기에서 인본주의 가치가 전도된 부조리한 사회가 비판되었다면 자발적 희생 이야기는 그러한 사회를 살아가는 바람직한 자세를 제시했다고 볼 수 있다. 이러한 의미는 비자발적 희생 이야기에서 청소년을 희생시키는 가해자의 이기적 태도와 관련이 있다. 이기심이 무고한 타인을 희생시키는 공격적이고 부정적인 심리로 전제되기 때문에 그에 대비되는 이타심은 타인을 구원하는 심리로 긍정된다. 그리고 이타심은 민족적·계급적 착취를 당하는 민중들을 대상으로 발휘되므로 강자에 대항하는 약자들의 연대감을 형성하는 기능을 한다.

이러한 점에서 볼 때, 비자발적 희생 이야기가 압도적으로 많음에도 작가들이 「귀여운 희생」(이정호, 1929),[35] 「아름다운 희생」(연성흠, 이정호, 최병화, 1929),[36] 「참된 희생」(연성흠, 1931)[37]과 같이 주로 자발적 희생 이야기의 제목에 긍정적 수식어와 함께 '희생'을 쓴 이유는 타인을 위한 희생의 긍정성을 부각시키기 위한 전략으로 보인다. 그러한 또 하나의 장치로 '희생에 따른 보상'을 들 수 있다. 자발적 희생 이야기에서 주인공은 대부분 소중한 것을 잃는 대신 목적한 바를 이룬다. 그런데 그것에 그치지 않고 결말 부분에서 후일담 형식으로 희생에 따른 보상이 제시되는 경우가 있다. 「금시계」의 개작 전후를 비교함으로써 그러한 양상을 확인할 수 있다. 『신청년』에 게재되었던 「금시계」는 중심사건의 변화 없이 인물의 이름이 바뀌고 결말 부분이 추가되어 『어린이』에 다시 실린다. 그것의 비교를 위해 결말 부분만 인용하면 다음과 같다.

> (가) 만일 내가 그때 사실대로 주인에게 고하엿든들 가련한 소년 홍봉이와 그 홍봉이의 보탬이 만은 빈한한 가정은 엇지되얏슬가…(중략)…이러한 생각을 하는 그의 눈에는 눈물이 흐른다 …(중략)… 멀-니 나려다보이는 집집에난 전등불이 반작어리고 어두어가는 하날에는 어린 별들이 우는 듯이 꿈벅어리난대 갈 곳 업난 홍수난 힘업시 이러스더니 어대로 가는지 굽어진 산길노 한 거름 두 거름 어둠속으로 거러간다.[38]

35 이정호, 「귀여운 희생」, 『어린이』, 1929. 2.
36 연성흠, 이정호, 최병화, 「아름다운 희생」, 『어린이』, 1929. 12.
37 연성흠, 「참된 희생」, 『어린이』, 1931. 6.
38 방정환, 「금시계」, 『신청년』, 1919. 1, 6쪽.

(나) 목장 주인은 그날 낫차로 효남이 시골을 차자갓습니다. 닷새 후에 효남이 집 식구를 다리고 와서 효남이 어머니는 병원에 효남이와 효순이는 각각 학교에 입학하엿습니다. 그리고 효남이의 소원으로 수득이도 쫏겨나지 안코 전처럼 잘 다니고 잇섯습니다.[39]

(가)와 (나)는 각각 『신청년』과 『어린이』에 게재된 작품의 결말이다. (가)에서는 주인공이 누명을 쓰고 목장에서 쫓겨나 슬퍼하는 장면에서 끝을 맺지만 (나)에서는 진실이 밝혀지고 주인공의 행동에 감동받은 사람들이 적극적인 조력자로 변해 물질적·정신적 피해가 보상된다. 둘 다 주인공의 타인을 위한 헌신적 행동으로부터 독자의 감동을 유도하지만 후자의 경우, '착한 행동을 하면 복을 받는다'는 교훈을 전달하여 자발적 희생의 긍정성이 강화된다. 그래서 보상이 주어지면 서사의 무게 중심이 '희생 행위와 그에 따른 상실'에서 '희생정신과 그에 따른 보상'으로 이동하여 희생 이야기에서 벗어난다. 그 때문에 '귀여운 희생'이라는 역설적 제목도 가능했던 것으로 보인다. '희생'의 사전적 의미에 비추어 볼 때 그것이 귀여울 수는 없다. 그것은 '희생' 뒤에 '정신'이라는 말이 생략된 형태로 보이며, 이때 '귀여운'이라는 수식어는 소설에 형상화된 주인공의 희생정신을 칭찬하는 말이라고 볼 수 있다. 아울러 '귀여운'이라는 말이 내포한 정서에서 어른의 시선이 포착되고 희생의 결과가 그리 심각하지 않음을 짐작할 수 있다.

이와 같이 근대 청소년소설에서 타인과 집단을 위한 희생이 강조된 이유는 일제의 폭력적 지배 상황을 극복하기 위한 민족적 연대의

---

39 방정환, 「금시계」, 『어린이』, 1929. 2, 15쪽.

자세를 교육하기 위한 것으로 볼 수 있다. 그런데 이러한 소설이 유행하면서 희생의 대상도 자기보다 어려운 사람에 국한되지 않고 확대되는 양상이 보인다.

「추억」(황순원, 1931),[40] 「옥점이의 마조막 하소연」(최의순, 1928),[41] 「학생빵장사」(최병화, 1929)[42]에서는 모두 얹혀사는 청소년이 주인집의 자녀를 목숨을 걸고 구한다. 「추억」은 황순원이 17세 때 『동아일보』에 발표한 소설로 그의 첫 작품이다. 청소년 시절의 습작품이지만 주제나 모티프에 있어서 황순원 작품의 시원이 된다. 「추억」은 '소년소설'로 발표되었으며 기존 '소년소설'의 양식을 충실히 따르고 있다. 그러한 점으로 보아 그의 소설 창작에 소년 잡지 및 그곳에 실린 문예작품들이 영향을 미쳤음을 알 수 있다.[43]

「추억」은 16세 소년 영일이 또래의 소녀 사진을 가지고 있어서 주변 사람들에게 오해를 받는 데로부터 시작된다. 선생과 친구들은 그 사진을 영일이 흠모하는 여학생 사진이라고 여겨 관심을 갖고 주의를 주지만 그 소녀는 영일의 생명을 구한 경숙이다. 경숙은 어머니 없는 영일과 누이를 돌봐주던 '아이보기'였는데 영일이 세 살 때 집에 큰불이 나자 영일과 누이를 구하고 죽는다. 결국 그 불로 아버지와 누이까지 잃고 고아가 된 영일은 숙부로부터 소녀의 사진을 받아 감사한 마음을 가지는 한편, 고아의 외로움을 달랜다. 영일은 이러한 사연이 담긴 글을 교장에게 전달한다. 교장은 그것을 전교생에게

40 황순원, 「추억」, 『동아일보』, 1931. 4. 7-9.
41 최의순, 「옥점이의 마조막 하소연」, 『어린이』, 1928. 7.
42 최병화, 「학생빵장사」, 『소년조선』, 1929. 6.
43 이 작품은 황순원의 등단작으로 알려진 「나의 꿈」(『동광』, 1931. 7)보다 3개월 먼저 발표된 작품이다. 그에 대해선 졸고 「황순원의 첫 작품 「추억」 연구」(『한국어와 문화』 제12집, 숙명여대 한국어문화연구소, 2012. 8)에서 자세히 고찰하였다.

읽어주어 사진에 대한 오해를 풀고 타인을 위해 자기 목숨을 바친 희생의 숭고함을 교육한다.

똑같이 '아이보기'의 희생을 제재로 했더라도 비자발적 희생 이야기에서는 「막돌이」의 창금이처럼 일본인 주인집의 학대 때문에 목숨을 잃는 반면, 자발적 희생의 경우는 「추억」에서처럼 주인집의 자녀를 구하기 위해 스스로 목숨을 바친다. 이 두 요소가 섞여 있는 경우도 있다. 그것은 소설 속 고아들의 가족애에 대한 결핍에서 비롯되는데 그들은 주인집 자녀를 자기 친동생처럼 아끼고 사랑하여 가족이 없는 외로움을 달랜다. 그래서 주인에게 구박과 차별을 받더라도 그 자녀를 위해 서슴지 않고 희생한다.「옥점이의 마조막 하소연」과 「학생빵장사」가 그에 해당된다.

전자는 아이보기 옥점이가 친동생처럼 사랑하는 주인집 자식을 구하려다가 나무에서 떨어져 죽는 이야기이고, 후자 역시 고아가 얹혀사는 친척 집 동생을 화재 속에서 목숨을 걸고 구하는 이야기이다. 사건의 원인과 결말 양상에 따라 중심 의미에 차이가 있지만 둘 다 타인을 위한 희생을 통해 진심이 전달되어 주변 사람들을 뉘우치게 만든다.

그 밖에 자발적 희생의 가치를 드러내는 데에만 초점을 맞춰 다른 작품들과 비교했을 때 매우 이질적인 주제를 보이는 작품이 있다. 당시 작품들은 선악 구도가 분명하고 인물의 성격도 평면적이라 대부분 '선을 핍박하는 악을 미워하고 대항해야 한다' 또는 '어려움에 처한 선한 자를 도와야 한다'는 주제를 전달한다. 그런데 「아름다운 희생」은 자기를 핍박하는 악한 자를 미워하지 않고 도리어 그를 위해 희생하는 선한 자의 행위를 중심서사로 한다.

주인공 오임순은 용모, 마음씨도 아름답고 우등생일 뿐 아니라 재주도 많아 학교에서 사랑받는 소녀이다. 1년 선배인 영자는 그런 임순을 시기하여 임순이 전람회에 전시할 그림을 망가뜨리고 외나무 다리에서 만난 임순을 넘어뜨려 다리도 다치게 한다. 하지만 임순은 그 모든 사실을 알면서도 진실을 밝히지 않고 오히려 영자를 위해 기도하며 그가 독감에 걸려 모두 피할 때 찾아가 위로한다. 마침내 영자는 임순에게 깊이 감동받아 자신의 잘못을 뉘우치고 둘은 친한 동무가 된다.

이 소설은 '원수를 사랑하라'는 기독교적 메시지를 전한다. 여기에서 타인을 위한 희생은 악한 자의 마음까지 선하게 바꿀 수 있는 가치로 부각된다. 하지만 당대 희생 이야기에 대한 공감이 일제 강점 상황과 관련되어 있음을 고려할 때, 「아름다운 희생」에 제시된 상황과 주제는 공허하다. 현실의 모순에 대한 형상화를 소설의 일차적 요건으로 여겼던 당대 소설관에 비추어 보았을 때도 이 소설은 일탈적이라고 할 수 있다. 여기서 주목되는 것은 이와 같이 일탈적이고 공허한 의미의 형상화가 '아름다운 희생'이라는 제목 아래 즉 자발적 희생의 가치를 전달하기 위한 목적을 위해 이루어졌다는 것이다. 그만큼 당시 작가들은 '타인을 위한 희생 이야기'를 통해 현실의 모순을 해결하려 했음을 알 수 있다.

(3) '불량소년'의 부재와 희생의 합리화

희생 이야기는 현실의 폭력적 억압에 의해 청소년의 성장하려는 욕망이 패배하여 생명, 배움 등 소중한 것을 잃는 구조로, 슬픔과 비장감의 정조를 유발한다. 다시 말해 청소년을 핍박하는 현실을 그리기 위해 현실에서 피해 청소년이 중심인물로 선택되고 가해 청소년은 배제되어 있다. 이러한 텍스트 현실은 앞에서 살핀 바와 같이, 일제 강점기 동안 신문이나 잡지에서 불량소년 담론이 큰 비중을 차지했던 사회적 현실과 거리가 있다.

당시 불량소년 담론은 일제의 사회운동 탄압과 관련된 것과 그렇지 않은 것으로 나눠 볼 수 있다. 일제는 사회운동이 민족의식과 항일의 성격을 띠게 되면 그것에 사회질서를 교란시키는 혐의를 씌워 법적, 물리적 탄압을 일삼았다.[44] 그래서 사법당국은 소년회 주최 웅변대회나 소작·노동쟁의에 참가한 소년들을 불량소년이라 하여 어른들과 마찬가지로 처벌했다. 하지만 식민지 조선의 입장에서 이러한 소년들은 오히려 현실의 문제에 대해 각성하고 적극적으로 해결하려는 바람직한 소년이다. 따라서 여기서 논의되는 '불량소년'은 일제의 사회운동 탄압과 관련되지 않은 청소년이다. 즉 그들은 도둑질, 폭행, 풍기문란 등의 죄를 범한 자로, 전사회적으로 남에게 해를 끼친다고 지탄받고 있었다. 당시 그에 대한 담론이 언론 매체에서 상당수를 차지했는데 소설 속 인물로는 거의 등장하지 않는다.

근대 청소년소설의 주인공들은 타고난 자질과 행동이 모범적이다.

(가) 우리 집 석준이는 금번에 또 일반을 하엿서. 공일마다 나무하러가면서 공부하여도 집에 안저 공부만 하는 그 애들보다 성적이 조아[45]

(나) 소학교 때 성만이는 남 위에 뛰어나게 공부를 잘했다. 더욱이 천재라고 일커를만큼 그림도 잘그렸다.[46]

(다) 나희는 열 여섯 살이나 원래 가난한 살림살이 속에서 세상의 쓰

44 김현철, 「일제 강점기에 있어서의 소년불량화 담론의 형성」, 『교육사회학연구』 제12권 제1호, 2002, 75쪽.

45 권환, 「언밥」, 26쪽.

46 현덕, 「군밤장수」, 『소년』, 1939. 1, 53쪽.

고 단 경난을 다해온 터이라 매사에 정직하야[47]

(라) 응칠군이야말로 씩씩하고도 용기 잇는 무척 조흔 동무엿습니다 …(중략)… 응칠이는 마음도 조코 기운도 세고 한 까닭에 우리 반 생도뿐만 아니라 아무하고도 잘 놀앗습니다.[48]

위와 같이 주인공들은 외모와 마음이 아름다우며 성격도 명랑하여 친구들 사이에서 인기가 좋다. 또 머리가 좋고 성실하여 공부뿐 아니라 운동도 잘한다. 이러한 '모범소년'이 해를 입기 때문에 안타까움과 슬픔은 더욱 커지고 소설의 의미는 강화된다. 즉 그들을 희생시키는 사회의 부조리함이 강조되고 그들이 솔선하여 희생하는 모습이 아름다운 것으로 합리화된다. 착하고 아름다운 소년이기에 해를 입어서는 안 되는 것이며 그러한 소년이기에 자기도 어려운 처지이면서 자기 것을 바쳐 타인을 도울 수 있는 것이다. 다시 말해 희생 이야기의 주인공은 이타적 성격을 띠고 있으며 더 나아가 같은 처지의 사람을 또 다른 나로 여기는 집단주의적 자아를 갖고 있다.

여기서 그와 반대되는 '불량소년'의 특질을 좀 더 살펴봄으로써, '모범소년'의 표상에 담긴 이념을 더 분명히 하고자 한다. 당대 매체에 제시된 '불량소년'은 다음과 같은 특징을 지니고 있다.

도둑질, 폭행 등의 남에게 해를 입힌 자
음주, 흡연, 연애 등의 청소년에게 금지된 성인문화를 즐기는 자
영화 중독으로 병든 아버지를 돌보지 않은 소년처럼 사회적 의무를

47 이정호, 「귀여운 희생」, 61쪽.
48 백신애, 「멀리 간 동무」, 65-66쪽.

다하지 않은 자

이와 같이 '불량소년'이란 개인의 욕망을 위해 타인에게 해를 입히거나 사회질서를 위반하고 사회적 의무를 다하지 않은 청소년을 의미했다. 단적으로 말해 그것은 타인이나 사회보다 개인의 욕망을 앞세우는 자라고 할 수 있다. 그러므로 '불량소년'의 부재는 개인의 욕망을 앞세우는 주인공이 부재한다는 말과 같다.

근대 청소년소설에서 '불량소년'을 주인공으로 한 작품은 「고사리」(이효석, 1936)[49]가 유일해 보인다. 이효석의 작품에는 무리지어 다니며 사람들을 골탕 먹이고 비행을 저지르는 향촌의 청소년들이 '각다귀'로 지칭되어 자주 등장한다. 이 소설은 바로 그 각다귀를 주인공으로 한 것이다. 주인공 홍수는 또래에 비해 숙성하여 어른들 세계를 넘보며 청소년에게 금지된 어른들의 문화를 욕망한다.

> 홍수는 축중에서도 숙성하얏다. 류달리 일즉이 앙도라지게 닉은 고초송이랄까…(중략)…들과 내가에서는 축들을 거느리고 쟝거리에서는 어른과 결엇다. 인동은 홍수를 어른가티 장하게 녁었다. 우러만 볼 뿐이요 아무리 바라도 올나갈 수 없는 나무 위 세상에 홍수는 속하고 있는 것이었다. 그가 살고 있는 세상은 아해의 세상이 아니요 어른의 세상이었다. 어른의 세상은 커다란 매력이 있다. 그럼으로 홍수는 늘 존경의 목표요 희망의 봉오리였다[50]

위와 같이 홍수에 대해 동경과 두려움을 동시에 갖고 있었던 인동

49 이효석, 「고사리」, 『사해공론』, 1936. 9.
50 위의 글, 227쪽.

은 홍수의 놀이에 동참하며 금기를 하나씩 깨뜨린다. 담배도 피고 목욕하는 갑내집의 알몸을 훔쳐보며 여성의 몸을 욕망하다가 순자와 관계하여 육욕의 세계도 알게 된다. 마침내 인동이 홍수에게 수음을 배우고 나서 이제 어른들의 비밀을 다 알았다고 느낀 다음 날, 봉이와 관계하던 홍수는 봉이 아버지에게 들켜 봉변을 당한다. 그것을 목격한 인동은 자기가 욕망했던 어른들의 세계가 다시 두려워진다. 하지만 다음 날 만난 홍수는 꿋꿋하다.

> 실없시 망신했다. 어제는 밤새도록 천정에 달어매워 아바지한테 어더 마젓다. 들어나지 안으문 아무 일 없는 것두 눈에 띄우기만 하문 사람들은 법적이란다 …(중략)… 겁낼 것 없다. 어른이란 존 것 아니야. 어리석은 물건들이야. 하긴 우리도 이제는 어른이다만.[51]

인동은 이런 홍수가 바르다는 생각을 하며 다시 금기된 세계를 욕망한다. 이 소설에서는 '청소년의 성적 욕망을 억압하는 어른들의 세계＼청소년의 성장하려는 욕망'이 갈등하는데 후자가 전자에 패배하지 않는다. 그래서 청소년의 성욕이 성장의 과정으로 인정되고 그것을 억압하는 어른들의 태도에 대해 성찰하게 한다. 당시 사회의 '순수한 청소년 상'에 비추어 매우 전복적인 관점에서 서술된 소설이라고 할 수 있다.

인간은 물질적이면서 정신적 존재이기에 두 차원의 균형 잡힌 성장이 요구된다. 청소년기는 자아정체감이 발달하는 시기이기도 하지만 제2차 성징이 나타나 성욕이 발달하는 시기이기도 하다. 그런

---

51 위의 글, 236쪽.

데 근대 사회에서 청소년의 성욕은 사회적 금기로 억압되기 때문에 청소년들은 육체적 욕망과 현실의 규칙 사이에서 갈등하며 성장하게 된다. 따라서 청소년의 성욕과 사회적 금기에 대한 문제는 성장 과정에서 무시할 수 없는 화두이다. 「고사리」는 바로 그 문제를, 관념이 아닌 세밀한 관찰에 의해 개성 있는 인물을 창조하며 탐구했기에 근대 청소년소설에서 빼어난 성장소설의 성과를 이루었다.

이 소설은 이효석 작품 중 인간의 본성을 성(性)에 대한 욕망의 문제로 탐구했던 계열에 해당된다.[52] 즉 이효석이 청소년 독자를 염두에 두고 쓴 작품이 아니었다. 그랬기에 오히려 현대 청소년소설에서도 보기 힘든 청소년의 성욕에 대한 다각적이고 심층적인 접근과 묘사가 가능했던 것으로 보인다. 하지만 『사해공론』에 게재된 이 작품을 당시 청소년들은 대부분 접할 수 없었을 것이다.

한편 개인적 욕망보다 사회적 요구를 중시하는 '모범소년'은 당시 신문이나 잡지에서 미담의 사례로 쉽게 접할 수 있다. 나라를 위해 목숨을 바친 신라 화랑 관창 등의 역사 속 모범소년 및 현실에서 뛰어난 능력을 가지고 사회에 봉사하는 소년들의 사례 등이 자주 소개되었다.[53]

요컨대 근대 청소년소설에 등장하는 '모범소년'의 표상은 '개인'보다 '민족'을 중시하는 민족주의 이념이 구현된 것이다. 그리고 이러한 집단적 자아는 작품 내 인물의 속성에 그치지 않고 인물의 이야기를 들려주는 작자 서술자 및 독자와 연결되어 작가, 인물, 독자를 동일한 사상과 감정을 갖도록 매개한다. 근대 청소년소설은 대부

52 이상옥, 『이효석의 삶과 문학』, 집문당, 2004, 218쪽.

53 「소년용사」, 『조선일보』, 1927. 7. 8, 「모범적의 소년」, 『조선일보』, 1923. 1. 6, 「고려이와려행겸 16세 소년이 발명」, 『동아일보』, 1927. 4. 21, 「마을마을가는곳마다 경이의 표적된 동선생」, 『조선일보』, 1934. 8. 28, 「꽃다운 우정 박소년의 의용」, 『동아일보』, 1937. 6. 23.

분 소년운동 지도자로 자처하는 작가의 목소리가 서술자의 그것이 되어 경험적 자아와 서사적 자아가 매우 가깝다. 서술자는 공적인 자세를 가지고 피화자를 지도 받는 청소년 독자로 상정하여 선생의 말투로 사건을 들려주고 그에 대해 설명, 논평한다. 독자들도 서술자의 말을 선생의 말처럼 듣고 수용했다. 즉 작가와 독자의 관계가 소설 바깥의 지도자와 피지도자의 관계와 유사하여 그렇게 생산되고 수용되었던 것이다. 이러한 사실은 독자담화란에 제시된 독자들의 감상평 및 자유발언을 통해서도 확인할 수 있다. 그들은 작품 내 인물을 실제로 이 땅에 존재하는 이웃으로 여겨 그를 염려하며 그의 근황을 묻기도 하고, 다른 독자들에게 권고하는 말들의 내용과 어투가 대부분 해당 잡지의 내용과 어투를 따르고 있다.[54]

희생 이야기는 작가들이 식민지의 폭력적 현실을 비판하고 그것을 극복하기 위한 민족주의 이념이 작용하여 생성되었기 때문에 개인적 욕망을 앞세우는 불량소년이 배제된 것으로 보인다. 그에 대해 다음 절에서 자세히 살핀다.

1.2. 소년애호사상과 민족주의

근대 소년문예는 소년운동의 일환으로 형성·전개되었기 때문에 소년운동의 이념이 소년문예 전반에 작용하고 있다. 특히 청소년을 핍박하는 사회의 모순을 비판하고 그에 대한 대안을 모색하기 위해 창작된 근대 청소년소설의 '희생 이야기'는 작가들이 소년운동 지도

54 최배은, 「근대 소년 잡지 『어린이』의 '독자담화실' 연구」, 『세계한국어문학』제2집, 세계한국어문학회, 2009 참조할 것.

자로서 지니는 의식과 깊은 관련이 있다. 즉 소년운동의 토대를 이루는 근대적 소년관과 그와 괴리된 소년의 현실, 소년운동의 목표와 한계, 소년운동을 탄압·방해하는 일제에 대한 대응 전략 등이 '희생 이야기'에 작용한 것으로 보인다. 여기서는 그 작용 양상을 분석하기 위해 당대 소년운동의 성격 및 그 토대를 이루는 이념에 대해 고찰하고자 한다.

근대 사회를 지향하는 식민지 현실에서 일제 강점기 소년운동은 두 가지 성격을 띤다. 하나는 근대 소년애호사상에 기반한 소년인권운동이고, 다른 하나는 민족주의에 기반한 민족해방운동이다. 따라서 그에 대해 '희생 이야기' 창작과 관련하여 살핀다.

(1) 소년인권운동과 민족해방운동

20세기는 '아동의 세기'[55]라 할 정도로 세계 도처에서 어린이와 청소년의 인권 및 교육에 대한 사회적 관심과 실천이 잇따랐다. 1924년 국제연맹에서 '아동 권리에 관한 제네바 선언'이 채택된 이래, 1959년 국제연합에서 아동복지권 확립을 위한 국제적 의지를 '유엔 아동권리선언'으로 표현하였으며, 1989년 '유엔 아동의 권리에 관한 국제협약'을 제정하여 기존의 권리선언에 대한 법적 구속력을 마련하였다. 이러한 사회적 규범뿐 아니라 스카우트 등의 어린이·청소년 단체가 조직되어 근대 지식의 습득 이외에 단체 활동을 통한 인성계발 및 심신단련의 교육 프로그램이 마련, 전파되었다.[56]

---

55 『아동의 세기』는 교육학자이자 인문학자인 엘렌 케이의 대표 저서로, 1900년 스웨덴에서 처음 발간되었다. 그때는 관심을 끌지 못하다가 2년 후 독일에서 발간되고 나서 세계적인 반향을 불러일으키며 그의 책 제목도 세계적인 유행어가 되었다. 엘렌 케이, 정혜영 옮김, 『어린이의 세기』, 지만지, 2009, 7쪽.

이러한 소년애호운동은 '소년애호사상'과 '소년노동착취'라는 근대 사회의 두 가지 현상에서 기인된 것으로 보인다. 심성사나 지식사회학 분야의 연구 성과로 널리 알려진 바와 같이, '아동·청소년'이라는 기표 자체를 근대 사회의 징표로 볼 수 있다. 이른바 '아동의 발견이나 탄생'이란 근대 사회의 세계관 및 경제적 토대의 변화에 근거하여 미성년 시기의 독자성과 중요성에 대한 사회적 인식이 형성되었음을 뜻하는 것이다. 이것은 또한 인간을 '개인'으로 이해하게 되었음을 뜻한다. 따라서 소년애호사상은 근대 초기 부르주아 핵가족의 탄생 및 개인주의 사상과 관련 깊다. 근대 소년애호사상의 아버지라 불리는 루소의 『에밀』도 당시 부르주아 가정을 대상으로 한 교육 지침서였으며 실제 그렇게 활용되었다.[57]

다시 말해 초기 근대 사회에서 소년애호사상의 실질적 수혜자는 부르주아 가정의 자녀에 국한되었으며 빈민 가정의 자녀들은 생계를 위해 비인간적인 착취와 학대를 받으며 자본주의 산업의 이윤 창출 도구로 전락했다. 이러한 당위와 현실의 모순 속에서 소년인권 문제가 제기되었던 것이다.[58]

한국 근대 소년운동은 이러한 세계적 흐름 속에서 비롯되었다. 초기 소년운동은 천도교 소년회와 조선의 스카우트에 해당되는 조선소년군의 조직으로 활성화되었는데, 둘 다 소년애호사상을 바탕으로 한 것이었다.

주지하는 바와 같이, 소년애호사상의 논리는 소년의 본성과 미래

---

56 한국청소년개발원 편, 『청소년인권론』, 교육과학사, 2004, 33-34쪽.

57 섀리 엘 서러, 박미경 옮김, 『어머니의 신화』, 까치, 1995, '제6장 어머니의 비상: 18세기와 19세기의 어머니' 참고.

58 피터 레오나드, 한국사회복지학연구회 옮김, 『자본주의와 인간발달』, 한울, 1992, 138-141쪽 참고.

적 관점에 기반하고 있다. 루소나 엘렌 케이로 대표되는 본성주의자들은 인간성을 자연성의 일부로 보기 때문에 아직 사회화되지 않은 어린이를 순진무구하고 아름다운 존재로 보며 인간의 타고난 본성을 중시한다. 그에 따르면, 행복의 조건은 타고난 본성에 맞게 살아가는 데 있으며 바람직한 교육은 그러한 본성을 자각할 수 있도록 돕고 본성대로 살 수 있는 환경을 제공하는 데 있다. 그래서 미성년 시기에는 지식 중심의 논리 교육보다 자연을 벗하며 감수성을 키우는 인성교육이 중시되었다.[59]

천도교 소년회와 조선소년군에서 표방하는 활동 목표와 내용도 거기에서 크게 벗어나지 않았다. 그들의 활동은 그 대상에 따라 크게 두 차원으로 나누어 볼 수 있다. 가장 중심적이며 상시적으로 이루어진 활동은 소년 대상의 인성계발 활동이었다. 천도교 소년회는 동화 구연, 동요·동시 낭송, 동극 상연 등의 문예 활동을 통해 어린이·청소년을 즐겁게 하고 그들의 감성을 계발하기 위해 노력하였다. '조선 소년군'은 스카우트 활동에 근거하므로 야외 활동을 기본으로 신체 단련과 사회봉사를 하였다.

어른을 대상으로 해서는 소년애호사상을 전파하기 위한 활동을 벌였다. 그것은 신문이나 잡지의 논설, 강연 등을 통해서도 이루어졌지만 그 규모나 영향력으로 볼 때 대표적인 것은 '어린이날'을 제정하고 그 대회를 개최한 것이었다. 그것은 천도교 소년회를 주축으로 하여 소년군이나 기타 소년 조직들을 망라하여 진행되었다. 1923년 5월 1일에 최초로 개최된 '어린이날' 기념행사에서는 다음과 같은 '소년운동의 기초조항'이 선언되었다.

---

59 안인희, 정희숙, 임현식, 『루소의 자연교육 사상』, 이화여대출판부, 1994.

1. 어린이를 재래의 윤리적 압박으로부터 해방하야 그들에게 대한 완전한 인격적 예우를 허하게 하라.
2. 어린이를 재래의 경제적 압박으로부터 해방하야 만 십사세 이하의 그들에게 대한 무상 또는 유상의 노동을 폐하게 하라.
3. 어린이 그들이 고요히 배우고 즐거히 놀기에 족한 각양의 가정 또한 사회적 시설을 행하게 하라.[60]

이것은 소년애호 및 인권보장에 대한 사회적 촉구로서 국제연맹의 제네바 선언과 그 내용이 유사하면서 시기적으로는 1년 앞선 것이었다. 이러한 선구적 양상 및 천도교의 민족적 성격과 관련하여 소년운동의 이념에서 보편적 측면보다 민족의 독창성과 우월성의 측면을 중시하는 견해도 있다.[61] 그러한 견해는 운동 주체의 사상에 초점을 맞춘 해석이라고 할 수 있다. 그러나 사회운동이 운동 주체의 사상만으로 전개될 수는 없기에 그러한 사상과 활동을 가능하게 했던 사회·문화적 상황이 고려되어야 할 것으로 보인다. 이때 주목해야 할 것은 소년운동의 합법성이다. 그것은 합법적 조직 운동이었기에 빠른 속도로 확산되고 사회적 영향력을 지닐 수 있었다. 즉 일제 당국의 승인이 소년운동의 전개와 발전에 있어서 필요조건으로 작용했던 것이다. 그러한 점을 소년운동의 민족적 성격만 강조해서는 해명하기 어렵다.

요컨대 일제 당국이 소년운동을 승인할 수밖에 없었던 이유는 그

60 『동아일보』, 1923. 5. 1.
61 한국 소년운동 연구에 선구적 업적을 남긴 김정의는 소년운동의 정신적 기반을 화랑도 정신과 동학의 '소년애호사상'에서 찾으며 그 민족적 뿌리를 중시하고 있다. 그러한 측면도 간과해서는 안 되겠지만 그의 연구에서는 당시 소년운동이 가능했던 세계적 조류는 간과되고 있다.

것이 세계적으로 요구되었던 보편적 윤리를 표방했기 때문이다. 당시 일본에서도 아동에 대한 근대적 인식이 확산되면서 아동의 교육과 인권에 관련된 사항들이 규범화되고 실천되었다. 1906년에 엘렌 케이의 『아동의 세기』가 오오무라 니따로에 의해 『20세기는 아동의 세계』로 번역되었고 1907년에는 아동 의무교육 연한을 확립했다. 그리고 1911년에는 공장법을 제정하여 15세 미만의 직공 및 여성을 '보호직공'으로 간주하고 그들에 대한 보호규정을 마련하였다.[62] 일제는 식민지 조선에서 본국에서와 같이 아동의 교육과 보호에 대한 적극적이고 실질적인 대책을 수립하지 않았으나 식민지민의 아동애호이념을 표방한 활동을 금지할 명분이 없었던 것이다. 그리고 소년운동이 전개된 1920년대는 일제가 문화주의 정책을 표방한 시기라서 문화운동에 해당하는 소년운동은 그러한 정책 방향에도 부합했던 것으로 보인다.

초기 소년운동은 각계각층의 사회운동가들이 지지하고 성원했는데 그 또한 소년애호사상에 근거한 것이었다. 이와 같이 세계적으로 추구되었던 소년애호사상을 바탕으로 하여 한국 근대 소년운동은 정당성과 지지를 획득함과 동시에 전사회적으로 소년애호사상을 전파시켜 그것을 상식적 가치로 자연화하는 데 성공했다. 따라서 소년운동이 사회적 화제가 된 1920년대 이후 일제 말기까지 어린이와 청소년을 사랑하고 보호해야 한다는 명제는 교육 담론을 비롯한 어린이, 청소년 관련 담론의 기본 전제가 되었으며 5월은 어린이날 대회 개최 여부와 관련 없이 어린이·청소년에 대한 관심과 사랑을 표

62 "① 12시간 노동 ② 12세 미만 고용금지 ③ 심야작업 (오후 10시-오전 4시) 금지 ④ 월 2회의 휴가 ⑤ 위험 작업 금지 ⑥ 병자 및 임산부의 보호 등", 노자와 마사꼬, 장영인 역, 『아동양육의 위기와 사회적 보호』, 인간과복지, 1991, 197쪽.

현하는 달로 굳어갔다.

이러한 소년애호사상이 작용하여 소설에서 청소년의 희생이 당대 계급, 민족 모순을 폭로하는 기능을 할 수 있었던 것으로 보인다. 앞에서 살핀 것처럼 희생 이야기의 주인공은 부모의 보호를 받지 못하고 노동하고 있으며 학교에 다니지 못하는 경우가 많은데, 대개 그러한 주인공의 서러운 심리가 그렇지 않은 청소년의 처지와 대조적으로 서술된다. 희생하는 청소년의 어머니, 주인공인 청소년, 소설 바깥에 위치하는 서술자 모두 노동하며 학교에 다니지 못하는 청소년의 생활을 안타깝게 바라보고, 부모의 보호 아래 학교에서 즐겁게 공부하고 노는 것이 청소년으로서 마땅히 누려야 할 생활로 제시된다. 이러한 서술은 청소년이 아직 노동할 시기가 아니며 어른의 사랑과 보호 속에서 미래를 준비해야 한다는 소년애호사상을 전제한 것이다. 그러한 당위를 근거로 그렇지 못한 현실에 문제를 제기할 수 있었던 것이다.

이것은 설화 속 미성년의 희생과 비교하면 더 분명히 알 수 있다. 최기숙의 「구전설화에 나타난 '어린이 이미지'- '어린이 희생담'을 중심으로」[63]에 의하면 설화 속 미성년은 사회의 지배적 이념을 지키기 위해 희생되는데 그것이 마땅한 일로 여겨진다. 특히 부모 봉양을 위해 자식을 희생시키는 경우 큰 보상이 따르기도 한다. 이러한 이야기에서 미성년은 독립된 인격체로 존중되지 않고 미래를 위해 애호할 대상도 아니다. 그는 가족에 포함된 존재로서 부모를 위해 희생시켜야 하는, 부모보다 덜 중요한 존재이다. 이것은 전근대사회

63 최기숙, 「구전설화에 나타난 '어린이 이미지' - '어린이 희생담'을 중심으로」, 『동방고전문학연구』 제2집, 동방고전문학회, 2000. 8. 이 글에서 '어린이'는 혼인 여부를 기준으로 아이와 성인을 구분하던 전통적 의식에 근간하여 혼인 이전의 남녀 인물을 포괄하는 개념으로 쓰이고 있다.

를 지배했던 '효' 이념을 근거로 성립된 것이다. 설화는 근대적 아동관이 형성되기 이전의 이야기로, 여기에서 미성년의 희생은 현실의 지배적 이념에 대해 비판적 기능을 하는 것이 아니라 그것을 더욱 공고히 하는 기능을 한다.

그러나 소년애호사상이 당위에 그치지 않고 실현되려면 제도적 장치가 마련되어야 했다. 앞서 말했듯이 근대 사회는 소년을 애호할 대상으로도 발견하지만 값싼 노동력을 얻을 수 있는 착취의 대상으로도 발견하기 때문이다. 일본 그리고 식민지 조선도 거기에서 예외가 아니었다. 그래서 일본에서는 1911년에 공장법을 시초로 여성, 아동 노동에 대한 보호법규가 제정되어 시행되었지만 식민지 조선에서는 그렇지 못했다.

천도교 소년회의 사상적 기틀을 마련했던 김기전이 그 어떤 압박보다 경제적 압박으로부터 소년들을 해방해야 한다고 주장하고 '소년운동의 기초조항'에서도 선언되었지만 초기 소년운동에서 그러한 문제를 해결하기 위한 실질적이고 적극적인 활동은 보이지 않는다. 그것은 소년이나 부모가 아닌 일제 당국을 대상으로 해야 하는 운동이었기에 여러 부담이 따랐을 것으로 보이며 무엇보다 운동 역량을 마련하는 초기 단계에서 시도하기 어려웠을 것으로 보인다. 그러나 갈수록 민생은 피폐해지고 노동 현장으로 내몰리는 소년들이 많아지면서 소년애호의 구체적 과제로 제시된 교육의 수혜자는 부르주아 가정의 자녀들에 국한되었으며 빈민 가정의 소년들은 심리적 박탈감만 더해갔다.

그리하여 점차 투쟁론에 기반한 사회주의 운동 이념이 설득력을 얻게 된 것으로 보인다. 1925년 사회주의 소년 조직인 '오월회'가 결성되고 1926년 사회주의 이념을 표방한 소년 잡지 『별나라』가 창간되었으며 1927년 소년운동 통일전선 조직인 '조선소년총연맹'이 결성되어 사회주의 운동가들이 주도권을 잡게 된 것이다. 그들은 기존의 인성 계발 중심의 소년운동을 부르주아 중심의 취미, 기분적 운동으로 비판하며 소년을 애호하기 위해 사회의 근본적 모순을 해결하는 운동의 필요성을 제기하였다.[64]

사회주의 운동가들의 주장대로 천도교 소년회, 소년군 운동이 빈민 소년들의 현실과 고통을 무시한 것도 아니었고 부르주아 가정의 자녀들만 대상으로 한 운동도 아니었지만, 사회적 모순과 괴리된 소년애호사상은 위선과 허위에 불과할 뿐이라는 사실을 일제에 의해 전유된 소년애호 담론을 통해 확인할 수 있다. 일제의 소년애호 관련 담론을 볼 때, 소년애호의 주체는 가정의 부모로 축소되고 그에 따라 소년애호의 실천도 경제적 능력이 있는 부르주아 가정에서만 가능해진다. 따라서 천도교 소년회나 소년군 활동도 점차 소년애호라는 보편적 이념을 넘어 우리 현실에서 제기되는 민족, 계급 모순에 초점을 둔 활동 양상을 보인다. 이것은 그들의 활동 이념이 달라졌다기보다 합법적 활동을 위해 조심하고 경계했던 내용이 표면화, 전면화된 것으로 해석할 수 있다. 근대 소년운동은 처음부터 민족해방운동의 성격을 품고 발기되었기 때문이다.

소년운동이 소년애호사상의 전파와 실천을 표방하며 형성되었지만, 그 궁극적이고 실질적인 목표는 새 세대들에게 민족의식을 고취시키고 나아가 그들을 민족해방운동의 일꾼으로 양성하는 데 있었다. 즉 근대 소년운동은 소년들의 복지와 인성계발을 위한 문화운동에 머물지 않고, 민족해방운동의 부문운동으로서 사회변혁을 목표

64 김정의, 『한국소년운동사』, '제7장 소년운동의 노선갈등과 일제 탄압' 참고.

로 한 운동이었다.

애국계몽기 때부터 구국운동의 일환으로 활발히 전개된 교육운동은 국권을 잃고 나서 민족해방운동의 부문운동으로 자리하였다. 1910년대 청년회 조직 및 강연회 등의 대중계몽운동을 벌이며 민족해방운동의 중심 역량이자 지도자로 성장한 청년들은 1920년대 운동 대상을 소년층으로 확대하여 청년운동의 일환으로 소년조직운동이 전개되었다.

청년 대상의 조직운동이 연령을 낮춰 소년운동으로 확대된 배경은 3·1운동의 실패 및 이후 정세와 관련이 깊다. 전 민족 역량을 결집하여 궐기했던 3·1운동이 실패하자, 그 원인을 분석하고 새로운 모색을 하는 가운데 청년운동 노선에 변화가 생겼다. 민족대표 33인이 보여준 미온적, 타협적 태도에서 민족 부르주아 중심의 해방 운동에 한계를 느끼고 다수의 청년 조직이 러시아 혁명을 성공리에 이끈 사회주의 운동으로 방향을 전환한 것이다.[65] 그래서 조선공산당의 건설 및 확대와 관련된 사업은 '서울청년회' 중심으로 전개되는 등 이후 청년운동은 사회주의 운동에 있어서 핵심 동력으로 작용하였다.[66]

한편 천도교 청년회처럼 운동 이념이 상위의 종교 사상에 근거한 조직들은 기본 이념 자체가 달라지지는 않았지만 변화된 정세 속에서 운동 방향에 대한 새로운 모색을 하지 않을 수 없었다. 사회주의를 선택했던 청년들이 3·1운동의 실패 원인을 이념에서 찾았다면 이들은 준비론의 연장인 '실력의 부족'에서 찾았다. 따라서 그들의 운동 방향은 실력양성주의를 지속하되, 보다 장기적인 관점에서 철

65 임경석, 『한국 사회주의의 기원』, 역사비평사, 2004, 11, 85-88쪽.
66 위의 책, 116쪽.

저한 준비를 꾀하였다. 이렇게 당장이 아닌 장기적 전망 속에서 어린이와 청소년에 주목하게 되었던 것으로 보인다.

1920년대 어린이와 청소년은 경술국치 이후에 태어난 세대에 해당한다. 일제 강점의 체제 아래 태어나고 자라난 그들에게 식민화 이념은 당연한 사실과 가치로 내면화되기 쉽다.[67] 따라서 그에 대항한 민족의식 교육은 그 어느 때보다 절실히 요구되는 일이었다. 근대 청소년소설의 작가들이 바로 그 세대를 주인공으로 삼아 현실의 모순을 사건화했던 이유도 궁극적으로는 독자들로 하여금 인물과의 동일시를 통해 핍박받는 민족 구성원으로서의 정체성을 갖도록 하기 위함에서였다고 생각한다. 더 나아가 그것은 작가들 곧 소년운동의 지도자인 청년 자신들과 소년들의 동일화를 추구한 것이었다.

청년들은 기성세대에 대한 비판과 의지할 어른이 없다는 현실 인식으로부터 민족지도자로서의 사명감을 강화하였다. 어른이 없는 자리에서 그 역할을 역사적 임무로 받아들였던 청년들은 곧 '조숙한 어른'이 되었던 것이다. 사회 전반적인 체제가 도전받고 흔들리는 상황에서 기성세대가 안정적인 어른 역할을 하지 못했다는 점을 인정한다손 치더라도 그러한 논리에는 실상과 다른 면이 없지 않다. 기미독립선언서를 결의한 민족대표 33인은 천도교, 기독교, 불교 단체의 요직을 차지하고 있는 기성세대였으며, 당시 그러한 논설의 대표자인 최남선과 이광수도 안창호의 이념과 지도를 따르고 있었던 것이다.[68]

---

67 청소년소설은 아니지만 채만식의 「치숙」(『동아일보』, 1938. 3. 7-14)도 그러한 현실을 바탕으로 작품의 논리를 구성하고 있다. 소설의 화자는 식민지 체제에서 태어나 교육 받고 일본인 상점에서 일하며 식민화 이념을 내면화한 청년이다. 그의 시점에서 사회주의 운동가인 숙부를 비판하기 때문에 반어적 의미가 발생된다.

68 류시현은 최남선이 앞세대와의 단절을 주장하면서도 자기 세대가 앞세대와 뒷세대의 교량 역할을 해야 한다고 보았으며, 실제로 대한제국말기의 활동가나 사상

요컨대 급변하는 사회·정치적 상황 속에서 국망의 원인을 구(舊)사상과 기성세대의 문제로 투사하기 위해 어른(지도자) 부재론을 제기하며 신세대인 청년 학생의 사회적 책무를 부각시켰던 것으로 보인다. 이러한 논리로 자기 정체성을 어른 곧 지도자로 확립해 나갔던 청년들은 아우이자 지도 대상인 소년들에게도 그 논리를 그대로 교육한다. 청년 자신이 소년의 지도자로 자처하면서도 소년들에게 어른 부재론을 그대로 전파하였던 이유는 청년이 사회를 실질적으로 주도할 수 있는 힘을 가진 어른이 아님을 의미한다. 소년보다 먼저 교육받고 깨우친 청년들이지만 그들도 사회 문제를 해결하기 위한 역량을 쌓기 위해 험난한 노정에 있는 것은 마찬가지였다. 그리하여 소년들이 소년애호운동의 대상일 때는 어린이와 같이 본성과 인권이 부각되며 권리의 주체가 되지만, 민족해방운동의 대상일 때는 청년의 동지로서 어른과 같은 의무의 주체로 자리하게 된다.

청소년의 자발적 희생 이야기는 이러한 논리가 작용하여 형성된 것으로 보인다. 청소년소설에 등장하는 힘 있는 어른들은 이기적 태도로 청소년을 수난에 빠뜨리고 그들을 동정하는 어른들은 약자라서 돕지 못한다. 이와 같이 믿고 의지할 어른이 없는 현실에서 '청소년' 스스로 대안이 되는 방법을 제시한 것이다. 그것은 미약한 청소년이 개인으로 존재하기보다 집단적 자아로 존재하는 것이다. 그래서 폭력적 현실로부터 고통받는 사람들을 보면 남의 일이 아닌 나의 일로 여기고 그를 돕는 데 자신을 바치는 것이다. 이와 같이 극단적이고 비장한 대안은 강고하고 폭압적인 일제 강점의 현실과 결부지

가와 깊은 유대 관계를 맺고 있었다고 한다. 류시현, 『최남선 평전』, 한겨레출판, 2011, 78-81쪽. 김윤식은 이광수의 삶이 '고아의식'에서 비롯된 '아비찾기'의 여정이었으며 특히 상해에서 만난 안창호에게 이광수가 크게 의지했다고 한다. 김윤식, 『이광수와 그의 시대 1』, 솔, 2008, 732-733쪽.

어 수용되었기 때문에 독자들의 공감과 감동을 얻을 수 있었던 것으로 보인다.

소년운동의 주요 활동이 문예 창작·감상·발표회, 웅변대회, 운동회, 원족, 야영 등의 어린이와 청소년이 즐길 수 있는 취미적 형태를 띠고 있을지라도 그 내용은 민족의식을 고양시키고 나아가 민족해방 일꾼이 되겠다는 결의를 다지게 하는 것이었다. 앞에서 살펴보았듯이 청소년소설의 창작과 수용의 주요 매체였던 소년 잡지의 표기와 내용을 통해서도 그러한 양상을 확인할 수 있다. 『어린이』이후 수많은 소년 잡지가 간행되었지만, 한글 전용 표기로 민족어 및 민족의 문화와 역사를 교육하기 위한 내용들이 꾸준히 보급되고 있었던 점은 대동소이했다. 근대 청소년소설도 거의 한글 전용 표기였는데, 한자와 일어가 쓰이기도 했다. 그중 일어는 민족 모순을 간접적으로 드러내는 기능을 하여 주목된다. 예컨대 청소년의 비자발적 희생 이야기인 「마지막 웃음」(권환, 1926)에서 부잣집 아이가 사용하는 일본말이 그러하다.

> "글세요 웬만하면 사시지요. 별로 더 싼 것은 업슬걸요." 어멈은 귀차는 듯이 말한다. "닥가이 고짓센나라 닥가이나(빗사 오십 전이면 빗사다)" 주인 아히가 또 일본말로 짓거린다. 갑두는 그놈의 꼬라지가 보기 실혀서도 곳 짐을 지고 나오고 십헛스나[69]

위와 같이 주인집에서 일하는 어멈이 주인에게 갑두의 비웃을 사라고 권하자 주인의 아이가 일어로 비싸다고 한다. 그 모습을 통해

---

69 권경완(권환), 「마지막 우슴」, 『신소년』, 1926. 3, 37-38쪽.

아이가 월사금이 비싼 공립 보통학교 학생이고 그에 대해 자랑스럽게 여기며 뽐내고 싶어 한다는 것을 알 수 있다. 그러나 부모가 없고 학교는커녕 생계도 유지하기 어려운 주인공의 장사를 일어로 훼방 놓기 때문에 이 소설에서 일어는 부정적 기능을 하며 독자로 하여금 거부감을 갖게 한다.

이와 같이 민족의식을 고양시키는 내용들은 공교육 기관인 학교에서 가르쳐 주지 않는 것이었다. 일제는 식민화 교육을 위해 처음부터 조선의 역사, 지리, 문화 등의 교육 과정을 마련하지 않았으며 조선어 시간의 비중도 점점 줄여갔다. 그러한 현실에서 소년문예 운동은 그 중요성이 더욱 부각되었다.

소년운동은 또한 '청년 지도자와 소년', '소년과 소년' 사이를 피지배계급으로서의 연대의식과 저항의식으로 연결시켜주는 역할을 하였다. 소년 잡지의 편집진과 소년문예의 주요 작가들이 거의 소년운동가들이었기 때문에 작가와 독자는 텍스트 내에서 뿐 아니라 텍스트 밖에서도 연결되어 있었으며 그러한 관계를 염두에 두고 소통되었다.

다시 말해 당대 소년운동 지도자와 소년들은 매우 친밀한 관계를 형성하고 있었다. 일제 강점기 청소년들에게 소년운동 지도자들은 믿고 의지할 수 있는 형님이자 선생님이었다. 그래서 소년 잡지사에 소년 독자들이 놀러가거나 도움을 요청하는 경우도 많았다. 이런 관계는 물론 편집자들에 의해 의도되고 형성된 것이었다. 잡지의 텍스트 화법이 소년 독자들을 향한 직접화법이었으며 소년 지도자와 소년 독자들의 사진을 게재하여 청각적으로뿐 아니라 시각적으로도 소년 지도자들과 마주하는 효과를 가져왔다. 또 독자담화실을 마련하여 독자들의 독후감 및 요구 사항 뿐 아니라 신변잡기적인 일까지 자유롭게 표현할 수 있도록 하였다. 따라서 독자담화실은 갈수록 독자들의 대화방 역할을 하여 그것을 통해 서로 친구가 되기도 하고, 알고 싶은 사람의 소식 등 다양한 정보를 교환하며 어려운 일을 돕기도 했다. 이러한 현상은 자발적 희생 이야기에서 바람직하게 제시된 집단주의적 자아를 형성하기 위한 노력이자, 그 구체적인 실현으로 보인다.

당대 소년 잡지가 단기간에 폭발적인 인기를 끌고 소년들이 궁핍한 환경에서도 잡지를 사보았던 이유는 잡지의 내용이 재미있을 뿐 아니라 이러한 연대감 속에서 위안과 희망을 얻었기 때문인 것으로 보인다. 소년 잡지를 통한 문예운동은 차세대 소년문예가 즉 소년운동가를 배출하는 역할도 하였다. 거듭 말하지만 당대 소년문예는 1930년대 중반, 일제의 대대적인 탄압 이전까지는 소년운동과 떨어뜨려 사고할 수 없었기에 아동이나 청소년을 위한 문예를 쓰는 이들은 소년운동가로서의 사명감과 정체성을 함께 지니고 있었다. 이원수, 윤석중, 최병화 등 1930년대 소년문단의 주축으로 활약했던 이들은 1920년대 소년 잡지의 애독자로 독자문단에 꾸준히 투고하고 현상문예에 당선되었던 청소년들이었다. 다음과 같은 최병화의 회고를 통해서도 이러한 사실을 확인할 수 있다.

> 『어린이』 창간호가 간행되자 그때 이미 청소년기에 있던 나는 솔선하여 사 보고 여기서 감화와 취미를 받은 바 불소(不少)하였다. 아마 내가 아동문학자가 되리라는 싹이 트기 시작한 것은 『어린이』를 애독한 데 영향 받은 바 컸었다.[70]

---

70 최병화, 「작고한 아동작가군상」, 『아동문화』, 1948. 11, 57쪽.

사회주의 운동가들과 그렇지 않은 운동가들이 서로 근거하는 이념과 전망이 다름에도 불구하고 함께 교류할 수 있었던 이유도 바로 민족해방이라는 당면 과제를 소년운동의 목표로 삼는 데 일치하였기 때문이라고 생각한다. 사회주의 소년운동가들이 초기 소년운동가들의 문화운동적 성격을 비판했지만 그들의 활동 내용도 기존 소년조직의 활동 내용과 크게 다를 바 없었다. 그들도 문예활동에 중점을 두고 문예를 통한 사상의 보급에 주력하였는데, 비교적 사회문제를 주제로 한 웅변대회에 대한 비중이 높았고 소작쟁의나 노동쟁의 때 소년회원을 척후대로 동참시키는 등 농민·노동운동의 보조역량으로 활용하는 경향이 있었다.

이와 같이 소년운동이 대중적으로 확산되고 민족해방운동적 성격이 부각되면서 일제의 탄압도 거세어졌다. 일제가 소년 잡지의 검열을 강화하여 갈수록 소년 잡지는 발행 기일을 지키지 못하는 경우가 많았고 원고의 상당수를 압수당하여 빈약한 원고로 출간되는 경우도 많았다.[71] 특히 소년소설의 원고가 압수되는 경우가 많았는데, 그것은 앞에서 분석한 것처럼 소년소설에서 제기되는 현실의 민족, 계급 모순에 대한 비판과 민족주의 이념의 전파를 의식했기 때문인 것으로 보인다.

1920년대에 소년운동이 확산되면서 많은 소년들이 소년 조직에 가입하자 학교에서는 학업에 방해가 된다는 이유로 소년회 활동을 금하였고 가입학생을 퇴학시키는 사례까지 있었다.[72] 특히 웅변대회에 대한 탄압이 심해서 연사 및 청중으로 참여하는 것이 금지되었

71 김정의, 『한국소년운동사』, 219-225쪽 참고.

72 「광주 보통교장 학생들이 소년군에 참가함을 불허한다」, 『조선일보』, 1924. 1. 22, 「소년회 참가자는 단연 퇴학처분 경주 공보교장의 고압 각 단체대책을 강구중」, 『중외일보』, 1926. 12. 20.

으며[73] 소년 연사를 경찰서로 끌고 가 원고를 누가 써 주었는지 배후를 심문하는 경우도 있었고[74] 대회 자체가 금지되기도 하였다.[75] 『매일신보』와 같은 관제 언론에서도 「신임 못할 소년회」를 표제로 삼아 소년회 지도자들의 역량과 활동에 문제를 제기하며 부형들에게 주의를 기울여 단속해야 한다고 경고한다.

> 소위 소년소녀회를 주제한다는 분을 보면 십중팔구는 아직도 남의 지도를 받아야 할 사람이라 할 수 있는 그렇게 어린이들이올시다. 그리하야 공연히 가곡회니 동화동요회니 하여 아해들을 끌고만 다니니 과연 그 아해들의 지육이나 덕육에 무슨 유조함이 있겠느냐 하면 그것은 큰 의문이올시다.[76]

여기서 일제는 학부형들이 소년운동가들의 지도 능력을 불신하도록 하기 위해 두 가지 전략을 사용한다. 하나는 소년운동의 지도자를 아직 남의 지도를 받아야 할 대상으로 표상하기 위해 '어린이'라고 지칭한 것이다. 이것은 소년운동가들이 소년애호운동을 위해 전략적으로 사용한 말을 일제가 전유하고 있는 사례로 주목된다. 다른 하나는 당시 소년운동의 핵심 활동이었던 문예 활동에 대해 지육과 덕육에 도움이 되지 않는다며 비판한 것이다. 이것도 당시 민족

---

73 「소년 연설 중지 언사가 불온하다고 입회하엿든 경관이」, 『동아일보』, 1923. 3. 30, 「소년소녀웅변대회에 아동입장을 엄금 소년소녀의 과격한 언론은 아동교육상 막대한 폐해다」, 『매일신보』, 1925. 10. 9.

74 「웅변대회 출장햇든 소년 연사 취조 원고를 누가 써주지 안헛느냐고 결국 따리기까지 하야 가며 취조 ◇ 부형, 각 단체 분기」, 『조선일보』, 1927. 10. 28.

75 「소년회도 압박 '무산'이 불온하다고 무산소년 집회를 금지」, 『동아일보』, 1925. 1. 25.

76 「신임못할소년회 ◇ 부형들의 주의할 일」, 『매일신보』, 1927. 3. 11.

운동 담론에서 정육이 강조되었던 논리와 배치된다.

이와 같이 소년운동이 확산될수록 일제의 탄압이 거세어져서 어린이날을 기념하는 동화 발표회까지 비밀리에 진행해야 했고, 그만큼 소년운동에 동참하는 청소년들에게 자기희생적 자세와 강인한 의지가 요구되었다.

요컨대 민족해방운동으로서 소년운동의 성격이 강화되면 소년은 소년애호운동의 대상일 때와는 달리 현재의 일꾼으로 중시되고, 보호 받을 대상이라기보다 타인과 집단을 보호할 책임과 그들을 위한 헌신적 자세가 요구되었다. 이러한 맥락에서 '청소년의 희생'을 긍정적 가치로 부각시킨 자발적 희생 이야기가 창작·수용된 것으로 보인다.

(2) 민족주의 소년운동

1920년대 소년운동이 대중조직운동으로 활성화될 수 있었던 원인을 앞선 논의를 바탕으로 정리하면 다음과 같다.

첫째, 근대적 소년관을 바탕으로 소년애호사상 및 소년인권운동이 세계적으로 제기되어 소년운동의 보편타당성을 획득할 수 있었으며 그에 따라 일제의 승인 하에 합법적 운동이 가능했다.

둘째, 애국계몽기 교육운동과 1910년대 청년운동을 통해 근대적 세계관과 지식을 갖춘 청년 지도자가 양성되어 소년운동의 주체가 마련되었다.

셋째, 일제의 통치가 장기화됨에 따라 경술국치 이후 태어난 세대에 대한 민족 관련 지식과 민족의식 교육이 요구되어 대중적 지지를 얻었다.

이와 같이 소년운동은 소년애호사상과 민족해방사상을 주축으로 형성, 발전할 수 있었다. 이것은 소년운동 주체가 근거한 이념이 종교 이념이든 사회주의 이념이든 상관없이 공통적인 것이었다. 한마디로 근대 소년운동은 문화운동을 표방한 정치운동이라고 할 수 있다. '보편'을 빌어 '특수'를 추구했다고 할 수 있는데 이 두 사상이 결합되기 어려운 실제적, 이론적 모순이 존재하기 때문에 여기에서 소년운동의 딜레마가 발생한다.

소년운동은 청년운동에 비해 비합법적인 지하조직운동이 어렵다. 그들은 청년에 비해 부모의 간섭과 보호로부터 자유롭지 못하기 때문에 부모도 모르게 그들을 조직 구성원으로 엮고 활동하는 것이 용이치 않다. 또 인식 수준과 사회적 경험이 미숙하기 때문에 지하조직운동에 수반되기 마련인 보안에 불철저하고 아무 때고 닥칠 수 있는 위험에 대한 판단과 대처 능력이 떨어진다. 간혹 전쟁이나 혁명기를 배경으로 한 문예물 중 '소년 스파이'의 활약과 희생을 제재로 한 것이 있는데, 그것은 오히려 '소년 스파이'가 상식적이지 않았기 때문에 놀라움과 감동을 줄 수 있었던 것으로 보인다.

따라서 청소년을 대상으로 한 조직운동은 합법적으로 전개할 수밖에 없고 그에 따라 법적, 관습적 구속을 받는다. 관습적 구속은 당대 소년조직들이 수행했던 소년대회나 문예 발표회, 강연 등의 의식계몽운동을 통해 대처할 수 있다 하더라도 법적 구속으로부터 벗어나기는 어려웠다. 그러면 법이 인정하는 한에서 활동 내용을 규정받기 때문에 소년운동이 일어난 문제의 본질이 흐려지고 개량화될 위험이 있었다.

사회주의자들이 지적하고 비판했던 사항도 바로 그러한 점이었다. 소년운동이 해를 거듭하며 확산되어 그 효과로 소년애호사상이 사회적 상식으로 되어감에 따라 소년운동은 하나의 유행처럼 소비되고 상업화될 우려와 조짐이 있었다. 그것은 소년애호운동이 가장 중심 대상으로 삼아야 할 빈민 소년들을 위한 실질적 운동 전략과 계획을 갖고 있지 못한 데 따른 것이었다. 그렇다고 다른 사회운동처럼 정치적 성격을 전면적으로 내세우기도 어려웠다.

성인 대상의 사회운동은 조직원들의 활동 계기 및 그로 인해 당하는 곤란에 대해 일차적으로 당자인 개인의 선택과 그에 따른 책임으로 여기지만 소년운동은 아직 판단력이 부족한 소년들이 특정 정치세력에 이용되었다는 혐의를 받을 수 있기 때문에 사회정치적 요구를 전면에 내세우기 조심스러웠을 것으로 생각한다. 실제로 일제는 소년운동을 방해하고자 그러한 담론을 유포시켰으며 30년대 소년운동은 20년대와 달리, 대중적 호응이 떨어지고 소년 조직은 오히려 소년들이 현혹되기 쉬운, 위험하고 경계해야 할 집단으로까지 인식되는 측면이 있었다.

그리고 정치 운동으로서의 소년운동은 무엇보다 소년애호사상과 배치되는 것이었다. 당면의 사회적 문제에 대한 보다 적극적이고 전면적인 대책을 마련하자면, 일제 당국과의 투쟁을 불사해야 했다. 3·1운동 이후, 일제의 무단통치 정책이 문화통치 정책으로 바뀌었지만 강압적인 지배 방식엔 변함이 없었다. 따라서 그들의 말에 순종하지 않고 저항하는 세력이 있으면 나이 여하를 불문하고 잔인한 폭력으로 탄압했다. 이러한 현실에서 소년운동을 정치운동으로 이끄는 것은 그들을 일제의 폭압으로 내모는 거나 마찬가지였으며 그것은 운동의 미래를 위해서도 바람직하지 않은 것이었다.

이러한 관점이 준비론의 근거라 할 수 있으며 이는 그 대표적 사상가인 이광수가 경술국치를 맞이한 해에 썼던 「어린 희생」에 잘 나타난다. 이 소설의 주인공 소년은 전사한 아버지의 원수를 갚기 위해 적진의 전선을 끊으려다가 힘이 미약하여 실패하고 적들에게 살해된다. 소년의 할아버지가 당장 복수하려는 그에게 나중에 커서 힘이 세지거든 결정적 복수를 하라고 타일렀지만 소년은 그 말을 듣지 않아 희생당한 것이다. 서술자는 이에 대해 소년의 의기와 열정은 크고 순수하지만 '헛된 희생'을 하였다고 논평한다. 이러한 점을 통해 준비론적 관점에서 힘이 미약한 소년의 적극적인 정치 운동은 무모하고 헛되게 여겨졌다는 것을 알 수 있다. 1926년 『별나라』 내용이 다른 소년 잡지와 큰 차이가 없는 것으로 보아 사회주의 소년문예운동도 초기엔 정치적 성격이 두드러지지 않았다는 것을 알 수 있다.

소년애호사상과 민족해방사상은 이론적 기초에 있어서도 양립하기 어려운 모순을 가지고 있다. 앞서 말했듯이 소년애호사상은 근대 시민계급의 형성 및 산업자본주의 발달과 긴밀한 관련을 맺으며 태동한 것으로 그 바탕은 개인주의에 근거한다. 하지만 민족해방사상은 주지하는 바와 같이 개인보다 집단을 중시하는 집단주의, 개인의 운명을 공동체의 운명에 종속된 것으로 보는 공동체주의에 기반한다.

이러한 딜레마는 공교롭게도 갈수록 심해지는 일제의 수탈과 소년운동 탄압으로 해소되었다. 그런 현실에서 소년운동은 민족해방운동으로서의 정치적 성격을 분명히 할 수밖에 없었던 것이다. 물론 초기 소년운동도 민족해방운동의 연장선에서 발기, 전개된 것이었기에 그러한 현상은 예견된 일이라 할 수 있다. 그래도 소년운동의 대표자요, 소년애호사상의 전령사였던 방정환은 어린이와 청소년의 인성해방을 민족해방 못지않게 중시했다. 그는 그들이 주눅 들고 억압된 심리를 자유롭게 펼쳐 누구의 눈치도 보지 않고 스스로 깨닫고 발견하며 성장할 수 있게 도우려 했다. 방정환이 『어린이』 발간을 앞두고 그것의 편집체재를 논한 글에 그러한 입장이 잘 나타난다.

> 『어린이』에는 수신강화 같은 교훈담이나 수양담(특별한 경우에 어느 특수한 것이면 모르나)은 일체 넣지 말아야 될 것이라고 합니다.[77]

위와 같이 방정환은 수신, 강화담이 어떤 가치를 전달하고 훈계하는 성격이 짙으므로 그러한 형식이 아동들에게 주는 심리적 압박을 피하기 위해 교훈담이나 수양담은 넣지 말아야 한다고 보았다. 이러한 생각은 『어린이』 편집에 반영되어 대체적으로 지켜졌다. 방정환 아동문학의 기본 미학인 '눈물과 웃음'의 정서도 감성 해방을 위한 것으로 볼 수 있다. 그런데 1927년부터 『어린이』에 「어린이 독본」이 등장한다. 독본이란 본래 조선어 학습을 위한 교재에 실린 읽을거리로 내용상 수신·강화담과 비슷하다.[78] 수신·강화담은 일체 넣지 말아야 한다고 했지만 괄호 속에 '특별한 경우에 어느 특수한 것이면 모르나'라는 단서를 붙인 데서 알 수 있듯이 이 시기가 수신, 강화담이 필요한 특별한 경우였던 것으로 보인다.

이 시기부터 소년소설에 계급, 민족 모순이 노골적으로 제시되고

77 방정환, 「소년의 지도에 관하여」, 『천도교회월보』, 1923. 3. 15.

78 "독본은 편찬자가 '정수'라고 여기거나 '모범'이 될 만하다고 판단하는 글을 뽑거나 지어서 묶어놓은 책이다. 따라서 편찬자의 의식과 입장에 따라, 겨냥하는 독자에 따라 그 주제와 범위를 달리할 수 있다. 무엇보다도 편찬될 당시의 일정한 담론과 지향이 독본의 체재와 내용으로 반영된다. 독본은 태생적으로 계몽적 성격을 띤다." 구자황, 문혜윤, 『어린이 독본(새벗사 편집)』, 경진, 2009, 5쪽.

일제의 탄압도 심해진다. 이러한 현상은 소설이 실린 매체를 가리지 않고 전반적으로 나타나고 있다. 그것은 당대 사회운동과 긴밀한 관련이 있어 보인다. 1926년 6·10만세운동 때 청소년의 참여가 두드러지면서 소년운동의 정치적 성격이 분명히 드러나게 되었다. 특히 지방에서는 보통학교 학생의 시위 참여율이 고등보통학교 학생보다 높았다.[79] 당시 보통학교에 다니는 학생들의 연령이 오늘의 청소년에 해당하는 연령대가 많고 고등보통학교 학생들이 청년들의 연령대에 해당하는 경우가 많다는 점을 고려할 때 이러한 사실은 6·10만세 운동에서 청소년의 참여가 높았음을 입증한다. 즉 소년 잡지의 독자들에 해당하는 연령대의 시위 참여율이 높았던 것이다. 이 사건으로 방정환, 조철호 등 소년운동 지도자들도 피검되었다. 결국 조철호는 중앙고보 교사 자리를 박탈당하고 1927년 3월에 간도로 망명한다.[80]

그 후 1927년 2월 부르주아 민족주의운동 좌파와 사회주의 세력이 결합하여 민족통일전선 조직인 신간회가 결성되었다. 신간회 결성에 따라 각 부문운동 세력들도 통합을 위한 노력을 기울이는 가운데 1927년 10월, 천도교 소년회 중심의 '전국소년협회'와 오월회 중심의 '전국소년동맹' 등이 결합하여 '조선소년총동맹'을 결성하였다. 그러나 일제가 승인해주지 않아서 각 지역 소년회의 대표자 결의인 '연맹'으로 고쳐, 조직의 중앙집권적 성격을 약화시켜야 했다. 그리고 그 지도부를 사회주의자들이 장악하고 전국 조직을 그들 중심으로 재구성하려는 움직임을 보이자, 방정환을 비롯한 초기 소년

79 장석흥, 『6·10 만세운동』, 독립기념관 한국독립운동사연구소, 2009, 252-253쪽 참고.
80 김정의, 『한국소년운동사』, 220-221쪽 참고.

운동의 중심 지도자들이 탈퇴하였다. 그에 따라 소년운동은 1928년 어린이날 대회가 나뉘어 개최되는 등 분열의 양상을 보인다. 하지만 일제의 탄압이 더욱 거세어지고 그에 비례하여 소년운동의 정치적 성격도 강화되면서 1930년대 중반 강제 해산을 당하기까지 소년운동은 사회주의자들에 의해 주도된다.

다시 말해 초기 소년운동 지도자들이 사회주의자들의 독점적 운동 방식 및 소년운동의 지나친 정치화에 반기를 들고 경계했지만 그에 맞설 만한 대안을 마련하지 못해 별다른 힘을 얻지 못했던 것으로 보인다. 따라서 소년운동 및 소년 잡지는 전반적으로 정치적 성격이 노골화되고 그에 따라 분별력 없는 유년보다 청소년 계층이 주목받게 되었으며 문학 갈래의 측면에서도 초기의 동요, 동화에 집중되었던 관심이 '소년소설'에로 이동한다. 그리고 청소년소설을 비롯한 문예물들도 예술성보다 계급주의, 민족주의 이념을 직접적으로 드러내며 선전성이 강화된다.

요컨대, 근대 소년운동은 소년애호사상에 근거하여 형성되고 또 그의 사회적 확산에 큰 공헌을 하였지만 일제 강점이라는 일차적이고 근본적인 모순 속에서 소년애호사상도 민족해방사상으로 흡수되며 민족주의가 지배 이념으로 작동하였다. 이것은 종교 이념이나 사회주의 이념과 같이 근거하는 이념이 다른 경우일지라도 공통적으로 드러나는 현상이었다.

이상에서 살펴 본 바와 같이, 일제 강점기의 사회적 모순과 그에 대한 소년운동가들의 치열한 대응 과정에서 청소년의 희생 이야기가 산출된 것으로 보인다. 그것은 소년애호사상이 작용하여 소년의 인권을 침해하는 현실이 비판되며 가해자와 조력자의 계급적·민족적 성격을 통해 계급모순과 얽힌 민족 모순이 드러난다. 그리고 그에 대한 대안으로 수난 받는 민족을 위해 자기를 희생하는 이타적, 집단주의적 자세가 제시되며 민족주의가 구현된다. 그러한 의미를 강화하고 합리화하기 위해 자기 욕망을 위해 남에게 해를 입히는 '불량소년'은 배제되고 그 반대로 개인의 욕망을 타인이나 집단의 욕망에 종속시키는 '모범소년'을 주인공으로 삼는다.

근대 청소년소설의 희생 이야기에 구현된 민족주의는 강자 중심의 제국주의가 지배하는 현실을 비판적으로 성찰하도록 한다. 그리하여 독자들로 하여금 '힘'보다 인간에 대한 사랑과 헌신의 가치를 소중히 여기게 하는 계도적 기능을 한다. 한편 민족주의는 청소년의 개인적 욕망을 억압하는 작용을 한다. 그래서 개인주의에 기반한 소년애호사상은 청소년의 기본권이 침해당하는 현실을 비판하는 전제로 기능할 뿐, 소설에서 구체적이고 풍부하게 구현되고 있지 못하다.

02
'가난'과 도덕주의

2.1. '부(富)'의 부재와 '도덕'

근대 청소년소설의 주인공들은 대부분 가난하다. 설사 부유한 청소년이 주인공이더라도 중심서사는 가난과 결부되어 있는 경우가 많다.[81] 즉 부유한 청소년이 가난한 청소년을 돕거나 가난해지는 이야기이다. '가난'은 인물이 처한 상황이자, 행위의 주된 동기를 이룬

---

81 다음의 부유한 청소년 주인공 소설 14편에서 굵은 글씨로 표시한 10편이 '가난' 이야기이다. 이광수, 「소년의 비애」(『청춘』, 1917. 8), **김남주, 「풀 위에 누운 소년」(『신소년』, 1925. 11), 방정환, 「동무를 위하여」(『어린이』, 1927. 2), 낙랑, 「꽃 피는 봄이 올 때」(『별나라』, 1927. 4)**, 이원규, 「맹호도 어찌 할 수 없이」(『새벗』, 1927. 11), **최경화, 「동무와 잡지와 떡」(『어린이』, 1928. 9)**, 최병화, 「입학시험」(『어린이』, 1929. 3), **민봉호, 「거룩한 마음」(『어린이』, 1930. 11), 최병화, 「경희의 빈벤또」(『조선아동문학집』, 조선일보사, 1938. 12), 현덕, 「군밤장수」(『소년』, 1939. 1), 「집을 나간 소년」(『소년』, 1939. 6), 「잃었던 우정」(『소년』, 1939. 10), 「월사금과 스케이트」(『소년』, 1940. 2)**, 안회남, 「소년」(『조광』, 1940. 10).

다. 300여 편이 넘는 근대 청소년소설에서 '가난'이 그러한 기능을 하지 않는 경우는 대략 20여 편에 불과할 정도로 '가난'은 근대 청소년소설을 지배하는 요소 중 하나이다.

여기서는 그중에서도 가난이 다른 서사를 위한 부수적 기능에 머물지 않고 의미 형성에 필수적 요소로 작용하는 것을 중심으로 그 구조를 분석한다. 그 양상은 대부분 주체가 물질이 결핍된 상황에서 취하는 삶의 자세를 부자의 삶의 자세와 대비하여 나타낸다. 가난한 주체의 지향에 따라 '정신'과 '노동'으로 나누어 논의하되 수적으로 비중이 높은 전자부터 논한다.

(1) 물질적 궁핍에 맞서는 도덕

'가난 이야기'에서 주인공은 대부분 가난한 청소년이고, 부유한 청소년인 경우는 열 편이다. 대체적으로 이 이야기는 주인공이 가난함에도 불구하고 물질보다 정신적 가치를 추구하여 그에 따른 보상을 받는 구조로 이루어져 있다. 따라서 그것의 의미는 주인공이 추구하는 정신적 가치를 분석함으로써 밝힐 수 있다. 그것은 '동정, 의리, 정직, 희망(꿈), 의기(義氣)'로 제시되며 한 작품에 두 가지 가치가 상충되어 보다 중요한 가치를 부각시키는 경우도 있다. 그러한 점을 고려하며 작품 수가 많은 순서대로 논의한다. '의리' 이야기는 그 수가 적으나 '동정' 이야기와 관련되므로 그 뒤에서 논한다. 덧붙여 부유한 청소년이 주인공인 소설에서 9할은 가난한 친구를 동정하는 이야기이고, 1할만이 노동의 가치와 관련되므로 각 항목에서 함께 다룬다.

동정 이야기는 주인공이 처지가 어려운 사람을 불쌍히 여겨 돕는 이야기이다. 따라서 주체의 심리적 계기가 자발적 희생 이야기와 비슷하지만 주체가 잃는 것이 심각하지 않고 그것보다 동정의 마음과 보상에 초점이 놓인 것을 중심 대상으로 삼는다.[82] 동정의 대상은 '동무'와 '낯선 타인'인데 동무인 경우가 많다.

「눈물의 은메달」(연성흠, 1927),[83] 「눈물의 치맛감」(이주홍, 1929),[84]「창수의 지각」(연성흠, 1929),[85] 「아우의 변도」(윤용순, 1929)[86] 등은 동무를 동정하는 이야기다. 「눈물의 치맛감」을 예로 살핀다.

주인공 정옥은 홀어머니와 가난하게 지내는 소녀이다. 정옥은 같은 처지의 동무 보악이 중병에 걸려 약도 쓰지 못하자 동무들과 자선음악회를 열어 돕기로 한다. 하지만 가난한 정옥은 무대에서 입을 새 치마가 없어 갈등하다가 동무를 위하는 마음으로 부끄러움을 무릅쓰고 노래한다. 그 대가로 정옥은 마음의 평화를 얻고 동네 사람들에게 치맛감도 선물 받는다.

이 소설은 궁핍한 현실 때문에 겪는 정옥의 내적갈등을 중심으로 전개된다. 즉 그것은 음악회에서 입을 새 치맛감에 대한 욕망과 타인을 위한 마음 사이의 갈등이다.

첫 번째 갈등은 어머니가 아버지에 대한 정표로 소중히 여기는 반지를 팔아 마련한 치맛감을 받을 것인가에 대한 것이다. 정옥은 새 치맛감보다 어머니의 아버지에 대한 마음이 담긴 반지가 소중하다

82 다음과 같이 분류하기 애매한 작품은 두 요소가 공존한다고 보고, 되도록 중복을 피하면서 함께 논한다. 「눈물의 모자갑」, 「금시계」, 「귀여운 희생」, 「창수의 지각」, 「아우의 변도」, 「참된 우정」, 「경희의 빈벤또」.

83 연성흠, 「눈물의 은메달」, 『어린이』, 1927. 7.

84 이주홍, 「눈물의 치맛감」, 『신소년』, 1929. 12.

85 연성흠, 「창수의 지각」, 『어린이』, 1929. 3.

86 윤용순, 「아우의 변도」, 『어린이』, 1929. 5.

고 여기며 치맛감을 도로 물러 반지를 찾아온다.

두 번째 갈등은 음악회 날 헌 치마를 입고 무대에 오를 것인가에 대한 것이다. 정옥은 다른 동무들은 추석빔으로 새 옷을 입고 무대에 오르는데 혼자 누더기 같은 치마를 입고 나서기가 부끄러워 자기 차례가 거의 될 때까지 집에 누워 갈등한다. 하지만 동무를 위하는 마음으로 다음과 같이 용기를 낸다.

> "그러타 가자. 동모를 위하자. 동모를 건저낼 진정한 정성이 잇다면 누더기가 무슨 상관이냐? 벌거버슨들 무슨 붓그럼이냐 그러타 동무를 위해서 내 동무를 위해서 가자."[87]

이와 같이 정옥은 궁핍한 현실에서 생기는 물질에 대한 유혹과 곤란함을 어머니와 동무를 위하는 마음으로 이겨내어 정신적, 물질적 보상을 받는다.

가난한 청소년이 낯선 타인을 동정하는 작품으로는 「동정」(유종원, 1928),[88] 「그 소년의 편지」(오경호, 1931)[89] 등이 있다. 「그 소년의 편지」를 예로 든다.

이것은 당시 소년들의 취업 경쟁 현실이 반영된 소설이다. 주인공 '나'는 신문 배달부로 병든 홀어머니와 누나의 생계를 책임지고 있다. 신문 보급소장은 글자를 아는 보통학교 졸업생을 취직시켜 더 많은 일을 시키려고 '나'를 해고한다. 하지만 '나'의 어려운 처지를 알게 된 '소년'은 자기도 가난한 처지이면서 일자리를 양보한다.

---

87 이주홍, 앞의 글, 12쪽.
88 유종원, 「동정」, 『중외일보』, 1928. 7. 20-22.
89 오경호, 「그 소년의 편지」, 『신소년』, 1931. 6

처음에 '나'와 대립하는 인물은 '소년'과 신문 보급소장이다. '소년'은 보통학교 졸업생으로 글자를 알기 때문에 '나'보다 취업에 유리한 조건을 가지고 있다. 자본주의 경쟁 사회의 논리로 보면 '소년'의 구직활동과 소장이 그를 선택한 행위는 정당한 것이다. 하지만 여기에서는 '나'가 '소년'과의 경쟁에 밀려 그의 수입으로 살아가는 식구들의 생계가 위험에 처하므로 '소년'과 소장의 행위가 부정적으로 묘사된다. 그리고 '나'의 곤란을 해결해 준 것은 '소년'의 동병상련에 근거한 '나'에 대한 동정심이다. 즉 「눈물의 치맛감」과 마찬가지로 가난한 이들끼리의 동정이 궁핍한 현실을 극복하는 대안으로 제시되면서 초점자만 달리 한 것이다. 이 소설에서는 동정 받는 자 중심의 1인칭 서술을 함으로써 그의 딱한 사정과 고민에 공감하게 하여 동정의 의의를 부각시킨다.

부유한 청소년이 주인공으로 등장하여 가난한 청소년을 돕는 이야기로 「동무를 위하여」(방정환, 1927),[90] 「꽃 피는 봄이 올 때」(낙랑, 1927),[91] 「거룩한 마음」(민봉호, 1930),[92] 「월사금과 스케이트」(현덕, 1940)[93] 등이 있다. 「동무를 위하여」를 예로 든다.

이 작품의 주인공은 변호사 아들 명환이다. 그는 반찬가게를 하는 동무 칠성이네가 새로 생긴 큰 반찬 가게 때문에 문을 닫게 되자 동무를 동정하여 돕는다. 그는 동네 사람들에게 칠성이의 모범적인 측면과 딱한 사정을 선전하여 대부분의 마을 사람들이 칠성이 가게만을 이용하게 한다. 결국 큰 가게는 문을 닫고 다른 동네로 가 버린다.

이 소설에서 명환의 욕망은 동무 칠성이네 가게가 잘 되는 것이므

90 방정환, 「동무를 위하여」, 『어린이』, 1927. 2.
91 낙랑, 「꽃 피는 봄이 올 때」, 『별나라』, 1927. 4.
92 민봉호, 「거룩한 마음」, 『어린이』, 1930. 11.
93 현덕, 「월사금과 스케이트」, 『소년』, 1940. 2.

로 결국 칠성이와 그 가족의 욕망과 일치한다. 명환은 부유하지만 가난한 자들의 편에서 그들의 이익을 위해 적극적으로 방법을 모색하고 실천한다. 이때 가난한 칠성이 어려운 환경에서도 공부를 잘하고 효자인 점이 부각되어 그를 돕자는 호소가 더 설득력 있게 제시된다.

명환과 대립하는 인물은 큰 가게 주인이다. 그런데 여기에서 큰 가게 주인은 등장하지 않고 명환에 의해 그 성격이 간접적으로 제시된다.

> "그 우에 새로 난 큰 가가는 아조 낫븐 가가야요. 다른 동리에 가서 내지 못하고 꼭 그 좁은 동리에 와서 칠성이집 가가를 업허 먹으려고 고기다가 일부러 크게 낸 것이 분명하지요."[94]

위의 인용처럼 명환은 큰 가게 주인이 칠성이네를 망하게 하기 위해 이 동네에 가게를 낸 것이라고 짐작하며 비난한다. 하지만 이런 명환의 비난은 근거가 없는 것이고 칠성이네 가게가 큰 가게로 인해 곤란에 처한 결과만을 염두에 둔 것이다. 즉 큰 가게 주인이 등장하여 자기 입장을 말하지 않으므로 그의 의도 등은 자세히 알 수 없다. 여기에서 주목되는 것은 근대 청소년소설에서 자본주의 경쟁 원리가 약자를 곤란에 빠뜨리는 행위로 비판된다는 점이다. 텍스트 전반을 그 어떤 가치보다 약자에 대한 동정이 지배한다. 명환을 통해 칠성의 사정을 알게 된 소비자들은 자기 이익보다 약자에 대한 동정을 앞세워 소비하므로 물건이 많고 값싼 큰 가게가 오히려 문을 닫게

94 방정환, 「동무를 위하여」, 46쪽.

된다. 즉 자본주의 경쟁 원리가 약자를 동정해야 한다는 도덕적 가치에 패배한 것이다.

이와 같이 근대 청소년소설에서는 자기 이익을 앞세우거나 그러한 거래에 능한 행위, 또 대자본의 독점 현상이 비양심적이고 얄미운 행위로 묘사되는 등 자본주의 원리가 부정적으로 그려진다.[95] 그 이유에 대하여 다음 항에서 자세히 살핀다.

이상에서 살펴본 것처럼, 동정은 자기 이익보다 중요한 가치로서 그 아름다움과 유용성에 대해 제시한 소설이 많지만 그에 대해 문제를 제기한 소설도 있다. 「귀여운 희생」(이정호, 1929)[96]에서는 교통사고를 당한 소년을 보고 말로만 동정하며 행동으로 돕지 않는 사람들의 태도가 비판되고, 김우철의 「등피알 사건」(1932)과 「동정 메달」(1932)[97]에서는 부자들의 자기 과시적 선행이 비판된다.「등피알 사건」에서는 배움에 목말라 하는 농촌 소년들에게 야학을 연 지주집 아들의 위선이 비판된다. 그는 학생들을 집안 형편에 따라 차별하고 특히 가난한 집 아이들을 무시하며 지배자적 권위를 내세워 엄격한 규율로 학생들을 통제한다. 그리고 학생이 실수로 등피알을 깼다고 무자비하게 때려 내쫓을 정도로 학생보다 물질을 중시한다. 「동정 메달」에서는 가까이 있는 가난한 사람은 외면하면서 자선 메달을 구입하여 가슴에 자랑스럽게 달고 다니는 부자의 모습이 비판된다. 즉 이러한 소설은 '동정' 자체에 대한 회의라기보다 동정이 사회적 가치로 부각되면서 유행처럼 소비되는 현상에 대해 비판하며 경계하는 의미를 지닌다.

---

95 그러한 작품으로 유종석, 「숨은죄」, 『신청년』 제3호, 1920. 8, 권환, 「마지막 웃음」, 『신소년』, 1926. 2-4, 박태원, 「영수증」, 『매일신보』, 1933. 11. 1-11 등이 있다.

96 이정호, 「귀여운 희생」, 『어린이』, 1929. 2.

97 김우철, 「등피알사건」, 『신소년』, 1932. 4, 「동정메-달」, 『신소년』, 1932. 9.

근대 사회에서 '동정'은 현실을 비판하는 기준이자 그러한 현실의 문제를 해결하기 위한 대안으로 제시된 가치였으며, 사회적 문제에 대해 공감도를 높여 심정적으로 설득하는 데 유용한 기제였다. 따라서 일제 강점기 동안 동정 담론은 사회적으로 꾸준히 제기되었고 문학 장(場)에 미친 영향 또한 만만치 않았다. 주로 동정의 가치를 나타내고 동정 없는 사회에 대해 비판하는 소설들이 창작되었지만 동정의 위선성이나 동정 자체에 대해 문제제기하는 소설도 창작되었다. 김동인의 「벗기운 대금업자」[98]는 가난한 자들이 오히려 동정심을 가진 선량한 사람을 이용하고 착취하는 문제를 드러낸 작품이다.[99] 하지만 근대 청소년소설에서는 '동정'이 의심할 바 없는 인륜적 가치로 제시된다. 동정에 대한 문제제기도 참된 동정에 대한 각성과 실천을 위한 것이지 그에 대한 근본적인 회의는 아니다.

'의리 이야기'는 가난한 주인공이 물질적 궁핍으로 인해 동무나 그의 가족과 갈등을 겪지만 의리를 지켜 그에 대한 보상을 받는 이야기이다. 「무궁화 두 송이」(접몽, 1926),[100] 「세 발 달린 황소」(정수민, 1938)[101] 등이 있는데 후자만 살핀다.

「세 발 달린 황소」는 1938년 『동아일보』에 연재된 소설로, '당선, 아동문예특집' 란에 '당선동화' 부문으로 실려 있다. 그런데 이것은 1934년 12월 『별나라』에 실린 이동우의 동시 「세 발 달린 황소」를 모티프로 하여 소설화한 것이다. 작가가 그러한 사실을 밝히지 않았지

98 김동인, 「벗기운 대금업자」, 신민, 1930. 4.

99 손유경, 「한국 근대소설에 나타난 '동정'의 윤리와 미학에 관한 연구」, 서울대학교 박사학위논문, 2006. 8, 113쪽 참고.

100 접몽, 「무궁화 두 송이」, 『별나라』, 1926. 12.

101 정수민, 「세 발 달린 황소」, 『동아일보』, 1938. 1. 6-11.

만 이동우의 동시와 소설 속 칠성이가 쓴 동시가 같고, 이동우 동시가 4년 먼저 발표된 것으로 보아 그러한 사실을 짐작할 수 있다. 동시와 소설의 주제는 다르다. 동시는 가난한 칠성이 크레용이 없어서 황소의 발을 세 개밖에 그리지 못한 억울함과 크레용을 끝까지 빌려주지 않은 아이 및 그것을 보고 놀리는 아이들에 대한 원망을 나타낸다. 하지만 소설에서는 그 동시가 갈등의 계기로 작용하여 동무 사이가 벌어지다가 결국 화해한다.

소설의 주인공 칠성과 대립하는 인물은 동무 방환이다. 갈등의 근본적 원인은 가난한 칠성에게 크레용이 없는 것이다. 그리고 그 직접적 계기는 방환이 크레용을 빌려주지 않은 것과 칠성이 그 사건을 동시로 쓴 것이다. 이 소설은 주로 칠성을 초점자로 하여 방환의 심리를 자세히 알 수 없지만 동시 사건으로 방환이 칠성에게 매우 화가 나서 둘의 사이는 멀어진다. 그 갈등은 하굣길에 아파 쓰러진 방환을 칠성이 업고 온 사건으로 해결된다. 즉 방환의 물욕으로 인해 벌어진 사이를 가난한 칠성이 의리를 지켜 회복한 것이다. 이러한 소설은 3인칭 서술이지만 서술자가 주로 가난한 소년의 입장에서 서술하여 그의 긍정적 성격이 부각된다.

'정직 이야기'는 가난한 주인공이 물질적 유혹의 상황에서 정직한 마음을 지키거나 그러지 못했다가 회복하는 이야기이다. 그것은 다음과 같이 요약할 수 있다.

> 가난한 주인공이 어떤 물질적 유혹에도 굴하지 않고 정직한 마음을 지켜 그에 따른 보상을 받는다.

가난한 주인공이 어떤 물질적 유혹에 굴복하여 고통 받다가 깊이 뉘우치고 진실을 밝히거나 밝히기로 결심한다.

첫 번째 작품으로 「영호의 사정」(방정환, 1923),[102] 「고아의 죽엄」(정인호, 1924),[103] 「일륜화」(진희복, 1926)[104] 등을 들 수 있다. 이 소설들에서 주인공의 정직함은 상거래 행위를 통해 드러난다. 장사를 하여 생계를 유지하는 가난한 주인공들은 큰돈을 받고 거스름돈을 바꾸러 갔다가 어떠한 사정들로 늦어진다. 그들에게 물건을 산 어른들은 거스름돈을 포기하고 집으로 돌아오는데 그들은 나중에 그 어른의 집에 찾아와 거스름돈을 돌려준다. 어른들은 그들의 정직함에 깊이 감동받아 그들에게 물질적, 정신적 보상을 한다. 즉 여기에서는 정직의 가치가 상도덕의 범주에서 단순히 제시된다.

두 번째 작품으로 「조행 갑」(이구조, 1935),[105] 현덕의「하늘은 맑건만」과 「권구 시합」[106] 등이 있다. 「하늘은 맑건만」을 예로 살핀다.

이 작품의 주인공 문기는 고아 처지나 다름없이 삼촌 집에 얹혀사는 소년이다. 그와 갈등하는 인물은 동무 수만이다. 수만은 문기를 거짓말하게 만들고 물질에 대한 욕망을 부추긴다. 또 문기가 그와의 비행을 중단하려고 하자 문기를 협박하여 숙모의 돈을 훔치게 한다. 즉 수만으로 인해 사건이 전개되고 갈등이 심화되어 소설의 긴장과 흥미를 더한다. 여기에서 문기는 다음과 같이 네 번의 거짓말을 한다.

102 방정환, 「영호의 사정」, 『어린이』, 1923. 10-12.
103 정인호, 「고아의 죽엄」, 『어린이』, 1924. 11.
104 진희복, 「일륜화」, 『새벗』, 1926. 2.
105 이구조, 「조행 갑」, 『동아일보』, 1935. 10. 6-20.
106 현덕, 「하늘은 맑건만」, 『소년』, 1938. 8, 「권구시합」, 『소년』, 1938. 10.

> 정육점 아저씨가 잘못 거슬러 준 잔돈을 돌려주지 않는다 → 그 돈으로 산 물건에 대해 삼촌에게 친구가 사준 것이라고 한다 → 수만이 자신의 비행을 이를까봐 두려워 숙모의 돈을 훔친다 → 숙모가 그 돈에 대해 묻자 아무 말도 안 하여 다른 사람을 의심하게 만든다

이 거짓말들은 연쇄적으로 발생된다. 다른 작품들처럼 한두 번의 거짓말로 끝나지 않기 때문에 이러한 플롯은 한 번 거짓말을 하면 그것을 지키기 위해 다른 거짓말을 하게 되는 원리를 나타낸다. 그리고 문기가 정직한 마음을 되찾는 것도 다음의 과정을 거친 뒤에야 이루어진다.

> 삼촌에게 훈계를 들은 뒤 샀던 물건은 개천에 버리고 남은 돈은 정육점 마당에 던진다 → 담임 선생에게 모든 사실을 밝히려고 찾아갔으나 말하지 못한다 → 양심의 가책에 괴로워하다가 교통사고를 당한다 → 병원에서 의식을 회복한 뒤 삼촌에게 모든 사실을 말한다

위에 밝힌 것처럼 처음에 문기는 아무도 모르게 문제 상황을 바로잡아 양심을 되찾으려고 한다. 삼촌이 문기의 행동을 이상히 여겨서 훈계를 하자, 그는 잘못을 뉘우쳐서 거짓말의 대가로 얻은 물건을 버리고 돈도 돌려준 것이다. 하지만 정직한 마음은 그렇게 쉽게 회복되지 않는다. 자기 허물을 밝히고 용서를 받지 못했기 때문에 문기는 뉘우쳤음에도 계속 거짓말을 하게 된다. 결국 교통사고를 당하고 나서 삼촌에게 그동안 했던 잘못을 고백하고 나서야 문기는 다음과 같이 양심이 회복된다.

이렇게 하나하나 숨김없이 자백을 하자, 이때까지 겹겹으로 싸고 있던 허물이 한 꺼풀 한 꺼풀 벗어지면서 따라 마음속의 어둠도 차차 사라지며 맑아가는 것을 문기는 확실히 깨달을 수 있었다. 마음이 맑아지며 따라 몸도 가뜬해진다.[107]

이 작품은 사소한 계기로 시작된 거짓말이나 비행이 본의 아니게 확대될 수 있고 그것을 바로잡기 위해서는 다른 이에게 자신의 잘못을 밝히고 용서를 구해야 한다는 교훈을 제시한다. 그런데 이러한 의미가 서술자의 말이 아니라 문기의 내적갈등과 고통을 통해 묘사되므로 독자들이 문기와 공감하며 자연스럽게 체득할 수 있도록 한다. 그리고 이 모든 갈등의 처음 계기는 물질적 유혹이었기 때문에 그것의 위험성을 부각시키고 그에 대한 경계심을 갖게 한다.

'정직 이야기'를 변형시켜 다른 가치를 강조하는 이야기들도 있다. 「잃었던 수업료」(전식, 1940)[108]와 「고구마」(현덕, 1938)[109]는 도난 사건 모티프를 사용하여 '가난하다고 해서 도둑으로 의심하면 안 된다'는 의미를 나타낸다.

전자의 주인공 강태원은 가난하다는 이유로 도둑 누명을 쓰고 따돌림까지 당하자 학교에 나오지 않고 자신의 억울함을 선생에게 편지로 알린다. 그래서 선생과 반 아이들 모두 미안해하며 진짜 도둑도 뉘우쳐 훔쳐간 월사금을 돌려준다. 후자의 주인공 수만은 전자의 주인공처럼 적극적으로 자신의 결백을 주장하지 않아서 더욱 더 의

107 현덕, 「하늘은 맑건만」, 21쪽.
108 전식, 「잃었던 수업료」, 『소년』, 1940. 2.
109 현덕, 「고구마」, 『소년』, 1938. 11.

심을 산다. 아이들은 그가 학교 실습실 고구마를 훔쳤다고 오해하여 점심시간에 교실을 나가는 그의 뒤를 밟는다. 아이들은 수만이 무언가 먹는 모습을 보고 그것이 고구마일 거라고 확신하며 그가 먹던 것을 빼앗지만 그것은 누룽지이다. 이런 극적 결말로 가난한 수만의 처지가 더욱 서럽게 느껴지고 그를 의심했던 아이들의 부끄러움도 커진다. 이렇게 가난하다고 의심 받는 청소년들의 서러움과 결백을 제시함으로써 그들의 정직한 태도가 오히려 부각된다.

'희망 이야기'는 가난한 주인공이 어려운 형편에서도 꿈과 희망을 버리지 않아 소망을 이루는 이야기다. 「희망에 빛나는 소년」(연성흠, 1929),[110] 이태준의 「불쌍한 소년미술가」(1929)[111]와 「눈물의 입학」(1930),[112] 「집 떠난 새」(승응순, 1928),[113] 「희망 만흔 빠이요링」(백악, 1925),[114] 「봄! 봄! 봄!」(이명식, 1930)[115] 등이 있다. 대개 비슷하므로 「희망에 빛나는 소년」을 예로 든다.

주인공은 빈민촌 움집 속에서 70세 아버지를 모시고 사는 14세 소년 충길이다. 그는 쓰레기통을 뒤져 휴지를 모아 팔아 아버지를 봉양하고 영어가 쓰인 휴지를 모아 그것으로 혼자 영어 공부를 한다. 마침내 영어연구회에서 치르는 학생 모집 시험에서 일등을 하여 장학금을 받고 입학한다. 그 소식을 안고 집으로 갔더니 앓던 아버지가 다음과 같은 유언을 남기고 죽는다.

110 연성흠, 「희망에 빛나는 소년」, 『어린이』, 1929. 10.
111 이태준, 「불쌍한 소년미술가」, 『어린이』, 1929. 2.
112 이태준, 「눈물의 입학」, 『어린이』, 1930. 1.
113 승응순, 「집 떠난 새」, 『신소년』, 1928. 7.
114 백악, 「희망 만흔 빠이요링」, 『반도소년』, 1925. 3.
115 이명식, 「봄! 봄! 봄!」, 『어린이』, 1930. 4.

> 나는 너의 아버지가 아니다 …(중략)… 너의 아버지와 어머니는 전에는 훌륭히 잘 사셨지만은 억울한 일로 횡액에 걸리어 이 세상을 떠나셨단다 …(중략)… 내가 죽은 뒤에라도 아무쪼록 부지런히 공부 잘 해서 훌륭한 사람이 되어 준다면[116]

위의 인용처럼 충길을 키운 이는 그의 아버지의 친구로, 충길의 부모가 억울한 일로 갑자기 죽자 충길을 맡아 키웠다고 한다. 근대 청소년소설에서 '억울한 일, 횡액'은 주로 일제로부터의 핍박과 관련 깊기 때문에 충길의 부모도 그와 같은 이유로 죽은 것이라 짐작되며, 충길의 가난은 근본적으로 '억울한 일'로부터 기인된 것이라 할 수 있다. 이 작품에서 충길과 갈등하는 것은 억울한 일로부터 기인된 가난한 현실이며 충길은 그것을 자신의 의지로 극복한다. 그리고 노인은 가난한 충길에게 나중에라도 부자가 되라는 유언을 남기지 않고 부지런히 공부하여 훌륭한 사람이 되라고 한다. 이와 같이 '희망 이야기'에서 가난한 소년들의 꿈은 자신의 물질적 환경을 풍요롭게 하는 데 있지 않다. 그들은 대부분 자신의 재능을 살려 훌륭한 사람이 되고 싶어 한다. 훌륭한 사람이 어떤 사람인지 구체적으로 제시되어 있지 않지만 소설을 지배하는 세계관 속에서 타인과 사회를 위해 일하고 그들에게 보탬이 되는 사람이라는 것을 알 수 있다.

'의기(義氣) 이야기'는 가난한 주인공이 어떤 상황에서도 의로운 용기를 가져 다른 사람들에게 칭송과 존경을 받는 이야기다. 여기서 '의기'는 다음과 같은 마음에서 비롯된다.

---

116 연성흠, 「희망에 빛나는 소년」, 25쪽.

첫째, 불의에 굽히지 않는 마음
둘째, 자신의 부족함(결핍)에 눌리지 않는 마음
셋째, 위험을 두려워하여 물러서지 않는 마음

「정의의 승리」(이정호, 1929)[117]와 「귀중한 일축」(최병화, 1933)[118]은 둘 다 운동경기 모티프를 사용하여 불의에 굽히지 않는 주인공의 의기를 드러낸다.「정의의 승리」를 예로 살핀다.

주인공 순길은 고아로 아버지 친구 집에 얹혀산다. 이 작품에서 순길과 갈등하는 인물은 조력자였던 아버지 친구이다. 그는 학교 대표 투수인 순길에게 이웃 학교와의 시합 전 날, 실수를 하여 일부러 지라고 한다. 그의 아들이 순길의 학교와 대결하는 상대팀의 야구 선수이기 때문에 아들에게 승리의 선물을 주고 싶어서란다. 그리고 자기 말대로 하지 않으면 집에서 내쫓고 학비도 주지 않겠다고 협박한다. 이 작품에서 불의의 대가로 제시되는 물질이 궁핍한 환경에 놓인 순길의 생존과 관련된 것이므로 순길의 내적갈등은 그만큼 깊다. 하지만 순길은 자기의 이익을 위해 학교의 명예 및 전교생의 기대를 저버릴 수 없다고 결심하고 최선을 다하여 시합을 승리로 이끈다. 시합이 끝나고 아버지 친구가 나타나 순길의 정의로운 마음에 감동받았다며 어제의 말은 순길을 시험하기 위한 것이었음을 밝히고 앞으로 순길을 친아들처럼 보살필 것을 약속한다. 요컨대 궁핍한 환경에서 생존을 위협하는 불의의 요구를 받았지만 순길이 굳센 의지로 정의를 지켰기 때문에 그에 대한 보상을 받은 것이다.

방정환의 「만년샤쓰」(1927)와 「소년용사」(1930),[119] 「삼남매를 울리

117 이정호, 「정의의 승리」, 『어린이』, 1929. 5.
118 최병화, 「귀중한 일축」, 『어린이』, 1933. 5.

던 날」(김예지, 1931),[120] 「까까머리」(강훈, 1938)[121] 등은 가난한 주인공이 구차한 환경이나 자신의 부족한 능력에 눌리지 않고 씩씩하게 현실과 맞서는 모습을 그린 소설이다. 그중 「만년샤쓰」만 살핀다.

이 작품에서 '만년샤쓰'는 맨몸이라는 뜻으로, 가난한 창남이 한겨울에도 속옷이 없어 맨몸으로 체조를 한 데서 생긴 별명이다. 엄격하고 군인 기질을 가진 체조 선생은 창남의 태도를 보고 규율을 지키지 않은 것이 잘한 것은 아니지만 그 의기는 대단한 것이라고 칭찬한다. 여기서는 규율보다 의기가 상위의 가치로 제시되어 있다. 규율이 단지 주체의 태도에 달린 문제가 아니라 물질적 조건과도 관련되기 때문이다. 즉 궁핍함은 '속옷을 입고 와야 한다, 교복을 입고 와야 한다'라는 규율을 지킬 수 없게 만드는 것이다. 그리고 그것은 주체의 잘못이 아니기 때문에 그런 상황에서도 씩씩하고 당당한 마음을 잃지 않는 것이 바람직한 자세로 제시된다.

이러한 소설의 주인공들은 초라한 차림새와 달리 활달하고 낙천적이면서 속 깊은 성격을 지니고 있어 주변 사람들의 관심과 사랑을 받는다. 그들의 겉모습만 보고 무시하고 놀렸던 이들도 그러한 마음에 감동을 받아 뉘우치고 달라진다. 따라서 이러한 이야기는 '겉모습만 보고 사람을 판단하지 말라, 즉 겉모습보다 마음이 더 중요하다'는 의미도 전달한다.

「래소년」(인왕산인, 1926)[122]과 「홍수가 든 날」(김재형, 1932)[123]은 물난리 속에서 두려움 없이 물속에 뛰어들어 생명을 구한 소년들의 이야기

119 방정환, 「만년샤쓰」, 『어린이』, 1927. 3, 「소년용사」, 『소파전집』, 1930. 6.
120 김예지, 「삼남매를 울리던 날」, 『신소년』, 1931. 6.
121 강훈, 「까까머리」, 『조선아동문학집』, 조선일보사, 1938.
122 인왕산인, 「래소년」, 『새벗』, 1926. 7.
123 김재형, 「홍수가 든 날」, 『어린이』, 1932. 8.

이다. 「래소년」에서는 주인공 소년이 부자의 물질적 보상을 거부하는 태도가 돋보인다. 어느 해 여름, 평양의 대동강 물이 넘쳐 홍수 속에 집 한 채가 떠내려가자 그것을 보던 평양의 큰 부자가 누구든지 그 사람들을 구하면 백 원의 보상금을 준다고 한다. 아무도 나서지 못하던 그때 어떤 소년이 달려와 용감히 배를 타고 가서 그 사람들을 구한다. 부자가 약속대로 돈을 주려 하자, 소년은 다음과 같이 거절한다.

> 저는 일 없습니다. 수해를 당한 집에나 나누어 주십시오, 그것이 저의 소원입니다.[124]

이상에서 살펴 본 바와 같이, 가난 이야기의 심층갈등을 이루는 대립소는 '현실의 물질적 궁핍함＼청소년의 도덕적 의지'로 표현된다. 청소년은 물질적으로 궁핍하여 고난에 빠지지만 결국 도덕적으로 그것을 극복하고 행복한 결말을 맺는다. 그리하여 궁핍한 환경에서도 이기적·물질적 욕망을 앞세우지 말고 이타적·정신적 자세를 가져야 한다는 도덕(정신)주의가 구현된다. 한편 소설 속 부자들은 물질적으로 풍족한 환경에서도 더 많은 물질을 탐하고 자기 이익을 위해 남을 속이고 해를 입히므로 '빈부' 차이가 '도덕성의 유무' 차이로 바뀐다. 희생 이야기에서 가해자들이 대부분 부자이고 그들의 물욕이 가해 동기이기 때문에 거기에서도 부자들의 이러한 모습을 확인할 수 있다. 여기서는 희생의 요소보다 빈자와의 대비 속에 부자의 비도덕성이 강조된 작품에 초점을 맞추어 「저울은 어디로 갔나」

---

124 인왕산인, 「래소년」, 9쪽.

(앵봉산인, 1930)[125]와 「딸기」(양가빈, 1933)[126]를 간단히 살핀다.

「딸기」의 주인공은 가난한 소년 석삼이다. 그의 동생은 폐병에 뇌막염까지 걸려 주사를 맞아야 하지만 돈이 없어 집에서 시름시름 앓고 있다. 소꼴 먹이러 나가는 석삼에게 동생은 딸기를 따오라고 부탁한다. 아픈 동생을 위해 딸기를 따오던 중 면장 김참사를 만난다. 그와 함께 있던 손자는 석삼이 딴 딸기를 달라고 한다. 석삼이 한 줌 쥐어주자, 딸기를 다 주지 않으면 안 먹겠다고 떼를 쓴다. 석삼이 아픈 동생의 사정을 말하지만 김참사는 다음과 같이 책망하며 석삼의 손에 든 딸기를 죄다 짓뭉갠다.

> "압다 그 흔한 딸기가 아까우냐, 죄다 주어." …(중략)… "그래 딸기 몇 알에 요렇게 박해진단 말이냐."[127]

위의 인용처럼 김참사는 다른 사람이 딴 딸기를 힘들이지 않고 거저 얻으려 하며 그것이 뜻대로 되지 않자 상대를 오히려 인색한 사람으로 몰아세운다. 남의 사정은 전혀 생각하지 않는 모습이 아픈 동생을 안타깝게 여기고 그를 위해 정성껏 딸기를 딴 석삼의 모습과 대조된다.

「저울은 어디로 갔나」는 추수철 마을의 저울이 한꺼번에 없어진 사건을 발단으로 한다. 소작료를 계산하려면 저울이 있어야 하는데 마을에 저울이 한 개도 남아 있지 않아 마을 사람들이 순사를 불러온다. 하지만 그 범인을 찾아내고 범행 동기를 밝힌 건 가난한 농가

---

125 앵봉산인, 「저울은 어듸로 갓나」, 『별나라』, 1930. 10·11.
126 양가빈, 「딸기」, 『신소년』, 1933. 8.
127 양가빈, 「딸기」, 38쪽.

의 소년 복동이다. 복동의 지혜로 찾아낸 범인은 바로 마름이다. 마름은 지주와 짜고 소작인들에게 더 많은 소작료를 물리기 위해 마을의 저울을 한꺼번에 감추었던 것이다. 이 이야기는 부자들이 남을 속여서라도 자기 이익을 추구하는 모습을 폭로하여 법을 앞세워 이익을 추구할 때보다 부자들의 비도덕성이 부각된다. 법의 옹호 속에서 다른 사람을 희생시켜 이익을 얻는 경우는 세상의 부조리함이 강조되는데 여기에서는 부자의 욕심과 불의에 초점이 맞춰지기 때문이다.

(2) '선한' 노동과 희극적 구조

근대 청소년소설의 주인공들은 대부분 노동하고 있다. 그가 학생이더라도 집안일은 물론이고 나무하기, 봉투 붙이기 등의 일을 하여 가계에 보탬이 되고 학비를 버는 고학생이다. 그들이 하는 노동 형태는 지역과 성별에 따라 다양하다. 도시에서는 군밤·빵·만주·비웃 등의 장사, 방직·제사·연초·인쇄·철 등의 공장노동, 신문·우유 등의 배달, 서점·식당·백화점·잡화점 등의 점원, 신문사·학교·여관 등의 급사와 같은 형태가 많고 농어촌에서는 농사, 목동, 나무꾼, 머슴, 어부, 광부와 같은 형태가 많다. 소녀들의 경우, 소년과 비슷하지만 아이보기, 승강기·버스 안내원, 곡마단 묘기꾼과 같은 형태가 특징적이다.

소설에 제시된 청소년들의 노동은 당시 현실을 반영하고 있다. 앞에서 언급한 것처럼 당시 청소년들은 미래를 위해 학교에 다니며 배워야 할 존재이기도 했으나 의무 교육이 실현되지 않은 상황에서 생계를 위해 다양한 현장에서 일하는 존재였다. 소년운동 초기인 1920

년대 초·중반에는 유소년 노동을 전면 금지할 것이 주장되었지만 그에 대한 실질적인 대책이 없었던 현실에서 청소년의 노동 담론은 점차 그것을 인정하는 방향으로 변화한다. 근대 청소년소설에 나타난 청소년 노동에 대한 관점을 통해서도 그러한 경향을 확인할 수 있다.

1920년대 소설에서 청소년의 노동은 주로 '희생당하는 현실'을 상징하여 돈이 없어 학교에 다닐 수 없게 된 아이들이 억울하게 내몰린 지점으로 형상화된다. 직업 소년의 위치는 학생과 비교했을 때 청소년 시기에 맞지 않는 부당한 지위이자 바람직하지 않은 역할로 묘사되었다. 따라서 일하는 청소년들은 학생들을 보고 부러워하거나 자기 처지를 부끄럽게 여기며 일터는 부당하게 핍박받는 공간으로 묘사되었다. 하지만 1920년대 후반부터 1930년대 소설에서는 그러한 관점에 문제를 제기하며 노동과 배움에 대한 새로운 입장이 제시된다.

여기서는 이러한 점을 고려하여 가난 이야기 중 가난한 주인공의 노동에 대한 태도가 중심서사로 작용하는 것을 살펴본다. 또 '노동'의 의미를 부자의 무노동, 퇴폐적 향락과 대비시켜 드러내는 경향이 있으므로 그것과 아울러 논한다. 가난 이야기에서 가난한 주인공의 노동에 대한 태도는 다음과 같다.

첫째, 내가 할 일이 아니라고 생각했다가 나의 할 일로 받아들이다.
둘째, 주로 이타적 목적을 이루기 위해 필요한 물질을 얻는 수단으로 여기다.
셋째, 삶의 올바른 목표를 배우는 배움터이자 양심적 삶의 실현으로 여기다.

이러한 태도가 분명한 통시성을 띠고 나타나는 것은 아니지만 비교적 세 번째 태도가 앞선 태도들에 비해 나중에 나타난다고 할 수 있다. 그것은 앞선 태도들에 대한 극복이자 대안의 형태로 제시되기 때문이다.

첫 번째 태도는 학교에 대한 태도와 관련 깊다. 1920년대 근대적 소년관의 확산에 따라 청소년기는 학교에 다녀야 할 시기라는 생각이 보편화되면서 월사금 때문에 중퇴하거나 상급학교로 진학하지 못하는 청소년들은 자신의 처지를 한스러워할 뿐 아니라 부끄럽게 여기고 상급학교로 진학한 학생들은 '직업소년'이 된 그들을 놀리고 업신여기는 경우가 있었다. 청소년을 애호하기 위한 실천으로서의 교육에 대한 강조가 청소년기에 학교에 다니지 않으면 정상적인 기준에 미치지 못하는 것처럼 여기는 차별적 인식을 낳았던 것이다.

이와 같이 자기는 아직 노동할 때가 아니라고 여기던 청소년들의 인식이 바뀌는 작품으로 「광명을 찾아서」(노양근, 1931),[128] 「아버지와 딸」(안준식, 1934),[129] 「무지개」(이명식, 1930),[130] 「산기슭」(박승진, 1929),[131] 「소녀공」(박영준, 1932),[132] 「이빠진 낫」(이동우, 1932),[133] 「아버지의 미소」(양가빈, 1932)[134] 등이 있다. 「광명을 찾아서」와 「아버지와 딸」의 주인공들은 내적 갈등을 통해 스스로의 각성에 따라 변하였으며 나머지 작품들에선 선각자의 충고와 지도가 변화의 주된 계기로 작용한다. 「산기슭」을 예로 들어 논한다.

---

128 노양근, 「광명을 차저서」, 『신소년』, 1931. 1.
129 안준식, 「아버지와 딸」, 『별나라』, 1934. 9.
130 이명식, 「무지개」, 『별나라』, 1930. 6.
131 박승진, 「산기슭」, 『어린이』, 1929. 9.
132 박영준, 「소녀공」, 『전선』, 1932. 5.
133 이동우, 「이빠진 낫」, 『어린이』, 1932. 8.
134 양가빈, 「아버지의 미소」, 『어린이』, 1932. 5.

이 작품의 영희는 보통학교를 1등으로 졸업하였지만 가난하여 고등과 진학을 못 한다. 영희의 성장하려는 욕망이 가난 때문에 좌절당한 것이다. 그런데 영희는 다음과 같은 오빠의 충고를 듣고 다시 희망을 찾는다.

> "오빠는 중학교 3학년까지 다니다가 그만 두지 않았니? 성적도 남에게 첫째를 빼앗겨 본 적이 없었지! 그러나 나는 누가 시킨 것도 아닌데 내 스스로 오랫동안 정들인 학교를 퇴학하고 농군이 되었다. 그것은 사람이 훌륭하게 되려면 반드시 학교에만 다녀야 하는 것이 아니라는 것을 믿은 까닭이다. 이 세상에서 농사를 짓는 사람은 사람에게 없어서는 살 수 없는 밥과 같다 …(중략)… 땅을 파는 농군뿐이 아니라 사람의 농군이 될 터이다. 그리고 세상의 밥이 되겠다. 밭을 갈면서 마음도 갈겠다. 영희야! 그런 쓸 데 없는 생각을 말고 나와 같이 농군이 되자"[135]

위와 같이 오빠는 학교 다니는 일보다 농사짓는 일이 더 훌륭하고 긴요하다고 한다. 오빠의 말이 더욱 설득력을 얻는 이유는 그가 중학교를 우수한 성적으로 3학년까지 다녔으면서 스스로 퇴학하고 농군이 되었기 때문이다. 그것은 오빠같이 뛰어난 사람에게 학교가 배움의 장소로 부족하다는 것을 암시한다. 그래서 가난 때문에 좌절당했던 영희의 성장에 대한 욕망은 노동을 통해 극복되며 희극적 구조를 낳는다.

두 번째 태도는 1910년대 방정환의 고학생 소설들에서부터 나타

---

135 박승진, 「산기슭」, 42쪽.

난다. 그가 중학 시절 『유심』과 『청년』의 독자문예란에 투고한 「우유배달부」는 그 내용이 1919년 『신청년』에 게재한 「졸업의 일」과 비슷하고 주인공의 노동 형태는「금시계」와 같이 우유배달부이다. 방정환의 청소년소설은 대개 고학생을 주인공으로 하는데 이때 노동은 학비와 생계를 위한 수단이며 주인공에게 닥쳐온 시련의 상징이자 그것을 이겨내는 인물의 강인하고 건실한 성격을 드러낸다. 여기에서 '시련'은 희생 이야기와 달리, 주인공이 성공에 도달하기 전 거쳐야 하는 시험의 성격을 띠고 있다. 즉 노동의 고통에 따른 피해보다 그 고통을 이겨내는 주인공의 자질을 부각시키는 데 초점을 두는 구조라고 할 수 있다.

방정환의 고학생 소설에서는 '노동'보다 '학교(배움)'가 상위 가치다. 노동은 학교를 다니기 위한 수단이기 때문에 조력자가 나타나 청소년의 학비와 생계를 보장해주면 그것이 큰 행운으로 묘사된다.[136] 그렇다고 하여 청소년들이 노동을 거부하거나 한스럽게 여기지는 않는다. 오히려 그들은 자신의 목적을 이루는 데 필요한 물질을 노동을 통해 얻을 수 있으므로 적극적으로 노동하려 하고 기쁘게 한다. 이렇게 그들이 힘겹게 노동하여 얻으려는 궁극의 목적은 이기적, 물질적인 데 있지 않고 이타적, 정신적 가치와 관련 있다.

그러한 소설로 방정환의 작품 외에 「야구빵장사」(문인암, 1926),[137] 「창수의 지각」(연성흠, 1929), 「귀여운 희생」(이정호, 1929), 「눈물의 입학」(이태준, 1930), 「고학생」(강남춘, 1933),[138] 「내 힘과 땀」(최병화, 1934)[139] 등을

136 그러한 작품으로 「영호의 사정」(『어린이』, 1923. 10-12)과 「금시계」(『어린이』, 1928. 1)를 들 수 있다.

137 문인암, 「야구빵장사」, 『어린이』, 1926. 12.

138 강남춘, 「고학생」, 『어린이』, 1933. 5.

139 최병화, 「내 힘과 땀」, 『별나라』, 1934. 1.

들 수 있다. 앞의 세 작품은 '동정' 이야기로 타인을 돕기 위한 노동이고, 뒤의 세 작품은 가난 속에서 집안의 생계를 돕고 학비를 벌기 위한 노동이다. 후자에서 대표 작품만 들어 논한다.

「내 힘과 땀」의 주인공은 14세 무석이로 신문배달부이다. 그가 노동하는 목적은 물질에 대한 욕심 때문이 아니다. 무석의 아버지가 노동하다가 높은 곳에서 떨어져 허리를 쓸 수 없게 되자, 어머니는 무석에게 학교를 그만 두고 공장에 취직하여 돈을 벌어오라고 한다. 이러한 시련은 희생 이야기와 비슷하지만 무석이가 스스로의 의지와 노동으로 그 시련을 극복하는 것이 다르다. 그는 어머니 말을 그대로 따르지 않고 공부하며 돈을 벌 수 있는 신문배달부가 되어 가족의 생계를 책임지며 학업도 이어간다.

이 글의 주권적 서술자는 마지막 부분에서 무석이 부모의 보호 아래 학교에 다니는 학생보다 훨씬 훌륭하다고 칭찬하며 그러한 무석을 놀리거나 업신여기는 것은 어리석은 짓이라고 훈계한다. 이렇게 노동은 그 자체의 가치보다 주인공의 목적을 이루기 위해서거나 다른 청소년보다 뛰어난 그들의 자질을 드러내기 위한 수단으로 중시된다.

세 번째 태도는 두 번째 태도의 한계에 대한 대안적 의미를 띠고 있다. 가난을 받아들이고 생계와 학비 등을 벌기 위해 노동하더라도 희생 이야기에서 제시된 바와 같이 강자의 이익을 옹호하고 약자를 착취하는 현실 때문에 목적한 만큼의 물질을 얻기가 어렵다. 이와 같은 현실에서 목적을 이루기 위한 물질을 얻는 수단으로서의 '노동'의 의미는 퇴색될 수밖에 없다.

요컨대 노동에 따른 정당한 물질적 보상을 받을 수 없음에도 불구하고 노동해야 하는 이유가 설득되어야 했다. 작가들은 그것을 '노동' 자체의 가치에서 찾았다. 노동하며 사는 삶이 건강하게 양심적으로 사는 길이고 노동을 통해 부조리한 사회 현실을 깨닫고 올바른 삶의 목표를 찾을 수 있다는 논리이다. 이 경우 두 번째 태도보다 더 노동의 정신적 가치가 부각된다. 그러한 작품으로 「풀 위에 누운 소년」(김남주, 1926),[140] 「학생빵장사」(최병화, 1929), 「농군의 아들」(윤기정, 1930),[141] 「꿈」(승응순, 1932),[142] 「목동」(박맹, 1933)[143] 등을 들 수 있다. 대표적인 몇 작품만 들어 논한다.

「꿈」의 주인공은 정치가, 소설가, 음악가가 되려는 꿈을 지닌 가난한 농가의 청소년들이다. 보통학교를 졸업하고 상급학교를 진학할 수 없게 된 그들은 꿈을 이루기 위한 대책을 의논한 끝에 가출을 계획한다. 그래서 같은 날 집안의 소 판 돈, 빗 물 돈 등을 훔쳐 일본으로 떠난다. 그들은 고학을 꿈꾸며 일본 중학교에 입학하지만 일자리도 구하기 어렵고 비싼 학비와 생활비를 댈 수 없어 얼마 못 가 퇴학당하고 부랑자 신세가 된다. 청소년들이 궁핍한 현실에 굴복하지 않고 배움을 위해 필사적인 노력을 기울였으나 좌절당한 것이다. 하지만 그들은 노동을 통해 참된 각성에 이르며 궁핍한 현실을 극복하여 희극적 구조를 보인다. 그들은 공장 노동과 조합 야학을 통해 자신들의 꿈이 허영에 불과하였음을 깨닫고, 고향에 돌아와 농사를 지으며 야학을 열어 헛된 꿈을 꾸고 있는 청소년들을 깨우치면서 참된 삶을 실현한다.

이 이야기는 개인적 성공에 대한 희망과 고학에 대한 막연한 낙관을 비판하며 노동과 조합 야학을 통해서만 가난한 자들이 올바른 삶

140 김남주, 「풀 우에 누은 소년」, 『신소년』, 1926. 11.
141 윤기정, 「농군의 아들」, 『별나라』, 1930. 10-11.
142 승응순, 「꿈」, 『신소년』, 1932. 1.
143 박맹, 「목동」, 『신소년』, 1933. 8.

의 길을 실현할 수 있음을 보여준다. 이러한 이야기의 주인공들은 가난에 대해서 감정적이기보다 합리적으로 대처하는 경향이 있다. 그래서 소설의 분위기도 주체가 놓인 상황이 희생 이야기와 크게 다를 바 없음에도 불구하고 밝고 씩씩하다.

「풀 위에 누운 소년」은 노동의 가치가 보다 극대화되어 부유한 자가 스스로 '부(富)'를 버리고 노동하는 소설이다. 주인공은 지주 아들 부용인데, 아버지의 욕심 많고 부덕한 모습 때문에 번민하는 내적 갈등을 중심서사로 한다. 부용은 아무리 좋은 음식과 잠자리를 주어도 잘 먹고 자지 못하여 늘 기운 없이 풀 위에 누워 있다. 학교에서 선생들이 지주 아들이라고 떠받들어도 그는 맥없이 고개 숙인 채 부끄러워하고 슬퍼한다. 지주는 귀신에 홀린 것이 아닌가 싶어 굿도 하고 약도 쓰지만 아무 소용이 없다. 마침내 부용이 아버지에게 돈을 이웃 사람에게 나누어 주자고 한다. 지주는 아들을 꾸짖을 뿐 달라지지 않는다. 결국 부용은 가출하고 청년이 되어 고향에 온다. 그는 소년 시절과 달리 건강하고 씩씩한 모습이다. 그동안 노동을 하며 자기 힘으로 당당하고 기쁘게 살았기 때문이다.

이 소설은 '부유하지만 부도덕한 현실＼청소년의 도덕적 의지'가 대립하여 후자가 전자를 이기며 행복한 결말을 보인다. 이때 노동은 청소년의 도덕적 의지를 실현하는 구체적인 대안이자, 행위로 제시된다. 이 소설은 1926년 『신소년』에 실린 것으로 계급주의적 관점이 드러난 매우 도식적인 소설이다.

이상에서 살펴 본 것처럼, 가난 이야기에서 청소년은 그들이 처한 시련을 '노동'으로 극복하여 희극적 구조를 낳는다. 이것은 부자들의 무노동, 퇴폐적 향락과 대조적으로 제시되어 계급주의 이념을 구현한다. 부자들은 자기에게 필요한 일을 스스로 하지 않고 남에게

시키는데 그것도 정당한 대가를 지불하지 않고 공짜로 얻으려고 갖은 수를 쓴다.

「오월의 태양」(김우철, 1933)[144]에서 마을의 학생들과 어른들은 '소나무 보호'라는 명분 아래, 삼석산의 송충이 잡는 일에 동원된다. 농사일이 한창 바쁜 때에 송충이 잡을 틈이 없는 어른들은 소년들에게 학교를 빠지고 송충이를 잡으라고 시킨다. 소년들이 송충이를 잡고 내려오는데 산주인이 동장, 순사, 학교장에게 감사하다고 잔칫상을 차려 대접한다. 그들은 대낮부터 주연을 즐긴다. 점심도 굶고 송충이만 잡던 청소년들은 일한 건 자기들인데 일도 안 한 그들이 먹고 노는 것을 보고 이상히 여긴다. 여기서 산주인이 송충이 잡는 품삯을 아끼려고 공권력을 이용한 사실이 폭로된다. 즉 이 작품에서는 공권력과 유산 계급이 공모하여 가난한 사람들을 착취하는 행위가 비판적으로 제시된다.

이와 같이 근대 청소년소설에서 향락과 휴식은 부자들에게만 주어지는데 그 형태도 문란하고 가학적이다. 「어린 직공의 사」(유종석, 1920)[145]에서 주인공 소년을 치어 죽게 만든 자동차의 주인은 금반지를 끼고 잘 차려입은 부잣집 청년이다.

> 그 자동차 안에는 금테 안경을 콧등에 걸고 세로 양복에 분홍 와이셔츠 오른손 무명지에 찬란히 빛나는 것은 금광석 반지 이렇게 차린 부가청년(富家青年) 한 사람과 오색 의상을 산뜻이 차리고 팔뚝에는 금

144 김우철, 「오월의 태양」, 『신소년』, 1933. 5. 7.
145 유종석,「어린 직공의 사」,『동아일보』, 1920. 4. 2. 이 작품은『일제강점기 한국 노동소설전집 1』(안승현 엮음, 보고사, 1995)에 발표일이 '1920년 1월 2일'이라고 되어 있다. 하지만 이것은 오류이다.『동아일보』는 1920년 4월 1일 창간되었고, 이것은 4월 2일 게재되었다.

> 시계, 머리에는 금비녀 꽂은 기생 한 사람과 함께 탔으니 보지 않아도 부랑청년이 기생을 싣고 어느 곳으로 향하든 것이 분명하다.

위와 같이 서술자는 기생을 끼고 놀러 나가는 부잣집 청년을 사치와 향락에 빠진 부랑청년으로 제시한다. 「진수와 그 형님」(김도인, 1930)[146]에서 주인공 진수를 부당하게 때린 방앗간 주인 아들 상득도 가학적 놀이를 한다. 그는 길 복판을 줄로 막고 동네 아이들로 하여금 줄 밑으로 기어가게 하는데 만약 줄이 몸에 닿으면 채찍으로 아이들을 때린다. 자존심이 센 진수는 줄 밑으로 기어가기 싫어 줄을 뛰어넘어 가겠다고 하자, 상득은 줄을 높이 올리며 조금이라도 닿으면 때리겠다고 협박한다. 진수가 줄을 닿지 않고 넘었음에도 불구하고 상득은 채찍으로 진수의 등을 후려친다.

(3) '부(富)'의 부정과 '가난'의 합리화

근대 청소년소설은 거의 가난한 청소년을 주인공으로 하여 그들이 현실의 물질적 궁핍 속에서 당하는 곤란을 도덕적 의지와 건전한 노동으로 극복하고 그에 따른 보상을 받는 구조로 이루어져 있다. 부유한 청소년이 주인공이더라도 가난한 자의 처지에서 생각하고 행동한다. 한 마디로 '부(富)'가 부재한다. 따라서 근대 청소년소설을 통해서는 당대 부자의 심리와 입장을 잘 알 수 없다. 부자가 등장하더라도 이기적 물욕과 퇴폐적 향락을 추구하는 부정적인 모습으로만 그려지기 때문에, 텍스트 내에서 '부(富)'는 부인될 뿐이다. 즉 근

---

146 김도인, 「진수와 그 형님」, 『어린이』, 1930. 11.

대 청소년소설에서 부자의 현실은 배제될 뿐 아니라 부정되고 있다. 이것은 텍스트에서 다음과 같은 의미를 나타내기 위한 전략으로 볼 수 있다.

① 빈자의 도덕성

빈자는 물질보다 정신적 가치를 추구한다.
빈자는 생계와 배움을 위해 노동한다.
빈자의 노동은 건전하다.

② 부자의 비도덕성

부자는 양심과 도덕을 훼손해서라도 물질을 탐한다.
부자는 일하지 않고 빈자를 부리고 놀기만 한다.
부자의 놀이는 퇴폐적이다

③ 청소년의 도덕성

물욕이 없는 청소년은 어른들보다 정신적으로 우월하다
도덕적 청소년이 어른들을 반성시킬 수 있다.

④ 물질보다 정신의 우위성

외면의 훌륭함보다 내면의 훌륭함이 참된 훌륭함이다.
물욕이 정신을 타락시킨다.

⑤ 놀이보다 노동의 우위성

노동을 통해 참되고 바른 삶을 살 수 있다.
놀이는 게으르고 할 일 없는 자들의 향락을 위한 것이다.

요컨대, '부(富)의 부재'를 통해 가난한 이의 도덕성과 부자의 부도덕함, 도덕적 존재로서 청소년의 사명감과 의무, 물질적·쾌락적 욕망의 위험성을 드러낸다. 따라서 면밀히 살펴보면, 부재하는 것은 '부(富)'만이 아니다. 빈자의 '물욕과 놀이'도 텍스트에 존재하지 않는다. 근대 청소년소설에서 가난한 청소년의 물욕은 별로 나타나지 않지만 제시되더라도 부정적으로 그려진다. 이원수가 습작 시절 『어린이』에 투고한 「은반지」[147]를 예로 들어 보이겠다.

주인공 옥순은 홀어머니와 함께 부자 친척 아저씨네 얹혀산다. 인색한 아저씨는 학교도 보내주지 않는 것을 모녀가 여러 날 간청하여 옥순은 겨우 학교에 다닐 수 있게 된다. 옥순은 학교에서 동무가 낀 은반지를 보고 너무 갖고 싶어 무서움도 무릅쓰고 아저씨에게 은반지를 사달라고 조른다. 화가 난 아저씨는 옥순에게 몰매를 퍼붓고 광에다 가두어 학교도 가지 못하게 한다. 결국 은반지를 끼고 싶었던 옥순의 손가락에는 은반지 대신 매자국만 남는다.

이 작품은 가난한 청소년의 생계나 배움, 다른 이를 돕기 위한 수단으로서의 물질이 아닌 물질에 대한 순수한 욕망을 제재로 하고 있다. 그러나 그것은 물욕을 인정하고 그에 대한 탐구를 위한 것이라기보다 옥순의 가련한 처지를 부각시켜 슬픔의 미학을 이루기 위한 것으로 보인다. 그래서 아저씨의 인색하고 잔인한 행동이 비판적으로 그려지지만, 그렇다고 옥순의 욕망이 긍정적으로 서술되는 것도 아니다. 옥순은 나중에 그때의 물욕을 깊이 후회한다. 당시 이 소설을 읽은 청소년들이 옥순을 불쌍히 여기고 아저씨가 너무했다고 느끼는 한편, 물욕은 위험한 것이라는 경계심을 가질 수 있다고 생각

147 이원수, 「은반지」, 『어린이』, 1929. 5.

한다. 가난한 청소년의 물욕을 제재로 삼은 이 소설도 그 의미에 있어서 물욕에 대한 위험성을 경고하는 것은 마찬가지인 것이다.

근대 청소년소설의 주인공들은 대부분 노동하거나 공부하고 있으며 놀지 않는다. 나무를 하거나 소가 풀 뜯는 동안 잠깐씩 쉬는 경우가 있지만, 그때도 놀기보다 동무들과 미래를 위한 생산적인 대화를 나눈다.[148] 십리 길을 걸어 하교하는 도중에 개울물에 들어가 멱을 감기도 하지만 이때도 소년회 일에 대해 의논하며 새로운 결의를 다진다.[149] 근대 청소년소설에 등장하는 가난한 어른들도 놀지 않는다. 그들은 늘 힘들게 노동하다가 병을 얻어 죽거나 시름시름 앓고 누워 있다. 간혹 술 먹는 남자 어른들이 나오지만 그 장면을 자세히 묘사하지 않는다. 그리고 부자들의 주연처럼 향락을 위한 것이라기보다 현실의 고통과 울분을 달래고 삭이기 위한 것으로 제시된다. 이것은 성인 대상의 소설과 차이가 있다.

거기에서는 가난한 지식인이라도 책을 팔아 친구들과 술을 먹으며 여행도 한다. 또 기생집에서의 주연이 회식 문화로 제시되어 그 자체가 부도덕한 것으로 비판되는 건 아니며, 오히려 거기서 만난 기생과의 사랑이 주요 모티프로 자리한다. 노동자·농민 주인공의 성인소설이라 하여 사정이 다르지 않다. 한마디로 그들도 일만 하지 않는다.

김유정이나 채만식의 소설을 떠올려 봐도 알 수 있듯이, 가난한 이들의 대표적 놀이는 노름이었다. 아내를 판 돈 가지고 노름할 정도로[150] 노름에 사로잡혔던 어른들이 청소년소설에서는 한 명도 보

---

148 박맹, 「목동」, 『신소년』, 1933. 8.
149 김우철, 「방학날」, 『신소년』, 1932. 7.
150 김유정, 「만무방」, 전신재 편, 『원본 김유정 전집』, 강, 1997, 114쪽.

이지 않는다. 또 김유정 소설에서 산골 마을의 가난한 사내들은 '들병이'들과의 희롱을 통해 향락의 기쁨을 맛본다.[151] 1930년대 말 청소년소설의 주요 저자였던 현덕의 첫 작품 「남생이」는 바로 이 들병이네 가족을 주인공으로 하고 있다. 그것은 어린아이 노마를 초점자로 하여 서술되지만 작가가 청소년 독자를 대상으로 쓴 소설이 아니다. 노마의 어머니가 항구에서 술장사를 하는 들병이인데, 털보와 어머니의 관계를 시기한 '박아지'에 의해 노마는 어머니의 일터에서 어머니가 가난한 노동자들과 희롱하는 장면을 목격한다. 하지만 현덕의 청소년소설에서 향락을 즐기는 어른은 한 명도 없다.

이와 같이 근대 청소년소설에서 '부(富)'가 부정될 뿐 아니라, 빈자의 물욕과 향락이 억압됨으로써 텍스트 내에 다음과 같은 모순이 발생한다.

첫째, 빈부는 주체의 조건과 상관없이 외부적 요인에 의해서만 결정된다.
둘째, 도덕적인 자들이 부도덕한 자들보다 열등한 지위에 있다.
셋째, 물질이 결핍된 자가 물질을 추구하면 안 된다.
넷째, 개인에게 즐거움을 주는 물질과 향락은 해롭다.

이러한 논리는 공통적으로 자연적 이치가 부정된 것이다. 물질이든 무엇이든 결핍된 것을 추구하는 것이 이치이며, 어떤 현상도 내적 요인 없이 외부적 요인에 의해서만 발생되지 않는다. 그리고 도덕적으로 우위에 있는 자들이 그렇지 못한 자들보다 우월한 것이 이

151 김유정, 「솟」, 「안해」, 「정분」, 전신재 편, 앞의 책.

치이며 즐거움은 이로움을 주는 것이 이치이다. 여기에서 첫째, 둘째 모순은 사회적 모순의 반영에 따른 의도된 모순으로 볼 수 있고 셋째, 넷째 모순은 '선한 빈자와 악한 부자', '유익한 노동과 타락한 향락'의 구조를 통해 자연화된 모순으로 볼 수 있다.

결국 이러한 텍스트들의 가장 근본적인 모순은 빈부의 가치 전도에 있다. 본래 내포된 '빈'의 부정성과 '부'의 긍정성을 뒤바꾼 것이다. 그래서 가난함에도 불구하고 정신적 가치를 추구해 칭송받았던 것이 가난하기 때문에 도덕적일 수 있는 것으로 조건화된다. 이것은 다음과 같이 가난의 합리화에 기여하며 현실의 물질적 궁핍을 도덕적 우위로 보상한다.

> '가난'의 책임은 주체에게 있지 않다.
> '가난'은 양심적 삶의 조건이므로 '부(富)'보다 가치 있다.

이러한 의미와 그것의 한계를 단적으로 보여주는 작품이 「무쪽영감」(구직회, 1931)[152]이다. 이 소설은 소년 '나'가 주인공 무쪽영감에 대해 서술한다. 무쪽영감은 혼자 사는 칠십 노인이다. 그는 짚신도 삼고 남의 일도 도우며 끼니를 때우지만 절반은 마을 사랑방을 돌아다니며 밥을 얻어먹는다. 이와 같이 남의 밥을 무쪽같이 잘 떼어 먹는다고 얻게 된 별명이 '무쪽영감'이다. 밥술이나 먹는 집들은 그를 염치없다고 싫어하지만 가난한 집 아이들에게는 친구요 선생이다. 그는 남의 밥을 잘 떼어먹는 태도와는 달리, 아이들에게 "남의 노력을 가만히 앉아서 먹고자 애쓰는 자는 저 하나를 위하여 많은 사람을

152 구직회, 「무쪽영감」, 『별나라』, 1931. 7·8.

못 살게 할 것이다. 차리리 그러려거든 죽어라."[153] 하고 훈계한다. 이것은 그의 평생의 신념이다. 그러한 그가 남의 밥을 떼어 먹는 이유는 "나도 내가 먹을 이상의 밥은 넉넉히 벌어 논" 때문이고 "나는 내 손으로 지은 쌀을 한 번도 다 먹어본 적이 없"[154]기 때문이다. 즉 젊었을 때 장정으로 뽑혀 다니며 농사를 많이 지었으나 부자들에게 다 빼앗겼으므로 지금은 남의 밥을 얻어먹어도 된다는 것이다.

다시 말해 현재의 궁핍은 그의 잘못이 아니다. 그는 젊은 시절 의병대장으로 못된 놈들과 싸워 감옥에도 갇혔던 의기가 굳센 이다. 그는 동네 아이들을 모아 야학을 하며 가난한 아이들이 부자 아이보다 훌륭하다는 자부심을 갖게 한다.

> 부자라는 것이 좋지는 못한 것이라고 말하였 …(중략)… "귀복아 너는 쌀이 있고 돈이 있댔지? 우리는 이러한 동무가 많다 …(중략)… 우리는 쌀 만들고 돈 만드는 아버지를 가졌다"[155]

그런데 동냥아치이지만 훌륭한 정신을 가지고 아이들의 야학 선생이기도 했던 무쪽영감이 보릿고개를 이기지 못하고 굶어 죽는다. 이것은 '훌륭한 가난'의 한계를 보여준다. 여기선 무쪽영감의 죽음을 점점 고약한 인심 탓으로 돌리고 아이들이 그의 죽음을 통해 새롭게 결의를 다지는 계기로 삼았지만 무쪽영감의 삶처럼 '훌륭한 가난'이 자기 한 목숨도 부지하기 어려운 것이라면 따라 배울 모범으로 권장되기는 어렵다.

153 위의 글, 10쪽.
154 위의 글, 12쪽.
155 위의 글, 11쪽.

무엇보다 근대 청소년소설에서 확인할 수 있는 '가난과 부(富)'의 논리는 현실에서의 논리와 거리가 있다. 현실의 가난한 사람들이 소설 속 빈자처럼 물질적 가치 대신 정신적 가치만 추구한 것도 아니었고 사회적 여론이 '부(富)'를 부정적으로만 여기는 것도 아니었다. 부호 청년이 모범 청년으로 제시되었으며, '부자 되는 법'을 현상 공모할 만큼 '부자 되기'는 그 시대 때에도 많은 사람들의 관심사였다.

이렇게 텍스트에 드러나지 않은 현실이 작가의 의도 및 욕망과 결부되어 텍스트에서 '부(富)'를 부정한 원인으로 작용한 것이다. 그에 대해 다음 장에서 자세히 살핀다.

2.2. 실용주의와 도덕주의

근대 청소년소설의 특질 중 하나인 '가난'은 개인이 처한 곤란한 상황이자 해결해야 할 사회적 문제였기 때문에 청소년 교육에 있어서 주요 고려 대상이었다. 하지만 교육 주체의 목표에 따라 가난의 표상 및 원인과 대책이 다르게 제시된다.

일제 강점기 교육 주체는 크게 공교육을 담당하고 사회 전반의 교육 기관을 감시, 통제했던 일제 당국과 사립학교나 야학, 소년문예운동 등의 형태로 사교육을 담당했던 민족운동가들로 나누어 볼 수 있다. 전자의 교육 목표는 식민지 통치 정책에 부합하는 인간형을 길러내는 것이었으며 후자는 일제에 대한 비판의식을 가지고 부조리한 사회 현실을 변화시킬 수 있는 인간형을 길러내는 것이었다. 그에 따라 각 주체들은 가난의 원인과 대책을 다르게 제시하며 청소년들에게 가난한 현실을 살아가는 올바른 자세를 교육하려 하였다.

가난은 인간의 생존과 결부된 물질적·구조적 문제이지만 당대 식민지 산업구조와 관련된 민감한 사안이었기 때문에 교육 담론에서는 실질적이고 근본적인 원인과 대책이 논의되기보다 가난한 자의 대응 자세 즉 청소년들의 도덕 교육에 초점을 둔 논의가 많았다. 일제 당국과 민족운동가들의 서로에 대한 경계와 대응의 과정에서 다양한 도덕적 가치가 청소년들에게 보편타당한 윤리로 주입되었다.

여기에서는 '가난'과 관련된 일제의 교육 이념과 그에 맞선 민족운동가의 교육 이념이 가난 이야기의 생성과 수용에 작용한 양상을 분석할 것이다.

(1) 실용주의 식민화 교육에 저항하는 도덕교육

일제는 식민지 조선이 가난한 이유를 조선인의 성격과 습관 그리고 오랫동안 무능한 왕조의 통치를 받은 폐해에서 찾고 있다. 이러한 사실은 일제가 조선인에 대해 분석한 보고서와 조선인에게 교육한 수신서 등을 통해 알 수 있다. 『조선인의 사상과 성격』[156]은 1927년 조선총독부에서 편찬한 대외비(對外秘) 자료이다. 그것은 각종 방면에서 조선인의 사상과 성격이 표현된 자료를 수집하여 촉탁 무라마치 지준이 편집한 것이다. 『동아일보』, 『조선일보』 등의 조선 사회언론에 민족운동가들이 발표한 자료, 미국인 관광객, 러시아 군인 등 외국인의 관점에서 발표된 자료, 조선의 사상문화 연구가 다카하시 도루의 저서 『조선인』[157]에서 발췌한 글 등 다양한 자료가 엮여

156 조선총독부 편저, 김문학 옮김, 『일제가 식민통치를 위해 분석한 조선인의 사상과 성격』, 북타임, 2010.
157 다카하시 도루, 구인모 번역 해제, 『식민지 조선인을 논하다』, 동국대 출판부, 2010.

있다. 그렇게 하여 정보가 객관적이라는 인상을 주지만 일제가 식민 통치를 위해 선별한 조선인의 특질들만 모았기 때문에 내용은 천편일률적이다.

제1편 조선인 개관에서 전반적인 특질을 제시하고 2편부터 7편에 조선인의 성격, 사회적 경향, 정치 및 경제, 신앙, 문화, 문예사상 관련 자료를 소개하고 있다. 그중 가난과 관련된 항목을 인용하면 다음과 같다.

(가) 조선에 건너와서 이상하게 느낀 것은 조선인은 **나태한 민족**이라는 점이다. 그들은 …(중략)… 망하는 것도 당연하다.[158]

(나) **방종, 사치, 낭비, 사행**
이는 조선인 대부분의 성벽이다. **근검노력의 자세가 결여**되었기 때문에 빌붙어 생활하려고 하는 것 역시 무리가 아니다.[159]

(다) 일반적으로 조선인을 **부화뇌동의 민족**이라 일컫는다. 자기의 주의도 없고, 정견도 없이 **감정에 격하는 악벽**이 있기 때문이다. …(중략)… 그들의 생활은 빈궁결핍해졌고, 그들이 육성시킨 것은 부패, 무질서, 혼란, 박해, 압제였다.[160]

(라) 여기서 말하는 **낙천성이**라는 것은, 생활의 3대 요소인 의식주의 부족에 대해 노심초려하는 것이 지극히 미미하며, 생존경쟁이 치

158 조선총독부 편저자, 앞의 책, 57쪽. (가)부터 (마)까지 인용문에서 굵은 글씨는 핵심 구절을 필자가 표시한 것이다.
159 위의 책, 112쪽.
160 위의 책, 113-114쪽.

열한 문명사회의 시각에서 보면 거의 세상의 근심을 모르는 것 같은 정신상태를 지닌 것을 가리킨다 …(중략)… **조선인 전체를 보아도 극빈한 까닭으로 끼니를 굶는 일을 남에게 말해도 수치로 여기지 않는 풍습**이 있다.[161]

(마) "빌릴 수만 있다면 이자가 아무리 비싸도 기꺼이 돈을 빌리는 것이 조선의 하층계급 사람들이다." …(중략)… **저열의 극치에 달한 '하루주의' 적인 사상**이 낳은 것이다. …(중략)… **자금의 생산을 고려하지 않는 곳에서는, 즉 자각이 없고, 궁핍한 몸에 자선행위를 하는 것으로 더욱 심한 궁민화를 초래하고 만다. 궁민을 재생산해서는 안 된다.**[162]

이상의 요지를 정리하면, 조선이 가난한 이유는 조선인이 게으르고 허영심이 많으며 하루주의적인 낙천성을 지녀 미래에 대한 준비가 없기 때문이다. 또 주견이 없이 부화뇌동하며 창의력이 없기 때문에 현실을 개선하려는 노력을 하지 않기 때문이다. 한마디로 조선의 가난은 뿌리 깊이 밴 조선인의 습속과 성격에서 비롯되었다는 것이다.

이러한 분석을 바탕으로 할 때, 가난은 '불결, 게으름, 무능력, 미개'를 표상하며 척결해야 할 '악'으로 상징된다. 그리고 (마)의 "궁핍한 몸에 자선행위를 하는 것으로 더욱 심한 궁민화를 초래하고 만다."와 같이 '공적부조'에 대한 부정적 의견이 제시된다. 개인의 사상과 태도 때문에 초래된 가난이므로 자선 행위는 그러한 성격을 개

161 위의 책, 221쪽.
162 위의 책, 297쪽.

선시키기보다 의존심을 키워 궁민을 재생산하는 폐해를 낳는다는 것이다.

일제는 이러한 논리에 따라 가난을 극복하기 위한 가장 근본적인 대책으로 교육을 내세운다. 특히 이미 습속과 성격이 굳어진 어른보다 자라나는 미성년을 대상으로 한 교육에 중점을 둔다. 그에 따라 조선총독부가 표방한 교육방침은 '실용주의'였다. 통치 정책이 변하면 교육 정책도 수정되었지만 실용주의 노선에는 큰 변화가 없었다. 초대 총독으로 부임한 데라우치는 다음과 같이 조선에 필요한 실용주의 교육에 대해 언급한다.

> 인문의 발달은 후진교육에 기대하지 않을 수 없다. 그러므로 교육의 요점은 지혜를 끌어올리고 덕을 닦아 수신제가의 밑천을 삼는 데 있다. 그런데 학생은 꿈쩍 없이 수고를 싫어하고 편안을 취하여 한갓 공리를 말하고 방만하게 흘러서 마침내 하는 것 없이 먹기만 하는 유민이 된 자가 흔하다. 이제부터는 마땅히 그 폐단을 고치며 허영을 버리고 실용으로 나아가 느리고 게으른 폐단을 씻어내고 부지런하고 검소한 미풍을 함양하기를 힘써라.[163]

데라우치는 그동안 조선에서 이루어진 교육이 하는 일 없이 먹기만 하는 유민을 길러냈다고 비판하며 실용주의 교육을 통해 그 폐단을 고치겠다고 한다. 이러한 취지에 따라 1911년 8월에 조선교육령이 제정되었다. 그것은 '근로주의, 실제주의, 점진주의'에 근거한 방침으로서 초등교육에서도 실과목 훈련에 힘쓰고 실업교육과 보통

163 이만규, 『다시 읽는 조선교육사』, 살림터, 2010, 501쪽.

교육을 보급하는 데 중점을 두었다.

1919년 3·1운동 이후, 새로 부임한 사이토 총독은 조선의 민심을 수습하기 위해 문화정치를 표방하며 교육령 일부를 개정하였다. 보통학교 수업 연한을 4년에서 6년으로 늘리고 일본 역사와 지리를 더 하는 등 일본인과 차이가 없도록 학제 전체를 일본 준거주의에 따르도록 하여 사범·대학 교육 등을 추가하였다. 그렇다고 실업교육의 비중이 줄어든 것은 아니었으나 고등교육의 비중을 높여 전반적인 교육의 수준을 높이는 듯하였다. 하지만 1926년 새 총독 야마나시가 다시 실용주의를 내세우며 도립 특과 사범학교를 폐지하고 보통·고등보통학교에 필수과목으로 직업과를 두는 등 교육정책은 실과 훈련주의로 환원되었다.[164] 1931년부터 전시체제로 돌입하기 직전인 1936년까지는 '교육이 곧 생활'이라는 강령 아래, 농촌진흥과 연관된 교육정책이 추진되었다. 이것은 야마나시의 실리주의를 더 구체적으로 발전시킨 것이다.

일제는 이러한 교육정책에 부응하는 수신서를 통해 조선인의 민족성을 개조하기 위한 덕목을 교육하였다. 일제 강점기 수신서에서 높은 비중을 차지한 덕목은 '청결, 근면, 검소, 저축, 규칙 엄수' 등이다.[165] 그중 보통학교 수신서에서 가장 많이 다루어진 주제는 '청결과 위생'이다.[166] 이것은 다음과 같이 조선인이 불결하다는 이미지를 전제로 하여 그 원인은 게으름 때문이고 그 결과 미개국 상태에 머물러 있다는 논리로 확장된다.

---

164 위의 책, 592쪽.

165 이병담, 『한국 근대 아동의 탄생』, 제이앤씨, 2007, 121-124쪽 참고.

166 김순전 외, 『제국의 식민지 수신』, 제이앤씨, 2009, 239쪽.

> 身體의 때를 씻지 아니하며 더러운 衣服을 입고 衆人 앞에 나옴은 無札하기가 심한 자이로다. …(중략)… 道路에 大小便을 누며 집밖으로 大小便을 流出케 하여 惡臭가 觸鼻케 함은 文明國에서는 決코 없는 일이니라.[167]

'근면'은 시간의 중요성과 연계되어 조선인의 생활 감각을 근본적으로 변화시키기 위한 덕목으로 기획되었다. 조선총독부는 조선인이 시간관념이 없다고 비판하며 '신영토조선'의 절대적인 빈곤을 극복하기 위한 조처로써 '시(時)' 프로젝트를 추진했다. 그것은 1921년부터 매년 6월 10일을 '시의 기념일'로 제정하고 시간의 규율에 맞는 생활 습관을 홍보하는 내용으로 이루어졌다.[168] 이와 같이 일제 당국이 조선인의 시간관념 교육을 중차대한 문제로 여겼기 때문에 수신교과서뿐 아니라 조선어과 교과서에서도 그에 대한 비중이 높다.

> 나의 거처하는 방, 책상우에는, 조고마한 철갑좌종 한 개가 노여잇소. 그 모양은 비록 적으나, 나에게 대하야는 실로 무쌍한 중보가 되는 것이오. 조석으로 상대하는 친근한 벗이라고도 할 수 잇으며, 매일 나의 기거동작을 규율잇게 지도하야 주는 어진 스승이라고도 할 수 잇소[169]

위의 인용은 『신편고등조선어급한문독본』, 「권1-8」, 42쪽에 실린 수필 「시계」의 일부이다. 어느 고보생이 시계를 통해 시간의 중요성을 각성하며 근면하게 생활하는 모습을 그리고 있다. 그밖에 조선어과 교과서의 「권2-13-怠치 말고 時를 惜하라」, 「권1-13-근검은 제가

---

167 위의 책, 239쪽.
168 김혜련, 『일제 강점기 조선어과 교과서와 조선인』, 역락, 2011, 261-265쪽 참고.
169 위의 책, 262쪽.

의 기초라」, 「권3-1-습관」, 「권3-11-폐물 이용」 등은 모두 시간 절약을 계도하는 내용의 단원들이다.[170]

조선의 가난에 대한 일제의 이러한 대응은 본국에서와 다르다. 일본에서는 1897년부터 빈곤이 자본주의의 구조적 모순에서 발생한 것으로 이해되기 시작했다. 그리하여 1890년부터 구빈 법제인 '휼구규칙'의 제한부조주의적인 성격을 개정하고자 하는 움직임이 일어났다. 여러 논란 끝에 일본 정부는 1897년 통첩 '휼구규칙 적용에 관한 건'을 발령하여 '휼구규칙'의 적용을 완화시키는 방침을 하달했다. 그리고 1900년 9월에 '빈민연구회'가 결성되어 후진적인 일본의 구빈 제도를 연구하며 사회사업의 선구적 역할을 담당하기도 했다. 1918년에는 전국규모로 발생한 '쌀소동'을 계기로 노동불능의 궁민뿐 아니라 노동하는 빈민을 구제하기 위한 여러 대책이 강구되었다.[171]

이와 같이 빈곤 문제를 사회 구조적으로 연구한 일본이 조선의 가난에 대해서는 습속과 성격의 차원으로만 분석하고 교육적으로 접근한 점은 다른 의도가 있었음을 시사한다. 일제가 표방하는 바와 달리, 그들의 교육 목표는 조선의 가난을 구제하는 데 있지 않았다. 일제의 실용주의 교육은 무엇보다 식민지민의 고등교육을 억제하고 단순 기능교육을 통해 순량한 신민을 양성하기 위한 것이었다.

> 세상에는 조선교육에 대하여 여러 가지 논란이 있다. …(중략)… 요컨대 새로 얻은 식민지에는 교육을 시키지 말아야 한다는 것이다. 교육을 시키면 저들의 지식이나 사상이 점점 늘어나서 결국 독립심을 양성하는 일이 되고 만다. 그러므로 식민지에는 교육을 시키지 않는 것

---

170 위의 책, 265쪽.

171 허광무, 『일본제국주의 구빈정책사 연구』, 선인, 2011, 38-45쪽 참고.

이 옳다는 것이다.[172]

위의 인용은 1921년 10월 8일, 조선호텔에서 미쓰노 정무 총감이 전(前) 일본 중학교장에게 한 강연의 일부다. 그것을 통해서도 일제는 조선에 고등교육을 실시하면 식민통치에 저항하는 운동가들을 양성하게 될까 우려하여 교육 억제 방침에 근거한 정책을 시행하고 있음을 알 수 있다. 그래서 제1차 조선교육령에 따른 학교는 일본에서의 고등교육기관과 연계된 학력주의 체계와 달리, 짧은 기간, 적은 비용, 실용적인 체계를 갖추었다. 한 마디로 조선인을 위한 실용주의가 아니라 일제의 효율적인 식민통치를 위한 실용주의 노선이라 할 수 있다. 일제는 조선 통치에 드는 비용을 조선 내에서 자급자족하도록 했기 때문에 조선의 학교 건설 및 교육시설을 위한 투자가 미미했다. 실업학교의 실습장이나 시설도 지역 유지의 자산을 활용했고 보통학교 보급률도 크게 증가하지 않아서 근대 교육에 대한 민중의 요구가 높아지는 1920년대부터 매년 입학난 및 교재난이 발생했다.[173]

3·1운동 이후 일제는 민심을 수습하기 위해 교육령을 개정할 수밖에 없었지만 그것도 기만적인 정책이었다. 전문학교를 일본의 것과 같은 정도로 하고 조선인과 일본인을 함께 배울 수 있도록 하였지만 그것은 조선의 지식과 기술을 향상시키기 위한 것이라기보다 조선 내 일본인의 교육을 위한 것이었다. 그래서 공업 기술방면 학과에는 절대적인 특권을 일본인에게 주어 조선인의 입학자 수를 제한하였다. 그 결과 법학 부문에는 비교적 조선인이 많고 생산 기술

172 이만규, 앞의 책, 503쪽.
173 위의 책, 504-505쪽 참고.

부문에는 일본인이 2, 3배 이상의 다수를 차지하였다. 치과전문, 약학전문은 사립이지만 일본인 재단이 설립하였기 때문에 역시 조선인을 적게 받았다. 또 대학이 만들어지긴 했으나 고등과학, 기술 교육을 수행하는 이공학부는 두지 않고 법문학부와 의학부만 두었다. 이러한 현상을 통해 산업경제를 발전시킬 수 있는 실질적인 지식, 기술 교육은 일본인에게 시키고 조선인은 식민지 통치 정책의 하수인을 만드는 교육에 치중했음을 알 수 있다.[174]

따라서 가난하고 미개한 조선을 부강한 문명국으로 만들기 위해 실시한다는 실용주의 교육은 가난 문제를 해결하는 데 별 도움이 되지 못하면서 조선인들에게 열등감을 심어주고 어떤 가치보다 물질적이고 경제적인 가치를 추구하도록 조장하였다. 그런데 실용주의 교육에서 요구된 덕목은 당시 시대적 과제였던 근대화 덕목들과 맞물렸기 때문에 일제는 민족운동가들의 주장을 전유하여 식민화 정책에 이용했다. 앞서 언급했던 『조선인의 사상과 성격』을 예로 들자면, 일제는 민족운동가들이 우리 민족에게 요구한 근대적 자세를 조선인의 부정적 민족성의 근거로 활용하는 식이었다. 이러한 식민화 논리에 맞서기 위해 근대 청소년소설 작가들은 실용주의의 대척점에서 극단적인 입장을 견지하게 된 것으로 보인다.

식민지 조선의 민족운동가들에게 가난은 우리 민족의 생존권과 직결된 심각한 사안이었다. 특히 소년운동가들에게 가난은 청소년들의 인권을 제대로 보장할 수 없도록 만드는 경제적 압박이었다. 식민지 이전 시기에도 가난은 민중을 괴롭히는 심각한 사회 문제로 제기되었지만 식민지 상황에서의 가난은 보다 특수한 의미를 띤다.

---

174 위의 책, 555-578쪽 참고.

예컨대 애국계몽기 부국강병은 제국주의 세력으로부터 주권을 잃지 않기 위해 요구되는 것이었다. 즉 이때의 가난은 약육강식의 논리에 따라 강자에게 침해당할 수 있는 약자의 조건을 상징하며 어떻게든 벗어나야 할 상태를 의미했다. 그리고 가난의 원인을 구제도나 구습에서 찾으며 우리 민족의 반성과 각성을 통해 해결하려 하였다. 하지만 경술국치 이후 가난은 일제의 핍박 및 수탈과 떨어뜨려 생각할 수 없는 문제였다. 토지조사사업, 조세 징수, 공출 등 일제의 자본 및 노동력 수탈 정책으로 말미암아 그것은 누가 가르쳐주지 않아도 피부로 느껴지는 것이었다.

요컨대 식민지 조선인에게 '가난'은 개인이 해결하기 힘든 사회적 수탈과 희생, 약자, 슬픔, 고통을 표상했으며 개인의 문제가 아니라 민족 공동의 문제였다. 따라서 민족의 연대와 협동을 통해 일제에 대항하며 가난을 극복하려 했다.

일제 강점기에 민족적으로 전개한 경제운동은 크게 '물산장려운동'과 '협동조합운동'으로 나누어 볼 수 있다. 물산장려운동은 1920년 평양에서 김동원등이 조선물산장려회를 만들어 국산품 소비와 산업을 장려하고 절약하는 운동을 전개하며 시작되었다. 이것은 3·1운동 이후 일제의 산업조사위원회 활동에 걸었던 기대가 무산되자[175] 조선인 부르주아 계층과 민족주의 운동가들이 주체가 되어 우리 민족의 협동과 연대로 민족 자본을 형성하려 한 운동이었다. 하

175 1920년 한국인 자본가들과 일본인 실업가들은 조선총독부에 교육조사위원회와 같은 산업조사위원회 설립을 요청하였다. 조선총독부는 산업조사위원회 설치가 문화정치의 효과를 수반할 것으로 보고 적극적으로 추진하였다. 한국인 자본가들과 민족주의 계열 운동가들은 산업의 진흥을 꾀하기 위해 국가의 보호가 필요하다는 의견을 산업정책에 반영하기 위해 산업조사위원회에 건의안을 제출했다. 하지만 산업조사위원회는 이미 결정되어 있는 조선총독부의 산업정책을 추인했다. 오미일, 『경제운동』, 독립기념관 한국독립운동사연구소, 2008, 9-44쪽 참고.

지만 물산장려운동을 주도한 자본가나 상인층이 민족의 문제보다 자신의 이해관계에 머물러 비판받기 시작했다. 그리고 이것은 주로 소비 진작 운동이었기 때문에 절대적인 빈곤에 시달리는 하층민의 구제에 아무런 도움이 되지 못했다. 따라서 이러한 한계를 극복하기 위한 대안으로 협동조합운동이 전개되었다.[176]

협동조합운동은 1910년대부터 일본의 산업조합론이 소개되며 도입되었다. 그러나 일본의 산업조합운동은 주로 생산자 중심의 운동이었기 때문에 1920년대 서구의 소비조합론을 수용하여 소비자 중심의 협동조합운동이 모색되었다. 운동 계열에 따라 소비조합론을 수용하는 입장은 달랐다. 민족주의 계열은 물가등귀와 자본의 폭리로부터 소비자의 이익을 보호하고 한국인의 공업을 발전시키기 위한 입장에서 수용했으며, 사회주의 계열은 현재의 궁핍을 구제하여 노동자의 사상적 각성을 이루기 위한 목적에서 수용했다.[177]

이와 같이 민족주의 우파와 사회주의 운동 진영은 가난과 관련된 교육운동에서 서로 다른 입장을 보였다. 전자의 목표가 민족의 문화적, 경제적 실력을 양성하는 것이라면, 후자는 민중을 각성시켜 빈민 착취 구조를 개선하기 위한 투쟁 세력을 양성하는 것이었다. 그런데 실력양성주의의 궁극적 지향점은 근대 자본주의 문명화이므로 일제의 식민화 담론으로 전유될 위험이 있었다. 그 대표적인 예로 이광수의 「민족적 경륜」을 들 수 있다. 그것은 1922년 『개벽』에 연재된 「민족개조론」을 보완하기 위해서 1924년 『동아일보』에 연재한 글이다.

이광수는 「민족개조론」에서 조선인의 근본적 성격인 '인(仁), 의

---

176 위의 책, 45-65쪽 참고.
177 위의 책, 170-206쪽 참고.

(義), 예(禮), 용(容)' 등이 조선 민족에게 허위, 허례, 나태, 비사회성, 과학·기술의 천시와 경제의 무관심을 초래했다고 비판하며 이러한 정신을 개조해야 민족의 통합과 진보가 가능하다고 주장했다. 그리고 지식인 지도자를 중심으로 민족성 개조의 방법을 제안하였다. 그에 대해 보다 구체적인 계획을 명시한 「민족적 경륜」에서는 조선 민족의 정치적 생활은 없다고 전제하며 식민지 조선 안에서 허용되는 범위의 정치적 결사를 조직하는 수밖에 없다고 하였다.

이와 같이 식민지 통치 질서를 인정한 바탕 위에서 개조론을 펼치기 때문에 교육론에서도 그동안 민족주의운동이 지향해온 독립준비론을 배제한 채 근대적 대중교육과 실용적, 공리적 교육을 주장하였다. 이렇게 이광수의 교육론이 앞에서 밝힌 일제의 식민화 논리와 상통하다보니, 이에 대한 비판과 『동아일보』 불매운동, 이광수의 『동아일보』 편집국장 사퇴, 민족주의 운동으로부터의 파문 등 파란이 일었다. 또 실력양성을 부르짖었던 문화운동 전반의 타협성과 개량주의적 성격이 비판되었다.[178]

방정환과 더불어 천도교 소년운동의 지도자로 활약한 김기전은 「죽을 사람의 생활과 살 사람의 생활」에서 이러한 실력양성운동을 비판했다.

> 지금 이 사회에서 가장 내로라하는 저 문화운동을 말하고 실력양성을 주장하는 유행의 유지 그분네로 말하면 일종의 중산급(中産級) 자유주의의 유지 그분네 ―, 그분네는 문득 입을 열면, "어서 교육을 보급시키고 산업을 발전시키자. 그러면 다 되는 수가 있지 않느냐."고 하나니 교육보급, 산업발전, 물론 좋은 구상이지요. 그러나 정치적으로, 더욱

178 유용식, 『일제하 교육진흥의 논리와 운동에 관한 연구』, 문음사, 2002, 34-37쪽 참고.

> 경제적으로 나날이 빨리움을 당하고 있는 조선의 오늘 형편에 있어 교육보급 산업발전 그 운동(달리 말하면 실력양성운동)이 조선을 구원하는 유일한 길이 되겠습니까 …(중략)… 무엇 부지런하고 검박하자고요? 글세, 근본으로 일할 자리가 없고 먹을 길이 없는 바에야 부지런하면 어쩌며 검박하면 어쩝니까 …(중략)… 설혹 실력양성을 힘쓴다 할지라도 힘쓰는 그 정신은 다른 무엇을 기성해 나아가는 데에 보탬이 될 한 과정으로 하여야 할 것이 아닙니까[179]

이 글은 「민족적 경륜」이 나온 다음 해 발표된 글로서, 김기전이 "지금 이 사회에서 가장 내로라하는 저 문화운동을 말하고 실력양성을 주장하는 유행의 유지 그분네로 말하면 일종의 중산급(中産級) 자유주의의 유지 그분네"라고 지칭한 대상은 이광수와 그를 추종하는 무리임을 알 수 있다. 김기전은 실력양성주의자들을 '중산급 자유주의자'들로 규정하고 그들이 일제에게 수탈당하는 민족의 현실을 외면한 점을 근거로 들어 그들의 주장을 비판한다.

김기전은 천도교 청년회의 지도자로서 천도교 소년운동의 사상적 기초를 마련한 이다. 그는 천도교 운동가들 중에서 사회주의적 사상을 가지고 있으며, 그와 뜻을 함께 한 방정환도 비슷한 사상적 경향을 가지고 있다. 방정환이 1921년 『개벽』에 발표했던 만필 「은파리」도 계급주의적 시각에서 유산자 계급을 비판하며 도시 문화를 풍자한 글이었고 그가 사회주의자들과 가깝게 지냈음은 이미 선행 연구에서 밝혀진 사실이다.[180]

179 김기전, 「죽을 사람의 생활과 살 사람의 생활」, 『개벽』, 1925. 3, 소춘김기전선생문집편찬위원회, 『소춘 김기전 전집』, 국학자료원, 624-625쪽.

180 염희경, 「소파 방정환 연구」, 68-80쪽 참조.

근대 청소년소설은 방정환을 중심으로 한 소년운동 단체의 회원과 사회주의 사상을 가진 이들에 의해 창작되었다. 사회주의 소년운동 진영에서는 전자를 민족개량주의자로 매도하며 운동의 헤게모니를 차지하려고 했으나 전자는 민중에 기반한 사회주의 경향을 띠고 있다. 그 외에 소년 잡지와 소년운동을 통해서 청소년소설 작가로 등단한 이들은 대부분 자기의 독자적인 사상보다 그들이 영향 받은 계열의 사상을 가지고 창작 활동을 하였다. 요컨대 근대 청소년소설은 무산계급에 기반한 친사회주의적 분위기 속에서 창작되었다. 교육 담론에서 자본주의 문명화를 목표로 전개된 실용주의, 물질주의, 과학주의가 소설에서 배제된 것은 그러한 경향 때문으로 보인다.

근대 청소년소설에서 가난 이야기는 근대화 과제를 수행하기 위해 요구되는 덕목보다 민족적 연대와 협동의 가치를 제시하기 위해 쓰였다. 일제가 미개한 조선 문화를 비판하며 수신 교과서에서 중요하게 다뤘던 '청결, 근면, 규율, 검소, 약속' 등의 가치가 근대 청소년소설의 주제로 거의 등장하지 않는다. 청소년소설에서는 '동정'의 가치가 비중이 높고, '정직'보다 '동정'을 앞세우는 경우처럼 다른 가치와 충돌할 때 '동정'이 더 상위 가치로 제시된다.

근면한 노동은 일제의 수신교과서와 청소년소설에서 둘 다 공통적으로 중시되는 덕목이다. 하지만 그 기능이 다르다. 전자에서는 조선인들의 게으름과 향락성을 비판하며 제기된 덕목이지만 후자에서는 가난한 이들은 쉬지 않고 노동하는데 부자들은 일본인 권력자들과 함께 향락을 즐기는 모습으로 묘사되어 계급 문제로 제기된다. 즉 소설에서 '근면'이나 '노동'은 주인공인 가난한 이들에게 요구되는 덕목이 아니다. 그들은 이미 더할 수 없이 근면하다. 그런데도 가난을 면치 못하기 때문에 소설에서 '노동'은 부조리한 계급적 착취 구조를 드러내는 요소로 기능한다.

일제 시대의 계급 모순은 민족 모순과 떼어놓고 생각할 수 없다. 3·1운동 이후, 일제는 조선 민족의 단합과 결사를 근본적으로 무너뜨릴 필요를 느끼고 민족분열정책을 획책한다.[181] 그런데 우리 민족은 비교적 동일한 혈연을 유지해 왔기 때문에 계급 모순이 분열의 빌미가 된 것이다. 일제는 민족 부르주아 계층을 도평의회, 도참사 등의 지방 관리로 포섭하는 등 회유책을 써서 식민지 정책에 협력하게 하고, 대다수 민중들을 구제하기 위한 정책적 노력은 없이 수탈만 일삼았다. 따라서 민중들의 입장에서 그들을 핍박하고 수탈하는 지주, 관리 등은 조선인이라도 일제나 다를 바 없이 여겨졌다.

이상에서 논의한 일제의 실용주의 교육과 그에 대항한 도덕교육의 논리가 단적으로 나타난 작품으로 이동규의 「두 가지 정의」를 들 수 있다. 가난한 산촌의 학교 수신 시간에 선생이 학생들에게 '정의'에 대해 묻는다. 남식과 영호는 각각 다음과 같이 말한다.

> (가) "나는 정의라는 것은 즉 착한일이라고 생각합니다 …(중략)… 나는 누구보다도 서울 잇는 이동리 지주 갓흔 사람들이 참된 정의의 사람이라고 밋습니다. 그이는 어렷슬 때에는 한 푼 재산은 업섯답니다. 처음에는 어리장사를 시작하여 돈을 모아가지고 조고만 가게를 내엇습니다. 그 가게가 차차 커져서 …(중략)… 지금은 저러케 큰 재산가가 되어서 공장을 둘씩이나 가지고 땅을 멧 백 석직이나 갓게 되엇습니다. 나의 아버지께서는 말하섯습니다. 공

181 이명화, 『일제의 민족분열 통치』, 한국독립운동사편찬위원회 독립기념관 한국독립운동사연구소, 2009, 225-242쪽 참고.

장을 설립하는 것은 그 공장 안에 일하는 수만흔 직공들을 먹여 살니는 것과 갓흐닛가 그것은 착한 일이라고 그리고 지주는 … (중략)… 해마다 몃 만원씩을 긔부하야 서울서는 그이를 엇더케 숭배를 하고 잇는지 모른답니다. 그리하야 총독에게 표상까지 밧고 비석까지 세웟스며 작년에는 천황폐하에게 공을 표하는 은잔을 바덧다고 합니다."

(나) "나는 정의라는 것은 가장 힘 잇고 참된 길이라고 생각합니다. 그리고 정의를 위하야는 엇던 어려운 일이라도 목숨 버리는 일이라도 두려워하지 안코 대드는 것이 참으로 사람의 할 일이라고 생각합니다. 나는 누구보다도 우리 형님갓흔 이가 참된 정의의 사람이라고 언제든지 밋고 잇습니다. 우리 형님은 다들 아는 바와 가치 중학교도 졸업 못 하고 단니다 말엇습니다. 그러나 형님은 친구들과 의론하고 청년회를 조직하엿습니다. 그리고 또 조합을 만드럿습니다. 형님은 일하고 나서 틈만 잇스면 청년회에 가서 밤 늣도록 일하고 잇습니다 … (중략) … '우리 모든 가난한 사람들을 위하야 내 목숨쯤이야' 하고 언제든지 말합니다. 언제인지 누구에게 '너의 형님은 주의자이다' 하고 드른 적이 잇습니다. 사회주의자가 무엇인지 나는 자세히 모릅니다마는 이러케 열렬이 사람을 위하야 일하는 사람이 주의자라면 나는 그런 사람이 사람이라고 얼는 말하겟습니다. 그리고 나도 그런 사람이 되겟다고 하겟습니다."[182]

182 이동규, 「두 가지 정의」, 『신소년』, 1930. 8, 178-179쪽.

(가)는 남식, (나)는 영호의 의견이다. 남식은 가난한 집 자식이지만 그의 아버지와 더불어 일제의 식민화 논리를 올바른 윤리로 받아들이고 있다. 남식과 영호는 정의의 개념부터 다르다. 남식은 불쌍한 사람들을 도와주는 '착한 일'을 하는 것이 정의라고 생각한 반면, 영호는 '힘 있고 참된 길'이라고 생각한다. 남식의 논리는 실력양성주의를 대변한다고 할 수 있다. 이지주처럼 가난한 환경을 딛고 스스로의 실력으로 부와 명예를 쌓아 사회에 환원하는 삶이 민족의 독립을 배제한 실력양성주의에서 표방하는 논리라고 볼 수 있다. 그런데 땅뿐 아니라 공장까지 소유한 이지주는 총독에게 표상을 받고 천황에게도 공을 인정받아 은잔을 받았다. 즉 거대 자본을 소유한 부르주아가 일제와 결탁하고 있음을 암시하여 이지주가 정의로운 사람이 아니라는 것을 나타낸다. 영호가 생각하는 정의로운 사람은 참된 길을 위해 목숨까지 바칠 수 있는 사람이고 자기 형님과 같은 사람이다. 형님은 중학교를 중퇴한 노동계급으로서 청년회와 조합활동을 하는 사회주의자이다. 이지주와 달리 그들이 구체적으로 어떤 일을 하는지 명시되지 않았지만 가난한 사람을 위해 목숨까지 바칠 각오가 되어 있는 헌신적 태도가 강조된다.

이지주와 영호 형님에 대한 묘사에서도 드러나는 바와 같이, 이지주의 선행은 그가 가진 부를 통해 물질적으로 이루어지고 영호 형님의 선행은 가난한 자들을 위해 자기 목숨도 두려워하지 않는 의기 즉 정신적 자세로 드러난다. 조선인의 물적 토대가 미약하고 폭압적 지배 체제 아래 놓인 당시 상황에서 저항담론은 정신적 태도와 의지를 강조할 수밖에 없었을 것이다. 하지만 인간은 물질적 존재이기도 하기에 물질을 배척하고 정신만을 강조하게 되면 그 논리는 관념에 그치고 만다.

(2) 반(反)물질 도덕주의

'가난'은 물질적 결핍 상태를 말한다. 가난에서 벗어나려면 무엇보다 물질을 추구할 수밖에 없고 절대적 빈곤에 처한 사람들은 자아실현 같은 고차적 욕망보다 당장의 생계를 위한 일차적 욕망을 추구할 수밖에 없다.

일제 당국자들은 이러한 원리를 식민지 조선의 통치에 활용했다. 그들은 조선의 생활수준이 너무 떨어지므로 깊이 있는 학문을 보급할 시기가 아니며 당장의 먹고 사는 문제를 해결할 수 있는 교육이 필요하다고 했다. 그리고 교육도 단기간에 마치고 하루라도 빨리 직업전선에 뛰어들어 돈을 벌 수 있게 해야 한다고 했다. 그것이 일제가 조선에서 펼친 실용주의 교육의 요지다.

이 논리에 따라 살면, 조선인들은 추상적 사고력이 발달하지 못하여 사회 현상의 원리에 대해 주체적 관점을 갖기 어렵다. 그리고 이웃이나 타인을 생각하기보다 자신의 경제적 이해를 앞세워 살게 된다. 이러한 현상은 이미 근대 자본주의 산업 사회로 변모하는 도시들을 중심으로 나타났다. 하지만 다른 문제는 생각하지 않고 당장의 경제적인 생활만 돌보며 산다는 것은 결국 일제로부터의 독립을 포기한다는 의미이다. 아울러 그것은 조선의 가난을 구제하기 위한 근본적인 대책을 세우지 않는 일제의 통치 밑에서 조선은 영원히 가난을 면할 수 없게 된다는 의미이기도 하다.

그러므로 소년운동가들은 일제의 공교육 및 민족개량주의자들까지 합세하여 내세우는 실용주의 이념에 대해 철저히 맞서려 했던 것으로 보인다. 모든 이념의 성격이 그러하듯 '실용주의' 자체가 악한 것은 아니다. 실용주의의 핵심인 '실사구시'는 이미 조선 후기 실학

파들에 의해 제안되고 모색되었던 것이다. 애국계몽기 때도 국운을 일으키기 위한 부국의 방침으로 실용주의는 적극적으로 도입하고 실천해야 할 사상이었다. 민족개량주의자들의 실력양성운동을 비판했던 김기전도 1920년 『개벽』에 긍정적인 관점으로 미국의 실용주의 철학에 대해 소개한다.[183] 문제는 일제가 조선의 식민화 통치 이념으로 전유한 실용주의인 것이다. 진리의 근거로 사실성과 객관성을 중시하며 실험과 행동에 기반한 실용주의 철학이 조선의 통치 이념으로 이용될 때는 실업주의, 물질주의, 이기주의로 변질되었던 것이다.

이와 같이 일제는 민족운동가들에게서 나온 어휘를 비슷하게 활용하며 그 구분이 모호하도록 하는 전략을 사용했다. 가령 '조선물산장려운동'이 활발히 일어나자 일본의 경제적 손실을 걱정한 총독부는 '조선산품장려운동'을 벌였다. 말만 보면 비슷하기에 민족운동가들은 조선물산장려운동의 정체성을 분명히 하기 위해 '조선인물산장려운동'으로 의미를 분명히 하며 '조선산품장려운동'과의 차이를 선전해야 했다. 즉 전자는 조선인이 생산한 물품으로 그것을 구입하면 조선의 민족경제를 일으키는 근간이 되지만 후자는 조선에 있는 일본인 공장의 산품을 포함하므로 매우 다른 운동이라는 것이다.[184]

청소년소설을 창작했던 소년운동가들은 일제의 이러한 통치 전략에 저항하기 위해 다소 극단적인 방식을 취한 것으로 보인다. 그들은 '가난과 부(富)', '정신과 물질'을 대척점에 놓고 전자를 '선', 후자를 '악'으로 구분했다. 앞에서 살폈듯이 가난한 자들은 물질적 결

---

183 김기전, 「근세 철학계의 혁명아 제임스 선생」, 『개벽』, 1920. 6.
184 오미일, 앞의 책, 59쪽.

핍에도 불구하고 양심과 도덕을 따르며 정신적 가치를 앞세워서 선하다. 부자들은 물질이 풍부함에도 불구하고 더 큰 물질과 쾌락을 따르며 물질적 가치만 추구하여 악하다. 생활 태도에서도 일제가 조선인의 민족성으로 규정했던 '나태, 방종, 사치'는 부자들의 성격이며 가난한 자들은 검소하고 부지런하다. 그러나 사람의 성격을 이렇게 빈부에 따라 나눈 것은 일제가 조선인의 성격을 민족성으로 싸잡아 규정한 것 못지않게 비현실적이다.

인간은 정신적인 존재인 동시에 물질적인 존재이다. 인간의 삶에서 그 둘은 결코 분리될 수 없기 때문에 어느 한 가지만 부각될 때 소설은 관념화된다. 실제 독립운동에서도 그 운동을 위한 자금 마련 사업은 투쟁 사업 못지않게 중요한 것이었다. 또 남강 이승훈처럼 자산가들 가운데 독립운동을 후원하고 지지한 자들도 있었다. 논리와 실재는 일치하지 않지만, 논리는 한번 태어나면 자기 완결적인 구조 속에서 발전하고 확장된다. 따라서 타자에 대한 저항 이념은 더욱 극단적으로 치닫는 경향이 있다. 이때 자기 이념의 순수성을 보장하기 위한 원칙이 극단화 도구로 이용된다. 요컨대 1920년대 일제의 계급분열 정책에 의해 민족 부르주아 계층이 개인주의, 근대주의라는 시대적 조류를 방패삼아 우경화, 친일화되어갈 때 반일 세력은 민족공동체의 연대와 협동을 외치며 좌경화된 것으로 보인다.

소년운동가들은 무엇보다 소년들을 대상으로 한 활동에서 사상적 순수성을 보장하려 했다. 그것은 소년의 시기가 아직 무언가에 물들지 않은 백지 같은 공간이라 여겨 순수하고 철저한 사상의 교육이 가능하고 이때 형성된 사상에 의해 평생이 좌우된다고 보았기 때문이다. 아예 이념 교육을 표방하고 있는 사회주의자들의 소설은 말할 것도 없고 소년들을 본성 그대로 자라나게 하자고 주장한 방정환의 소년소설에서도 소년들은 본성 그대로의 모습이 아니다. 그들은 방정환의 소년에 대한 열망이 반영된 도덕적 가치를 체현하고 있는 인물들이다.

소설에서 철저하고 순수한 이념의 표현을 중시했던 또 다른 이유로 당시 문예의 교육적 효용관을 들 수 있다. 그것은 문예가 독자들의 감각과 정서를 자극하여 자기도 모르게 주인공과 자신을 동일시하며 주인공과 같은 삶의 태도를 갖게 한다는 관점이다.

> 문예작품을 읽을 때에는 자기가 그 중에 한 사람이 되어가지고 활동하게 되기 때문이다. 예를 들면 어떤 소년이 갖은 험난을 겪다가 끝끝내 이기고 자기 아버지의 원수를 갚았다면 그것을 읽는 소년은 작은 손에 땀을 쥐어가며 그 결과를 기다리다가 성공이 되면 그때에야 큰 숨을 한 번 쉬고 기뻐할 것이다. 기뻐할 것뿐인가. 장차 자기가 그런 경우를 당할 때에는 거기 방책이 나설 것이다.[185]

위와 같이 당시 소년문예는 소년 독자의 독서 효과에 근거하여 그 효용이 입증된다. 독자는 작중 인물이 되어 읽을 뿐 아니라, 그 독서에 대한 감동과 기억으로 실제 삶에서도 문제를 해결할 힘과 방법을 얻을 수 있다는 것이다. 이렇게 청소년 시기를 모방 심리가 발달하는 때로 보기 때문에 바람직하지 않은 인물을 주인공으로 삼게 되면 청소년을 불량하게 만들 위험이 있다고 경계한 것이다.

이런 정치적, 교육적, 심리적 담론과 청소년소설가들의 이념이 복합적으로 작용하며 '가난 이야기'에서 물질은 타자화되고 정신적 가

185 유봉조, 「소년문예운동방지론을 읽고 (3)」, 『중외일보』, 1927. 6. 1.

치가 소설 전반을 지배하게 된 것으로 보인다. 그래서 1930년대 후반 일제의 탄압에 의해 소년운동 조직이 해체되고 '소년소설'의 운동적 성격이 사라졌을 때 도덕적 가치와 물질적 욕망이 만나는 소설이 등장한다.「날아다니는 사람」(노양근, 1936)[186]이 바로 그 작품이다.

주인공 명구는 발명하는 것을 좋아한다. 명구는 높은 산도 거침없이 달릴 수 있는 말자동차도 만들고 싶고 비행기처럼 사람을 날 수 있게 하는 기구도 만들고 싶다. 그런데 같은 동네 금순이가 쌀이 없어 좁쌀죽을 먹는 모습을 보고 금순이처럼 가난한 사람을 위해 "늘 두고두고 맘대로 얼마든지 퍼서 해 먹을 쌀"을 만들어야겠다고 결심한다. 이 작품에서 명구는 "조선의 에디슨"을 꿈꾸는 소년 발명가다. 아직 제대로 된 발명품은 만들지 못했지만 스스로 과학적 원리를 터득하여 끈기 있게 실험한다. 그가 만들고 싶은 것들은 개인적 욕망을 반영한다. 그는 탈것에 관심이 많기 때문에 말자동차와 비행기와 같은 하늘을 나는 기구를 만들고 싶어 한다. 하지만 그의 욕망은 개인적인 데 머물지 않고 가난한 사람을 구제하기 위해 쌀을 만들어야겠다는 사회적인 차원으로 확장된다. 노양근은 1930년대 초반부터 주로 사회주의 경향의 소년소설을 창작한 작가이다. 그런데「날아다니는 사람」에서는 그러한 이념보다 과학주의, 실용주의, 물질주의가 드러나고 그것은 다시 가난한 사람을 위한 봉사로 수렴된다.

186 노양근,「날아다니는 사람」,『동아일보』, 1936. 1. 1-10.

03
'고아'와 가족주의

3.1. '부모'의 부재와 가족

근대 청소년소설의 주인공들은 대부분 고아이거나 편모편부 슬하에 있다.[187] 부모가 있더라도 병들고 무기력하여 부모 노릇을 제대로 하지 못한다. 이러한 환경은 인물의 삶에 영향을 미치는 근본적인 요인이다. 앞에서 고찰하였던 '희생'과 '가난' 이야기도 부모의 부재를 전제로 전개된다. 여기서는 그 가운데 부모의 부재가 인물의 신분 사항에 머물지 않고 중심사건을 형성하는 것을 중심으로 논한다.

한마디로, '고아' 이야기는 고아나 편모편부의 주인공이 부모의

187 고아: 63편, 편모: 34편, 편부: 4편.

부재로 인해 겪는 애환 및 가정에서의 행복과 안식을 구하는 마음을 나타낸 이야기이다. 그 양상은 주인공이 부모의 결핍에 따른 상실감 속에서 가족을 욕망하는 이야기와 고아가 가족을 찾거나 지키기 위해 노력하는 이야기로 나눌 수 있다. 이러한 양상에 따라 논의하되 전자부터 논한다.

(1) 가족의 상실과 비극적 구조

'고아'는 부모를 여의거나 부모에게 버림받아 몸 붙일 곳이 없는 아이이다. 근대 청소년소설의 주인공들은 대부분 부모가 죽어서 고아가 된다. 부모가 피치 못할 사정으로 집을 나가 생사를 알 수 없는 경우도 있지만 일부러 자식을 버린 경우는 거의 없다. 그래서 소설 속 고아는 부모에 대한 원망 없이 부모를 그리워하고 욕망하는 마음만을 가진다.

근대 청소년소설은 고아 이야기로 시작되었다고 해도 과언이 아니다. 청소년소설을 개척했던 방정환의 초기 작품을 비롯하여 1925년까지 소년 잡지에 게재된 소설 대부분이 고아 이야기이다. 「영길이의 슬픔」(방정환, 1923)[188]은 고아의 어머니에 대한 원초적 갈망을 나타낸다. 영길은 아주 어릴 때 부모를 잃었기 때문에 그에 대해 아무것도 기억하지 못한다. 그러한 결핍이 부모에 대한 환상과 욕망을 부추긴다. 영길은 꿈에서 어머니를 보는데 그는 동무의 어머니다. 영길은 그 어머니가 자기 어머니처럼 느껴져 동무네 집에 가지만 동무 어머니라는 사실만 확인하고 결핍감은 더하다. 영길의 가장 큰

188 방정환, 「영길이의 슬픔」, 『어린이』, 1923. 4. 23.

욕망은 "어머니"라고 한번 불러 보는 것이다. 어떠한 존재나 관계가 부재한다는 것은 그 존재나 관계를 지칭할 수 있는 말을 상실한 것과 같다. 더구나 가족은 일상을 함께하는 관계이므로 누구나 그와 관련된 말을 가지고 있다.

여기서 고아의 결핍은 다른 종류의 결핍과 질적으로 다름을 알 수 있다. 부모는 물질이나 친구와 달리 태어나면서부터 주어지는 것이다. 생명체라면 예외 없이 있는 부모가 없다는 것은 자기 존재의 근원을 상실한 것과 같다. 「어린것들에게」(박석영, 1925)[189]에는 그러한 관점이 단적으로 드러난다. 이 작품은 어머니를 잃은 아이들에게 아버지가 쓴 편지 형식을 취하고 있다.

> 너희들은 지나간 해에 한 사람인 엄마를 영구히 일헛다 너희들은 난지 얼마 안 되여서 생명에 가장 중요한 양분을 빼앗겻다 너희들의 인생은 거긔 발서 어둡다 요전에 어느 잡지에서 나의 어머니라 하는 적은 감상을 써 달라고 할 때에 나는 아무 생각 업시 나의 행복은 어머니가 차음부터 한 사람이요 지금까지 살아게시는 일이다 하고 써 버렷다 그래 나의 만년필이 그것 쓰기를 맛치기 전에 나는 곳 너희들의 일을 생각햇다 나의 마음은 무슨 죄나 범한 것 가티 쓰렷다 그럿치만 사실은 사실이다 나는 그 덤으로는 행복스럽다 너희들은 불행하다 회복할 수 업시 불행하다[190]

위에서와 같이 아버지는 어머니를 "생명의 가장 중요한 양분이자, 행복의 원천"으로 보고 있다. 그래서 난 지 얼마 안 되어 어머니를 잃

189 박석영, 「어린것들에게」, 『반도소년』, 1925. 3.
190 위의 글, 40쪽.

은 아이들의 인생은 이미 어두우며 회복할 수 없이 불행하다고 한다. 이러한 논리는 부모가 자식을 존재하게 한 근원일 뿐 아니라, 다른 사람이 줄 수 없는 절대적인 사랑을 주는 존재라는 데 근거한다. 그래서 부모의 죽음이 사회적 모순에 의한 것으로 서술되지 않을 경우, 고아 문제는 개인적, 운명적인 것으로 제시된다. 「영화의 넋두리」(민봉호, 1930)[191]에서 서술자는 영화가 고아가 된 이유를 운명에 의한 것으로 설명한다.

> 아! 그러나 누가 뜻하엿스랴! 악착하고 무자비한 운명의 마수가 그의 연약한 신변을 침범할 줄이야…(중략)…지금으로부터 사 년 전! 그의 열두 살 때 그의 아버지는 우연히 병이 들어 그의 어머니와 어린 그의 극진한 간호도 아모 효험이 업시 그만 다시 도라오지 안으실 머나먼 길을 떠나시고 만 것이엿다 …(중략)…그러나 잔인하기 그지업는 운명의 마수는 그를 그러케 고것만으로는 너무도 만족지 못하엿든 것이다. 운명의 마수는 긔어코 그의 어머니까지 저생으로 끄러간 것이엿다. 그의 아버지께서 돌아가신지 석 달만에 그의 어머니는 음식을 전폐하다십히 하고 너무도 애통하여하시든 끗헤 또한 병을 엇게 되야[192]

위의 인용처럼 16세인 영화는 12세 때 아버지가 우연히 병이 들어 죽고 그 슬픔을 견디지 못한 어머니마저 죽어 고아가 된다. 이러한 상황을 전지적 서술자는 '운명의 마수'라는 말을 반복하며 영화의 불운으로 나타내고 독자들에게 그에 대한 동정을 요구한다.

---

191 민봉호, 「영화의 넋두리」, 『어린이』, 1930. 5.
192 위의 글, 26쪽.

> 여긔서 독자 여러분은 그때 그의 가슴이 엇더하엿스며 그의 슯흠이 엇더하엿섯슬는지 그윽히 생각하여 보고 동정의 한 줄기 눈물을 흘녀 주어야 할 것이다![193]

하지만 이런 작품보다 부모가 죽거나 가족이 흩어져 살게 된 이유가 사회적 모순으로 암시된 것이 더 많다. 「졸업의 날」(방정환, 1924)[194]과 「아버지」(권환, 1925)[195]는 어머니와 아버지가 돌아가시게 된 사연을 중심사건으로 하여 그 슬픔을 나타낸다.

「졸업의 날」에서 홀어머니는 주인공 영호를 교육시키기 위해 온갖 고생을 하다가 영호의 고등보통학교 졸업식을 며칠 앞두고 병으로 죽는다. 영호는 어려운 환경에서도 우등 졸업을 하게 되었지만 기뻐하실 어머니가 없기 때문에 슬프기만 하다. 이 작품은 졸업식 전날 영호가 어머니를 그리워하며 눈물짓는 모습으로 시작해서 졸업식이 끝나고 어머니 무덤으로 가 통곡하는 장면에서 맺는다. 졸업식에서 영호는 다른 어머니들을 보고 더욱더 어머니 생각이 나 슬퍼한다. 어머니와 생활하는 장면을 제외하고 작품 전반이 어머니를 잃은 슬픔과 그리움으로 젖어 있다. 그리고 전지적 서술자, 등장인물들이 모두 영호와 함께 울며 그 슬픔에 동참한다.

「아버지」는 주인공 영수가 일본에서 아버지를 상실한 사연을 중심사건으로 한다. 이 소설은 영수가 동무 '나'와 '나'의 어머니에게 아버지가 죽은 사연을 이야기하면서 시작되어 그들이 피화자로 상정된다. 그런데 본문은 영수를 초점자로 한 전지적 서술로 장면화하

---

193 위의 글, 27쪽.
194 방정환, 「졸업의 날」, 『어린이』, 1924. 4.
195 권환, 「아버지」, 『신소년』, 1925. 7-9.

고 있다. 희생 이야기에서 분석했던 「영수증」처럼 도입부분은 생략해도 소설의 구성이나 의미에 큰 지장이 없지만 독자들로 하여금 동무의 이야기를 듣는 것과 같은 친근감을 주기 위해 쓰인 것으로 보인다. 영수의 아버지는 자기처럼 배우지 못하면 가난을 면치 못한다고 여겨 영수와 함께 일본으로 간다. 아버지가 돈을 벌며 영수를 공부시키기 위함이다. 하지만 아버지는 고된 노동에 몸만 다치고 결국 일하다가 죽는다. 영수는 자기를 위해 중노동을 하다가 돌아가신 아버지를 그리워하며 슬퍼한다.

두 작품은 어머니와 아버지가 무정한 세상에서 자식을 교육시키기 위해 노동하다가 죽었다는 점에서 공통적이다. 즉 고아 이야기의 부모는 '희생 이야기'의 청소년들처럼 약자에게 폭력적인 현실의 희생자이다. 주인공들은 부모가 자기를 위해 일하다가 죽었기 때문에 슬픔과 안타까움이 더하며 공부는 부모의 한을 풀어드리기 위한 과제가 된다.

이와 같이 고아 이야기에서 주인공은 대부분 가난 때문에 부모를 잃는다. 부모들은 가족의 생계를 책임지기 위해 노동하다가 죽거나 일자리를 찾아 집을 떠난다.「아버지와 어머니」(이주홍, 1930)[196]의 형제는 아버지가 돈을 벌기 위해 일본으로 떠나고 어머니는 품을 팔러 갔다가 돌아오지 않아서 고아가 된다. 어머니가 돌아오지 않는 이유는 사기꾼에 속아 매인 몸이 되었기 때문이다. 「어머니를 찾아서」(채만식, 1937)[197]에서 부룩쇠의 어머니도 사기꾼의 꾐에 빠져 집을 나가 돌아오지 못한다. 「진달내꼿 필 때」(최병화, 1930)[198]에서 경남의 어머

196 이주홍, 「아버지와 어머니」, 『신소년』, 1930. 1-2.
197 채만식, 「어머니를 찾아서」, 『소년』, 1937. 4-8.
198 최병화, 「진달내꼿 필 때」, 『신소년』, 1930. 4.

니는 아버지가 죽자 경남을 절에 맡기고 서울 부잣집 침모로 간다. 경남은 어머니를 간절히 기다리지만 진달래꽃이 필 때 온다던 어머니는 오지 않는다.

이와 같이 가족을 살리기 위해 가족을 떠날 수밖에 없는 사회적 모순 속에서 고아가 발생한다. 대부분의 고아 이야기는 식민지의 기형적 경제 구조로 인해 가족공동체가 해체되는 현실을 배경으로 한 것이다.

1929년 '어린이사'에 입사하고부터 동화와 소년소설을 창작했던 이태준도 주로 고아를 주인공으로 한 이야기를 썼다. 그의 청소년소설 「어린 수문장」(1929), 「불쌍한 소년 미술가」(1929), 「쓸쓸한 밤길」(1929), 「외로운 아이」(1930), 「눈물의 입학」(1930)[199] 모두 고아가 주인공이다. 그중 「어린 수문장」은 동물의 경우에 빗대어 부모, 자식 간의 사랑을 나타낸다. 아버지 없이 어머니와 남매가 사는 가정에서 소년은 적적해하는 어머니와 누이를 위해 강아지 한 마리를 데려온다. 하지만 밤새 울던 강아지는 어미를 찾아가다 다리를 건너지 못하고 개울에 빠져 죽는다. 며칠 후 소년이 어미 개와 마주치니 그 개가 소년을 보고 잡아먹을 듯 짖는다. 강아지 이야기를 통해 부모 자식 간 사랑이 본능적이고 절대적인 것으로 그려진다.

「따짜구리」(강소천, 1940)[200]도 동물의 경우에 빗대어 아버지 없는 소년들의 슬픔을 그리고 있다. '나'와 동무 '희성'은 아버지 없이 가난하게 지내는 처지다. 학교에서 원족을 갔지만 다른 동무들처럼 맛있는 것을 싸오지 못해 둘이서만 점심을 먹고 놀다가 따짜구리를 발견

---

199 이태준, 「어린 수문장」, 『어린이』, 1929. 1, 「불쌍한 소년 미술가」, 『어린이』, 1929. 2, 「쓸쓸한 밤길」, 『어린이』, 1929. 5, 「외로운 아이」, 『어린이』, 1930. 11, 「눈물의 입학」, 『어린이』, 1930. 11.

200 강소천, 「따짜구리」, 『소년』, 1940.

한다. 희성은 나무 둥지에 있는 따짜구리를 꺼내려고 애를 쓰는데 '나'는 하늘에서 안절부절 못하는 다른 따짜구리를 발견한다. '나'는 그것이 따짜구리 부부 새일 거라고 짐작한다. 희성이 따짜구리를 꺼내니 그 둥지에 알이 있다. '나'는 희성에게 그 새를 가져가면 새끼들이 그들처럼 아버지나 어머니를 잃게 될 거라고 일러준다. 희성은 아버지 없는 슬픔을 떠올리며 새를 놓아준다.

이와 같이 동물에 빗대어 부모의 사랑을 그리는 경우, 그것은 생명의 본능으로 제시되어 자연화, 신비화된다.

고아 이야기 주인공들은 형제나 남매인 경우가 많다. 부모를 잃은 동기는 운명공동체이기 때문에 남다른 우애로 서로 의지한다. 그래서 동기마저 잃었을 때 비극성을 더한다. 「절영도 섬 넘어」(방정환, 1925)[201]는 형마저 잃어버린 고아 소년의 절망감과 외로움을 나타낸다. 상철과 상근은 부모를 잃고 외삼촌네 얹혀사는데 외삼촌도 죽는다. 형은 돈을 벌기 위해 일본으로 떠나고 동생은 형을 기다린다. 떠난 첫 해에는 편지와 돈을 보내던 형이 일본 대지진 이후 연락이 없다. 사람들은 형이 죽었을 거라고 하지만 동생은 더욱더 형을 간절히 기다린다. 외숙모와 사촌들은 형제를 구박하여 그들을 힘겹게 하지만, 형제는 그들과 갈등하지 않는다. 그래서 그 부분은 형제의 시련을 부각하기 위해 요약적으로 서술될 뿐이고 주로 묘사되는 것은 상근이 울면서 형을 기다리고 죽은 부모를 그리워하는 장면이다.

「남매의 운명」에서 남매가 고아가 된 사연은 「절영도 섬 넘어」와 비슷하다. 홀어머니와 남매가 가난하지만 행복하게 살고 있었는데 어머니가 갑자기 병이 들어 죽는다. 남매는 외삼촌 집에 얹혀 지내

201 방정환, 「절영도 섬 넘어」, 『어린이』, 1925. 10.

지만 외삼촌도 병들어 죽는다. 결국 오빠가 신문과 빵을 팔아 생계를 돌보며 둘이 지낸다. 하지만 오빠도 빵을 팔다 전차에 치어 죽는다. 이 작품에서 독특한 점은 오빠의 임종을 지키던 여동생이 오빠를 따라 죽는 것이다.

「옵바-아-옵바! 나를 두고 어대를 가시렴닛가-불상한 영애를 두고 어대로 가시렴닛가 자유에 천국엘 가신다고 하시드래도 이 불상한 영애를 엇지하고 가시렴닛가? 가시려거든 나하고 갓치 갑시다! 외-대답이 업스시닛가! 대답을 하시요!」하고흑-흑-늑기여가며 울다가 아무 소래 업시 고개를 영복이에 가삼에다 파뭇고 아무 소래 업섯습니다 …(중략)… 깨끗하고 자유스러운 신천지로 천사에 몸이 되어 그리웁고그리웁든 어머님 아버님을 차저 영복이와 영애에 어린 영혼은 훨훨히 날나 떠낫습니다[202]

위와 같이 갑자기 영애가 어떻게 죽었는지 납득이 가도록 서술되지 않았지만, 오빠의 임종자리에서 따라 죽을 만큼 끈끈한 남매 관계는 시사하는 바가 있다. 이것은 보통의 남매 관계에선 보기 어려운 일이다. 작가는 남매를 독립된 개체가 아닌 동일한 운명 공동체로 상징하기 위해 죽음마저 함께 하도록 한 것으로 보인다. 이 작품에서 죽음은 구원의 이미지로 묘사되고 남매의 영혼이 부모를 만나러 가는 장면으로 끝난다. 이것은 남매가 살아서 이루지 못한 가정에서의 안식을 죽어서까지 추구하는 모습으로 가족의 절대성과 안타까움을 더한다.

---

202 김순옥, 앞의 글, 28쪽.

이와 같이 고아 이야기의 심층갈등을 이루는 대립소는 '부모가 결핍된 현실\가정에서의 행복을 바라는 청소년의 욕망'으로 설정할 수 있다. 위에서 살핀 작품들은 전자에 의해 후자가 패배하여 비극적 구조를 보이고 작품 전반적으로 비애의 정조가 지배한다. 그리고 전지적 서술자나 1인칭 관찰자는 주인공의 심리에 밀착되어 그의 가족에 대한 결핍감과 갈망을 묘사하고 독자들에게 그들에 대한 동정심을 가져야 함을 논평한다. 그것은 고아들이 이 세상에서 가장 소중한 존재를 잃고 가장 불행한 처지에 놓여 있기 때문이다. 이러한 이야기는 일제 강점기 즉 '아버지 잃은 시대'에서 '아버지 상실'에 따른 슬픔과 그를 지향하는 '고아의식'을 구현하는 것으로 보인다.

(2) 고아의 '가족 찾기'와 '부모 되기'

1930년대가 되면 고아들의 슬픔을 그리는 데 머물지 않고 고아들이 그 상황을 극복하는 이야기가 등장한다. 이러한 현상은 앞에서 밝혔듯이 1920년대 후반 사회주의 소년운동가들이 당시 유행하던 비애의 정서를 나타내는 문학작품을 비판한 것과 관련 있다. 그 양상을 고아들이 가족을 만나는 이야기와 가족을 지키기 위해 부모 역할을 하는 이야기로 나누어 살펴보겠다. 전자에 해당하는 작품으로 「누님의 얼골」(최병화, 1930),[203] 「농군의 아들」(윤기정, 1930),[204] 「도라온 태성이」(김소엽, 1933),[205] 「어머니를 찾아서」(채만식, 1937)[206] 등이 있다.

「어머니를 찾아서」는 고아 소년이 어린 시절 잃어버린 어머니를

203 최병화, 「누님의 얼골」, 『어린이』, 1930. 6.
204 윤기정, 「농군의 아들」, 『별나라』, 1930. 10.
205 김소엽, 「도라온 태성이」, 『신소년』, 1933. 7
206 채만식, 「어머니를 찾아서」, 『소년』, 1937. 4-8.

만나는 이야기다. 주인공은 자기 나이와 이름도 모르는 부룩쇠인데, 그 외양과 성격이 독특하다.

> 이름은 부룩쇠. 부룩송아지같대서 부룩쇠라고 이름을 지은 것입니다. 아닌게아니라 죄금 미련하고 고집은 대단하고 기운은 무척 세어서…(중략)…그리고 또 노-란 머리가 곱슬곱슬한 것이라든지 넙죽한 얼굴이 끝이 빨고 두 눈방울은 두리두리 코는 벌심한 게 뒤로 재처진 것이라든지 흡사 부룩송아지 갈기는 했습니다.[207]

위와 같이 부룩쇠는 눈이 소 눈깔처럼 부리부리하다고 붙여진 이름이다. 그는 눈만 소를 닮은 것이 아니라 성격도 소처럼 꾀를 부릴 줄 모르고 세상 물정에 어둡다. 오직 어머니를 찾겠다는 일념으로 서울이 어딘지도 모르고 무작정 집을 나섰다가 윤호장 영감네서 아이보기로 얹혀산다. 계산속이 빠른 영감은 부룩쇠의 이런 성격을 이용하여 5년 동안 새경도 안 주고 머슴처럼 부린다. 이와 같이 윤호장 영감이 부룩쇠를 착취하지만 여기서의 심층갈등은 '어머니가 없는 현실\어머니를 찾으려는 소년의 의지'이므로 그것이 심각하게 묘사되지 않는다. 윤호장 영감의 착취가 부룩쇠의 욕망과 의지에 큰 영향을 미치지 않는 것이다. 부룩쇠는 어수룩하지만 의지가 굳기 때문에 어머니를 다시 찾아야겠다는 생각을 하고 나서는 서울까지 온다. 서울에 오게 된 과정은 누락본이라 알 수 없고, 7회부터는 서울에 와서 어머니를 찾는 내용이다.

부룩쇠는 서울에 와서도 '서울 가서 김서방 찾는 격'으로 무턱대

207 위의 글, 1937. 4, 74쪽.

고 사람들에게 우리 어머니 봤느냐고 물어본다. 말이 안 통하는 미국 사람에게도 물어보는 장면은 부룩쇠를 희화화하여 웃음을 유발시킨다. 약삭빠른 거지 아이가 부룩쇠를 속여 여비만 잃게 하지만 부룩쇠는 그 아이를 원망하지 않고 별다른 심리적 타격을 받지도 않는다. 결국 부룩쇠는 배고파 쓰러지기 직전, 전차에 탄 어머니를 발견한다. 그는 그답게 아무 생각 없이 출발하는 전차에 덤비다가 치어 쓰러지고 그것을 계기로 모자가 상봉한다. 그 후 부룩쇠 모자의 처지가 세상에 알려지고, 그들을 동정한 부자 노인이 자기 집에 와 살라고 하여 부룩쇠는 어머니도 찾고 살 집도 얻게 된다.

채만식의 이 소설은 당시 청소년소설과 다른 독특한 점을 지니고 있다. 우선 주인공의 자질이 다르다. 앞서 밝혔듯이 근대 청소년소설의 주인공들은 결핍된 환경에 처해 있지만 그 타고난 자질은 부유한 환경에 있는 아이들보다 뛰어나다. 그들은 외양도 아름답고 똑똑하며 마음씨도 곱다. 그런데 부룩쇠는 남들보다 뛰어나기는커녕 모자란 편이다. 그리고 오히려 그러한 모자람 덕분에 폭력적인 현실을 두려움 없이 살며 갈망하던 어머니도 만나게 된다. 따라서 슬픔의 정조가 지배하며 비극적 서사구조를 갖는 고아 이야기와 달리 이 작품은 해학이 넘치고 결말도 행복하다.

요컨대 채만식은 일제 말 전시체제 속에서 힘들고 슬프게 살아가는 청소년들에게 공감이 가면서도 위로가 되는 작품을 창작하려고 했던 것으로 보인다. 그 결과, 부룩쇠라는 개성적 인물을 창조할 수 있었지만 우연과 행운에 의한 결말을 맺게 되었다. 이러한 결말은 무엇보다 1937년이라는 일제 말 전시상황 속에서 전망이 부재한 때문이라고 생각한다. 한편 이 작품의 작위적이고 무리한 결말에서 청소년소설을 쓰는 작가의 의식을 엿볼 수 있다. 작가들은 청소년소설을 쓸 때 미적 완성도보다 독자들의 욕망과 반응을 더 고려했던 것으로 보인다.

「누님의 얼골」은 고아가 잃어버린 누나를 만나는 이야기이다. 인쇄소 직공 영호는 4년 전 어머니를 잃고 아버지를 찾으러 간도에 갔다가 헤어진 누나를 찾기 위해 그녀의 초상화를 그려 전람회에 출품한다. 드디어 영호는 전시장에서 누나를 만난다. 제사공장 직공인 누나를 만난 영호는 기뻐하며 더 힘차게 새 삶을 결의한다. 영호는 누나를 만나기 전부터 "우리 누님은 여학생이 아니다. 우리 누님은 직조회사나 혹은 담배회사에 다니는 여직공이라야 한다"[208]며 누나가 노동계급일 것을 간절히 바란다. 가족을 만나는 이야기가 계급주의적으로 변용되어 혈연관계가 계급적 연대로 확장된 것이다.

「도라온 태성이」는 고아 문제를 마을 공동체에서 합심하여 해결하는 이야기이다. 부모를 잃고 4년 만에 고향에 돌아온 태성이는 집도 빼앗기고 삼촌네마저 북간도로 떠나 당장 머물 곳이 없다. 동무들은 태성이를 보내고 싶지 않아 동무네서 한 달쯤 머무르게 한다. 그러나 동무네 사정도 나빠져서 태성은 더 이상 폐를 끼치지 않고 떠나려 한다. 이와 같이 이 소설의 심층갈등은 '현실의 물질적 궁핍함\고향에서 안식을 바라는 고아의 욕망'으로 볼 수 있다. 부모도 친척도 없는 태성이는 고향에서라도 안식을 얻기 바라지만 가난한 마을의 현실 때문에 좌절의 위기에 놓인다. 이때 동무들이 발기인이 되어 마을 회의를 열고 태성의 문제를 의논한다.

여러분 우리들은 다 갓흔 리해 관계를 가진 한 동리의 농민들임니다. 그럼으로 우리들은 이 마을에 대한 일에는 엇더한 일에든지 서로 책임

---

208 최병화, 「누님의 얼골」, 60쪽.

> 을 지고 서로 도와나가야 할것입니다 …(중략)… 그를 떠나보내는 것은 인정상(인정상)으로 보드래도 할 수 업는 일이나 그보다 우리 마을의 크나큰 손실입니다. 우리는 우리들의 손으로 그를 멈을러 잇게 하도록 하여야 할 것입니다[209]

위와 같이 태성의 동무들은 마을 사람들의 문제는 함께 책임져야 한다는 공동체의식과 태성이 놓치기 아까운 일꾼이라는 점을 들어 그의 생계를 마을에서 함께 책임지도록 설득한다. 결국 태성이는 마을에 머물게 되었으며 동무들의 기대에 부응하여 온갖 마을일을 돕고 농민조합소년부를 세워 마을 소년들의 지도자가 된다. 그의 의지와 능력, 마을 사람들의 협동으로 고아가 고향 사람들을 가족으로 만나게 된 것이다.

여기서 고아 문제를 해결하기 위해 마을 공동체와 고아 당자에게 요구되는 자세를 발견할 수 있다. 마을 공동체는 고아를 함께 책임지는 자세가 필요하며 고아는 스스로 마을에 필요한 일꾼이 되도록 노력해야 한다. 이러한 해결책은 '전체는 개인을 위해, 개인은 전체를 위해' 사는 사회주의의 이상향을 형상화한 것으로 볼 수 있다. 하지만 이 소설에서 마을 사람들이 태성을 받아들인 요인 중 하나는 태성이 훌륭한 일꾼이라는 점이다. 즉 태성은 이미 자기 스스로 생계를 꾸려갈 수 있는 노동력을 가지고 있기 때문에 다른 마을로 갔더라도 먹고 살 수 있었을 것이다. 그래서 동무들은 태성과 같은 훌륭한 일꾼을 놓치면 마을에 크나큰 손실이라고 주장했던 것이다. 그러나 모든 고아가 태성과 같은 능력을 지니고 있는 것은 아니다. 따

209 김소엽, 「도라온 태성이」, 36쪽.

라서 고아를 마을 공동체에서 책임질 때 그의 능력을 전제 조건으로 하는 것은 대안의 한계로 볼 수 있다.

이와 같이 고아가 가족을 만나는 이야기는 자신의 의지와 노력을 바탕으로 잃어버린 가족을 만나거나 새로운 가족을 구성하여 희극적 구조를 이룬다.

그런데 「곡마단의 두 소녀」(백시라, 1928)[210]는 다른 양상을 보인다. 이것도 고아들이 부모를 만나는 이야기이지만 고아의 의지와 노력이 아닌 우연에 의한 것이다. 그리고 친모가 나타났음에도 양부모와 살게 하는 설정이 특이하다.

이 작품의 주인공은 곡마단에서 묘기를 부리는 두 소녀이다. 가족을 잃고 곡마단에서 지내는 그들은 친자매처럼 서로 의지한다. 어느 날 딸이 죽어 슬퍼하던 부부가 곡마단에서 묘기하는 금녀를 보고 자기 딸과 닮았다며 수양딸로 삼는다. 금녀는 양부모의 보호를 받으며 행복하게 지내지만 은순을 걱정하고 그리워한다. 결국 은순도 함께 데려온다. 그런데 그 집일을 봐주는 할아범의 딸이 나타나 금녀가 자기 친딸이라며 데려가겠다고 한다. 할아범은 금녀의 행복을 위해 조용히 떠나라고 충고하고 딸은 그 말을 따른다. 이러한 구성은 이야기의 흥미와 긴장을 높이기 위한 것으로 생각되지만, 여기서 금녀의 친모가 남편이 죽자 금녀를 감당하기 힘들어 남의 손에 맡겼다는 사실이 주목된다. 금녀의 친모는 그 사실을 깊이 후회하지만 소설 속에서 자식을 버린 어미는 용서받지 못하고 끝내 자식에게 자기가 어머니라는 사실을 알리지 못한다. 그리고 고아들도 우연에 의해 새 가족을 만나는데 이것은 근대 청소년소설에 등장하는 소녀 주인공

210 백시라, 「곡마단의 두 소녀」, 『어린이』, 1928. 12.

의 수동적 성격[211]과 관련 있어 보인다.

근대 청소년소설에서 부모가 없거나 있더라도 병들고 능력이 없으면 청소년이 그 역할을 대신한다. 주인공이 소년소녀 가장이므로 다른 청소년처럼 학교에 다니는 것은 꿈도 꾸지 못하고 어른들 틈에 끼어 노동한다. 어른들보다 세상물정에 어둡고 약하기 때문에 그들은 경쟁에도 밀리고 핍박당하기 쉽다. 그래서 소년소녀 가장은 희생 이야기의 주인공으로도 많이 등장한다. 여기선 가해자가 등장하여 핍박을 가하는 요소 없이 청소년이 가족을 지키기 위해 애쓰는 모습만 그린 이야기를 대상으로 논한다. 단 두 가지 요소가 같은 비중으로 구성된 이야기는 되도록 중복을 피하면서 함께 논한다.

고아 이야기에 많이 등장하는 모티프 중 하나는 청소년 주인공이 어린 동생을 키우는 이야기이다. 그 예로 「고아의 죽엄」(정인호, 1924),[212] 「마지막 웃음」(권환, 1926),[213] 「경순의 병」(성경린, 1932)[214] 등을 들 수 있다.「마지막 웃음」에서 오빠는 여동생을 부양하기 위해 여름에는 오이장사, 겨울에는 비웃장사를 한다. 하지만 아무리 애를 써도 추위와 배고픔을 면하기 어렵다. 섣달 그믐날 다른 아이들은 설빔을 입고 새해 맞을 준비를 하지만 오빠는 아침거리를 마련하기 위해 일찌감치 비웃을 팔러 다닌다. 천신만고 끝에 좁쌀과 동생이 먹고 싶어하던 가래떡 한 가락을 구해 오지만 동생은 추위와 배고픔에 죽어간다. 특히 오빠의 가래떡을 먹고 싶은 욕망과 동생을 위해 조금도 먹지 않으려는 갈등이 실감나게 묘사된다.

211 이에 대해선 뒤의 4.1. '소녀' 부재의 '소년'에서 자세히 살핀다.
212 정인호, 「고아의 죽엄」, 『어린이』, 1924. 11.
213 권환, 「마지막 웃음」, 『신소년』, 1926. 2-4.
214 성경린, 「경순의 병」, 『신소년』, 1932. 10.

> "옵바 힌떡한가레 사다주세요"하든 누이동생의 소리가 아즉 귀에 남어잇서 몃번이나 입술에까지 대엇다가 떼엿다. 한번은 떡한쪽을 삼분지이나 저의입에너헛다. 목젓에 다일만큼 너헛다. 그리고 저의혓바닥은 밋글밋글한 떡에 다핫다. 저의 우알에 이는 녹진한 떡에 푹 박엿다. 그러나 갑두는 큰 도적질이나 한 듯이 그것을 와락 토해내엿다. 떡에는 잇금이 대갈박힌 말굽모양으로 송송 박혀잇다. 또 이쪽저쪽으로 춤이 줄줄 무덧다. 그래서 갑두는 잇금을랑 손으로 뭉개버리고 춤을랑 소매끗으로 깨끗이 씨서서 적삼 포케트 안에 너헛다.[215]

위의 인용처럼 자기도 모르게 입속에 넣어 잇자국까지 생긴 가래떡을 다시 빼어 품 안에 소중히 넣어 갖고 올 만큼 오빠의 동생에 대한 사랑은 헌신적이다. 한 입 베어 먹고 나머지를 갖다 줘도 동생은 원망하지 않았을 텐데 오빠는 처음 살 때의 먹음직스런 가래떡 그대로를 갖다 주고 싶어 한다. 그만큼 오빠의 동생에 대한 사랑은 결벽적이고 성스럽게 묘사된다.

「경순의 병」에서 주인공 명환은 14세 때부터 갓난아기의 어머니 노릇을 한다. 어머니가 동생 경순을 낳고 죽었기 때문이다. 경순을 친자식처럼 키우겠다고 나서는 노부부도 있었지만 명환은 거절하고 자기 손으로 키운 지 4년째다. 그동안 명환은 금강산 안내 일을 하며 경순의 양육에만 힘을 쏟는다. 하지만 경순은 잔병치레가 끊이지 않아 수입이 생기면 약값으로 다 나간다. 경순이 심하게 앓는 상황에서 명환은 겨우 일을 구했지만 관광객들이 식중독에 걸려 관광이 취소된다. 절망에 빠져 있는 명환에게 아랫마을 고서방이 자기도

---

215 권환, 「마지막 웃음」, 44쪽.

어려운 처지이면서 일원을 빌려주어 명환은 다시 희망을 얻는다.

의지할 데라곤 하나도 없는 14세 소년이 경순을 입양하겠다는 제안도 거절하고 갓난아기를 맡아 키우는 모습은 무모해 보이기도 한다. 이러한 청소년의 모습은 어떤 경우엔 부모의 모습보다 더 투철하다. 앞서 언급했던 「곡마단의 두 소녀」에서 금녀의 생모는 남편이 죽자, 갓난아기였던 금녀를 다른 사람에게 맡겼다. 그만큼 갓난아기를 혼자서 키우는 것은 어른도 감당하기 어려운 일이다. 그런데 청소년소설의 주인공들은 어른도 감당하기 힘든 가장으로서의 역할을 어떤 갈등이나 불평 없이 기꺼이 자신의 사명으로 받아들이고 그것에 자신의 삶을 바친다.

편모편부 슬하에서 부모가 일할 수 없으면 청소년은 고아나 마찬가지로 부모 자리를 대신한다. 주로 편모인 경우가 많다. 그 예로 「소년직공」(김영팔, 1929),[216] 「해뜨기 전」(성경린, 1929),[217] 「병든 소녀」(안회남, 1933)[218] 등을 들 수 있다. 이러한 작품에서 부모는 자식을 안쓰럽게 여기고 미안해한다. 「소년직공」에서 영식의 어머니는 며칠 동안 공장에서 밤일을 한 아들을 깨우기가 안쓰럽다.

> 영식이를 깨우는 것이 당신의 살뎜을 띄여가는 것가티 압흐지만 안깨울 수도 업는 형편이니까 몃 번이나 손이 아들의 몸에 다엇다가도 참아 그 곤이 자는 잠 저것이 남과 가티 학교에 갈 나희의 학교도 가지 못하고 어른도 하기가 쉬웁지 안은 로동을 하야 이러케 살면 무엇을 할가 하고 울어도 보왓스나 그러나 모진 사람의 목숨을 사람인 그 자

216 김영팔, 「소년직공」, 『어린이』, 1929. 3.
217 성경린, 「해뜨기 전」, 『중외일보』, 1929. 4. 9-10.
218 안회남, 「병든 소녀」, 『신동아』, 1933. 6.

신이 임의로 할 수는 도저히 업섯습니다[219]

위와 같이 어머니가 자기 살점을 떼는 것처럼 고통스러우면서도 영식을 깨울 수밖에 없는 형편은 영식이 벌지 않으면 당장 생계 대책이 없기 때문이다. 영식도 이 사실을 잘 알고 있기 때문에 어머니가 깨우는 소리를 "어서 공장에를 가야 우리들이 먹고 살지를 안늬"의 의미로 받아들인다.

「해뜨기 전」의 순석은 어머니와 두 동생의 생계를 책임진다. 그의 가족에 대한 책임감은 여느 가장과 마찬가지다. 또 동생들도 그를 아버지처럼 믿고 응석을 부린다. 어머니는 순석에게 많이 미안해하지만 순석은 어머니께 효도하고 동생 돌보는 일을 마땅한 도리로 여긴다.

이러한 소설은 부모가 결핍된 현실에서 청소년이 스스로 부모가 됨으로써 가정에서의 행복을 추구하는 이야기라고 볼 수 있다. 이것은 유년을 주인공으로 한 작품과 다르다. 이러한 소설의 의미는 당시 청소년의 현실을 반영한 데서가 아니라, 그러한 현실에서 부여된 청소년의 역할에서 찾을 수 있다. 즉 고아 이야기는 식민지의 가족 공동체가 해체되는 현실에서 청소년이 부모와 가족을 자기 목숨보다 소중히 여기며 부모가 지키지 못했던 가족을 지켜야 한다는 당위를 나타낸다. 나아가 이는 청소년의 '아버지 되기' 혹은 '아버지 회복'을 고무하는 기능을 한다.

---

219 김영팔, 앞의 글, 36쪽.

(3) 부모의 결핍과 가족의 절대화

근대 청소년소설에서 부모는 거의 부재한다. 고아나 편모편부처럼 작품 내 인물로 등장하지 않는 경우가 많지만 양친이 등장하더라도 부모 역할을 못 하기 때문에 기능상 없는 것과 마찬가지이다. 하지만 근대 청소년소설의 '고아 이야기'는 '부모(가족)이야기'나 마찬가지이다. 주인공들이 부모를 갈망하고 가족을 지키기 위해 애쓰는 이야기이기 때문이다. 한 마디로 부모는 결핍으로써 주인공들의 심리에 강렬하게 존재한다. 이것은 부모가 절대적 의미로 전제되고 있기 때문에 가능하다.

근대 청소년소설에서 부모는 인간의 행복을 위해 없어서는 안 될 존재로 여겨진다. 그래서 고아 이야기의 주인공은 희생 이야기와 달리 못생기고 바보스러울 수 있다. 오히려 그럴수록 자기를 무조건적으로 사랑해주는 존재를 욕망하며 그가 부모라는 결론에 도달한다. 앞서 언급했던 「어머니를 찾아서」(채만식, 1937)에서 부룩쇠가 그러하며, 「도망간 간난이」(홍구, 1935)[220]에서 간난이도 자기를 절대적으로 사랑해 줄 어머니를 찾아 가출한다. 간난이는 일찍이 부모를 잃었기 때문에 그 사랑을 모른다. 그래서 어머니가 어떤 존재인지 알기 전까지 모진 구박과 수모를 당하면서도 참고 지낼 수 있었다. 하지만 주인아씨가 딸에게 주는 사랑을 보고 그것이 어머니의 사랑이란 걸 알고 나서는 어머니를 찾기 위해 가출할 정도로 어머니에 대한 욕망이 강렬해진다. 못생기고 더럽고 주눅 든 간난이를 어머니라면 반드시 사랑해 줄 것이라는 믿음과 기대가 생겼기 때문이다.

220 홍구, 「도망간 간난이」, 『별나라』, 1935. 1·2.

이와 같이 작품 속 부모의 사랑은 부재함으로써 오히려 신비화, 절대화되고 있다. 고아가 욕망하는 부모나 그의 사랑은 실체와 거리가 먼 환상에 가깝기 때문이다. 부모가 인물로 등장하는 경우, 실체를 드러내지만 어떤 형태로든 미화된다. 앞서 살펴보았듯이 대부분의 부모는 나약하고 무능력하여 어린 자식에게 기대지 않고 살 수 없다. 하지만 그것에 불만을 품는 청소년은 한 명도 없다. 왜냐하면 부모가 병이 들었거나 아무리 노력해도 상황을 개선시킬 수 없을 만큼 수탈당하는 약자이기 때문이다. 즉 부모는 자신의 나약과 무능력에 대한 책임이 없다.

부모가 자식에게 폭력을 가하는 모습을 사실적으로 그린 작품이 있지만 매 맞는 주인공은 부모를 원망하지 않는다. 부모의 폭력이 사회적 핍박에 따른 것으로 합리화되고 있기 때문이다. 그러한 작품으로 「행랑자식」(나도향, 1923),[221] 「청어뼉다귀」(이주홍, 1930),[222] 「나비를 잡는 아버지」(현덕, 1946)를 들 수 있다.

「행랑자식」은 나도향이 리얼리즘 소설을 모색하던 시기의 작품으로 행랑자식의 하루일과가 실감나게 묘사된다. 아침에 눈을 치우다 주인어른 버선에 눈을 흘린 실수로 그는 어머니에게 혼이 나고 아버지에게 매 맞는다. 하지만 때리는 아버지나 맞는 자식이나 그들의 분노와 원한은 서로를 향해 있지 않다.

(가) 아범의 손이 자기아들의 볼기짝 등어리 넙적따리할 것 업시 사정 업시 때릴 때마다 어린 살에는 풀으게 멍이 들고 피가 맷친다. 그러할 때마다 아범의 목소리는 더 한층 놉하지고 떨니고 슬픔과

221 나도향, 「행랑자식」, 『개벽』, 1923. 10.
222 이주홍, 「청어뼉다귀」, 『신소년』, 1930. 4.

> 호소가 엉키엇다. 그는 자기 아들을 따릴 때마다 눈 압헤서 자기 손에 매달녀 애걸하는 자기아들이 보이지 안코 안방 아루묵에 안저잇는 주인나리가 보인다. 그리고는 자기아들을 따리는 것갓지 안코 자기 주인나리를 욕하고 원망하고 주먹질하고 십헛다.[223]

> (나) 하루에 두 번씩 매를 맛게 되닛가 무엇이 원망스러웁고 또 무엇을 저주하고 십헛스나 그것이 무엇인지 아지 못하엿다.[224]

(가)는 아버지가 자식을 때릴 때의 심리로 그것은 자식을 향한 것이 아니라 주인 박교장을 향한 것이다. 박교장은 자신이 폭력을 행사할 수 없는 대상이기 때문에 그보다 약한 자식에게 폭력을 가하며 박교장에 대한 분노를 표출한다.[225] (나)는 매 맞으며 하루를 마감하는 진태의 심리이다. 그는 큰 잘못도 없이 맞아서 억울한 마음이 들지만 그 원한이 부모가 아닌 '무엇'을 향해 있다.

「나비 잡는 아버지」에서는 아버지에 대한 반감이 보다 그럴듯하게 묘사된다. 여기서 부자(父子) 갈등은 바우와 마름의 아들 경환과의 싸움에서 비롯된다. 공부를 잘했지만 가난하여 상급학교로 진학하지 못한 바우는 유행가를 부르며 서울 학생임을 빼기는 경환이 아니꼽다. 그래서 경환의 행동을 시비하며 나비 잡는 일에 협조하지 않는다. 그에 화가 난 경환은 바우네 참외밭 넝쿨을 함부로 밟아서 둘

---

223 나도향, 「행랑자식」, 119쪽.

224 위의 글, 133쪽.

225 르네 지라르에 따르면, "욕구불만의 폭력은 항상 대체용 희생물을 찾으며 결국은 찾아낸다. 욕망을 유발한 대상이 정복/쟁취 불가능할 때 폭력은 그 대상을, 폭력을 초래할 아무런 명분도 없는 다른 대상으로 대체한다." 르네 지라르, 김진식·박무호 옮김, 『폭력과 성스러움』, 민음사, 2009, 11쪽.

은 몸싸움까지 벌인다. 싸움에 진 경환은 그 분풀이로 부모에게 바우와의 일을 일러 바우네는 소작을 떼일 위기에 놓인다.

즉 바우와 경환의 표면적 갈등은 '나비를 잡지 못하게 함\나비를 잡으려 함', '참외밭 넝쿨을 지키고자 함\참외밭 넝쿨을 망가뜨리고자 함'이지만 그 심층적 갈등은 '소작인과 마름'이라는 부모의 사회적 지위에서 기인된 것이다. 다시 말해 가난한 바우의, 공부와 도덕성을 기준으로 한 경환에 대한 우월의식과 부유한 경환의, 부와 권력을 기준으로 한 우월의식이 대립하여 표면적 갈등을 낳았다고 볼 수 있다.

그런데 경환의 부모인 마름이 바우의 부모인 소작인에게 바우로 하여금 나비를 잡아와 경환에게 사과하라는 요구를 함으로써 아버지와 바우 사이에 갈등이 생긴다. 아버지와 바우의 표면적 갈등은 '경환 부모의 요구를 강요함\경환 부모의 요구를 거부함'이지만 그 심층적 갈등은 '가족의 이익을 위해 개인의 자존심을 포기함\죽더라도 개인의 자존심을 지키려 함'이다. 바우는 밥을 열 끼를 굶더라도 경환에게 머리를 숙이기가 싫고, 이러한 자식의 입장과 체면을 생각해주지 않는 아버지가 원망스럽다. 그리고 바우 아버지가 바우가 소중히 여기는 그림책을 불태움으로써 바우는 부모에 대한 야속함과 노여움이 커지고 가출까지 생각하게 된다. 이런 갈등이 결말 부분에서 바우가 자기 대신 나비 잡는 아버지를 보며 해소된다.

> 바우는 머리를 얻어맞은 듯 멍하니 아래를 바라보고 섰다. 그러다가 갑자기 언덕 모래 비탈을 지르르 미끄러져 내려가며 그렇게 빠른 속력으로 지금까지 잠기어 있던 어둔 마음에서 벗어나 그 아버지가 무척

불쌍하고 정답고 그리고 그 아버지를 위하여서는 어떠한 어려운 일이든지 못할 것이 없을 것 같고, 바우는 울음이 되어 터져 나오려는 마음을 가슴 가득히 참으며 언덕 아래 메밀 밭을 향해 소리쳤다.[226]

위의 인용처럼 바우는 아버지가 힘겹게 나비 잡는 모습을 보면서 아버지의 요구와 폭력이 가족의 생계를 지키기 위한 절박함에서 비롯되었음을 이해하게 된다. 즉 앞에서 밝힌 아버지와 바우의 심층적 갈등에서 가족의 이익을 우선시하는 욕망이 개인의 자존심을 지키려는 욕망을 이긴 것이다. 다른 작품에 비해 부자(父子) 갈등이 심각했던 만큼 결말 부분에 나타난 바우의 반성과 아버지에 대한 사랑은 독자들에게 더 깊은 감동을 준다.

이와 같이 소설 속 부모와 자식의 갈등은 본질적으로 사회의 계급 갈등으로 빚어지기 때문에 부모의 폭력은 자식에 대한 적대적인 감정을 의미하지 않는다. 그것은 대부분 폭력을 행사할 수 없는 대상에 대한 부모의 분노가 자식에게 대체된 것으로서 부모의 나약함과 절박한 처지를 강조하는 기능을 한다. 그러므로 부모를 이해하고 사랑하는 주인공들은 맞으면서도 그들을 미워할 수 없다.

「히망 만흔 빠이요링」(백악, 1925)[227]의 아버지는 성격이 좀 다르다. 그는 가정을 돌보지 않고 알콜 중독과 노름에 빠져 있다. 어머니가 아들에게 바이올린을 사주기 위해 모은 돈도 폭력을 행사하여 빼앗아갈 정도로 무자비하다. 하지만 주인공은 그런 아버지를 원망하지 않는다. 그리고 결말 부분에서 아버지가 아들이 바이올린 켜는 모습을 보고 깊이 반성하여 새 바이올린을 사준다.

---

226 현덕, 「나비를 잡는 아버지」, 56쪽.
227 백악, 「히망 만흔 빠이요링」, 『반도소년』, 1925. 3.

요컨대 근대 청소년소설에서 부모에 대한 비판이나 원망은 원천 봉쇄되어 있다. 부모는 그 실체가 없거나 있더라도 병들고 사회적 약자라서 오히려 돌봐주어야 할 대상이고 부모답지 못한 행동을 했다가도 나중에 깊이 반성하여 자애로운 모습을 보이기 때문이다. 결국 '부모'의 부재는 부모와 자식 간의 갈등이 부재함을 의미한다.

이것은 근대 청소년소설에서 청소년이 부모의 역할을 하는 것과도 관련 있다. 부모가 부재하기 때문에 청소년은 그 자리를 대신하여 형이 동생의 부모가 되고 자식이 부모의 부모가 된다. 요컨대 어른이 아닌 존재가 어른이 된다. 따라서 근대 청소년소설의 주인공은 청소년이지만 청소년으로서의 욕망을 갖지 못하고 자식이지만 자식으로서의 요구와 욕망이 없다. 그들은 외양만 청소년일 뿐 지위와 심리가 어른이므로 부모뿐 아니라 동기간에도 갈등하지 않는다. 청소년이 부모와 같은 마음으로 가족을 대하기 때문이다.

즉 근대 청소년소설에서 부모가 부재한 이유는 청소년으로 하여금 부모와 독립된 존재로 그들을 극복하게 하기 위함이 아니다. 오히려 부모는 부재로써 자식에게 포함되고 청소년은 독립된 개체가 아닌 가족공동체로 존재하기 위함이다. 이러한 점은 서양의 고아 이야기와 다른 측면이 있다.

린 헌트에 따르면 프랑스 혁명기에 고아 청소년을 주인공으로 한 소설이 많이 창작되었다고 한다. 그는 그것을 왕과 왕비의 처형의 상징으로 본다. 그렇게 부모를 죽인 자식들은 새로운 부모를 요구하지 않고 형제적 우애로 새로운 관계와 사회를 건설하고자 한다. 따라서 소설 속 고아는 부모가 죽고 난 뒤의 새 사회를 건설할 이상적 모델로서 자리한다.[228]

한국의 근대 청소년소설도 '왕과 왕비'를 잃고 창작된 것이기에 고아는 그것의 상징일 수 있다. 그런데 한국의 경우, 스스로 부모를 부정한 것이 아니라 외세에 의해 살해된 것이었으며 주권을 잃는 과정과 맞물린 것이었다.[229] 따라서 한국 근대 청소년소설에 드러난 독특한 고아 이야기의 구조를 이해하려면 그것에 부재한 역사적 현실을 살필 필요가 있다.

3.2. 고아의식과 '효(孝)' 사상

가족은 인간의 탄생과 성장을 담당하는 가장 기초적인 집단으로, 인류사에서 비교적 보편적으로 형성되어온 관계이다. 가족 관계 및 문화는 인간의 의식·무의식에 작용하여 그의 욕망 및 인성에 영향을 미친다. 요컨대 '가족'은 가장 오래 된 사회이자, 누구에게나 쉽게 이해되고 긴밀하게 여겨지는 관계이다. 그래서 군주제 사회의 지배집단은 통치 구조와 가족 관계를 동일시하는 전략을 사용하여 피지배자 스스로 통치 질서를 당연시하고 통치자를 부모처럼 섬기게 하려 했다.

일제 침략 전, 왕정 체제였던 조선에서는 임금이 나라의 아버지였고 일본에서는 메이지 시대를 맞이하면서 막부체제가 붕괴되고 새로이 부상한 천황이 아버지요, 국체로 받아들여졌다. 식민지 조선

228 린 헌트,『프랑스 혁명의 가족로망스』, 새물결, 1999, 266-280쪽 참고.

229 나병철은 프로이트의 가족로망스 이론으로 한국 근대문학의 고아적 무의식을 다음과 같이 분석한다. "고아적 무의식, 식민화와 오이디푸스화에 저항하는 그 무의식적 욕망이 최초로 결집된 것이 3·1운동이었으며, 이후로도 반항적인 고아적 무의식에 의한 변혁운동이 식민화로 잃어버린 우리의 역사를 형성해 온 것이다. 그것이 바로 서구와 구분되는 우리의 역사적 특수성일 것이다." 나병철,『가족로망스와 성장소설』, 문예출판사, 2004, 32쪽.

사람들은 주권을 잃자, 그 상황을 부모를 잃고 가족공동체가 해체되는 위기로 받아들였다. 한편 일제는 동조동근론, 동화정책 등을 사용하여 조선 사람들이 천황을 새로운 아버지로 받아들이게 하려 했다. 하지만 일제도 본심으로는 조선인과 한 가족이 되는 것을 원하지 않았기 때문에 표방하는 이념과 정책 사이에 모순과 괴리가 심했다. 이런 상황에서 천황주의는 조선의 임금을 섬기고 일제 정책에 비판적이었던 기성세대보다 일제 강점기에 태어난 청소년 계층에게 효과적으로 주입될 수 있는 이념이었다.

근대 청소년소설은 바로 그 계층을 독자로 상정하여 식민화 교육에 대한 대안 교육적 성격을 띠고 창작되었다. 이런 맥락에서 보았을 때, '고아 인물'은 천황주의에 대한 저항의식의 소산으로 볼 수 있다. 그리고 거기에는 작가들이 성장하며 의식·무의식적으로 수용한 양육 규범이 얽혀 있다.

여기에서는 천황숭배주의에 대한 거부로서의 고아의식과 작가들의 의식·무의식을 지배하는 이념인 '효(孝)'가 고아 이야기의 생성과 수용에 작용한 양상을 살펴보겠다.

(1) 천황숭배주의에 대한 거부와 '효(孝)'

천황제는 천황을 국체로 신성시하며 그를 중심으로 국민의 사상과 신념을 통일하기 위해 마련된 일본의 독특한 정치 제도이다. 그것은 일본의 가문주의에 바탕하고 있다. 즉 천황가를 일본의 종가로 여겨 천황을 일본 국민의 시조로 숭배하는 것이다.[230] '천황'은 일본

230 스즈키 마사유키, 류교열 옮김, 『근대 일본의 천황제』, 이산, 1998, 88-90쪽.

을 근대 사회로 이끈 메이지 유신을 계기로 생겨났다.[231] 절대왕정이 무너지고 신분제도가 붕괴되며 만민평등사상이 시대적 조류로 여겨지기 시작하는 때, 일본에서는 상징적인 면에 있어서 역대 군주 가운데 가장 절대적인 '천황'이 탄생한 것이다.

천황은 검, 구슬, 거울의 신기(神器)를 신표로 지니며 조상신의 계시를 받는 주술적 성격이 강하고 원칙적으로 정치적 실권은 약하다.[232] 하지만 천황의 성격과 정치적 상황에 따라 정치 개입 정도가 다르다. 메이지 천황은 대신들의 분열이 있을 때마다 강력한 카리스마와 독단으로 정쟁을 해결했으며[233] 다이쇼 천황은 정치적 능력이 부족하여 원로와 궁중 관계자들이 천황의 자의적 행동을 억제시키고 원로들의 의견에 따르도록 했다.[234] 제2차 세계대전이 끝나고 나서 천황을 전범자로 볼 것인가에 대한 논란이 일었던 이유도 천황의 이와 같은 애매한 성격과 역할에서 비롯된다.

천황제는 일본 국민을 군국주의 파시즘 체제로 통합시키는 데 효과적인 기능을 하였다. 일본에서 종전 이전 천황제에 대해 비판했던 세력은 공산주의 세력이 유일한데 그들도 결국 전시에는 전향하여 군국주의 첨병이 되었다. 즉 공산주의가 일본에 뿌리내리지 못한 이유도 일본 국민들에게 확고히 자리 잡은 천황숭배주의에서 찾을 수 있다.[235]

일제는 식민지 조선에서도 천황숭배주의를 이용하여 통치 질서를 안정화하려 했다. 내지연장주의나 동화정책은 조선인이 천황을

231 함동주, 『천황제 근대국가의 탄생』, 창비, 2009, 134쪽.
232 야스다 히로시, 하종문·이애숙 옮김, 『세 천황 이야기』, 역사비평사, 2011, 33쪽.
233 위의 책, 184쪽.
234 위의 책, 206쪽.
235 정혜선, 『일본공산주의운동과 천황제』, 국학자료원, 2001, 196-202쪽 참고.

아버지나 국체로 섬기게 하려는 전략이었다. 그러나 사회·제도적으로 조선인에 대한 격리와 차별이 심해서 조선인이 일본의 동화정책에 적극적으로 협조하더라도 결과적으로 늘 일본인보다 못한 위치에 머물 수밖에 없었다.

이와 같은 이유로 일제의 동화정책은 조선에서 별 효과를 보지 못했다. 다시 말해 가족주의를 가능케 하는 심리 구조적 측면에서 보았을 때, 일제는 조선인들과의 '투사적 동일화'에 실패했다. '투사적 동일화'란 멜라인 클라인에 의해 처음 제안된 심리학 용어로, '나'의 불편한 감정이나 상태를 상대에게 투사하여 '그'와 '나'를 동일시하는 현상을 말한다. 러딕은 가족의 특성 중 하나를 '투사적 동일화'로 보고 있다. 가족 성원끼리 투사적 감정 이입이 발생하여 죽음마저 대신해 주고자 하는 관계가 발생하고, 그렇지 않을 경우 윤리적으로 바람직하게 생각되지 않는 경향이 있다는 것이다.[236] 정대현은 그것을 다음과 같은 논리로 체계화한다.

> 한 사람은 누구보다도 더 다른 한 사람에 대하여 자신의 이해를 그의 이해와 동일시한다. 전자는 후자가 자신의 그러한 동일시를 알고 이를 거부할 이유가 없다고 믿는다. 이러한 관계는 상호적이다.[237]

위와 같이 '투사적 동일화'는 일방적인 관계에서 발생하는 것이 아니라 상호적으로 작용하고 동일시 대상과 그렇지 않은 대상 사이를 구분 짓는 배타적 속성을 띤다. 다시 말해 서로가 서로의 이해를

236 정대현, 「투사적 동일화와 가족개념의 확장성」, 『가족철학』, 이화여대출판부, 1997, 414-415쪽 참고.
237 위의 글, 422쪽.

동일시한다고 믿는 관계에서 그렇지 않은 관계와 구분되는 '투사적 동일화'가 발생한다. 이런 심리적 기제를 고려할 때, 일제의 동화정책이 성공하려면 조선인에게 다음의 두 가지 믿음을 주었어야 했다.

> 첫째, 조선인이 투사적 동일시 대상으로 삼았던 이씨 왕조는 조선인의 이해를 함께 하지 않았다.

> 둘째, 일본(천황)은 누구보다도 더 조선인에 대하여 그의 이해를 조선인의 이해와 동일시한다.

일제는 조선 왕조의 무능 및 탐관오리의 횡포를 비판하며 조선인의 왕조에 대한 동일시 감정을 차단하려고 했다. 그리고 황은을 선전하며 천황이 누구보다 더 조선인의 이해와 동일시한다는 인상을 주려고 했다.[238] 하지만 일제의 폭압적 정치와 수탈, 그리고 일본인의 멸시와 잔악함을 체험한 조선인에게 그런 선전은 무의미한 것이었다. 오히려 일제는 1895년 명성황후 시해, 1898년 고종과 순종의 커피 독살 사건 등을 일으키며 조선인의 동일시 대상에게 위해를 가했기 때문에 조선인들의 일제에 대한 반감과 적대감은 클 수밖에 없었다.

고마고메 다케시는 조선총독부의 교육정책이 조선교육령 제2조의 교육칙어에 관한 규정으로 인해 부분적으로 은폐되기는 했지만 그 목표가 '충량한 신민'이라기보다 '순량한 신민'의 양성으로 총괄할 수 있다고 본다. 1911년에 공포된 조선교육령 제2조는 "교육은 교

238 고마고메 다케시, 오성철·이명실·권경희 옮김, 『식민지 제국 일본의 문화통합』, 역사비평사, 2008, 134쪽.

육에 관한 칙어의 취지에 따라 충량한 국민의 육성을 본의로 한다" 라고 규정되어 있다.[239] 그런데 그 제도나 내용의 측면에서 조선교육령은 일본의 교육칙어보다 1910년 9월에 작성된 「교화의견서」를 따르고 있다는 것이다. 「교화의견서」는 조선 민족의 동화에 대해 논하면서 '동화'는 이세신궁에 참배하며 눈물을 흘리는 감정적 공동성에서 구하는 것이기 때문에 근본적으로 달성될 수 없다고 본다. 그래서 조선인을 동화시켜 충량한 신민으로 만들기보다는 종속적 지위에 두는 정책을 제안한다.[240]

3·1운동 이후, 조선의 동화정책에 대한 회의와 비판이 더욱 커지며 교육칙어 수정론이 제기된다. 1922년 1월 새로운 교육령안을 심의할 때 의장은 "제2조를 본령에 남기게 되면 왕왕 조선인의 반감을 불러일으켜 오히려 통치에 불리한 결과를 초래할 우려가 있다"고 하며 교육칙어가 교화이념으로서 보편성을 갖지 못한다는 사실을 인정한다. 결국 제2차 조선교육령 제정 시 제2조 교육칙어에 관한 규정이 삭제된다.[241]

'충량'과 '순량'은 천황과의 관계에서 조선인에게 요구되는 태도의 차이라고 볼 수 있다. 전자는 천황에게 충성을 바치는 능동적 의지를 요하는 것이고, 후자는 사회 질서에 순종하는 수동적 태도를 요하는 것이다. 일제는 조선인의 왕조에 대한 충성심과 그 근간을 이루는 뿌리 깊은 가족주의 문화를 파악하고 조선인이 일본인에 대해 배타적 태도를 표출하지 않는 선에서 동화의 수위를 조절했던 것으로 보인다. 물론 수신교과서를 비롯한 각종 교과서에서 '천황숭배

239 위의 글, 127쪽.
240 위의 글, 123-126쪽 참고.
241 위의 글, 258-262쪽 참고.

주의 및 충량한 신민, 좋은 일본인 되기'에 대한 내용의 비중이 높다. 그리고 전시체제로 돌입하는 1930년대 후반의 개정 교육령에서는 '순량한 신민'이 교육칙어의 '충량한 신민'으로 수정된다. 그러나 이 시기는 군국주의 파시즘이 극에 달하여 군국주의 논리에 모든 논리를 포섭하는 시기이므로 이 시기 교육령의 수정을 조선인의 태도 변화와 관련지어 해석하는 것은 적절하지 않다고 본다.

일제 강점 당시 조선인들은 유교의 영향 아래 가부장제 가족주의를 신념화하고 있었다. 위의 투사적 동일시 논리로 설명하자면, 가족 성원은 다른 가족 성원에 대해 누구보다 더 자신의 이해를 그의 이해와 동일시하며 이러한 관계는 상호적이다. 다시 말해 어떠한 인간관계보다 가족 관계가 우선이며 가부장제 질서에 따라 아버지의 판단과 명령에 순종해야 하고 '나'의 이해와 가족의 이해를 동일시해야 한다는 이념이 지배적이었다. 따라서 가족의 이해를 돌보지 않는 태도는 비윤리적인 것으로 여겨졌다.

주지하는 바와 같이 대한제국 말기 유림들의 의병항쟁은 유교사상에 근거한 것이며, '효'에서 비롯된 것이다. 유교에서 '충'은 가부장제와 동일시된 공동체 구조에서 집단의 아버지에 대한 '효'의 확장된 의미이다. 따라서 집안의 아버지를 위해 목숨을 바치듯 공동체의 아버지를 위해서도 목숨을 바쳐야 한다는 논리가 성립된다. 하지만 그 두 의무가 겹칠 때 유림들은 집안의 아버지에 대한 효를 앞세우는 경향이 있었다. 한 가지 예를 들자면, 1907년 의병항쟁에서 13도 의병 총대장을 맡았던 이인영은 서울 진공을 앞두고 부친이 별세하자 군사장 허위에게 모든 책임을 위임하고 효를 위해 귀가한다.[242]

---

242 신용하, 『한국 근대사와 사회변동』, 문학과지성사, 1984, 71쪽.

일제는 조선의 뿌리 깊은 가족주의를 간파하고 그를 전유하여 통치에 활용했다. 그래서 유교에 대해서도 이중적 입장을 취했다. 앞에서 살펴보았듯이 가난의 원인을 분석할 때 유교는 형식주의, 관념주의의 폐해로 비판된다. 하지만 국가와 천황에 대한 충성의 의무를 강조할 때는 가족주의 논리를 적극적으로 활용했다.

1930년대 말 전시체제를 지배했던 희생적 모성과 어머니에 대한 감사와 효의 논리는 모두 가족주의 논리에 기반하고 있다. 그래서 언뜻 보면 근대 청소년소설에 드러난 효의 논리와 일제 군국주의 파시즘 체제에서 요구된 효의 논리가 동일해 보인다. 하지만 일제의 동화정책이나 천황에 대한 충성심은 조선인의 가족주의로 인해 큰 영향을 미치지 못했다. 겉으로 드러난 논리가 동일해 보일지라도 그 대상이 다르면 이면의 내용은 전혀 다르게 해석된다. 일제와 조선인이 똑같이 공동체의 부모를 말하더라도 그 대상은 달랐다. 일제가 충성을 강요하던 천황은 조선인에게는 남의 부모일 뿐이었다. 그것도 우리 부모를 죽인 원흉이었기 때문에 그를 믿고 따른다는 것은 패륜이요, 그를 부모로 섬긴 공동체에서 고립되는 길이었다.

일제 강점기에 우리 민족을 지배하고 하나로 묶어준 시대의식은 '고아의식'[243]이다. 당시 사회적 환경이 불안정하여 실제로 고아의 비율이 높기도 했지만, '고아의식'은 무엇보다 공동체의 부모 즉 왕을 잃은 상실감에서 비롯된 것으로 보인다. 일제 강점기에 가족이 해체되어 고아 비율이 높아진 이유 또한 공동체의 부모(왕)를 상실한

243 여기서 '고아의식'은 김윤식이 『이광수와 그의 시대』에서 이광수의 삶을 지배했던 정신으로 제시한 개념이다. 김윤식은 "고아의식은 이광수 개인의 일이지만, 또한 식민지 전 기간을 지배한 정신사적 의미에서의 시대의식 그것이기도 하다. 정신사적 문맥에서 보면 나라의 상실은 하늘의 상실이자 아비의 상실에 대응된다." (김윤식, 『내가 살아온 20세기 문학과 사상』, 문학사상, 2005, 651쪽)고 하여 '고아의식'을 식민지 시대의식으로 밝힌다.

이유와 다르지 않다. 부모는 독립운동을 위해 가출했고 3·1운동, 소작쟁의, 노동쟁의 등 각종 일제에 대한 저항운동에 참가했다가 목숨을 잃었으며 일제의 노동력 수탈 정책에 속아 일본이나 만주로 떠나 모진 노동으로 병에 걸려 죽었다. 즉 명성황후와 고종이 일제에 의해 시해당한 것처럼 고아가 많아진 이유도 일제의 폭압적 지배와 착취에서 찾을 수 있다. 이러한 식민지 상황에서 우리 민족의 고아의식은 민족적 연대감의 기반이 된 것으로 보인다.

일제에 대한 거족적 저항운동인 '3·1 만세운동'과 '6·10 만세운동' 둘 다 왕의 장례식을 계기로 하고 있다는 점도 이를 입증한다. 1919년 3월 1일은 1월 21일에 사망한 고종의 장례 일이었고, 1926년 6월 10일은 4월 25일에 사망한 순종의 장례 일이었다. 아직까지 두 왕의 사인이 명확히 밝혀지지 않았지만 당시 민중들 사이에 일제의 독살설이 널리 퍼지고 있었다. 고종은 아들 영친왕의 국혼 4일 전에 목숨을 잃었다. 일제는 영친왕을 일본에 잡아가 그들의 황녀와 정혼시켰지만 고종은 이를 강력히 반대했다고 한다. 일제는 고종이 급서한 사실을 하루 동안 숨기고 나서 뇌일혈로 사망했다고 발표한다. 순종은 1898년 이른바 '커피 독살 미수 사건' 때 아편이 다량 든 커피를 단숨에 마신 뒤부터 정신이 온전치 못하고 건강이 안 좋았다고 한다. 순종의 사인은 심장마비로 발표되었으나 이미 일제에 의해 건강을 해쳤기 때문에 그의 죽음도 고종과 마찬가지로 일제와 관련된다.

요컨대 우리 민족은 왕의 죽음 또는 주권의 상실을 부모의 죽음처럼 여기면서 그 상실감과 슬픔으로 서로 동정하고 연대했다. 한 마디로 우리의 민족주의는 가족주의와 떼어놓고 생각하기 어렵다. 따라서 당시 전개되었던 항일운동은 이러한 가족주의 및 복벽주의를 적극적으로 활용했다. 3·1운동의 실패 이후, 복벽주의자들이 대동단을 결성하여 왕족을 이용한 제2의 만세운동을 일으키고자 했던 것도 당시 민중을 지배했던 정서와 사상에 기반한 것이다.[244]

한편, 애국계몽기부터 국권의 위기와 관련하여 기성세대가 비판되고 신세대의 중요성이 부각되면서 과거의 장유유서나 부모중심의 생활 풍습이 비판되었다. 이것은 전통적인 '가족' 개념에 변화를 가져오면서 '가족'과 '국가'의 관계를 새롭게 정비하게 만들었다. 즉 유교 사회에서 국가는 가족의 확대형이며, 가족은 사회적 결속의 기초였다. 앞에서 살펴 본 것처럼 국가는 '국가적 가족'이며 왕은 아버지고 백성은 그의 자녀와 같아서 가족의 부자관계가 군신관계의 기준이 된다. 그리고 부모에 대한 효도가 그 어떤 것보다 가장 우위에 있는 도덕이다. 하지만 애국계몽기의 '가족'은 사회진화론적 관점에서 국가보다 미개한 단위이거나 국가를 이루는 부분으로 인식되며 그 의미와 중요성이 국가보다 축소되는 경향이 나타난다.[245]

따라서 부모들에게 전통 사회에서와 달리 자녀를 가족의 일원으로서보다 국민의 일원으로 양육할 것이 요구되었다. 부모에 대한 '효'나 가족에 대한 책임을 중시하는 태도는 부모(가족) 이기주의적 태도로 비판받으며 자녀를 국가의 중요한 인력인 공적인 존재로 여길 것이 주장되었다. 이러한 관점에서 자녀에게 신문물, 신지식을 교육하는 것은 부모의 국가에 대한 의무로 주장되었다. 하지만 교육의 목적이 국가가 아닌 가족을 위한 것이면 비판되었다. 가령 근대계몽기 유지인사들이 소년자제를 교육시키기 위해 학교를 설립하는 경우가 있었는데 그에 대한 비판이 제기되었다.

---

244 이현주, 앞의 책, 119쪽.
245 전미경, 『근대계몽기 가족론과 국민생산프로젝트』, 소명출판, 2006, 15-16쪽.

> 가족교육을 찬성함이 아니라 다만 교육의 발달함을 찬성함이요, 또 매양 권고하기를 적은 가족의 사상을 버리고 큰 가족 국가의 사상을 두며, 한 집의 조상만 위하지 말고 여러 집의 조상되는 단군을 위하며, 한 집 자손만 사랑하지 말고 곧 전국의 조상 단군의 자손까지 사랑하며, 한 집안 재산만 아끼지 말고 전국 재산을 아끼라 한 말을 여러 번 본보에 기재치 아니하였는가 …(중략)… 나의 이 의론은 가족의 설립한 학교를 타파코자 함이 아니라 가족사상으로 발기한 학교를 평론만 함이로다.[246]

위 인용은 청주의 신씨들이 자제를 교육하기 위하여 학계를 설시한다고 전한 권고문에 대한 논평인데, 신씨 학회를 비롯한 문중이 세운 학교가 국가를 위한 학교가 아니라 가족만을 위한 학교라고 비판된다.

이러한 과정을 거쳐 '가족'은 사적 영역으로, '국가'는 공적 영역으로 인식되며 근대적 '가족'의 개념이 싹트게 되었다. 『대한매일신보』는 1908년 3월 12일부터 22일까지 총 9회에 걸쳐 잡보란에 〈가정주의〉라는 제목의 기사를 연재한다. 각각의 기사는 위생, 교육, 인사, 의복, 음식, 혼인, 상례, 사상, 자조자천조론(自助者天助論)의 소제목 아래 가족 안에서 실천해야 할 문명의 규율을 소개하고 있다. 서구와 같은 자강력을 갖춘 국가를 형성하기 위해 근대적 규율로 가족을 재정비하는 것이 필요하다는 것이다.

다시 말해 '가족'이 '국가'와 다른 사적 영역으로 인식되긴 했지만, 그것은 개인주의적 사적 영역이 아니었다. 국가를 구성하고 국가의 이익에 종속되어야 하는, 공적 영역에서 자유롭지 못한 사적 영역이

---

246 「가족사상을 타파함」, 『대한매일신보』, 1908. 9. 4.

었던 것이다.

일제 강점 이후 유학생 중심의 신지식층이 사회운동의 주체로 자리하면서 주로 조혼의 폐해를 중심으로 유교적 가족주의는 논설, 소설, 강연 등에서 꾸준히 비판되었다. 한편 조선총독부에 의해 학교가 공적 기구로 정비되고 서구의 아동양육이론이 도입되면서 자녀 양육에 대한 근대적 관점은 확산되었다. 특히 서양 선교사들이 사립학교와 유치원을 설립하여 기독교와 근대 문화를 전파하면서 서구의 부부중심적 핵가족과 과학적 아동양육 방법은 문명국 가정의 모델로 소개되었다.[247] 이러한 과정에서 무엇보다 자녀 교육에 대한 가정의 역할이 과거와 다르게 인식되었다. 자녀의 사회화 교육이 학교나 그에 상응하는 사회기관에서 이루어짐에 따라, 가정은 자녀가 학교에서 교육받을 수 있도록 원조하는 곳으로 여겨졌던 것이다.

1920년대에는 소년애호운동을 통해 근대적 가족관과 자녀 양육 방법이 더욱 대중적으로 퍼져나갔다. 소년운동의 주요 행사인 어린이날은 어린이 대회뿐 아니라 어머니 대회와 아버지 대회를 열고[248] 다음과 같이 자녀양육의 태도와 방법을 선전했다.

- 어른에게 드리는 글 -

一, 어린이를 내려다보지 마시고 치어다보아 주시오.

一, 어린이를 갓가히 하사 자조 이야기하여 주시오.

---

247 이윤진, 『일제하 유아보육사 연구』, 혜안, 2006, 김혜경, 『식민지하 근대 가족의 형성과 젠더』, 창비, 2006, 109-124쪽 참고.

248 1925년 어린이날 행사일정을 보면, 5월 1일부터 3일까지의 행사 중 5월 2일 오후 두 시부터 어머니대회, 오후 여덟 시부터 아버지대회가 계획되었다. 『동아일보』, 1925. 5. 1.

一, 어린이에게 경어를 쓰시되 늘 보드럽게 하여 주시오.

一, 이발이나 목욕, 의복 가튼 것을 때 마춰 하도록 하여 주시오.

一, 산보나 원족 가튼 것을 각금 각금 식혀 주시오.

一, 어린이를 책망하실 때에는 쉽게 성만 내지 마시고 자세 자세히 타일러 주시오.

一, 어린이들이 서로 모히어 질겁게 놀만한 놀이터와 기관가튼 것을 지어 주시오.

一, 대 우주의 뇌신경의 말초는 늙은이에 잇지 아니하고 절믄이에게도 잇지 아니하고 오즉 어린이 그들에게만 잇는 것을 늘 생각하야 주시오.[249]

위의 인용은 1923년 5월 1일 제1회 어린이날 행사 때 각 가정에 배포된 선전지에서 어른을 대상으로 한 글이다. 어른들에게 어린이를 존중하여 대화로 교육하며 위생에 신경 쓰고 규칙적인 야외 활동을 시키라는 등 근대적 양육관이 드러난다. 그러나 이와 같은 주장이 '효' 자체를 부정하거나 배척하는 것은 아니었다. 김기전은 「종래의 효도를 비판하여 써 금후의 부자 관계를 성언함」[250]에서 종래의 효도를 비판했던 내용을 마무리하면서 그 본뜻이 효도의 대도(大道)를 무시하는 것이 아님을 밝힌다.

위의 여러 면에 있어 나는 우리 종래 효도의 내용에 비판을 가하되 거의 완부(完膚)가 없이 하였다. 그러나 나는 효도의 대도(大道)를 무시하는 것은 아니다. 종래의 계술제일주의(繼述第一主義)를 배격한다 하여

249 『동아일보』, 1923. 5. 1.
250 김기전, 「종래의 효도를 비판하여 써 금후의 부자 관계를 성언함」, 『개벽』, 1920. 9.

부모의 유업과 유지에 무리하게 반대하라 함이 아니며, 종래의 위친제일주의(爲親第一主義)를 배격한다 하여 부모는 구렁에 굴러 떨어져도 자식이 그 책임을 지지 아니한다 함이 아니며, 종래의 전이귀지제일주의(全而歸之第一主義)를 배척한다 하여 부모에게서 받은 그 유체(遺體)를 함부로 훼상하여도 가하다 함이 아니라, 오직 비난(非難)하는 바는 세간으로 하여금 그 어버이가 있은 외에 또는 그 어버이를 섬김이 있은 외에 다시 다른 것이 있음을 인정치 아니한 그것, 즉 제일주의라는 그 점이며, 또는 그로부터 생기는 폐단 그것이다. …(중략)… 한 마디로 말하면 사람은 그 자신이 어버이의 분신임을 아는 이외에 다시 그 몸은 사람의 하나임을 알고 자식의 신분으로서 생활하는 동시에 사람의 신분으로서 살라 함이다.[251]

위의 글 제목에서 드러나는 바와 같이 김기전이 비판하는 것은 '효도'가 아닌 '종래의 효도'이다. 그는 모든 도덕 위에 효도를 근본으로 삼아 자식이 국가와 사회의 일원으로 활동하는 것을 방해하는 '효도제일주의'를 비판했던 것이다. 요컨대 당시 양육담론에서 '자녀중심주의'는 가족만을 위한 자녀가 아닌 국가와 사회를 위한 자녀를 양육해야 한다는 계몽담론의 일환으로 주장되었던 것이다. 따라서 어린이와 청소년들에게는 부모에 대한 효도와 어른에 대한 공경이 여전히 중요한 도리로 교육되었다.

(가) 一, 어른에게는 물론이고 당신들끼리도 서로 존대하기로 합시다.
一, 면차나 긔차에서는 어른에게 자리를 사양하기로 합시다.[252]

251 김기전, 『소춘 김기전 전집』, 67쪽.
252 『동아일보』, 1923. 5. 1.

(나) 7. 단원은 순복할지니 부모와 상장에게 복종하라.[253]

(다) 4. 우리는 부모님의 말슴을 잘 듯고 어른을 공경하며 동무를 사랑합시다.[254]

(가)는 1923년 천도교 소년회 중심의 제1회 어린이날 행사 선전지 중 어린이를 대상으로 한 글이고, (나)는 1924년 보이스카우트 운동 단체인 조선소년군과 소년척후대의 통합기구인 '소년척후단조선총연맹'의 발기회에서 세계 각국에서 통용되는 규칙을 표준으로 제정한 준율이다. (다)는 1928년 사회주의 소년운동가들에 의해 주도된 '조선소년총연맹'의 주관 하에 개최된 어린이날 행사의 선전지이다. 셋 다 인용한 항목에서와 같이 부모와 어른을 공경하고 그 말씀에 순종해야 한다는 조항을 두고 있다. 각 단체가 근거한 이념이 다름에도 불구하고 어린이와 청소년에게 교육하는 부모에 대한 태도가 비슷한 이유는 좀 더 근본적이고 무의식적인 측면에 있다고 생각한다. 즉 그것은 그들이 성장하면서 자연스럽게 체득한 양육이념에 기인한다. 그들이 비판했던 부모중심주의와 장유유서의 사회문화 속에서 태어나 양육되었던 그들 역시 부모와 어른에 대한 전통적 이념으로부터 자유롭지 못한 것이다. (나)의 스카우트 규율처럼 서양의 기독교 문화에 바탕한 경우도 마찬가지이다. 미국의 심리학자 앨리스 밀러가 지적하듯 서양에서도 자녀들은 기독교의 십계명 중의 하나인 "네 부모를 사랑하라"가 지배적인 문화 속에서 양육되어 부모

253 한국보이스카우트50년사편찬위원회, 『한국보이스카우트50년사』(미간행 초고본), 1973, 45-47쪽, 김정의, 『한국소년운동사』, 173쪽에서 재인용.
254 『동아일보』, 1928. 5. 6.

에 대한 절대적 사랑과 도리가 그들의 의식·무의식에 자리해 온 것이다.[255]

그래서 구습과 더불어 부모중심주의를 비판하고 자녀중심주의를 내세웠던 것은 앞에서 밝힌 것처럼 부모의 국민(민족)에 대한 의무를 전제한 것이며, 이것은 결국 심훈이 3·1운동 당시 옥에서 어머니에게 쓴 편지에 밝힌 것처럼 "더 크신 어머니", 곧 상실한 조국에 대한 충효의 이념과 만난다.

요컨대 일제 강점기에 주장되었던 '자녀중심주의'나 '효'에 대한 비판은 기존의 양육이념에 대한 근본적인 회의나 성찰이 아니었다. 그것은 어린이와 청소년이 주체가 되어 자기 부모를 비판하고 극복하게 하기 위한 담론이 아니었던 것이다. 그래서 소년 잡지에는 부모를 비판하는 글은 거의 찾아볼 수 없으며 주로 어머니의 헌신적 사랑에 대한 이미지를 바탕으로 그에 대한 감사함과 그리움을 전하는 기사가 많았다.

(2) 가족주의 양육이념

청소년은 자립하는 시기가 아니라 부모(어른)의 보호를 받아야 하는 시기이다. 그런데 근대 청소년소설의 주인공들은 부모가 없거나 무기력하여 그들이 오히려 부모 역할을 한다. 그들은 부모 노릇을 제대로 하지 못하고 때로 자기에게 폭력을 행사하기도 하는 부모를 원망하지 않는다. 그리고 동생들을 자애와 책임감을 가지고 돌본다. 그들의 욕망은 대체적으로 가족과 관련되어 있다. 없는 부모를 갈망

255 앨리스 밀러, 신홍민 옮김, 『폭력의 기억, 사랑을 잃어버린 사람들』, 양철북, 2006.

하고 병든 부모가 건강해지기를 바라며 굶주리고 헐벗은 동기들이 가난으로부터 벗어나 행복해지기 바란다. 혼자서 감당해야 하는 가족 부양의 책임에 대해 억울해하거나 도망치려는 주인공은 거의 없다. 그들에게는 공부 이외에 다른 개인적 욕망이 거의 없다. 공부도 궁극적으로 가족과 사회에 봉사하는 삶을 살기 위해 하는 것이므로 온전히 개인적 욕망에 의한 것이라고 할 수 없다.

이러한 인물을 궁핍한 식민지의 가족 해체 현실이 반영된 것으로만 해석해서는 납득하기 어렵다. 당시 고아나 편모편부 가정의 청소년들이 소설의 주인공들처럼 가족에 대한 절대적 사랑과 헌신의 삶을 살았다는 점을 입증하기 어려우며 무엇보다 그들이 다른 욕망과의 갈등 없이 가족만을 욕망했다고 볼 수 없다. 부모 없는 청소년들을 주인공으로 등장시켜 오히려 부모와 가족의 절대성을 드러내는 이러한 소설들은 가족주의 이념이 작용하여 그 자체로 가족주의 이념을 구현한다.

애국계몽기부터 주로 유교의 '장유유서'나 '효' 사상이 비판되고 서구의 근대적 가족을 본보기 삼아 자녀중심주의가 주장되기도 하였지만 앞에서 살펴보았듯이 그것은 더 큰 가족 즉 국가(민족)를 위한 것이었을 뿐 '효' 사상이나 가족주의 자체를 비판하기 위한 것이 아니었다. 한마디로 한국의 민족주의는 가족주의와 떼어놓고 보기 어렵다. 그래서 주권을 상실한 일제 강점기의 시대의식 중 하나가 '고아의식'이었으며 그것으로 민족적 연대감을 이루었다. 이것은 가족주의의 배타성이 작용한 것이기도 하다. 가족을 우선시하는 심리적 기제는 가족 성원끼리는 투사적 동일시가 발생하여 서로의 이해관계를 함께 하며 다른 가족에 대해선 배타심이 작용한다. 따라서 동조동근론을 내세우며 천황을 새 아버지로 받들도록 강요한 일제의 동화정책은 가족주의 문화가 지배적이었던 식민지 조선에서 더 배타적으로 작용했던 것으로 보인다.

이러한 관점에서 볼 때 근대 청소년소설의 '고아'는 주권을 상실한 식민지민을 상징한다. 그리고 그들에게 부여된 과업은 잃어버린 부모(조국)를 잊지 말고 그 자리를 대신하여 가족을 지키는 것이다. 이러한 점은 부모(어른) 대상의 담론이나 일반 소설에서 '가족'과 '큰 가족(조국)'을 나누어 보며 공적인 영역의 '큰 가족'을 사적인 영역의 '가족'보다 우선시해야 한다고 주장하는 것과 다르다. 최서해의 「탈출기」나 「해돋이」와 같은 소설에서 볼 수 있듯이 일반소설에서는 사회(민족)를 위한 삶이 가족을 위한 삶과 배치되는 갈등을 그리며 어머니에 대한 효도나 가족에 대한 부양의 의무보다 사회를 위한 삶을 선택하는 것이 바람직하게 그려진다.[256]

즉 '큰 가족'을 위해 '가족'을 버릴 수 있는 태도가 요구되었던 것이다. 물론 이러한 행위도 궁극적으로 가족을 위하고 사랑하는 마음에서 비롯된 것으로 묘사된다. 하지만 청소년소설에서는 청소년이 가족을 버리는 이야기가 거의 없다. 그 이유를 청소년에게 부여된 사회적 과업이 어른과 다르기 때문이라고 볼 수도 있지만, 자발적 희생 이야기와 가난 이야기의 청소년이 가족의 처지나 이익보다 타인이나 사회의 이익을 앞세워 행동했던 점으로 볼 때 식민지 청소년에게 요구되었던 사회적 과업이 어른과 크게 다르다고 볼 수 없다.

한국 근대 청소년소설의 고아 이야기에는 보다 근원적으로 작가가 성장하면서 의식·무의식적으로 체득한 양육 규범이 작용한 것으로 보인다.

---

256 최시한, 「가족 이데올로기와 문학 연구-최서해의 「해돋이」를 예로」, 『돈암어문학』통권 제19호, 돈암어문학회, 2006. 12.

조셉 조네이도는 아동에 대한 성인의 관계적 지배와 더 나아가 무의식적으로 공유된 문화 정신을 재생산하는 특정 이념이 있음을 밝히고 그것을 '지배 이념'이라고 했다. 즉 그의 '지배 이념'은 아동이 태어나면서부터 경험하며 그에게 영향을 미치는 '양육이념'을 뜻한다. 그것은 "개인이 자기 자신과의 관계 속에서 또는 타자와 맺고 있는 관계 속에서 명백하게 주어져 공유하게 된 무의식적인 경험"이다. '지배 이념'과 '지배 문화'는 밀접한 연관성이 있으며, 아동의 관점에서 보면 '지배 이념'은 항상 주위의 성인 세계에 의해 정의된다.

> 환경에 기민한 반응을 보이는 유아는 세상에 입문하자마자 바로 권력과 통제로 이루어진 실제 관계의 본질이자 그의 정신발달에 있어서 이데올로기적·페다고지적 토대가 되는 제도적 서열과 마주하게 된다. …(중략)… 이렇게 해서 부자와 가난한 자, 약자와 강자, 권력자와 소외된 주변인 모두가 무의식적으로 지배 이데올로기를 공유하고 이에 참예하게 된다. 이것이 어떻게 가능할까? 이는 인종, 계급, 젠더를 떠나 각각의 개인은 일차적으로 지배문화에서 아동의 위치를 점하고, 또 아동이 성장하여 지배문화에 저항하는 성인이 되더라도 그의 자아 발달은 성인문화의 지배적인 아동양육 페다고지에 의해 구조화된 탓이다. 다시 말해, 우리 모두가 똑같은 현재적 문화를 공유하고 향유하지는 못하더라도, 아동양육관행을 통해 지배 이데올로기가 무의식의 형태로 구조화한 똑같은 잠재 이데올로기는 확실히 공유하게 된다.[257]

위에서 보는 것처럼 조셉 조네이도의 이론은 모든 사람이 아동의

257 조셉 조네이도, 구은혜 옮김, 『만들어진 아동 - 문화, 이데올로기, 아동 이야기』, 마고북스, 2011, 12-13쪽.

시기를 거친다는 데 근거한다. 누구나 아동의 시기에 성인에 의해 양육되면서 지배 이념과 지배 문화를 무의식적으로 체득하게 된다는 것이다. 그것을 개인이 의식하느냐의 여부와 상관없이 지배 이념과 지배 문화는 아동양육관행을 통해 계승되고 공유된다. 그중 인류에게 가장 뿌리 깊고 당연하게 받아들여지는 것은 부모의 사랑이다. 부모의 자식에 대한 사랑은 오랜 세월 동안 지금까지 부모 된 자의 본성으로 여겨지며 크게 의심 받은 적이 없다.

부모의 은혜는 그가 자식을 존재하게 한 것뿐 아니라 사랑과 헌신으로 자식을 양육했기 때문이다. 또 부모가 피치 못할 사정으로 그 역할을 제대로 수행하지 못했더라도 자식에 대한 사랑의 마음은 여느 부모와 마찬가지라고 여겨진다.

요컨대 이 세상에 나를 존재하게 하고 절대적인 사랑을 주는 이는 부모밖에 없다는 믿음이 인류의 문화에 뿌리 깊이 박혀 있다. 그래서 자식은 부모의 은혜와 사랑에 보답하기 위해 그 역시 부모를 다른 이보다 특별히 사랑하며 그에게 효도해야 한다. 이런 담론에서 자식을 학대하는 부모나 사랑하지 않는 부모는 친부모가 아닌 경우가 많다. 친부모일 경우, 그는 광인 또는 인간성이 파괴된 존재로 정상적인 인간의 범주에서 배제된다. 서양이나 동양 모두 부모에 대한 이런 믿음은 마찬가지이지만 동양에서는 유교의 영향에 따라 이런 부모·자식의 관계가 구체적인 실천의 형식을 띠고 제도화된다. 구체적인 제도와 형식 속에서 부모에 대한 '효'는 일상의 관습으로 굳어가고 마땅한 도리로서 지배 문화로 자리하고 교육된다.

이와 같이 뿌리 깊이 박힌 '효' 사상과 가족주의 이념이 민족주의 이념과 얽혀 근대 청소년소설의 고아 이야기를 생성했다고 생각한다. 그것의 양상이 일반소설보다 더 철저한 이유는 독자에 대한 교육적 관점 때문이라고 본다. 국가와 민족을 위해 기성세대를 비판했던 청년들이지만 인간의 기본적인 도리는 부모와 어른을 공경하는 것이라고 믿고 있었기 때문에 청소년들에게 그렇지 않은 모습을 보여주는 것 자체를 금기시했던 것으로 보인다. 더욱이 고아 이야기를 통해 식민지 현실을 말하려고 했기 때문에 상실된 조국과 가족에 대한 관점이 더 절대화된 것으로 여겨진다.

이렇게 해서 근대 청소년소설의 주인공들은 개인으로 존재하지 않고 부모와 가족을 품고 그들의 욕망과 하나가 되어 살게 되었다. 그리하여 그들의 개인성(개성성)은 약화된다. 이것은 비단 소설 속 현상만은 아니다. 부모의 사랑에 대한 믿음이 동양과 비슷할지라도 서양에서는 개인주의의 발달로 개인의 욕망과 가족 구성원의 욕망을 분리해서 인식하는 문화가 자리 잡고 있다. 하지만 한국의 경우 현재에도 부모의 욕망과 자식의 욕망은 긴밀하게 결합되어 독립된 존재로 살아가기보다 서로의 삶에 깊숙이 개입하며 살아가는 문화가 존재한다. 문은희는 한국 여성의 심리를 가족을 포함하여 행동하는 구조로 분석한다.[258] 여성에게서 그것이 더 두드러지게 나타날 수 있지만, 한국 사회의 전반적인 문화가 개인 단위로 행동하기보다 가족을 포함하여 행동하는 심리구조에 바탕하여 형성된 것으로 보인다.

---

258 문은희, 『한국여성의 심리구조』, 도서출판 니, 2011.

04
'소년'과 남성중심주의

4.1. '소녀' 부재의 '소년'

근대 청소년소설은 대부분 남성인 '소년'을 주인공으로 삼는다. 청소년소설이 '소년소설'이라는 명칭으로 굳어진 것도 그 때문이다. 그렇다고 '소년소설'이 '소년'을 주인공이나 독자로 한정한 개념은 아니다.

앞에서 살폈듯이 본래 '소년'은 전근대 시대부터 성별이나 구체적인 연령 제한 없이 연소자를 가리키는 의미로 쓰여 성별 구분을 전제한 개념이 아니었다. 1920년대에 '청년'과 분리된 '소년'이 '아동', '어린이'와 혼용될 때에도 그것은 남녀를 포괄하여 이르는 말이었다. 그런데 '아동', '어린이'와 달리, '소년'의 성별 대립어인 '소녀'[259]

가 등장한다. '소녀'는 고어사전에 등장하지 않고,[260] 애국계몽기 때에도 잘 쓰이지 않은 것으로 보아 일본에서 유입된 말로 보인다. 일본에서는 메이지 시대부터 소녀 대상의 잡지가 간행되고 소녀소설이 등장하여 큰 인기를 끌었다.[261] 한국에서는 주로 '소년소설'이 형성되고 인기를 끌고 난 1920년대 후반 이후 '소녀소설'이 창작된다. 그리고 '소년소설'이 문예비평가들에 의해 문학 갈래로 체계화될 때 그것은 소녀소설, 탐정소설, 사진소설, 영화소설 등의 다양한 하위 갈래를 포괄하는 상위 갈래 용어로 쓰인다.

요컨대 '소년' 개념이 '젊은이'에서 어른과 어린이 사이의 시기로, 그것도 일본에서 '소녀'라는 말이 유입되어 그 성별 대립어의 의미로 변화하는 과정에서 '소년소설'이 형성된 것이다. 그래서 당대 작가들도 같은 작품을 연재하면서 '소년소설', '소녀소설', '소년소녀소설' 등의 용어를 혼란스럽게 사용하는 경우[262]가 있다.

---

259 '소녀'의 기표와 기의에 대해 자세히 살핀 연구는 발견되지 않고, 박숙자가 1910년대 '청년'의 성별화에 대해 살피며 간략히 밝힌 견해가 있다. "소년이 아동의 개념으로 한정되면서 '소년소녀'라는 말이 쓰이기는 하지만, 이때 '소년소녀'는 '無性'적인 아동의 내포 안으로 한정되기 때문에 생물학적 차이를 드러내는 기호 이상이 아니다. 그러나 '청년남녀' 혹은 '청년녀자'라는 개념은 젠더화된 개념이다." 박숙자, 앞의 글, 29쪽. 이러한 견해는 '소년'을 '아동' 즉 '어린이'와 같은 개념으로 본 데 따른 것으로 생각된다. 그러나 소년이 아동의 개념으로 한정되면서 '소년소녀'가 쓰인 것이 아니라 그와 구분되면서 성별 대립어인 '소녀'가 쓰이게 된 것으로 보인다.

260 박재연 주편, 선문대학교 중한번역문헌연구소, 『필사본 고어대사전』(학고방, 2008)에 보면 '소년'만 있고, '소녀'는 없다.

261 일본의 아동문학사에서 최초의 성별 잡지는 1902년에 간행되었다고 한다. 금항당에서 출간한 『소년계』(1902. 2)와 『소녀계』(1902. 4)가 그것이다. 그리고 1910년대부터 소녀를 주인공으로 한 소녀소설이 창작되어 대중적 인기를 끌었다고 한다. 그 대표적인 작가는 요시야노부코로 『소녀화보』에 연재되었던 「꽃 이야기」는 주로 동성애를 제재로 하고 있다. 鳥越 信, 앞의 책, 20쪽, 73쪽 참고.

262 가령, 이동규는 「곡마단」(『신소년』, 1931. 2-5)을 연재할 때 제1회는 '장편소년소설'로, 제2회는 '장편소녀소설'로 발표한다.

이와 같이 소년소설이 소년 주인공이나 소년 독자를 한정한 의미가 아님에도 불구하고 소년소설에서 소년의 비중이 높다. 소년만 등장하는 소설이 다수이고 소녀가 등장하더라도 소년의 욕망과 능력을 부각시키기 위한 대상으로 존재하는 경우가 많다. '소녀소설'이라 하여 소녀를 주인공으로 한 소설도 있지만 그 비중이 적고 '소년소설'에 등장하는 소년, 소녀의 특질과 큰 차이가 없다. 즉 소녀의 독자적 특질과 욕망을 형상화한 소설이 거의 없다. 하지만 소년의 본성, 희망, 감정 등을 집중적으로 탐구하며 소년만의 특질을 드러낸 소설은 여러 편 있다.

여기서는 소년의 특질과 욕망을 제재로 한 작품 중심으로 살핀다. 넓게 보면 소년을 주인공으로 한 근대 청소년소설 전반이 이에 해당된다. 그런데 소년과 소녀는 생물학적으로 타고난 성(性)에 따른 구분이므로 다른 요소보다 청소년 인물의 성적 특질과 기능에 초점을 두고 고찰한다. 먼저 '소년'을 존재론적으로 탐구한 작품 중심으로 소년의 특질과 심층갈등, 서술자의 위치와 태도 등을 분석하여 소년 이야기에 구현된 이념을 살피고 근대 청소년소설에 등장하는 소녀의 기능을 밝힌다. 그리고 여성성을 지닌 소녀의 부재가 남성성이 억압된 소년의 특질을 합리화하는 기제를 해석한다.

이 특질은 앞에서 논한 것들과 달리, 작가의 사회적 모순에 대한 의식보다 미성년 및 성 역할에 대한 무의식의 작용이 크다. 따라서 앞에서 논의한 인물의 특질과 모순된 양상도 있다.

(1) 아동기에 고착된 '소년'

근대 청소년소설에 등장하는 소년들의 나이는 대개 12세부터 19

세까지인데, 그중 15·16세의 비중이 높다. 이 시기는 신체적으로 제2차 성징이 나타나고 성적 특질과 욕망이 발달하는 때이다. 그래서 소년은 남성다워지고 소녀는 여성다워지며 아동기보다 성차가 뚜렷해진다. 그런데 주인공 청소년들의 이미지는 아동과 다를 것이 없다.

> (가) 얼골 곱고 몸 가벼운 소년이 …(중략)… 소년은 열여섯 살이엿습니다.[263]
>
> (나) 노마는 올해 열다섯 살입니다. 키는…(중략)…글쎄요, 열다섯 살 먹은 아이로서는 좀 작은 편이겠지요. 얼굴은 동그랗고 약간 주근깨가 있는 것이 고 눈이며, 코며, 입이 매우 귀여운 아입니다.[264]
>
> (다) 은방울 소리갓치 고흔 그의 소리[265]
>
> (라) 인물 엽브고 공부 잘하고 또 품행까지 얌전하야[266]
>
> (마) 옥점이는 생기기도 엽브게 잘생겻지만 마음도 그 얼골과 가티 곱고 온순했습니다.[267]

(가), (나), (다)는 소년, (라), (마)는 소녀를 묘사한 것이지만 큰 차이 없이 모두 고운 외모와 태도를 지니고 있다. 그들은 맑고 순수하며 정직하다. 또 욕심이 없고 온순하다. 요컨대 소설 속 청소년들은 나이와 달리, 근대 본성주의 아동관이 형상화된 모습이다. 루소, 엘렌 케이로 대표되는 본성주의자들은 아동의 본성을 자연에 빗대어

---

263 방정환, 「칠칠단의 비밀」, 『어린이』, 1926. 4, 29-30쪽.
264 박태원, 「영수증」, 『매일신보』, 1933. 11. 1.
265 문인암, 「야구빵장사」, 『어린이』, 1926. 12, 67쪽.
266 연성흠, 이정호, 최병화, 「아름다운 희생」, 『어린이』, 1929. 12, 51쪽.
267 최의순, 「옥점이의 마조막 하소연」, 『어린이』, 1928. 7, 43쪽.

묘사하며 아동기를 때 묻지 않은 시기로 여긴다. 이런 관점은 '소년'의 본성을 주목한 소설에서 단적으로 드러난다. 그러한 작품으로 「소년의 비애」(이광수, 1917),[268] 「용눞」(김송, 1939),[269] 「소년」(안회남, 1940),[270] 「소년」(김동리, 1941)[271] 등을 들 수 있다.

「소년의 비애」는 주지하다시피 결혼제도 등의 구습에 대해 비판한 이광수의 초기 단편소설이다. 여기에서 구습은 유교적 가부장제에 의해 주로 여성을 억압하는 제도로 표현된다. 전통적인 결혼제도는 뛰어난 능력을 지닌 여자들을 그보다 못한 남자와 결혼시키고 여자가 지닌 재능을 발휘할 수 없도록 만든다는 점에서 비판된다. 그런데 그러한 현실을 비판하는 주인공은 피해 당사자인 여성이 아니라, 아직 청년이 되기 싫은 18세 소년 문호이다.

> 文浩는 이제 十八歲되는 싀골 어느 中等程度學生인 靑年이나 그는 아직 靑年이라고 부르기를 슬혀하고 少年이라고 自稱한다. …(중략)… 그는 아직 女子라는 것을 모르고 그가 交際하는 女子는 오직 從妹들과 其他 四五人되는 族妹들이다. 그는 天性이 女子를 사랑하는 마암이 잇는지 父親보다도 母親께 叔父보다도 叔母께 兄弟보다도 姊妹께 特別한 愛情을 가진다. …(중략)… 그네와 文浩와의 자리의 距離는 年齡에 正比例한다. …(중략)… 以前에는 서로 안고 손을 잡고 하던 누이들이 次次次次 안기를 그치고 손을 잡기를 그치고 갓가히 안기를 그치고 彼此의 사이에 漸漸 多少의 距離가 생기는 것을 보고 文浩는 슬퍼하엿다.[272]

---

268 이광수, 「소년의 비애」, 『청춘』, 1917. 6.
269 김송, 「용눞」, 『소년』, 1939. 7.
270 안회남, 「소년」, 『조광』, 1940. 10.
271 김동리, 「소년」, 『문장』, 1941. 2.
272 이광수, 「소년의 비애」, 106-107쪽.

위와 같이 문호가 청년이 되기를 거부하고 소년에 머물고 싶은 이유는 순수한 세계를 잃고 싶지 않기 때문이다. 그 세계는 남녀를 분별하지 않고 가문의 체면이나 규율에도 구속받지 않는다. 문호의 천성이 여자를 사랑하는 마음이 있다고 했지만 그것은 이성에 대한 애욕이 아니다. 그는 아이가 어머니를 좋아하듯 강하고 냉정한 느낌을 주는 남성보다 부드럽고 따뜻한 느낌을 주는 여성을 사랑하는 것이다. 그래서 이 글에 나타난 문호가 사랑하는 여성은 어머니와 누이를 벗어나지 않는다.

그는 자연 그대로의 순수한 감정을 지니고 참됨을 추구하고자 한다. 문호가 이렇게 아이다운 마음을 가지고 있기에 어린 누이들은 다른 사촌보다 그를 잘 따른다. 문호도 누이들과 어울리는 것이 즐겁다. 그런데 누이들이 성장하여 문호를 남성으로 의식하고 조심스럽게 대하기 시작하면 그는 서글퍼한다. 누이들도 자라지 않기를 바라는 것이다. 그렇다고 문호가 모든 측면에서 누이들의 성장을 싫어하는 것은 아니다. 그는 여성들도 학교에 다니며 자기 재능을 키워야 한다고 생각한다. 한마디로 성(性)에 대한 감각과 욕망은 자라지 않기 바라지만 지적 능력은 성장하기 바란다. 그래서 지수와 난수에게 학교 교육을 시키고자 한다. 그의 바람과 달리 난수가 천치와 혼인하게 되자, 문호는 집안의 어른들을 비롯하여 혼례식에 참가한 모든 사람들에게 적대적 감정을 품는다.

> 웨 저러케 어엽브고 얌전하고 재조잇는 처녀를 천치의 발압헤 던져 즈르밟히게하는가 생각하매 마당과 방안에 왓다갓다하는 인물들이 모도 다 난수하나를 못되게 만들고 작난감을 삼는 마귀의무리들갓히 보인다. 힘이잇스면 그 악한 무리들을 왼통 때려부쉬고 그 무리들의

손에서 죽는 난수를 구원하여 내고십다.[273]

위와 같이 문호는 혼례식에 참가한 사람들이 난수를 불행에 빠뜨린 마귀의 무리라고 생각하여 힘이 있으면 그들을 모두 물리치고 난수를 구해내고 싶다고 생각한다. 이렇게 문호와 갈등하는 인물은 특정 개인이 아니라 가부장 질서를 따르는 모든 사람들이다. 그는 그들이 아름답고 재주 많은 소녀를 가문의 체면을 위해 희생시키기 때문에 타락했다고 본다. 하지만 미력한 그는 패배하고 결국 가부장 질서에 편입되어 결혼을 하고 아들을 낳으며 어른이 된다. 순수하고 아름다웠던 소년기를 잃은 문호는 슬퍼한다. 이런 측면에서「소년의 비애」란 제목은 소년기를 잃은 청년의 비애를 뜻한다고 볼 수 있다.

이 작품에서 주목되는 것은 '소년'에 대한 이미지이다. '소년'과 '청년'을 구분하여 소년은 성적 특질과 욕망이 도드라지지 않은 시기로 묘사된다. 그런데 18세란 나이는 육체적으로 남성적 특질이 드러나는 때이다. 따라서 문호가 고수하고자 하는 '소년'으로서의 자아정체감은 소년기를 벗어나고 있다는 자각에서 비롯된 것으로 볼 수 있다. 그는 소년기를 동경하기 때문에 어른으로 성장하기를 바라지 않는다. 거기에는 소년과 어른의 세계를 '순수\비순수(타락)'로 구획 짓는 관점이 있다. 요컨대 이 소설에서 '소년'의 이미지는 18세 청소년이 남성성을 획득하기보다 영원한 아동으로 머물고 싶은 욕망에 의해 형상화된 것으로 보인다.

이 소설은 3인칭 서술이지만 서술자와 문호의 거리가 가깝다. 서술자는 문호를 긍정하며 그와 반대되는 성격을 그보다 못한 것으로

273 이광수, 앞의 글, 116쪽.

서술하는 경향이 있다. 즉 여기에서는 인물의 성격이 '소년\어른', '순수\타락', '약함\강함', '부드러움\딱딱함', '감정\이성' 등 이분법적으로 제시되는데 문호의 특질인 전자가 후자보다 더 가치 있게 평가된다. 그래서 사상보다 문학이, 이지보다 감수성이 긍정되며 전자가 발달한 문해와 지수보다 후자가 발달한 문호와 난수가 더 재능 있는 인물로 서술된다. 하지만 현실을 지배하는 질서는 전자보다 후자인 것으로 그려지고, 그것은 거스르기 어려운 이치로 나타나기 때문에 초반에 부각되었던 비판적 관점은 약화되고 결말에서는 안타까운 정서가 지배적이다.

「용늪」은 순진한 소년의 두려움을 그린 작품이다. 주인공 중녹의 두려움은 마을의 연못인 '용늪'과 관련 있다. 그 계기는 용늪의 전설로부터 비롯된다.

> 늙은 하라버지 말슴을 들으면 용늪에는 잉어가 수두룩하야 오십 년이나 백 년 묵은 것이 있다고 해요- 백 년 묵은 잉어는 빛이 신누렇고 코가 벌죽하게 넓고 뻗힌 수염이 아주 길어서 그것이 용과 같다고 합니다. 그래서 잉어가 백 년이 되면 용으로 변하는데 변할 때마다 아이 하나를 잡어 먹어야만 무지개를 타고 하늘로 올나가고 그렇지 못하면 늪 속에서 그냥 죽어버린다고 합니다.[274]

위에 인용한 것처럼 용늪에는 잉어가 많다. 그중 백 년 묵은 잉어는 아이 하나를 잡아먹으면 용이 되어 승천한다는 이야기가 전해진다. 중녹은 할아버지에게 그 이야기를 듣고부터 용늪을 지날 때마다

274 김송, 「용늪」, 『소년』, 1939. 7, 50쪽.

두려움과 호기심으로 백 년 묵은 잉어를 떠올린다. 어느 여름 날, 동무들과 용늪에 놀러간 중녹은 세 번의 두려운 일을 겪는다.

처음 사건은 물장구치며 놀다가 낭떠러지를 만나 아래를 내려다본 일이다. 수천 길이나 깊은 듯 검푸른 물빛을 보고 중녹은 갑자기 무서운 생각이 든다.

다음 사건은 함께 간 삼돌과 오월쇄가 못에 들어가 한참동안 나오지 않은 일이다. 중녹은 동무들이 빠져 죽었을지도 모른다는 생각에 머리끝이 쭈뼛하고 몸서리가 날 정도로 무서워한다.

마지막 사건은 헤엄 잘 치는 동무들이 물속에서 함께 놀고, 헤엄 못 치는 중녹이 혼자 놀다 깊은 물에 빠진 일이다. 동무가 구해주지만 중녹은 무서운 생각이 가슴에 꽉 차서 온몸이 발발 떨린다.

첫째, 둘째 사건은 셋째 사건을 암시하는 복선 기능을 하고, 세 사건 모두 중녹의 용늪에 대한 두려움을 형상화한 것이다. 그것은 결국 죽음에 대한 두려움이다. 용늪의 전설은 '어린아이'라는 약자가 용이 되려는 잉어에게 희생물이 될 수 있는 가능성을 암시한다. 헤엄칠 줄 모르는 소년 중녹은 약자로서 백 년 묵은 잉어의 희생물이 될지도 모른다는 두려움에 사로잡혀 있다. 이 작품에 등장하는 '못, 잉어, 용' 등은 인류의 오랜 문화와 집단 무의식을 반영하는 원형상징을 띤다. 못은 삶과 죽음의 갈림길을 의미하고, 잉어와 용은 남성을 상징한다. 특히 용은 최고의 권력과 완전함을 뜻한다.[275] 그래서 백 년 묵은 잉어가 용이 되려는 것은 최고의 자리를 차지하려는 남성의 권력욕을 상징하는 것으로 해석할 수 있다. 이때 어린아이의 희생을 요한다는 것이 문제적이다. 최고의 강자는 약자의 희생을 통해서만 탄생할 수 있다는 논리이기 때문이다.

이 작품은 '소년'을 강자가 되려는 남성이 아닌, 그에게 희생당할까봐 두려워하는 약자로 나타내고 있다. 여기에서 중녹과 표면적으로 갈등하는 것은 전설 속의 용이 되려는 잉어이지만, 그것은 심층에 잠재된 아버지에 대한 두려움이 전이된 것으로 보인다.

> 이때 중녹의 눈 앞에 나타난 것은 아버지의 성내신 얼골이었습니다.
> 『조심하라고 그러지않던?』
> 언젠가 중녹이 뒤뜰 황철나무 꼭대기에 트러놓은 까치둥이를 허러서 까치새끼를 잡으려고 나무에 오르다가 떠러졌을때-그때 힐책하시든 그 아버지의 얼골이였습니다. 또 중녹이네 동네 동구 앞에 세워 놓은 장신(將神)이 독갑이같이 눈을 부릅뜬 얼골이 나타났습니다.[276]

위의 인용에서 알 수 있는 것처럼, 중녹이 물에 빠져 죽게 되었을 때 떠올린 공포의 대상은 아버지와 장신상이다. 중녹은 목숨이 경각에 달린 상황에서도 그 어떤 것보다 성난 아버지의 모습과 눈을 부릅뜬 장신상에 대한 두려움이 앞선다. 그만큼 강한 남성성에 제압된 중녹의 무의식이 암시된다. 하지만 소년은 두려움을 피하지 않는다. 그는 용늪의 전설을 무서워하면서도 용늪을 지날 때마다 전설 속의 용을 찾는다.

---

275 이승훈, 『문학으로 읽는 문화상징사전』, 푸른사상, 2009.
276 김송, 앞의 글, 52쪽.

(가) 그러나 하라버지의 하신 말슴과 같이 코가 넓고 수염이 긴 용은 한 번도 본 적이 없었습니다.[277]

(나) 그때 늪 한가운데서 커다란 잉어가 물 위로 훌쩍 뛰어 솟았다가 다시 검풀은 물속으로 점벙 사라지는 것을 눈역게 바라보았습니다. 그러나 넓적한 코-긴 수염-싯누런 빛의 무서운 용은 아니었습니다.[278]

(가)는 도입부에서 중녹이 할아버지로부터 용늪의 전설을 듣고 물 위로 잉어가 뛰어오를 때마다 관찰한 결과를 이른 것이고, (나)는 끝부분에서 용늪에 빠졌다가 구출된 중녹이 다시 잉어를 관찰하는 내용이다. 중녹의 잉어에 대한 관심은 전설에 등장하는 - 용이 되려는 - 잉어에 대한 관심이자, 자신을 죽일지도 모르는 강자에 대한 두려움의 표현이다. 한편 이러한 행위는 용의 실재를 의심하며 그것이 없음을 확인하여 두려움을 극복하려는 잠재의식의 표현으로 볼 수 있다. 이와 같이 두려움과 직면하여 용이 없다는 사실을 확인하기 때문에 긴장감이 지속되던 분위기는 결말에서 완화된다. 하지만 이에 대해 소년이 의식적으로 확신하는 것은 아니기 때문에 공포를 극복했다고 보기는 어렵다.

요컨대 이 작품은 소년이 강자에 대해 품는 두려움과 그것에서 벗어나고자 하는 무의식적 욕망을 형상화하고 있다. 그래서 작품 전반에 긴장이 흐르고 정적인 분위기가 감돈다. 3인칭 서술자는 객관적 위치에서 주로 중녹의 행위와 감각을 통해 그의 무의식을 암시한다.

---

277 위의 글, 50쪽.
278 위의 글, 53쪽.

그는 동무들과 용늪에 놀러 가더라도 함께 놀지 않고 혼자 떨어져 있으며 말도 하지 않는다. 여기에 서술된 인물의 말은 중녹이 물에 빠졌을 때 떠올린 무섭게 주의를 주는 아버지의 말과 동무가 구해주고 나서 주먹을 중녹의 얼굴 앞에 흔들며 "집에 가서 물에 빠졌드랬다구 그러문 이거다"[279]라고 주의를 주는 말이다. 즉 이 소설에서는 소년의 목소리 없이 그를 억압하는 목소리만 서술되어 가부장의 권위와 그에 대한 소년의 공포를 부각시킨다.

「용늪」은 1939년 작품으로, 소년의 두려움을 주요 모티프로 삼아 강인한 남성성을 부정적 이미지로 묘사한 것이 새롭다. 이 소설을 다 읽고 나면 바로 옆에 '총후미담(銃後美談)'을 모집하는 글이 눈에 들어온다. 1939년의 전시 체제 속에서 소년 잡지 『소년』도 자유로울 수 없었기 때문에 황군의 위력이나 승전 소식이 실리기도 하고 전시 이데올로기를 강화하기 위한 '총후미담' 등을 모집하기도 했다. 그리고 총후미담의 주인공은 강인한 남성성을 지닌 용감한 소년이었다. 전시에는 어느 때보다 힘과 강함이 최고의 미덕이기 때문이다. 그러한 상황에서 전시 이데올로기와 배치되는 「용늪」과 같은 소설은 나름의 의의를 지닌다.

김동리의 「소년」도 못을 배경으로 한다. 그러나 여기선 '못'이 「용늪」에서처럼 두려움의 공간이 아니다. 그것은 욕망의 대상을 품은 공간이고 주체가 욕망을 실현하기 위해 감당해야 할 시련의 공간이다.

소년 성재는 못 속의 오리 두 마리를 욕망한다. 그것은 사냥꾼이 선불을 놓아 잡지 못한 오리이다. 성재는 행여 다른 이가 오리를 먼저 가져갈까봐 동도 트기 전에 못으로 향한다. 오리에 대한 생각으

279 김송, 앞의 글, 53쪽.

로 잠을 제대로 이루지 못했으며 설핏 든 잠에서도 오리 잡는 꿈을 꿀 정도로 그의 오리에 대한 욕망은 강렬하다. 그는 오리를 얻기 위해 살얼음이 깔린 겨울 못에 알몸으로 들어간다. 못 속에 들어간 성재는 샅추리를 벨 듯하고 온몸의 감각을 마비시킬 정도의 고통을 느끼지만 오리를 포기하지 않는다. 그토록 오리를 원하는 이유는 먹기 위함이다. 그런데 오리를 원하는 것은 성재만이 아니다. 성재가 오리를 잡아가지고 못에서 나오니 동무 윤범이 불을 피우며 오리에게 관심을 보인다. 자기가 잡은 오리를 거저 취하려는 윤범의 태도에 성재는 분노감이 일었지만 이 소설에서 둘의 갈등은 심각하지 않다. 성재가 윤범에게 오리를 빼앗기지 않겠다는 대결 욕망보다 오리에 대한 식욕이 강하기 때문이다.

> 문득 몇일전 윤범이놈과 둘이서 까치 구어 먹던것이 생각난다. 그러자 바로 그 다음순간 그의 두눈에 타오르는 분노의 불길은 어느듯 야릇하게 강렬한 식욕을 충동하고 말었다. …(중략)… 조금뒤 황토 언덕위 마른 아카샤나무사이로 싯벍언 아침해가 솟아오를 때 두 소년은 입가에 벍언 피를 묻히며 채 익지도 않은 것을 이미 두마리째 물어뜯고 있었다.[280]

위와 같이 성재는 며칠 전 까치를 구워먹던 일을 떠올리며 참을 수 없는 식욕으로 아무것도 따지지 않고 윤범과 함께 오리를 구워 먹는다. 그 장면은 붉은 색의 이미지를 활용하여 원시적인 분위기를 띤다. 채 익지도 않아 핏물이 뚝뚝 떨어지는 오리를 뜯어먹는 두 소

280 김동리, 「소년」, 306쪽.

년은 흡사 야생의 짐승 같다. 즉 이 작품에 묘사된 소년의 본성은 동물성이다. 방정환의 「어린이 찬미」이후 아동의 대명사를 '꽃'으로 쓰며 그 본성을 식물성으로 묘사한 것과 차이가 있다. 그러나 동물적 욕구가 식욕이라는 욕망에 한정된 것으로 볼 때 '소년'은 어린 짐승이다. 이러한 점은 대개의 수컷이 자기 영역과 먹이를 지키기 위한 호전성이 강한 것과도 대비된다. 그리고 오리도 스스로 사냥한 것이 아니라 사냥꾼이 잡은 것을 취한 것에 불과하다.

여기서 표면적으로 성재와 가장 심각하게 갈등하는 것은 '겨울 못'이다. 성재의 욕망 실현에 장애로 기능한다는 점에서 보면 「용늪」의 늪과 비슷하다. 성재는 중녹과 달리, 헤엄도 잘 치고 못에 대한 두려움도 없기 때문에 스스로 장애를 극복하지만 그 과정이 실패를 거듭하며 목숨을 잃을 정도의 위기를 거쳐 힘들게 이루어진다. 그리고 그것은 성재의 강함보다 오리에 대한 강렬한 식욕을 부각시킨다. 이 식욕은 작품의 심층갈등 및 의미를 구성하는 필수적인 요소로서 성재의 심층에 억압된 욕망을 상징하는 것으로 보인다. 서술자가 객관적 위치에서 성재의 행위와 심리를 묘사하고 성재 자신도 그의 욕망에 대해 성찰하지 않으므로 그것의 의미를 파악하는 것이 쉽지 않지만, 결말 부분에서 그 단서를 찾을 수 있다. 거기에서 성재의 오리에 대한 식욕은 며칠 전 윤범과 함께 구워먹었던 까치에 대한 식욕과 일치하고 윤범에 대한 타오르는 분노를 대체한다. 성재는 오리만이 아니라 피를 묻히며 뜯어먹을 수 있는 동물을 욕망하는 것이고, 그것은 분노감을 표출하는 공격성을 띠고 있다.

한 마디로 성재의 오리를 향한 맹목적인 식욕은 내면 깊이 억압된 공격욕의 전이로 보인다. 이러한 관점에서 성재의 윤범에 대한 분노감이 오리에 대한 식욕으로 대체되는 현상은 다음과 같이 해석할 수 있다.

먼저 성재는 분노감을 그 대상에게 직접적으로 표출하기보다 식욕과 같은 다른 욕망으로 전이시키는 기제가 발달한 것으로 보인다. 그리고 윤범은 성재와 비슷한 욕망을 지니고 그것을 함께 나누는 동무로서 성재가 무의식에서 억눌러온 분노의 대상은 아니라고 여겨진다. 이로부터 성재에게 분노의 대상은 그보다 월등히 강력한 힘을 지니고 평소에 그를 억압하고 공격한 자들로서 성재가 분노감을 표출할 수 없었던 성인 남성이거나 그들이 지배하는 현실이라는 것을 짐작할 수 있다.

「소년」(안회남, 1940)[281]은 고보생 소년이 현실과 갈등하며 장래희망을 이루기 위해 노력하는 모습을 그린 작품으로, 다른 소설에 비해 청소년기 특질과 욕망이 잘 형상화되어 있다. 가난한 형근은 권투 선수가, 부유한 원식은 문학가가 되고 싶어 한다. 형근은 육체적, 심리적으로 남성적이며 원식은 여성적이다. 형근은 꿈을 이루기 위해 매 순간 노력한다. 그는 숨 쉬고 걷고 먹는 모든 일상을 튼튼한 신체를 단련하는 장으로 활용한다. 대문을 주먹으로 열고 식사도 영양소를 골고루 따져 먹는다. 밥상에 채소 반찬만 있으면 두부 한 모를 사서 먹을 정도로 철저하다. 그런데 의지가 굳고 남의 눈치를 보지 않는 형근이 가장 두려워하는 인물은 형이다. 아버지가 없는 집안에서 형은 생계를 책임지며, 어려운 형편에서도 어떻게든 형근의 학비를 마련해준다. 형은 동생이 꿈꾸는 직업을 못마땅해 하며 그가 운동보다 공부를 잘하기 바란다. 그래서 형근은 가족 모르게 학교에 안 간다. 권투 선수가 되려는 그에게 학교 공부는 쓸모없다고 생각하기

281 안회남, 「소년」, 『조광』, 1940. 10.

때문이다. 하지만 형이 두려워 학교를 그만두겠다는 말을 못 하고 혼자 뒷산에 올라 하루를 보내다 집에 간다.

원식은 아버지가 높은 사회적 지위와 수입을 보장받는 은행 이사지만, 그것이 인생의 깊은 뜻을 생각하지 않는 직업이라고 여겨 청소부나 다를 바 없는 것이라고 생각한다. 그는 인생을 깊이 사색하는 문학가가 가장 훌륭한 직업이라고 여긴다. 그래서 문학가가 되기를 희망하지만 자기가 너무 평범하고 부유한 환경에 처해 있어서 걱정한다. 세계의 대문호들은 거의 불우한 환경에서 특이한 성장기를 보냈기 때문이다. 그래서 그도 학교에 가지 않고 뒷산에 오른다. 하지만 누이가 그의 일기장을 보고 부모님께 그런 사실을 일러 비밀이 폭로된다.

성격과 환경이 다른 두 소년의 이야기가 병치되지만 초점자는 형근이다. 이 소설은 형근이 등록금을 들고 뒷산에 올라 원식을 기다리며 갈등하는 장면에서 맺는다. 일기장이 폭로되고 나서 원식은 산에 오지 않는다. 형근의 추측을 통해 원식이 등교했음이 암시된다. 형근도 언제까지 형을 속이고 뒷산에 오를 수 없음을 깨달으며 내일은 학교에 가볼까 단순히 생각을 돌린다. 그리고 시작 장면이 반복된다.

(가) 어디서 날라왔는지 보기드문 독수리 한마리가 날개를 짝펴고 산봉오리를 중심으로 하늘우에 빙빙 돌고있다. 그리다가 그놈의 예리한 눈은 산잔등 바위우에 늘어져있는 커다란 고기덩이를 발견한다. 비행기의 급강하할때모양으로 산위를 향하여 쏜살같이 내려닫는다. 그러나 수리의날개가 큰 노송나무가지에 다을라말라할때쯤 별안간 고기덩이가 움찔하고 움즉어렸다.[282]

282 앞의 글, 289쪽.

(나) 오늘도 독수리 한놈이 공중에서 빙빙 돌고있다. 형근이가 놈이 날라다니는대로 쫓아서 시선을 돌리니까 그놈은 똑자기를 중심으로 원을그리며 잇는 것같아였다.…(중략)… 만일 덤벼들면 목아지를 비틀어 잡으리라는 생각을 품고 바위에가 사지를 쭉펴고 누어서는 잠자는척하였다. 그러나 이따금씩 한참만에 가늘게 눈을뜨고 바라다보니 독수리는 그대로 푸른하늘 높이떠서 빙빙돌기만 한다.[283]

(가)는 시작 부분이고, (나)는 끝부분이다. 둘 다 바위에 누워 있는 형근을 먹잇감으로 생각하고 날아들던 독수리가 형근의 기개에 놀라 도망가는 장면이다. 형근은 「용늪」의 중녹과 달리 독수리도 무서워하지 않는다. 이 작품의 갈등이 해소되지 않은 채로 끝나지만 형근의 씩씩한 기상을 통해 소설의 분위기는 어둡지 않다. 그렇다고 채만식의 「어머니를 찾아서」에서처럼 작위적으로 희망찬 결말을 맺지도 않는다. 호시탐탐 형근을 노리는 독수리는 그가 맞닥뜨려야 할 현실을 상징한다고 볼 수 있다. 한순간도 마음을 놓을 수 없는 긴장이 흐르지만 형근의 대결의지와 자신감 덕분에 독자들은 그에 대한 믿음이 생기고 밝은 미래를 기대할 수 있다.

이 소설에서 '소년'은 자립적 어른이 되기 위해 진로를 모색하며 현실과 갈등하는 청소년으로 제시된다. 다른 작품의 주인공들과 달리, 그들의 장래희망은 개인적 욕망을 반영하고 있다. 앞선 논의들에서 언급했듯이 근대 청소년소설의 주인공들은 대부분 집단 특히 가족의 욕망을 자신의 욕망으로 삼는다. 장래희망도 이 작품에서처

283 위의 글, 303쪽.

럼 구체적인 직업이 아니라 막연히 세상에 도움을 주는 훌륭한 사람으로 제시되고 가족과의 갈등이 거의 제시되지 않는다. 하지만 여기서는 가족이나 사회의 기대보다 자신의 욕망을 앞세워 진로를 모색하고 그의 성취를 위해 가족의 기대와 사회의 규율도 어긴다. 이와 같이 집단적 자아가 아닌 개인으로 탐구된 소년이기에 여성으로서의 소녀를 욕망하는 심리도 그려진다. 원식이 자신의 비밀을 폭로해 얄밉게 생각하는 누이지만 형근은 그 소녀가 예뻐 보이고 그에 대해 호감을 느낀다.

그렇다고 그들이 이기적이거나 비행을 저지르는 인물은 아니다. 그들은 다른 소년들처럼 참되고 온순하다. 그들이 가족을 속이고 학교를 결석하지만 그것은 가족과 학교에 대한 불만과 반항의 표현이 아니라 자신의 이상을 실현하기 위한 용기의 표현이다. 그래서 학교에 가지 않는 외에 사회적 금기를 어기는 행동은 하지 않는다. 형근은 형이 마련해 준 등록금을 자신의 쾌락을 위해 쓰지 않고 산에 잘 묻어두며 권투 선수가 되기 위한 체력 단련에 힘쓰고 원식도 작가가 되기 위해 독서를 한다. 그리고 형근은 자신의 꿈을 이해하지 못하는 형을 원망하기보다 그 기대에 부응하지 못하여 미안해하고 원식도 아버지를 실망시켜 미안해한다. 그들의 장래희망도 이기적인 욕망을 반영하기보다 현실에 때 묻지 않은 소년들의 순수한 이상을 반영한다.

「소년」은 현대 청소년소설에 견주어도 손색이 없을 만큼 성장기 청소년의 특질과 욕망이 잘 드러나 있다. 하지만 그 표현이 조심스럽다. 이 작품에서 소년들의 욕망과 가장 심각하게 갈등하는 존재는 가부장인데 그와의 대결이 치열하지 않다. 형근과 원식 둘 다 가부장과 다른 뜻을 품고 있지만 그에 적극적으로 맞서 해결하려는 자세가 없다. 오히려 결말 부분을 보았을 때, 둘 다 가부장의 권위에 눌려 자기 뜻을 굽히고 학교에 가게 됨을 알 수 있다. 형근의 소녀에 대한 욕망도 그 순간의 인상과 감정에 그칠 뿐 더 지속될 정도로 강렬하지 않다. 다시 말해 이 소설에서도 소년들의 남성성은 억압되어 있다.

이상에서 살핀 바와 같이, 소년 이야기의 심층 갈등을 이루는 대립소는 '성인 남성이 지배하는 현실\가부장의 억압에서 벗어나려는 소년의 욕망'으로 볼 수 있다. 하지만 거의 소년이 성인 남성이 지배하는 현실에 굴복한다. 그리고 그것은 어쩔 수 없는 이치로 합리화되거나 소년이 의식하지 못하는 다른 욕망으로 전이되고 있다.

「소년의 비애」에서 문호는 가부장 질서의 위선과 폭력성을 혐오하며 그에 편입되기 싫어했지만 결국 결혼을 하고 아들을 낳아 가부장이 된다. 그리고 순수했던 소년기를 추억하며 서글퍼한다. 이와 같이 여기에서 가부장 질서는 무너뜨리거나 개선시킬 수 있는 제도가 아니고 개인이 선택할 수 있는 범주는 더욱 아니다. 그것은 나이 들고 어른이 되는 것을 거부할 수 없는 것처럼 따를 수밖에 없는 자연적 이치로 합리화되고 있다. 안회남의 「소년」에서 형근과 원식은 가부장과 다른 뜻을 품고 있지만 그들과 적극적으로 대결하지 않는다. 그 이유는 소년들이 가부장의 노고와 사랑을 느끼고 그들을 실망시키고 싶지 않기 때문이다. 즉 여기에서 가부장은 크고 깊은 사랑과 책임감을 지닌 존재이기 때문에 도의적 측면에서 그를 거스르기 어려운 것으로 합리화된다. 「용늪」에서는 가부장의 권위에 억눌린 두려움과 그로부터 벗어나고자 하는 욕망이 전설의 용이 되려는 잉어에 대한 공포와 그것에 대한 확인으로 전이되고, 김동리의 「소년」에서는 가부장 질서에 대한 억압된 분노가 맹목적이고 공격적인 식욕으로 전이되고 있다.

요컨대 소년 이야기에서 성인 남성이 지배하는 현실이 긍정적으로 그려지는 것은 아니지만 그렇다고 명확히 비판되는 것도 아니다. 이러한 소설에서 부각되는 의미는 견고하고 강력한 가부장 질서와 미약한 소년이다. 그리고 둘의 대립은 희생 이야기의 가해자와 희생자처럼 직접적이고 적대적인 것이 아니다. 소년 이야기에서 소년을 억압하는 성인 남성은 대부분 가족을 책임지고 소년을 사랑과 염려로 보살피는 가부장이거나 소년이 의식하지 못하는 거대한 질서로 자리하고 있기 때문에 소년은 그에 대한 적극적인 대결 의지를 갖지 못한다. 이와 같이 소년 이야기는 가부장주의를 구현하고 있다.

(2) '누이'와 '어머니'로 대상화된 '소녀'

근대 청소년소설에서 소녀는 주로 보조인물로 등장한다. 소녀를 주인공으로 한 소녀소설이 창작되기도 하지만 그 수가 많지 않다. 1928년 『어린이』에는 '소녀란'이 따로 마련되어 소녀소설이 게재되지만 지속되지 않는다. 300여 편이 넘는 근대 청소년소설에서 소녀 주인공 소설은 약 49편에 이르고 희생 이야기가 29편인데 그중 26편이 비자발적 희생 이야기이다. 그리고 동정과 우정 이야기가 7편, 고아 이야기가 4편, 그 밖에 정직, 의기, 사랑 이야기 등이 있다. 소녀가 주인공이더라도 그 성격과 기능은 소년 주인공 소설의 소년, 소녀와 크게 다르지 않다. 그런데 사랑 이야기인 「동백꽃」(김유정, 1936)[284]은 근대 청소년소설에서 그 제재와 인물이 독특하여 주목된다.

---

284 김유정, 「동백꽃」, 『조광』, 1936. 5.

잘 알려진 바와 같이 '농촌소설'로 발표된 이 소설은 신분이 다른 17세 농촌 소년, 소녀의 사랑을 제재로 하고 있다. 청소년의 사랑을 우정이나 가족애로 승화시키지 않고 이성애로 표현하였는데, 「고사리」처럼 소녀가 소년의 욕망의 대상으로만 자리하지 않는다. 「동백꽃」에서 소녀는 소년보다 우월한 특질을 지니고 적극적인 구애의 주체로 묘사된다. 소설의 초점자를 소년으로 하여 서술자와 소년의 거리가 소녀보다 가까운 점은 다른 소설과 비슷하지만, 점순이처럼 자기 감정을 능동적으로 표출하며 소년을 이끄는 소녀는 다른 청소년 소설에서 보기 힘들다. 그러나 대부분의 소설에 등장하는 소녀는 나약하고 소극적이며 의존적이기 때문에 주체보다 대상으로 자리하는 경우가 많다. 그들은 대개 소년이 보호하고 구조하며 욕망하는 대상이다. 그 양상을 논하며 소녀의 기능에 대해 고찰하겠다.

첫째, 소년·소녀가 함께 등장할 경우, 소녀는 대부분 소년이 보호해야 할 대상이다. 그들은 거의 남매 관계이며 소녀는 동생의 위치에 있다. '고아 이야기'에서 언급했던 「마지막 웃음」, 「경순의 병」, 「남매의 운명」처럼 부모 대신 가족을 돌봐야 할 처지에서 그 주체는 소년이고 소녀는 보호의 대상이 된다. 이 이야기들은 앞에서 살폈으며 다른 작품들도 비슷하므로 여기서 논하지 않겠다.

둘째, 소녀는 심신이 연약하여 주로 악한에게 납치당하고 소년이 구조한다. 그런 작품으로 「동생을 차즈려」(방정환, 1925), 「칠칠단의 비밀」(방정환, 1926), 「오인동무」(마해송·고한승·진장섭·손진태·정인섭, 1927),[285]

285 마해송·고한승·진장섭·손진태·정인섭, 「오인동무」, 『어린이』, 1927. 3-12.

「네 거리의 순이」(김영수, 1940)[286] 등이 있다.

「동생을 차즈려」와 「칠칠단의 비밀」은 방정환의 탐정소설이다. 둘 다 오빠가 납치당한 여동생을 구조하는 이야기이다. 소녀들은 갇혀서 모진 매를 맞으며 학대당한다.

> 순자는 몸이묵긴채 그냥 몸부림하면서 울엇습니다. 그러나 단장은 부하에게 명령하야 순자를 끌어다가 층계밋 구석방에가서 왼몸을 벗기고 두팔을묵거서 텬명에매달어놋코 곡마단에서 말을갈기는 기다란 채죽으로 후려갈기기시작하엿습니다. 그길다란 채죽이 벌거버슨몸에 구렝이갓치 친친감길때마다 소리처울부젓스나 그러나 악마갓흔단장은 불상한줄도모르고 작고작고 따리엿습니다.[287]

위에서와 같이 소녀의 학대 장면이 감각적으로 묘사되어 악한의 잔혹함을 드러낸다. 오빠는 다른 소년과 함께 힘과 지혜로 소녀를 구한다. 오빠가 소녀를 구하러 악당의 소굴에 들어갔다가 붙잡히는 경우도 있지만 그들은 스스로의 힘으로 탈출한다.

「오인동무」와 「네 거리의 순이」에서 소녀를 구하는 소년은 동무이다. 그런데 소녀가 고아이고 소년과 가족처럼 지내므로 남매나 마찬가지이다. 「오인동무」는 매회 다른 작가가 이어 쓴 연재소설이다. 순희만 소녀이고 나머지 넷은 소년이다. 소년회 연합 육상경기대회에 참가한 네 소년은 의형제를 맺고 울고 있는 순희를 만난다. 그 후 소년들은 순희의 아버지를 찾아주고 일본인에게 납치당한 순희도 구조한다.

---

286 김영수, 「네 거리의 순이」, 『소년』, 1940. 1-8.
287 방정환, 「칠칠단의 비밀」, 『어린이』, 1927. 12, 48쪽.

「네 거리의 순이」에서 순이는 고아지만 외로운 처지의 할아버지, 소년 거북이와 함께 꽃을 팔며 지낸다. 가족을 잃은 사람들끼리 의지하여 새로운 가족을 이룬 것이다. 그들은 가난하지만 서로 아껴주며 행복하게 지낸다. 그런데 거북이에게 남의 지갑을 훔치는 버릇이 있다. 순이가 주점에서 꽃을 팔 때 거북이가 손님의 지갑을 훔쳐서 순이가 누명을 쓰고 경찰서에 잡혀간다. 순이는 그것이 거북이의 짓인 줄 알면서도 밝히지 않고 대신 벌을 받으려 한다. 증거가 없어 경찰서에서 풀려나오지만 순이는 인신매매범들에게 납치당하여 매를 맞고 고생한다. 결국 거북이가 순이가 있는 곳을 알아내고 악당들과 싸워 순이를 구해낸다. 그리고 거북이는 자기 때문에 순이가 그러한 일을 겪었다고 생각하여 깊이 반성한다.

이와 같이 소설 속 소녀들은 의리와 희생정신이 강하다. 그래서 대개 납치당하여 소년들에 대한 정보를 추궁 받을 때 그들은 목숨을 걸고 말하지 않는다. 납치범들은 소녀들의 오기와 의지에 악랄하다고 혀를 내두른다. 이런 모습은 납치당할 때의 나약하고 어수룩한 모습과 대조적이다.

「봉뚝섬」(김복진, 1937)[288]과 「적은 여공」(한인택, 1932)[289]에서는 어른이 소녀를 구한다. 「봉뚝섬」은 여선생이 어려운 처지의 음전을 동정하여 서울에 보내 공부시키려다 음전이 기생집에 납치당한 이야기이다. 선생과 음전의 어머니는 몇 년 동안 음전을 찾아 헤매다가 곡마단에서 발견하여 구한다. 그런데 소년들과 달리, 여선생과 어머니는 우연에 의해 음전을 발견하고 악당들과의 결투나 방해 없이 구한다.

「적은 여공」은 앞선 소설들처럼 직접적인 납치이야기는 아니다.

---

288 김복진, 「봉뚝섬」, 『소년』, 1937. 8-12.
289 한인택, 「적은 여공」, 『비판』, 1932. 4.

여기서 소녀를 구속하는 것은 공장이다. 시골에서 돈을 벌기 위해 도시의 공장에 취직한 소녀 금섬은 고된 노동에 병이 들어 집으로 가고 싶어 한다. 하지만 공장에서는 부모가 오지 않는 한 보낼 수 없다고 한다. 금섬의 어머니는 그 도시로 가는 성인 남성인 '나'에게 금섬을 데리고 와 줄 것을 부탁한다. '나'가 공장에 갔지만 부모가 아니라고 역시 보내주지 않는다. 그런데 그날 밤, '나'의 숙소에 금섬이 보따리를 들고 찾아온다. 용기를 내어 공장에서 탈출한 것이다. '나'는 다른 소설의 소년들에 비해 적극적으로 행동하지 않았지만 그가 금섬을 집으로 무사히 데려다주어 금섬의 탈출을 성공시킨다.

셋째, 소녀는 소년이 욕망하는 대상이다. 그런데 이때 소녀는 누이나 어머니로 형상화되거나 그에 대한 결핍 때문에 생긴 욕망으로 제시된다. 「영희의 죽엄」(윤영식, 1928)[290]과 「강제의 꿈」(권환, 1925)[291]은 오빠의 누이에 대한 욕망을 그리고 있다. 둘 다 꿈 모티프를 사용하는데 「강제의 꿈」에서 오빠의 심리가 더 강렬하고 섬세하게 묘사된다. 이런 소설은 꿈이 현실처럼 그려진다.

「영희의 죽엄」은 오빠가 꿈속에서 병든 누이를 잃는 이야기이다. 오빠가 하교하여 집에 오니 영희가 죽어가고 있다. 오빠가 영희의 마지막을 보고 울음을 터뜨리며 깨어나니 어머니와 영희가 이상하게 쳐다본다. 오빠는 다행스럽게 여기며 다시 잠든 척한다. 「강제의 꿈」도 오빠가 친척 집에 간 누이를 기다리며 꾸는 꿈 이야기이다. 그런데 꿈속에서 누이는 오빠보다 친척 오빠를 더 좋아한다. 꿈에서 누이는 오빠에게 만들어주기로 약속한 주머니를 친척 오빠에게 준

290 윤영식,「영희의 죽엄」, 『어린이』, 1928. 5.
291 권환, 「강제의 꿈」, 『신소년』, 1925. 10.

다. 오빠는 너무 화가 나서 누이를 때려 다치게 한다. 누이의 머리에서 피가 흐르는 것을 보고 오빠는 누이가 죽을까 걱정하며 깨어나니 누이가 곁에 있다. 누이는 친척 집에서 만들어 온 예쁜 주머니를 오빠에게 준다. 오빠는 기뻐하고 남매는 다음 날부터 다시 손 맞잡고 등교한다. 둘 다 '꿈' 모티프를 사용하여 누이를 잃을까 걱정하는 소년들의 무의식을 그리고 있다. 특히 「강제의 꿈」에서 누이에 대한 오빠의 애정은 각별하다. 오빠는 보통학교 6학년인데 친구들과 어울리기보다 누이를 더 좋아하고 등하교도 같이 하며 한시라도 누이가 없으면 쓸쓸해한다. 그렇게 자기가 특별히 사랑하는 누이이므로 누이도 자기만을 사랑해주기 바란다. 이런 마음이 꿈으로 형상화되었다고 볼 수 있다.

「때 놋친 '꿋바이'」(살별, 1927)[292]와 「꿈에 보는 얼굴」(최병화, 1940)[293]은 소년이 이웃집 소녀를 좋아하는 이야기이다. 「때 놋친 '꿋바이'」는 근대 청소년소설에서 보기 어려운 미국인 소녀가 나온 이야기이다. 주인공 소년 수길은 친어머니가 돌아가시고 침울하게 지낸다. 새어머니가 잘해 주지만 수길의 깊은 외로움은 가시지 않는다. 그런데 그는 옆집의 미국 소녀 메리와 알게 된 뒤 그녀에게 호감을 느끼고, 메리와 가까워지기 위해 영어를 배우며 성격도 밝아진다. 하지만 메리네가 이사하여 작별 인사도 제대로 하지 못한 수길은 슬퍼한다. 이 소설은 가족이 아닌 소녀에 대한 욕망을 그리고 있으나 그 동기가 친어머니의 결핍으로부터 비롯되었기 때문에 소년의 욕망은 결국 가족애와 얽혀 있다.

「꿈에 보는 얼굴」의 주인공 경호는 가난한 고아 소년으로 여동생

292 살별, 「때 놋친 '꿋바이'」, 『신소년』, 1927. 3-4.
293 최병화, 「꿈에 보는 얼굴」, 『소년』, 1940. 9-12.

을 돌보는 가장인데, 부잣집의 마음씨 고운 소녀에게 호감을 가진다. 미완이라 그 결말을 알 수 없으나 꿈에 헤어진 누이가 나오고 소녀와 누이가 닮은 점으로 보아, 소년의 소녀에 대한 욕망은 누이에 대한 그리움과 관련 있음을 알 수 있다.

이상에서 살핀 것처럼 근대 청소년소설의 소녀는 대부분 주체로서보다 대상으로 자리하며 타인과 환경에 휘둘린다.[294] 소녀의 나약함과 수동성은 반동인물의 위력을 강조하여 그를 물리치는 소년의 능력과 주체적 자세를 부각시킨다. 그리고 소년은 소녀를 깨우치고 이끄는 지도자로 자리한다. 대개 소년이 오빠나 연장자로 설정되어 그 역할이 자연스럽게 느껴지지만 소년이 동생이어도 누나를 깨우치는 경우가 있다. 「경수의 오누이」(고문수, 1932)[295]에서 경수는 누나가 예배당에 가는 것을 못마땅해 하며 다음과 같이 훈계한다.

> "그래 그러케도 가지 말나는 예배당에를 또 갓다왓단 말이야."
> "글세 남이 예배당에를 가건 말건 네가 무슨 상관이니……."
> "뭐라고요 무슨 상관이냐고-누님이 예배당에 간 동안 집안에 어머니 혼자서 얼마나 시달니신지 그만하면 깨닷겟지 예배당에 가면 무엇

294 예외적인 작품으로 「용감한 소녀」(로병필, 『새벗』, 1925. 12)와 「소년사천왕」(방정환, 『어린이』, 1929. 12-1930. 2)이 있다. 쾌혈미담으로 소개된 「용감한 소녀」의 주인공 소녀는 어머니 없이 아버지, 할머니와 함께 산다. 아버지는 철도 신호수인데 어느 눈보라치는 날, 눈사태를 맞아 죽는다. 집에 돌아오지 않은 아버지가 걱정되어 역에 간 소녀는 아버지 대신 죽음을 무릅쓰고 위험신호를 알려 수많은 사람의 목숨을 구한다. 「소년사천왕」은 납치당한 동무를 구하는 모험담이다. 그런데 여기선 소녀가 아닌 소년이 납치를 당하고 동무의 누나가 남성 못지않은 씩씩함과 지혜로 모험에 동참한다. 누나가 동참하여 활약하는 장면이 전개될 때 연재가 중단되어 뒷내용은 알 수 없다.

295 고문수, 「경수의 오누이」, 『어린이』, 1932. 9.

먹을 것이 생기나 누가 오라든가."

"아이-참말 미안하게 되엿구나 그러나 그와 가치 떠들고 대들 것이야 무어 잇늬-대단이 안 되엿다."[296]

위와 같이 경수가 동생임에도 누나에게 권위적인 말투로 따진다. 이 소설은 사회주의적 관점에서 종교에 대한 부정적 입장을 드러내는 소설이다. 하지만 그 근거가 제대로 드러나지 않아 설득력이 떨어진다. 그럼에도 소설 속 누이는 다음과 같이 경수의 훈계에 감동받고 자신을 뉘우친다.

"사실 아모것도 모르는 그들에게 참된ＸＸＸ의 살어갈 길을 가르켜 주자면 자랑이아니라 누님보다 내가 적합하다고 할 수 잇지요 누님도 다-아는 사실이니 새삼스럽게 말하지는 안켓소 위선 제일보로 그들과 ＸＸ가 공명되여야 합니다. 누님이 신흔 구두 누님의 걸친 옷 누님의 신앙하는 그 무엇이 전부 헐벗고 배움에 굼주린 이에게는 너무나 인식착오로 나타나고 모순된 점이 잇스니까요 하하하 그러치 안어요." …(중략)… 순례는 무엇에 감격하엿는지 전긔에 찔닌 사람처럼 용기잇게 늙은 홰나무 아래로 뛰여가는 자긔 동생 경수의 뒷모양이 골목으로 사러질 때까지 눈을 깜박이지 안엇다."[297]

요컨대 소년은 성인 남성과의 관계에서 미약한 아동의 본성이 부각되지만 소녀와의 관계에서는 그 자신이 가부장적 권위와 힘을 가진 것으로 그려진다.

---

296 위의 글, 61쪽.
297 위의 글, 64쪽.

이와 같이 소녀가 소년의 대상으로 자리하는 소설에서 소녀를 서술하는 방식은 비슷하다. 3인칭 서술자가 소년을 초점자로 하여 주로 소년의 눈에 비친 소녀를 서술한다. 그래서 소녀의 심리를 자세히 알기 어렵고 소년과 갈등하며 적극적으로 대결하는 소녀도 거의 없다.

그런데 「소년록 - 제1장」(현경준, 1939)[298]에서는 비교적 소년 주인공의 대상 인물인 여선생과 소녀의 개성이 잘 드러나고 그 묘사가 섬세하다. 그것은 서술자가 소년의 시선에 제한되지 않고 상대 여성을 초점자로 한 서술을 병치하기 때문이다.

이 소설은 「첫사랑 - 소년록 제2장」(현경준, 1940)[299]과 이어진 작품으로 사춘기 소년이 정서적 혼란과 방황을 겪으며 성장하는 모습을 그리고 있다. 주요 등장인물은 15세 소년 인호와 그의 5학년 담임선생인 남순, 그리고 6학년 급우인 17세 소녀 승옥이다. 「소년록」은 인호와 남순이 동병상련으로 특별한 관계를 맺는 이야기이고, 「첫사랑」은 인호가 남순과의 관계를 유지하기 바라면서 한편으로 승옥에게 느끼는 호감과 진로 문제로 방황을 하다가 결국 모두와 이별하고 자기 길을 찾게 되는 이야기이다.

「소년록」은 총 여섯 절, 「첫사랑」은 일곱 절로 구성되는데, 각 절의 초점자가 교차하며 인물의 관계 양상을 보여준다. 「소년록」에서는 남순과 인호의 초점을 오가며 각자가 품는 상대에 대한 감정과 그 배경이 서술된다.

고 귀엽고도 가련해뵈는 모양에 남순이는 와락 끌어안고 몸부림치

298 현경준, 「소년록」, 『문장』, 1939. 7.
299 현경준, 「첫사랑」, 『문장』, 1940. 9.

> 고 싶은 충동을 간신이 참었다 …(중략)… 사실 그는 인호의 마음을 거울에 빛어보듯 잘 알고 있다. 그것은 무엇보다도 자기의 과거를 미루어 보더라도 잘 짐작할 일이 아닌가? …(중략)… 남들은 모도다 자기를 근성이 빗틀린 아이라고 업수히만 역일뿐, 누구하나 그렇게 되어진 원인을 생각고 위로하여 주는 사람은 없었다. 그러므로 지금 그는 아버지의 성도 바로 타고, 비교적 행복스런 생활을 하며 장내를 아롱지게 꿈꿀 수가 있게 됐다지만 어린 때의 기억은 털끝만큼도 골수에서 사라지질 않는다.[300]

위와 같이 남순의 인호에 대한 애정은 누나 같은 감정으로, 과거의 자기 연민에서 비롯된 것이다. 남순은 인호가 계모의 냉대 아래 어둡게 지내는 모습을 과거의 자기 모습과 견주며 인호의 고통을 자기 고통처럼 여긴다. 그래서 그의 어둠과 슬픔을 견디기 어려워하며 그를 기쁘고 밝게 해주기 위해 그가 요구하는 것은 무엇이든 들어주려고 한다. 인호의 남순에 대한 사랑은 돌아가신 어머니에 대한 결핍을 메우고자 하는 사랑이다. 남순의 헌신적이고 특별한 사랑을 받으며 인호는 그 사랑에 집착하고 독점하고자 한다. 자기만의 어머니인 것처럼 남순도 자기만의 사람이기 바란다.

「첫사랑」에서는 남순, 인호, 승옥의 초점이 교차하며 셋 사이에 긴장이 흐르는 순간도 있지만 서술의 초점이 남순보다 인호와 승옥에로 이동하여 그 갈등이 발전하지 않는다. 무엇보다 「첫사랑」에서 남순은 욕망의 대상이 정치 활동으로 바뀐다. 더벙머리 청년을 통해 종의 자식으로 겪었던 어린 시절의 수모를 개인적 운명에서 사회적

---

300 현경준, 「소년록」, 75-76쪽.

문제로 인식하게 되었기 때문이다. 그래서 인호에 대한 관심도 소홀해지고 결국 적극적인 정치 활동으로 인해 학교에서 해고된다. 인호는 남순의 애정을 놓치기 싫어 안간힘을 쓰지만 그도 동급생 승옥에게서 선생과 다른 애정을 느낀다.

> "여자루서 어떻게 고학을 하니?" "왜 못해? 여자는 사람이 아닌가?" 승옥이는 가슴까지 내밀며 항의하듯 인호의 앞에 한 걸음 바짝 닥아선다. 인호는 말없이 웃어뵈며 승옥의 얼굴을 조용히 마주 보았다. 그순간 그는 갑자기 그어떤 야릇한 충동이 가슴속에 뭉클 치밀어올음을 느꼈다. 힘껏 끌어안고 그냥 막우 길 우에서 딩굴고 싶은 충동. 소년의 머릿속은 무거운 것에 강하게 부디친 듯 아찔해진다. 그러나 승옥이는 상대편의 그런 맘을 깨닫지 못한 듯, 한동안이나 잠자코 서서 어두운 바다쪽을 내다보다가 "여선생 집엔 날마다 댕기니?"하고 딴말을 불쑥 끄낸다.[301]

위의 인용처럼 인호가 승옥에게 느끼는 애정은 남순에게서와 달리 이성애이다. 그는 충동적으로 승옥을 끌어안고 뒹굴고 싶을 만큼 그녀에게 이성적으로 끌리고 있다. 하지만 인호가 승옥에게 매력을 느끼게 된 것은 육체적인 아름다움보다 그녀의 결단력과 강인한 의지에 있다. 인호는 어머니 품을 떠나기 싫은 아이처럼 남순의 애정을 잃을까 두려워 상급학교 진학을 망설인다. 그는 무기력한 자기와 달리, 집에서 반대하는 진학을 위해 가출할 계획을 세우고 고학이라도 하여 미래를 개척하려는 승옥을 보고 위압감과 동시에 호감을 느

301 현경준, 「첫사랑」, 48쪽.

끼는 것이다. 승옥의 인호에 대한 애정도 이성에 대한 끌림으로 볼 수 있다. 승옥은 인호의 자신에 대한 호감을 느끼며 기뻐하고 남순과 인호의 특별한 관계를 질투한다.

이와 같이 이 소설은 소년 주인공뿐 아니라 그 대상이 되는 여성도 초점화하여 그들의 관계와 애정을 좀 더 입체적이고 심층적인 차원에서 형상화하는 성과를 거두고 있다. 이것은 여성 인물들을 소극적, 수동적 성격으로 그리지 않고 자기 욕망과 의지를 지닌 인물로 창조했기에 가능했던 것으로 보인다. 그렇다고 여성 인물이 소설의 주체로 자리하는 것은 아니다. 그들은 소년의 성장에 영향을 미치는 대상으로 기능할 뿐이고 그래서 남순처럼 그 기능이 약해지면 서술의 초점에서 멀어진다. 또 여성 인물들이 소년에게 배움을 주는 존재이지만, 선생인 남순이 성인 남성에게서 배우는 존재이기 때문에 이 작품에서 궁극적으로 가르치는 존재는 성인 남성이다. 그리고 소년과 소녀가 서로 동등하게 이성적 애정을 느끼는 모습이 서술되었지만, 작품에서 승옥의 비중이 남순보다 작아서 그것은 소년과 선생이 나누는 가족애에 기반한 애정보다 약하다.

(3) '소녀'의 배제와 남성성의 억압

근대 청소년소설은 대부분 '소년'을 주인공으로 삼아 그들을 초점에 두고 서술되었다. 소녀를 주인공으로 한 소녀소설도 창작되지만 그들은 주인공을 소년으로 바꾸어도 작품 전개에 큰 지장이 없을 만큼 소녀로서의 독자성을 띠고 있지 못하다. 작품 속 소녀는 대개 나약하고 수동적인 성격이라 소년의 구조와 지도를 받으며 소년의 능력과 지혜를 부각시키는 역할을 할 뿐이다. 또 소녀는 소년의 어머니와 누이의 성격을 띠고 등장하기 때문에 여성성이 부각된 소녀의 모습은 찾기 어렵다. 한마디로 근대 청소년소설에서 소녀는 부재하고 있다. 작품 속 인물에서 아예 배제되거나 등장하더라도 여성성이 제거되어 중성적 인물로 존재한다. 한편 근대 청소년소설에 등장하는 '소년'도 다음과 같이 남성성이 억압되어 있다.

소년의 나이는 제2차 성징이 나타날 시기이지만 외모와 본성이 아동과 마찬가지로 곱고 순수하며 약하다.

소년은 여성을 누이와 어머니에 대한 가족애의 차원에서 욕망한다.

소년의 정체성은 연령과 생물학적으로 타고난 성적 특질에 의해 규정된다. 연령으로 볼 때 소년은 아이와 어른 사이의 존재이며 성적인 면에서는 여성이 아닌 존재이다. 소년이 아이(미성년)와 어른(성년)이라는 이분법적 구도에서 차지하는 경계적 위상이 근대 청소년소설에서는 아이이기도 하고 어른이기도 한 존재로 묘사된다. 앞선 논의들과 함께 종합적으로 고찰해 볼 때, '비자발적 희생' 이야기와 '소년' 이야기에서는 '소년'을 '아이'처럼, '가난' 이야기와 '고아' 이야기에서는 '소년'을 '어른'처럼 그리고 있다. 하지만 '아이와 어른 사이의 존재'라는 의미가 '아이이면서 곧 어른'이라는 의미는 아니다.

소년은 아이에서 어른으로 성장하는 존재이다. 즉 아이에 머물러 있지 않으며 어른의 세계에 편입되지 못한 시기이다. 그러나 소년의 시기는 아이보다는 어른을 향해 있다. 정상적인 소년이라면 신체적,

심리적으로 어른과 닮아가고 그 세계를 욕망한다. 간혹 피터팬처럼 영원히 아이에 머물고 싶어 하는 심리도 있지만 그것은 퇴행 현상이자 이상심리이다.[302]

따라서 나이와 달리, 아동기에 고착된 소설 속 소년들은 성장이 멈춰진 존재이며 자연의 섭리가 비껴간 존재들이다. 그래서 그들은 남성임에도 불구하고 남성적 특질을 띠지 못한다. 이러한 모순은 소년의 타자인 소녀가 부재함으로써 합리화된다.

성(性)적인 면에서 소년은 남성 즉 여성이 아닌 존재로 규정되므로, 소년의 남성성을 드러내기 위해서는 그 대립적 특질을 지닌 소녀가 존재해야 한다. 그런데 근대 청소년소설에서는 여성성을 띤 소녀가 부재하기 때문에 남성성이 억압된 소년의 모습도 자연스럽게 느껴진다. 하지만 현실의 소년, 소녀는 성장하는 존재로서 성적 특질을 가질 수밖에 없다. 그들은 어른의 세계를 욕망하여 14,5세 된 소년들이 색주가를 드나들고 음주와 흡연을 즐기며 사랑의 도피도 서슴지 않았다.[303] 사회에서 그들을 불량소년으로 낙인찍고 통제했지만 그렇다고 청소년의 성장과 욕망을 멈출 수는 없었다.

청소년은 신체적으로 제2차 성징을 경험하는 가운데 이성(異性)을 의식하며 성적 정체성을 공고히 하지 않고서는 온전한 어른으로 성장할 수 없다. 그리고 그 과정은 사회적 규범으로 통제하기 어려운 욕망이 수반된다. 그러므로 남성성이 억압된 소설 속 소년들은 그들의 욕망 또한 억압되고 왜곡된다. 앞에서 고찰했듯이 근대 청소년소설에 등장하는 주인공들의 욕망은 대부분 가족과 결부되어 있다. 그들은 가족을 가장 사랑하고 아끼며 원한다. 동무나 타인과의 애정도

302 댄 카일리, 오영애 옮김, 『피터팬 신드롬』, 학원사, 1984, 33-53쪽 참고.
303 본고, 45쪽 참조할 것.

'의사가족'을 형성하며 가족애로 환원된다. 그러나 현실의 정상적인 사람이라면 가족만을 사랑하지 않는다. 오히려 가까이 지내는 가족은 많은 갈등이 내포된 애증이 교차하는 관계이다. 이와 같이 매우 부자연스럽고 비인간적인 설정은 개인의 욕망을 통제하려는 전략에서 기인된 것으로 보인다. 즉 이것은 근대 청소년소설 작가들이 소년의 남성성을 억압한 이유이기도 하다.

다시 말해 작가들은 소설 속 소년들의 개인적 욕망을 억압하고 사회적 당위와 가치만을 욕망하도록 하였다. 그중에서도 여성에 대한 욕망은 아예 소녀의 여성성을 배제시킴으로써 원천봉쇄하였다. 그 결과, 청소년소설 속 소년들은 성장하는 개성적 존재라기보다 조작자의 명령에 따라 움직이는 인형처럼 보인다.

청소년의 성장에 도움이 되기 위해 창작한 청소년소설에서 그 주인공들의 성장이 제한된 이유는 텍스트 밖 현실을 고찰함으로써 밝힐 수밖에 없다.

4.2. 여성해방사상과 남성중심주의

근대 청소년소설은 주로 '소년'을 주인공으로 하여 그들의 특질과 욕망에 초점을 두고 서술되었으나 이때의 소년은 그 성정이 아동과 큰 차이가 없다. 즉 그들은 본성주의 아동관이 반영된 순수하고 약한 존재로 표현되어 성장하면서 획득하기 마련인 남성성이 억압되어 있다. 한편 '소녀'는 주로 소년의 능력과 욕망을 부각시키는 대상으로 존재하고 소녀의 독자적 특질과 욕망에 대해 주목한 소설은 거의 없다. 이와 같이 근대 청소년소설에는 전반적으로 가부장적 남성주의가 구현되어 있다. 그 이유는 작가들이 거의 남성이기 때문인 것으로 보인다. 돌려 말하면 청소년문학을 주도했던 소년운동가 중 여성 주체가 거의 없었기 때문에 청소년소설에 성인 남성 작가의 관점이 일방적으로 작용한 것으로 보인다.

당시 방정환은 『신여자』, 『신여성』 등 여성 잡지의 편집 고문이기도 했으며 다른 소년운동가들도 청년운동가로서 소년의 해방뿐 아니라 여성의 해방을 주장하고 여성 문제를 중요한 사회 문제 중 하나로 인식하였다. 그런데 1920년대 초반 교육받은 신여성 중심으로 여성의 특질과 욕망을 내세운 여성해방 담론이 생성되자, 남성들은 이에 대해 비판하며 여성의 바람직한 사회적 역할과 소명을 '어머니'로 부각시키고 모성을 신성시하는 담론을 생성했다. 이러한 남성중심주의 이념이 근대 청소년소설의 창작에 작용한 것으로 보이며 여성 작가의 활동이 공소하다보니 '소년' 중심의 창작이 더욱 당연하게 굳어진 것으로 보인다.

이러한 점을 고려하여 먼저 청소년문학에서 여성 작가의 부재 현황과 그 원인을 살핀다. 그리고 일제 강점기 여성 담론을 중심으로 작가들의 남성중심주의적인 여성관과 그것이 소설에 작용한 양상을 해석하고 비판한다.

(1) 여성 작가의 부재

근대 청소년소설을 창작한 작가는 약 140여 명에 이르는데[304] 그 중 여성 작가는 4명이고 이름과 문체로 보아 여성일 것으로 추정되

304 방정환, 권환, 송영, 안준식, 최병화 등 필명이 기존 연구에서 밝혀진 작가들도 있지만 그렇지 않은 작가들도 많기 때문에 이 숫자가 정확하다고 보기는 어렵다.

는 작가는 7명 정도다.[305] 최의순은 1928년 『어린이』에 소녀소설을 발표한 여성 작가이다. 당시 '어린이사'에서는 소녀란을 신설하고 여성을 편집 기자로 채용하여 여성의 활동이 주목되기도 하였다.[306] 최은희는 1926년 『어린이』의 특집란 '여선생님의 선물' 편에 애화를 발표하였다.[307] 그리고 강경애가 1933년 『신가정』에 「월사금」을 발표했고 백신애가 1935년 『소년중앙』에 「멀리 간 동무」를 발표했다. 당시 활동했던 작가들에 대해 아직 밝혀지지 않은 사항이 많아서 위의 네 명 외에도 여성 작가가 더 있을 것으로 추정되지만 그 수가 남성 작가들에 비해 적고 활동 양상도 지속적이지 못했음은 분명한 사실로 보인다. 그것은 청소년소설의 창작 계기였던 소년운동이나 소년 잡지 편집에서 여성의 참여가 공소했기 때문이다.[308]

'소년운동'이나 '소년회', '소년군', '소년단'이라는 소년 조직의 명칭에서도 알 수 있는 바와 같이 '소년운동'은 '소년' 즉 남성 중심으로 조직되고 이루어졌다. '소년'이 남성만을 지칭하지 않고 소년소녀를 통칭하는 의미로 쓰이는 경우가 많았지만, 1920년대에 '소녀'라는 말이 보급되면서 '소년'은 점차 그 쌍으로 쓰이며 남성을 의미하게 된다. 소녀를 대상으로 한 모임이나 활동에 '여자' 또는 '소녀'라는 말을 따로 붙이는 경우에서도 그러한 점이 확인된다. 일제 강점기 신문이나 잡지에서 소년운동과 관련하여 '여자'와 '소녀'가 쓰인 경우를 들면 다음과 같다.

305 김순옥, 김예지, 양가빈, 정윤희, 심명순, 백시라, 진희복 등이 그들인데 이름과 문체만으로 작가의 성별을 알기는 어렵다.

306 「입사첫인사」, 『어린이』, 1928. 5, 67쪽.

307 최은희, 「불상한 동무」, 『어린이』, 1926. 3.

308 소년운동에 참가했던 주요 인물에 대해선 김정의의 『한국소년운동사』(민족문화사, 1992), 소년 잡지의 주요 편집진은 이재철의 『한국현대아동문학사』(일지사, 1978)를 참고할 수 있다.

1923. 1.15. 공주여자소년회 창립, 회장: 김영희, 총무: 안옥희, 평의원: 18명

1923. 9.22. 어린이사 주최, 소년소녀대회 개최, 인사: 김기전, 동화: 방정환, 정인철, 동화극: 황금국 앵무의 집, 동요극: 노래주머니, 무도: 여러 가지

1923. 12.31. 강릉불교여자소년회 조직, 사업내용: 웅변, 토론, 가극 개최, 회원: 80여 명

1924. 9.14 부산여자소년회 발기회 , 만 13세 이상 18세 이하 여자

1926. 11.13. 조선에 첫 조직된 소녀군, 정동소년척후군 정동소녀단 결단식

1926. 12.17. 마산소년소녀연합주최, 마산 아버지회 개최

1927. 1.13. 금산소년소녀회 조직, 사업내용: 동화, 창가, 기타 유익사업, 회원: 남 52명, 여 39명, 기타: 연령 10-16세, 매주 월요일에 모임

1928. 6.30. 전조선소년소녀 현상웅변대회 장소: 천도교 기념관[309]

위와 같이 소녀를 대상으로 한 조직은 '소년회' 앞에 '여자'라는 말을 붙여 '여자소년회'라고 칭하였으며 나이와 활동 내용은 '소년회'와 다를 바 없다. 즉 '여자소년회'는 소년회 조직이 확산되는 가운데 소녀를 대상으로 한 조직운동의 결과라고 할 수 있다. 그것은 '소년회'가 남성 중심의 조직임을 말해준다. 위에서 인용한 '소녀군'의 결성 소식을 통해서도 이러한 사실을 확인할 수 있다. '소녀군'은 오늘의 '걸스카우트'에 해당되는데 조선의 첫 '소녀군'이 1926년 11월

309 김정의, 『한국소년운동사』, '부록: 한국소년운동사관련연표' 참고.

13일 정동소년척후군 소속 정동소녀단으로 출발했다는 것을 알 수 있다. '소년군'이 결성된 지 3년 만에 '소녀군'이 결성된 것이다.

'여자소년회', '소녀회', '소녀군'은 '소년회', '소년군'에 비해 그 수가 매우 적다. 그리고 소년 잡지도 '소년소녀' 대상 잡지였지만 실제 독자는 소녀보다 소년이 많았던 것으로 보이며 독자참여란도 소년 독자의 비중이 압도적이었다.

『어린이』에 게재된 독자의 사진은 대부분 소년 사진이어서 편집자가 소녀들도 사진을 보내달라고 당부하기도 한다. '독자문단', '독자담화실'도 대부분 소년 독자가 참여하였다. 다른 소년 잡지도 소년 독자의 참여 비중이 높은 것은 마찬가지였다. 그리고 소녀 독자만 대상으로 한 잡지도 드물다. 그러한 잡지로 1927년 12월, '소년계사'에서 『소년계』와 함께 출간한 『소녀계』가 있고 다른 것은 발견되지 않는다. 『소녀계』는 제2권 제2·3호 합본호만 발견되는데 그 목차를 보면, '시 4편, 논설 1편, 연설 1편, 동화 7편, 전설 1편, 사담(史譚) 1편, 사기(史記) 1편, 감상 2편, 소설 1편, 독자의 글'로 이루어져 있다. 소설은 '장화와 홍련'으로, 이 잡지에는 근대 청소년소설이 한 편도 없다. 그리고 동화의 비중이 높은데 '백조왕자, 백설공주, 착한 공주와 제비' 같은 서양의 공주와 왕자 이야기가 많다. 그런데 『소년계』에는 「소년소설 남매의 운명」[310]이 게재되어 있다. 이러한 점을 볼 때, '소년소설'이 '소녀'보다 '소년'의 문학으로 자리했음을 알 수 있다.

소년운동이나 청소년문학 장(場)에서 여성 주체가 부재한 이유는 다음과 같이 생각된다.

310 김순옥, 「남매의 운명」, 『소년계』, 1927. 3.

첫째, 사회운동을 하는 여성 주체의 수가 적고 그들이 지도적 위치를 확보하지 못했기 때문이다. 3·1운동 이후, 공립·사립 여자고등보통학교가 신설되는 등 여성에 대한 교육열이 높아져서 근대적 교육을 받은 여성들이 증가하지만 남성에 비해 매우 적은 수였다.[311] 일제 강점기에 구습이 비판되며 여성의 인권 및 사회적 역할에 대해 새로운 인식이 싹트긴 하지만, 전반적으로 교육받은 여성은 소수에 불과하고 여성의 사회활동은 자유롭지 못했다.

여성의 해방과 교육 문제는 근대 계몽기부터 청년 즉 남성 운동가들에 의해 제기되었다. 그들은 여성을 누이나 '청년-여자'로 부르며 사회 개조의 주체로 중시하지만, 여성은 청소년과 마찬가지로 남성이 계몽시켜야 할 하위주체였다. 따라서 여성교육회 등의 여성운동 단체는 남성의 지도와 후원을 받는 경우가 많았다.

1920년대에 나혜석, 김원주, 김명순 등 소위 여성운동 1세대라고 불리는 신지식을 수용한 여성 주체가 형성되어 여성의 개성과 인격의 해방을 주장하며 여성의 정조관이나 결혼관에 대해 매우 혁신적인 바람을 몰고 왔다. 하지만 남성운동가들의 비난과 사회의 냉대 속에서 1930년대에 그들과 관련된 담론은 흥밋거리 기사로 전락한다. 이후의 여성 주체는 가정개량 운동이나 사회주의 운동을 목표로 활동하며 남성에 의해 주도되는 사회운동의 보조역량으로 기능하는 측면이 크다.

둘째, 여성운동의 주 대상이 여자고등보통학교 졸업을 앞두고 있거나 결혼을 한 부인들이었기 때문이다. 1920년대 대표적인 여성 잡

311 김월순, 「1920년대 여자고등보통학교에 관한 연구」, 서울시립대 석사학위논문, 2004. 8, 28쪽.

지 『신여성』은 여학생이나 부인들을 대상으로 간행된 잡지였으며 따라서 그 내용도 연애, 결혼, 가정과 관련된 것이 많았다. 당시 학제에 따라 여자고등보통학교를 다닌다면 12세에 입학하여 16세에 졸업하게 된다. 하지만 실제 학령은 그보다 훨씬 높았다. 무엇보다 15세부터 19세까지의 나이는 여성들이 가장 결혼을 많이 하는 시기였다.[312] 조혼의 풍습이 비판되었지만 대부분의 여성들은 여전히 청소년의 나이에 결혼을 했던 것이다.

요컨대 당시 여성들이 처한 사회문화적 상황이 남성들에 비해 전근대적인 관습의 구속이 심했기 때문에 여성들의 사회활동에 제약이 심했고 학교나 직장에 다니지 않는 소녀들은 그 정도가 더했다.[313] 따라서 여성운동의 주 대상은 비교적 활동이 자유롭고 글을 읽을 줄 알며 잡지를 사볼 경제적 능력이 있는 여학생이나 부인이 되었던 것이다.

그 밖에 여성운동가들이 남성들처럼 그 아우에 해당되는 소녀들에게 관심을 기울이지 못했던 이유는 여성운동의 방향이 남성들에 의해 주도되었던 것도 하나의 요인이라고 생각한다. 즉 여성운동에 관여했던 남성운동가들은 곧 소년운동가들이기도 했기 때문에 소녀들을 대상으로 한 운동은 소년운동에서 담당하는 것으로 여기고 별다른 주의를 기울이지 않은 것으로 여겨진다.

앞에서 살핀 것처럼, 일제 강점기에 여성운동과 여성 담론은 남성운동가들에 의해 주도되어 그들의 여성상이 사회적 인식에 영향을

312 김월순, 앞의 글, 53쪽.

313 다음의 『어린이』 독자담화실에 실린 소녀의 발화에서도 당시 소녀들의 자유롭지 못한 생활이 나타난다.

"저는 소녀올시다. 양친이엄하셔서 밧갓일은잘모르고지내오나 어린이잡지만은 심부름식여서 사다가봄니다. 집구석에만 드러안젓는저에게 어린이처럼 반갑고친한동무는업습니다."(경성시내 김혜영) 『어린이』, 1924. 4. 18.

미치면서 그것이 또 다른 방식으로 여성의 삶을 구속하였다.

근대 계몽기부터 1910년대에는 구습을 비판하며 여성의 교육이 주장되었지만, 이것은 당시 교육구국 운동의 일환으로 전개된 것이었으며 여성의 실력을 키워 나라를 위한 활동에 보탬이 되자는 논리였다. 이러한 담론의 영향으로 근대적 교육을 받은 여성이 새 시대가 요구하는 여성상으로 여겨졌다. 그들은 '신여자', '신여성'으로 불리며 머리와 복장 등에서부터 기존의 여성과 다른 모습을 띠고 교육받은 남성들에게 어울리는 상대로 여겨졌다. 이렇게 구습 타파의 실천으로 자유연애가 주장되고 이혼이 늘어나면서 신식 교육을 받지 못한 '구여성'들은 남편에게 버림받고 사회적으로도 지탄의 대상이 되었다. 따라서 여성들의 신식 교육은 나라를 위해서뿐 아니라 여성 자신의 인생을 위해서도 필요한 것으로 여겨졌다.[314]

1920년대 일본 유학을 통해 근대 지식과 문화를 습득한 여성들이 서구 부르주아 개인주의에 입각한 여성 해방을 주장하며 여성의 정조관과 정체성에 대해 획기적인 발언을 하여 사회의 주목을 받았다.

> (가) 나는 몬저 처가 되기 전에 혼자 사람으로서의 깨끗한 심지를 내 자신에 대해서 스스로 만족하리만큼 내 마음을 세련식히려고 해섯다. 그러한 노력은 결코 세상을 위함도 아니고 또는 남편을 위함도 아니다. 단지 내가 나를 위한다는 절실한 개인주의에서 울어나왓다[315]

> (나) 정조는 도덕도 법률도 아무 것도 아니요, 오직 취미다. 밥 먹고 싶

314 김월순, 앞의 글, 10-13쪽 참고.
315 김원주, 「인격 창조에」, 『신여성』, 1924. 8, 41쪽.

을 때 밥 먹고, 떡 먹고 싶을 때 떡 먹는 것과 같이 임의용지로 할 것이요, 결코 마음의 구속을 받을 것이 아니다.[316]

(다) 정조 관념을 지키기 위하여 신경쇠약에 들어 히스테리가 되는 것보다 돈을 주고 성욕을 풀고 명랑한 기분으로 살아가는 것이 현대인의 사교상으로도 필요하다[317]

(가)는 김원주의 글이고 (나)와 (다)는 나혜석의 글이다. 그들은 여성이 개인으로 존재하는 삶을 희망하며 여성의 욕망을 담론화한다. 그러한 바탕위에서 여성에게만 요구되는 가부장적 정조 관념을 비판한다. 그들의 주장은 자신의 삶 속에서 실천되어 당시 많은 사회적 관심과 논란의 대상이 되었다. 이에 대해 남성 운동가들은 자유연애와 남녀평등을 주장할 때와 달리 보수적 입장에서 비판한다.

김기진은 『신여성』에 김명순을 공격하는 글에서 "하여간 여성이고 남성이고간에 이성을 너머 만히 안다는 것은 그의 성격을 위하야서든지 또 무슨 다른 점을 위하야서든지간에 대단히 조치 못한 원인이 된다. 나는 성욕적 생활에 무질서하다는니보다도 방종하게 지내든사람으로 훌륭한 사람을 본 경험이 업다"고 하였으며, 여성 일반에 대하여서도 "대체로 여자라는 것은 국수주의자에게로 가면 국수주의자가 되고 공산주의에 가면 공산주의자가 되는 모양"[318]이라며 여성의 주견을 무시하는 발언을 하였다.

이와 같이 근대 지식을 습득한 여성들이 개인의 욕망을 표현하자,

---

316 나혜석, 「나를 잇지 안는 행복」, 『신여성』, 1924. 8, 37-38쪽.
317 나혜석, 「독신 여성의 정조론」, 『삼천리』, 1935. 10.
318 김기진, 「김명순씨에 대한 공개장」, 『신여성』, 1924. 11.

남성 운동가들은 '신여성'을 허영과 사치의 이미지로 묘사하고 그들의 자유연애에 대해서도 비판적으로 바라본다. 그러한 담론을 생성시킨 대표적인 사람 중 하나가 방정환이다. 방정환은 일찍이 김원주의 요청으로 『신여자』 편집 고문으로 활동하며 여성 잡지에 관여했는데 '개벽사'가 『부인』, 『신여성』을 창간하며 본격적인 여성 잡지 사업을 벌이면서 『신여성』 편집 주간을 맡게 되었다. 여기서 방정환은 『개벽』에 연재했던 풍자 만필 「은파리」를 다시 등장시켜 주로 신여성을 풍자한다.

> 여자는 머리만 깍그면 유명해진다. 단발랑이니 단발미인이니하고 눈치즌 신문기자들이 자조 쫓쳐단기는 까닭이다. …(중략)… 그러나 기자보다도 영악한 사람은 머리 깍는 여자겟다. …(중략)… 그럴듯한 소리만 골라다 하지만 중의대가리처럼 밧작 밀어버리지 안는 것이 그들의 약은 꾀이다. …(중략)… 귀밋까지 보기좃케 잘른 머리를 불로 지저서 곱슬곱슬하게 하고 비단 모자에 꼿을 다러쓰고 허리가는 양복을 닙고 굽놉흔 구두를 신꼬나서서 청국녀편네 볼질늘거름거리로 아장아장 아장거리면 익크 단발미인이다 단발미인이다하고 길거리의 인기가 왼몸에 몰녀든다. 여긔서 단발미인의 허영심은 "그러면 그럿치" 하고 만족한 미소를 살짝 띄운다.[319]

위에서와 같이 단발을 하는 신여성의 심리를 남녀평등이나 여성해방사상에 의한 것이라기보다 단발미인으로 인기를 끌고 싶은 허영심에서 비롯된 것으로 묘사한다. 그리고 당시 사회적으로 화제가

319 방정환, 「은파리」, 『신여성』, 1924. 6.

되었던 윤심덕과 김우진의 사랑을 소재로 하여 윤심덕을 풍자하기도 한다.

> 요 깔깔한 것이 누구의 소리냐 올치올치 내가 여자 예술가라는 ○니라고누. 너의 따위 텬하의 잡것들이 혼인전에 신랑을 몃람씩 갈어 살어도 재조가 귀엽다고 사회라는 독갑이가 떠밧치고 내여세우닛가 고갯짓 궁둥이짓을 한꺼번에 하고 단니지만 '은파리' 두눈이야 용서할 듯 십으냐[320]

위의 인용에서 여자 예술가란 성악가 윤심덕을 말한다. 1926년 7월호의 글 말미에 다음 호 이야기 제재임을 알렸으나, 1926년 9월호에 실리지 않았는데, 10월호에 언급한 내용을 보면 9월에 윤심덕과 김우진이 현해탄에 몸을 던져 죽은 일이 알려지면서 게재를 중단한 것임을 알 수 있다.[321] 즉 신여성의 결혼 전 자유연애에 대해 풍자하고 있는데 여성과 연애하는 남성에 대해선 어떠한 책임도 묻지 않고 신여성만 일방적으로 남성을 유혹하는 존재로 묘사하고 있다. 또 그러한 신여성을 사회에선 예술적 능력으로 눈감아주고 있지만 '은파리'의 눈으로는 용서할 수 없다고 한다. 여기에서 '은파리'는 여성을 판단할 때 어떤 것보다 정조 관념이나 성 도덕을 중시함을 알 수 있다.

김기전도 『신여성』에 발표한 18편의 글 가운데 8편이 신여성의 허영과 남녀교제에 대해 훈계한 글이다.

> (가) 여류주의자들이 특히 주의할 것은 연애관계입니다. …(중략)…

---

320 방정환, 「은파리」, 『신여성』, 1926. 7.
321 김수진, 『신여성, 근대의 과잉』, 소명출판, 2009, 338쪽.

조포(粗暴)와 방종을 경계해주시오 …(중략)… 반항이란 조금 하면 조포하게 되기가 쉽고 해방이란 자칫하면 방종하게 되기가 쉽습니다.[322]

(나) 교제에 있어 첫째로 생각할 것은 품위이다. 처녀로서의 교제에 있어서는 더욱 이것을 생각하지 않으면 안 될 것이다. 풀어 말하면 교양 있는 인간의 교제는 어디까지 상품(上品)이 되어야 할 것이다. 먼저 교제의 대상이 되는 그 사람을 선택할 것은 물론이요, 어깨를 치고 깔깔거리고 웃으며 교언영색으로써 그 장면 장면을 호도함과 같음은 품격을 가진 사녀로서의 차마 하지 못할 바이다.[323]

(가)는 앞에서 말했던 자유주의 여성주의자들을 염두에 둔 비판으로 보이는데 여성들의 자유연애를 조포와 방종으로 여기고 있음을 알 수 있다. 김기전은 (나)에서 보는 바와 같이 여성의 품위를 중시한다. 다른 글에서도 여성의 적극적인 감정 표현이나 애교를 남성의 사랑을 구걸하기 위한 저급한 행동으로 묘사한다. 여기에서 김기전이 생각하는 여성의 품위란 자기 감정이나 의사를 직접적으로 표현하지 않고 행동이 조심스러운 전통적인 여성상을 기준으로 삼고 있음을 알 수 있다. 김기전은 『신여성』과 『별건곤』에 「백제(百濟)의 열부(烈婦) 도미(都彌)의 부인」[324]과 「만고(萬古)의 정녀(貞女) 설씨(薛氏) 부인」[325]을 소개하는데 후자는 두 잡지에 모두 게재되었다. 그만큼 김

322 김기전, 「여류주의자들에게 한 말씀 이러한 점을 생각해주시오」, 『신여성』, 1926. 1.
323 김기전, 「처녀독본 제5과 남녀교제」, 『신여성』, 1931. 5.
324 김기전, 「백제(百濟)의 열부(烈婦) 도미(都彌)의 부인」, 『부인』, 1922. 3.
325 김기전, 「만고(萬古)의 정녀(貞女) 설씨(薛氏) 부인」, 『부인』, 1922. 10, 「만고정녀

기전이 당시 여성들에게 정절 교육의 필요성을 느끼고 있었던 예로 볼 수 있다.

사회주의 남성운동가들은 연애나 여성 문제를 계급 모순의 관점에서 바라보았지만 여성의 자유연애, 정조 문제에 대해서 보수적인 입장을 가지고 있었던 점은 마찬가지였다. 그들은 현대의 남녀관계는 성적 차별을 떠나 계급과 계급의 대립적 관계로 전환된다고 보았다. 성적 방종은 개인의 삶을 사회가 책임지지 않은 데로부터 비롯된 자본주의의 특징으로서 정조 가치가 추락하여 상품 가치화된 것이라고 하였다. 이렇게 성의 상품화를 비판하면서 여성의 정조가 다시금 중시되었다. 그리고 당시 유행하던 러시아 사회주의 사상가인 콜론타이의 연애관, 정조관이 비판되었다.

1930년대가 되면 여성에 대한 보수적 담론이 강화되어 '신여성'의 부정적 이미지를 나타내는 말로 '모던 걸'이 등장한다. 그것은 좀 더 자본주의적 물질성, 상품성을 띠고 매혹적인 이미지를 만들어냄과 동시에 비판하고 경계해야 할 대상으로 여겨졌다. 그러면서 여성의 활동 영역은 가정으로 축소되고 여성들에게 가정 개량의 역할이 요구되었다. 특히 모성은 자식에 대한 절대적 헌신과 사랑의 이미지로 신성시되어 남성들을 구원해 줄 존재로 상상되었다. 그러면서 어머니로서의 여성이 어느 때보다 아름답고 중요하게 부각되었다.

여성운동에 참여하는 여성 주체들은 여성운동 제1세대들처럼 남성운동가들과 대립되는 담론을 형성하기보다 그들의 담론을 수용하고 그것을 보충하였다. 그래서 여성운동은 가정에서 여성의 지위를 높이는 방향으로 전개되었다. 특히 기독교 여성단체 중심의 부르주아 여성들은 가정개량 운동의 과정에서 부부중심의 핵가족과 양

(萬古貞女) 설씨(薛氏) 부인」, 『별건곤』, 1928. 5.

처를 강조하여 가정 내 여성의 지위를 높이려 하였다.[326]

(2) 가부장적 남성주의

근대 소년 잡지에서 여성 관련 담론은 대부분 '어머니'에 대한 것이다. '어머니'는 문예물의 주요 제재였고, 작가들의 어린 시절 회고담에서 자애롭고 소박한 이미지로 등장했다. 앵봉산인(송영)은 「세계명작소설에 나온 세계의 어머니들」[327]의 머리말에서 어머니에 대해 다음과 같이 말한다.

> 어머니
> 어머니
> 얼마든지 불너도 불늘사록 더-한층 거룩한 생각을 나게 하는 것은 이 어머니뿐입니다. 거룩한 생각뿐이겟습니가? 우리들은 어머니만 안 게시다면 살아갈 수가 업슬 것 갓해질 것입니다. 어머니는 우리들을 위하야 조흔음식을 맨들어서 자긔는 배를 골으시고라도 우리만 먹여주십니다. 옷도 그럿습니다. 무엇이든지 그럿습니다. 그러고 제일 어머니는 어머니의 목숨을 밧처가서라도 우리들을 위하여 주십니다. 어머니는 봄바람갓치 따뜻하시고 인자하십니다. 그러나 우리들의 귀여운 아들과 딸을 위하야는 밋친 사자갓치도 사나워집니다. …(중략)… 저-여긔부터 세계의 홋터져계신 우리들 어머니를 한분식 모셔다가놋코 우리들은 진정한 마음으로 우러러 보십시다.[328]

---

326 김혜경, 『식민지하 근대 가족의 형성과 젠더』, 창비, 2006, 339쪽.
327 앵봉산인,「세계명작소설에 나온 세계의 어머니들」, 『별나라』, 1930. 6.
328 위의 글, 60-61쪽.

위와 같이 송영은 어머니를 거룩한 존재로 나타낸다. 그는 자식을 위해 무엇이든 다 주고 목숨까지 바치기 때문이다. 어머니는 봄바람 같이 따뜻하고 인자하지만 자식을 지키기 위해서는 미친 사자같이 사나워질 수 있다고 한다. 송영은 여기에서 일본과 흑인의 어머니를 소개하고 다음 호에 중국과 독일의 어머니를 소개한다고 예고한다. 이와 같이 자애와 헌신의 어머니 이미지를 세계의 어머니로 소개하기 때문에 그들의 모성은 어머니 된 자의 본성으로 여겨진다. 그리하여 어머니는 자식들이 우러러 볼 대상인 한편, 그와 같이 자애롭고 헌신적이어야 한다. 모든 어머니가 그러하기 때문에 앞에서 말했던 김원주, 나혜석처럼 자기의 감정과 행복을 돌보는 어머니는 어머니답지 않게 여겨진다.

여성을 한 사람의 인간으로서보다 '어머니'로 중시하는 태도는 안준식이 세계 여성 인권의 날인 '세계 여성의 날'을 '어머니날'로 소개하는 데에서 단적으로 확인된다.

> 우리들의 어머니 할머니 아주머니 누의들에게도 잇는 것이다. 즉 「만국부인의 날」이 이날인 것이다. 이것을 우리들은 쉬웁게 「어머니날」이라고 불느려하는 것이다. 3월 초팔일날 이날이 우리들의 어머니 세계의 어머니의 경절날인 것이다. 이날에는 공장의 어머니나 싀골의 어머니나 고기잡이 어머니나 교환수 버스걸 - 엇더튼지 일터에서 버리하시고 가난하시고 약하시고 설음만으신 우리들의 어머니가 귀운잇게 날뛰시는 날인 것이다.[329]

329 안준식, 「소년강좌 어머니날」, 『별나라』, 1931. 3, 376쪽.

위에서와 같이 여성은 '어머니, 할머니, 아주머니, 누의들' 등 주로 남성들과의 관계 호칭어로 불리고 그들을 위한 날이 '만국부인의 날'이라고 한다. 이것은 1910년 알렉산드라 콜론타이와 클라라 체트킨 등의 사회주의자와 페미니스트들이 여성의 정치적, 경제적, 사회적 업적을 기리기 위해 제안한 'International Women's Day'를 말한다. 안준식은 여기서 'Woman'을 여성의 총칭어가 아닌 기혼자를 뜻하는 '부인'으로 번역한 것이다. 그것을 다시 쉽게 '어머니 날'로 부른다고 한다. 왜 '여성의 날'이나 '여자의 날'이라는 말보다 '어머니 날'이 더 쉬운지는 밝히지 않았으나 '세계 여성의 날'이 '어머니 날'로 바뀜으로써 기림의 대상은 '여성'이 아닌 '어머니'로 바뀐다.

그런데 '어머니 날'은 이미 1914년 미국에서 5월 둘째 주 일요일로 지정되어 세계적으로 널리 수용되고 있었다. 프랑스에서는 5월 마지막 주 일요일을 '어머니 날'로 정해 기념행사를 벌였는데 1933년 5월 『신가정』에 수록된 나혜석의 「파리의 어머니날」[330]에서도 그날을 기념하는 파리의 모습을 볼 수 있다.

이미 있는 '어머니 날'을 소개하지 않고 '세계 여성의 날'을 소개한 것은 사회주의 관점에서 후자를 더 중요한 날로 여겼기 때문인 것으로 보인다. 그런데 결과적으로 '어머니 날'도 '어머니 날'이고 '세계 여성의 날'도 '어머니 날'이기 때문에 여성을 기념하는 날은 '어머니 날'만 존재하게 된다.

이와 같이 여성을 어머니로만 부각시키는 것은 그의 여성성을 억압하는 것이다. 소년 중심의 소년 잡지에서 성인 남성 작가들은 소년들에게 여성을 어머니로서만 욕망하게 한다. 그것은 앞서 밝힌 것

---

330 나혜석, 「파리의 어머니날」, 『신가정』, 1933. 5.

처럼 그들이 소녀의 여성성을 유혹적이고 위험한 것으로 여겼기 때문이다. 남성들이 집안의 강요로 원하지 않은 결혼을 하고서 그에 대한 불만으로 신여성과 연애를 할 때에는 혁신적인 행동으로 묘사되던 자유연애가 여성 자신이 자신의 성적 매력과 욕망을 표현하면 불온하게 여겨진다. 이와 같이 남성들이 여성의 욕망과 의지에 의한 자유연애를 금기시한 이유는 가부장적 남성주의에 의한 것이라 할 수 있다.

부계 중심의 혈통을 중시하는 가부장제에서 여성의 정조는 혈통의 순수성을 보장하는 중요한 수단이기 때문이다. 그래서 천도교, 기독교, 사회주의의 서로 다른 이념에 바탕한 남성들이 여성의 정조 문제에 대해서는 한 목소리를 낸 것으로 보인다. 이러한 관점에서는 '성애'를 쾌락적 기능보다 혈통의 유지를 위한 기능으로 보기 때문에 미혼의 남성에게도 성욕은 억압되어야 할 욕망이다. 그러한 교육적 관점이 소년 잡지에서 여성성에 대한 묘사를 더욱 억압하도록 했던 것으로 생각한다.

한국 근대
청소년소설의
정치적 무의식

제 Ⅳ 장

근대 청소년소설의 의의와 한계

한국 근대
청소년소설의
정치적 무의식

이 장에서는 앞선 논의들을 총괄하여 보다 총체적인 시각으로 청소년소설의 의의와 한계를 짚어본다. 이것은 곧 프레드릭 제임슨이 주장한 '정치적 무의식'의 마지막 해석 단계인 '형식의 이념'을 밝히는 작업에 해당된다.

사회적 모순을 상상적으로 해결하려는 행위의 결과물인 소설에는 작가의 욕망과 이념 그리고 그가 살고 있는 사회에 존재하는 여러 이념들이 얽혀 있다. 사회에는 현 사회를 지배하는 이념뿐만 아니라 과거에 지배적이었던 이념 및 미래 사회에 지배적일 이념들이 공존한다. 그것은 사람들의 생활양식을 규정하는 사회 구조의 변화가 일회적이고 전면적으로 이루어질 수 없기 때문이다. 가령, 자본주의가 지배적이려면 그 생산양식이 사회 곳곳에 자리 잡아야 하고 그러기 위한 시간이 필요하다. 또 경제 구조가 바뀌었다고 해서 사람들의 관습과 문화가 그에 맞게 저절로 바뀌는 것도 아니다. 이러한 사정으로 한 사회에는 현재와 과거, 미래의 생산 양식 및 사회문화, 이념이 공존하게 된다.

'청소년'과 '청소년소설'은 근대의 산물이고, 우리 사회의 근대적 격변 속에서 형성된 것이지만, 일제 강점기에 우리 사회의 생산양식은 농업 중심의 전근대성을 못 벗어나고 있었다. 또 식민지 상황으로 인해 우리의 산업 구조는 파행을 빚고, 혼종적인 사회문화 속에서 우리 민족이 추구해야 할 미래상을 분명히 제시하기도 어려웠다. 그러한 모순과 혼란 속에서 탄생한 청소년소설은 당대 청소년 계층의 민족정체성을 고양시킨 의의가 있으나, 전근대적 교육 서사로 개성화에 실패한 한계가 있다. 그것을 주제와 서술의 측면에서 살펴보기로 한다.

01
민족 주체로 구성된 '청소년'

1.1 민중민족주의 서사

근대 청소년소설은 거의 대부분 가난한 고아 청소년을 주인공으로 하여 그들이 일제나 일제와 결탁한 권력자, 부자들에게 핍박받는 사건을 통해 가해자들의 부도덕성과 사회의 부조리를 폭로한다. 이러한 이야기는 20세기 초 세계적으로 유행했던 '아동애호사상'을 전제로 개연성을 얻으며 식민지 현실을 바탕으로 공감을 얻을 수 있었다. 즉 미래의 주체인 청소년을 보호해야 한다는 사상이 사회적으로 널리 확산되었기에 그렇지 못한 사건이 부당하게 여겨지며 가해자가 일제와 관련된 자들이기 때문에 실감이 더했던 것으로 보인다.

그러나 식민지 기간이 길어지고 일제의 탄압과 수탈이 심해지면서 아동애호사상은 일제에 의해 천황의 신민을 양성하기 위한 가정

교육 담론으로 전유되고, 그에 기반한 문화 활동은 의미를 잃게 된다. 따라서 근대 청소년소설의 기반이 되었던 소년운동도 정치적 성격이 강해지고 민족 모순을 해결하기 위한 소설이 주를 이루게 된다. 이것은 무엇보다 일제 강점기 청소년들이 처한 사회경제적 기반과 관련 깊다.

아동애호사상은 초기 자본주의 사회의 부르주아 가정에서 인간에 대한 개인주의적 관점을 바탕으로 태동한 것이었다. 인간의 생애를 개인의 발달과 성장 과정으로 이해하게 되면서 어른과 구별되는 아동기의 중요성이 인식되게 되었던 것이다. 하지만 아동의 실제 삶은 부모의 경제력에 따라 천양지차였다. 빈민 가정에서 아동은 애호는커녕 생계를 위해 돈을 벌어야 했으며, 초기 자본주의 사회는 어린 노동력을 값싸게 착취했다. 따라서 아동애호사상이 모든 아동들을 대상으로 실현되기 위해서는 사회적 차원의 경제력과 대책이 필요하다.

하지만 식민지 조선의 상황은 우리 아동들을 애호할 수 있는 경제력과 정치력이 미약했다. 식민지 기간 동안 우리 사회는 공장이 들어서고 상업이 발달하지만 민족자본의 비율은 매우 낮았다. 대부분의 조선인은 여전히 농업에 종사했고, 도시에서도 육체노동에 종사하며 빈민 계층을 형성했다. 지식인도 직장을 구하기 어려워 생계가 힘들었던 것은 마찬가지였다. 식민지 조선을 통치했던 조선총독부는 본국에서와 같이 조선인 아동들의 생존권과 교육권을 보장하기 위해 힘쓰지 않았다. 여러 사회적 요구가 있었지만 그들은 소극적으로 대처하다가 일제 말기 전시 체제로 돌입하면서 아동, 청소년들을 노동력과 군사력으로 동원할 뿐이었다.

이런 현실 속에서 식민지 조선에 대한 전망은 크게 보아, 일제에 협력하며 보다 근대적인 국가로 발전해 나가느냐, 일제에 저항하며 민족 해방을 맞이하느냐로 대별될 수 있다. 근대 청소년소설 작가들은 후자의 입장에서 전자의 입장과 대결하며 소설을 창작해온 것이다. 바로 여기에 근대 청소년소설의 역사적 의의가 있다.

우선, 근대 청소년소설은 경술국치 이후에 태어난 세대들이 민족 정체성을 잃지 않도록 일제의 식민화 교육에 맞선 민중민족주의 서사라는 점이다. 그리하여 오락성과 상업성보다 진실성과 도덕성이 추구되었고, 강고한 일제의 통치 아래 궁핍하고 억눌린 청소년들을 위로하고 민족적 연대감을 갖게 하였다.

이러한 사실은 보다 궁극적으로 '청소년' 계층을 민족의 구성원으로 발견하고, 민족의 모순을 해결하기 위한 주체로 중시했다는 점에서 의의가 깊다. 근대 청소년의 존재를 잘 모르는 사람들은 한국에서 청소년이 70년대 이후 소비와 놀이의 주체로 부각된 점만 기억한다. 하지만 일제 강점기 청소년들은 그 어느 때보다 주체적으로 민족과 사회의 문제에 대해 고민하고 그의 해결을 위해 자치활동을 벌여왔다. 그리하여 그들은 한국 근대 문학사에서 무시할 수 없는 주인공으로 자리하며 청소년문학의 기원을 열게 하고 당대 청소년의 존재와 위치를 보증하고 있는 것이다.

1.2. 한글 전용 표기와 구술성

인간의 정신과 육체가 명확히 나누어지기 어렵고 서로를 제약하듯이 소설의 내용과 형식은 상호 규정적이다. 즉 소설의 주제를 표현하는 서술 형식 자체가 작가의 욕망과 이념의 표현으로서 당대 생산양식 및 사회문화와 영향을 주고받으며 형성된다.

근대 청소년소설을 규정하는 서술 형식은 한글 전용 표기와 구술성이다.

당시 소설이 발표되었던 소년 잡지 대부분이 한자와 일어를 절제하며 점점 한글 전용으로 나아갔고, 청소년소설 대부분도 마찬가지였다. 이러한 점은 일제 강점기의 신문이나 잡지에서 점차 한글의 비중이 커지는 양상에 비해 훨씬 앞선 것이다. 또 서술자가 직접 독자를 마주하고 이야기를 들려주는 것과 같은 어투, 속담이나 비속어 등의 입말 표현, 장면 묘사보다 행동 위주의 서술, 인물에 대한 직접 제시 등의 구술성을 띠고 있다.

이러한 구술성은 일반소설과 큰 차이를 보이는 서술의 특징이라고 할 수 있다. 일반소설에서는 고전소설과 차별되는 근대소설을 창작하기 위해 고전소설의 서술에서 볼 수 있는 구술성을 지양하고 서양의 소설 기법을 받아들여 1인칭 시점의 내면 고백체 서술, 장면화를 통한 서술자의 객체화 등 다양한 서술 형식을 모색하고 실험하였다. 하지만 이러한 소설 기법은 일본 유학생들이 일어로 번역된 서양서를 통해 습득된 것으로 작가들로 하여금 일어로 구상하고 한글로 표기하는 혼종성을 낳게 한다. 다시 말해 근대 문학 개척기에 형성된 일반소설에서는 일어와 일본문학의 영향을 지우기 어려운 것이다. 물론 청소년소설도 그러한 영향에서 완전히 벗어나기는 어렵지만 일반문학에 비해 그 영향이 적다고 할 수 있다. 당시 유행했던 일본의 소년소녀소설은 주로 부르주아 가정의 자녀들을 대상으로 한 낭만성 짙은 소설이라 우리 청소년의 현실과 맞지 않았고, 구술성이 강한 한글 전용 표기였기에 창작 과정에서 일어를 떠올릴 필요가 적었을 것으로 보인다.

일제 강점기 동안 근대 청소년소설의 서술 형식이 크게 바뀌지 않으며 한글 전용 표기와 구술성을 지향했던 이유는 당대 청소년 독자의 계급적 기반과 청소년소설의 창작 목적에서 찾을 수 있다. 당시 청소년소설의 독자는 기층 민중의 자녀들 비중이 높았던 것으로 보이며, 청소년소설의 창작 목적은 문예적인 것보다 교육적인 것을 지향했다. 그러다 보니 서술 형식의 제일의 요건은 쉽고 친근하며 이성보다 감성에 호소하는 방식이었다. 당시 부르주아 가정의 자녀들은 일본인 자녀들과 함께 공립학교에서 일어로 배우고 생활하며 일본의 소년소녀소설을 읽고 자라났다. 하지만 기층 민중 자녀들은 학교에 다니지 못하는 경우도 많았고, 등록금이 비싼 공립학교는 꿈도 꾸지 못했다. 그들은 사회운동가들이 마련한 야학이나 사립학교에서 한글로 문맹을 깨우치고 민족의 현실에 대해 배워갔던 것이다.

요컨대 일제 강점기의 한글은 단순한 표기 수단을 넘어선다. 식민지 이전 시기엔 백성들의 글자로 천대받았던 언문이 식민지기에 이르러 민족의 혼을 지켜줄 문화 전통으로 연구되고 보급되었던 것이다. 한글의 체계화와 보급에 헌신적으로 기여한 주시경이 민족해방을 위한 비밀결사조직의 일원이었고 일제 강점기 동안 한글 보급 운동이 전 민족을 대상으로 꾸준히 이루어졌던 사실들도 이러한 점을 입증한다. 따라서 민중민족주의 서사인 근대 청소년소설은 우리 민족의 말과 글을 무기로 일제의 식민화 교육에 저항한다.

02
개성화의 실패

2.1. 봉건적 교육서사

근대 청소년소설은 대부분 소년이 주인공이며 가족과 집단에 대한 절대성과 우선성을 나타낸다. 부모는 없거나, 있어도 병들고 가난하여 소년 주인공이 생계를 책임지며 부모 역할을 한다. 그들은 부모에 대한 효와 가족애가 투철하며 그 밖의 다른 것은 거의 욕망하지 않는다. 그리고 정직하고 성실하며 타인에 대한 배려와 동정심이 강하다. 소녀는 그 수가 적고, 소년의 보살핌을 받는 누이로 등장하는 등 보조적 기능에 머문다. 또 청소년 인물들의 연령은 대개 제2차 성징이 나타나는 10대 중후반인데, 성(性)적 특질이나 이성에 대한 사춘기적 관심이 거의 나타나지 않는다. 소년과 소녀가 서로 호감을 갖는 경우에도 그 원인이 어머니나 누이에 대한 그리움 때문인 것으로 드러나 가족애로 환원된다.

이와 같이 근대 청소년소설은 '효' 이념과 가부장주의를 체현한 청소년 주인공을 집단의 모범으로 상징하는 봉건적 교육 서사이다. 그것이 앞서 밝힌 식민지 상황의 민중민족주의와 어우러져 합리화되지만, 인물의 측면에서 봤을 때 생기와 개연성을 잃는다. 인물의 성격과 욕망이 너무 단순하게 유형화되었으며 실제 사춘기 청소년의 특질과 거리가 멀기 때문이다.

그래서 대부분의 근대 청소년소설은 성장기 청소년을 주인공으로 하고 있지만 성장소설로서의 성격이 약하다. 성장소설은 근대 시민사회의 산물로서 근대적 시간관과 개인주의에 기반한다. 그것은 주로 아직 시민사회에 편입하지 못한 미성년 계층이 신체적 변화와 사회적 관계를 통해 심리적 갈등을 겪으며 인간의 욕망과 기성 사회의 질서와 이념 등을 깨달아가는 과정을 그린다. 그 양상은 인물의 수만큼이나 다양하고, 그렇게 인물은 개성을 획득한다.

근대 심리학이 발달하면서 성장의 문제는 더욱 개인의 심리와 떨어뜨려놓고 생각할 수 없게 되었다. 분석심리학자 칼 융에 따르면 개인의 성격 은 '개성화' 과정을 통해 형성된다. '개성화'란 의식의 중심인 자아(the ego)가 정신의 중심인 자기(the Self)에 이르는 과정을 말한다. 개성화를 이루려면 자아와 외부세계를 연결해 주는 이미지(persona), 자아의 부정적 측면(shadow), 남성 안의 여성성(Anima)이나 여성 안의 남성성(Animus) 등의 상충하는 요소들이 통합되어야 한다. 이것은 한마디로 '내면세계로의 여정(spiritual journey toward inner world)'이다. 그러나 근대 청소년소설의 주인공들은 개인의 욕망도 억압되고 심리적 갈등도 약하다. 그들은 개인으로 존재하지 못하기에 개성화에 실패한다.

이러한 점은 당대 청년 주인공 소설과 큰 차이를 보인다. 청소년소설의 작가이기도 했던 청년들이 자기 세대를 주인공으로 한 소설을 쓸 때는 인물의 심리와 갈등을 섬세하게 표현하고 탐구한다. 그들은 개인적 욕망을 표출하고 기성세대와 갈등하며 식민지 사회에서 보다 성숙한 인간으로 살아나갈 방법을 고민한다.

이러한 차이는 청소년소설을 쓰는 작가의 태도가 양육이념의 지배를 받기 때문인 것으로 보인다. 양육이념은 인류가 태어나고 양육되면서부터 생겨나고 축적되어온 이념이다. 그것은 인간이 태어나고 자라는 환경 모두에서 무의식적으로 획득되어 다음 세대를 양육하며 전승된다. 즉 아무리 신세대라 할지라도 양육되는 과정에서 체득된 과거의 이념들이 존재하는 것이다.

요컨대 근대 청소년소설 작가들은 전근대 사회의 부모들에게 양육되며 '효' 사상과 가부장주의를 내면화하여 청소년을 대상으로 한 소설을 쓸 때 그러한 이념이 작용한 것으로 보인다. 게다가 식민지 시대 고아의식과 여성 작가들이 거의 없었던 현실이 그러한 이념을 더욱 강고하게 만들었던 것으로 보인다. 그리하여 근대 청소년소설은 인물의 개성화에 실패하고 성장성이 약한 한계를 보인다.

2.2. 소년 지도자의 공적 서술

봉건적 교육 서사로서의 근대 청소년소설은 당대 작가들의 서술태도 및 독자와의 소통 방식과 관련 깊다. 근대 청소년소설에서 1인칭 시점은 매우 적고, 대부분 주권적 태도를 지닌 전지적 서술자이다. 그들은 허구 세계에 인물로서 등장하지 않지만 독자보다 우위에서서 설명하고 논평하는, 고전소설의 공적 서술자와 유사하다. 즉 서술자와 작가와의 근친성이 강하여 당대 독자들은 서술자의 말을 작가 선생님이 들려주는 이야기로 수용했던 것으로 보인다.

요컨대 소년운동의 일환으로 형성, 전개되었던 근대 청소년소설은 소년운동 지도자들인 작가들이 그 대상인 청소년 독자에게 들려주는 이야기 형태로 서술되고 수용되었던 것이다. 즉 작가와 독자의 관계가 허구 세계를 통해 간접적으로 매개되는 것이 아니라 실제 작가의 이미지와 목소리를 서술자에 적극적으로 개입시켜 독자와 대면하는 듯한 효과를 높였다.

이러한 독자와의 수직적 관계를 바탕으로 한 계몽적 서술 태도는 작가의 의도를 앞세운 일방적 서술로 나아가기 쉽다. 그러하기에 소설의 형식이나 예술성보다 제재 중심의 내용에 더 가치를 두게 되고 그럴듯한 서술은 도외시된다. 그렇게 형상화된 청소년 인물은 작가의 관념 속에서 탄생하여 의도를 드러내는 수단으로 전락하므로 그 자체의 생명력을 지니고 허구 세계에서 살아가지 못한다. 또한 청소년이 담지한 미래 사회의 이념을 구현해내지도 못하여 그는 기성세대의 지배 질서 안에 갇힌다. 그러한 점은 이후 청소년소설의 창작에 걸림돌이 되며 역사적으로 극복해야 할 과제를 남긴다.

그리하여 1930년대 말 일제의 탄압으로 소년조직이 해산되고 청소년소설이 운동성을 잃게 되었을 때 청소년의 성장 이야기가 조금씩 창작된다. 작가는 더 이상 선생님으로서 자기 관념을 서술하지 않고, 관찰자로서 청소년의 행위와 심리를 탐구하고 재현한다. 물론 여전히 가부장주의에 질식되고, 교훈적 메시지를 띠지만 서술 방식의 변화는 청소년 인물을 통해 새로운 시대와 가치를 예기한다. 그것이 아직 불분명하고 미약하지만 서술 태도의 변화가 그 전과 분명히 다른 유형의 청소년소설을 선보이게 한 것만은 분명하다.

제 V 장

결 론

한국 근대
청소년소설의
정치적 무의식

청소년소설 연구는 최근 이루어지기 시작해서 이론적 토대가 약하고 그 대상 작품과 작가에 대한 사항도 알려지지 않은 것이 많다. 그러므로 청소년소설 연구가 체계적으로 이루어지기 위해서는 '청소년'과 '청소년소설'의 형성에 대한 연구가 선행되어야 한다. 이러한 문제의식 속에서 이 연구는 한국 근대 청소년소설의 형성과정과 특성을 밝히고, 한국 근대 청소년 담론에 나타난 사상과 당대의 사회 이념을 바탕으로 청소년소설의 의미구조를 이념적 맥락에서 분석했다.

본론은 모두 3장으로 구성되었다. 제Ⅱ장은 '청소년'과 '청소년소설'의 형성에 대해 고찰하였다. 청소년의 형성은 일제 강점기 잡지와 신문에 쓰인 청소년 담론에서 '소년', '청년', '아동', '어린이', '청소년' 등 미성년을 가리키는 개념들의 배제와 포섭, 변환 양상을 통시적으로 고찰하여 청소년 범주의 형성 과정을 밝히고, 그 결과 형성된 근대 청소년에 대한 관념과 이미지를 관련 자료를 종합하여 밝혔다. 청소년소설의 형성은 먼저 근대 청소년소설의 작가, 독자, 매체의 형성 배경인 소년문예운동과 소년 잡지의 성격에 대해 고찰하고, 근대 소설사의 전개 과정에서 청소년소설의 양식이 형성되는 맥락을 살폈다.

제Ⅲ장은 근대 청소년소설의 구조를 그것이 생성, 수용된 사회·문화의 지배적 이념의 맥락에서 고찰했다. 근대 청소년소설의 특징을 이루는 인물의 주요 특질을 '희생', '가난', '고아', '소년'의 네 가지로 잡아 총 4절로 나누어 특질별로 논했다. 각 절의 제1항에서는 작품의 심층갈등을 분석하여 그 구조에 구현된 이념을 해석하고 각 특질에 의해 배제되거나 억압된 '부재하는 것'을 밝혔다. 그리고 그것이 각 특질을 통해 생성되는 의미를 합리화하는 기제를 해석했다. 각 절의 제2항에서는 사회·문화적 맥락에서 제1항의 선택과 배제가 생긴 원인을 찾았다. 작가들이 식민지 조선의 민족운동가, 교육운동가, 성인 남성이라는 점에 주목하여 그들이 의식적·무의식적으로 영향받은 운동 담론, 교육 담론, 양육 담론, 여성 담론의 장에서 그들의 이념과 사회의 지배 이념과의 작용을 고찰했다.

제Ⅳ장은 앞선 논의를 총괄하여 역사적인 맥락에서 청소년소설의 의의와 한계를 고찰하였다. 내용과 형식이 상호 규정한다는 전제 아래 각 절의 제1항에서는 주제적 측면을, 제2항에서는 서술적 측면을 살펴보았다.

이러한 고찰을 통해 밝힌 내용을 요약하면 다음과 같다.

한국의 '청소년'은 일제 강점기에 근대적 학교와 연령 개념의 도입과 함께 미성년이 근대화와 국권회복을 위한 사회운동의 주체로 부각되는 과정에서 형성되었다. 이것은 '소년'의 개념이 달라지는 과정과 관련 깊다.

애국계몽기 '소년'은 새 시대를 건설할 신세대를 가리키는 추상적 개념으로 '청년'과 혼용되었다. 그러나 1910년대부터 사회 운동의 주체로 나선 신세대들이 자기 세대를 '청년'이라 칭하고 '청년'에게 어른의 사명을 부여하면서 '소년'은 점차 '청년'보다 어린 미성년을 의미하게 되었다. 1920년대 청년 운동의 일환으로 소년애호운동이 일어나면서 방정환은 '어린이'를 '새, 꽃, 천사'와 같은 유년(10세 미만)의 이미지를 지닌 존재로 부각시켰다. 일제 강점기에 '어린이', '아동', '소년'이 혼용되는 경우가 많지만 '어린이'가 부각되면서 '소년'은 유년기를 벗어난 10대 중·후반을 가리키며 아이에서 어른 사이의 시기를 의미하게 됐다. 20년대 후반 사회주의 소년운동가들이 '소년'과 '유년'의 구별을 주장하면서 이러한 구분은 더 분명해졌고,

그 결과 '소년'이 오늘의 '청소년'과 같은 개념이 되었다. 당시 '청소년'이란 용어는 1920년대 중반쯤부터 사용된 것으로 보이는데 오늘과 그 개념이 달랐다. 주로 일제의 사법 용어에서 '청년'과 '소년'을 함께 이르는 말로 쓰여 대략 10세-30세 사이의 시기를 가리켰다.

근대 청소년은 '청년'과 '어린이'의 형성 이후에, 그 둘 사이의 시기로 구성되는 과정에서 '청년' 및 '어린이'와 겹치거나 경계가 불분명한 경우가 많았다. 근대 사회의 산물인 청소년은 '청년', '어린이'와 마찬가지로 미래를 책임질 '제2국민'으로 중시되었으며 그 역할을 감당할 수 있는 역량을 키워야 할 시기로 인식되었다. 하지만 '청년'이 그들을 이끌어 줄 수 있는 어른이 없는 현실에서 사회 변혁의 주체로 그 정체성을 획득한 데 비해, '청소년'은 '청년'의 지도와 도움이 필요한 대상으로 여겨졌다. 그리고 음주, 흡연 등 어른의 문화를 향유하는 것이 금지되었으며, 그것을 어기는 경우 '불량소년'으로 낙인찍혀 통제와 감시의 대상이 되었다. 이와 같이 어른의 지도와 통제를 받아야 하는 대상이라는 점에서 '청소년'의 사회적 지위는 '어린이'와 비슷했다. 그러나 '어린이'가 '동심'이라는 사회화 이전의 자연적 본성을 지닌 존재로 인식된 데 비해, 청소년은 현실에 대한 분별력을 가지고 사회적 역할을 담당할 수 있는 존재로 인식되었다. 그래서 경제적 궁핍이 심각했던 일제 강점기의 청소년은 오늘과 달리 생계를 위해 노동하는 '직업소년'으로 여겨지기도 했다.

이렇게 형성된 청소년을 대상으로 한 소년운동이 전개되면서 청소년소설이 형성되었다. 초기 청소년소설의 작가는 대부분 소년운동의 지도자였다. 그들은 3·1운동 이후, 미래 사회를 책임질 일꾼을 양성하기 위해 천도교 소년회, 조선소년군 등 소년 조직을 결성하여 소년들에게 근대적 소양을 키워주는 동시에 민족의식을 교육하려

했다. 그러한 의도에서 소년 잡지가 발간되고 청소년소설이 창작되었다. 『어린이』, 『신소년』, 『별나라』 등 당시 소년 잡지는 일제의 공교육 기관에서 배울 수 없는 민족어, 민족의 역사, 문예 등을 접할 수 있는 대안 교육매체였다. 독자는 주로 청소년이었고 소년 조직의 일원이거나 잡지 구독을 통해 소년 조직의 활동에 참가했다.

근대 소설은 애국계몽기에 민중을 계몽하기 위한 도구로 '사실'을 중시하며 형성되었다. 1920년대에는 사실의 재현을 위한 다양한 서술 기법이 모색되고 있었지만 아직 허구 개념이 자리 잡지 못하고 효용론적 문학관이 지배적이었다. 그러한 때 소년운동가 방정환에 의해 청소년소설이 형성되었다. 그의 작품은 주로 당대 청소년의 삶을 제재로 하여 공적 서술의 형식을 취하며 식민지 민족의 현실을 나타냈다. 청소년소설의 이러한 양식은 일반소설과 달리 일제 강점기 동안 지속되는 경향이 있다. 그 이유는 청소년소설이 문예적 동기보다 소년운동의 맥락에서 형성, 수용되어 예술성보다 효용성이 중시되었기 때문인 것으로 보인다.

이와 같이 사회운동의 과정에서 형성된 근대 청소년소설은 이념적 성격이 강하고 인물의 특질과 구조가 단조로우며 유형적 경향이 있다. 즉 근대 청소년소설의 주인공은 '희생', '가난', '고아', '소년'의 특질을 지니고 있다. 그리고 그와 반대되는 특질이 배제됨으로써 의미를 강화하고 선택된 특질을 합리화한다. 이것은 작가들이 해결하려 한 사회의 모순과 당대의 지배적 이념의 작용에 의한 것이다. 각 특질별로 그 내용을 정리하면 다음과 같다.

근대 청소년소설의 주인공은 대부분 '희생자'이다. 그들은 공장주, 학교장 등의 권력과 부(富)를 가진 어른들에 의해 생명, 배움 등의 소중한 것을 빼앗기거나 비슷한 처지의 타인을 돕기 위해 자신의 생명이나 재산 등을 바친다. 이 이야기는 '현실의 폭력적 억압\청소년의 성장하려는 욕망' 이 갈등하여 후자가 전자에 패배하는 비극적 구조로 이루어져 있다. 가해자가 주로 일본인이거나 일제와 결탁한 부르주아 계급이므로 희생 이야기는 일제 강점의 부조리함을 폭로하고 그러한 현실에서 청소년들에게 이타적 민족주의를 바람직하게 제시하는 서사로 볼 수 있다. 이러한 '희생'은 개인적 욕망을 앞세우는 '불량소년'의 부재로 합리화된다.

희생 이야기는 당대 소년운동의 이념이 작용하여 생성, 수용된 것으로 보인다. 1920년대 발흥된 소년운동은 소년애호사상에 기반한 소년인권운동과 민족주의에 기반한 민족해방운동의 성격을 띠고 있다. 소년운동의 궁극적 목표는 후자에 있었지만, 3·1운동 이후 일제의 문화통치 상황에서 소년운동가들은 소년 대중 조직을 건설하기 위해 문화운동을 표방한 것으로 보인다. 그리하여 청소년의 인권침해 현실을 통해 민족, 계급 모순을 비판하고 그 대안으로 민족적 연대를 제시하는 희생 이야기가 창작된 것으로 보인다.

근대 청소년소설의 주인공들은 대부분 가난하다. 하지만 그들은 부자들과 달리 물질과 향락을 추구하지 않고 도덕과 노동을 추구하여 그에 따른 보상을 받는다. 이 이야기는 '현실의 물질적 궁핍함\청소년의 도덕적 의지'가 대결하여 후자가 전자를 이기는 희극적 구조로 이루어져 있다. 이것은 물욕과 향락을 부정적인 것으로 보고 도덕과 노동을 가치 있게 여기는 도덕주의, 계급주의 이념을 구현한다. 이러한 '가난'은 '부(富)'를 추구하는 주인공의 부재와 부자의 악한 성격을 통해 합리화된다.

가난 이야기는 일제의 실용주의 식민화 교육 이념에 대항한 작가들의 교육 이념이 작용하여 생성, 수용된 것으로 보인다. 일제는 식민지 조선의 가난이 조선인의 민족성 때문이라고 보고 민족성 개조 교육에 역점을 두고서 실용주의 교육을 표방하며 보통교육과 실업 교육을 추진하였다. 하지만 그 저의는 식민지민의 고등교육 기회를 막고 단순기능 인력을 양성하려는 것이었다. 소년운동가들은 이에 맞서 '가난'의 원인을 일제 및 그와 결탁한 부르주아들의 수탈 때문으로 보고 가난을 '슬픔과 양심'의 이미지로 표상하며 동정해야 할 '선'으로 긍정한다. 이것은 일제의 민족분열정책인 계급차별정책과도 관련 있다. 일제와 결탁한 민족 부르주아가 정치적 측면을 배제한 채 민족성 개조와 물질주의 교육방침을 제시하자 그에 대한 저항 논리가 서사화된 것으로 보인다.

근대 청소년소설의 주인공들은 대부분 고아이거나 편모편부 슬하에 있다. 부모가 있더라도 가난하고 병들어 부모 역할을 하지 못한다. 고아들은 가족을 잃은 상실감에 슬퍼하거나 가족을 찾고 지키기 위해 노력한다. 이 이야기는 '부모가 결핍된 현실\가정에서의 행복을 바라는 청소년의 욕망'이 대결하여 후자가 전자에 패배하는 비극적 구조와 가족을 찾거나 지키는 희극적 구조로 이루어져 있다. 비극적 구조의 이야기는 나라를 잃은 즉 '아버지 상실'에 따른 식민지민의 고아의식을 구현한다. 희극적 구조의 이야기는 그러한 현실에서 청소년의 '아버지 되기'를 고무하며 가족주의 이념을 구현한다. 이때 부모의 결핍이 가족 간의 갈등을 봉쇄하고 가족을 절대화한다.

고아 이야기는 작가들의 일본 천황숭배주의에 대한 거부와 '효(孝)' 사상이 작용하여 생성, 수용된 것으로 보인다. 천황숭배주의는 천황을 일본 국민의 시조로 숭배하는 것인데, 일제는 동조동근론을 펼치며 식민지 조선인들이 천황을 섬기게 하려 했다. 하지만 식민지 조선인을 지배했던 의식은 '고아의식'이었으며 그것은 살해되고 빼앗긴 부모(조국)에 대한 열망을 내포했다. 한편 작가들이 성장한 사회, 문화적 토대가 효(孝) 중심의 가족주의 사회였기 때문에 작가의 몸에 젖은 그러한 이념이 소설에 영향을 미친 것으로 보인다.

근대 청소년소설의 주인공들은 대부분 소년이다. '소녀소설'이라 하여 소녀를 주인공으로 한 소설도 있지만 그 비중이 적고 소녀의 독자적 특질이 드러나지 않는다. 소년의 나이는 대개 제2차 성징이 나타날 시기인데 주인공의 외모와 욕망은 아동기에 고착되어 있다. 소년의 본성에 주목한 작품에서도 소년은 순수, 원시성을 상징하고 가부장의 권위를 두려워하며 그것에 순종하는 모습으로 그려진다. 이 이야기는 '성인 남성이 지배하는 현실\가부장의 억압에서 벗어나려는 소년의 욕망'이 대결하여 대개 후자가 전자에 패배한다. 그리고 그것이 자연적 이치로 정당화되어 가부장적 남성중심주의를 구현한다. 이와 같이 남성성이 억압된 소년의 모습은 여성성을 띤 소녀의 부재로 합리화된다.

소년 이야기는 남성 작가들의 가부장적 소년관과 여성관이 작용하여 생성, 수용된 것으로 보인다. 당시 여성 작가들은 청소년소설을 적극적으로 창작하지 않았고 여성운동가들이 소년운동에 동참하지 않았다. 한편 남성 작가들은 당대 사회의 여성해방사상을 경계했다. 1920년대부터 여성 주체의 여성해방운동이 일어나 가부장제 아래 여성의 종속적 지위와 억압된 욕망을 해방시키자는 주장이 확산되었는데, 이에 남성 주체들은 유교적 관점에서 대결했다. 그들은 모성을 절대화하며 여성의 성적 욕망과 특질을 경계하고 억압했다.

이상의 논의를 종합하여 볼 때, 근대 청소년소설은 20세기 초 세계적으로 유행했던 '아동애호사상'과 식민지 현실을 극복하기 위한 '민족해방사상'이 작용하여 형성되었다고 볼 수 있다. 따라서 그 양상은 다르지만 청소년을 독자로 전제한 소설과 그렇지 않은 소설 모두에서 '청소년'에 대한 근대적 관점과 식민지 현실의 사회적 모순을 확인할 수 있다. 그리고 일제 강점기 다수의 청소년들이 처한 사회경제적 기반과 작가들의 (친)사회주의적 이념이 작용하여 청소년소설은 민중 중심의 저항 민족주의 이념이 지배적이게 된다. 한편 작가들이 대부분 남성 주체들이었다는 점에서 그들이 성장한 사회·문화의 지배 이념이 작용하여 소년과 여성에 대한 가부장적 남성주의 관점이 드러난다. 이와 같이 청소년소설에 지배적으로 작용한 이념은 집단주의적 속성을 띠고 있다.

요컨대 근대 청소년소설은 경술국치 이후에 태어난 세대를 대상으로 하여 일제의 식민화 교육에 맞서 민족의식을 교육하기 위해 창작된 것으로 보인다. 그리하여 오락성과 상업성보다 진실성과 도덕성이 추구되었고, 강고한 일제의 통치 아래 궁핍하고 억눌린 청소년들을 위로하고 민족적 연대감을 갖게 하였다. 그런데 여성 작가가 부재하여 작가들의 남성중심주의가 소설 전반에 배어 있으며 독자들에게 그것이 무의식적으로 전승되었을 것으로 보인다. 한편 근대 청소년소설에 구현된 이념은 개인의 욕망은 억압하고 집단의 가치와 그에 대한 의무를 앞세우기 때문에 인간의 개성과 성장에 대한 탐구가 부족하다.

본고는 역사 속에 묻혀 그 존재와 의의가 제대로 밝혀지지 않았던 근대 '청소년'과 '청소년소설'의 실상을 당대 사회·문화적 맥락에서 종합적으로 고찰하고자 하였다. 이 연구는 근대 청소년소설의 특성을 고려하여 주로 텍스트의 생성 원리로 작용한 이념을 고찰하였다.

하지만 이념이란 텍스트의 생성에만 작용하는 것이 아니며 그것을 수용하는 독자들과도 작용하여 거기에서 또 다른 국면을 맞는다. 특히 근대 청소년소설은 독자들에게 전달하려는 가치가 분명히 표현되어 있으므로 그를 수용한 독자들의 이념적 기반에 따라 다양한 영향을 주고받았을 것이다. 그것을 연구하기 위해서는 소년 잡지의 독자문단이나 담화실 등의 독자참여란 및 그것을 통해 창작을 시작한 작가들에 대한 면밀한 고찰이 필요하지만 여기에서는 다루지 못했다. 후속 논의로 보완하고자 한다.

한국 근대
청소년소설의
정치적 무의식

참고문헌

1. 기본 자료

1) 신문

『대한매일신보』『동아일보』『만선일보』『매일신보』『시대일보』『제국신문』『조선일보』『중외일보』『조선중앙일보』『황성신문』

2) 잡지

『가정지우』『건강생활』『개벽』『공도』『금성』『동광』『문장』『반도소년』『별건곤』『별나라』『사해공론』『삼천리』『새벗』『소년』(신문관, 조선일보사)『소녀계』『소년계』『소년중앙』『소년한반도』『신가정』『신계단』『신소년』『신여성』『신청년』『신학생활』『실생활』『어린이』『여성』『재만조선인통신』『조광』『조선』『조선지광』『주일학계』『중앙』『천도교회월보』『청춘』『춘추』『학생』『호남평론』

3) 문학 전집

겨레아동문학연구회 엮음, 『겨레아동문학선집 1-10』, 보리, 1999-2000.
교육문화창작회 엮음, 『한국 근대 동화선집 1, 2』, 창작과 비평사, 1993.
김동리, 『김동리 전집 1 무녀도·황토기』, 민음사, 1995.
소파방정환선생기념사업회, 『소파 방정환 문집 上, 下』, 하한출판사, 1997.
안승현 엮음, 『일제강점기 한국 노동소설전집 1, 2, 3』, 보고사, 1995.
이강언, 이주형, 조진기, 이재춘 편, 『현진건 문학전집1』, 국학자료원, 2004.

이주형, 권영민, 정호웅 편, 『한국 근대 단편소설대계 2 강경애, 33 현경준, 34 현덕』, 태학사, 1988.

이효석전집간행위원회 이효석문학연구원 편, 『새롭게 완성한 이효석 전집 1, 2』, 창미사, 2003.

전신재 편, 『원본 김유정 전집』, 강, 1997.

『조선아동문학집』, 조선일보사, 1938.

주종연, 김상태, 유남옥 엮음, 『나도향 전집 上』, 집문당, 1988.

채호석 편, 『김남천 단편선 맥』, 문학과지성사, 2006.

최시한, 최배은, 『한국 근대 청소년소설 선집 1, 2』, 문학과지성사, 2007.

『1920년대 아동문학집 (1)』, 문학예술종합출판사, 1993.

2. 논문

강동국, 「근대 한국의 국민/인종/민족 개념」, 『근대 한국의 사회과학개념 형성사』, 창비, 2009.

강유정, 「장르로서의 청소년소설」, 『세계의문학』, 2009년 가을호.

권희영, 「1920-30년대 '신여성'과 사회주의-신여성에서 프로여성으로」, 『한국민족운동사연구』제18호, 한국민족운동사연구회, 1998.

______, 「1920-30년대 '신여성'과 모더니티의 문제-『新女性』을 중심으로」, 『사회와역사』제54호, 문학과지성사, 1998.

김경애, 「한국 현대 청소년소설과 『모두 아름다운 아이들』」, 『한국문학이론과 비평』 제51집, 한국문학이론과 비평학회, 2011.

김경연, 「독일 '아동 및 청소년 문학' 연구-교육적 관점과 미적 관점의 역사적 고찰」, 서울대학교 박사학위논문, 1999.

김경일, 「한국 근대 사회의 형성에서 전통과 근대-가족과 여성 관념을 중심으로」, 『사회와역사』 제54집, 한국사회사학회, 1998.

김상욱, 「전복적 상상력으로서의 청소년문학」, 『내일을 여는 작가』, 2009년 여름호.

김융희, 「현대 한국의 경제성장에 따른 청소년상의 변화에 관한 연구」, 동국대 박사학위논문, 2004.

김월순, 「1920년대 여자고등보통학교에 관한 연구」, 서울시립대 석사학위논문, 2004.

김정의, 「『개벽』지에 나타난 소년관에 관한 고찰」,『한양여전 논문집』15, 한양여자전문대학, 1992.

김현철, 「일제기 청소년 문제에 대한 연구」, 연세대 박사학위논문, 1999.

______, 「일제강점기에 있어서의 소년 불량화 담론의 형성」, 『교육사회학연구』, 한국교육사회학회, 2002.

김화선, 「한국 근대 아동문학의 형성과정 연구」, 충남대 박사학위논문, 2002.

문소정, 「한국 가부장제의 확립 배경에 관한 연구」, 『사회와역사』, 한국사회사학회, 1992.

박상률 외, 「기획특집 청소년문학의 오늘, 여기를 말하다」, 『대산문화』, 2011년 겨울호.

박숙자, 「근대문학에 나타난 개인의 형성 과정 연구」, 서강대 박사학위논문, 2004.

백혜리, 「조선시대 성리학, 실학, 동학의 아동관 연구」, 이화여대 박사학위논문, 1996.

서은경, 「현대문학과 가족 이데올로기(1)- 아버지 부재의 성장소설을 중심으로」, 『돈암어문학』통권 제19호, 돈암어문학회, 2006.

______, 「'사실'소설의 등장과 근대소설로의 이행과정-1910년대 유학생 소설을 중심으로」, 『한국문학이론과 비평』제47집(14권 2호), 한국문학이론과 비평학회, 2010.

소래섭, 「『소년』지에 나타난 '소년'의 의미와 '아동'의 발견」, 『한국학보』, 2002.

소영현, 「미적 청년의 탄생」, 연세대 박사학위논문, 2005.

손유경, 「한국 근대소설에 나타난 '동정'의 윤리와 미학에 관한 연구」, 서울대 박사학위논문, 2006.

송기섭, 「리얼리즘의 근대적 기반」, 『한국소설연구』 제5집, 한국소설학회, 2003.
송명진, 「근대적 사실성 개념에 대한 고찰 -이해조의 『花의 血』을 중심으로」, 『한국소설연구』제5집, 한국소설학회, 2003.
송민호, 「1910년대 초기 매일신보의 미디어적 변모와 '소설적 실감'의 형성」, 『한국문학연구』37집, 동국대 한국문학연구소, 2009.
신현득, 「한국 근대아동문학 형성과정 연구-최남선의 공적을 중심으로」, 『국문학논집』제17집, 2000.
심명숙, 「한국 근대 아동문학론 연구: 1920년대에서 해방까지」, 인하대석사학위논문, 2002.
안태윤, 「일제하 모성에 관한 연구: 전시체제와 모성의 식민화를 중심으로」, 성신여대 박사학위논문, 2001.
염희경, 「소파 방정환 연구」, 인하대 박사학위논문, 2007.
오세란, 「1950, 60년대 청소년소설 형성과정 고찰」, 『아동청소년문학연구』, 한국아동청소년문학학회, 2009. 12.
______, 「한국 청소년소설 연구」, 충남대 박사학위논문, 2012.
원종찬, 「한국 아동문학 형성과정 연구 -『소년』(1908)에서 『어린이』(1923)까지-」, 『동북아문화연구』, 2008.
이기문, 「어린이」, 『새국어생활』, 국립국어연구원, 1997년 여름호.
이기훈, 「1920년대 '어린이'의 형성과 동화」, 『역사문제연구』, 2002.
______, 「일제하 청년 담론 연구」, 서울대 박사학위논문, 2005.
이재철, 「청소년문학론」, 『봉죽헌 박봉배박사 회갑기념논문집』, 배영사, 1986.
이주홍, 「아동문학운동 일 년 간」, 『조선일보』, 1931. 2. 13-21.
이혜숙, 「'청소년' 용어 사용 시기 탐색과 청소년 담론 변화를 통해 본 청소년 규정방식」, 『아시아교육연구 7권 1호』, 2006.
임성규, 「1920년대 중후반 계급주의 아동문학 비평연구」, 『아동청소년문학연구』, 한국아동청소년문학학회, 2008.
전명희, 「한국 소년소설의 형성과 전개양상-장르의 역사적 기반과 흐름에 대해-」, 『한국아동문학연구』제15호, 한국아동문학학회, 2008.
전상진, 「청소년 연구와 청소년상(像)」, 『한국청소년연구』, 2006. 12.
정혜원, 「1910년대 아동문학 연구 - 아동매체를 중심으로」, 성신여대 박사학위논문, 2008.
조연순, 「초등교육」, 『한국근현대교육사』, 한국정신문화연구원, 1995.
조은숙, 「근대계몽담론과 '소년'의 표상」, 『어문논집』, 2002.
______, 「한국 아동문학의 형성과정 연구」, 고려대 박사학위논문, 2005.
______, 「풍문 속의 '청소년문학'」, 『창작과비평』제37권 제4호, 2009.
조한혜정, 「청소년 "문제"에서 청소년 "존재"에 대한 질문으로」, 『왜 지금, 청소년? 하자센터가 만들어지기까지』, 또하나의문화, 2002.
천정환, 「한국 근대 소설 독자와 소설 수용 양상에 대한 연구」, 서울대 박사학위논문, 2002.
최기숙, 「구전설화에 나타난 '어린이 이미지' - '어린이 희생담'을 중심으로」', 『동방고전문학연구』제2집, 동방고전문학회, 2000.
최미선, 「한국 소년소설 형성과 전개과정 연구」, 경상대 박사학위논문, 2012.
최배은, 「한국 근대 청소년소설의 형성 연구」, 숙명여대 석사학위논문, 2005.
______, 「근대 소년 잡지 『어린이』의 '독자담화실' 연구」, 『세계한국어문학』제2집, 세계한국어문학회, 2009.
______, 「근대 청소년 담론 연구」, 『한국어와 문화』제10집, 숙명여대한국어문화연구소, 2011.
______, 「황순원의 첫 작품 「추억」 연구」, 『한국어와 문화』 제12집, 숙명여대 한국어문화연구소, 2012.
최시한, 「가족 이데올로기와 문학 연구-최서해의 「해돋이」를 예로」, 『돈암어문학』 통권 제19호, 돈암어문학회, 2006.
최이숙, 「1970년대 이후 신문에 나타난 청소년 개념의 변화」, 서울대 석사학위논문, 2002.
최홍기, 「가족과 사회질서」, 『이데올로기와 사회변동』, 서울대 출판사,

1986.
최혜실, 「개화기 소설의 현실성 획득 과정」, 『국어국문학』 111, 국어국문학회, 1994.
한기형, 「최남선의 잡지 발간과 초기 근대문학의 재편 - 소년, 청춘의 문학사적 역할과 위상」, 『대동문화연구』 제45집, 2004.
허병식, 「청소년을 위한 문학은 없다」, 『오늘의 문예비평』, 2009년 봄호.
황광수 외, 「좌담 청소년문학, 시작이 반이다」, 『창비어린이』, 2004년 봄호.
황종연, 「서양 노블과 한국 소설 -한국근대소설 형성에 관한 단상-」, 『한국소설연구』 제5집, 한국소설학회, 2003.

3. 저서

강만길 외, 『한국 현대 사회운동사전 1880~1972』, 열음사, 1988.
______, 『일본과 서구의 식민통치 비교』, 선인, 2004.
강상중, 임성모 옮김, 『내셔널리즘』, 이산, 2004.
강선미 외, 『가족철학』, 이화여대 출판부, 1997.
강진호 외, 『국어 교과서와 국가 이데올로기』, 글누림, 2007.
______, 『조선어독본과 국어문화』, 제이앤씨, 2011.
구자황, 문혜윤, 『어린이 독본』, 경진, 2009.
권보드래 외, 『『소년』과『청춘』의 창』, 이화여대출판부, 2007.
권성우, 『모더니티와 타자의 현상학』, 솔, 1999.
권유리야, 『이문열 소설과 이데올로기』, 국학자료원, 2009.
김경연, 『우리들의 타화상』, 창비, 2008.
김경일, 『한국 사회사상사 연구』, 나남, 2000.
김상욱, 『숲에서 어린이에게 길을 묻다』, 창작과비평사,2001.
______, 『현대소설의 수사학적 담론 분석』, 푸른사상, 2005.
______, 『국어교육의 재개념화와 문학교육』, 역락, 2006.
김수진, 『신여성, 근대의 과잉』, 소명출판, 2009.

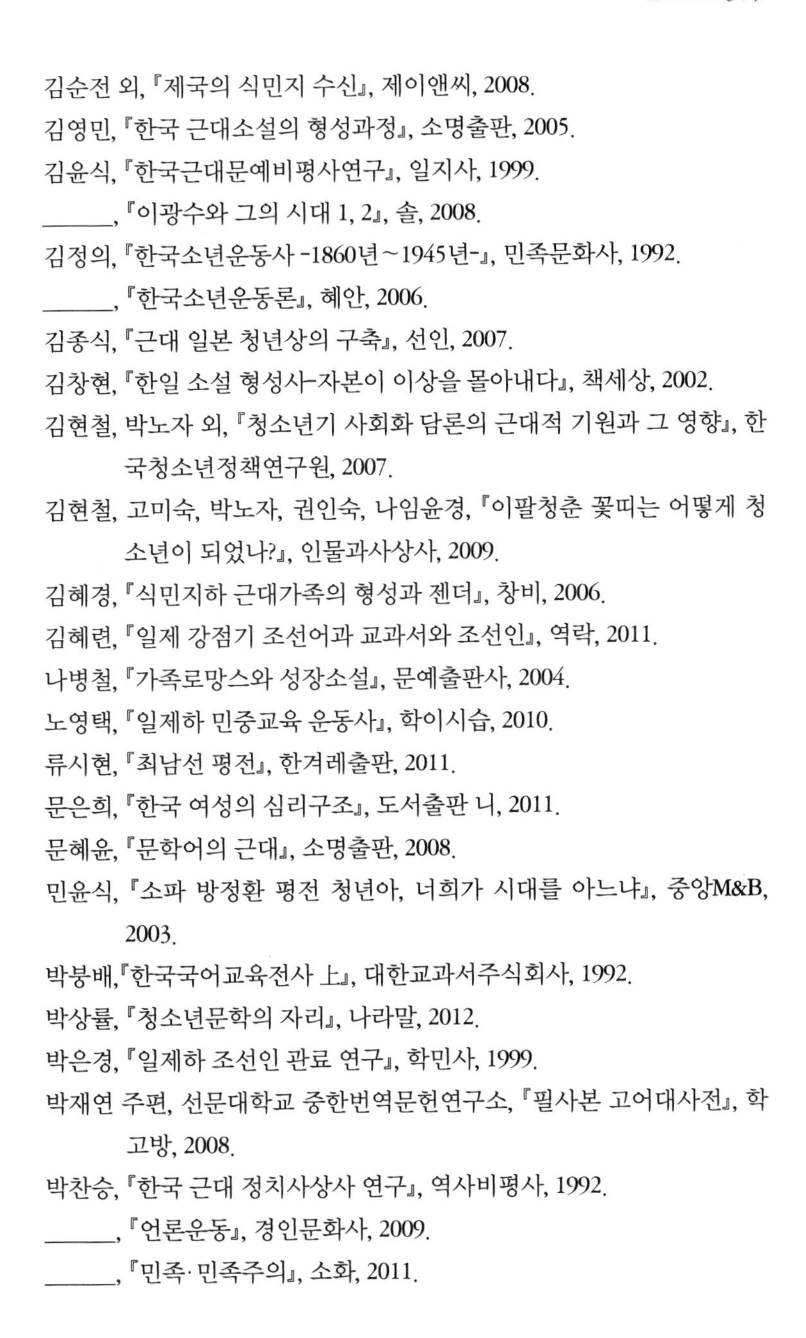

김순전 외, 『제국의 식민지 수신』, 제이앤씨, 2008.
김영민, 『한국 근대소설의 형성과정』, 소명출판, 2005.
김윤식, 『한국근대문예비평사연구』, 일지사, 1999.
______, 『이광수와 그의 시대 1, 2』, 솔, 2008.
김정의, 『한국소년운동사 -1860년~1945년-』, 민족문화사, 1992.
______, 『한국소년운동론』, 혜안, 2006.
김종식, 『근대 일본 청년상의 구축』, 선인, 2007.
김창현, 『한일 소설 형성사-자본이 이상을 몰아내다』, 책세상, 2002.
김현철, 박노자 외, 『청소년기 사회화 담론의 근대적 기원과 그 영향』, 한국청소년정책연구원, 2007.
김현철, 고미숙, 박노자, 권인숙, 나임윤경, 『이팔청춘 꽃띠는 어떻게 청소년이 되었나?』, 인물과사상사, 2009.
김혜경, 『식민지하 근대가족의 형성과 젠더』, 창비, 2006.
김혜련, 『일제 강점기 조선어과 교과서와 조선인』, 역락, 2011.
나병철, 『가족로망스와 성장소설』, 문예출판사, 2004.
노영택, 『일제하 민중교육 운동사』, 학이시습, 2010.
류시현, 『최남선 평전』, 한겨레출판, 2011.
문은희, 『한국 여성의 심리구조』, 도서출판 니, 2011.
문혜윤, 『문학어의 근대』, 소명출판, 2008.
민윤식, 『소파 방정환 평전 청년아, 너희가 시대를 아느냐』, 중앙M&B, 2003.
박붕배,『한국국어교육전사 上』, 대한교과서주식회사, 1992.
박상률, 『청소년문학의 자리』, 나라말, 2012.
박은경, 『일제하 조선인 관료 연구』, 학민사, 1999.
박재연 주편, 선문대학교 중한번역문헌연구소, 『필사본 고어대사전』, 학고방, 2008.
박찬승, 『한국 근대 정치사상사 연구』, 역사비평사, 1992.
______, 『언론운동』, 경인문화사, 2009.
______, 『민족·민족주의』, 소화, 2011.

방정환 지음, 민윤식 엮음, 『어른을 위한 소파 방정환 수필집 없는 이의 행복』, 오늘의책, 2002.

백 철, 『신문학사조사』, 신구문화사, 1980.

상허학회, 『1920년대 동인지 문학과 근대성 연구』, 깊은샘, 2000.

________, 『근대 지식으로서의 사회주의』, 깊은샘, 2008.

서봉연, 울리히 한 편, 『어린이의 성장발달과 아동도서』, 배영사, 1996.

서울시립대학교 인문과학연구소, 『한국 근대문학과 민족-국가담론』, 소명출판, 2005.

소래섭, 『불온한 경성은 명랑하라』, 웅진지식하우스, 2011.

소영현, 『문학 청년의 탄생』, 푸른역사, 2008.

______, 『부랑청년 전성시대』, 푸른역사, 2008.

소춘 김기전 선생 문집 편찬위원회, 『소춘 김기전전집1, 2』, 국학자료원, 2009.

신경림, 『심훈 문학과 생애』, 지문사, 1982.

신용하, 『한국 근대사와 사회변동』, 문학과지성사, 1980.

______, 『신간회의 민족운동』, 한국독립운동사편찬위원회 독립기념관 한국독립운동사연구소, 2007.

안인희, 정희숙, 임현식, 『루소의 자연교육 사상』, 이화여대출판부, 1992.

엄미옥, 『여학생, 근대를 만나다』, 역락, 2011.

연세대학교 언어정보개발연구원 편,『연세 한국어사전』, 두산동아, 1999.

오미일, 『경제운동』, 독립기념관 한국독립운동사연구소, 2008.

우정권, 『한국 근대 고백소설의 형성과 서사양식』, 소명출판, 2004.

유용식, 『일제하 교육진흥의 논리와 운동에 관한 연구』, 문음사, 2002.

윤종혁, 『근대 이후 한국과 일본의 학제 변천 과정 비교 연구』, 한국학술정보(주), 2008.

원종찬, 『아동문학과 비평정신』, 창비, 2001.

______, 『한국 아동문학의 쟁점』, 창비, 2010.

이만규, 『다시 읽는 조선교육사』, 살림터, 2010.

이명화, 『일제의 민족분열통치』, 한국독립운동사편찬위원회 독립기념관

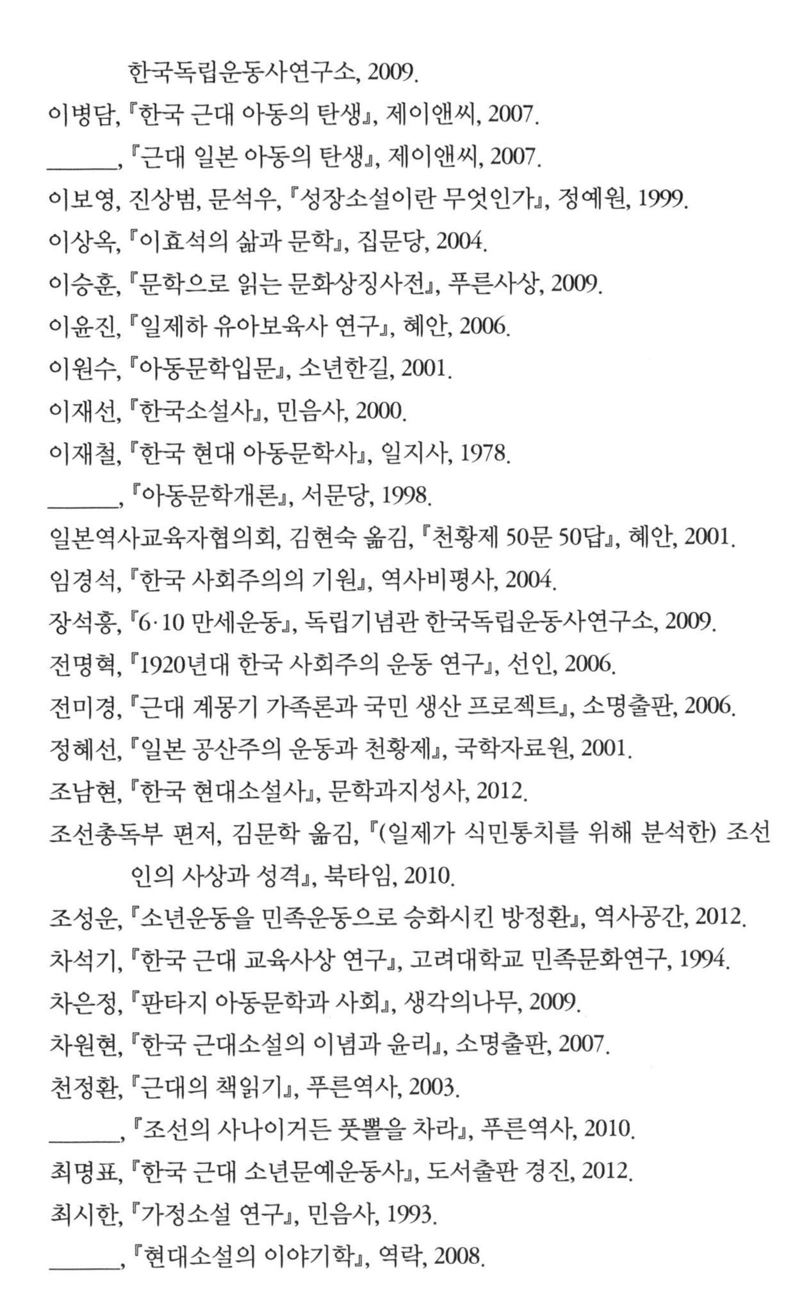

한국독립운동사연구소, 2009.

이병담, 『한국 근대 아동의 탄생』, 제이앤씨, 2007.

______, 『근대 일본 아동의 탄생』, 제이앤씨, 2007.

이보영, 진상범, 문석우, 『성장소설이란 무엇인가』, 정예원, 1999.

이상옥, 『이효석의 삶과 문학』, 집문당, 2004.

이승훈, 『문학으로 읽는 문화상징사전』, 푸른사상, 2009.

이윤진, 『일제하 유아보육사 연구』, 혜안, 2006.

이원수, 『아동문학입문』, 소년한길, 2001.

이재선, 『한국소설사』, 민음사, 2000.

이재철, 『한국 현대 아동문학사』, 일지사, 1978.

______, 『아동문학개론』, 서문당, 1998.

일본역사교육자협의회, 김현숙 옮김, 『천황제 50문 50답』, 혜안, 2001.

임경석, 『한국 사회주의의 기원』, 역사비평사, 2004.

장석흥, 『6·10 만세운동』, 독립기념관 한국독립운동사연구소, 2009.

전명혁, 『1920년대 한국 사회주의 운동 연구』, 선인, 2006.

전미경, 『근대 계몽기 가족론과 국민 생산 프로젝트』, 소명출판, 2006.

정혜선, 『일본 공산주의 운동과 천황제』, 국학자료원, 2001.

조남현, 『한국 현대소설사』, 문학과지성사, 2012.

조선총독부 편저, 김문학 옮김, 『(일제가 식민통치를 위해 분석한) 조선인의 사상과 성격』, 북타임, 2010.

조성운, 『소년운동을 민족운동으로 승화시킨 방정환』, 역사공간, 2012.

차석기, 『한국 근대 교육사상 연구』, 고려대학교 민족문화연구, 1994.

차은정, 『판타지 아동문학과 사회』, 생각의나무, 2009.

차원현, 『한국 근대소설의 이념과 윤리』, 소명출판, 2007.

천정환, 『근대의 책읽기』, 푸른역사, 2003.

______, 『조선의 사나이거든 풋뿔을 차라』, 푸른역사, 2010.

최명표, 『한국 근대 소년문예운동사』, 도서출판 경진, 2012.

최시한, 『가정소설 연구』, 민음사, 1993.

______, 『현대소설의 이야기학』, 역락, 2008.

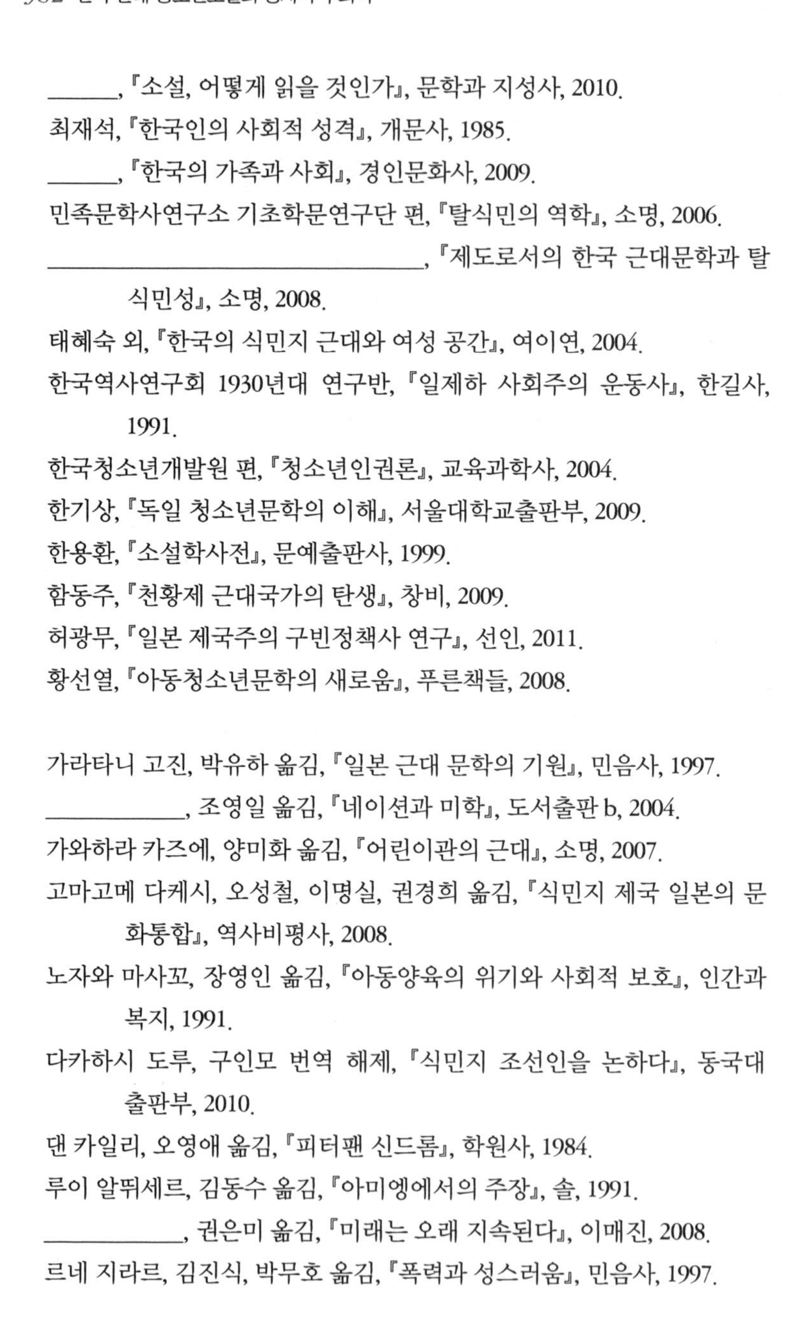

______, 『소설, 어떻게 읽을 것인가』, 문학과 지성사, 2010.

최재석, 『한국인의 사회적 성격』, 개문사, 1985.

______, 『한국의 가족과 사회』, 경인문화사, 2009.

민족문학사연구소 기초학문연구단 편, 『탈식민의 역학』, 소명, 2006.

______________________________, 『제도로서의 한국 근대문학과 탈식민성』, 소명, 2008.

태혜숙 외, 『한국의 식민지 근대와 여성 공간』, 여이연, 2004.

한국역사연구회 1930년대 연구반, 『일제하 사회주의 운동사』, 한길사, 1991.

한국청소년개발원 편, 『청소년인권론』, 교육과학사, 2004.

한기상, 『독일 청소년문학의 이해』, 서울대학교출판부, 2009.

한용환, 『소설학사전』, 문예출판사, 1999.

함동주, 『천황제 근대국가의 탄생』, 창비, 2009.

허광무, 『일본 제국주의 구빈정책사 연구』, 선인, 2011.

황선열, 『아동청소년문학의 새로움』, 푸른책들, 2008.

가라타니 고진, 박유하 옮김, 『일본 근대 문학의 기원』, 민음사, 1997.

___________, 조영일 옮김, 『네이션과 미학』, 도서출판 b, 2004.

가와하라 카즈에, 양미화 옮김, 『어린이관의 근대』, 소명, 2007.

고마고메 다케시, 오성철, 이명실, 권경희 옮김, 『식민지 제국 일본의 문화통합』, 역사비평사, 2008.

노자와 마사꼬, 장영인 옮김, 『아동양육의 위기와 사회적 보호』, 인간과 복지, 1991.

다카하시 도루, 구인모 번역 해제, 『식민지 조선인을 논하다』, 동국대 출판부, 2010.

댄 카일리, 오영애 옮김, 『피터팬 신드롬』, 학원사, 1984.

루이 알뛰세르, 김동수 옮김, 『아미엥에서의 주장』, 솔, 1991.

___________, 권은미 옮김, 『미래는 오래 지속된다』, 이매진, 2008.

르네 지라르, 김진식, 박무호 옮김, 『폭력과 성스러움』, 민음사, 1997.

린 헌트, 조한욱 옮김, 『프랑스 혁명의 가족로망스』, 새물결, 1999.
M. 로빈슨, 김민환 옮김, 『일제하 문화적 민족주의』, 나남, 1990.
마가렛 미드, 『사모아의 청소년』, 한길사, 2008.
마리아 니콜라예바, 조희숙, 지은주, 신세니, 안지성, 이효원, 『아동문학의 미학적 접근』, 교문사, 2009.
마이클 앤더슨, 노영주 옮김, 『1500-1914, 서구 가족사의 세 가지 접근 방법』,한울아카데미, 1994.
미셸푸코, 이정우 옮김, 『지식의 고고학』, 민음사, 1992.
발레리 폴라코우 수란스키, 윤종희, 이재연 옮김, 『아동기의 실종』, 교보문고, 2008.
섀리 엘 서러, 박미경 옮김, 『어머니의 신화』, 까치, 1995.
스즈키 마사유키, 류교열 옮김, 『근대 일본의 천황제』, 이산, 1998.
스테판 코올, 여균동 옮김, 『리얼리즘의 역사와 이론』, 한밭출판사, 1982.
스티븐 컨, 박성관 옮김, 『시간과 공간의 문화사』, 휴머니스트, 2004.
엘렌 케이, 정혜영 옮김, 『어린이의 세기』, 지만지, 2009.
앨리스 밀러, 신홍민 옮김, 『폭력의 기억, 사랑을 잃어버린 사람들』, 양철북, 2010.
오오타케 키요미, 『한일 아동문학 관계사 서설』, 청운, 2006.
월터 J. 옹, 이기우, 임명진 옮김, 『구술문화와 문자문화』, 문예출판사, 2006.
웨인 C. 부스, 최상규 옮김, 『소설의 수사학』, 예림기획, 1999.
잭 자이프스, 김정아 옮김, 『동화의 정체』, 문학동네, 2008.
조셉 조네이도, 구은혜 옮김, 『만들어진 아동』, 마고북스, 2011.
주디스 리치 해리스, 곽미경 옮김, 『개성의 탄생』, 동녘 사이언스, 2007.
지그문트 프로이트, 윤희기, 박찬부 옮김, 『정신분석학의 근본개념』, 열린책들, 2004.
캐런 코우츠, 이미선 옮김, 『아동문학작품 읽기』, 작은씨앗, 2008.
파냐 이사악꼬브나 샤브쉬나, 김명호 옮김, 『식민지조선에서』, 한울, 1996.
프리드리히 엥겔스, 김경미 옮김, 『가족, 사족소유, 국가의 기원』, 책세상,

2008.
피터 레오나드, 한국사회복지학연구회 옮김, 『자본주의와 인간발달』, 한울아카데미, 1990.
필립라이스, 정영숙, 신민섭, 설인자 편역, 『청소년 심리학』, 시그마프레스, 2001.
필립 아리에스, 문지영 옮김, 『아동의 탄생』, 새물결, 2003.
한스 하이노 에버스, 김정회 외 옮김, 『아동·청소년문학의 서』, 유로, 1999.

Fredric Jameson, *The Political Unconscious: Narrative as a Socially Symbolic Act,* Ithaca, N.Y.: Cornell University Press, 1981.
鳥越 信, 『日本兒童文學』, 建帛社, 1995.

A Study on the Formation and Ideology of Juvenile Novels in Modern Korea

Due to the short history of the study on Korean juvenile novels, it is true that its theoretical basis is weak. Also, little is known about the literary works and their authors for a study. Therefore, the study on the formation of 'juvenile' and 'juvenile novels' in modern Korea has to be preceded in order to make a systematic study of juvenile novels in Korea. This study shows the formation of juvenile novels and their characteristics in modern Korea and analyzes the meaning structure of juvenile novels in the context of ideology manifested in the juvenile discourse in modern Korea with a critical eye or a critical mind. First of all, it looked at the formation of juvenile and its concept in modern Korea, which is the precondition for the study of juvenile novels, and scrutinized the socio-cultural and literary background in which Korean juvenile novels were formed. Next, it classified the juvenile novels according to the novel characters' traits, and then analyzed the narrative structure and absent elements by each trait. In this way, it tried to identify what was the ideology embodied in the story, and analyzed how the dominant ideology in a society and its culture interacted with the generation and acceptance of the text.

A younger generation was emerging as a main group of a social movement for the modernization and independence of Korea during Japanese colonial rule. The concept of Korean juveniles was formed along with the introduction of modern schools and ageism in this process. The whole process has much to do with the transition of the concept, '*Sonyeon*, or young man'. During the period of the Patriotic Enlightenment Movement, Koreans used '*Sonyeon*' mixed with '*Cheongnyeon*, or youth' which referred to a new generation to build a new era. In 1910s, However, when the new generation called themselves '*Cheongnyeon*', and took over the adult task, the meaning of '*Sonyeon*' was turned into under-age children. With the spread of 'the cult of the child', when '*Uhriny* or the child' referring to young people under the age of 10 stood out in 1920s, '*Sonyeon*' got to mean 'teenagers out of the childhood' as well as 'the period between childhood and adulthood'. The term 'juvenile' referring to young people in age from 10 to 30, which differs from today's juvenile, seems to have been used in the mid-1920s.

After the formation of '*Cheongnyeon*' and '*Uhriny* or the child', modern 'juvenile' in Korea sometimes overlapped with '*Cheongnyeon*' and '*Uhriny* or the child', and the distinction between the two was ambiguous. 'Juvenile', just like '*Cheongnyeon*' and '*Uhriny* or the child', was recognized as a second citizen with responsibilities for the future society, and the period was also seen as the time to learn and prepare for adulthood. However, while '*Cheongnyeon*', secured its identity as a main agent of social change, 'juvenile' was seen as a being in need of '*Cheongnyeon's* instruction and help. In addition, they were not allowed to enjoy adult culture, and if they violated this, they were stigmatized as 'juvenile delinquents' who should be controlled. In this way, the status of 'juvenile' was similar to that of '*Uhriny* or the child' in the sense that they should be under the control of adults. However, while '*Uhriny* or the child' was seen as an innocent being before socialization, 'juvenile' was recognized as a being with the awareness of social reality and their social role. In other words, Korean 'juvenile' was considered as 'child labor', or as a breadwinner of the family during Japanese colonial era, which differs from today's juvenile.

Juvenile novels were formed as part of juvenile literary movement. In the early years, most authors of juvenile novels were the leaders of juvenile movement. After the 3.1 Independence Movement, they formed juvenile organizations in order to train the leaders of a future society, and tried to instill a sense of national identity into juveniles while providing some knowledge of modernization. With the intention of performing such tasks, juvenile magazines were published and juvenile novels were written. The readers were primarily juveniles, who were the members of juvenile organizations or took part in the activity by subscribing to these magazines.

Bang Jung-hwan (1899-1931), a representative leader of juvenile movement, broke new ground in modern juvenile novels. He was the first man to use the term 'juvenile novels'. He critically described the harsh situation under the Japanese rule by publishing narrative messages about juvenile life from early on. Besides, by assuming the relationship between a narrator and a narratee as one between an author and a reader, he tried to enhance readers' empathy and educational effects through a public narrator corresponding to an author. As a means of enlightenment, Korean modern novels were formed by criticizing the fantasy in Korean classical novels and thinking the fact is the most important, so that Korean juvenile novels were formed as part of juvenile movement rather than the literary motive. For this reason, it seems that such a pragmatic view of literature had a great influence on that of Bang Jung-hwan.

Modern juvenile novels formed along with Koran social movement are very ideological, and the protagonists of juvenile novels have typicality in their traits and structures. The heroes of the novels have the traits such as 'sacrifice', 'poverty', 'orphan', 'boys' in common, and have no opposed traits by way of exclusion and realization of chosen traits. I concluded that this is because of the effects of social contradictions and dominant ideology of the era on modern juvenile novels. According to the traits, this is summarized as follows.

Most of the protagonists in modern juvenile novels are sacrificers. In some cases, the protagonists are deprived of precious things like learning and life by the adult with power and wealth such as a factory owner and a school principal. In other cases, they devote everything to helping others in need. The story has a tragic ending structure, in which juvenile desire for growth contradicts the violent reality of suppression and the former ends up giving in to the latter. The offenders are mostly Japanese or the Korean bourgeoisie cooperating with the Japanese Imperialism. In this way, 'sacrifice stories' serve as a favorable narrative to reveal the absurd of Japanese colonial rule and present juveniles in real life with sacrificial nationalism. This implication is naturalized by the structure of the absence of 'juvenile delinquents' who are inclined to put their personal desire before anything else.

"Sacrifice stories" seem to have been generated and accepted under the influence of juvenile movement. Juvenile movement, initiated in 1920s, took on the characteristic of juvenile right movement and national liberation movement. The final end of Juvenile movement was to accomplish national liberation, but, during the Japanese cultural governance after 3.1 Independence Movement, they seemingly put cultural movement forward in order to form juvenile mass organizations. In this way, 'sacrifice stories' were created and had the plot in which the authors revealed the conflicts of nations and social classes and presented a national solidarity as an alternative as well.

Most of the protagonists in modern juvenile novels are poor. But unlike the rich, they pursue morality and labor instead of materialism and hedonism, so they get rewarded for their efforts in the end. This story has a happy ending structure, in which at first, the poverty in the real world conflicts with the moral will of the protagonists, but later it ends up with the latter's victory. In this way, desires for material comfort and hedonistic lifestyle are regarded as unfavorable, and the ideology like Moralism and Marxism is embodied in the process. This implication is naturalized through the absence of protagonists in pursuit of wealth and the wicked rich.

"Poverty stories" seem to have been generated and accepted in response to the educational philosophy of the authors who fought against 'pragmatism', the educational philosophy for Japanese colonial rule. The authorities of Japanese Imperialism insisted that the poverty of Joseon(Korea) the colony was due to Korean ethnicity, thus in order to remodel Korean ethnicity, they should try to accept a pragmatic education, that is, a general education and a vocational education. In fact, Japanese Imperialism had an intention of depriving the Koreans of the opportunity of higher education and producing only unskilled workers. However, the activists of juvenile movement against Japanese Imperialism insisted that the colonial exploitation by Japanese Imperialism and Korean national bourgeoisie was the cause of poverty. And they portrayed the poverty as a virtue to sympathize through an image of 'sorrow' and 'conscience'. This also has something to do with a class discrimination policy as part of the national division policy of Japanese Imperialism. Such a narrative style as 'poverty stories' seems to have shown up as an expression of resistance to Korean national bourgeoisie in the same boat with Japanese Imperialism, who made an appeal for ethnicity remodeling and materialistic education without a political standpoint.

The protagonists of modern juvenile novels are mostly orphans or from single parent families. Even when they have parents, their parents can't play their role because of poverty and disease. Orphans grieve over his loss of loved families, set off in search of separated families or try to keep them safe. In this story, the absence of parents conflicts with juvenile desires for domestic happiness. The orphan stories usually have two ending structures. One is a tragic ending structure in which the latter is defeated by the former, and the other is a happy ending structure in which they succeed in searching for their family and keeping them safe. To put it another way, on the one hand, 'orphan consciousness' reflecting the family disorganization during Japanese colonial rule is portrayed in the tragic ending structure, on the other hand, 'familism' is revealed in the happy ending structure such as having a new family through juveniles' efforts. In this way, the absence of parents contains family conflicts and absolutizes the family system.

"Orphan stories" seem to have been generated and accepted, as the authors disapproved of worshipping the Japanese emperor and tried to instill the sense of filial piety into the younger generation. Japanese Imperialism not only theorized the worship of the Japanese emperor but also forced Korean people to worship the Japanese emperor on the grounds of the ridiculous claim that both the Japanese and the Koreans were descendants of the same ancestors. However, Korean people under the Japanese colonial rule were overwhelmed by 'orphan consciousness', which contained the eagerness for the killed and lost parents their mother country. On the other hand, Since the authors grew up in a familism society oriented towards filial piety, consciously or unconsciously, such an ideology seems to have been embodied in the juvenile novels.

The protagonists of modern juvenile novels are mostly boys. Though there was a novel called 'a girl story', featuring a girl, she is of little importance and shows no traits of her own as a girl. The age of the boys is correspond to the time of a secondary sexual characters, and their appearance and desires are stuck on their childhood. Even in the novel which focused on the nature of a boy, the boy stands for innocence and primitiveness and he gives a complete obedience to the patriarch's authority out of fear. In this story, the real world controlled by adult males conflicts with the boy's desire for an escape from patriarch's oppression, and later, the latter is usually defeated the former. The situation is justified as natural discipline, and as a result, the patriarchal androcentrism gets embodied. In this way, the boy's appearance representing oppressed masculinity is naturalized by the absence of girls with femininity.

'Boy stories' seem to have been generated and accepted under the influence of the male authors' patriarchal view on the boys and girls. The female authors of that time did not actively engage in juvenile novels and showed no interest in juvenile movement. On the other hand, with the spread of feminism in 1920s, the male authors with traditional Confucian values reacted strongly against contemporary feminists, who insisted on emancipating women from their subordinate status and oppressed desire in a patriarchal society. In response to this, the male authors absolutized maternal instincts and tried to oppress the sexual desires and traits of women.

After all the analysis above, modern juvenile novels in Korea were formed under the influence of 'the cult of child' with a global popularity in the early 20th century and 'national liberation ideology'. For this reason, all the juvenile novels of the time, regardless of their targets, reveal 'the modernity of the concept of juvenile' and 'the contradictions in colonial society'. They also disclose 'resistant nationalism' as a result of the influence of both juvenile socio-economic condition and authors' pro-socialism. In addition, they show the patriarchal viewpoint of juveniles and women which resulted from the influence of the social and cultural norms on the male authors. In this way, the dominant ideology of juvenile novels had an attribute of collectivism.

In short, modern juvenile novels were created in order to instill a sense of national identity and played a great role in giving comfort to juvenile readers and sharing a strong sense of solidarity. Considering the fact that the patriarchal androcentrism of the male authors pervaded most of their novels, it must have been conveyed to the readers unconsciously. On the other hand, modern juvenile novels in Korea still have room for an exploration of human growth process, in the sense that individual desires were suppressed and gave priority to collective values and public duty.

This study has great significance in the fact that it addressed the formation of 'juvenile' and 'juvenile novels' in the socio-cultural context of modern Korea, whose existence and significance have not been identified before. This study deals with the influence of ideology on the formation and acceptance of modern juvenile novels with an emphasis on the activities of the authors. Developments on the reader-related issue will be dealt with in a subsequent study.

Keyword: juvenile, juvenile novel, juvenile discourse, the formation of juvenile novels, the structure of juvenile novels, ideology, trait, deep conflict, absent elements, sacrifice, the absence of juvenile delinquents, nationalism, poverty, the absence of wealth, Moralism, Marxism, orphan, the absence of parents, orphan consciousness, familism, boy, the absence of girls, androcentrism

보 론

한국 근대 '소녀소설'의 '소녀' 연구

Ⅰ. 서론

'소년'은 한국 근대 문학의 형성기에 부각되어 근대 청소년 소설의 핵심 요소로 자리하고 있다. 반면에 '소녀'는 '소년'보다 그 등장이 늦고[1] 근대 청소년 소설에서의 비중도 크지 않다.[2] 그런데 최근 창작되는 청소년 소설에서는 '소녀'의 비중이 높은 편이다.[3] 이러한 현상은 소설에 형상화된 인물이

1 국사편찬위원회의 "한국사 데이터베이스"에서 제공하는 자료를 참고할 때, 일제강점기에 간행된 근대 잡지(『대한자강회월보』, 『대한협회회보』, 『서우』, 『서북학회월보』, 『기호흥학회월보』, 『대조선독립협회회보』, 『태극학보』, 『호남학보』, 『대한학회월보』, 『대한유학생회학보』, 『대한흥학보』, 『대동학회월보』, 『개벽』, 『동광』, 『별건곤』, 『삼천리』, 『대동아』, 『삼천리문학』, 『만국부인』)에 나타난 '소녀' 담론은 1910년대 이전까지는 10편뿐이고 1920년대 이후부터 활발히 등장하고 있다. 그리고 거기에 등장하는 '소녀' 담론은 530개, '소년' 담론은 1209개, 근대 신문자료(『동아일보』, 『시대일보』, 『중외일보』, 『중앙일보』, 『조선중앙일보』, 『공립신보』, 『신한민보』, 『부산일보』, 『조선시보』)에 등장하는 '소녀' 담론은 3468개, '소년' 담론은 14,060개로, '소년' 담론의 개수가 '소녀' 담론에 비해 훨씬 많다.

2 근대 청소년 소설 325편 중에서 '소녀'를 주인공으로 한 작품은 49편으로 약 15%를 차지하고 있다(최배은. 2013, 189).

당시의 사회·문화와 깊은 관련이 있으며 그 변화에 따라 달라짐을 보여준다. 요컨대 인물은 소설의 의미를 형성하는 요소일 뿐 아니라, 당시 사회·문화를 나타내는 하나의 기호라고 볼 수 있다.

2000년대 이후, 근대문학에 등장하는 '소년', '청년', '아동', '여학생' 등 연령과 성별을 나타내는 인물 기호에 주목한 연구가 활발히 이루어져 왔으나(소래섭, 2002; 박숙자, 2004; 소영현, 2005; 조은숙, 2005; 엄미옥, 2007), 그 하나의 양상인 '소녀'에 대한 연구는 드물다. 다시 말해 '소녀'는 연구 영역에서 소홀히 다루어졌는데, 그러한 사실이 또한 '소녀'의 주변적 성격과 지위를 드러낸다고 하겠다. 하지만 '소녀'에 대한 연구 없이 그 대립쌍인 '소년'에 대한 연구도 온전히 이루어지기 어렵다. 더욱이 '소녀'의 이미지는 오늘날에도 성인 남성의 욕망을 자극하며 활발히 소비되고 있기 때문에 그에 대한 연구는 과거뿐 아니라 현재의 문화 현상을 이해하는 데 있어서도 긴요하다.

'소녀'에 대한 기존 연구는 김복순(2008), 정미지(2011), 박숙자(2007), 한지희(2013), 최배은(2013)의 연구 등이 있다. 앞의 두 편은 해방 이후를, 다른 세 편은 일제 강점기를 대상으로 한 것이다. 김복순은 최정희의 소설 『녹색의 문』에서 전후 '소녀'와 낭만적 사랑에 대한 관념이 반공주의 서사에로 결합되는 양상을 분석하고 있다. 1950년대 '소녀' 담론 및 반공주의 서사 연구의 지평을 넓힌 의의가 있으나, 근대 '소녀' 담론에 대한 면밀한 검토 없이[4] 1950년대에 '소녀'가 형성된 것으로 보고 있다. 정미지는 1960년대 '소녀' 담론과 실제 소녀의 독서 양상을 분석하여 '문학소녀'의 표상이 형성되는

3 2000년대 이후 주요 출판사(사계절, 문학동네, 문지푸른책들, 창비, 푸른책)에서 간행된 청소년 소설 단행본 70여 권 중 35권이 '소녀'를 주인공으로 하여 약 50%를 차지하고 있다.

4 김복순은 근대 초기 '소년'이 근대 국민국가 탄생의 주체로서 남성 중심적 개념이었으며 그에 상대되는 개념으로 '청년여자'가 있었지만, 이후 탄생한 '어린이'의 범주에서 '소녀', '여자어린이'는 배제되어 있다고 주장한다. 그리고 그 근거로 '소녀' 명칭이 들어간 근대 잡지가 없다는 점을 들고 있다(김복순, 2008, 204). 하지만 실제로 『어린이』 등의 잡지 표제에 '소년소녀잡지'라는 말이 표기되어 있었을 뿐 아니라, 『소녀계』라는 잡지가 간행되었다. 이 잡지는 소년계사에서 『소년계』와 나란히 성별 잡지로 간행한 것이다. 현재, 1928년 3월에 출간된 제2권 제2, 제3호만 발견되는데, 이것으로 보아 1927년에 창간되었음을 알 수 있다.

기제와 그 의미를 밝히고 있다. 특정 시기의 독특한 '소녀' 표상인 '문학소녀'에 주목하여 그 담론과 실상의 괴리를 밝힌 의의가 있으나, '문학소녀' 담론에 초점을 둔 연구로 문학작품을 대상으로 한 것이 아니다. 박숙자는 근대 '소녀' 담론을 분석하여 '소녀'의 의미와 그 형성 기제를 밝히고 있다. 이 연구는 '소녀'가 형성된 근대를 대상 시기로 삼아 연령주의와 성별주의 체계 속에서 '소녀'가 이중의 타자성을 지니게 되었음을 지적한 점에 의의가 있다. 그런데 근대문학에 나타난 인물 기호와 표상을 중심으로 살펴보겠다는 의도와 달리, 비문학 담론에 치중하고 있으며 문학 속 인물은 소략하게 살펴보고 있다. 한지희도 '소년'을 근대적 주체로 처음 호명한 최남선의 『소년』에 주목하여, 소녀는 태생적으로 성인 남성의 무의식에서 배제된 불완전한 존재였음을 밝히고, 그러한 '소녀'의 정체성과 존재양식을 연구하는 '소녀학'의 필요성을 주장한다. 최배은은 근대 청소년 소설을 대상으로 '소년'과 '소녀' 인물의 비중 및 기능을 살펴 근대 청소년 소설의 남성중심주의에 대해 지적하였다. 근대 청소년 소설 전반에 드러난 인물의 기능 및 '소년'과 '소녀'의 상호 규정적 측면을 고려하여 '소녀'의 주변성을 살핀 의의가 있으나, '소년'에 초점을 둔 연구로서 '소녀' 담론 및 '소녀소설'에 대해 심층적으로 살피지 못하고 있다.

이상에서 살핀 바와 같이 기존 연구는 '소녀'의 기원과 성격에 대해 체계적으로 살피지 못하고 있으며, 문학작품 속 '소녀'에 대해 충분히 연구했다고 보기 어렵다. 따라서 이 연구는 근대 '소녀' 담론과 '소녀소설'을 대상으로, '소녀'의 기원 및 성격을 분석하여 '소녀' 연구의 단초를 마련하고자 한다. 연구 방법은 다음과 같다.

먼저, 근대 잡지에 나타난 '소녀' 담론과 근대 청소년 소설의 형성 과정을 검토하여 '소녀'와 '소녀소설'의 개념 및 그 형성 배경을 살필 것이다. 다음으로 근대 '소녀소설'에 등장하는 '소녀' 주인공의 성격을 분석하고, 그러한 인물의 의의 및 형상화 원인을 당시의 사회·문화 및 문학적 관습을 고려하여 해석할 것이다. 인물의 성격은 특질들이 복합된 것으로서 개인적, 사회적, 작품 구조의 측면에서 파악할 수 있다.[5] 즉 개인적 특질은 인물의 심리적 특질로, 사회적 특질은 이념적 특질로, 구조적 특질은 기능적 특질로 드러난다. '소녀'의 성격을 그에 따라 분석하되, '소녀소설'에서는 '소녀'의 신분이 작품의 의미를 구성하는 데 주요하게 작용하므로 사회적 특질, 개인적 특질, 기능적 특질의 순서로 논한다.

연구의 중심 대상은 일제 강점기 주요 잡지[6]에 등장하는 '소녀' 담론과 소년잡지에 '소녀소설'[7]로 발표된 소설이다. 근대 청소년 소설에서 '소녀'가 '소녀소설'에만 등장하는 것은 아니지만, '소녀'를 염두에 두고 창작된 '소녀소설'에서 그 성격이 더 분명히 드러난다고 보았기 때문이다. 물론 필요한 범위에서 근대 '소년소설'에 등장하는 '소년'과 '소녀' 인물도 고려하며 논의할 것이다. 그리고 대상 시기 동안 '소녀'의 성격에 큰 변화가 없으므로 공시적으로 논한다. 대상 작품은 다음과 같이 총 21편이다.

〈표 1〉

연도	작가	작품 제목	발표지	발표일
1923년	방정환	(소녀소품) "아버지생각 -순희의설음"	『어린이』	4월 1일
1925년	신창원	(소녀소설) "그윽한 생각"	『반도소년』	3월
1928년	최의순	(소녀란 소녀소설) "옥점이의 마조막 하소연"	『어린이』	7월
1928년	최경화	(소녀애화) "동무와 잡지와 떡"	『어린이』	9월
1928년	백시라	(소녀소설) "곡마단의 두 소녀"	『어린이』	12월
1929년	이주홍	(소녀소설) "눈물의 치마ㅅ감"	『신소년』	12월

5 "특질이란 지속적인 속성 또는 자질로서 인물 해석의 기본 단위이며, 다른 인물과 구별되는 것이 보다 의미를 지닌다. 그것이 모이고 종합되어 관심, 욕망, 윤리적 원칙 등의 복합체, 곧 '성격'을 이룬다"(최시한, 2010, 200). 여기에서 사용하는 인물의 성격과 관련된 용어 및 분석 방법은 최시한의 위의 책 "8. 인물"에서 도움 받았다.

6 여기서 '일제 강점기 주요 잡지'란 각주1)에서 밝힌 잡지이다.

7 방정환의 "소녀소품"과 최경화의 "소녀애화"는 그 명칭이 소설이 아니지만 작품의 실상이 소설과 다름없어서 포함시켰다. 이정호의 "소녀소설"은 방정환의 "소녀소품"을 그대로 발표한 것이어서 이러한 판단의 근거를 뒷받침한다.

연도	작가	작품 제목	발표지	발표일
1930년	오경호	(소녀소설) "불상한 少女"	『신소년』	5월
1930년	민봉호	(소녀소설) "순이의 설음"	『어린이』	8월
1930년	민봉호	(소녀소설) "거륵한 마음"	『어린이』	11월
1931년	연성흠	(소녀소설) "참된 희생(2)"	『어린이』	6월
1934년	김자혜	(소녀소설) "댕기"	『어린이』	1월
1934년	이차순	(소녀소설) "어머니 사랑"	『신가정』	3월
1935년	이정호	(소녀소설) "순희의 설음"	『동아일보』	6월 2일
1937년	고의순	(소녀소설) "문희와 영애"	『동화』	6월
1937년	김복진	(소녀소설) "봉뚝섬"	『소년』	8월, 9월, 10월, 12월
1938년	박홍민	(소녀소설) "월사금"	『동아일보』	11월 9일
1939년	현덕	(소녀소설) "잃엇든 우정"	『소년』	10월
1939년 - 1940년	김영수	(장편소녀소설) "네거리의 순이"	『소년』	1939년 8월, 9월, 10월, 12월, 1940년, 1월, 2월, 3월, 5월, 6월, 8월.
1940년	김복진	(소녀소설) "물레방아 도는데"	『소년』	8월
1943년	초단파	(소녀소설) "그림 그리는 소녀"	『아이생활』	2월
1943년	장동근	(소녀소설) "월하의 소녀"	『아이생활』	3월

Ⅱ. '소녀'와 '소녀소설'의 개념 및 형성배경

'소녀(少女)'는 아직 완전히 성숙하지 않은 여자를 뜻하는 말로 '소년(少年)'의 성별 대립어이다. 그것은 고어(古語) 사전에 등장하지 않고,[8] 1920년대 이전에 활발히 쓰이지 않은 것으로 보아 근대에 유입된 말로 보인다. 이러한 점은 고대 사회에서부터 쓰인 '소년'과 다른데, '소년'의 의미 변화가 '소녀'의 형성에 전제가 됨을 알 수 있다. 주지하는 바와 같이, '소년'은 본래 특정

8 『필사본 고어대사전』을 보면 '소년'만 있고 '소녀'는 없다(박재연, 2008).

연령과 성별의 지칭어라기보다 연소자 일반을 가리키거나 '나이가 어린'의 형용사적 용법으로 쓰였는데 애국 계몽기에 국망의 위기를 극복할 신세대로 부각되면서 점차 남성적 이미지를 띤 미성년을 지칭하게 되었다. 이후 '소년'은 '청년', '유년'과 구분되면서 그 사이의 시기를 의미하게 된 것으로 보인다. 물론 일제 강점기 동안 '소년', '아동', '어린이' 등의 미성년을 지칭하는 용어들은 혼용되는 경우가 많았고, '소년'이 유년과 사춘기 연령을 포괄하는 개념으로 쓰이기도 했으나 1920년대 후반부터는 '유년'과의 구분이 보다 분명해지는 양상을 확인할 수 있다(최배은, 2013, 19).

'소년'의 범주가 언제부터 '남성'에 한정되었는지는 정확히 알기 어려우나 성적 특질이 분명히 드러나지 않는 '유년'과의 구분이 주요하게 작용했을 것으로 보인다. 그래서 박숙자처럼 '소년'을 '유년'과 같은 탈성적 존재로 보면[9] 그 대립쌍인 '소녀'의 정체성도 모호해진다. 박숙자(2007)는 '소녀'의 표상으로 남성 앞에서 부끄러워 홍조 띤 모습을 제시하며 그것을 탈성적 표상이라 하는데, 그것은 모순된 해석이다. 부끄러움 즉 홍조 자체가 남성을 의식한 여성의 감정, 감각을 표현하는 것으로 볼 수 있기 때문이다. 다시 말해 그것은 '소녀'의 여성적 욕망을 억업해야 한다는 사회적 금기에 대한 몸의 반응이지 탈성성의 상징으로 보기 어렵다.

이러한 '소년'의 형성 이후에 '소년' 및 '청년-여자'와의 경계 속에서 '소녀'가 규정되고 있음을 당시의 담론에서 확인할 수 있다.

> 인간이 세상에 나타난 후 남녀의 구별이 불분명한 때! 사진을 보고도 남아인지 여아인지 얼듯 알어내이기 어려울 때 즉 영아기를 지내고 유년기를 넘으면 남녀의 구별이 신체상에 명확히 낫타날때가 도라온다. 이러한 즈음부터는 이때가지 두루 아동이라고 부르든 말이 변하야 소년 소녀라는 각각 다른 명칭이 생기게 된다 …(중략)… 소녀기는 대

9 "소년이 아동의 개념으로 한정되면서 '소년소녀'라는 말이 쓰이기는 하지만, 이때 '소년소녀'는 '무성'적인 아동의 내포 안으로 한정되기 때문에 생물학적 차이를 드러내는 기호 이상이 아니다"(박숙자, 2004, 29).

> 개 7세부터 15세까지를 말하나니 모든 호기심 박구어 말하면 외계에서 밧는 허다한 감각을 충분히 인식하랴고 애쓰는 求知心이 아모 때보다도 만흔 것이다 …(중략)… 그리고 이 시기에 잇서는 의지작용보다도 감정작용이 몃 갑절 대단함으로 이때를 가라쳐서 정서시대라고 할 수 있다 …(중략)… 여긔서 동모와 떼를 지여 산보를 한다 비밀의 일을 꿈이여 본다 잡지 소설 등에 몰두(沒頭)하고 학교 교련을 게을니 하는 일까지 생기게 된다. 이러한 때에 이르면 벌서 소녀기와 작별할 때가 갓가와 온 것으로 볼 수 밧게 업다. 다시 말하면 소위 여자가 되는 때 - 청년기가 닥처오는 것이다 …(중략)… 그러면 처녀기라는 때는 과연 어느 대를 가라처 말함인가. 보통 소녀기와 청년기에 잇는 자로서 독신자의 특색인 처녀성을 몸과 맘에 변동식힘 업시 고유한 채로 담고 잇는 동안을 처녀기라고 하는 것이다.(최의순, 1928, 132-133)

위의 글은『어린이』에 '소녀소설'을 발표했던 부인기자 최의순이 처녀기의 번민에 대해 논하며 "19세의 某 처녀 일기장"에서 인용한 것이다. 여기에서 '소년, 소녀'는 유년기를 지나 신체상에 남녀 구별이 분명히 드러날 때 지칭하는 용어이자, 청년기의 전 단계로 이해된다. '소녀'의 연령은 7세부터 15세까지로 보고, 호기심과 감정 작용이 왕성해지는 점을 그 시기의 특징으로 들고 있다. 대체적으로 이러한 개념은 근대 '소녀' 담론에서 크게 변하지 않지만 점차 지칭되는 '소녀'의 연령대가 달라진다. 1920년대 초반까지는 10세 미만을 가리키는 용어로 종종 쓰이지만[10] 1920년대 후반부터 1930년대에 이르면 십 대 중반의 연령을 가리키는 용어로 훨씬 많이 쓰인다. 그리고 여성성이 부각된 '소녀'가 성인 남성의 회고담이나 소설에서 연애 감정을 불러일으키는 대상으로 등장하는 경우가 많아진다(星海, 1924; 金南柱, 1927 등). 근대 '소녀소설'에서는 '소녀'의 나이가 제시되지 않은 경우가 많지만 13세 이상의 '소녀' 비중이 높다.

10 그 예로『개벽』에 실린 "유범"의 장면 중 "6세 소녀가 7세 중식이를 오빠로 부르게 되었다"(방정환, 1920)를 들 수 있다.

근대 주요 잡지의 '소녀' 담론에 구현된 '소녀'의 이미지는 다음과 같다.

먼저, '소녀'는 가련한(연약한) 존재이다. 이러한 이미지는 주로 성인 남성의 풍물 기행담이나 소녀의 수난사를 통해 비정한 세태를 폭로하는 기사에서 발견된다.[11] 그러한 글에서 소녀는 가난하여 헐벗고 굶주린 모습이며 가정이나 사회에서 인격적으로 존중받지 못하고 성인들의 이익과 욕망을 위해 납치, 매매되는 착취 대상이다. 또 그러한 환경을 극복할 수 있는 육체적, 정신적 힘을 갖지 못한 연약한 모습을 띤다.

둘째, '소녀'는 순수하고 아름다운 존재이다. 이러한 이미지는 주로 시나 추억담에서 발견되는데[12] 봄의 계절감이나 시골의 한가롭고 아름다운 정서와 어우러져 나타난다. 그러한 글에서 소녀는 나물을 캐고 들꽃을 꺾으며 동무들과 즐거이 노는 천진난만한 모습으로 묘사된다. 그들은 풋풋하고 향긋한 자연의 이미지로 이상화되면서 성인 남성에게는 때 묻은 심신을 정화시키는 존재로, 성인 여성에게는 자신의 과거를 아름답게 윤색시키는 존재로 기능한다.

셋째, '소녀'는 남성을 유혹하는 존재이다. 이러한 이미지는 주로 '불량소녀' 미행담이나 연애소설에서 발견된다.[13] 그러한 글에서 '소녀'는 주로 여학생의 모습을 하고 여성적 매력을 발산한다. 이러한 소녀 역시 순결하고 순수한 이미지로 남성의 호감을 사지만 이때의 아름다움은 남성의 애욕을

---

11 "아젓씨! 껌 한 갑 사주서요. 12,3세 가련한 소녀의 탄원이다"(이헌구, 1934, 87); "가엽슨 소녀가 잇스니……그는 부산(釜山)출생의 김금선(金錦仙)이라는 금년에 16살 박게 아니 된 소녀로 두 살 되든 해에 불행히도 자긔의 어머니를 여힌 후 세 살 때에 일본 사람의 어머니를 새로 마지하게 되엇다"(이태운, 1931, 26).

12 "아! 반갑소이다/ 님의 맑은 소리가 한 번 솔솔/少女떼의 情다운 微笑와 가티"(春城, 1920, 20); "한아버지는 어린애 업고 이웃 출입하는데 소녀는 바구니 끼고 최ㅅ뚝으로 나아감니다. 바자ㅅ밋테서는 병아리 떼가 속살거리고 마당 귀에서는 강아지 떼가 쓰림을 함니다. 첨下에는 제비가 나러 들고 半空에는 나비가 춤을 춤니다. 후원 桃梨는 含笑를 하고 庭前楊柳는 황금색을 띄고 잇슴니다"(春坡, 1927, 76).

13 "三晝夜나 고심하다가 方面을 잡아놋코 보니 不良少女團이 어대 잇는지 여학생전문의 뚜장이가 어느 곳에 출몰하는 지 알 수가 업섯고"(北隊記者 双S, 1927.77); "A란 나히 열일곱으로 룩년급이엇는데 젊잔은 뒤자태 길고 검은 머리 리성뎍인 또 온정적 얼골에 미를 더한 것, 검은 눈 하얀 닛발 모든 것이 드물게 보는 미인이엇스며, 미소녀이엇슴니다"(김남주, 1927, 131).

자극한다.

'소녀소설'은 소녀 독자를 염두에 두고 '소녀'를 주인공으로 창작된 소설이다. 그것은 근대 청소년 소설의 한 갈래로 창작되었지만 그 용어는 일본에서 유입된 것으로 보인다. 근대 청소년 소설의 형성을 가능케 한 소년문예운동이 전개되기 전부터 '소녀소설'은 다음과 같이 소설의 한 갈래로 소개되고 있다.

> 이러함으로 現代의小說에는 自然여러가지種類가잇스니 假令上流小說,中流小說, 下流小說, 實 業小說, 海事小說, 軍事小說, 政治小說, 少年小說, 少女小說等 枚擧키 難한 것이다.(효종, 1920, 125)

위의 인용은 1920년 7월, 『개벽』 제2호에 발표된 "小說槪要"의 일부이다. 필자는 글의 시작에 앞서 "이에講述하는 小說槪要는 筆者가東京藝術座演劇學校에서 受業한筆記를根底하야 會往에 演藝講習所의 速成敎科書로 가장簡單히編述한 바이라"(효종, 1920, 131)고 밝혀 여기서 소개하는 소설 이론이 일본에서 유입된 것임을 알 수 있다. 일본에서는 1902년부터 『소년계』, 『소녀계』라는 성별 잡지가 발행되었고, 1910년대부터 소녀를 주인공으로 한 '소녀소설'이 창작되어 대중적으로 큰 인기를 얻었다(鳥越 信, 1995, 20). 일본의 '소녀소설'은 부르주아 가정의 '소녀' 독자를 대상으로 창작되어 그들의 서구 취향 및 자유주의적 욕망을 반영하지만, 결국 모성주의와 군국주의에로 귀결되는 양상을 보인다(박소영, 2012). 당시 식민지 조선의 여학생들도 이러한 소설을 즐겨 읽었던 것으로 보인다. 백철의 부인 한시봉이 "즐거운 가정"에 대해 쓴 다음의 글에서 그러한 사실을 엿볼 수 있다.

> 더구나 내가 여학교시절에 읽던 소녀소설과 같이 모두가 공상과 같이 되어가는 것도 아니라는 사실이다 …(중략)… 이 절간 한구석에 초가집을 정한 것이 내 소녀 때 간혹 공상하던 그 문화주택과는 거리가 머렀던 때문에 처음에는 기가막혔다.(한시봉, 1940, 156-157)

위에서 보는 것처럼 필자는 결혼 생활이 여학생 때 '소녀소설'을 읽으며 공상했던 것과 달라서 실망스러웠던 점을 말하고 있다. 여기에서 그가 읽었던 소녀소설이 연애나 결혼에 대한 낭만적 환상을 불러일으켰다는 점을 알 수 있는데, 그것은 일본의 '소녀소설'일 확률이 높다. 한국 근대 '소녀소설'에서 연애를 다룬 것은 발견되지 않으며, 그것은 대부분 가난한 소녀의 수난 이야기이므로 '스위트 홈'에 대한 환상과는 거리가 멀기 때문이다.

이와 같이 한국과 일본의 소녀소설은 소녀 독자를 염두에 두고 창작되어, 소녀를 주인공으로 한다는 점에선 같지만, 주인공 소녀의 신분과 욕망이 다르다. 일본 소녀소설의 주인공 소녀들은 부르주아 가정에서 경제적 어려움 없이 자라나며 개인적 욕망으로 인한 갈등을 겪는 데 비해, 한국 소녀소설의 소녀들은 편모 편부 슬하의 가난한 집안에서 가족이나 사회적 요구를 앞세워 살며 폭력적 현실에 무기력하게 당한다.

이러한 차이를 고려할 때, 무엇보다 근대 '소녀소설'의 창작 배경은 소년문예운동의 성과에서 찾을 수 있다. 소년운동가들의 헌신적인 활동에 의해 소년잡지가 대중적으로 보급되고 소녀 독자가 증가하면서 그들을 대상으로 한 소설이 창작된 것으로 보인다. 소녀 독자들은 "독자 담화실"이나 "독자 사진란"에도 참여하며[14] '소녀소설'을 요구한다.

> 참말 신년호는 자미잇습니다. 그런데 왜 少年소설 少年토론만 내고 少女소설 少女토론은 안내주십닛가 넘어도 섭섭합니다.(水原 崔順愛)

> 少年이란 말은 크게도 쓰고 적게도 씁니다. 적게 쓸 때는 少女, 少年 이럿케 少男이란 말이지마는 크게 해석할 때는 어린男女가 한데 통트

14 『어린이』의 "독자 담화실"과 "독자 사진란"을 참고할 때 1920년대 초 · 중반까지는 소녀 독자의 참여가 저조하여 소녀 사진은 거의 발견되지 않는데, 1920년대 중반 이후 소녀들의 사진이 한두 장씩 꾸준히 실리고 담화실에 등장하는 횟수도 늘어난다.

러 少年이 되는 것임니다. (記者) ("독자 담화실", 1927)

위와 같이 수원에 사는 소녀 독자가 소년소설, 소년토론만 내고 소녀소설, 소녀토론은 내지 않아 섭섭하다고 하자, 기자는 '소년'이란 말이 넓게는 소년, 소녀를 통틀어 일컫는 것이므로 잡지에 실린 "소년소설", "소년토론"이 소년 독자뿐 아니라 소녀 독자도 대상으로 한 것임을 밝히고 있다. 하지만 1년 뒤, 『어린이』에 "소녀란"이 신설되고 "소녀소설"이나 "소녀애화"가 게재되는 것을 볼 때, 『어린이』 편집진들이 이러한 독자의 요구를 수용했던 것으로 보인다. 〈표 1〉에 나타난 것처럼 '소녀소설'은 대부분 그 후에 창작된다. 그러나 '소년소설'에 비해 그 수가 적고 지속적이지 않다. 그 이유는 무엇보다 여성 작가가 거의 없고 그 활동이 공소한 것과 관련 있어 보인다(최배은, 2013, 199-201).[15]

Ⅲ. '소녀'의 성격

'소녀소설'은 소녀 독자를 염두에 두고 '소녀'를 주인공으로 창작된 소설로서 작가 및 당시의 소녀관이 반영되어 있다. 그렇다고 앞에서 살폈던 '소녀'의 이미지가 그대로 드러나는 것은 아니다. '소녀소설'은 근대 청소년 소설의 한 갈래로 창작되었기 때문에 그 교육적 성격에 의해 유혹적 이미지가 배제되어 있다. 총 21편의 작품 중 '불량소녀'를 주인공으로 한 것은 "어머니의 사랑" 한 편인데, 여기서 주인공 명히는 동성 친구들과 밤늦게 놀러 다니지만 그 구체적인 모습은 나타나지 않고 명히의 욕망이 남성을 향해 있지도 않다. 그리고 어머니의 사랑에 감동받아 어머니 말씀을 듣지 않고 제멋대로 행동했던 점을 깊이 반성한다. 이 소설은 소녀의 불량 행위를 제재로 삼아 개인의 욕망에 충실한 인물을 창출할 수 있었지만 교육적 관점에 의해

15 〈표 1〉에서 여성으로 확인된 작가는 김복진, 김자혜, 백시라, 최의순이다.

그러지 못했다. 이와 같이 1920년대 초반부터 1940년대에 이르기까지의 짧지 않은 기간 동안 창작된 '소녀소설'에서 '소녀'의 성격은 크게 변하지 않는다. 그 구체적 양상을 사회적 특질, 개인적 특질, 기능적 특질로 나누어 살핀다.

1. 가련한 신분

인물을 구성하는 요인 중 하나는 그의 사회적 지위이다. 근대 청소년 소설의 주인공들은 대개 고아이거나 편모 편부 슬하의 가난한 처지에 놓여 있는데, '소녀소설'의 '소녀'들도 마찬가지이다. 부모가 없거나, 있어도 가난하고 무능력하여 믿고 의지할 수 없는 경우가 대부분이다.[16] 그래서 일본의 '소녀소설'과 달리, 학생 신분보다 아이보기, 부엌데기, 꽃팔이, 승강기 안내원, 곡마단 묘기꾼, 공장 노동자 등의 노동하는 소녀가 많다. 부모가 부자인 인물은 "동무와 잡지와 떡"의 란옥, "거룩한 마음"의 정순, "잃엇든 우정"의 숙자인데 그들은 소설의 주요 인물 중 하나인 가난한 소녀를 돕게 된다. 다시 말해 소설에서 부유한 처지의 소녀는 가난한 소녀를 돕기 위해 존재한다. 가족과 물질이 결핍된 소녀의 신분은 그 자체로 가련하다는 정서를 불러일으키며 중심 사건과 주제를 구성하는 핵심 요인이 된다. 즉 근대 '소녀소설'은 대부분 가족의 결핍에 따른 소녀의 슬픔과 서러움을 그린 이야기이거나 가족의 결핍이 가난으로 이어져 그로 인해 수난을 겪는 이야기이다.

전자의 대표적 작품으로 "(소녀소품) 아버지 생각 - 순희의 설음"을 들 수 있다. 이것은 본래 방정환의 작품인데, 이정호가 1935년 『동아일보』에 "소녀소설 순희의 설음"으로 다시 발표했다. 갈래 명칭이 '소녀소품'에서 '소녀소설'로 변하고 제목에서 '아버지 생각'이 생략되었을 뿐 본문은 거의 똑같다.[17] 명백한 표절인데 그 문제는 여기서의 논점에서 벗어나므로 접어두고,

16 양친이 없는 경우가 일곱 편, 아버지가 없는 경우가 여섯 편, 어머니가 없는 경우가 한 편이고 부모가 있지만 가난하고 무능력한 경우가 네 편이다.

17 본문에서 달라진 내용은 아버지 생신 날짜와 마지막 부분의 독자에게 당부하는 말

12년 뒤에도 표절될 만큼 대중의 감성을 자극하는 요소가 주목된다.

이 소설의 사건과 주제는 제목에 나타난 것처럼, 집을 나간 아버지를 걱정하고 그리워하는 순희의 설움이다. 순희가 초점자이자 주인공이지만 순희보다 아버지에 대한 묘사가 더 많고 자세하다. 그래서 순희보다 아버지의 성격이 더 부각되고 그 인상이 선명하다. 그것은 아버지가 독립운동을 위해 집을 나간 이유를 간접적으로 암시하려다가 나타난 결과이기도 하지만, 순희의 성격을 가련한 처지와 정서로만 나타낸 데에도 원인이 있다. 그럼에도 불구하고 이 소설의 주인공이 아버지가 아니고 순희인 이유는 이 소설의 주제를 형성하는 정서가 순희로부터 비롯되기 때문이다. 이 소설 중앙에 위치한 '한쪽 동공에서 떨어지는 눈물' 삽화처럼 순희는 격렬한 슬픔과 서러움의 상징으로 그 자체가 가련하게 여겨진다. 그래서 전지적 서술자는 소설 말미에 "여러분 이 가련한 순희의 집에 아버지가 속히 돌아오시도록 마음을 합하야 빌어들이십시다"라고 순희에 대한 독자의 동정을 호소할 수 있다. 근본적으로 이러한 순희에 대한 공감은 일제로부터 나라를 빼앗기고 가족 공동체의 해체 위기를 맞은 시대적 감수성에 기반을 둔다.

이러한 점은 가난하여 학대당하는 이야기에서도 마찬가지다. "불상한 소녀"(오경호, 1930), "순이의 설음"(민봉호, 1930) 등에서는 아이보개나 부엌데기 소녀 주인공이 주인에게 학대당한다. 그래서 가난 때문에 가족을 잃고 외로이 지내는 소녀의 가련함과 그런 소녀를 학대하는 부자 주인의 매정함, 폭력성이 부각된다. 즉 독자로 하여금 소녀에 대한 동정심 외에 그들을 괴롭히는 대상에 대한 분노감을 갖게 한다.

이와 같이 '소녀소설'에서는 가련한 신분의 '소녀'를 통해 일제 강점의 폭력적 사회 현실을 비판하는 이념이 드러난다. 하지만 '소년소설'에 비해 이념성이 약하고 '소녀'의 가련함만이 부각되는 경우가 많다. 예를 들어 "옥점이의 마조막 하소연"의 옥점은 주인아주머니에게 학대당하면서도

이 생략된 것이다. 방정환의 글에서 생신은 "삼월스므여들엣날"인데, 이정호의 글에선 "오월스무엿새날"로 바뀌었다. 그것은 글이 게재되는 때를 고려한 데서 비롯된 것으로 보인다.

그에 대해 부당하게 여기지 않고, 주인아주머니는 옥점이 자기 아들을 구하고 죽자 옥점의 진심을 알고 슬퍼한다. 요컨대 이 소설에서 고아 옥점의 서러운 처지는 잘 드러나 있으나 그것이 사회적 문제로 제기되고 있지는 않다.

2. 순응적, 감상(感傷)적, 의존적 내면

인물은 현실의 인간처럼 개인적 욕망과 심리를 지닌 존재이다. 그런데 근대 청소년 소설의 주인공들은 개인적 특질이 약하고 사회적 신분에 의해 규정되며 사회적 가치와 이익을 추구하는 경향이 강하다. 한마디로 그들은 심리적 특질이 약하다.

'소녀소설'의 주인공 중 개인적 욕망을 지니고 그것 때문에 타인과 갈등하는 작품으로 "댕기"(김자혜, 1934)와 "어머니 사랑"(이차순, 1934)을 들 수 있다. 전자에서 주인공 영옥은 언니가 크리스마스 선물로 보내준 댕기를 머리에 드리고 싶어 하지만 그것을 금지시키는 학교 선생과 갈등하고, 후자에서는 주인공 명희가 밤마다 놀러 다니고 싶어 하지만 그것을 걱정하는 어머니와 갈등한다. 그러나 영옥은 선생이 무서워 그 앞에선 한마디 질문도 하지 못하고 혼자서 "웨 선생이 그러케 좋은 댕기를 드리지 못하게 할까?"(김자혜, 1934: 경희대 한국아동문학연구센터, 2012, 119에서 재인용)라고 생각할 뿐이다. 영옥은 개가 되어도 좋을 만큼 댕기를 드리고 싶어 하지만, 댕기를 드리고는 개의 모습으로도 선생 앞에 데려가지 말라고 한다. 이와 같이 영옥은 댕기에 대한 욕망이 크고 선생의 명령에 대해 수긍하지 못하면서도 순응적, 회피적 자세를 보이고 있다. 한편 명희는 영옥과 달리, 어머니 말을 거역하고 자기 욕망대로 행동하지만 그 결과 감기에 걸린다. 그리고 어머니의 진심 어린 간호에 감동받아 자신의 행동을 깊이 뉘우친다. 여기서 명희가 적극적으로 추구한 욕망은 부정적인 결과를 낳기 때문에 이러한 텍스트는 개인적 욕망의 위험을 경고하고, 아울러 어머니의 말을 잘 들어야 한다는 교훈을 강조한다.

대부분의 텍스트에서 '소녀'는 남의 말을 잘 듣고 주어진 상황에 순응하는 모습을 보이고 있다. 그러한 태도가 '소녀'를 위기에 빠뜨리기도 한다. 근대 청소년 소설의 납치 모티프에서 그 대상은 대부분 '소녀'인데 그들의 순응적 태도가 납치를 가능케 한다. '소녀'들은 자기를 납치하려는 성인이 미심쩍다고 느끼면서도 적극적으로 항거하거나 도망치지 못하고 괴한의 마수에 걸려든다.

'소녀소설'에서 가장 두드러지게 묘사되는 '소녀'의 심리는 감상성이다. "그윽한 생각"(신창원, 1925)의 정자는 전학 오기 전 학교의 선생님과 친구들이 그리워 그 "회포를 은은한 눈물로"(신창원, 1925, 35) 풀어내고, "그림 그리는 소녀"(초단파, 1943)의 선옥은 어머니의 무덤을 그리는 소녀를 보고 말할 수 없는 감상에 사로잡힌다.

> 「가을이 되였으나 나의 눈에는… 아마 나는 감각에 녹이 쓰러버린 게다」 하고 선옥이는 말할수없는 초조를 늣기며 집을향하여 발거름을 옴겻습니다 …(중략)… (…저렇게 귀여운 소녀가 어머니를 잃다니…가엽서라…) 선옥이는 소녀의 가엾은 신세를 생각하면서 그 그림 속에 흐르고 있는 어머니에게대한 한없는 사랑과 슯음을 깊이 깊이 느기며 말함수 없는 감상(感傷)에 사로잡여 였습니다 …(중략)… 어머니의 무덤옆에서 그 소녀도 자고 있었습니다. 소녀는 사랑하는 어머니와가치 영원한 잠을 자고있었습니다. 『아! 무정하다―』 선옥이는 가슴에 솟아오르는 감정을 억제하랴고 입술을 깨물었습니다. (초단파, 1943: 경희대 한국아동문학연구센터, 2012, 361-362에서 재인용)

위와 같이 이 소설은 '소녀'의 감상이 사건의 전개 요인이자, 의미이다. 주인공 선옥은 가을을 맞아 그림을 그리려고 들을 헤맨다. 그러다가 죽은 어머니 무덤을 그리는 소녀를 만나 슬픔을 느끼며 그림의 착상을 얻는다. 그런데 그 소녀도 죽어서 선옥은 그녀를 추억하며 슬픔에 젖는다. 여기서 갑작스러운 소녀의 죽음은 '가을, 들국화, 무덤'과 같이 아름답고 쓸쓸한 분위기를 자아내기 위한 장치이기 때문에 소녀가 왜, 어떻게 죽었는가는 제시되지 않고 선옥도 궁금해하지 않는다. 그야말로 독자들의 눈물샘과 감상성을 자극하기 위한 매우 작위적인 소설인데, 그러한 감상·감각이 '소녀'가 갖춰야 할 내면으로 묘사된 점이 주목할 만하다.

앞에서 인용했듯이 선옥은 마음에 드는 경치를 발견하지 못하자, 자기 감각에 녹이 슬어버린 것이라며 말할 수 없는 초조를 느낀다. 그러다가 자기 감각과 감상을 자극하는 소녀를 만나 여러 가지 생각에 잠긴다. 여기에서 '소녀'의 감각, 감상이 내면의 비옥함을 판단하는 척도로 여겨짐을 알 수 있다. 이와 같이 당시 '소녀소설'에서 '소녀'의 감상적 내면은 작품의 비애미를 더할 뿐 아니라 타인에 대한 동정이나 사랑에서 비롯된 따뜻하고 아름다운 특질로 미화된다.

위에서 살핀 두 특질과도 관련되지만 '소녀소설'의 '소녀'들은 의존적이다. 문제 상황을 스스로 해결하지 못할 뿐 아니라 심리적으로도 가족이나 동무들에 대한 의존심이 강하다. 그러한 모습이 단적으로 나타난 "월하의 소녀"(장동근, 1943)를 예로 들겠다. 이 소설의 주인공 옥심이는 상급학교로 진학하지 못한 오빠가 서울로 가서 고학하기를 갈망하자, 오빠가 떠날까봐 노심초사하며 그것을 막으려고 온갖 방법을 쓴다. 오빠를 서울로 부르는 친구 영배의 편지를 훔쳐보고, 어서 오라는 내용을 오지 말라는 내용으로 바꿔 오빠에게 전달하기도 한다. 옥심이가 이렇게 오빠에게 필사적으로 매달리는 이유는 그에 대한 의존심 때문이다.

> 『난 옵바가 서울 가면 정말이지 쓸쓸할것만 같애. 그리구 첬재 아버지 어머니가…』(장동근, 1943: 경희대 한국아동문학연구센터, 2012, 370에서 재인용)

위의 인용과 같이 옥심은 오빠가 떠난 빈자리를 견딜 수 없어 하며 오빠에게 가족의 의무를 상기시켜 집을 떠나지 못하게 하려 한다. 오빠는 옥심의 행동을 나무라기보다 개인적 욕망을 위해 가족을 떠나려던 자신을 뉘우친다. 이와 같이 '소녀'의 의존심은 소설에서 가족이나 타인에 대한 사랑으로 정당화된다.

이상에서 살핀 소녀의 '순응적', '감상(感傷)적', '의존적' 내면은 소설에서 착하고 아름다운 '소녀'의 특질로 형상화되어 소녀 독자의 내적 규범을 형성하는 데 영향을 미쳤을 것으로 보인다.

3. 탐색하지 않는 '주체'

인물은 현실의 인간과 달리, 소설의 구조에서 일정한 기능을 담당한다. 널리 알려진 그레마스의 행위항 모형[18]은 그러한 기능적 특질에 따라 인물을 분류한 것으로 볼 수 있다. 그것을 참고하면 모든 서사에는 '주체'가 존재하고, '주체'는 '객체'를 욕망하며 그것을 얻기 위해 여러 탐색과 모험을 거친다. 서양의 전통적인 민담에서는 보통 비천한 출신의 젊은 남자(주체)가 납치당한 공주(객체)를 구하여 그녀와 결혼하며 신분 상승에 성공한다. 물론 현대 소설은 그러한 전형성을 깨고 다양한 의미를 형성한다. 하지만 대개의 '납치 모티프'에서 납치 대상은 객체로 기능하고 구조자는 주체로 기능한다. 구조 과정에서 주체가 납치되는 경우가 있지만 그의 탈출은 사건의 궁극적인 해결이 아니므로, 그는 스스로의 힘이나 조력자의 도움을 받아 탈출하여 다시 객체를 구한다. 방정환의 탐정소설 "동생을 차즈러"(1925)와 "칠칠단의 비밀"(1926-1927)은 이러한 전형적인 플롯을 취하고 있다. 거기에서 주체는 '소년'이고 객체는 '소녀'이다. 그들은 오누이로 설정되어 '소년'의 능동적이고 적극적인 탐색 과정과 그러한 오빠를 기다리는 '소녀'의 수동적이고 의존적인 태도가 자연스럽게 여겨진다. 그리고 악한(적대자)은 일본인

18
발송자(초월적인 조력자) → 객체 → 수취자
↑
조력자 → 주체 ← 적대자

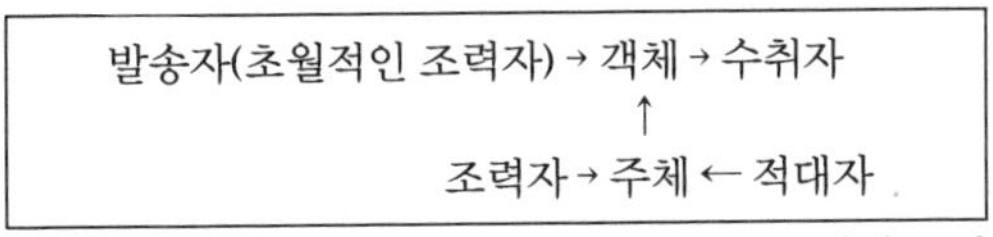

Michael J. Toolan. 1988. 『서사론』. 김병욱 · 오연희 공역. 1995. 서울: 형설출판사, 138.

과 중국인으로, 조력자는 조선인으로 등장시켜 '소년'의 '소녀' 구조 행위가 민족주의 이념을 구현하게 한다.

그런데 '소녀소설'에서는 주인공 '소녀'가 납치당하고 조력자에 의해 구출된다. 납치당한 소녀들의 수동적, 소극적 성격은 주체의 기능에 파행을 가져와 플롯에 영향을 미치며 그 의미도 모호해진다. "봉뚝섬"(김복진, 1937)과 "네거리의 순이"(김영수, 1939)를 예로 들어 살피겠다. 전자에서는 음전이 납치당하고, 그의 어머니와 여선생이 음전을 구한다. 여성들만이 주체와 조력자로 구성된 특이한 경우인데, 그것이 플롯의 파행을 빚게 된 원인으로 보인다. 이 소설은 5회에 걸쳐 연재된 것인데, 4회는 『소년』 1937년 11월호가 발견되지 않아 그 내용을 알 수 없다. 따라서 그 앞뒤를 살펴 추리하는 수밖에 없다. 1, 2회가 납치된 계기와 과정 이야기이고, 3회는 주체가 납치된 사실을 알게 된 이야기이며, 마지막 회가 구조 이야기이다. 3회는 음전과 같은 처지인 홍연이 조력자로 등장하여 음전과의 탈출을 시도하는 장면에서 끝나고 마지막 회에서 음전이 상해 곡마단의 묘기꾼으로 등장한다. 그로 보아, 4회는 그들의 탈출이 실패하고 음전이 상해 곡마단으로 팔려가 수난을 겪는 이야기임을 짐작할 수 있다.

요컨대 이 소설은 납치된 주체를 구하는 행위보다 납치 자체와 그로 인한 수난에 더 중점을 두고 있다. 그래서 어머니와 여선생이 3년 동안 음전을 찾아다닌 행위는 요약적으로 서술되고 구조도 우연에 의해 이루어진다. 그들은 곡마단 구경을 갔다가 우연히 음전을 발견하여 구하는데 다른 납치 이야기와 달리, 적대자가 등장하여 음전의 구조 행위를 방해하지 않는다. 그래서 어머니와 여선생은 적대자와의 말싸움 한 번 없이 순조롭게 음전을 구한다. 이러한 플롯 때문에 이 소설의 의미가 모호해진다. 4회를 보지 못해 속단하기 어렵지만 의미 형성의 결정적 요소인 결말이 위와 같기 때문에 여기선 음전의 납치 과정에서 드러나는 긴장감과 음전에 대한 가련함이 부각된다. 하지만 적대자의 성격이나 그 대결 양상이 분명하지 않기 때문에 그것이 세태 비판 등의 의미를 형성하진 않는다. 작가는 '소녀'의 납치 모티프를 통해 흥미 있는 '소녀소설'을 창작하려다 그 성격의 덫에 걸려 갈 길을 잃은 듯하다.

"네거리의 순이"는 "봉뚝섬"에 비해 짜임새 있는 구조를 갖추고 있다. 하지만 주체인 '소녀'의 기능은 마찬가지이다. 주인공 순이는 고아 소녀이지만 비슷한 처지의 할아버지, 소년과 함께 가족처럼 지낸다. 이 인물 구성에서 짐작할 수 있듯이 순이는 납치당하고 할아버지와 소년에 의해 구조된다. 그런데 여기에선 조력자 소녀 영옥의 활약이 눈부시다. 순이보다 먼저 기생집에 납치당해 여러 해를 지낸 영옥은 순이와 달리, 재빠르고 적극적인 성격으로 순이의 탈출에 헌신적인 노력을 기울인다. 그러나 그의 기능은 할아버지와 소년의 행위를 돕는 보조적인 데에 머문다. 그리고 순이는 음전과 달리, 납치당한 뒤 스스로 탈출을 시도한다. 하지만 담을 넘지 못하고 붙잡혀 더 깊은 곳으로 감금된다. 이러한 장면은 순이의 구조를 더 어렵게 만들어 긴장감을 높이려는 장치로 볼 수 있다. 요컨대 이 소설에서도 순이는 스스로 문제를 해결하는 '주체'가 아니다.

> 아버지도 어머니도 다 돌아가시고 외톨이 되자, 그런 아이만 데려다가 기르는 어느 고아원으로 들어가 순이가 열세살이 되자, 사직골 큰대문집으로 애기보는 아이가 되어 들어가 있다가, 바루 요즘에 다시 그집을 뛰어나와, 이렇게 지금같이 꽃팔이 아이가 된것도, 그 자세한 것은 순이는 잘 몰랐습니다. 그리고 또 그까짓것은 알려고도 안했지만, 순이는 그런일을 한가하게 생각할 겨를이 없었습니다. 고향은 수원이긴 수원인듯한데, 웨 서울로 올라오지 않으면 안되었던 까닭도 순이는 구태어 알려고도 하지 않았습니다. (김영수, 1939, 12)

위의 인용은 서술자가 순이의 내력을 알려주는 부분인데, 순이를 주어로 하여 "~한 사실을 몰랐다", "생각할 겨를이 없었다", "구태어 알려고도 하지 않았다"라고 서술하고 있다. 즉 서술자가 말하는 순이에 대한 정보를 순이 본인은 모른다는 사실이 강조되고 있다. 하지만 열세 살의 평범한 지능을 가진 소녀가 자신이 직접 겪은 일을 모른다는 것은 납득하기 어려운 일이다. 이것은 순이가 정말 모른다기보다 위에서 두 번이나 서술된 것처럼 "알려고 하지 않"기 때문에 생긴 무지라고 볼 수 있다. 여기에서도 자신의 상황이나 문제에 대해 성찰하지 않는 순이의 성격을 알 수 있으며, 서술자는 "그까짓것", "한가하게" 등의 말로 순이의 그런 태도를 합리화한다.

이와 같이 소설의 주체가 깊이 사고할 줄 모르고 문제 상황에서 감정적으로 반응하므로 주제의식은 약화되고 통속성이 강화된다. 앞에서 말한 방정환의 탐정소설은 '소녀'의 납치 사건을 통해 당시 청소년의 인신매매 세태를 비판한다. 그리고 조선인 공동체가 초월적 조력자로 등장하여 주체가 욕망하는 객체뿐 아니라 다른 청소년들도 구해서 단합된 민족의 힘을 강조한다. 하지만 "네거리의 순이"에서는 인신매매 집단의 성격도 모호하고 조력자가 사회적 악을 근본적으로 해결할 의지와 힘이 없기 때문에 순이만 구한다. 즉 '사회적 악'을 적대자로 설정했음에도 불구하고 그 문제의 초점과 해결은 개인주의적이다. 그래서 인신매매 집단은 건재하고 다른 수많은 청소년들은 그 소굴에 있기 때문에 세상의 악은 물리치기 어렵다는 인상을 준다. 요컨대 여기서 '소녀'의 납치 사건은 진지하게 고민할 문제라기보다 대중의 흥미를 자극하기 위한 제재에 그치고 있다.

'소녀소설'의 주인공들은 대개 이러한 특질을 띠고 있어서 소설 전반적으로 우연성과 감상성이 짙다. "눈물의 치맛감"과 "거룩한 마음"은 예외적인데, 이 소설들에서 소녀 주인공들은 문제 상황을 이성적으로 판단하고 주체적인 의지로 해결한다. 두 작품 다 소녀들의 가난에 대한 바람직한 태도를 주제로 하는 소설로서 계몽적 의도가 '소녀'의 성격 형성에 영향을 미쳤음을 알 수 있다.

Ⅳ. 가련한 여인 이야기 관습과 '소녀소설'

이상에서 살핀 '소녀'의 성격은 매우 익숙하다. 착하고 아름답지만 사회적 약자의 가정에서 태어나 온갖 수난을 겪는 '여성'은 예부터 오늘날에 이르기까지 한국에서 사랑받는 서사 주인공이다. 양성평등이 바람직한 가치로 인식되고 한편에서는 '여성 우위' 시대라며 약해진 남성을 우려하는 오늘날에도 드라마 속 여성 주인공들은 부당하고 폭력적인 남성에게 끌려 다니고 휘둘리는 모습을 보인다. 그래서 어떻게 보면 연구 결과가 상식을 확인시키는 환원론에 머문 것은 아닌가라는 비판이 제기될 수 있다. 하지만 여기서 궁극적으로 문제 삼는 것은 결코 당연하지 않은, 그 변함없는 여성의 성격이다.

서론에서 밝혔듯이 인물은 당시의 사회・문화를 나타내는 기호이며, 그 변화에 따라 성격도 변하기 마련이다. 물론 현대 여성 주인공은 과거와 달리 현명하고 당찬 성격을 지니고 있는 경우가 많다. 하지만 그런 여성도 남성의 강압 앞에선 일단 수동적 태도로 수난을 당한 뒤, 나중에 따지고 분개하는 모습이 발견된다. 이렇게 인물의 성격을 모순되게 만들면서까지 여성을 남성 앞에 굴복시켜야 하는 이유는 그래야 다음 이야기가 전개될 수 있기 때문이다. 즉 아무리 자립적이고 똑똑한 특질을 지닌 현대 여성일지라도 이야기 속에선 수난자로 기능하는 경우가 많다. 왜 그럴까?

그에 대해 일찍이 문제를 제기하고 연구 토대를 마련한 최시한은 그 해법을 이야기 관습에서 찾고 있다. 그는 여인이 수난을 당해 가련한 삶을 살아가는 이야기를 '가련한 여인 이야기'로 정의내리고, 그것을 한국의 가부장 질서와 인정주의, 감성주의 등의 사회・문화에 기반을 둔 한국적 이야기 관습의 특징으로 본다(최시한, 2001).

한국 근대 '소녀소설'은 그러한 '가련한 여인 이야기'의 일종으로 보인다. 일본의 '소녀소설'과 용어는 같지만 등장하는 소녀의 신분과 욕망이 다른 이유도 한국의 사회・문화를 반영한 문학적 관습에 기인한 것으로 보인다. 그렇다고 하여 근대 '소녀소설'의 주인공이 성인 대상의 '가련한 여인 이야기' 주인공과 그 성격이 일치하는 것은 아니다. 앞에서도 밝혔듯이 근대 '소녀소설'은 청소년 소설의 한 갈래로 창작되었기 때문에 교육적 관점이 작용하여 '소녀'의 여성적 자질이 억압되어 있다. 그래서 가련한 여인 이야기에서 보통 다뤄지는 성적 수난이 나타나지 않는다.

특히 근대 '소녀소설'을 가련한 여인 이야기로 이끈 간과할 수 없는 요인

중 하나는 억압받고 수탈당하는 식민지 상황이라 할 수 있다. 연약하고 아름다운 '소녀'의 이미지는 일제 강점기에 수탈당하는 민족의 감수성을 자극하는 데 유용했던 것으로 보인다. 당시 함께 눈물을 흘리는 행위는 민족의 불행을 나누는 동병상련의 표현으로서 사회적으로 요구되는 것이었다. 즉 어려운 처지의 사람들에게는 나만 불행하지 않다는 위로 기능을, 그렇지 않은 사람들에게는 나도 민족의 불행에 동참하고 있다는 양심의 정화 기능을 담당했다고 생각한다. 이러한 이유로 소년운동의 차원에서 작품이 창작, 보급되던 시기에도, 그러한 성격이 약화되고 상업성이 두드러진 시기에도 '소녀'는 가련성을 면치 못했던 것으로 보인다.

V. 결론

이 연구는 근대 연령주의, 성별주의 체계 속에서 형성된 '소녀'와 그를 염두에 두고 창작된 '소녀소설'에 대한 연구가 소홀한 데 문제의식을 느끼고, 일제 강점기 '소녀' 담론과 '소녀소설'을 대상으로 그 개념 및 형성배경, '소녀' 인물의 성격을 분석하여 문학작품에 등장하는 '소녀' 연구의 단초를 마련하고자 했다.

'소녀'와 '소녀소설'이란 용어는 일본에서 유입된 말로 보이지만, 그 형성은 한국의 '소년'과 '소년소설'의 형성에 기반을 둔다. 한국에서 '소년'은 고대부터 쓰인 용어이지만 근대의 사회 변동 과정에서 '청년'과 '유년' 사이의 남자를 의미하게 되었고 '소녀'는 그 성별 대립어로서 형성되었다. '소녀'는 유년기 이후 '청년여자'가 되기 이전까지의 시기로 대개 연령 범주는 7·8세부터 15·16세였으며 시간이 지날수록 13세 이후의 시기를 가리키는 경우가 많아졌다. 그리고 '소녀' 담론에서 '소녀'는 보통 '가련한, 순수한, 유혹적인' 존재로 구현되었다. 소년문예운동이 활발히 전개되고 '소년소설'이 인기를 끌면서 소녀 독자의 증가와 요구 등에 의해 소녀 독자를 염두에 두고 '소녀'를 주인공으로 한 '소녀소설'이 형성되었다.

'소녀소설'은 대개 13세 이후의 가난한 소녀를 주인공으로 한다. 그들은 부모가 없거나 있어도 보호받을 수 없는 형편이라 가련해진다. 부재하는 부모를 그리워하며 슬퍼하고, 약자라서 당하는 학대 때문에 고통과 서러움의 눈물을 흘린다. 그들의 순응적, 감상(感傷)적, 의존적 내면이 가련한 신분과 조응하여 그들을 더욱 가련하게 만들고 문제 상황을 해결하지 못하게 한다. 그래서 '소녀'는 소설 구조상 '주체'이되 그 기능을 제대로 하지 못하여 사건 구조는 파행을 빚거나 우연에 의지하며 소설의 의미가 모호해진다. 이러한 이유로 '소녀소설'은 '소년소설'에 비해 이념성이 떨어지고 통속성이 강화되는 경향을 보인다.

'소녀소설'의 인물과 구조는 한국에서 오랫동안 사랑받아온 '가련한 여인 이야기'의 그것과 유사하다. '소녀소설'이란 용어는 일본에서 유입된 것이지만 그 인물과 구조가 전혀 다른 이유는 그것이 한국의 이야기 관습에 바탕하고 있기 때문인 것으로 보인다. 특히 당시의 일제 강점 상황이 사회적 약자로서 수난 당하는 '가련한 인물' 이야기의 효용을 높였기 때문에 그러한 이야기 관습이 성행할 수 있었던 것으로 보인다. 하지만 '소녀소설'은 청소년 독자를 염두에 두고 창작되었기 때문에 성인 대상의 '가련한 여인 이야기'와 달리, '소녀'의 여성성이 억압되고 성적 수난이 나타나지 않는다. 한편 성인 대상의 연애소설에 등장하는 '소녀'는 유혹적인 이미지를 띠며 가련한 여인이라기보다 경계해야 할 대상으로 그려지기도 한다. 이러한 차이의 양상과 의미를 밝히기 위해선 '소녀소설' 만이 아니라 '소녀'나 그 연령대의 '여학생'이 등장한 소설 전반을 대상으로 연구할 필요가 있다. 그것을 후속 과제로 남겨둔다.

참고문헌

1. 자료

『개벽』『동광』『동아일보』『반도소년』『별건곤』『삼천리』『소년』
『신소년』『어린이』
신현득, 김종회, 김용희, 최명표, 고인환, 장성유. 2012. 경희대학교 한국아동문학 연구센터 편.『별나라를 차져간 소녀 1-4』, 서울:. 국학자료원.

2. 논저

김복순,「소녀의 탄생과 반공주의 서사의 계보 - 최정희의『녹색의 문』을 중심으로」.『한국근대문학연구』18, 203-234쪽, 2008.
박소영,「1930년대 요시야 노부코(吉屋信子) 소녀소설 연구 - 소녀표상을 중심으로」, 고려대학교 석사학위논문, 2012.
박숙자,「근대적 주체와 타자의 형성 과정에 대한 연구 - 근대 '소녀'의 타자성 형성을 중심으로」,『어문학』97, 267-290쪽, 2007.
박재연 주편,『필사본 고어대사전』, 서울: 학고방, 2008.
정미지,「1960년대 '문학소녀' 표상과 독서양상 연구」, 성균관대학교 석사학위논문, 2011.
최배은,「한국 근대 청소년소설의 형성과 이념 연구」, 숙명여자대학교 박사학위논문, 2013.
최시한,「가련한 여인 이야기 연구 시론 -『직녀성』『순정해협』『탁류』를 예로」, 한국소설학회 편.『현대소설 인물의 시학』, 서울: 태학사, 2001.
최시한,『소설, 어떻게 읽을 것인가』. 서울: 문학과 지성사, 2010.
Michael J. Toolan, 김병욱 · 오연희 공역,『서사론』, 1995. 서울: 형설출판사, 1988.
鳥越 信,『日本兒童文學』. 東京: 建帛社, 1995.

Abstract

A Study on the 'Girl' in Modern Korean 'Girl Novels'

Having realized the problem that we have little study on the 'Girl' and 'Girl Novels', which were formed and created within the system of modern ageism and sexism, I intended to establish the basis of a study on the 'Girl' by exploring the concept and formation of 'Girl Novels' and analyzing the 'Girl' characters based on the 'Girl' discourse and 'Girl Novels' under the rule of Japanese imperialism. The term 'Girl' was formed as an opposite word of 'Boy'. It was mostly used to refer to girls aged from 7,8 to 15,16 and later on came to indicate girls over age 13. The 'Girl' shown in the 'Girl' discourse has an image of being 'miserable, innocent, and seductive'. With the popularity of 'Boy Novels', 'Girl Novels' in which the main characters were girls were formed in response to the growth of girl readers and their demand. The main characters in 'Girl Novels' are mostly poor girls over age 13. Their internal characteristic, conformity, sentimentality, and dependence, in line with their miserable status make the matters worse and prevent them from solving the problem. As a result, though 'Girls' are the subject in the novel structure, they are unable to function properly and the plot ends up limping, making its meaning ambiguous. For this reason, 'Girl Novels' are inclined to be less ideological and more popular than 'Boy Novels'.

The characters and structure of 'Girl Novels' are similar to those of 'miserable woman story', which have long been loved in Korean society. However, unlike the 'miserable woman story' aimed at adult readers, 'Girl Novels' show no feminity and sexual ordeal of girls for the reason they were written with juvenile readers in mind.

Key words : Girl, Girl Novels, the miserable status, internal characteristic of conformity, sentimentality and dependence, quest-free subject.

한국 근대
청소년소설의
정치적 무의식

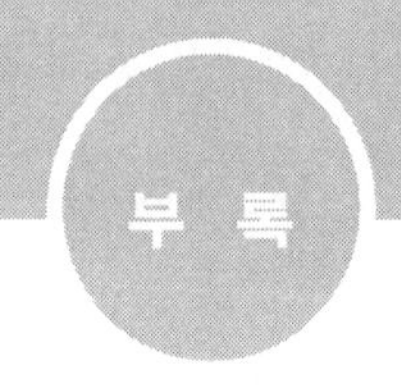

한국 근대 청소년소설 목록(1910-1945)

작품 수 - 총 325편

1910년대

연도	작가	작품 제목	발표지	발표일
1910	이광수	어린 희생	소년	2, 3, 5
1915		내 소와 개	새별	1
1917		소년의 비애	청춘	6
1919	방정환	(단편소설) 금시계	신청년	1
	잔물	(학생소설) 졸업의 일	신청년	12
	전영택	천치? 천재?	창조	3

1920년대

연도	작가	작품 제목	발표지	발표일
1920	유종석	어린 직공의 사	동아일보	4. 2
		숨은 죄	신청년	1920. 8
	심대섭	(소설) 찬미가에 싸인 원혼	신청년	1920. 8
	현진건	희생화	개벽	11
1923	나도향	행랑자식	개벽	10
	방정환	(소녀소품) 아버지 생각- 순희의 설음	어린이	4. 1

연도	작가	작품 제목	발표지	발표일
1923	몽견초	(불상한 이약이) 영길이의 슬음	어린이	4. 23
		(사진소설) 영호의 사정(기2)	어린이	10. 15
		영호의 사정(기3)	어린이	11. 15
		영호의 사정(끗)	어린이	12. 23
		락엽 지는 날	어린이	11
1924	잔물	(소년소설) 졸업의 날	어린이	4. 19
	정인호	(애화) 고아의 죽엄	어린이	11. 1
	진서림	람푸불	신소년	1
1925	북극성	(탐정소설) 동생을 차즈려	어린이	1-10
	잔물	(실화 수재미담) 눈물의 모자갑	어린이	8
	몽견초	(소년애화) 절영도 섬 넘어	어린이	10
	권경완	(소년소설) 아버지	신소년	7, 8, 9
		(단편소설) 강제의 꿈	신소년	10
		(소년소설) 언밥	신소년	12
	로병필	(쾌혈미담) 용감한 소녀	새벗	12
	편집인	(창작소설) 희미한 생각	반도소년	3
	신창원	(소녀소설) 그윽한 생각	반도소년	3
	박석영	(소설) 어린 것들에게	반도소년	3
	이원규	(모험소설) 북극에서	반도소년	3
	백악	(비애소설) 히망 만흔 빠이요링	반도소년	3
1926	최은희	닛처지지 안는 불상한 동무	어린이	3.1
	송근우	이천냥 빗으로 대신 가는 언년이	어린이	4.1
	북극성	(탐정소설) 칠칠단의 비밀	어린이	4-1927.12
	문인암	(소년소설) 야구빵장사	어린이	12.15
	권경완	(소년소설) 마지막 우숨	신소년	2, 3, 4
	김남주	풀 우에 누은 소년	신소년	11
	접몽(蝶夢)	소설 귀여운 눈물	별나라	7
		(소년소설) 무궁화두송이	별나라	12
	가석	소설 붉은 주먹	별나라	7
	진희복	(애화) 일륜화	새벗	2
	인왕산인	(미담) 래소년	새벗	7

연도	작가	작품 제목	발표지	발표일
1927	몽견초	(소년미담) 동무를위하야	어린이	2
		(학생소설) 만년샤쓰	어린이	2
		(학생소설) 1+1=?	어린이	3
	연성흠	(애화) 어린 신문팔이	별나라	6
		(소년소설) 눈물의 은메달	어린이	7
		등태의 두 별	별나라	10
	마해송	(연작소설) 오인동무 제1회 결의 남매	어린이	3
	고한승	제2회 순희는 어디로?	어린이	5
	진장섭	제4회 의외의 편지 두 장	어린이	7
	손진태	제5회 순희는 다시 어듸로?	어린이	10
	정인섭	제6회 꿈인가-참인가?	어린이	12
	살별	(소설) 때노친 꿋바이	신소년	3·4
	흰새	(소설) 형제	신소년	3-5
	조용운	(소년소설) 병아리의 죽엄	신소년	4
	락랑	(농촌미담) 꼿 피는 봄이 올 때	별나라	4
	김영수	(애화) 북간도로 끌니어간 임순이	별나라	6
	최접몽	(야구소설) 혈구	별나라	6, 8
	이원규	(장절쾌절 모험기담) 맹호도 엇지 할 수업시	새벗	11
	소석	황파를 넘어서 3회	새벗	11
	백옥천	(모험괴기소설) 괴도의 괴인	새벗	11
	백악	(기괴탐정) 독호접단 제4회	새벗	11
	김순옥	(소년소설) 남매의 운명	소년계	3
	임우재	막돌이	중외일보	11. 12-17
1928	최진형	(연작소설) 오인동무 제7회 북해도 벌판에서	어린이	3
	정병기	제8회 반가운소식	어린이	9
	송영	쫓겨가신 선생님- 어떤 소년의 수기	어린이	1
		엇던 나무꾼 아해의 일생	어린이	3
	윤영식	(소년소설) 영희의 죽엄	어린이	5

연도	작가	작품 제목	발표지	발표일
1928	최의순	(소녀란 소녀소설) 옥점이의 마조막 하소연	어린이	7
	최경화	(소녀애화) 동무와 잡지와 떡	어린이	9
	백시라	(소녀소설) 곡마단의 두 소녀	어린이	12
	소민	(소년소설) 누구의 죄	신소년	4, 5
	안평원	(소년소설) 우연한 상봉	신소년	5
	송완순	(소년소설) 엇던 광경	신소년	5
	최윤원	(소년소설) 낙제생 홍이식	신소년	5
	승응순	(소년소설) 집 떠난 새	신소년	7
	최청곡	(연작소설) 눈물의 선물	별나라	3
	최접몽	(소년소설) 수선화의 향기	별나라	3
	김영팔	(소설) 어머니와 아들	별나라	7
	김한	첫걸음	중외일보	2. 7-8
	이명식	인호	중외일보	3. 21-29
		눈물의 공과	중외일보	7. 9-14
		고국을 등지고 - 어떤 소년의 수기	중외일보	10. 17-23
	장선명	국경을넘어서 - 어떤 소년의 수기	중외일보	5. 1-5
	유종원	참된 동무 - 공장 소년의 수기	중외일보	6. 23-26
		동정	중외일보	7. 20-22
1929	몽견초	(사진소설) 금시계	어린이	1, 2
	이태준	(소년소설) 어린 수문장	어린이	1
	이태준	(소설가튼이야기) 불상한 소년미술가	어린이	2
		쓸쓸한 밤길	어린이	6
	안운파	(소년소설) 달도운다	별나라	4·6·10
	이정호	(괴기소설) 화물선의 비밀	별나라	4
		수동의 모험	별나라	8, 10
	만성	(모험소설) 쾌소년모험 제3회	새벗	1
	이정호	(소년소설) 귀여운희생	어린이	2
		(야구미담) 정의의 승리	어린이	6

연도	작가	작품 제목	발표지	발표일
1929	북극성	(탐정소설) 소년삼태성	어린이	1, 2
		(신탐정소설) 소년사천왕	어린이	9-1930. 9
	송영	옷자락은 깃발가티	어린이	5
	김영팔	소년직공	어린이	5
	최병화	입학시험	어린이	5
		학생빵장사	소년조선	6
		(야구소설) 홈.으런.빼트	별나라	7
		(소설) 옥수수익을 때	어린이	9
	연성흠	창수의 지각	어린이	5
		(소설) 희망에 빛나는 소년	어린이	10
	이원수	은반지	어린이	5
	윤용형	아우의변도	어린이	5
	박승진	산기슭	어린이	9
	민봉호	(소년소설) 다한다루	어린이	9
	연성흠 이정호 최병화	(대합작소설) 아름다운 희생	어린이	12- 1930. 1
	마니산인	눈물의 졸업장	소년조선	8
	남궁랑	빈민굴의 피인 꽃	조선일보	11. 15
	전우한	(소설) 표박하는 남매	신소년	7·8-1930. 1
	이주홍	(소설) 눈물의 치맛감	신소년	12
	안평원	(소설) 소년직공수기	신소년	12
		(2등 당선소설) 적백의 붕대	별나라	7
		(소년소설) 광주나물장수	별나라	7
	최승일	(연작소설) 어부의 아들(2회)	별나라	5
	성경린	해뜨기전	중외일보	4. 9-10
	이명식	소년직공	조선지광	6

▌1930년대

연도	작가	작품 제목	발표지	발표일
1930	이태준	(입지소설) 눈물의 입학	어린이	1
		(소년소설) 외로운 아이	어린이	11
	연성흠	(소년소설) 희망의 꽃	어린이	2
		(소년소설) 가난의 설음	어린이	12
	이명식	봄!봄!봄!	어린이	4
		인호	조선일보	4
		방랑소년	어린이	5
	민봉호	우리의 설움	조선일보	4. 10
		병사	조선일보	4. 12
		(소년소설) 영화의 넋두리	어린이	5
		(소녀소설) 순이의 설음	어린이	8
		박군의편지	어린이	9
		(소녀소설) 거룩한 마음	어린이	11
	최병화	(소년소설) 참된 우정	어린이	4
		(소년소설) 누님의 얼골	어린이	7
		(소년소설) 눈보라치는 날	어린이	12
	김재철	(단편소설) 유리화병	어린이	5
	김도인	진수와 그 형님	어린이	11
	방정환	소년용사	어린이	7
	이주홍	(소설) 아버지와 어머니	신소년	1
		(소년소설) 아버지와 어머니(속)	신소년	2
		(소설) 북행열차	신소년	3
		(소설) 청어뼉다귀	신소년	4
		(소설) 잉어와 윤첨지	신소년	6
		(소설) 돼지코꾸멍	신소년	8
	최병화	(소설) 진달내 꼿 필 때	신소년	4
		(소설) 별도 웃는다	신소년	7
	오경호	(소설) 어린 피눈물	신소년	4
		(소설) 불상한 소녀	신소년	5

연도	작가	작품 제목	발표지	발표일
1930	태영선	무서운 노래	신소년	6
		(연작소설) 불탄촌 제1회	신소년	5
	이동규	제2회	신소년	6
	성경린	제3회	신소년	8
	이동규	(소년소설) 두 가지 정의	신소년	8
	김성봉	(소설) 푸른 모자	신소년	10 · 11
	구직회	(소설) 참된 배신자	신소년	10 · 11
	이재표	(소설) 유랑소년	신소년	10 · 11
	이명식	(소년소설) 무지개	별나라	6
	안평원	(소년소설) 임간학교	별나라	6
	안운파	(소년소설) 호떡선생	별나라	6, 7, 10, 1931. 1·2, 5
	손풍산	(소설) 구리쇠명함	별나라	7
	이명식	(바다소설) 편주를 저어서	별나라	7
	윤기정	(소설) 농군의 아들	별나라	10, 11
	앵봉산인	(소설) 저울은 어듸로 갓나?	별나라	10, 11
	승효탄	(창작) 철수와 송아지	새벗	5
1931	민봉호	(소년소설) 눈물의 신세	어린이	2
	김영수	(사실소설) 경희의 마즈막	어린이	2
		(소년소설) 동모를 위하야	어린이	6
	연성흠	(소녀소설) 참된 희생(2)	어린이	6
		(소년탐정소설) 용길의 기공	어린이	9
	박루월	(소년영화소설) 북국에 봄이 오면	어린이	8
		북국에 봄이 오면(2)	어린이	9
	백학서	(소년소설) 이못집	어린이	12
	이동우	(소년소설) 섯달	어린이	12
	김명겸	(소년소설) 소학생	어린이	12
	강노향	(소년소설) 영길이	어린이	12
		(소설) 농촌의 황혼	신소년	1
		(소년소설) 여명	신소년	4
		여명(2)	신소년	5

연도	작가	작품 제목	발표지	발표일
1931	강노향	여명(3)	신소년	6
		여명(완)	신소년	7
		(소년소설) 산에 가는 사나희	신소년	11
	노양근	(소설) 억룡의 부자	신소년	1
		(소년소설) 광명을 차저서	신소년	3
	오경호	(소년소설) 그 소년의 편지	신소년	6
		(소설) 새 나라로	신소년	8·9
	김예지	(소년소설) 삼남매를 울니든 날	신소년	6
	현동염	(소설) 백삼포여공	신소년	10
	박병도	(소년소설) 졸업날	신소년	5
	김유시	(소년소설) 감음	신소년	7
	전식	(소년소설) 처음 학교 가든 날	별나라	1·2
	엄흥섭	(연재소설) 옵바와 누나	별나라	4, 5, 6, 7 · 8, 9
	박세영	(과학소설) 아하마의수기 - (화성소년의 속)	별나라	3
		아하마의 수기-북구의 일일	별나라	5
		화성소년의 수기-대지를 울니는 소리여	별나라	6
		우랄산을 넘어서	별나라	9
		아하마의 수기(4)- 사막의 거인	별나라	10·11
		화성소년아하마의수기(후편5) - 청복의대지	별나라	12
	김명겸	(소년소설) 소년직공	별나라	6
	송영	실업한 아버지들	별나라	6
	구직회	참된 배신자(3)	신소년	1
		참된 배신자(4)	신소년	2
		(소년소설) 무쪽영감	별나라	7 · 8
		(소년소설) 흉내쟁이	신소년	10
		(소설) 옛 생각	신소년	11

연도	작가	작품 제목	발표지	발표일
1931	안운파	(소년소설) 우리 아버지는 장님이다	별나라	7 · 8, 9 (소년소녀 연재소설), 10 · 11
	송영	(소년벽소설) 을밀대	별나라	7 · 8
		(벽소설) 고국이 그리운 무리	별나라	12
	김명겸	(소년소설) 셋의 마음 한마음	별나라	9
	이동규	(장편소년소설) 곡마단 제1회	신소년	2
		(장편소녀소설) 곡마단 제2회	신소년	4
		(소년소설) 곡마단(완)	신소년	5
		나무꾼	별나라	9
		집안싸홈	별나라	10 · 11
		(소설) 이쪽저쪽	신소년	10
	황순원	(소년소설) 추억	동아일보	4. 7-9
1932	김중곤	(소년소설) 화전의 서곡	어린이	5
	양가빈	(소년소설) 아버지의 미소	어린이	5
	노양근	(소년소설) 칡뿌리 캐는 무리들	어린이	6
	이동우	가믈	어린이	6
		(소설) 보리 이삭 줍는 소녀	어린이	7
		(소설) 이 빠진 낫	어린이	8
	백학서	(소년소설) 출가자의 편지	어린이	7
	정흥필	(소설) 흙 한 짐- 15세 소년의 수기	어린이	7
	고문수	(소년소설) 경수의 오누이	어린이	9
	정윤희	일전 때문에	어린이	8
		(소년소설) 형제는 만낫다	어린이	9
	김재형	(용장소설) 홍수가 든 날	어린이	8
	이동규	(소년소설) 고향	신소년	1
		(벽소설) 주먹따귀	신소년	7 · 8
	승응순	(소년소설) 꿈?	신소년	1
		(벽소설) 비 오는 밤	신소년	7 · 8
	정청산	(소설) 이동음악대	신소년	7 · 8

연도	작가	작품 제목	발표지	발표일
1932	정청산	(소설) 고만두자	신소년	7
	성경린	(소설) 단계	신소년	7・8
		(소설) 경순의 병	신소년	10
	홍북원	(소설) 수첩- 일명폭풍우후일담	신소년	9
		수첩(2)	신소년	10
		수첩(3)	신소년	11
	현송	어부의 아들	신소년	11
	홍은순	거화가 꺼질 때	신소년	11
	안평원	(소년소설) 북국의 밤	신소년	2
		(소년소설) 첫녀름	별나라	7
		물대기(관수)	신소년	10
	안우삼	(소설) 운동장과 교실	신소년	10
	현동염	(소설) 사람은 왜 죽나 (1)	신소년	2
	강노향	(소년소설) 떠나가는 유랑대	신소년	2
	홍은표	(소설) 직공위안회	신소년	4
	이청송	(소년소설) 새 결심	신소년	4
	승효탄	(소품) 잇쳐지지 안는 일	신소년	6
	윤철	(장편소설) 바닷가의 농촌 제2회	신소년	6
	김소엽	(소설) 형과 아우	신소년	7
	김우철	(소년소설) 눈 오시는 밤	별나라	1
		상호의 꿈	신소년	2
		등피알사건	신소년	4
		(소년소설) 방학날	신소년	6
		(소설) 방학날(2)	신소년	7
		동정 메-달	신소년	9
	적파	(소년소설) 꿀단지	별나라	1
	구직회	(소설) 가마장	별나라	2・3
	홍구	(소년소설) 도야지밥 속의 편지	별나라	2・3
		(소년소설) 탄갱	신소년	10
	박일	(소년소설) 도련님과 미(米)자	별나라	4
	북원초인	(소년소설) 마즈막날	별나라	4

연도	작가	작품 제목	발표지	발표일
1932	한인택	적은 女工(여공)	비판	4
	박영준	소녀공	전선	5
1933	이정호	(소년소설) 군밤장사	어린이	2
	강남춘	(소년장편연재소설) 등정가/ 협의	어린이	2
		(소년장편연재소설) 고학생	어린이	5
	최병화	(장편소설) 우리 학교/ 귀중한 일축	어린이	2
		희망을 찾는 소리	어린이	5
	강노향	(벽소설) 도조를 밧치는 날	신소년	2
	홍구	채석장	신소년	2
	성경린	(소년소설) 제일보	신소년	2
		(소설) 제일보 후부	신소년	5
	승효탄	(장편연재소년소설) 남매 제2회	신소년	2
		제3회	신소년	3
	북원초인	(벽소설) 눈오는 밤	신소년	3
	이청송	(소년소설) 나무하는 동무들	신소년	3
	이동규	(벽소설) 어린이날	신소년	5
	이향파	(소설) 회치	신소년	7
	김소엽	(소설) 도라온 태성이(후편)	신소년	7
	정청산	(소설) 떠나간 아들	신소년	7
	정철	(소년소설) 떠나간 아들(2)	신소년	8
	박맹	(소년소설) 목동	신소년	8
	양가빈	(벽소설) 딸기	신소년	8
	박태원	영수증	매일신보	11. 1-11
	안평원	(소설) 나무꾼의 쉬는 곳	별나라	4·5
	김우철	(소품) 북국점경	신소년	2
		(소년소설) 공장이 파한 뒤	신소년	3
		(소년소설) 오월의 태양	신소년	5
		오월의 태양(2)-속고	신소년	7
		(소년소설) 8월 15일	별나라	8
		(소년소설) 섣달금음날	별나라	12
	박일	(연작소설) 노선생 제3회 가정	별나라	8

연도	작가	작품 제목	발표지	발표일
1933	엄흥섭	제4회 대소제	별나라	8
	김재소	가난한 집 자식	제1선	1
	안회남	병든 소녀	신동아	6
	강경애	월사금	신가정	2
1934	심명순	(소년소설) 두 동무	어린이	1, 2
	이동규	(자유연작장편소설) 동맥 제1회	신소년	2
	북원초인	(소년소설) 그 뒤의 소식 -「첫가을」의 속편	신소년	2
	전탁	월급날	신소년	3
		(소설) 아버지의 마음	신소년	4・5
	김우철	(소년소설) 야학의 연필사건	신소년	4・5
	계광환	(추천소설) 동무왕(王)군	신소년	4・5
	최병화	(학교소설) 내 힘과 땀	별나라	1
	민촌생	(연작소설) 노선생 제5회 대야머리의 수난	별나라	1
	박세영	제6회(종편) 그 뒤의 노선생	별나라	2
	박일(譯)	(탐정모험소설) 독락박사 3회 괴상한 침대	별나라	1
		4회	별나라	2
		5회 수상한신사	별나라	4
	안평원	(소년소설) 설한풍의 밤	신소년	3
	안운파	(소설) 험산을 밟고	신소년	4・5
		(소설) 아버지와 딸	별나라	9
	엄흥섭	(소설) 평이 4(종편)	별나라	10・11
	정우해	신기료장수	조선중앙일보	10. 9-11
1935	홍구	(소설) 도망간 간난이	별나라	1・2
	백신애	(우정소설) 멀리 간 동무	소년중앙	1
	전영택	(소년소설) 돈	소년중앙	1
	이구조	조행 '갑'	동아일보	10. 6-20
1936	노양근	날아다니는 사람	동아일보	1. 1-10
		열세동무	동아일보	7. 2-8. 28

연도	작가	작품 제목	발표지	발표일
1936	김유정	이런 음악회	중앙	4
		(농촌소설) 동백꽃	조광	5
	이효석	(창작) 고사리	사해공론	9
1937	채만식	(소년소설) 어머니를 찾아서 장편 제1회	소년	4
		제2회	소년	5
		제4회	소년	7
		(소년소설) 어머니를찾아서 장편 종편	소년	8
	김래성	(탐정모험소설) 백가면 제2회	소년	7
		제3회	소년	8
		백가면 제4회	소년	9
		백가면 9	소년	10
		백가면13 가면을베껴라!	소년	12
	김복진	(소녀소설) 봉뚝섬 1	소년	8
		제2회	소년	9
		제3회	소년	10
		마지막치	소년	12
	김남천	남매	조선문학	3
		소년행	조광	7
1938	김남천	무자리	조광	9
	김래성	(탐정모험장편소설) 백가면 15 박을룡	소년	1
		백가면 17 스파이전	소년	2
		백가면 19 의외	소년	3
	박태원	소년탐정단	소년	6
		제3회	소년	8
		제5회	소년	10
		제6회	소년	11
	현덕	(소년소설) 하늘은 맑건만	소년	8
		(소년소설) 권구시합	소년	10
	현덕	(소년소설) 고구마	소년	11

연도	작가	작품 제목	발표지	발표일
1938		나비를 잡는 아버지	집을 나간 소년	1946
	정수민	세 발 달린 황소	동아일보	1. 6-11
	강훈	까까머리학생	조선아동문학집	12
	최병화	경희의 빈 벤또	조선아동문학집	12
		고향의 푸른 하늘	동아일보	9. 4-7
1939	현덕	(소년소설) 군밤장수	소년	1
		(소년소설) 집을 나간 소년	소년	6
		(소녀소설) 잃엇든 우정	소년	10
	김송	(소년소설) 용늪(용지)	소년	7
	김영수	(장편소녀소설) 네거리의 순이 제1회	소년	8
		제2회	소년	9
		제3회	소년	10
		제4회	소년	12
	이중완	곡예단의 사나이	매일신보	2 .4
	현경준	소년록	문장	7

▍1940년대

연도	작가	작품 제목	발표지	발표일
1940	현경준	첫사랑- 소년록 제2장	문장	9
	계영철	(모험탐정연재소설) 백두산의 보굴	소년	1
		백두산의 보굴	소년	2
		백두산의 보굴	소년	3
		백두산의 보굴 5	소년	7
		백두산의 보굴 완	소년	8
	김영수	(장편소녀소설) 네거리의 순이 제5회	소년	1
		제6회	소년	2

연도	작가	작품 제목	발표지	발표일
1940		제7회	소년	3
		제8회	소년	5
		(장편소녀소설) 네거리의 순이 제9회	소년	6
		마지막회	소년	8
	전식	(소년소설) 잃엇던 수업료	소년	2
	현덕	(소년소설) 월사금과 스케이트	소년	2
	박계주	(실화소설) 마적굴의 조선소년 1	소년	3
		3	소년	5
		4	소년	6
		(사실소설) 마적굴의조선소년 5	소년	7
		6	소년	8
		7	소년	9
		8	소년	10
		9	소년	11
		10	소년	12
	김복진	(소녀소설) 물레방아 도는데 1	소년	8
	최병화	(연재소설) 꿈에 보는 얼굴 제1회	소년	9
		제2회	소년	10
		제3회	소년	11
		제4회	소년	12
	안회남	소년	조광	10
	강소천	(동화) 따짜구리	소년	12
1941	김동리	소년	문장	2